Von James Herbert sind
als Heyne-Taschenbücher erschienen:

Domain · Band 01/7616
Die Ratten · Band 01/7686
Die Brut · Band 01/7784
Die Gruft · Band 01/7857
Unheil · Band 01/7974
Todeskralle · Band 01/8138
Nachtschatten · Band 01/8237
Dunkel · Band 01/8049
Blutwaffe · Band 01/8374
Wüstenplanet · Band 01/6356
Höllenhund · Band 01/8418

JAMES HERBERT

ERSCHEINUNG

Roman

WILHELM HEYNE VERLAG

MÜNCHEN

HEYNE ALLGEMEINE REIHE
Nr. 01/8666

Titel der Originalausgabe
SHRINE
Aus dem Englischen übersetzt
von Rolf Jurkeit

Dieser Titel erschien bereits in der Reihe
»Die unheimlichen Bücher« mit der Band-Nr. 11/30.

2. Auflage
1. Auflage dieser Ausgabe

Copyright © 1983 by James Herbert
Copyright © der deutschen Ausgabe 1985 by
Wilhelm Heyne Verlag GmbH & Co. KG, München
Printed in Germany 1993
Umschlagillustration: Joe DeVito/Schlück
Umschlaggestaltung: Atelier Ingrid Schütz, München
Gesamtherstellung: Ebner Ulm

ISBN 3-453-06174-8

Erster Teil

*Alice! Ein kindlich Märchen nimm
Und legs mit sanfter Hand
Dorthin, wo sich um Kinderträum'
Geheim Erinnerung wand,
Wie um den welken Pilgerstrauß
Gepflückt im fernen Land.*
Aus Lewis Carrol: Alice im Wunderland

1

*Schlafen, wenn die Mäuslein springen,
Aufstehn, wenn die Lerchen singen,
Blut und Nacht und Eis und Wind,
Träume süß, mein Kind.*
                              Altes Wiegenlied

Die über den Friedhof verstreuten Hügel aus schwarzer Erde ließen den Eindruck entstehen, als ob sich die Toten einen Weg zurück in die Welt der Lebenden graben wollten. Das Mädchen, das zwischen den Gräbern entlanghuschte, lächelte scheu, als sie sich bei diesem Gedanken ertappte. Es waren Maulwürfe, die jene Hügel geschaufelt hatten. Gegen Maulwürfe war schwer anzukommen; sobald man einen vergiftete, nistete sich ein anderer in der freigewordenen Behausung ein. Das Mädchen hatte dem Maulwurfsjäger oft bei seiner Arbeit zugeschaut, er war ein dicker Mann mit spitz zulaufendem Gesicht, sie fand, er sah einem Maulwurf ähnlich. Er grinste, wenn er mit seinen klobigen Fingern in die alte Konservendose mit dem Etikett ›Baked Beans‹ griff und einen strychningetränkten Wurm aus der sich windenden und krümmenden Schar seiner Artgenossen herauszog. Immer grinste er, wenn das Mädchen ihm zusah. Und er lachte vergnüglich in sich hinein, wenn er ihr den Wurm hinhielt, und immer wenn er das tat, sprang das Mädchen mit einem unhörbaren Schrei zur Seite. Seine Lippen, seine ständig feuchten Lippen, bewegten sich wie die Würmer in der Dose, ohne daß das Mädchen einen Ton vernommen hätte. Sie war taub, seit sie denken konnte. Sie erschauderte, wenn der Maulwurfsjäger ihr seine Pantomime vorspielte, er tat, als würde er das sich windende Würstchen aus rosa Fleisch aufessen, sie erschauderte, wenn sie das sah, und trotzdem harrte sie jedes Mal aus, bis er seine Metallstange in die Friedhofserde bohrte, und sie sah ihm zu, wie er den Wurm in das so geschaffene Loch steckte. Sie stellte sich vor, wie sich der Maulwurf dort unten seinen Weg durch die nachtschwarze Finsternis erschnüffelte, wie er nach etwas Eßbarem gierte, wie er sich selbst den Tod bereitete. Wie er sein eigenes Grab grub. Sie kicherte und konnte sich doch nicht kichern hören.

Alice bückte sich, um die verwelkten Blumen aus einer lehmverschmierten Vase zu nehmen. Der Grabstein, vor dem die Vase stand, war noch ziemlich neu, die Inschrift war noch nicht vom Schmutz überzogen, noch nicht verwittert. Alice hatte die alte Dame – bestand sie inzwischen nur noch aus Gebeinen? – gekannt, die jetzt dort unten vermoderte, und sie hatte vor dem lebenden Leichnam mehr Angst gehabt als jetzt vor dem toten. Wie war es möglich, daß jemand mit zweiundneunzig Jahren noch lebte? Ein Mensch in diesem Alter konnte sich doch bewegen, gewiß, aber lebte er noch? Alice, die erst zwölf Jahre alt war, konnte sich eine Lebensspanne wie die der alten Dame gar nicht vorstellen. Schwer auch, sich vorzustellen, wie das eigene Fleisch vertrocknete und Runzeln bekam, wie das Gehirn vom jahrelangen Gebrauch schrumpfte, so daß statt eines allwissenden Wesens ein Baby entstand. Ein buckliges, verknöchertes Baby.

Sie warf die verwelkten Blumen in den roten Plastikeimer, den sie bei sich trug, und setzte ihren Weg fort. Ihr suchender Blick war nach vorn auf die in unordentlichen Reihen angeordneten Grabsteine gerichtet, wo noch mehr Vasen mit verwelkten Blumen stehen mußten. Einmal pro Woche machte sie das; während ihre Mutter in der Kirche aufwischte, die Bänke abstaubte und alles saubermachte, entfernte Alice die unansehnlich gewordenen Blumen aus den Grabvasen, entfernte die Geschenke jener, die sich von einer solchen Geste einen guten Eindruck auf die toten Angehörigen erhofft hatten. Die Blumen landeten auf der Müllkippe des Friedhofsgärtners, wo sie im monatlichen Ritus, zusammen mit faulenden Ästen und Laub, eingeäschert wurden. Wenn sie ihre Aufgabe auf dem Friedhof erledigt hatte, würde Alice eilends in die Kirche, zu ihrer Mutter, zurückkehren. Sie würde in der Kirche frische Blumen vorfinden, die als Altarschmuck für die morgige Sonntagsmesse vorgesehen waren, während ihre Mutter aufwischte, würde Alice die Blumen in die Vase stecken. Danach würde sie die Bänke abstauben, eine Bank hin, die andere zurück, sie würde den Atem anhalten, solange es überhaupt ging, bis ihre Lungen schier explodierten. Alice arbeitete gern, wenn sie die Arbeit zu einem Spiel verfremden konnte.

Wenn sie mit dem Arrangieren der Blumen und dem Abstauben fertig war und wenn die Mutter keine weiteren Aufgaben für sie hatte, würde sie ihren Lieblingsplatz einnehmen: der letzte Platz in der vordersten Bank, rechts vom Altar.

Unter der Statue. Unter *ihrer* Statue.

Sie hatte die blassen Farben eines welken Straußes erspäht und sprang über einen niedrigen Hügel – der Hügel war etwa so lang wie eine Leiche und war nicht von Maulwürfen aufgeworfen worden. Sie würde die sterbenden Blumen fortnehmen. Kleine Atemwolken entflohen ihren Lippen, und Alice sagte sich, das sind die Geister der Worte, die in mir begraben liegen, Worte, die ich nie ausgesprochen habe.

Es war kalt, obwohl die Sonne schien. Die meisten Bäume waren ohne Laub, so daß die Äste als das erschienen, was sie wirklich waren, verkrüppelte, in bizarre Formen gezwängte Gebilde. Jenseits der Steinmauer, die den Friedhof umgab, grasten Schafe, in deren aufgedunsenen Bäuchen sich Föten wiegten. Am Ende der Felder war dichter Wald zu erkennen, düsteres, grünliches Braun, nicht gerade einladend; und jenseits des Waldes gab es langgestreckte Hügel, Hügel, die bei schlechtem Wetter vom Nebel verschluckt wurden. Alice starrte zu den Feldern hinüber, sie beobachtete die Schafe. Sie runzelte die Stirn, dann wandte sie sich ab.

Sie mußte noch mehr Blumen aus den Vasen nehmen, bevor sie sich dorthin begeben durfte, wo es nicht so beißend kalt war. Es war kalt in dem alten Gemäuer – in der Kirche war es immer kalt –, aber der Winter gab sich dort nicht so grimmig wie draußen. Sie wanderte über den Friedhof, die schrägstehenden Grabsteine machten ihr keine Angst, und auch die vermoderten Leichen nicht, die ihr zu Füßen in der Erde verborgen lagen.

Das durchnäßte Laub und die Zweige bildeten einen hohen Haufen, so hoch, daß das Mädchen die welken Blumen mit aller Kraft aus ihrem Eimer schleudern mußte, damit sie den vorgesehenen Platz auf der Spitze des Abfallberges erreichten. Sie nahm ein paar Stengel auf, die danebengefallen waren, und gab sich erst zufrieden, als alles oben auf dem Haufen lag. Alice schlug die Hände zusammen, sie tat das, um den Schmutz von ihren Handflächen zu entfernen, sie spürte den Schlag, aber sie vernahm kein Geräusch. Irgendwann einmal hatte sie hören können, aber das war lange her. Wenn sie sehr aufpaßte und wenn es keinerlei Ablenkungen gab, vermeinte sie den Wind zu hören. Aber Alice hatte dieses Gefühl auch, wenn es überhaupt keinen Wind gab, der ihre Wangen berührte oder ihr blondes Haar zerzaust hätte.

Das kleine, schlanke Mädchen hatte sich umgedreht und ging auf die alte Kirche zu, sie schwang den roten Eimer, der jetzt leer war, hin und her. Vor und zurück, das Rot glänzte im kalten Licht der Sonne. Zurück, vor, zurück – und dann warf sie einen Blick hinter sich.

Der Plastikeimer entglitt ihrer Hand, er rollte in einem engen Halbkreis über den Boden und kam vor einem fleckigen, grünbemoosten Grabstein zu liegen. Alice legte den Kopf auf die Seite wie jemand, der lauscht. In ihren Augen war Ratlosigkeit und der Anflug eines Lächelns.

So stand sie einige Sekunden, dann erst vollendete sie die Drehbewegung ihres Körpers. Sie verharrte aufs neue und ließ ein paar lange Sekunden verstreichen. Ihr Lächeln erlosch, auf ihren Zügen zeichnete sich Angst ab. Sie ging auf die rohgefügte Steinmauer im rückwärtigen Bereich des Friedhofes zu, langsam zuerst, und dann begann sie zu laufen.

Sie geriet ins Stolpern – wahrscheinlich war es die Kante eines flach ins Erdreich eingelassenen Grabsteins, die ihr im Wege stand – und taumelte zu Boden. Das Erdreich war weich, sie war mit den Knien in grünen und braunen Dreck gefallen. Sie stieß einen Schrei aus, aber zu hören war nichts, sie kam rasch wieder auf die Beine und rannte weiter auf die Mauer zu, sie wußte nicht, warum. Sie hielt sich auf dem schmalen Pfad, der den insgesamt unordentlich wirkenden Friedhof durchquerte, und blieb erst stehen, als sie die Mauer erreicht hatte. Alice spähte über die Mauer, die ihr bis zur Brust reichte. Die trächtigen Schafe hatten zu fressen aufgehört; sie hatten alle die Köpfe gehoben und sahen in die gleiche Richtung.

Sie rührten sich nicht von der Stelle, nicht einmal als Alice über die Mauer kletterte und auf die Tiere zugelaufen kam.

Ihre Schritte wurden langsamer. Das Gras stand hoch, und bald waren ihre Schuhe und Strümpfe durchnäßt. Sie schien verwirrt.

Sie sah in die Runde, von links nach rechts. Sie hatte die kleinen Hände zu Fäusten geballt.

Sie sah ein weiteres Mal geradeaus, das sanfte Lächeln kehrte in ihre Mundwinkel zurück, wurde zu einem breiten Lachen, gipfelte in einem Ausdruck der Verwunderung und Entrücktheit.

Ein einsamer Baum stand in der Mitte des Feldes, eine jahrhundertealte Eiche mit dickem, knorrigem Stamm und kräftigen Ästen, von denen die untersten weit auf das Feld hinausreichten, als wollten sie in den Boden hineinwachsen. Alice ging auf den Baum zu, ihr Schritt war langsam, aber nicht zögernd, und als sie zehn Meter von dem Stamm entfernt war, kniete sie nieder.

Ihr Mund stand offen, sie hatte die Augen zusammengekniffen, und die Pupillen waren zu winzigen Löchern geworden. Sie hob die Hand, um ihre Augen vor dem blendenden weißen Licht zu schützen, das vom Stamm des Baumes ausging.

Wieder lächelte sie. Das Licht war zu einer makellos weiß strahlenden Sonne geworden, zu einem Heiligenschein.

2

Ein Mädchen vor ihrem Ebenbild,
Das Haar so schimmernd, das Herze so wild,
Ihr Lippenpaar, und dreifach im Spiegel,
Ich lache, mich schaudert, ihr Sarg auf dem Hügel...
Aus William Blake: Das Spiegelkabinett

Das Bremsmanöver war so abrupt, daß der weiße Lieferwagen ins Rutschen kam. Beinahe wäre der Fahrer mit dem Kopf an der Windschutzscheibe gelandet. Der Mann fluchte, stieß sich vom Lenkrad ab, bis er wieder auf der Fahrerbank saß, und schlug auf den Plastikkranz des Lenkrads ein, als gälte es, ein ungezogenes Kind zu bestrafen.

Die Scheinwerfer des Lieferwagens reichten bis zu den Bäumen auf der anderen Straßenseite, das Fahrzeug stand an der Einmündung zu einer Hauptstraße. Der Fahrer warf einen Blick nach rechts, dann nach links, in das Dunkel hinein.

»Nach rechts«, murmelte er. »Es muß rechts abgehen, verdammt noch mal.«

Es gab niemanden im Lieferwagen, der ihm hätte zuhören können, aber das kümmerte den Mann nicht: er war daran gewöhnt, Selbstgespräche zu führen. »Ganz sicher geht's nach rechts.«

Er legte den ersten Gang ein und zuckte zusammen, als das Getriebe krachte. Der Lieferwagen machte einen Satz nach vorn, und der Mann riß das Steuer nach rechts. Gerry Fenn war müde, ärgerlich und angetrunken. Die öffentliche Stadtratsversammlung, an der er an jenem Abend teilgenommen hatte, war gelinde gesagt glanzlos, im Klartext stocklangweilig gewesen. Wen zum Teufel interessierte es, ob ein paar außerorts gelegene Häuser an die Kanalisation der Gemeinde angeschlossen wurden oder nicht? Die Bewohner der Häuser waren dagegen, das stand von vornherein fest; für sie bedeutete der Anschluß an die Kanalisation, daß sie höhere Gebühren zahlen müßten. Fast zwei Stunden hatte die Versammlung gebraucht, um zu der Erkenntnis vorzudringen, daß niemand in diesen Häusern angeschlossen werden wollte. Die Leute schissen viel lieber in ihre Jauchegruben. Wie üblich hatte der Linke vom Dienst die Prozedur aus Kräften in die Länge gezogen. Wie Fenn vermutete, versprach sich der Mann vom totalitären Abwassersystem den Endsieg der sozialistischen Sache. Fenn hatte eigentlich nicht bis zum Schluß der Versammlung bleiben wollen. Es war unnötig, sich den Unsinn bis zum bitteren Ende anzuhören. Er war dann eingeschlafen, auf seinem Platz in der hintersten Reihe. Erst als der Leiter der Versammlung das Schlußwort sprach, war er wieder aufgewacht. Die Agitatoren des totalitären Abwassersystems waren stocksauer, daß der Antrag abgelehnt worden war. Eine hübsche Schlagzeile, dachte Fenn. ›ANTRAG AUF ANSCHLUSS ANS ABWASSERSYSTEM ABGELEHNT‹. Allerdings ein bißchen zu markig für eine Schlagzeile im *Courier*. Zu markig. Auch nicht schlecht, der Ausdruck. Fenn nickte, stolz auf seinen ätzenden Witz.

Gerry Fenn arbeitete seit mehr als fünf Jahren im journalistischen Stab des Brighton Evening Courier, als Junge habe ich angefangen, als Mann höre ich auf, mit dieser Metapher pflegte er seinen Werdegang vor sich selbst zu illustrieren. Immer noch wartete er auf den großen Knüller, auf die Story, die Schlagzeilen in der ganzen Welt machen und ihn aus dem kleinen Seebad ins Herz der Weltpresse, in die Fleet Street katapultieren würde: FLEET

STREET! Donnernder Applaus für FLEET STREET! YEAH! Drei Jahre Volontär in Eastbourne, fünf Jahre beim *Courier*. Nächste Stufe: Leiter der Insight-Redaktion bei der *Sunday Times*. Wenn's bei der Sunday Times nicht klappte, würde er sich auch mit einem Posten bei *News of the World* zufriedengeben. Er würde Gelegenheit haben, Stories mit ›human touch‹ zu schreiben. Er würde im Dreck herumwühlen und ein Archiv haben.

Er hatte, nachdem die Versammlung beendet war, die Nachrichtenredaktion seiner Zeitung angerufen und dem Chef vom Dienst, verantwortlich für die Nachrichten, die nachts reinkamen (der Kollege war nicht sehr angetan gewesen, als Fenn ihm die Weisung HALTEN SIE MIR EINEN KASTEN AUF SEITE EINS FREI durchgab), mitgeteilt, daß die Versammlung in einem mittleren Aufruhr geendet hatte. Er, Fenn, sei dem Getümmel nur mit knapper Not, indem er sein Notizbuch vor dem Volkszorn bewahrte, entkommen. Als der Nachrichtenredakteur ihn wissen ließ, daß der Volontär aufgrund einer emotionalen Krise auf dem Tiefpunkt seines sechzehnjährigen Lebens die Brocken hingeschmissen habe, so daß die Stelle wieder offen sei, hatte Fenn seiner Story eine neue Wendung gegeben. Er hatte am Telefon dargelegt, es habe sich um eine recht lebendige Versammlung gehandelt, und vielleicht hätte er sich schon früher in die Büsche schlagen sollen, aber als der Linke mit dem Revoluzzerblick aufs Podium gestürmt sei, wo er einer völlig überraschten Stadträtin ein dunkelbraunes Würstchen (es sah aus wie Hundekot) in die Nasenlöcher zu drücken versuchte, da habe er gedacht... Fenn hielt den Hörer von sich, er vermeinte den Geifer des Nachtredakteurs aus der Ohrmuschel tropfen zu sehen. Es gab dann ein paar Piepssignale, und Fenn mußte eine neue Münze in den Schlitz einwerfen, um die Verbindung wieder herzustellen. Der Mann am anderen Ende hatte sich inzwischen wieder unter Kontrolle, aber Fenn spürte, er war immer noch am Rande des Nervenzusammenbruchs. Wo Fenn das Beackern des ländlichen Einzugsgebiets so viel Spaß mache, klang es aus der Muschel, da könnte er doch gleich noch ein paar andere Termine wahrnehmen. Fenn stöhnte auf, als er das vernahm, aber der Nachrichtenredakteur sprach locker weiter. Er empfing die Weisung, seinen Diener bei der Polizei zu machen: Sehen Sie bitte nach, ob die Pfadfinder-Imitatoren (Sitzfleisch, Beförderung, Pension, Fundbüro, Vermißt wird seit heute früh...) immer noch Pfadfinder imitierten. Statten Sie dem örtlichen Flohkino einen Besuch ab: Gibt es genügend Feministinnen auf dem regennassen Asphalt vor dem Kino, gibt es genügend Anti-Sex-Poster, genügend Poster gegen Vergewaltigung, und haben die Feministinnen genügend matschige Tomaten, die sie im Vorführungsraum auf die Leinwand schleudern können? Auf dem Rückweg suchen Sie den Caravan-Campingplatz in Partridge Green auf: Stellen Sie fest, ob die endlich Strom haben (der *Courier* hatte eine kleine Kampagne gestartet, um die Behörden zu veranlassen, den Caravan-Campingplatz ans Stromnetz anzuschließen, das war jetzt sechs Monate her). Fenn fragte zurück, ob sich der Nachtredakteur verdammt noch mal darüber klar sei, wieviel Uhr es war, sein Gesprächspartner hatte ihm versichert, jawohl, er wisse verdammt noch mal, wie spät es sei, und ob Fenn sich darüber klar sei, daß sein bisheriger Beitrag für die morgige Ausgabe des *Courier* sich auf einen VU (Verkehrsunfall) und auf einen Pudel, der wegen seiner diabetischen Stoffwechsellage im Rolls-Royce zur Vorsorgeuntersuchung chauffiert wurde, beschränkte, wobei der VU nicht mal ein tödlicher VU gewesen war.

Fenn fuhr aus der Haut, er ließ den Nachrichtenredakteur wissen, wie wütend er sei, und kündigte ihm an, daß er ihm anläßlich seiner Rückkehr in die Redaktion den Aktenspieß in den Hintern stecken würde, und zwar mit dem hölzernen Ende voran, und zur Abrundung des Bildes würde er ihm die nächststehende Schreibmaschine in den Rachen stecken, womit der Quell aus Scheiße, der aus diesem Mund floß, fürs erste verstopft sein würde, und dann würde Fenn den intellektuellen Bankrott des *Courier* herbeiführen, indem er dem Blatt seine Kündigung auf den Tisch knallte. Die Erklärungen, die Fenn dem Nachtredakteur gegenüber in diesem Zusammenhang abgab, ließen an Deutlichkeit nichts zu wünschen übrig, allerdings hatte er sich zuvor vergewissert, daß der Hörer bereits wieder auf der Gabel lag.

Als nächstes wählte er seine eigene Nummer an, er wollte Sue sagen, sie sollte in seiner Wohnung bleiben, er käme jetzt bald nach Hause. Allerdings nahm niemand ab, auch als er Sues Nummer anrief, kam keine Verbindung zustande. Herrgott noch mal, konnte sie denn nicht für dauernd zu ihm ziehen? Schon schlimm, daß er nie wußte, wo er sie zu suchen hatte.

Mit gepflegtem Mißmut verrichtete er die Tätigkeit, für die er bezahlt wurde. Er fand heraus, daß die Pfadfinder-Imitatoren in die

Rolle von Basarveranstaltern geschlüpft waren, genauer gesagt ging es um einen Wohltätigkeitsbasar (eine alte Dame hatte den Verlust ihres zweiten Gebisses zu Protokoll gegeben, sie hatte das Gebiß auf dem Küchentisch liegen lassen und gab sich, verständlicherweise, etwas wortkarg, als die Wohltätigkeitsbasarveranstalter-Imitatoren weiter in sie dringen wollten). Das Flohkino spielte seit vierzehn Tagen *Bambi* (Sturm war erst für nächste Woche angesagt, wenn die *Teenager-Göttinnen der Liebe* und *Sex in den Sümpfen* über die Leinwand flimmern würden). Er fuhr zum Caravan-Campingplatz in Partridge Green, spähte durch die Fenster der Caravans und bewunderte die flackernden Kerzen (als er bei einem der Caravans an die Tür klopfte, um sich nach der Stromversorgung zu erkundigen, gab man ihm die Empfehlung auf den Weg, sich doch gefälligst zu verpissen, es war dies für Fenn Anlaß genug, der Sache nicht weiter nachzugehen).

Fünf Minuten vor Toresschluß betrat er ein Pub, er hatte Glück, der Wirt war bereit, ihm etwas zu trinken zu geben. Fenn brauchte nur zu warten, bis die anderen Gäste – zwei Dominospieler und eine Frau, die das Pub mit ihrer in einen hölzernen Käfig gesperrten Katze heimsuchte –, den Ort der Handlung verlassen hatten. Fenn ließ kurz raushängen, daß er Reporter des *Brighton Evening Courier* war, ein Geständnis, das je nach Gemütslage des Wirts für einen prompten Rausschmiß oder für ein feuchtfröhliches Informationsgespräch nach der Sperrstunde gut war. Die Wirte gaben sich im allgemeinen gegenüber der Presse freundlich (irgendwie waren sie alle, auch die schlampigsten unter ihnen, auf die Auszeichnung ›Pub des Jahres‹ erpicht). Es gab Ausnahmen, jene Wirte nämlich, die (meist wegen kritischer Berichte über eheliche Auseinandersetzungen, die im Pub ausgetragen worden waren, über die allzu offenherzigen Barmädchen oder über die unhygienischen Zustände in der Küche) der Presse gegenüber eine gewisse Bitterkeit in ihrem Herzen bewahrten. Der Wirt, auf den Fenn gestoßen war, erwies sich als vergleichsweise problemlos, er war sogar einverstanden, als Fenn ihm einen Drink spendierte, eine Geste, die bei dem Reporter einen Anflug von Ratlosigkeit hinterließ. Hätte nicht der Wirt ihn einladen müssen statt er den Wirt? Er war zu diesem Zeitpunkt journalistisch nicht mehr interessiert – die Fleet Street und die internationalen Depeschenagenturen würden sich gedulden müssen, bis er wieder bei Laune war. Warum bin ich eigentlich hier, fragte er sich, warum lade ich den Wirt zu einem Drink ein? Weil ich nach der Sperrstunde noch etwas zu trinken bekommen will, lautete die Antwort. Oh yeah. Fenn war müde.

Drei Gläser und vierzig Minuten später stolperte Fenn in die kalte Nacht hinaus, ein wenig aufregendes Gespräch mit dem Wirt lag hinter ihm, und das Klicken der Türschlösser machte ihm klar, die Zugbrücke war hochgezogen, das Pub stand ihm nicht mehr als Refugium zur Verfügung, im Gegenteil, es war in eine Festung verwandelt worden, die jeden Angreifer entmutigen würde. Er versetzte dem weißen Lieferwagen einen Tritt in die Flanken, bevor er ins Fahrerhaus kletterte.

Der Lieferwagen war eine schlimme Sache. Er war auf beiden Seiten mit dem Namen der Zeitung beschriftet, weiße Buchstaben auf dem Hintergrund eines mächtigen, roten Blitzes. Sehr diskret. Richtig anonym. Der Courier hatte den Vertrag mit der Mietwagenfirma gekündigt, oder die Mietwagenfirma hatte dem Courier gekündigt, und so blieben den Journalisten nur zwei Möglichkeiten, entweder sie benutzten bei ihren Fahrten den eigenen Wagen, wofür sie kein Benzin erstattet bekamen, oder aber sie fuhren den einzigen Wagen, über den die Zeitung überhaupt verfügte, nämlich den Lieferwagen. Der war natürlich großartig geeignet, um damit hinter mutmaßlichen Brandstiftern oder Rauschgiftschmugglern herzufahren. Ideal für die Beobachtung verdächtiger Elemente. Ideal für ein Zusammentreffen mit Informanten, die unbekannt bleiben wollten. Hätten Woodstock und Bernstein für ihre konspiratorische Begegnung mit ›Deep Throat‹ wohl einen weißen Lieferwagen mit der Beschriftung *Washington Post* ausgewählt?

Die Scheinwerfer waren wie zwei stumpfe Messer, die mit mäßigem Erfolg an der Mauer aus Nacht und Düsternis herumkratzten. Fenn war von dem Anblick so angewidert, daß er nur noch den Kopf schütteln konnte. Nie wurden diese Scheinwerfer gewaschen, nie, nie, nie. Was für eine Nacht! Manchmal war die Spätschicht ja ganz lustig. Eine hübsche Vergewaltigung, ein flotter Raubüberfall. Brighton war voll von Verrückten. Verrückte und Araber. Und Antiquitätenhändler. Am schönsten war es, wenn die drei Segmente der Bevölkerung aneinandergerieten. Leider wurden die besten Stories nicht gedruckt. Oder aber sie wurden kastriert. Es hätte nicht der Linie des *Courier* entsprochen, wenn jemand am Image des Küstenortes herumnagte. So was war schlecht fürs

Geschäft. In Brighton steckten alle unter einer Decke. Die kleinen Spieler sollten nicht abgeschreckt werden. Was Fenns Spätschicht anging, so hatte sich nichts von Bedeutung ereignet. Er hatte es sich zur Regel gemacht, gleich zu Beginn die üblichen Anrufe hinter sich zu bringen: Polizei, Krankenhäuser, Bestattungsunternehmen, Feuerwehr. Sogar die hohe Geistlichkeit hatte er mit einer Anfrage beehrt. Nichts. Dann gab es noch eine Liste mit den Ereignissen des Tages, die in der Zeitung geführt wurde. Der Tag, soweit er in dieser Liste Niederschlag fand, umfaßte auch die Nacht. Es waren Termine, zu denen die Reporter hin mußten. Fenn fand nichts auf der Liste, was ihn irgendwie angelacht hätte. Wenn, dann hätte er einen dieser Termine nutzen können, um sich an der Versammlung des Stadtrats vorbeizumogeln. Aber wie die Dinge lagen, war die Sitzung das einzige, was eine entfernte Ähnlichkeit zu einem Ereignis hatte.

Vorne waren Lichter zu erkennen. Was für ein Ort das wohl war? Muß Banfield sein. Er war auf der Herfahrt durch Banfield gekommen. Gar kein übles Nest. Zwei Pubs auf der Hauptstraße. Was kann man mehr verlangen? Wenn kommenden Sonntag gutes Wetter war, würde er mit Sue nach Banfield rausfahren. Er würde sie zu einem Glas oder zwei im Pub einladen. Sie mochte die Pubs auf dem Lande. Mehr Atmosphäre. Gutes Bier. Meist eine Mischung von Typen in Gummistiefeln, Polohemden, Tweedanzügen. Plus den sozialen Abschaum, der dem Ganzen die richtige Würze gab.

Er kniff die Augen zusammen. Kurve da vorne. Verdammt düster. Hoppla. Bremse. Abwärts.

Die Straße schwang in einer Ebene aus, Fenn nahm den Fuß von der Bremse. Die Bremsen funktionierten ja wohl. Hoffentlich. Manchmal verdächtigte Fenn die Lieferfahrer, daß sie vor der Übergabe des Wagens an die Redakteure die Bremsen oder das Lenkgestänge ausbauten. Hatten was gegen Schreibtischtäter. Das würde so weitergehen, bis... *Verdammt, was war das?*

Er stieg mit dem Fuß auf die Bremse und riß das Steuer nach links. Der Lieferwagen kam ins Schleudern, vollzog eine Drehung von nahezu 360 Grad und geriet mit den Vorderrädern auf die mit Gras bewachsene Böschung.

Der Wagen stand. Fenn legte den Leerlauf ein und ließ den Kopf auf das Lenkrad sinken. Er seufzte, und dann ließ er den Kopf wieder zurückfedern. Mit bedächtigen Bewegungen kurbelte er das Seitenfenster herunter. Er steckte den Kopf in die kalte Nachtluft hinaus.

»Was, zum Teufel, war das?« sagte er laut.

Irgend etwas war aus der Dunkelheit hervorgeschossen gekommen. Das Wesen hatte unmittelbar vor dem Lieferwagen die Straße überquert. Kein Tier. Größer als ein Tier. Er hatte das Wesen nur um eine Handbreite verfehlt. Er zitterte, so sehr war ihm der Schreck in die Glieder gefahren.

Und dann sah er eine Bewegung. Ein grauer Schatten.

»He!« schrie er.

Der Schatten verschwand.

Fenn stieß die Wagentür auf und sprang ins nasse Gras hinab.

»Halt!« schrie er.

Das Scharren von Füßen war zu hören. Schritte, die näherkamen. Schritte auf Kies oder Schotter.

Er rannte quer über die Straße und gelangte an ein niedriges Tor, das aus zwei Flügeln bestand. Ein Flügel stand offen. Nur langsam gewöhnte Fenn sich an das Halbdunkel. Als zwischen den gemächlich dahinziehenden Wolken der Mond zum Vorschein kam, erblickte er die Gestalt.

Das Wesen entfernte sich von ihm, es rannte einen von Bäumen gesäumten Weg entlang. Fenn konnte nichts weiter ausmachen als die Bäume und ein Gebäude am Ende des Weges. Ihn schauderte. Die ganze Sache war unheimlich.

Bei dem Wesen mußte es sich wohl um ein Kind handeln. Oder um einen Zwerg. Fenn versuchte die Erinnerung an den Zwerg in Du Mauriers *Don't Look Now* zu verdrängen. Am liebsten wäre er zum Lieferwagen gehastet und davongebraust. Sein Schließmuskel hatte zu vibrieren begonnen. Ein peinliches Gefühl. Aber wenn die Gestalt dort ein Kind war, was machte ein Kind so spät in der Nacht hier in der Einsamkeit? Es war immerhin so kalt, daß ein Mensch erfrieren konnte.

»He! Bleib doch stehen! Ich möchte mit dir reden!«

Keine Antwort, nur schlurfende Schritte.

Fenn durchschritt das Tor und sandte einen weiteren Ruf in das Halbdunkel hinein, dann rannte er dem kleiner werdenden Schatten nach. Das Gebäude am Ende des Weges wurde größer und größer, schließlich nahm es die Form einer Kirche an. Keuchend lief er weiter. Was hatte ein Kind so spät in der Nacht in einer Kirche zu suchen?

Aber die Gestalt dort vorn lief nicht in die Kirche. Sie hatte fast das Eingangsgewölbe erreicht, als sie links abbog. Fenn sah, wie das Wesen in den Schatten der Kirche eintauchte. Er bekam jetzt kaum noch Luft, so schnell war er gelaufen. Er rannte weiter. Fast wäre er auf dem schlüpfrigen Untergrund ausgeglitten, der Pfad war schmäler geworden. Fenn fing sich, zwang sich weiterzulaufen, er umrundete die Kirche. Auf der Rückseite der Kirche angelangt, blieb er stehen. Mein Gott, dachte er, warum bin ich nicht im Wagen geblieben.

Vor ihm lag ein stilles, weitgestrecktes Gelände, das von grauen Schatten übersät war. Ein Friedhof!

Die Gestalt rannte zwischen den Grabsteinen entlang, das einzig Lebendige auf dem düsteren Gräberfeld.

Der Mond hatte die Schnauze voll. Er zog sich eine Wolke über die Augen.

Fenn lehnte sich an die Kirche, die scharfen Kanten der Steine gruben sich in seine feuchten Hände. Was ich da verfolge, ist ein Geist, dachte er. Gleich wird der Geist in eines der Gräber hinabsteigen.

Sein Instinkt sagte ihm, es wäre das beste, wenn er jetzt heimlich, still und leise zum Lieferwagen zurückginge. Aber da gab es noch die Spürnase des Reporters. War er nun ein Reporter oder nicht? Geister, so was gab es nicht. Was es gab, das waren gute Geisterstories. Wenn er jetzt den Schwanz einkniff, würde er ewig und einen Tag der verpaßten Gelegenheit nachtrauern. Wenn er seinen Freunden (oder gar dem Chef vom Dienst) gestand, daß er bei der ersten und einzigen Geisterstory seines Lebens gekniffen hatte, würden sie ihn nie wieder auf einen Drink einladen. Vorwärts, du Starreporter. Seine Nase sagte ihm, daß er jetzt keine Angst haben durfte, seine Nase, nicht sein Verstand, nicht sein Herz.

»He!« Der Schrei zerbrach in zwei Teile. Das H war übergewichtet.

Er stieß sich von dem Kirchengemäuer ab und zwang sich, zwischen den grauschimmernden Steinen entlangzugehen. Er zuckte zusammen, als er die konisch zugespitzten Erdhügel bemerkte. *Sie wollen aus ihren Gräbern ausbrechen!*

Natürlich wußte er, was das für Hügel waren. Maulwurfshügel, du Schwachkopf! Mechanisches Lächeln, Selbstverachtung. Und dann erhaschte er wieder einen Blick auf die winzige Gestalt, die an den Gräbern vorbeihuschte. Wie es schien, lief das Wesen auf den rückwärtigen Teil des Friedhofs zu, wo die bedrohlichen Schatten der Gebeinhäuser zu erkennen waren. Oh, mein Gott, das ist sicher ein Vampir, ein Zwergvampir, der sich in seiner Gruft zum Schlafen niederlegen will! Fenn dachte es, ohne daß sich sein spöttisches Lächeln, mit dem er gerechnet hatte, einstellen wollte.

Er duckte sich, plötzlich war er von der Angst befallen, daß ihn jemand sehen könnte. Der Mond gab sich als Feind, er kam zwischen den Wolken hervor, ausgerechnet jetzt.

Fenn war hinter einem halb umgesunkenen Grabstein in Deckung gegangen. Vorsichtig spähte er über die Kante des Steins hinweg. Er sah, wie das Wesen über die niedrige Friedhofsmauer kletterte und von der Dunkelheit aufgenommen wurde.

Die kühle Nachtluft strich über seine Wangen. Vielleicht sind das einsame Seelen, die auf diese Weise auf sich aufmerksam machen wollen, dachte er. Er wollte nicht weitergehen. Er wollte auch nicht weiter im Schutz des Grabsteins verharren. Und unter gar keinen Umständen wollte er über die Friedhofsmauer schauen. Aber er wußte, er würde drüberschauen.

Der Reporter hastete weiter, seine Kniegelenke waren schon ganz steif, so kalt war es auf dem Friedhof. Er tat sein Bestes, um die Ruhe der ›lieben Dahingegangenen‹ nicht zu stören, er wand sich durch das Gewirr der Steine, lief gebückt auf die Grabmäler in der Ecke des Friedhofs zu. Die Gruften dort glichen aufgebrochenen Kühltruhen von der Art, wie man sie in Supermärkten sah; der Inhalt war, anders als in den Supermärkten, der Verwesung überlassen. Die Steinplatte auf einem der Grabmale lag schief, und Fenn stellte sich vor, wie sich eine Hand durch den Spalt schob, eine mit grüner Haut bewehrte Klaue, die Nägel abgeschürft, und durch das verrottete Fleisch die Umrisse der Fingerknochen erkennbar. Das reicht jetzt, Fenn!

Er hatte die Mauer erreicht und ging in die Knie. Er hatte keine besondere Eile hinüberzusehen. Er zitterte vor Kälte. Er war außer Atem (warum vergaß er eigentlich immer das Einatmen?), und er hatte furchtbare Angst. Aber er war auch neugierig. Fenn schob seine Schultern bis an die Oberkante der Mauer.

Sein Kopf kam ihm vor wie eine Kokosnuß, die auf das Beil des Mannes wartete, daß sie vom Zweig abschlagen würde.

Drüben lag ein Feld, schiefergrau, eben, mondbeschienen, und in der Mitte des Feldes, in einiger Entfernung von der Friedhofsmauer, waren die Umrisse eines knorrigen Baumes zu erkennen. Vielfältig verrenkte Zweige ragten in den Himmel, die unteren, die dickeren Äste schienen nach dem Boden zu tasten, aus dem der Baum erwachsen war. Der einsame Stamm bot dämonische Sicherheit inmitten einer öden Landschaft. Fenn kniff die Augen zusammen, er suchte die kleine Gestalt, die er über den Friedhof hinweg verfolgt hatte. Da, eine Bewegung. Jawohl, dort war die Gestalt. Sie ging geradewegs auf den Baum zu. Sie blieb stehen. Sie setzte sich wieder in Bewegung. Dann – o Gott, nein, die Gestalt versank im Boden! Nein, sie war niedergekniet. Sie verharrte in magischer Stille, regungslos wie ein Baum.

Fenn wartete. Er wurde ungeduldig. Das genossene Bier drückte auf die Blase. Er beschloß weiter zu warten.

Schließlich dachte er, wenn ich nichts unternehme, dann geschieht hier gar nichts. Er kletterte über die Mauer. Er blieb stehen und wartete.

Nichts tat sich.

Er ging auf die Gestalt zu.

Als er näherkam sah er, daß es sich nicht um einen Zwerg handelte.

Es war ein Mädchen.

Ein junges Mädchen.

Und das Mädchen starrte den Baum an.

Und sie lächelte.

Und als er sie an der Schulter berührte, sagte sie: »Sie ist so wunderschön.«

Sie verdrehte die Augen nach oben und stürzte vornüber.

Danach bewegte sie sich nicht mehr.

3

> »Wer bist du?« sagte er schließlich mit ängstlichem
> Flüstern. »Bist du ein Geist?«
> »Nein«, antwortete Mary. Ihr eigenes Flüstern klang erschrocken. »Bist du vielleicht einer?«
>
> Aus Frances Hodgson Burnett: Der geheime Garten

Pater Hagan lag ausgestreckt im Dunkeln. Er versuchte seine Sinne aus den einlullenden Armen des Schlafes zu befreien. Seine Lider flatterten, dann schlug er die Augen auf. Er konnte den Widerschein der Nacht durch die Vorhänge erkennen. Die Vorhänge waren zugezogen, bis auf einen Spalt. Wovon war er aufgewacht?

Der Priester streckte die Hand nach der Lampe auf dem Nachttisch aus, er tastete nach dem Schalter. Das aufflammende Licht stach ihm in die Augen, es dauerte eine Weile, bis er die Lider wieder öffnen konnte. Er warf einen Blick auf die kleine Uhr. Es war Mitternacht vorbei. War er von einem Geräusch aufgewacht, von einem Geräusch auf der Straße? Oder waren es Laute im Haus, die ihn geweckt hatten? War er aufgewacht, weil er schlecht geträumt hatte? Er ließ sich auf das Bett zurücksinken und starrte auf die Zimmerdecke.

Pater Andrew Hagan war sechsundvierzig. Seit nahezu neunzehn Jahren gehörte er als Priester der Kirche an. Der Wendepunkt in seinem Leben war ein Herzanfall gewesen, den er zwei Tage vor seinem siebenundzwanzigsten Geburtstag erlitten hatte. Er hatte sich verunsichert, geängstigt und erschöpft gefühlt, als der Anfall zu Ende ging. Ihm war klar geworden, daß er sich von Gott entfernt hatte. Sein spirituelles Ich, so hatte er erkannt, war vom Materialismus einer chaotischen Umwelt eingekreist. Er hatte es zugelassen, daß dieses Ich von anderen Einflüssen unterdrückt wurde bis zu einem Punkt, wo nur er selbst wußte, daß es dieses Ich noch gab. Vier Jahre lang hatte er Geschichte und Religion an einem katholischen Gymnasium in London unterrichtet, danach hatte er drei Jahre in einer Gesamtschule in einem Vorort gelehrt, diese Gesamtschule war Pater Hagan vorgekommen wie eine Verrücktenanstalt, und in all diesen Jahren war die schimmernde Wehr seines Glaubens rostig geworden, die Fäulnis war dabei, sich zu seinem Herzen durchzufressen, zu der Seele, die Fragen unbeantwortet ließ, die nur

WUSSTE. Er hatte verstanden, daß er einen neuen Weg einschlagen mußte. Der nahe Tod war wie eine energische Mutter, die nicht zulassen würde, daß ihr Kind sich auch nur fünf Minuten länger in den Kissen des Nachtlagers vergrub.

Er lehrte in der Gesamtschule keine Religion mehr, nur noch Geschichte, gelegentlich übernahm er den Englischunterricht. In dieser Schule war Religion praktisch nichtexistent. Das Ersatzfach hieß Ethik, und auch diese Säule war bereits geborsten, der junge Ethiklehrer war schon im zweiten Semester gefeuert worden, nachdem er bei dem Rektor der Schule in Ungnade gefallen war. Hagan hatte in der Folge mehr und mehr Englischstunden übernommen. Nachdem er nicht mehr die Möglichkeit hatte, mit neugierigen, zugleich oft gelangweilten jungen Menschen über Religion zu diskutieren, hatten sich seine Gedanken, soweit sie Gott zum Ziel hatten, nach innen gerichtet, in jenen Bereich, wo er Reste von Selbstvertrauen vorfand, auf denen er aufbauen konnte. Der Herzanfall, so leicht er war, hatte den seelischen Zersetzungsprozeß, schlimmes Ende vorgezeichnet schien, aufgehalten. Plötzlich war Hagan bewußt geworden, was er da aufgab. Er wollte wieder unter Menschen sein, die an Gott glaubten, wie auch er an Gott glaubte, ihre Zuversicht in den Schöpfer würde ihn in seinem Bekenntnis stärken. Ein Jahr nach der krankheitsbedingten Zäsur war Hagan in Rom, wo er sich auf das Amt des Priesters vorbereitete. Und inzwischen fragte er sich, ob von den früher erlittenen Erschütterungen nicht doch Risse in seinem Glaubensgebäude zurückgeblieben waren.

Geräusche. Draußen. Bewegung. Pater Hagan fuhr in seinem Bett hoch.

Er zuckte zusammen, als im Erdgeschoß des Hauses an die Tür geklopft wurde.

Der Priester setzte sich die Brille auf, die er auf dem Nachttischchen liegen hatte, und sprang vom Bett auf; er ging zum Fenster. Er zog die Vorhänge zur Seite, aber er zögerte, das Fenster zu öffnen. Erst als das Klopfen an der Tür lauter wurde, überwand er sich.

»Wer ist da?« Kalte Luft hüllte seine Schultern ein. Er erschauderte.

»Nur ein paar Gespenster!« kam die Antwort. »Machen Sie bitte auf!«

Hagan lehnte sich aus dem Fenster und spähte auf die Veranda hinab. Eine Gestalt trat in den Lichtkegel, die Umrisse blieben undeutlich.

»Ich habe ein Problem, und Sie haben jetzt auch eins«, sagte die Stimme. »Schauen Sie mal!« Es war ein Mann, der einen kleinen Körper auf seinen Armen trug.

Der Priester verließ seinen Platz an der Fensterbank. Mit raschen Bewegungen zog er sich einen Morgenmantel über den Schlafanzug. Er verzichtete darauf, sich Pantoffeln anzuziehen. Barfuß ging er die kalten Stufen hinunter. Im Flur angekommen, blieb er ein paar Sekunden hinter der Tür stehen. Er war unschlüssig, ob er öffnen sollte. Zwar war das Dorf nicht weit, aber Kirche und Pfarrhaus lagen einsam, auf drei Seiten von Feldern und Wald umgeben. Die einzige Nabelschnur zur Gemeinde war die Landstraße, die am Haus vorbeiführte. Pater Hagan war kein furchtsamer Mensch, aber natürlich hatte die Tatsache, daß er in unmittelbarer Nachbarschaft zum Friedhof lebte, ihre Auswirkungen hinterlassen. Er fuhr zusammen, als der Fremde draußen mit der Faust an die Tür schlug.

Er schaltete die Außenleuchte ein, bevor er öffnete.

Dem Mann, der auf der Veranda stand, war der Schreck ins Gesicht geschrieben, obwohl er den Mund zu einem Grinsen verzogen hatte. Er war aschfahl. »Ich hab' was gefunden. Die Kleine wandert in der Nacht herum.«

Er hielt dem Priester das Kind entgegen, das er auf den Armen trug, und machte eine Bewegung mit dem Kinn. Hagan warf einen raschen Blick auf die zerbrechlich wirkende Gestalt im Nachthemd. Er wußte, wer das war, noch bevor er das Gesicht sah.

»Bringen Sie sie rasch ins Haus«, sagte er und trat zur Seite, um den Fremden vorbeizulassen.

Er schloß die Haustür und bedeutete dem Mann, ihm ins Wohnzimmer zu folgen. Er knipste das Licht und das elektrische Heizgerät an.

»Legen Sie sie auf die kleine Couch«, sagte er. »Ich geh' und hole eine Decke. Sie ist sicher unterkühlt.«

Der Mann antwortete mit einem Grunzen. Er legte das Mädchen auf die weichen Kissen. Er kniete sich neben sie und strich ihr das lange blonde Haar aus der Stirn. Der Priester kehrte zurück, er brachte eine Decke, die er mit sorgsamer Geste auf die reglose Gestalt legte. Pater Hagan betrachtete ein paar Sekunden lang das friedliche Gesicht des Mädchens, dann wandte er sich dem Mann zu, der ihm die Kleine ins Haus getragen hatte.

»Was ist passiert«, fragte er.

Der Mann zuckte die Schultern. Er war Ende zwanzig oder Anfang dreißig, er wirkte unrasiert, und er trug eine dicke Joppe aus Cordsamt, die ihm bis zu den Oberschenkeln reichte. Den Kragen hatte er hochgeschlagen, wohl um sich vor der Kälte zu schützen. Die Hosen waren dunkelblau. Wahrscheinlich Jeans, dachte Hagan. Das hellbraune Haar des Mannes war wild zerzaust, aber es war nicht übermäßig lang. »Sie kam plötzlich über die Straße gerannt, ich konnte gerade noch bremsen. Ich dachte schon, ich hätte sie auf dem Kühler.« Er hielt inne, um das Mädchen anzusehen. »Schläft sie?«

Der Priester schob dem Mädchen das Augenlid hoch. Die Pupille kam zum Vorschein, eine unbewegliche, weiße Kugel. »Ich glaube nicht. Mir scheint, sie...« Er ließ den Satz unvollendet.

»Sie ist nicht stehengeblieben, als ich sie anrief«, sagte der Mann. »Deshalb bin ich ihr gefolgt. Sie ist geradewegs auf die Kirche zugelaufen, und dann ist sie auf einmal zum Friedhof abgebogen. Ich hab' eine Höllenangst ausgestanden, das kann ich Ihnen sagen.« Er schüttelte den Kopf, um sich von der nervlichen Anspannung zu befreien. »Haben Sie eine Ahnung, wer sie ist?«

»Sie heißt Alice«, sagte der Priester ruhig.

»Warum läuft sie in der Nacht herum? Wo kommt sie her?«

Pater Hagan ließ diese Fragen unbeantwortet. »Ist sie – ist sie über die Friedhofsmauer geklettert?«

Der Mann nickte. »Ist sie. Sie ist über die Mauer geklettert und auf das Feld hinausgerannt. Woher wußten Sie das?«

»Sagen Sie mir bitte genau, wie's weiterging.«

Der Mann warf einen Blick in die Runde. »Haben Sie was dagegen, wenn ich mich setze? Ich bin etwas wacklig auf den Beinen.«

»Entschuldigen Sie. Sie haben sicher einen Schock bekommen, als Ihnen die Kleine fast vor den Wagen lief.«

»Vor allen Dingen hat mir zugesetzt, wie sie über den verdammten Friedhof rannte.« Er ließ sich in den Sessel sinken, ein Seufzer der Erleichterung entwich seinen Lippen. Aber dann nahm sein Gesicht wieder den gespannten Ausdruck an. »Wär's nicht besser, wenn Sie gleich einen Arzt rufen? Die Kleine ist ja fix und fertig.«

»Ja, ich werde gleich einen Arzt anrufen. Aber sagen Sie mir erst, was sie getan hat, nachdem sie auf das Feld hinauslief.«

In der Miene des Mannes zeichnete sich Ratlosigkeit ab. »Sind Sie der Vater des Kindes?« fragte er. Er sah den Priester an, aus mutig blickenden blauen Augen.

»Ich bin nicht der Vater. Ich bin Pater. Die Kirche, die Sie gesehen haben, ist eine katholische Kirche, und ich bin der Gemeindepfarrer, Pater Hagan.«

Der Mann ließ den Mund offenstehen, schließlich nickte er. »Na klar«, sagte er und zwang sich zu einem Grinsen. »Hätte ich wissen müssen.«

»Und Sie sind Mr. . . . ?«

»Gerry Fenn.« Er würde dem Priester vorläufig nicht sagen, daß er Reporter beim *Courier* war. »Wohnen Sie allein in diesem Haus?«

»Ich habe eine Haushälterin, die tagsüber kommt. Abgesehen davon, ja, ich wohne allein.«

»Gruselig.«

»Sie wollten mir noch sagen . . .«

»Ach ja, das Feld. Nun, das war eine sehr merkwürdige Sache. Ich bin ihr gefolgt, und als ich sie einholte, da kniete sie im Gras. Sie schien die Kälte nicht zu spüren. Sie kniete im Gras, starrte geradeaus und lächelte.«

»Sie hat gelächelt?«

»Na ja, sie hat gestrahlt, würde ich sagen. Als ob's da was Besonderes zu sehen gäbe, verstehen Sie? Als ob da was wäre, was ihr besonders gefiel. Aber da war nichts, nur ein großer, alter Baum.«

»Die Eiche.«

»Wie bitte? Ja, könnte sein. Eine Eiche. Es war zu dunkel, um das zu erkennen.«

»Es gibt nur einen einzigen Baum auf dem Feld, und das ist eine Eiche.«

»Dann war's wohl eine Eiche.«

»Was ist passiert?«

»Jetzt kommt das Merkwürdige. Ich meine, das Ganze war sowieso schon verdammt merkwürdig – entschuldigen Sie, Pater –, ich will sagen, komisch war's so und so, aber jetzt kommt der Hammer. Ich dachte, ich hätte es mit einer Schlafwandlerin zu tun, mit einer Schlafläuferin, um es genau zu sagen, und deshalb hab' ich das Mädchen an der Schulter berührt. Ganz vorsichtig, verstehen Sie? Ich wollte sie nicht erschrecken. Sie hat einfach weitergelächelt, und dann sagte sie: ›Sie ist so wunderschön.‹ Als ob da jemand am Baum stünde.«

Der Priester war mitten in der Bewegung erstarrt. Er sah Fenn aus großen Augen an. Fenn unterbrach seinen Bericht. »Ist was?« fragte er.

»Sie sagten gerade, das Mädchen hat gesprochen. Hat Alice etwas zu Ihnen gesagt?«

Fenn wußte wirklich nicht, was er von dem Benehmen des Priesters zu halten hatte. Er wand sich verlegen in seinem Sessel. »Sie hat eigentlich nicht zu mir gesprochen. Mehr zu sich selbst. Ist das so was Besonderes, Pater?«

Der Priester ließ seinen Blick auf dem Mädchen ruhen. Er streichelte ihr die Wange. »Alice ist taubstumm, Mr. Fenn. Sie kann nicht sprechen, und sie hört nichts.«

Fenns Blick wanderte von dem Priester zu dem Mädchen. Sie lag da, bleich, reglos, zerbrechlich und klein. Und so verletzlich.

4

»*Aber ich will doch nicht unter Verrückte gehen!*« *widersprach Alice.*
»*Ach, dagegen läßt sich nichts machen*«, *sagte die Katze;*
»*hier sind alle verrückt. Ich bin verrückt. Du bist verrückt.*«
Aus Lewis Carroll: Alice im Wunderland

Jemand hatte Fenn auf die Schulter getippt.

»Tag, Gerry. Ich dachte, du hättest diese Woche Nachtschicht.«

Er sah auf. Es war Morris, einer der dreizehn Redakteure des *Courier*. Morris ging hinter ihm vorbei, er hielt seinen Kopf Fenn zugewandt, ohne seine Schritte – er war zu seinem Schreibtisch unterwegs – zu verlangsamen.

»Was? Ja, das stimmt, aber das Beste weißt du noch gar nicht«, antwortete Fenn. Er lenkte seinen Blick auf die Schreibmaschine zurück und überflog die letzte Zeile, die er im Zweifingersystem getippt hatte. Er grunzte zufrieden, und dann hieb er aufs neue mit den beiden Zeigefingern auf die Tasten ein. Er verschwendete keinen Gedanken an das Chaos, das rund um ihn zu herrschen schien: das Klappern der Schreibmaschinen, die sich in einem elenden Zustand befanden, weil sie überbeansprucht und schlecht gewartet wurden, der gelegentliche Fluch eines Kollegen, das rauhe Lachen, das Stimmengewirr, die Gerüche. Der Tumult würde weiter zunehmen und erst nachmittags, um Viertel vor vier, wenn die Abendausgabe fertig war, ohne viel Protokoll in sich zusammenbrechen. Schon als Volontär lernte man, den Lärm aus seinem Bewußtsein zu verdrängen und sich auf seine eigenen Gedanken, auf die Finger und auf die schwarzen Buchstaben des Manuskripts in der Walze zu konzentrieren. Man lernte, sich in einen Kokon einzuspinnen.

Fenns rechter Zeigefinger drückte die Taste mit dem Punkt. Er zog das Manuskript, Original und drei Durchschläge, aus der Maschine. Er las das Geschriebene rasch durch, sein Lächeln wurde zu einem breiten Grinsen. Heiß. Wirklich heiß. Gestalt erscheint in der Nacht. Ein weißes Gespenst. Läuft fast vor den Lieferwagen. Verfolgung aufgenommen. Die Erscheinung flieht über den Friedhof (könnte ein bißchen gruseliger sein, aber besser kein Overkill). Mädchen kniet auf Feld, starrt Baum an. Kleines Mädchen im weißen Nachthemd. Allein. Sie spricht. Später findet unser unerschrockener Reporter heraus, Mädchen ist – Mädchen war – taubstumm. Fantastisch!

Fenn marschierte zwischen den mit Papier überhäuften Schreibtischen entlang, den Blick auf den Nachrichtenredakteur gerichtet, der vornübergebeugt saß. Er war vor dem Tisch des Nachrichtenredakteurs angekommen und widerstand der Versuchung, ihm mit dem Finger auf die Glatze zu tippen.

»Leg's da hin, ich seh's mir nachher an«, sagte der Nachrichtenredakteur.

»Sieh's dir besser gleich an, Frank.«

Frank Aitken sah auf. »Ich dachte, du hattest Nachtschicht, Hemingway.«

»Hatte ich auch. Ich hab' hier was Besonderes für dich.« Fenn schwenkte das Manuskript in der Hand.

»Zeig's dem Schlußredakteur.« Der glatzköpfige Mann sank wieder über seinem Schreibtisch zusammen, er ließ den Bleistift über das Papier huschen.

»Überflieg's doch mal, Frank. Ich könnte mir vorstellen, daß dir die Story gefällt.«

Mit einer müden Geste legte Aitken den Bleistift aus der Hand.

Einige Sekunden lang blickte er Fenn in das lächelnde Gesicht. »Tucker sagte mir, du hast letzte Nacht nichts rangeschafft.« Tucker war der Nachrichtenredakteur bei der Nachtschicht.

»Ich hab' eine ganze Reihe von Themen rangeschafft, Frank, aber letzte Nacht war nichts Besonderes. Außer das da.«

Aitken riß ihm das Manuskript aus der Hand.

Fenn steckte die Hände in die Taschen und wartete geduldig, bis Aitken die Story überflogen hatte. Er formte die Lippen zu einem selbstzufriedenen, geräuschlosen Pfeifen. Aitken sah erst auf, als er das Manuskript bis zur letzten Zeile durchgelesen hatte. Aus seinem Blick sprach Skepsis.

»Was soll ich mit dieser Scheiße?« sagte er.

Das Grinsen verschwand aus Fenns Gesicht. »Gefällt's dir, oder gefällt's dir nicht?«

»Meinst du das ernst, was du da geschrieben hast?«

Fenn stand auf den Schreibtisch des Nachrichtenredakteurs gelehnt. Er hob die Stimme. »Was da steht, ist die Wahrheit, Frank.« Er stieß mit den Fingerspitzen auf das Papier hinab. »So wie's da steht, ist es mir passiert, und zwar vergangene Nacht!«

»Na und?« Aitken ließ das Manuskript über den Schreibtisch segeln. »Was beweist das? Das Mädchen hat einen Alptraum und geht schlafwandeln. Na und? Das ist doch nichts Besonderes.«

»Aber daß sie taubstumm war und zu mir gesprochen hat, das ist was Besonderes.«

»Hat sie sonst zu jemandem gesprochen? Ich meine, nachdem du sie zu dem Priester gebracht hast?«

»Nein, aber...«

»Als der Arzt gekommen ist, hat sie da was gesagt?«

»Nein...«

»Hat sie mit ihren Eltern gesprochen?«

Fenn richtete sich zu seiner vollen Größe auf. »Der Quacksalber hat sie untersucht, während der Priester die Eltern holte. Als die Eltern dann kamen, war sie eingeschlafen. Der Arzt hat den Eltern gesagt, sie hat nichts. Leichte Temperatur, das war alles.«

Der Nachrichtenredakteur hatte sich mit den Ellbogen auf die Schreibtischplatte gestützt. Man konnte ihm anmerken, daß er sich zur Geduld zwingen mußte. »Also gut, das Mädchen hat mit dir gesprochen. Drei Worte hat sie gesagt, oder? Hat sie normal gesprochen oder undeutlich?«

»Wie meinst du das?«

»Ich meine, wenn das Mädchen taubstumm ist, dann hat sie keine klare Aussprache, selbst wenn sie ein Wort zustande bringt. Die Worte klingen verzerrt oder sind vollkommen unverständlich, sie hat ja noch nie gehört, wie das richtig ausgesprochen wird.«

»Die Worte waren vollkommen klar zu verstehen. Und das Mädchen ist nicht von Geburt taubstumm. Der Priester sagt, sie hat die Behinderung seit dem vierten Lebensjahr.«

»Und wie alt ist sie jetzt?« Aitken fuhr mit dem Finger über das Manuskript. »Elf. Sieben Jahre sind eine lange Zeit, Gerry.«

»Was ich gehört habe, habe ich gehört«, sagte Fenn.

»Es war ja ganz schön spät, und du warst unter dem Eindruck eines Schocks.« Der Nachrichtenredakteur maß ihn mit einem argwöhnischen Blick. »Und getrunken hattest du sicher auch was.«

»Nicht soviel, daß ich Stimmen höre.«

»Das sagst *du*.«

»Es ist die reine Wahrheit!«

»Was soll ich denn jetzt damit tun?« Er nahm das Manuskript und hielt es hoch.

Fenn sah ihn überrascht an. »Du sollst es drucken.«

»Ich denk' nicht dran.« Aitken knüllte das Papier zusammen und warf die Kugel in den Papierkorb.

Der Reporter wollte protestieren, aber Aitken beschied ihn zu schweigen.

»Hör mal, Gerry. Das ist doch keine Story, was du da geschrieben hast. Du bist erwachsen und häßlich genug, um das zu verstehen. Was haben wir denn? Nur deine Behauptung, daß die Kleine, nachdem sie sieben Jahre lang taubstumm war, gesprochen hat. Und was hat sie gesagt? Drei Worte, drei gottverdammte Worte, und niemand hat's gehört, nur du. Unser Starreporter, bekannt für seine farbige Vorstellungskraft, berühmt für seine satirischen Bemerkungen, wenn es um die Sitzungen des Stadtrats geht...«

»Das war doch nur ein Scherz, Frank.«

»Ein Scherz? Du machst etwas viel Scherze in der letzten Zeit. Wie war das noch mit dem Drachenflieger, der sich splitternackt in die Lüfte schwang?«

»Ich wußte nicht, daß der Mann ein fleischfarbenes Trikot trug. Ich fand, es sah sehr realistisch aus, und...«

»Und das Foto sah auch sehr realistisch aus. Die Polizei ist wegen der Sache kreuz und quer durch die Gegend gekurvt, um den Typen bei der Landung abzufangen, die waren nicht sehr angetan, als sich herausstellte, daß du sie auf den Arm genommen hast.«

»Ich habe mich von dem Trikot täuschen lassen, das wäre jedem anderen genauso gegangen.«

»Aber sicher. Und was sagst du zu dem Poltergeist in Kemptown?«

»Scheiße, ich konnte doch nicht wissen, daß die alte Dame eine neurotische Katze hat.«

»Du hast dir gar nicht erst die Mühe gemacht, das zu checken, Gerry, da liegt der Hase im Pfeffer. Der Hellseher, den wir angeheuert haben, hat seine Story an den *Argus* verkauft. Man kann ihnen nicht mal vorwerfen, daß sie sich an die Sache dranhängen, sie sind schließlich unsere unmittelbaren Konkurrenten.«

Ein paar Reporter, die sich in Hörweite befanden, hatten zu grinsen begonnen. Keiner sah von seiner Schreibmaschine auf.

»Du hast noch mehr auf dem Kerbholz, ich habe nur nicht die Zeit, mit dir die ganze Sündenliste durchzugehen.« Aitken hatte seinen Bleistift ergriffen. Er deutete mit der Spitze auf die Straße. »Du verschwindest jetzt aus der Redaktion und trittst deinen Dienst wieder an, wenn deine Schicht beginnt.« Er beugte sich über seinen Manuskriptstapel und begann zu korrigieren. Fenn starrte entmutigt auf die spiegelnde Glatze.

»Kann ich der Sache wenigstens nachgehen?«

»Nicht in deiner Arbeitszeit«, kam die brüske Antwort.

Fenn fühlte, er war es den neugierigen Kollegen schuldig, daß er als Reaktion auf die erhaltene Abfuhr die Zunge aus dem Mund schießen ließ und mit den Ohren wackelte. Nachdem er das kleine Kunststück vorgeführt hatte, wandte er sich ab und ging verkniffenen Gesichtes zu seinem Schreibtisch zurück. Verdammt noch mal, dieser Aitken hatte kein Gespür für Themen, der sah den Knüller nicht einmal, wenn er ihm in Fleisch und Blut entgegenkam und ihm aufs Auge spuckte. Das Mädchen hatte gesprochen. Nach siebenjährigem Schweigen hatte sie drei Worte gesagt! Er ließ sich in seinen Schreibtischsessel sinken. *Drei Worte.* Blieb die Frage, was sie damit gemeint hatte. Wer war wunderschön? Fenn nagte an seiner Unterlippe, die Tasten der Maschine verschwammen vor seinen Augen.

29

Nach einer Weile zuckte er die Achseln. Er griff nach dem Telefonhörer. Er wählte die Nummer des örtlichen Radiosenders und ließ sich mit Sue Gates verbinden.

»Wo, zum Teufel, warst du gestern abend?« fragte er, kaum daß sie sich gemeldet hatte.

»Spiel dich nicht so auf, Gerry. Wir waren nicht verabredet.«

»Stimmt, aber du hättest mir wenigstens Bescheid sagen können, daß du weggehst.«

Er hörte, wie sie seufzte. »Okay, okay«, fügte er hastig hinzu. »Sehen wir uns zum Lunch?«

»Gern. Wo?«

»Bei dir.«

»Negativ. Ich muß heute nachmittag arbeiten. Ich hätte höchstens Zeit für ein ganz kurzes Mittagessen.«

»Dann treffen wir uns im The Stag. In zehn Minuten?«

»Sagen wir zwanzig.«

»In Ordnung. Bis gleich.«

Er legte auf und blieb ein paar Sekunden sitzen, um nachzudenken. Er stand auf und ging zu dem Tisch, wo das Telefonverzeichnis der Redaktion lag. Er blätterte durch die Seiten, fand die gesuchte Nummer und eilte zu seinem Schreibtisch zurück, indem er die Zahlenfolge lautlos wiederholte. Er wählte die Nummer an. Der Ruf ging durch, aber niemand nahm ab. Er wählte noch einmal. Das gleiche. Der Priester schien seine Runde in der Gemeinde zu machen, oder er machte, was immer Priester tagsüber machten. Die Haushälterin war auch nicht da. Das Pfarrhaus der St.-Joseph's-Gemeinde schien ein ziemlich totes Loch zu sein.

Fenn stand auf und nahm seine Jacke von der Stuhllehne. Er ließ seinen Blick zum Fensterband wandern. Es war ein großes Büro, und das Fensterband ging über die ganze Länge. Es war ein milder, sonniger Wintertag. Er begab sich zum Ausgang und wäre beinahe mit dem Sportredakteur zusammengestoßen.

»Wie geht's denn, Starreporter?« fragte der Kollege vom Sport sehr freundlich und war überrascht, als er nur ein Knurren zur Antwort erhielt.

Sue Gates kam zu spät, aber er mußte zugeben, sie war eine Frau, auf die sich zu warten lohnte. Sie war dreiunddreißig, vier Jahre älter als Fenn, aber sie hatte die Figur einer Zwanzigjährigen. Sie trug das dunkle Haar lang, in schwelgerischen Locken, und ihre dunkelbraunen Augen waren so ausdrucksvoll, daß es Sue gelang, die Blicke jedes beliebigen Mannes auf sich zu ziehen, und wenn sich noch so viele Menschen im Raum befanden. Sie trug enganliegende Jeans, einen weiten Pullover und darüber einen kurzen marineblauen Mantel. Als sie Fenn erspäht hatte, winkte sie ihm zu. Er sah, wie sie sich einen Weg durch den Pulk der Gäste bahnte. Er war aufgestanden. Als sie bei ihm ankam, küßte er sie. Er ließ den feuchten Film ihrer Lippen auf der Zunge vergehen.

»Tag, Mädchen«, sagte er und genoß den Kitzel, der ihn durchrieselte. Er spürte, wie sich das Gefühl in seiner Leistengegend einnistete.

»Tag auch«, sagte sie und quetschte sich auf den Sitz neben ihm. Er schob ihr das Glas Bier, das er für sie bestellt hatte, hin. Sie dankte ihm. Sie nahm einen tiefen Schluck.

»Ißt du heute was?« fragte Fenn. Sue war die Frau, die oft mehrere Tage hintereinander nichts zu sich nahm.

Sie schüttelte den Kopf. »Ich spar' mir den Appetit für heute abend auf.«

»Gehst du wieder auf Raub aus?«

»Idiot.«

Er schob sich das letzte Stück Käse von seinem Teller in den Mund und stopfte eine Gurke hinterher. Er kaute und grinste.

Sie hatte ihre Hand über die seine gelegt. »Tut mir leid, daß wir uns gestern abend verpaßt haben.«

Fenn mußte den Bissen erst runterschlucken, ehe er ihr antworten konnte. »Tut mir leid, daß ich am Telefon ein bißchen ruppig war.«

»Schon vergessen. Ich hatte übrigens beim *Courier* angerufen, um dir zu sagen, daß ich nicht zu Hause bin! Deine Kollegen sagten, du wärst zu einem Termin.«

»Ich hab' dich ebenfalls daheim zu erreichen versucht«, sagte er.

»Ich war ausgegangen...«

»Ich weiß.«

»Reg hat mich zum Abendessen ausgeführt.«

»Ach ja.« Fenn gab seiner Stimme einen beiläufigen Tonfall. »Der gute alte Reg.«

»Was soll das denn? Reg ist mein Chef, du weißt doch, daß ich nichts mit ihm im Sinn habe.«

»Natürlich. Weiß er's auch?«

Sue lachte. »Der Mann ist dünn wie ein Abflußrohr, trägt eine Brille mit Gläsern, die mich an die Verschlüsse von Milchflaschen erinnern, verliert bereits die ersten Haare, und dann hat er eine ekelhafte Art, sich mit dem kleinen Finger in der Nase zu bohren.«

»Zusammengenommen sind das Eigenschaften, die ihn unwiderstehlich machen.«

»Und außerdem ist er verheiratet, er hat drei Kinder.«

»Ich sagte dir ja, er ist unwiderstehlich.« Fenn leerte sein Glas. »Ich hol' mir Nachschub. Ich bring' dir auch gleich ein Glas mit.«

»Nein, laß mich das machen«, sagte sie. »Während ich die Drinks hole, kannst du darüber nachdenken, was für ein böser Mensch du bist.« Sie nahm sein leeres Glas. »Noch mal das gleiche?«

»Diesmal einen Bloody Mary«, sagte er gemütlich.

Er sah ihr nach, wie sie sich durch die Menge schob. Ich bewundere sie, weil sie so unabhängig ist, dachte er. Er sagte sich das sehr oft, und auch ihr hatte er es schon gesagt. Wie schön, wenn es außerdem noch wahr gewesen wäre. Sue hatte sich im Alter von sechsundzwanzig Jahren von ihrem Mann scheiden lassen. Der Typ war im Anzeigengeschäft in London, ein Mann mit Einfluß, high life; Mädchen, ihr dürft jetzt aber nicht aufeinander eifersüchtig sein, diese Art. Er hatte es dann aber wohl übertrieben, so daß Sue zum Scheidungsrichter ging. Sie arbeitete damals in einer guten Stellung bei einer Filmgesellschaft – sie hatte ihren Mann kennengelernt, als ihre Firma den Auftrag bekam, für seine Werbeagentur einen Fernsehspot zu drehen –, aber nachdem die Scheidung durch war, fand Sue, sie habe jetzt genug von Leuten im Anzeigengeschäft, genug von London, genug von den Männern.

Das große Problem war, daß aus der Ehe ein Kind entsprungen war, ein Sohn namens Ben. Der Sohn war der Grund, warum Sue an die Südküste gezogen war. Ihre Eltern wohnten in Hove, das von manchen als die bessere Hälfte Brightons bezeichnet wurde, und sie hatten sich bereitgefunden, halb und halb die Betreuung des Kindes zu übernehmen. Ben war die meiste Zeit bei seinen Großeltern, aber Sue besuchte ihren Sohn fast täglich, an den Wochenenden nahm sie ihn ganz zu sich. Fenn wußte, Sue hätte den Jungen gern ganz bei sich gehabt, aber sie mußte schließlich arbeiten (ihr ausgeprägter Sinn für Unabhängigkeit verbot es ihr, von ihrem Ex-Ehemann Unterhalt anzunehmen, nicht einmal für Ben hätte sie

Geld von ihm angenommen. Sie hatte sich mit der Hälfte aus dem Verkauf des Hauses in Islington begnügt). Sie hatte eine Stellung bei Radio Brighton ergattert und war nach recht kurzer Zeit zur Spielleiterin befördert worden. Allerdings kostete sie das viel von ihrer Zeit. Die Stunden, die sie für Ben aufsparte, wurden mehr und mehr beschnitten, und das machte ihr Sorgen. Fenn, ihren Freund, traf sie öfter als gut war, und auch das machte ihr Sorgen. Sie hatte eine neue Bindung zu einem Mann vermeiden wollen; eine flüchtige Bekanntschaft hier und da war alles, was sie sich, als sie ihre Zukunft plante, zugebilligt hatte. Männer nur für jene merkwürdigen Stunden, wo das Fleisch schwach wurde, wo der Körper sich nicht mit dem Kopfkissen begnügte, das man umarmte. Seit sie Fenn kannte, was das Fleisch sehr oft schwach geworden.

Er hatte sie bedrängt, sie möge doch ihre Etagenwohnung aufgeben und zu ihm ziehen. Es war doch lächerlich, daß sie sich so gut miteinander verstanden und trotzdem so weit auseinander (drei Häuserblocks waren ihre Wohnungen voneinander entfernt, um genau zu sein) wohnten. Aber sie hatte der Versuchung widerstanden; Sue hatte einen heiligen Eid abgelegt, sie würde sich nie wieder von einem Menschen abhängig machen. Nie mehr. Manchmal empfand Fenn ihre Weigerung insgeheim als Erleichterung, ihm blieb auf diese Weise seine Freiheit erhalten. Dann wieder hatte er Schuldgefühle (er war bei diesem Handel im Vorteil, dachte er), aber wenn er mit ihr darüber redete, verstand sie ihn jedesmal davon zu überzeugen, daß es sich umgekehrt verhielt, sie hatte das längere Hölzchen erwischt. Sie hatte einen Mann, an den sie sich anlehnen konnte, wenn es ernst wurde, einen Mann, der sie in einsamen Nächten tröstete, und einen Freund, mit dem sie Spaß haben konnte, wenn sonst im Leben alles in Ordnung war. Eine Schulter, an der sie sich ausweinen konnte, ein Liebhaber, dem sie nachspionieren konnte, eine Brieftasche, deren Inhalt ihr zur Verfügung stehen würde, wenn sie in Not geriet. Plus Einsamkeit, wenn sie einsam sein wollte. Was konnte eine Frau mehr verlangen? Eine Frau konnte viel mehr verlangen, dachte Fenn, aber das sagte er ihr nicht.

Sie war von der Bar zurückgekommen und reichte ihm das Glas mit dem dickflüssigen, roten Getränk mit einer Andeutung von Tadel. Er nahm einen Schluck und stöhnte auf: Sue hatte dem Barkeeper gesagt, er sollte besonders viel Tabasco in den Cocktail spritzen. Er sah ihr an, daß sie am liebsten in Lachen ausgebrochen wäre.

»Warum bist du schon so früh auf den Beinen, Woodstein?« fragte sie. »Ich dachte, du hast eine Nachtschicht hinter dir.«

»Ich bin vergangene Nacht einer guten Story auf die Spur gekommen. Besser gesagt, die Story ist mir über den Weg gelaufen. Ich wollte das eigentlich als Knüller in die Spätausgabe bringen, aber der Ayatollah war dagegen.«

»Hat Aitken die Story denn nicht gefallen?«

Fenn schüttelte den Kopf. »Gefallen? Er glaubt die Story nicht einmal.«

»Erzähl' doch mal. Ich weiß, ich kann Vertrauen zu dir haben, du lügst nur, wenn es dir einen Vorteil bringt.«

Er sagte ihr in kurzen Worten, was sich in der vergangenen Nacht ereignet hatte, und sie mußte lächeln, als sie die Begeisterung in seinen Augen gewahrte. Als er ihr beschrieb, wie das kleine Mädchen auf dem Feld niedergekniet war, hatte Sue das Gefühl, als kröchen ihr die Finger einer kalten Hand über den Rücken. Sie erschauderte. Und dann erzählte ihr Fenn von dem Priester, von dem Arzt und von den Eltern des Mädchens.

»Wie alt ist sie?« fragte Sue.

»Der Priester sagte, sie ist elf. Ich finde, sie sieht jünger aus.«

»Und sie hat ganz einfach dagekniet und den Baum angestarrt?«

»Sie hat in Richtung auf den Baum gestarrt. Ich glaube, sie hat nicht den Baum gesehen, sondern etwas anderes.«

»Etwas anderes?«

»Es ist schwer zu erklären. Sie hat gelächelt, weißt du, so wie jemand lächelt, der wegen irgend etwas sehr glücklich ist. Verzückt, könnte man fast sagen. Ich hatte den Eindruck, sie hatte eine Vision.«

»Aber Gerry...«

»Nein, wirklich! Es war genauso, wie ich sage. Das Mädchen hatte eine Vision.«

»Sie hat geträumt, Gerry. Du mußt nicht so übertreiben.«

»Wie erklärst du dir dann, daß sie zu mir gesprochen hat?«

»Vielleicht hast du auch geträumt.«

»Bitte, Sue... Mach jetzt keine Witze.«

Sie lachte und hakte sich bei ihm ein. »Es tut mir leid, aber ich finde, mit dir gehen die Pferde durch, sobald du spürst, daß du einer guten Story auf der Spur bist.«

»Vielleicht hast du recht. Vielleicht habe ich mir diesen Teil der Geschichte nur eingebildet. Das Merkwürdige ist nur, ich habe nachher, beim Pfarrer, den Eindruck gewonnen, das Mädchen macht so was nicht zum erstenmal. Als die Eltern kamen, habe ich mitbekommen, wie die Mutter etwas in dieser Art sagte, Alice – so heißt das Mädchen – sei schon früher mal auf jenes Feld gegangen. Der Priester hat nur genickt, aber dann hat er die Mutter des Mädchens angesehen, als wollte er sie warnen, in meiner Gegenwart mehr zu sagen. Eine richtige Geheimniskrämerei.«

»Wußte er, daß du Reporter bist?«

Fenn schüttelte den Kopf. »Er hat mich nichts in dieser Richtung gefragt, und ich hab' ihm auch nichts gesagt.« Nachdenklich nippte er an seinem Glas. »Er wollte mich weghaben, das war klar. Als die Mutter und der Vater eingetroffen waren, wollte er mich weghaben, er war richtig ungeduldig. Ich habe ihm dann gesagt, daß ich noch ganz durcheinander bin, obwohl's mir inzwischen schon wieder besser ging, er hat mich dann noch eine Weile dort ausruhen lassen. Bevor die Eltern mit Alice weggegangen sind, hat er ein Ritual mit der Kleinen veranstaltet. Er hat etwas gemurmelt, und er hat das Kreuzzeichen geschlagen.«

»Hat er sie gesegnet?«

Er sah Sue fragend in die Augen. »Wenn du's sagst.«

»Ich sag's doch gar nicht, du sagst es. Er wird sie gesegnet haben.«

»Und warum tut er so was?«

»Priester segnen Häuser, Medaillons, Statuen. Der Priester segnet sogar dein Auto, wenn du ihn nett darum bittest. Warum sollte er kein Kind segnen.«

»Da hast du auch wieder recht. He, woher weißt du das eigentlich?«

»Ich bin katholisch, jedenfalls war ich's mal. Ich bin nicht sicher, ob ich's noch bin, die katholische Kirche erkennt die Scheidung nicht an.«

»Du hast mir nie gesagt, daß du katholisch bist.«

»Es ist ja auch nicht so wichtig. Ich gehe nicht mehr zur Kirche, nur noch Weihnachten, und dann hauptsächlich wegen Ben. Er mag die Christmesse so gern.«

Fenn nickte, als sähe er sich in einer Fülle von Vermutungen bestätigt. »Deshalb bist du auch so wild im Bett.«

»Unsinn!«

»Kannst mir nichts vormachen. Jetzt weiß ich, warum du dich so gern auspeitschen läßt.«

»Hörst du wohl auf! Als ich damals zuließ, daß du mich schlugst, da...«

»Und deshalb muß ich mich auch immer im Dunkeln ausziehen, wenn ich zu dir komme...«

Sie reagierte mit einem verzweifelten Stöhnen und kniff ihn unter dem Tisch in den Schenkel. Fenn heulte auf vor Schmerz, beinahe hätte er sein Glas verschüttet. »Also gut, ich habe gelogen, du bist normal. Leider Gottes bist du normal.«

»Vergiß es nicht.«

Er gab ihr die Liebkosung zurück, kniff sie in den Schenkel, aber seine Hand landete viel höher und auf der Innenseite. »Du meinst also, er hat die Gewohnheit, das Mädchen zu segnen, wann immer er sie sieht?«

»O nein, bei den Umständen, wie du sie beschreibst, ist es sogar ungewöhnlich, daß er sie gesegnet hat. Aber nicht so ungewöhnlich, daß man sich viel dabei denken muß. Vielleicht hat er sie gesegnet, um die Eltern zu beruhigen.«

»Ja, das könnte sein.«

Sue betrachtete ihn von der Seite. Ihr wurde bewußt, daß sie ihn an manchen Tagen mehr liebte als an anderen. Heute war einer der Tage, wo sie ihn *mehr* liebte. Ihre Gedanken wanderten zu der Party zurück, auf der sie sich kennengelernt hatten. Vor drei Jahren war das gewesen. Im Sender hatte man ein kleines Abschiedsfest veranstaltet für einen Sprecher, einen von Sues Kollegen, der zum Mutterschiff, zur behäbigen Tante BBC nach London, abmusterte. Zu der Party waren ein paar Presseleute eingeladen worden, die als radiofreundlich galten. Gerry Fenn war zwar für seine aggressive Art bekannt, aber er gehörte trotzdem zu jenen, die als ›Freunde‹ eingestuft worden waren.

»Sie kommen mir bekannt vor«, hatte sie gesagt, nachdem er ihr beinahe auf den Fuß getreten hatte. Sie hatte ihn dabei ertappt, wie er hinter einem anderen Gast hervorlugte. Er hatte es dann so einzurichten gewußt, daß sie ihm fast in die Arme lief.

»Ist das so?« fragte er.

»Jawohl, Sie erinnern mich an einen Schauspieler...«

»Sie sind auf der richtigen Spur«, sagte er mit breitem Lächeln. »Jetzt brauchen Sie nur noch den Namen zu raten.«

»Richard...«

»Eastwood. Richard Eastwood?«

»Nein, nein. Ich meine den Schauspieler, der in dem Weltraumschinken mitgespielt hat...«

»Richard Redford?«

»Nein, Unsinn.«

»Richard Newman?«

»Dreyfuss. Richard Dreyfuss«, sagte sie.

Sein Lächeln verschwand. Er formte die Lippen zu einem O. »Oh, ja. Der!« Das Lächeln kam zurück. »Ja, der ist in Ordnung.«

Sie hatten sich unterhalten, und er hatte sie zum Lachen gebracht mit seinem Wechsel von guter Laune zu Betroffenheit, er sprach so eindringlich, so ernst, und dann war da wieder ein verräterisches Grinsen, so daß Sue sich fragte, ob das bisher Gesagte nur als Scherz gemeint war. Drei Jahre kannten sie sich jetzt, und immer noch war sie sich nicht immer sicher, wann ihr Freund im Scherz oder im Ernst sprach.

Er wandte sich zu ihr. »Hast du dieses Wochenende was vor?«

»Keine besonderen Pläne. Ich hole mir Ben, das ist alles.«

»Könntest du den Sonntagvormittag für mich freihalten?«

»Aber sicher. Was machen wir?«

Er grinste.

»Was hältst du davon, wenn wir Sonntag früh in die Messe gehen?«

5

> »Nein«, sagte die Mutter. »Mir ist so recht Angst,
> so recht als wenn ein schweres Gewitter kommt.«
> Aus Die Gebrüder Grimm: Der Wacholderbaum

Molly Pagett stand am Fuß der Treppe und lauschte. Es war in einem kleinen Haus aus roten Ziegelsteinen, das Haus sah genauso aus wie die anderen Häuschen der Siedlung, die von der Gemeinde Banfield errichtet worden waren, und es war so gebaut, daß man von der Treppe aus klar hören konnte, was in den einzelnen Räumen vor sich ging. Molly vernahm das *bip bip* von Alices Galaxy-Invader-Spiel; ihre kleine Tochter verbrachte täglich ein paar Stunden mit dem batteriebetriebenen Spiel, sie schoß die grünleuchtenden Außerirdischen mit einer Treffsicherheit ab, die der Mutter Respekt abverlangte. Molly Pagett ging in die Küche und ließ Wasser in den Kessel einlaufen.

Immerhin hatte Alice endlich einmal ihre Malstifte zur Seite gelegt.

Molly nahm an dem Klapptisch Platz. Ihr Gesicht war schmal, nach den Aufregungen der letzten beiden Wochen wirkte es noch schmaler. Alice war ein Sorgenkind gewesen, seit sie im vierten Lebensjahr, im Anschluß an die gewöhnlichen Kinderkrankheiten, von einer ungewöhnlichen Behinderung heimgesucht worden war. Alice hatte Mumps gehabt, und danach war sie taubstumm geworden. Molly trommelte mit den Fingern auf der Tischplatte und widerstand der Versuchung, sich eine Zigarette anzuzünden. Ihr Limit hieß fünf pro Tag: eine früh am Morgen, eine im Laufe des Vormittags, eine kurz bevor Len, ihr Mann, von der Arbeit heimkehrte, und zwei am Abend, vor der Glotze. Fünf Zigaretten am Tag, das konnte sie sich leisten, aber manchmal wurden es auch zehn. Manchmal wurden es sogar zwanzig. Das hing von Len ab. Len konnte ein richtiger Scheißkerl sein.

Molly bekreuzigte sich, ihr war daran gelegen, den lieben Gott nicht vor den Kopf zu stoßen. Inhaltlich allerdings war an dem lasterhaften Gedanken nichts auszusetzen, er traf die Situation auf den Kopf.

Die Falten auf ihrer Stirn vertieften sich, während sie über die vergangene Nacht nachdachte. Sie und Len hatten sich nicht übel erschrocken, als der Pfarrer mitten in der Nacht an die Haustür klopfte, und dann hatte Hochwürden im Hausflur gestanden, kreideweiß im Gesicht, sorgenzerfurcht, ein schwarzgewandeter Unglücksbote. Unsinn, hatte Molly gesagt, als der Pfarrer ihnen mitteilte, Alice befände sich im Pfarrhaus, wo sie von einem Arzt versorgt würde. Alice liegt im Bett und schläft. Schon um sieben hat sie sich schlafen gelegt. Wollte früh schlafen gehen das Kind. War müde.

Pater Hagan hatte nur den Kopf geschüttelt. Er hatte sie und Len gedrängt, sich anzuziehen und mit ihm zu kommen; aber Molly war dann noch in Alices Zimmer gerannt, sie wußte zwar, daß der Pfarrer sie nicht anlügen würde, aber nachsehen wollte sie doch, der Pfarrer konnte sich ja irren. Alices Bett war leer gewesen, das Laken war zurückgeschlagen, die Puppe des Kindes saß auf der Bettkante und starrte auf den Fußboden. Dann waren Len und der Pfarrer ins Zimmer gekommen, und es war Pater Hagan, der Molly getröstet hatte, nicht ihr Mann. Alice ging es gut, soweit der Arzt das feststellen konnte. Sie war eine Schlafwandlerin, das war alles.

Sie ist im Schlaf bis zu der verdammten Kirche gegangen? hatte Len gesagt, es war ihm egal, daß er mit einem Geistlichen sprach.

Pater Hagan hatte ihnen gesagt, sie sollten für Alice etwas Warmes zum Anziehen mitnehmen, das Kind trug nur ein Nachthemd. Sie hatten sich dann recht schnell angekleidet, nur daß Len, als sie abmarschbereit waren, eine Stinklaune hatte, er war Atheist, er mied Kirchen (dann und wann ging er ganz gern zu einer Beerdigung, er sah das mehr als gesellschaftliches Ereignis), und mitten in der Nacht aus dem Bett geholt zu werden, und zwar in einer verflucht kalten Nacht, nein, das war wirklich nicht nach seinem Geschmack.

Alice hatte so bleich ausgesehen, als sie im Pfarrhaus ankamen. So bleich, daß sogar Len zu schimpfen aufhörte. Aber Alice hatte auch sehr friedlich ausgesehen.

Der Arzt sagte ihnen, daß er nichts Besonderes festgestellt hatte, das Mädchen sollte für ein oder zwei Tage im Haus bleiben. Achten Sie drauf, daß sie genügend Ruhe hat. Wenn sie sich merkwürdig benimmt, wenn sie irgendwie verändert ist, rufen Sie mich an, ich komme vorbei. Er sei aber sicher, daß sie sich keine Sorgen um Alice zu machen brauchten. Es war nicht ungewöhnlich, daß Kinder mitternächtliche Ausflüge unternahmen, im Schlaf oder im wachen Zustand; Alices mitternächtlicher Ausflug war nur etwas ausgedehnter als das statistische Mittelmaß.

Trotzdem machte sich Molly Gedanken. Warum war Alice wieder zu dem Baum gegangen? Molly hatte sich sehr erschrocken, als ihr Alice zum erstenmal weggelaufen war. Vor zwei Wochen war das gewesen. Sie, die Mutter, hatte die Kirche durchsucht und das Gelände, das zur Kirche gehörte, sie war sogar zweimal bis zur Straße vorgelaufen, um sich zu vergewissern, daß Alice sich nicht auf der Straße befand. In Panik war sie zu Pater Hagan gelaufen, der hatte ihr dann bei der Suche nach ihrer Tochter geholfen. Er war es dann auch, der Alice auf dem Feld aufspürte, wo sie vor dem Baum kniete. Alice hatte gelächelt, während sie näherkamen, das Lächeln war verschwunden, als das Mädchen die Erwachsenen bemerkte. Und dann hatte sich etwas wie Verwirrung und Ratlosigkeit der kleinen Taubstummen bemächtigt. Sie hatten Alice vom Feld fortgeführt, und Molly hatte ihre Tochter in Zeichensprache gefragt, warum sie auf das Feld gegangen war. Alice hatte ein Gesicht gemacht, als hätte sie die Frage nicht verstanden. Sie hatte sich in der Folge ganz normal verhalten (vielleicht war sie ein bißchen geistesabwesend, aber das war nicht ungewöhnlich für Alice; es war leicht, sich in der Welt des Schweigens zu verirren), und Molly hatte versucht, den Vorfall zu vergessen.

Aber jetzt, nach den Ereignissen der vergangenen Nacht, war die Angst wieder zurückgekehrt. Und da war noch etwas. Eine Vorahnung. Mehr als das. Ein Hoffnungsschimmer... Nein, das war doch ausgeschlossen. Der Mann hatte sich geirrt. Er hatte allerdings den Eindruck gemacht, als sei er sich seiner Sache sehr sicher.

Sie konnte sich nicht mehr an den Namen des Mannes erinnern, der Alice beinahe überfahren hatte. Er hatte in einem Lehnstuhl gesessen, als sie und Len im Pfarrhaus ankamen. Nicht das, was man einen erhebenden Anblick nannte. Umschwebt vom üblichen Gestank nach Fusel (üblich insofern, als Molly diese Duftnote von ihrem Mann kannte), aber richtig betrunken war er nicht gewesen. Er hatte gesagt, Alice hätte zu ihm gesprochen.

Das zischende Geräusch des Kessels hatte seinen Höhepunkt erreicht, Wasserdampf erfüllte die Küche. Molly drehte die Gasflamme aus und ließ ein Teebeutelchen in ihre Tasse fallen. Sie nahm eine zweite Tasse vom Bord, gab unverdünnten Zitronensaft hinein und goß kochendes Wasser drüber, das war die Tasse für Alice. Molly stand da und betrachtete den gelblich-grünen Strudel in der Tasse, sie dachte über ihre Tochter nach, über ihr einziges Kind. Es gab keine Wunder. Jedenfalls nicht in der Welt der Molly und Alice Pagetts.

Sie stellte die volle Tasse auf eine Untertasse und legte zwei Stück Keks dazu. Während sie die Treppe hinaufging, sagte sie ein stilles Gebet. Sie wagte nicht zu hoffen, sie betete. Alice würde demnächst wieder auf die Taubstummenschule in Hove gehen, und sie, Molly, würde ihre Halbtagsbeschäftigung als Haushaltshilfe wieder aufnehmen, und Len würde sich so unerträglich aufführen, wie er sich immer aufführte, und alles würde sein wie sonst. Molly betete, daß es so kommen möge, aber sie betete auch, daß es besser werden möge.

Alice sah nicht auf, als Molly ins Schlafzimmer trat. Das Mädchen konnte zwar nicht hören, trotzdem spürte sie immer, wenn jemand ins Zimmer kam. Sie saß über eine Zeichnung gebeugt, die sie angefertigt hatte. Das Galaxy-Invader-Spiel lag vor dem Bett auf dem Fußboden. Molly war neben ihre Tochter getreten, trotzdem sah Alice nicht von ihrem Zeichenblock auf.

Molly runzelte die Stirn, als sie die Zeichnung sah. Wieder das gleiche. Seit zwei Wochen malte Alice Tag für Tag das gleiche Bild. Molly hatte die Zeichnungen Pater Hagan gezeigt, der ihnen an jenem Morgen einen Besuch abgestattet hatte, aber der Geistliche hatte keine Erklärung gewußt.

Molly stellte die Untertasse mit der Tasse neben die Schachtel mit Buntstiften und nahm auf der Bettkante Platz. Alice war überrascht, als ihr der gelbe Stift aus den Fingern gewunden wurde. Einen Augenblick lang schien es, als erkenne sie ihre eigene Mutter nicht mehr. Dann lächelte sie.

Der Regen, der auf Pater Hagans Wagen trommelte, knallte wie Schrotkörner. Er stand vor der Mauer und sah auf das Feld hinaus, sah auf den Baum; der Tag hatte mit Sonnenschein begonnen, jetzt hatte sich der Himmel zugezogen. Zwischen dem fernen Horizont und den düsteren Wolken war ein Silberschleier zu erkennen.

Nichts passierte. Er hatte auch nicht erwartet, daß etwas passierte. Der Baum war nur ein Baum. Eine altersschwache Eiche. Zeuge der Zeit. In der Ecke des Feldes grasten die Schafe, graugelb, aufgedunsen, es gab nur zwei Dinge, die für die Schafe wichtig waren, das nächste Büschel Gras und das wachsende Leben in ihren schweren Bäuchen.

Den Priester schauderte es, er zog sich den Kragen seines dunkelblauen Regenmantels hoch. Sein schwarzes Haar war naß, die Brillengläser waren vom Regen beschlagen; seit fünf Minuten stand er da, er trotzte der Kälte. In seinen Gedanken hatte ein Gefühl Gestalt gewonnen, das er noch nicht recht zu begreifen vermochte, eine ungute Vorahnung, die schwer zu definieren war. Er hatte nicht gut geschlafen. Nachdem der Arzt, das Ehepaar Pagetts, Alice und der Mann, der sich mit dem Namen Fenn vorgestellt hatte, gegangen waren, hatte sich eine merkwürdige Einsamkeit über ihn gesenkt. Er war sich sehr schutzlos vorgekommen, sehr isoliert. In den Jahren der Priesterschaft war die Einsamkeit meist als Freund gekommen, selten unwillkommen. Aber in der vergangenen Nacht war das Gefühl des Alleinseins anders gewesen, allumfassend, sein Schlafzimmer war ihm wie eine Zelle vorgekommen, von undurchdringlicher Schwärze umgeben, wie ein lebloses Vakuum, das ihn vom Rest der Menschheit trennte. Wenn er hinausgegangen wäre in die Schwärze, er hätte nie den Rand der Schattenzone erreicht, der Weg hätte ihn immer weiter fortgeführt, er hätte nie wieder in sein Zimmer zurückgefunden. Es war ein beklemmendes Gefühl. Pater Hagan hatte Angst.

Er hatte gebetet, und das Gebet hatte ihn gekräftigt. Dennoch hatte er unruhig geschlafen. Wie gerädert war er aufgewacht, den ersten Widerschein des Morgengrauens hatte er mit schier grenzenloser Dankbarkeit begrüßt. Er hatte gefroren, als er in seiner Kirche niederkniete, er war allein, glühend und leidenschaftlich waren seine Gebete, zur Morgenmesse waren dann vier Schäflein seiner Gemeinde erschienen, und während Pater Hagan das Lob des Herrn verkündete, war die nagende Unsicherheit von ihm abgefallen. Allerdings, ein Rest Zweifel war geblieben, ein Zweifel, der ihn den ganzen Tag lang quälte, ein Peiniger, der zustach, um Sekunden später in den Nebel wegzutauchen.

Der Baum war von Wind und Wetter gezeichnet, knorrig von den vielen Jahren, die er auf dem Buckel hatte. Er beherrschte das Feld, ein riesenhafter Wächter, der mit seinen unzähligen Armen jedem Störenfried Einhalt gebot. Ein Gebilde mit grotesken Umrissen, entlaubt, von einschüchternder Häßlichkeit. Und doch, so sagte sich Pater Hagan, war es nur eine alte Eiche, mit krummgewachsenen Ästen, mit vernarbter, vertrockneter Rinde, ein Baum, dem die Zeit mit viel Geduld den Lebenssaft ausgesaugt hatte. Warum war das Mädchen vor diesem Baum niedergekniet?

Die Familie Pagett war schon dagewesen, als Hagan den Sprengel übernahm, Molly Pagett war ein treues Mitglied der katholischen Gemeinde. Sie bekam Geld für das Saubermachen in der Kirche, aber der Lohn war sehr niedrig; sie hätte die Arbeit wohl auch umsonst verrichtet, wenn Pater Hagan sie darum gebeten hätte. Leonard Pagett, ihren Mann, hatte er nur sehr selten zu Gesicht bekommen. Um die Wahrheit zu sagen, Hagan sehnte sich nicht nach einem Zusammentreffen mit Leonard. Das hatte nichts mit dem Atheismus und der kaum verhüllten Ablehnung der Kirche und ihrer Diener zu tun, die Leonard zur Schau trug, der Priester kannte viele Menschen, die so dachten, und respektierte sie. Aber jedes Mal, wenn Pater Hagan zu einem Hausbesuch bei den Pagetts erschien, war ihm Leonard mißgelaunt und feindselig begegnet. Dementsprechend ungemütlich hatte sich der Priester bei diesen Besuchen gefühlt. Als er an jenem Morgen in das Haus der Familie ging, um sich nach Alices Wohlbefinden zu erkundigen, war er erleichtert gewesen, den Vater des Mädchens nicht anzutreffen.

Alice. Ein gutes Kind, ein merkwürdiges Kind. Einsam, infolge ihrer Behinderung. Eine zerbrechlich wirkende Erscheinung, und doch war der kleine Körper von einer großen inneren Kraft erfüllt. Sie gab sich fröhlich, wenn sie in der Kirche war, sie half ihrer Mutter, wo sie konnte, sie benahm sich gut gegenüber den Nachbarn. Freunde schien das Mädchen nicht viele zu haben, aber es war für die anderen Kinder wohl auch frustrierend, mit einem Mädchen zu tun zu haben, das nicht sprach; Kinder waren nicht gerade mitleidig in solchen Fällen. Alice schien von normaler Intelligenz, ungeachtet der grausamen Behinderung, mit der sie fertigzuwerden hatte, allerdings lebte das Mädchen in seiner eigenen Welt, das merkte man, sie lebte in ihren Träumen, und auch dies war eine Folge ihrer Behinderung. Als der Pater sie in ihrem Haus besuchte, war ihr ganzes Denken und Trachten von den wirren Zeichnungen in Anspruch genommen, die sie angefertigt hatte.

Es war die Erinnerung an Alices Zeichnungen, die den Priester seine Schritte zur Kirche lenken ließ.

Er durchquerte den öden Friedhof, vornübergebeugt, um sich vor dem eiskalten Regen zu schützen, zielstrebig und eilenden Schrittes. Molly Pagett hatte ihm noch einige andere Zeichnungen gezeigt, die Alice in den letzten beiden Wochen angefertigt hatte, die Bilder waren sich alle sehr ähnlich, die meisten waren in Gelb und Grau gehalten, auf einigen fanden sich auch ein paar blaue Striche. Eine einzige Zeichnung gab es, die sich von den anderen unterschied. Ein Blatt mit Rot und Schwarz. Was auf den Zeichnungen abgebildet war, kam Pater Hagan seltsam bekannt vor.

Alice war keine Malerin, aber es war klar zu erkennen, daß sie auf ihren Zeichnungen die Umrisse einer Gestalt wiedergeben wollte, die Gestalt war weißgekleidet, auf ein paar Bildern weiß und blau, auf einem einzigen weiß und rot. Die Gestalt war vor einem gelben Hintergrund abgebildet, sie hatte kein Gesicht. Es schien eine Frau zu sein, aber die Umrisse waren ausdeutbar.

Pater Hagan hatte den Säulenhof vor der Kirche erreicht, er war froh, dem Regen zu entrinnen. Er nestelte in seiner Tasche, bis er den Schlüssel fand, die großen Eichentüren des Gotteshauses wurden verschlossen gehalten, das mußte so sein wegen der Diebe, die es gab, und wegen der Schäden, die in den Kirchen angerichtet wurden. Das Gotteshaus stand nur jenen zur Verfügung, die Gottes Hilfe brauchten, und das zu ganz bestimmten Zeiten. Der Schlüssel klickte im Schloß, eine Hälfte des Portals schwang auf. Der Priester trat ein und zog die Tür hinter sich zu. Von den düsteren Wänden kam das Echo des Türknalls zurück, und die Schritte des Priesters, als er zum Seitenschiff ging, klangen ungewöhnlich laut. Er war zuvor niedergekniet und hatte sich bekreuzigt.

Er verharrte, bevor er den Weg zum Altar antrat, und richtete den Blick auf die Statue. Würde sich seine Vermutung bestätigen? Sein Verdacht bestärkte sich mit jedem Schritt, den er auf die Statue zuging: die ausgestreckten Arme, das sanftgeneigte Haupt, die Augen, die den Betenden, wo auch immer er kniete, zu betrachten schienen. Die Gestalt auf Alices Zeichnungen.

Alice hatte oft vor dieser Statue gebetet. Merkwürdigerweise verspürte Pater Hagan keine Genugtuung, als ihm der Zusammenhang klar wurde. Im Gegenteil, ein Gefühl der Unruhe überkam ihn.

Der Priester starrte auf das von Mitleid erfüllte, aber steinerne Antlitz der Heiligen Jungfrau und fragte sich, warum er gerade in diesem Augenblick so verzweifelt war.

6

*»Wie machst du das denn?« fragte Hans und rieb sich
das Knie. Er war ein sehr praktischer Junge.
»Du brauchst nur wundervolle Gedanken zu denken«,
erklärte Peter, »die Gedanken tragen dich fort in die Lüfte.«*
Aus J. M. Barrie: Peter Pan

Sonntag. Morgenfrühe. Sonnig. Aber kalt.

Fenn parkte seinen Mini mit zwei Rädern auf der Böschung, wie die anderen Wagen, die bereits dort standen.

»Es ist schon halb zehn vorbei, Gerry. Wir kommen zu spät.« Sue saß auf dem Beifahrersitz. Sie machte keine Anstalten auszusteigen.

Fenn grinste. »Die werden uns deshalb ja nicht in Sack und Asche durch die Straßen jagen, die Zeiten sind vorbei.« Er zog den Zündschlüssel ab.

»Ich bin jetzt unsicher, ob wir wirklich reingehen sollen.« Sue biß sich auf die Unterlippe. »Ich meine, es ist doch reichlich scheinheilig, was wir vorhaben, oder?«

»Wieso denn?« Fenn machte ein überraschtes Gesicht, ohne sein Grinsen verblassen zu lassen. »Reuige Sünder werden immer sehr freundlich aufgenommen.«

»Hör auf, damit spaßt man nicht.«

Fenn beschloß, den Tonfall zu wechseln. »Stell dich doch nicht so an, Sue, niemand verlangt von dir, daß du dich als Tochter der Kirche bekennst, die in den Schoß des Glaubens zurückgefunden hat. Wenn ich allein reingehe, ich glaube, ich würde mir ganz verloren vorkommen. Ich weiß ja gar nicht, wie ich mich da benehmen muß.«

»Gib's zu, du hast die Hosen voll. Was hast du dir eigentlich vorgestellt, was die Katholiken mit Agnostikern anstellen? Sie auf dem Scheiterhaufen verbrennen? Wieso glaubst du überhaupt, daß die dich als Nichtkatholiken erkennen?«

Fenn wand sich auf seinem Sitz. »Ich komme mir wie ein Eindringling vor.«

»Wie ein Spion, willst du wohl sagen. Und wie glaubst du, wie *ich* mir bei dem Ganzen vorkomme?

Er beugte sich vor und legte ihr den Arm um die Schulter. Mit behutsamer Geste zog er sie an sich. »Komm bitte mit, Sue, ich brauche dich.«

Sie sah ihm in die Augen, eigentlich hatte sie vorgehabt, ihn zu tadeln, gerade weil er sich in dieser Sache wie ein kleiner Junge anstellte; aber sie seufzte nur, dann öffnete sie die Wagentür, ließ sich hinausgleiten und warf die Tür hinter sich ins Schloß.

Fenn zuckte zusammen. Unwillkürlich mußte er schmunzeln. Er stieg aus, verschloß die Tür und rannte Sue nach, die den mit Bäumen gesäumten Pfad entlangeilte. Es gab ein paar Spätankömmlinge, die wie Fenn und Sue auf das Portal der Kirche zuhasteten, Orgelmusik war zu hören, und der Klang veranlaßte die Säumigen, ihre Schritte zu beschleunigen.

»Was ich nicht alles für dich tue, Fenn«, murmelte Sue, nachdem sie den Säulenvorhof erreicht hatten.

»Ich will gerecht sein«, kam seine geflüsterte Antwort, »manchmal tust du auch was Gutes für mich.« Er empfing einen Rippenstoß von solcher Heftigkeit, daß sein Lächeln weggezaubert wurde.

Die Kirche war vollbesetzt. Fenn war überrascht. Die Geistlichen beklagten sich doch immer, daß immer weniger Menschen in die Kirche gingen. Diese hier war voll. Mehr als voll sogar; die Zuspätgekommenen mußten stehen, weil es keine Plätze mehr gab. Fenn sah, wie Sue ihre Finger ins Weihwasserbecken tauchte, und bewunderte den Schwung ihrer Beine, als sie ihren Kniefall machte. Aber doch nicht in der Kirche, Fenn, dachte er. Er würde wohl übertrieben selbstsicher wirken, wenn er sich ebenfalls bekreuzigte und einen Kniefall machte. Oder anders herum, am sichersten würde er wirken, wenn er ihrem Beispiel *nicht* folgte. So unauffällig wie möglich schlurfte er zum Seitenschiff. Er ließ seinen Blick über das Innere der Kirche schweifen. In den Bänken saßen Leute aller Altersgruppen, groß und klein, dick und dünn, alles war vertreten. Viele Kinder, einige davon in Begleitung ihrer Eltern, andere mit ihren Brüdern und Schwestern oder mit Freunden; viele Frauen, solche mittleren Alters und einige ältere, dazwischen ein paar weibliche Teenager; Männer, und gar nicht so wenig, die meisten Familienväter oder Ehemänner, dazwischen ein paar halbwüchsige Jungen. Die Gemeinde sang gerade ein Lied, die Lippen der Menschen öffneten sich, schlossen sich wieder, es gab viele Gemeindemitglieder, die keine Worte sangen, nur Töne. Das Lied war gar nicht so schlecht, und der Zusammenklang der Stimmen mit der volltönenden Orgel war alles andere als unangenehm. Fenn summte die Melodie mit.

Das Lied war zu Ende. Das Rascheln der Seiten in den Gesangbüchern war zu hören und das Geräusch der Kleidung auf den Bänken, eine gedämpfte Symphonie wie von einer Woge, die vom Sandstrand aufgesaugt wird. Die Gemeinde kniete nieder, und Fenn war unschlüssig, ob auch er niederknien sollte, der Steinboden sah unheimlich hart aus. Er warf einen verstohlenen Blick zu Sue hinüber. Mit Erleichterung stellte er fest, daß sie nicht niederkniete, sie begnügte sich mit einem Senken des Kopfes. Er tat das gleiche, aber anders als sie fuhr er fort, die Gemeinde zu beobachten.

Die monotone Litanei lenkte seine Aufmerksamkeit auf den Altar. Der Mann, der dort stand, angetan mit einer weißen Soutane und einem Gewand von gelber und grüner Farbe, hatte wenig Ähnlichkeit mit dem Geistlichen, den Fenn in jener Nacht kennengelernt hatte. Pater Hagan hatte eine Metamorphose durchgemacht; weder in seinem Äußeren noch in seiner Ausstrahlung entsprach er dem aufgeregten, ängstlichen Mann, der Fenn barfuß, im Morgenmantel, die Tür geöffnet hatte. Die Verwandlung war ähnlich beeindruckend wie bei Clark Kent, wenn er sich in Superman verwandelte. Oder wie bei Popeye, wenn er Spinat gegessen hatte. Pater Hagan trug sein Priestergewand wie eine geheiligte Rüstung, aus der Kraft und Sicherheit auf ihn überfloß. Fenn war beeindruckt, aber dann kam ihm der zynische Gedanke, daß auffallende Kleidung die beste Tarnung war, die es überhaupt gab.

Pater Hagans Blick blieb ausdruckslos, die Augen blieben niedergeschlagen, als er die ersten Gebete sprach. Die Gemeinde antwortete ihm mit einem dröhnenden Wortschwall. Danach beteten Priester und Gemeinde gemeinsam, Fenn fiel auf, daß Pater Hagans Augen jetzt nicht mehr niedergeschlagen waren. Er hatte den Kopf gehoben, der Blick ging nach links, von Fenn aus gesehen nach rechts, es schien, als beobachtete der Priester einen Gläubigen, der auf jener Seite vor dem Altar kniete. Fenn stellte sich auf die Zehenspitzen, aber er sah nur Reihen von geneigten Köpfen. Er wechselte seinen Standplatz, um einen besseren Überblick über das Seitenschiff zu bekommen; aber er konnte nichts Ungewöhnliches feststellen. Und dann konzentrierte er seine Aufmerksamkeit auf die Messe, ohne allerdings des inneren Friedens oder eines anderen Hochgefühls teilhaftig zu werden. Im Gegenteil, Frustration stellte sich ein, die bis zum Groll anwuchs.

Vielleicht war es nur, weil es ihm widerstrebte, Teil einer Gruppe, einer Versammlung zu sein, sich zwischen Menschen zu befinden, die – so schien es Fenn – ohne Sinn und Verstand magische Formeln wiederholten. Die Sache ging ihm langsam auf die Nerven. Fenn glaubte nicht an Gott, er bezweifelte andererseits auch nicht die Existenz Gottes: so oder so, das Problem bedeutete ihm wenig. Jeder mußte einen Moralkodex finden, nach dem er leben wollte; danach kam es nur noch darauf an, den als richtig erkannten Kodex auch beizubehalten. Solange der Nächste keinen Schaden (keinen allzu großen Schaden) nahm, war's richtig. Wenn es Gott gab, dann war ER auch groß genug, um das zu verstehen. Es waren die Menschen, sterbliche Menschen, welche die Mythen erfanden. Welches höchste Wesen konnte wohl Gefallen daran finden, daß die Menschen zu seiner Ehre bestimmte Rituale wiederholten? Welcher allmächtige Schöpfer würde die von IHM erschaffenen Wesen (wie gerüchteweise verlautete, hatte ER die Menschen nach SEINEM Bild geschaffen) veranlassen, vor IHM im Staub zu kriechen, auf daß sie ein Stück vom göttlichen Kuchen abkriegen, sobald ihre Nummer aufgerufen wurde? Fenn fand, das war alles nicht sehr logisch.

Fenn heftete seine feindseligen Blicke auf den Altar. Es gab noch einiges mehr, was er in die Debatte werfen konnte. Den Vorwurf des Götzendienstes zum Beispiel, theologische Fehlinterpretationen, die sich in die kirchliche Lehre eingeschlichen hatten, den naiven Symbolismus in der Messe. Stichpunkt Geburtenkontrolle, Beichte, Sühne, Vergebung. Stichwort Fanatismus (wer sagt, daß man Katholik sein muß, um den Fuß in die Tür zu kriegen?), das ganze Brimborium bei der Messe und die gottverdammte Unfehlbarkeitsthese. Die Erbsünde, Herrgott noch mal! Und nicht zu vergessen die Einstellung der Kirche zur körperlichen Liebe.

Er lächelte, als ihm bewußt wurde, wie sehr er sich von seinen Gefühlen hatte hinreißen lassen. Es geht doch nichts über einen guten alten Gottesdienst, wenn man seine Emotionen, dafür oder dagegen, wie auch immer, auf Vordermann bringen will.

Als Pater Hagan aus dem Evangelium zu lesen begann, warf Fenn Sue einen Blick zu, ein paarmal ergriff er auch ihre Hand und drückte sie; Sue ignorierte das, sie schien sich ganz auf die Predigt zu konzentrieren. Überrascht gab er ihre Hand frei.

Die Predigt begann. Fenn hörte mit mäßigem Interesse zu, statt dessen betrachtete er aufmerksam das Gesicht des Geistlichen. Es war merkwürdig: der Priester sah plötzlich nicht mehr so siegesgewiß aus. Er wirkte gespannt, und immer noch war sein Blick nach links gerichtet, auf irgend jemanden in der ersten Bank. Der Reporter unternahm einen weiteren Versuch, die Person auszuspähen, aber alles, was er zu sehen bekam, war der Kopf einer Frau, daneben – links und rechts – die Schultern eines Mannes und einer Frau in der zweiten Reihe.

Die Frau in der ersten Reihe trug einen rosa Schal. Vielleicht mochte der Priester kein Rosa.

Fenn trat von einem Bein auf das andere, die Unruhe hatte von ihm Besitz ergriffen. Wäre er Raucher gewesen, er hätte sich jetzt nach einer Zigarette gesehnt. War es Gotteslästerung, wenn man in der Kirche Kaugummi kaute? Wahrscheinlich ja.

Die Worte des Priesters kamen zögernd, es hörte sich an, als glaubte er selbst nicht recht an die Botschaft. Nach einer Weile dann begann Pater Hagan mit mehr Nachdruck zu sprechen, er entwickelte das Thema, und Fenn konnte spüren, wie ein Gefühl der Erleichterung durch die Gemeinde ging; offensichtlich hatten diese Menschen die Predigt gern unnachgiebig, vom Feuer des wahren Glaubens erfüllt. Pater Hagans Stimme kletterte behutsam zu den höchsten Oktaven, einmal anklagend und verdammend, dann schmeichelnd und lobend, und schließlich wieder vorwurfsvoll, damit sich die Sache nicht zu gemütlich anhörte. Fenn bewunderte die Stimmtechnik.

Die Predigt ging weiter (Fenn hätte gesagt, sie ging weiter und weiter und weiter), inzwischen bedauerte er, daß er zu Beginn der Messe gekommen war. Eigentlich wollte er doch nur etwas von der Atmosphäre eines sonntäglichen Gottesdienstes aufschnappen, vielleicht nachher, vor der Kirche, ein paar Worte wechseln mit den Leuten; aber der Hauptgrund war, er wollte mit dem Priester sprechen. Er hatte vor, mit Pater Hagan nach der Messe ein langes Gespräch zu führen, er wollte in Erfahrung bringen, wie's dem kleinen Mädchen ging. War sie zur Kirche zurückgekehrt? Hatte sie noch einmal gesprochen? Das waren die Fragen, die Fenn interessierten. Daß er, um die Antworten zu erfahren, einen ganzen Gottesdienst auf sich nehmen mußte, fand er etwas übertrieben.

Wieder starrte er zu Sue hinüber, es machte ihn ein bißchen verlegen, wie beeindruckt sie war von dieser Umgebung. Einmal katholisch, immer katholisch. Hoffentlich bedeutete das nicht, daß sie ihn heute abend aus ihrem Bett verstieß.

In der Kirche war es sehr leise geworden. Pater Hagan tat etwas mit einem auf Hochglanz polierten Kelch, Fenn schien es, als ob er eine weiße Oblate zerbrach und in den Kelch fallen ließ. Die Heilige Kommunion, ach ja. Wein trinken, Brot brechen. Dies ist mein Leib. Wie nannten sie das noch...? Die Eucharistie, das Abendmahl.

Alle standen sehr gebeugt, und als ein Glöckchen zu bimmeln begann, knieten die Leute links und rechts von Fenn nieder. Auch Sue war in die Knie gesunken, Fenn wäre fast in Panik geraten, er sah sie hilfeheischend an, und sie bedeutete ihm, neben ihr niederzuknien. Der Steinboden tat seinen Knien weh.

Er hielt den Kopf gesenkt, er wollte niemandes Unmut auf sich ziehen – besonders nicht den Unmut des ALLMÄCHTIGEN, DER ALLES SIEHT. Erst als er um sich herum Schritte hörte, hob er den Blick, er stellte fest, daß einige Menschen in die Gänge getreten waren, die zwischen den Bankreihen verliefen, Schlangen bildeten sich, die bis zum Geländer des Altars reichten, und vor dem Geländer stand der Priester mit dem silbernen Kelch und den Oblaten für die Kommunion. Ein alter Mann, mit einer weißen Soutane bekleidet, assistierte ihm. Die Prozession der Menschen schob sich nach vorn, die Orgel erwachte wieder zum Leben.

Einige Leute hatten sich in die Bank gesetzt, und einige von jenen, die hinter den Bänken gekniet hatten, waren aufgestanden, sie waren das Knien leid. Fenn fand die Entscheidung sehr vernünftig, er stand ebenfalls auf; Sue blieb auf den Knien.

Die Gemeinde begann zu singen, ein Strom von Menschen formte sich, floß durch den Mittelgang bis zum Altar, um durch die Seitenschiffe zurückzufluten, wo sich die Menschen wieder in die Bänke schoben. Fenn erkannte die Frau mit dem rosa Schal, jawohl, das war die Frau, die mit ihrem Mann ins Pfarrhaus gekommen war, um das kleine taubstumme Mädchen abzuholen. Der Priester hatte während des Gottesdienstes Alices Mutter angesehen.

Der rosa Schal wanderte inmitten der geneigten Köpfe auf den Altar zu und verschwand, als die Frau vor dem Priester niederkniete, um die Hostie zu empfangen.

In diesem Augenblick erhob sich eine kleine Gestalt von der Bank, wo die Frau während der Messe gesessen hatte. Die kleine Gestalt ging auf eine Statue zu, die an einem Pfeiler hing, sah zu der Statue hinauf, wandte sich ab und ging auf die hinteren Bänke zu. Es war Alice, Fenn erkannte sie an ihrem blonden Haar. Sie trug das Haar in zwei langen Zöpfen; sie war mit einem braunen Regenmantel bekleidet, der ihr eine Nummer zu groß war, und sie trug weiße Söckchen. Sie hielt die Hände verschränkt, ihr Blick war geradeaus gerichtet, wo es nichts Besonderes zu sehen gab.

Fenn starrte sie an, ihm war klar, daß mit dem Mädchen irgend etwas nicht stimmte. Ihr Gesicht war bleich, die Knöchel weiß. Der Priester hatte während der Messe nicht die Mutter angesehen, sondern die Tochter.

Und auch jetzt beobachtete Pater Hagan das Mädchen.

Die Kommunionswaffel schwebte über einem aufgesperrten Mund, es war ein quälender Anblick, die ausgestreckte Zunge des Kommunionsempfängers hatte zu zucken begonnen. Alices Mutter kniete in der Nähe, sie war zu sehr in ihr Gebet vertieft, um die Verzögerung zu bemerken.

Es sah ganz so aus, als ob der Priester etwas rufen wollte, aber dann überlegte er es sich anders. Es gab ein paar Leute, die sich zu wundern begannen, warum der Priester so gebannt in eine ganz bestimmte Richtung schaute, sie folgten seinem Blick, aber da war nur die kleine Alice Pagett, die Taubstumme, sie ging mit langsamen Schritten zu den hinteren Bänken, wo sie – wie man vermuten durfte – in den Mittelgang einschwenken und zu der Schlange, die auf die Heilige Kommunion wartete, aufschließen würde. Pater Hagan hatte inzwischen gemerkt, daß er aus dem Rhythmus gekommen war, er fuhr fort, Oblaten auszuteilen, aber seine Augen folgten dem kleinen Mädchen.

Fenn war neugierig. Er dachte, ob ich ihr einfach in den Weg trete, aber er wußte, das war dumm: vielleicht fühlte sie sich nicht ganz wohl, vielleicht brauchte sie frische Luft. Und doch, obwohl sie bleich war, gab es da diesen Ausdruck von Glück in ihrem Antlitz, dieses überirdische Leuchten in ihren lebhaften blauen Augen. Sie schien etwas zu sehen, was sich jenseits des physisch Wahrnehmbaren befand, und daß es so war, beunruhigte Fenn in hohem Maße. War das Mädchen in Trance? Sie stieß mit niemandem zusammen, während sie zu den hinteren Bänken ging, und ihr Schritt war auch nicht langsam oder wie der eines Menschen, der träumt. Fenn sah sie an, als sie an ihm vorbeiging, er lächelte ihr zu, er hätte nicht zu sagen vermocht, warum er das tat.

Immer noch dröhnte die Orgel, die Leute sangen immer lauter, fanden sich zusammen zum Lobe des Herrn, es war dies eine Phase während der Messe, wo die Emotionen besonders hochschlugen.

Niemand schien die anderen Kinder zu bemerken, die sich aus den Bänken drängten.

Niemand außer Fenn. Die Kinder – einige waren erst sechs Jahre alt, und dann gab es viele, die schon zwölf oder dreizehn waren – entzogen sich der Kontrolle der Älteren und bahnten sich einen Weg zum Ausgang, der Kinder-Exodus blieb im großen und ganzen unbemerkt, weil der Mittelgang voll von Leuten stand.

Im Unterschied zu Alice gingen die Kinder nicht wie in Trance. Sie wirkten lustig und guter Dinge, einige kicherten, während sie dem taubstummen Mädchen in Sprüngen hinterdrein liefen.

Eine Mutter hatte bemerkt, daß ihr Kind vor der Zeit aus der Bank entschlüpfen wollte, sie packte den Kleinen mit einem raschen Griff und hielt ihn fest. Der Junge stieß einen Wutschrei aus, er versuchte sich aus dem Griff der Mutter zu befreien, und dies alles führte dazu, daß auch die anderen Eltern aufmerksam wurden. Man sah erstaunte Gesichter, dann verwirrte Gesichter und schließlich ärgerliche Gesichter. Ein Vater vergaß sich, er rief seinem Sohn, der zu den Flüchtenden gehörte, etwas hinterher.

Pater Hagan hatte den Ruf gehört, er sah auf. Er erblickte das kleine Mädchen im braunen Regenmantel, das Mädchen mit den langen Zöpfen. Er sah, wie sie das Kirchenportal aufstieß und in den hellen Sonnenschein hinausrannte. Die anderen Kinder folgten ihr.

Der Gesang in der Kirche wurde leiser in dem Maße, wie den Leuten klar wurde, daß etwas nicht stimmte. Bald sang nur noch die dicke Nonne, die an der Orgel saß.

Fenn erwachte aus seiner Erstarrung. Verdammt noch mal, er war schon fast in Trance, jedenfalls hatte es einer echten Willensanstrengung bedurft, sich aus der Starre zu lösen. Langsamen Schrittes begab er sich zum Ausgang der Kirche und stieß den

Flügel auf. Das Licht blendete ihn, aber nachdem er ein paarmal geblinzelt hatte, konnte er wieder gut sehen.

Die Kinder rannten über den Friedhof, ihr Ziel schien die niedrige Mauer aus grauem Stein zu sein, die den Friedhof umschloß.

Fenn folgte ihnen, er beschleunigte seinen Schritt, als er sah, wie Alice über die Mauer kletterte. Auch die anderen Kinder kletterten über die Mauer, wobei die größeren den kleineren Hilfestellung leisteten.

Der Reporter fühlte sich beim Arm ergriffen.

»Gerry, was ist da los?« Sue starrte den Kindern nach, und dann sah sie Fenn an, als ob der wissen müßte, was die Kinder zu ihrem Exodus veranlaßt hatte.

»Ich weiß es nicht«, sagte er. »Die Kinder laufen hinter dem taubstummen Mädchen her. Aber ich könnte mir vorstellen, wohin das Mädchen unterwegs ist.« Er riß sich von Sue los und rannte auf die Mauer zu.

Sue war so überrascht, daß sie sich nicht von der Stelle rührte. Als hinter ihr Stimmen laut wurden, wandte sie den Kopf. Die Eltern der Kinder kamen aus der Kirche gestürzt. Der Priester bahnte sich einen Weg durch die Menge, sein Blick fiel auf Sue. Immer noch stand sie mitten auf dem Weg, der durch den Friedhof zur Mauer führte. Und dann sah der Priester die kleiner werdende Gestalt Fenns.

Der Reporter sprang über frische Maulwurfhügel hinweg, einmal geriet er ins Stolpern. Er ließ sich gegen die Friedhofsmauer fallen. Er ließ die Hände auf die rauhe Mauerkante klatschen. Und dann stand er da, mit keuchenden Lungen. Er sah auf das Feld hinaus.

Das Mädchen, Alice, kniete vor der knorrigen Eiche, genau wie in jener Nacht vor einer Woche. Um sie herum waren die anderen Kinder, einige knieten, andere standen da und starrten die Eiche an. Unter den jüngeren Kindern gab es einige, die vor Freude herumhüpften, sie lachten und deuteten auf den Baum.

Fenn kniff die Augen zusammen. Zu sehen gab es da wirklich nichts! Nur ein Baum! Der Baum war nicht einmal schön; um die Wahrheit zu sagen, er war verdammt krumm und häßlich. Was fanden die Kinder so faszinierend daran?

Er erhielt einen Stoß und fuhr herum, und dann sah er, Sue war ihm gefolgt.

»Gerry...?« Die Frage gefror ihr auf den Lippen, als sie die Kinder erblickte.

Schritte hinter ihnen. Menschen, die über den Friedhof gelaufen kamen und vor der niedrigen Mauer stehenblieben. Fenn und Sue wurden angerempelt. Im Nu hatte sich ein Knäuel von Menschen vor der Mauer gebildet. Etwas wie ein Schock ging durch die Leute. Dann Stille. Die Nonne in der Kirche hatte ihr Orgelspiel beendet.

Fenn hatte bemerkt, daß der Priester neben ihm stand. Sie sahen sich ein paar Herzschläge lang in die Augen. Der Reporter glaubte bei Pater Hagan einen Anflug von Feindseligkeit zu bemerken, als ob er, Fenn, die Schuld an dem Phänomen trug.

Fenn blickte in die andere Richtung, er fand die Kinder jetzt interessanter als den Priester. Er griff in seine Tasche und zog eine billige Pocketkamera hervor. Er machte vier Aufnahmen, dann sprang er über die Mauer.

Sue wollte ihn zurückhalten, es war dann die Angst, die sie schweigen ließ. Die Leute um Sue wurden unruhig, als sie Fenn über die Mauer klettern sahen. Sie waren perplex, oder sie hatten Angst, vielleicht beides.

Fenn ging auf einen Jungen von etwa zwölf Jahren zu. Der Junge lächelte, so wie Alice in jener Nacht gelächelt hatte. Er schien Fenn nicht zu bemerken, und der Reporter hielt ihm die Hand vor die Augen, er bewegte die Hand. Der Junge runzelte die Brauen, dann bog er den Kopf zur Seite, um wieder freien Blick auf den Baum zu haben.

Fenn ließ ihn stehen, er ging zu einem anderen Kind, zu einem Mädchen, das im nassen Gras hockte. Verzückung spiegelte sich in den Augen des Mädchens. Er glitt neben sie und berührte sie an der Schulter.

»Was ist denn?« fragte er leise. »Was siehst du?«

Das Mädchen ignorierte ihn.

Er ging weiter. Er sah einen Fünfjährigen, der in die Hände klatschte und dann, mit dem Ausdruck der Glückseligkeit, auf die Knie ging. Er sah zwei Mädchen, Zwillinge, die sich an der Hand hielten und lächelten. Er sah einen dreizehnjährigen Jungen, der die Hände aneinandergelegt hielt, die Daumen berührten seine Nasenwurzel, die Lippen bewegten sich im stillen Gebet.

Es gab einen Jungen in kurzen Hosen, der beim Lauf über das Feld hingefallen war, seine Knie waren mit Lehm beschmiert, er stand da und hielt die eigenen Schultern umfaßt. Er lächelte. Fenn stellte sich vor ihn und versperrte ihm den Blick auf den Baum. Der Junge trat einen Schritt zur Seite. Immer noch lächelte er.

Fenn kniete sich zu ihm. »Sag mir, was du siehst.«

Eines war sicher: der Junge sah Fenn gar nicht. Er hatte auch nicht gehört, was Fenn sagte.

Der Reporter schüttelte den Kopf. Um ihn herum Kinder. Alle Kinder lächelten. Es gab einige, die weinten, trotzdem lächelten sie.

Er sah, wie der Priester über die Mauer geklettert kam, einige Eltern folgten ihm. Fenn ging auf das Mädchen im braunen Mantel zu, auf das taubstumme Kind, das vor der Eiche kniete. Er stellte sich so hin, daß er ihren Blick auf den Baum nicht behinderte. Er schoß zwei Fotos von dem Mädchen, dann begann er die anderen Kinder zu fotografieren.

Und dann fotografierte er den Baum.

Inzwischen waren die Eltern da und die älteren Geschwister der Kinder. Fenn sah, wie eine Mutter ihre Tochter in die Arme nahm. Nur wenige Schritte von ihm entfernt stand ein Mädchen, das zu taumeln begann, das Mädchen brach zusammen, ehe die entsetzte Mutter es erreichen konnte, ebenso ein anderes Mädchen und ein Junge. Der Fünfjährige, der vorher in die Hände geklatscht hatte, brach in hysterisches Weinen aus, als seine Eltern nahten. Vorher, als die Kinder den Baum anstarrten, hatte unheimliche Stille über dem Feld gelegen, jetzt war das Feld vom Weinen der Kinder erfüllt.

Fenn betrachtete das Ganze mit nachdenklicher Verwunderung; er hatte eine Geschichte, *eine große Geschichte*. Er war Zeuge einer Massenhysterie, wie sie ein paar Jahre zuvor dreihundert Kinder in Mansfield befallen hatte. Beim Marching Bands Festival waren die Kinder reihenweise zusammengebrochen. Hier, auf dem Feld, war die Größenordnung etwas anders, aber die Regeln, nach denen sich alles abspielte, waren die gleichen. Die Kinder ließen sich leiten von den Gedanken, die Alice Pagett dachte. Auf irgendeine Weise gelang es dem taubstummen Mädchen, ihren hypnotischen Zustand auf die anderen Kinder zu übertragen! Mein Gott, das ging ja nur mit Telepathie! In der Tat, Telepathie war die einzige Erklärung. Was aber hatte sie, die Taubstumme, in das Delirium versetzt, das ihren Zustand kennzeichnete?

Pater Hagan ging von Gruppe zu Gruppe, er tröstete die Kinder. Schließlich kam er auf Fenn zu.

Der Reporter war versucht, ein Bild von dem Priester zu schießen, aber er entschied, dies war nicht der richtige Moment. Der Priester hatte etwas Einschüchterndes an sich. Fenn ließ den Fotoapparat in die Tasche gleiten.

Der Kirchenmann würdigte Fenn keines Blickes, er kniete neben Alice Pagett nieder. Er legte ihr den Arm um die Schultern. Er sprach zu ihr, obwohl er wußte, daß sie ihn nicht hören konnte. Er hoffte, sie würde die Güte aus seinen Worten herausspüren.

»Alles ist gut, Alice«, sagte er. »Komm jetzt, ich bringe dich zu deiner Mutter.«

»Ich glaube nicht, daß es gut ist, wenn Sie sie hier wegbringen, Pater«, sagte Fenn. Er hatte sich hingehockt, so daß er Alice in die Augen sehen konnte.

Der Priester sah ihn an aus traumverlorenen Augen. »Sind Sie nicht der Mann, der mir das Mädchen nachts ins Haus gebracht hat? Sie heißen Fenn, nicht wahr?«

Der Reporter nickte, er hielt den Blick auf das Mädchen gerichtet.

»Was spielen Sie für ein Spiel, Mr. Fenn?« Hagans Stimme klang brüsk. Er stand auf, zugleich zog er Alice hoch. »Was haben Sie mit der Sache zu schaffen, Mr. Fenn?«

Fenn wunderte sich. Er stand auf. »Aber sehen Sie doch mal...« Plötzlich war eine andere Stimme zu hören.

»Sie will, daß wir wiederkommen.«

Die beiden Männer waren wie gelähmt vor Schreck. Sie starrten Alice an.

Sie lächelte und sagte: »Die weiße Frau will, daß wir wiederkommen. Sie hat eine Botschaft für uns, Pater. Eine Botschaft für uns alle.«

Fenn und der Priester hatten gar nicht gemerkt, wie das Stimmengewirr auf dem Feld abebbte. Alle, die dort waren, hatten Alices Worte gehört.

Der Priester war der erste, der die Sprache wiederfand. »Wer, Alice?« Würde sie ihn verstehen? Sie hatte gesprochen, aber konnte sie auch hören? »Wer hat dir das gesagt?«

Alice deutete auf die Eiche. »Die Frau, Pater. Die weiße Frau hat es mir gesagt.«

»Aber – dort ist doch niemand, Alice.«

Das Lächeln stahl sich von ihren Lippen. »Nein, jetzt ist sie weggegangen.«

»Hat sie gesagt, wer sie ist?«

Alice nickte. »Sie hat gesagt, sie ist die Unbefleckte Empfängnis.«
Alles Blut war aus dem Gesicht des Paters gewichen.

In diesem Moment drängte sich Alices Mutter nach vorn, sie warf sich auf die Knie und riß ihr Kind an sich. Molly Pagett hielt die Augen geschlossen, ihre Tränen netzten die Stirn ihrer Tochter.

WILKES

> *Und so nahm die Mutter den kleinen Burschen, hackte*
> *ihn in Stücke und kochte ihn zu Brei in dem großen Schmorkessel.*
> Aus Gebrüder Grimm: Der Wacholderbaum

Er schloß die Tür und drehte den Schlüssel um. Dann schaltete er das Licht aus. Er benötigte nur zwei Sekunden, um den kleinen Raum zu durchqueren. Er warf sich auf das schmale Bett.

Er schüttelte sich die Schuhe von den Füßen. Er legte seine Hände auf die Brust und starrte an die Decke.

»Scheißtypen«, sagte er laut. Und fügte in Gedanken hinzu: *Mich wie Dreck zu behandeln!*

Mit seinem Job als Kellnerlehrling in einem beliebten Restaurant in Covent Garden lief es nicht sehr gut. Heute hatte er beim Servieren Kaffee verschüttet, hatte Bestellungen durcheinandergebracht, war mit dem Barkeeper aneinandergeraten – *die schwule Sau!* –, und dann hatte er sich zwanzig Minuten auf der Toilette eingeschlossen und geheult. Der Manager des Restaurants hatte ihn verwarnt – *noch eine einzige Szene in dieser Art, und Sie sind entlassen!* –, und die beiden Inhaber des Restaurants – *zwei Scheißtypen, die irgendwie aus dem Anzeigengeschäft kamen und nicht viel älter waren als er!* – fanden es auch noch ganz in Ordnung, daß auf ihm rumgehackt wurde.

Nun, er würde nicht wieder in dem Restaurant aufkreuzen! Sollten sie morgen sehen, wie sie ohne ihn fertig wurden! Diese Arschlöcher.

Er holte sich einen Popel aus der Nase und wischte seinen Finger an der Bettdecke ab. Er versuchte Ruhe zu finden, indem er sein Mantra wiederholte, aber das half kaum. Er sah seine Mutter vor sich (wie immer, wenn er sich über etwas ärgerte), und das Bild war so lebhaft, daß es sein beruhigendes Mantra verdrängte. Weil die blöde Kuh ihn rausgeworfen hatte, mußte er so eine niedrige Arbeit verrichten. Hätte sie ihn weiterhin zu Hause wohnen lassen, er hätte von der Sozialhilfe leben können wie die drei Millionen Arbeitslosen.

Er stand auf und ging zu der weißbemalten Kommode. Er öffnete die unterste Schublade und nahm das Album heraus. Er ging zu seinem Bett zurück. Er begann in den Seiten des Albums zu blättern. Das beruhigte ihn zwar nicht, aber er spürte, wie seine Gemütslage sich zu wandeln begann. Er las gerne etwas über sie. Bis heute wußte niemand, warum sie es getan hatten. Tatsache war: SIE HATTEN ES VERDAMMT NOCH MAL GETAN!

Er betrachtete die Gesichter auf den Zeitungsausschnitten und strich sich die blonde Locke aus der Stirn. Einer von denen mag mich, dachte er. Er grinste.

Man braucht nur den richtigen Menschen zu finden. Alles war so einfach, wenn man den richtigen Menschen fand. Jemand Berühmter mußte es sein.

Er ließ sich auf das harte, schmale Bett sinken, um über seine Möglichkeiten nachzudenken. Seine Hand glitt zwischen die Schenkel.

7

Wie freundlich blickt sein Auge drein,
Wie klar quillt seine Träne.
Wenn es die Fischlein lockt herein
In seine milden Zähne!
Aus Lewis Carroll: Alice im Wunderland

Montag, am späten Nachmittag
Tucker liebte die Bestandsaufnahme, die montags stattfand. Wenn ein Regal leer war, das bedeutete Geld auf der Bank. Wenn ein Karton leer war, das bedeutete, er würde seine Rechnungen bezahlen können. Wenn eine Tiefkühltruhe leer war, das bedeutete, er würde seinen Mund zu einem breiten Lächeln verziehen können. Aber heutzutage waren die Regale, die Kartons und die Tiefkühltruhen nicht mehr so leer wie früher. Zwar hatten die Leute wegen der Rezession nicht zu essen und zu trinken aufgehört – aber sie aßen und tranken nicht mehr so gut wie früher. Die Gewinnmarge bei

einer Dose Spargel war höher als bei einer Dose Erbsen, aber die Leute auf dem Lande waren mehr an Menge interessiert, nicht so sehr am Geschmack des Essens. Er verstand recht gut, wo ihr Problem lag, war er es doch, der jede Woche neue, höhere Preise auf seine Waren klebte, aber sie zu verstehen bedeutete nicht, daß er mit ihnen sympathisierte. Er mußte schließlich auch essen, und wenn seine Kunden schlechter aßen als früher, dann bedeutete das, auch er würde schlechter essen als früher. Noch war es nicht soweit. Aber ausgeschlossen war das nicht.

Nach wie vor barg die Bestandsaufnahme an den Montagen eine Freude in sich. Die Freude hieß Paula. Paula mit dem süßen Hintern und den hervorstehenden Titten. Das Gesicht war ein bißchen zu feist, aber Tucker sagte sich immer, wenn man im Feuer herumstochert, dann ist es egal, wie es weiter oben, auf dem Kaminsims, aussieht, das alte Sprichwort nahm Tucker ganz ernst, für ihn war das keine leere Entschuldigungsfloskel.

Rodney Tucker war der Besitzer des einzigen Supermarkts auf der High Street in der Ortschaft Banfield, es war ein kleiner Laden, verglichen mit den Läden der Supermarktketten, aber schließlich war Banfield auch nur eine kleine Ortschaft. Ein Dorf, wie die Leute gern sagten. Tucker war vor elf Jahren aus Croydon zugezogen, wegen der Konkurrenz der großen Supermärkte in jener Gegend hatte er sein Lebensmittelgeschäft nicht länger halten können. Er hatte aus jener Erfahrung gelernt. Mehr als das, der Erlös aus dem Verkauf des Grundstücks hatte ihn in die Lage versetzt, zur Konkurrenz aufzuschließen. Banfield war damals gerade soweit, daß eine Investition Gewinn versprach; der Ort war zu klein für die großen Ketten, aber genau richtig für einen mutigen Unternehmer (Tucker hatte sich immer für einen *mutigen* Unternehmer gehalten). Den beiden vorhandenen Lebensmittelgeschäften in Banfield war es ergangen, wie es Tucker in Croydon ergangen war. Nun ja, nicht ganz so schlimm – nur eines der beiden Geschäfte hatte schließen müssen. Merkwürdigerweise war eine Schnellwäscherei in das freie Lokal eingezogen, genau wie in das Lokal, das Tucker in Croydon geräumt hatte. Vor kurzem hatte er sich seinen alten Laden noch einmal angesehen und festgestellt, daß die Schnellwäscherei in ein Video-Center für Pornofilme umgewandelt worden war; stand Banfield in einer Zeit, wo Waschmaschinen genauso alltäglich waren wie elektrische Toaster, stand Banfield eine ähnliche Metamorphose bevor? Er bezweifelte das; die Planungskomitees derartiger Ortschaften waren erwiesenermaßen taub auf beiden Ohren, wenn es um die sich wandelnden Konsumgewohnheiten im zwanzigsten Jahrhundert ging. Fürwahr, es hatte große Schwierigkeiten gegeben damals vor elf Jahren, als Tucker bei den örtlichen Behörden um die Genehmigung für seinen Supermarkt einkam! In Ortschaften und Dörfern dieser Art herrschten eigene Gesetze. Auch jetzt, obwohl er schon so lange in Banfield lebte, wurde er immer noch als Außenseiter betrachtet. Er hatte mit den Männern, die in Banfield was zu sagen hatten, Bekanntschaft geschlossen, war mit ihnen Essen gegangen, hatte mit ihnen Golf gespielt, hatte mit ihren Frauen, wie häßlich auch immer, geflirtet, und doch wurde er nicht in den Kreis aufgenommen. In einer solchen Gegend genügte es nicht, wenn man dort geboren war, auch der Vater *und* der Großvater mußten dort geboren sein! Das alles hätte Tucker gar nichts ausgemacht, mit Ausnahme einer Kleinigkeit – er wäre gern in den Gemeinderat gewählt worden. O ja, das wäre sehr schön. Es gab viel unbebautes Land rund um Banfield, und Potter hatte gute Kontakte zu Baufirmen. Die Bauunternehmer würden sich erkenntlich zeigen, wenn ein Gemeinderat bestimmte Parzellen zur Bebauung freigab.

Er rieb sich das Bäuchlein.

»*Wir sind knapp mit Grapefruit in Stücken, Mr. Tucker!*«

Er zuckte zusammen, als er Paulas schrille Stimme vernahm. Plus fünfzehn Jahre plus fünfundzwanzig Kilo, und Paula wäre ein Abziehbild seiner Ehefrau Marcia. Es wäre schön, könnten wir hier feststellen, daß die Anziehung, die Paula auf Tucker ausübte, von dem Umstand herrührte, daß sie ihn an seine Frau, wie sie jünger war, erinnerte. Schön, aber unzutreffend. Ob eine Frau fett war oder mager, vollbusig oder tittenlos, das war Tucker egal. Hübsche Frauen (wenn er Glück hatte, waren es hübsche Frauen), unscheinbare Geschöpfe, erfahrene Betthasen, Jungfrauen (*soviel* Glück würde er wohl nie haben) – Tucker bumste, was ihm in die Quere kam. Alter? Er zog die Grenze bei dreiundachtzig.

Die Frauen, denen er nachstellte, hatten eines gemeinsam: sie waren dumm. Es war dies nicht etwa eine Eigenschaft, die er zur Bedingung machte; es war nur so, daß er bei dummen Frauen mehr Erfolg hatte. Er war realistisch genug, um einzusehen, daß er körperlich nicht viel zu bieten hatte: er wurde von Monat zu Monat dicker (obwohl das Geschäft zu wünschen übrig ließ), und sein Haar wurde von Minute zu Minute dünner (der Scheitel befand sich derzeit in der Höhe des linken Ohres, und die pfeffernußfarbenen Strähnen des Haars waren platt über den Kopf gekämmt). Aber: er war ein Mann von schneller Auffassung, ein Mann, der sich auszudrücken wußte, und er hatte Augen wie Paul Newman (ein etwas aufgedunsener Paul Newman, zugegeben). Vor allem, und dies war eine Eigenschaft, auf die er sich selbst viel zugute hielt, vor allem hatte er Zaster. Und das ließ er auch raushängen. Maßanzüge, Maßhemden, italienische Schuhe und jeden Morgen frische Socken. Protzige Ringe aus Gold, ein protziges Armband aus Gold, protzige Zahnfüllungen aus Gold. Ein hellgelber Jaguar XJS, ein wunderschönes Wohnhaus im Tudor-Stil. Eine fünfzehnjährige Tochter, die Preise beim Reiten und bei den Schwimmwettbewerben in der Schule gewann; und eine Frau – nun, die Frau konnte man vergessen. Tucker hatte Geld, und er zeigte, was er hatte.

Tucker verstand es, den Frauen, mit denen er zu tun hatte (hier müssen wir wieder die Ehefrau vergessen), ein angenehmes Leben zu bereiten, und da diese Frauen alle dumm wie Bohnenstroh waren, gaben sie sich damit zufrieden. Er konnte Frauen, die mehr als das Bett im Sinn hatten, auf eine Meile Entfernung ausmachen, und er war klug genug, sich von solchen Individuen fernzuhalten: er wollte unter keinen Umständen den Lebensstil, wie er ihn für sich verwirklicht hatte, aufs Spiel setzen.

Die kleinen Fickerinnen waren genau richtig: er brauchte sie nur nett auszuführen – ein schmackhaftes Abendessen in Brighton, ein kleines Spiel im Kasino, eine flotte Wette beim Hunderennen, danach die Disko. Gekrönt wurde ein solcher Abend in Tuckers bevorzugtem Motel an der Straße nach Brighton. Wenn die Frau besonders gut war, war auch eine Spritztour nach London drin; aber dann mußte sie wirklich gut sein. Paula hatte es bisher nur zu zwei Übernachtungen im Motel gebracht, eine Fahrt nach London hatte Tucker ihr nicht zubilligen mögen. Das Gesicht war zu häßlich.

»Cannelloni!«

Die Stimme war auch nicht das, was einem alten Mann aufs Fahrrad half.

Tucker schlenderte zwischen den Regalen entlang, der Geruch nach Karton und Plastikbeuteln umwehte seine Nasenflügel. Paula stand auf einer kleinen Trittleiter. Sie hielt eine verstärkte Schreibunterlage in der Hand, die losen Blätter wurden von einer elastischen Spange gehalten, mit der anderen Hand untersuchte Paula den Inhalt eines Kartons. Der modische Schlitz in ihrem engen Rock enthüllte die Kniekehlen, kein überaus erregender Anblick, aber an einem verregneten Montagnachmittag sinnlich genug, um die Gefühle in Tuckers niederen Regionen in Wallung zu versetzen.

Er schob sich unter sie und tastete nach ihren Schenkeln. Seine Finger glitten zu ihrem Schoß, Paula zuckte zusammen, sie ärgerte sich, weil er sich mit seinem schweren Goldarmband in ihrer Strumpfhose verfangen hatte.

»Rodney!«

Er löste das Armband aus seinem Gefängnis und ließ die Finger erneut ihre Schenkel hochwandern. Er hielt inne, als die Fingerspitzen an den Zwickel der Strumpfhose stießen, verstärkt war diese Brücke von Paulas Höschen, das Ganze bildete ein schier unüberwindbares Siegel, eine Nylonkruste über der ständig feuchten Spalte. Den Menschen, der die Strumpfhose erfunden hat, müßte man mit seiner eigenen Erfindung erwürgen, dachte Tucker. Seine Finger spielten an Paulas wohlgerundetem Hintern herum.

»Rod, es könnte doch jemand in den Laden kommen!« Paula versuchte, seine Hand wegzuschieben.

»Niemand wird kommen, mein Liebling. Die Leute wissen ganz genau, daß ich Bestandsaufnahme mache.« In seinen Worten klang die Mundart des Nordens mit, die Mundart jenes Landesteils, wo Tucker vor Banfield, vor Croydon und vor London gelebt hatte.

»Nein, Rod, das geht nicht. Nicht hier.« Paula stieg von der Leiter. Sie schürzte die Lippen. Sie sah sehr entschlossen aus.

»Das hat dich früher nie gestört.« Mit einem Ruck zog er seine Hand weg, ehe die Finger in die sich schließende Zange ihrer Schenkel gerieten.

»Findest du das nicht etwas ordinär?« Sie hatte sich von ihm abgewandt. Sie hielt die Stahlplatte mit den Blättern auf ihre Brüste gepreßt wie einen Schild, der ihre Keuschheit bewahren würde, und zugleich sah sie sehr konzentriert auf die Regale, als könnte sie mit der Kraft ihrer Gedanken einen Schutzschirm um sich legen.

»Vulgär?« Er musterte sie. Er war überrascht. »Was willst du damit sagen?«

»Das weißt du sehr gut.« Sie ging an dem Regal entlang und begann Positionen auf ihrer Liste abzuhaken.

Paula war Tuckers Sekretärin, Aufsicht im Laden und seine ständig zum Beischlaf bereite Gefährtin seit jener Party-am-Heiligabend-nach-Ladenschluß. Er hatte sie vor drei Monaten eingestellt, weil sie Schreibmaschine schreiben und kopfrechnen konnte, sie konnte seine übrigen Angestellten beaufsichtigen (sie hatte einen Sommer lang bei der Firma Butlin's gearbeitet), weiterer Grund für die Einstellung waren Paulas hervorstehende Titten gewesen, und dann hatte sie auch viel besser ausgesehen als die drei Bewerberinnen mit den fleckigen Gesichtern und deutlich besser als das Mädchen, das schielte. Paula war achtundzwanzig, sie lebte mit ihrer verwitweten, arthritischen Mutter, sie hatte ein paar Freunde, aber keinen festen, und sie war eine gute Arbeiterin. Nach der Party-am-Heiligabend-nach-Ladenschluß hatte sich die Beziehung zu ihr sehr zufriedenstellend entwickelt: ein gemeinsamer Drink nach der Arbeit, ein paar Abende in Brighton, das Motel, erregende Tätschelspiele, wann immer sich die Gelegenheit ergab. Wie zum Beispiel bei der Bestandsaufnahme am Montag. Scheiße noch mal, was war heute mit dem Mädchen los?

»Scheiße noch mal, Paula, was ist heute mit dir los?« Er flüsterte, damit die Kassiererinnen ihn nicht hören konnten.

»Ich verbitte mir den Ton, Mr. Tucker«, kam Paulas Antwort.

»Mr. Tucker?« Er tippte sich auf die Brust. »Was soll der Mr. Tucker? Warum nennst du mich nicht Rod?«

Sie fuhr herum. Verachtung funkelte in ihren Augen. »Ich finde, Mr. Tucker, wir sollten es bei der rein geschäftlichen Beziehung belassen.«

»Warum, Paula? Sch . . ., ich meine, was ist denn eigentlich los? Wir haben doch immer viel Spaß zusammen gehabt, nicht?«

Ihre Stimme wurde weicher, aber das verächtliche Funkeln in ihren Augen blieb. »Jawohl, wir haben viel Spaß zusammen gehabt, Rodney. Aber – genügt das?«

Bei Tucker gellten die Alarmglocken. »Was willst du damit sagen?« fragte er vorsichtig.

»Ich will damit sagen, daß du mich nicht wirklich achtest. Ich bin dir gerade gut genug zum Bumsen.«

Aha, dachte er. Daher weht der Wind. Sie hat sich da einen Plan zurechtgelegt. »Du bist mir nicht gut genug zum Bumsen, mein Liebling. Ich meine, natürlich bist du mir gut genug zum Bumsen, aber das ist nicht alles.«

»Ach wirklich? Beweis' mir das doch!«

Er hob beschwichtigend die Hände, die Handflächen waren nach unten gerichtet. »Leise, Kleines. Es braucht schließlich nicht der ganze Laden zu erfahren, daß wir was miteinander haben.«

»Mir ist es ziemlich egal, ob die Leute erfahren, daß wir was miteinander haben. Es ist mir sogar egal, wenn's deine verdammte Frau erfährt.«

Tucker sog pfeifend die Luft ein. Er fühlte sein Herz klopfen, *bumper, bumper*. Tja. Vielleicht hatte er Paula falsch eingeschätzt. Vielleicht war sie nicht so dumm, wie sie aussah. »Ich will dir was sagen, Paula. Wenn du Lust hast, zischen wir nach London und verbringen die Nacht dort.«

Sie sah ihn an, als hätte er ihr einen Schlag ins Gesicht versetzt. Dann warf sie die Schreibunterlage auf ihn.

Er dachte in diesem Augenblick nicht daran, daß er eine Verletzung davontragen konnte, was ihn störte, war das Scheppern der Schreibunterlage, als sie auf den Boden fiel. Er bückte sich, um das Ding aufzuheben, mit der freien Hand machte er eine Geste der Beschwichtigung. Ein schweigendes Gerangel, meinetwegen, ein hysterischer Streit, den man im ganzen Laden hören konnte, auf gar keinen Fall: so etwas konnte ihn als Inhaber des Ladens und als Manager abwerten – ganz abgesehen von dem Risiko, daß die Sache bis zu Marcia getragen wurde.

Er drückte sich an das Regal, als Paula den Gang entlanggestürmt kam. »Du kannst die verdammte Bestandsaufnahme selber machen!« fauchte sie und lief auf die Tür zu, die diesen Raum mit dem Hauptraum verband. Vor der Schwelle angekommen, blieb sie stehen. Sie sah ihn aus tränenfeuchten Augen an, und Tucker war sicher, hinter den Tränen verbarg sich Berechnung. »Du solltest mal über unser Verhältnis nachdenken, Rodney. Du bist am Zug.«

Sie überquerte die Schwelle. Sie hatte die Tür offengelassen.

Tucker mußte sich zusammennehmen, um nicht laut aufzustöhnen. Seine Gestalt straffte sich. Er hatte Paula unterschätzt. Ihr nächster Schachzug würde die Versöhnung sein. Sie würde ihn wieder auf sich scharf machen; und dann *wumm!* eine neue Szene, diesmal mit mehr Nachdruck. Sie würde versuchen, ihn ernsthaft einzuschüchtern. Das verdammte Luder! Er kannte das Spiel, er hatte das mit einer anderen Frau durchgemacht. Was derzeit noch offenblieb, war die Frage, ob die Daumenschrauben, die sie ihm anlegen würde, emotionaler oder finanzieller Art sein würden. Er hoffte, daß es nicht auf Geld auslief.

Eine Stunde nach dem Streitgespräch verließ er den Lagerraum. Er war in finsterer Laune. Er wußte bereits, daß die Tageseinnahmen miserabel waren. Die vollen Kartons anzusehen, die in den Lagerregalen warteten, war auch nicht gerade lustig. Kaum was nachzubestellen diese Woche, und wie es aussah, nächste Woche auch nicht, und die Woche darauf auch nicht. Verfluchter Montag, verfluchter!

Der Anblick des gähnend leeren Ladens und die drei Kassiererinnen, die sich an einer Kasse zu einem kleinen Plausch versammelt hatten, gab ihm den Rest. Es gab dann noch den Jungen, der die Regale nachzufüllen hatte, er füllte aber keine Regale nach, weil keine nachzufüllen waren, er saß in einer Ecke und las in einem Comicheft, sein Finger steckte bis zum ersten Knöchel in der Nase. Tucker war so angeekelt, daß er nicht einmal ein Wort des Tadels hervorbrachte. Er warf einen Blick auf das verglaste Büro, es war leer; Paula hatte sich für den Rest des Tages freigenommen. Was nicht schlimm war, inzwischen war ihm sowieso die Lust vergangen.

Behenden Schrittes – er mußte sich dazu zwingen – ging er auf die Kassiererinnen zu. »Bitte, meine Damen, an die Kassen. Bereiten Sie sich auf den abendlichen Ansturm vor.«

Die drei Frauen in den grünen Kittelschürzen schraken zusammen. Und wenn es gut war, dann ist es Mühe und Arbeit gewesen, dachte Tucker. Mein Gott, es war ja gut, daß es in diesem Dorf auch häßliche Frauen gab!

»Nur noch zehn Minuten bis zum Ladenschluß, meine Damen. Vielleicht hat sich herumgesprochen, daß die Doppelpackung Kleenex diese Woche drei Pence weniger kostet, wundern Sie sich also nicht über den Massenansturm, der gleich über Sie hereinbricht.«

Die Frauen kicherten, sie kannten den Witz – Tucker setzte von Fall zu Fall ein anderes Produkt ein, heute waren es Kleenex-Tücher. Eine Kassiererin hielt etwas hoch. »Haben Sie den *Courier* schon gelesen, Mr. Tucker?«

Er war vor ihrer Kasse angekommen. »Nein, Mrs. Williams, hab' ich nicht. Sie wissen ja, wieviel ich immer am Hals habe, ich komme nicht zum Zeitunglesen.«

»Wir haben's geschafft, Mr. Tucker«, sagte die zweite Kassiererin. Alle drei kicherten wie Schulmädchen.

»Ich verstehe«, sagte er, »Sie haben gemeinsam einen Lottozettel abgegeben, und jetzt wissen Sie nicht, was Sie mit den Millionen anfangen sollen, nun, ich hoffe nur, Sie werden Ihren sicheren Job bei mir nicht aufgeben, nur weil Sie jetzt Millionärinnen sind.«

»Es ist etwas anderes, Mr. Tucker«, sagte die Frau, die er mit Mrs. Williams tituliert hatte. »Es hat mit Banfield zu tun. Unsere Ortschaft ist in aller Munde.«

Er sah sie fragend an. Er ergriff die Zeitung. Er las den Artikel auf der ersten Seite.

»Das ist die Kirche gleich oben an der Straße, Mr. Tucker. Hat man Ihnen noch nichts davon erzählt? Mein kleiner Neffe war dabei, müssen Sie wissen. Ich selbst gehe ja nur noch sehr selten in die Kirche, aber mein...«

»Das kleine Mädchen kennen Sie, Mr. Tucker. Alice Pagett. Sie kommt jede Woche mit ihrer Mutter zum Einkaufen. Sie ist taubstumm.«

»Sie *war* taubstumm, Mr. Tucker. *Angeblich* kann sie wieder sprechen und hören. Die Leute sagen, es ist ein Wunder...«

Er ließ die Frauen stehen. Er hielt die Zeitung aufgeschlagen und ging zwischen den Regalen entlang. Er überflog den Artikel. Es war ein flott geschriebener Bericht, allerdings war der Reporter etwas über das Ziel hinausgeschossen. Immerhin, dort stand, der Reporter war dabeigewesen, als es geschah, er war Augenzeuge. Die Schlagzeile lautete MÄDCHEN IN BANFIELD DURCH EIN WUNDER GEHEILT. Die Unterzeile bestand aus einer Frage: ›Hatte Alice Pagett eine Vision der Heiligen Jungfrau?‹

Tucker ging die drei Stufen zu seinem Büro hoch. Er trat ein und schloß die Tür hinter sich. Er brütete noch über dem Artikel, als die drei Kassiererinnen und der Nachschubstapler Feierabend machten.

Schließlich zog er die Schreibtischlade auf, nahm eine Zigarre aus der Schachtel, zündete sie an und sah gedankenvoll den Rauchkringeln nach. Er überflog ein weiteres Mal jenen Passus des Berichtes, wo das angebliche ›Wunder‹ mit den wunderbaren Heilungen von Lourdes verglichen wurde. Tucker war nicht katholisch, aber er wußte Bescheid über Lourdes. Seine Augen leuchteten. Zum ersten Male an jenem Tag verspürte er ungetrübte Freude, es war wie ein Laserstrahl, der sich durch den Nebel bohrte.

Er griff nach dem Telefonhörer.

Montagabend

Der Priester stieg aus seinem Renault aus. Er ging zu dem weißen Schwingtor zurück und schloß die Flügel. Der Kies knirschte unter seinen Schuhen. Der Wind trieb ihm den Regen ins Gesicht. Der Priester stieg wieder in den Wagen. Er fuhr auf das Pfarrhaus zu, aber sein Blick war auf die Kirche zu seiner Rechten gerichtet. Die Auffahrt zum Pfarrhaus verlief parallel zu der kleinen Allee, die von der Straße zum Portal der Kirche führte, dazwischen erstreckte sich ein schmaler, mit Buschwerk und Gras bewachsener Streifen. Es schien angemessen, daß es zwei Wege gab, einmal den Weg, der zu Gott führte, zum anderen den Weg, der zu SEINEM Diener führte. Pater Hagan hatte oft darüber nachgedacht, ob an seinem Tor nicht ein Schild ›Hier nur für Lieferanten‹ befestigt werden mußte.

Er stoppte und zog den Zündschlüssel ab. Die Kirche war höchstens hundert Schritte entfernt, bei dem trüben Wetter sahen die Mauern so düster, so richtig düster aus. Die Kirche war in der Zeitung abgebildet, die auf dem Beifahrersitz lag. Die Wiedergabe war schlecht, zu den Seiten hin waren die Umrisse verwaschen, es handelte sich um einen Schnappschuß, der stark vergrößert worden war, als wollte das Blatt das Ungeschick des Reporters mit allen Mitteln unterstreichen. Unter dem Foto der Kirche war ein Foto des kleinen Mädchens, wie es im Gras kniete.

Pater Hagan löste den Blick von der Kirche. Er ließ die Augen zu der Zeitung wandern. Er brauchte den Artikel nicht noch einmal zu lesen, der Inhalt hatte sich in seine Erinnerung eingegraben. Was in dem Artikel stand, war falsch, so kalt und objektiv es sich auch las. Der Reporter hatte die Tatsachen verdreht; und doch hatte er, das mußte Pater Hagan zugeben, Punkt für Punkt berichtet, was sich gestern zugetragen hatte. Der Bericht gipfelte in drei Fragen. Hatte das Mädchen wirklich eine Vision gehabt? Waren die Kirchgänger Zeugen eines Wunders geworden? War Alice Pagett wirklich von ihrer Behinderung geheilt?

Der Priester lächelte. Die Antwort auf die letzte Frage war klar: Alice war nicht mehr taubstumm.

Hagan kam gerade vom *Sussex Hospital* in Brighton, wo das Mädchen verschiedenen Tests unterzogen wurde. Die Tatsache, daß sie plötzlich sprechen und hören konnte, hatte sie von einem interessanten Fall zu einem sehr interessanten Fall gemacht. Vor Jahren hatten die Spezialisten, nachdem sie keine physischen Ursachen für die Behinderung feststellen konnten, den Eltern mitgeteilt, daß sie die Sache als psychosomatisch bedingte Behinderung einstuften – der Geist des Mädchens sagte dem Körper des Mädchens, du kannst nicht hören, du kannst nicht sprechen, und folglich konnte Alice Pagett nicht hören und nicht sprechen. Gestern nun hatte der Geist seinen Befehl widerrufen, und deshalb konnte Alice Pagett jetzt hören und sprechen. Für die Ärzte hatte also kein Wunder stattgefunden, das Mädchen hatte sich nur eines anderen besonnen. Wenn man trotzdem von einem ›Wunder‹ sprechen wollte – ein zynisches Lächeln spielte um die Lippen der Ärzte, als sie den Ausdruck Alices Eltern gegenüber ins Gespräch brachten – dann stellte sich die Frage so: Was hatte den Geist des Mädchens veranlaßt, die einst verhängte Blockade aufzuheben? So flapsig die Ausdrucksweise der Mediziner war, Pater Hagan stimmte in diesem Punkt mit ihnen überein.

In dem Zeitungsartikel wurde Alice Pagett mit Bernadette Soubirous verglichen, mit jener jungen Französin, die im Jahre 1858, den eigenen Bekundungen zufolge, eine Reihe von Visionen der Heiligen Jungfrau erlebte. Die Grotte, wo die angeblichen Visionen sich ereignet hatten, war zu einer heiligen Stätte geworden, jedes Jahr kamen vier bis fünf Millionen Pilger, um das Heiligtum zu besuchen. Es gab viele, die nach Lourdes wallfahrteten, um von Krankheiten und Behinderungen geheilt zu werden; andere reisten dorthin, um ihren Glauben zu stärken oder um der Heiligen Jungfrau Ehre zu erweisen. In den Berichten war von fünftausend Heilungen die Rede, aber von diesen fünftausend Fällen waren nach den peniblen Recherchen der katholischen Kirche nur vierundsechzig übriggeblieben, die offiziell als Wunderheilungen bezeichnet wurden. Es gab ein anderes Wunder, das sich Tag für Tag in Lourdes ereignete. So mancher Pilger, nicht nur die Kranken, verspürte in sich eine Erneuerung des Glaubens, wer aus Lourdes zurückkehrte, war bereit, sich in das Unabänderliche zu fügen, war stark genug, die eigene Behinderung oder das Leiden eines geliebten Angehörigen als gottgegeben hinzunehmen. Das war das wahre Wunder von Lourdes. Kein greifbares Wunder, weil es sich um einen Vorgang handelte, der sich im geistigen Bereich abspielte. Kein Wunder, das man auf einem Krankenblatt vermerken konnte.

Alice Pagett hatte etwas erlebt, was ihre behinderten Sinne veranlaßt hatte, wieder normal zu funktionieren. Für Pater Hagan stellte sich die Frage, ob dieses Erlebnis sich aus den Kräften des Mädchens gespeist hatte, oder ob der Anstoß von Gott kam; niemand war mißtrauischer als die Kirche selbst, wenn es sich um die Beurteilung sogenannter ›Wunder‹ handelte.

Er faltete die Zeitung zusammen, steckte sie in die Armbeuge und stieg aus dem Wagen aus. Innerhalb weniger Minuten war der Abendhimmel sehr dunkel geworden, als sei die Nacht begierig, ihr Terrain abzustecken; oder hatte er vielleicht länger im Wagen gesessen, als er dachte? Bald würde der Küster kommen, um die Lichter für die abendliche Messe anzuzünden, der Priester freute sich, daß er Gesellschaft haben würde. Er schloß das Pfarrhaus auf und ging schnurstracks in die Küche. Wäre er Trinker gewesen – und er kannte viele Priester, die tranken –, dann hätte er jetzt ein großes Glas Scotch zu sich genommen. Da er kein Trinker war, würde er sich eine Tasse Tee zubereiten.

Er knipste das Licht in der Küche an, füllte den Kessel mit Wasser, und dann stand er vor dem Herd und starrte auf die blauen Flämmchen, die unter dem Kessel hervorstachen, nur im Unterbewußtsein kam ihm der Gedanke, daß das Wasser sich langsamer erhitzen würde, wenn er den Vorgang beobachtete. Sein Bewußtsein war mit etwas anderem beschäftigt, mit Alice.

Die Mutter des Mädchens war überwältigt von der Heilung ihrer Tochter, der Vater konnte immer noch nicht glauben, was nicht zu übersehen war. Nicht nur, daß Alice perfekt sprechen und hören konnte, sie strahlte etwas aus, was mit der Freude über die eigene Heilung nicht erklärt war.

Pater Hagan fand, es war notwendig, daß er mit dem Mädchen in aller Abgeschiedenheit sprach, er wollte sie wegen der Vision befragen, dies mußte jemand tun, zu dem das Mädchen Vertrauen hatte, nur so war sichergestellt, daß sie nichts dazudichtete. Aber eine Befragung, wie der Pater sich das vorstellte, war an jenem Tag nicht möglich gewesen. Der Arzt hatte die Tochter mitsamt ihren Eltern am Sonntagnachmittag in die Klinik geschickt. Er war über die plötzliche Heilung seiner Patientin so erstaunt gewesen, daß er auf einer sofortigen Untersuchung durch die Spezialisten bestanden hatte. Die Ärzte im Krankenhaus hatten das Mädchen über Nacht dabehalten. Zur Beobachtung. Am Montag würde eine Reihe von Tests durchgeführt werden.

Für jemanden, dem das Geschenk der Sprache zurückgegeben worden ist, sagte Alice nicht viel. Als die Ärzte sie nach der weißen Frau fragten, von der sie berichtet hatte, wiederholte Alice, was sie schon dem Priester gesagt hatte.

– Die weiße Frau hat gesagt, sie ist die Unbefleckte Empfängnis (Alice sprach die beiden Worte jetzt ohne Stottern aus). –

– Wie sah die Frau aus? –

– Weiß, strahlend weiß. Wie die Statue in der Kirche, nur daß sie von innen leuchtete... Da war so ein Funkeln... –

– Du meinst, die weiße Frau schimmerte. –

– Schimmern? –

– Wie die Sonne schimmert, wenn es ein verhangener Tag ist. –

– Ja, ganz recht. Sie schimmerte... –

– Was hat die Frau sonst noch zu dir gesagt, Alice? –

– Sie hat gesagt, ich soll wiederkommen. –

– Hat sie gesagt, warum du wiederkommen sollst? –

– Eine Botschaft. Sie hat mir eine Botschaft zu überbringen. –

– Eine Botschaft, die an dich gerichtet ist? –

– Nein. Die Botschaft ist an alle Menschen gerichtet. –

– Wann sollst du denn wieder zu ihr gehen? –

– Das weiß ich nicht. –

– Sie hat dir nicht gesagt, wann du wiederkommen sollst? –

– Ich werde es erfahren, wenn es soweit ist. –

– Wie? –

– Ich werde es erfahren. –

– Warum hat sie dich geheilt? –

– Mich geheilt? –

– Ja. Du konntest vorher weder sprechen noch hören. Weißt du das nicht mehr? –

– Natürlich weiß ich das. –

– Warum hat sie dich geheilt? –

– Einfach so. –

Es gab eine Pause in der Befragung. Die Ärzte dachten nach. Die Gefühle für Alice waren freundlich. Das ärztliche Personal mochte Alice. Mehr als das, die Ärzte waren angesteckt von der friedlichen Heiterkeit, die von dem Mädchen ausging. Es war ein

Psychologe, ein Arzt, der mit der Vorgeschichte von Alices Erkrankung vertraut war, der das Schweigen brach.

– Magst du die weiße Frau gern, Alice? –

– Oh, ja, ja. Ich liebe die weiße Frau. –

Alice weinte.

Und Pater Hagan hatte das Krankenhaus verlassen, verwirrt, unbeeindruckt von der freudigen Erregung, die sich den Ärzten mitzuteilen schien. Inzwischen war die Geschichte allgemein bekanntgeworden. Trotzdem erschrak der Pater, als er die Balkenüberschrift auf der ersten Seite des *Courier* erblickte. Nicht nur, daß die Scheinwerfer der Öffentlichkeit sich jetzt auf seine Kirche, auf seine Kirchgemeinde richten würden, störte ihn. Es war auch nicht wegen der Reporter und Neugierigen, die das Mädchen heimsuchen würden, die Belästigung war ein kleiner Preis, wenn man die Tatsache der Heilung in die andere Waagschale legte. Es war der in dem Zeitungsbericht angestellte Vergleich mit den Wunderheilungen von Lourdes, der Pater Hagan beunruhigte. Er verabscheute den Wirbel, den das machen würde. Und da war noch etwas. Das Vorgefühl nahenden Unheils. Er hatte Angst und hätte doch nicht sagen können, warum.

Der Kessel dampfte, als er die Küche verließ. Er betrat den Flur. Er würde telefonieren.

Montag, am späten Abend

»Wie war das Lamm, Mr. Fenn?«

Fenn hob sein Glas und prostete dem Inhaber des Restaurants zu. »*Carré d'agneau at its best*, Bernard.«

Bernard strahlte.

»Und Ihres, Madame?«

Sue kaute an ihren Crêpes Suzette herum. Sie nickte. Bernard verneigte sich. »Zum Kaffee ein Glas Brandy, Mr. Fenn?«

Bei den anderen Gästen sah Bernard darauf, daß genügend Zeit zwischen den einzelnen Gängen verstrich. Bei Gerry Fenn war das anders. Der konnte sich erst so recht entspannen, wenn die Speisenfolge abgespult war und ein großes Glas Brandy vor ihm stand.

»Armagnac, Sue?« fragte der Reporter.

»Danke, nein.«

»Sei doch nicht so. Wir haben etwas zu feiern, hast du das vergessen?«

»Okay. Aber keinen Armagnac, sondern einen Drambuie.«

»Sehr wohl«, sagte Bernard. Er war ein Mann von angenehmer Erscheinung, ein Wirt, der sich um das Wohl der Gäste sorgte. »Darf ich fragen, was Sie feiern?«

Fenn nickte. »Haben Sie die Abendausgabe gelesen?«

Der Inhaber des Restaurants wußte, daß Fenn sich auf den *Courier* bezog, der Reporter hatte vor ein paar Jahren, als er, Bernard, und sein Partner (der zugleich als *Chef de cuisine* fungierte) das Restaurant *The French Connection* eröffneten, einen kleinen Bericht über die Eröffnung geschrieben. Der Bericht hatte dem Restaurant einen guten Start ermöglicht, eine nicht zu unterschätzende Hilfe, nachdem es in Brighton jede Menge Restaurants und Pubs gab, die um die Gunst der Gäste wetteiferten. In der Folge war der Reporter zum bevorzugten Gast des Hauses geworden. »Ich habe noch keine Gelegenheit gehabt, in die Zeitung zu schauen«, entschuldigte sich Bernard.

»Was?« sagte Fenn theatralisch. »Sie haben meinen großen Knüller noch nicht gelesen? Schämen Sie sich, Bernard.«

»Ich werde mir den Artikel heute abend zu Gemüte führen«, versprach der Gerügte. Er ging die Stufen zum Erdgeschoß hinauf, wo sich die Bar befand. Wie an der Schnur gezogen erschien ein Kellner, der die leeren Teller abräumte.

Das Restaurant erstreckte sich über drei Etagen. Das Haus war wie ein Sandwich zwischen einem Bilderrahmengeschäft und einem Pub geklemmt. Fenn fand, es war das beste Restaurant im Ort. Er ging nur zu besonderen Anlässen hier essen.

»Du bist ganz schön stolz auf die Sache, wie?« sagte Sue. Sie folgte mit der Fingerspitze der Rundung des Glases.

»Richtig«, sagte er und grinste. Das Grinsen verschwand, als er ihre düstere Miene bemerkte. »He, Sue, das ist 'ne gute Story.«

»Es ist eine gute Story, das stimmt. Du hast nur ein bißchen dick aufgetragen.«

»Ein bißchen dick aufgetragen? Verdammt noch mal, ich habe nur beschrieben, was passiert ist!«

»Ich weiß, ich weiß. Ich mache dir doch keinen Vorwurf. Es ist nur, nun ja, ich könnte mir vorstellen, daß die ganze Sache noch sehr aufgebauscht wird.«

»Was hast du denn anders erwartet? Ich meine, die Vorgänge auf dem Feld waren doch ungeheuerlich. Ein taubstummes Mädchen erlangt die Sprache wieder und kann wieder hören. Sie berichtet, daß sie die Jungfrau Maria gesehen hat. Auch die anderen Kinder, mit denen ich sprach, berichten von Visionen. Ich konnte nicht mit allen sprechen, die Eltern hatten die meisten Kinder schon weggebracht.«

»Ich war dabei, hast du das vergessen?«

»Hab' ich nicht. Du hast übrigens nicht sehr klug aus der Wäsche geschaut.«

Sue spielte mit ihrer Serviette. »Ich hatte ganz merkwürdige Gefühle, Gerry. Es war – wie ein Traum, würde ich sagen. Ich war wie hypnotisiert.«

»Massenhysterie. Hast du nicht gemerkt, daß gestern so etwas wie Hysterie umging? Die Kinder wurden von dem Mädchen angesteckt. Erinnerst du dich an das *Marching Bands Festival* in Mansfield? Damals sind dreihundert Kinder auf freiem Feld ohnmächtig geworden; es hat eine hochnotpeinliche Untersuchung gegeben, und die Behörden sind zu dem Schluß gekommen, daß es sich um Massenhysterie handelte.«

»Aber zwei Ärzte, die an der Untersuchung teilnahmen, sind zu einem ganz anderen Schluß gekommen«, sagte Sue. »Sie sagten, die Kinder waren Opfer einer Vergiftung. Auf dem Feld sind Spuren von Gift gefunden worden.«

»In einer Konzentration, die den Einwand sehr unwahrscheinlich macht. Aber gut, betrachten wir den Fall *Marching Bands Festival* als ungelöstes Rätsel. Es gibt genügend andere Fälle von Massenhysterie, mit denen sich nachweisen läßt, daß es so etwas gibt.«

Sie nickte. »Du meinst also, das Ganze ist mit Massenhysterie zu erklären.«

»Wahrscheinlich, ja.«

»In deinem Bericht kommt das nicht klar raus.«

»Es ergibt sich aus dem Zusammenhang. Weißt du, die Leute lesen heute gern etwas über paranormale Erscheinungen. Niemand will mehr was von Krieg, von Politik oder von der Wirtschaftskrise wissen. Die Menschen interessieren sich für Dinge, die über den Alltag hinausreichen.«

»Und die Auflage steigert's auch.«

Fenn wollte ihr eine scharfe Antwort geben, als Bernard erschien.

»Einen Armagnac für Monsieur, einen Drambuie für Madame.«
Bernards Lächeln schmolz. Er hatte etwas von der eisigen Stimmung mitbekommen, die sich zwischen die beiden gelegt hatte.

»Danke, Bernard«, sagte Fenn, ohne Sue aus den Augen zu lassen.

Bernard war schon zum nächsten Tisch unterwegs.

»Sei mir nicht böse, Gerry«, sagte Sue, bevor Fenn ihre vorherige Bemerkung antworten konnte. »Ich wollte keinen Streit vom Zaun brechen.«

Fenn war besänftigt. Er tastete nach ihrer Hand. »Sag mir trotzdem, was du über die Sache denkst.«

Sie zuckte die Achseln, ohne ihm ihre Hand zu entziehen. »Mir tut's weh, wenn das Ganze so heruntergemacht wird. Auf dem Feld gestern hat sich etwas Außergewöhnliches ereignet. Ob es ein Wunder war oder nicht, spielt keine Rolle; es war etwas Gutes. Hast du das nicht gespürt? Hast du nicht gespürt, wie eine friedliche Wärme über dich dahinstrich?«

»Machst du Scherze?«

Ihre Augen blitzten. »Ich mache *keine* Scherze!«

Fenn hielt ihre Hand umklammert. »Sei mir nicht böse, Sue, aber ich war zu beschäftigt, um irgend etwas zu spüren. Mir ist nur aufgefallen, daß jene Erwachsenen, die sich nicht um Kinder zu kümmern hatten, in einer Art Hochstimmung waren. Sie standen da und lächelten, ich habe zunächst gedacht, die amüsieren sich, weil die Kinder die Messe schwänzen. Aber es muß wohl einen anderen Grund gehabt haben. Sie haben nicht gelacht, sie haben auch keine Witze gemacht. Sie haben nur gelächelt.«

»Auch Massenhysterie?«

»Ausgeschlossen wär's nicht.«

»Hältst du es nicht für möglich, daß Alice eine Erscheinung gehabt hat?«

»Eine Erscheinung?« Fenn wußte mit dem Wort nichts Rechtes anzufangen. Er nahm einen Schluck aus seinem Glas. »Ich bin nicht katholisch, Sue. Ich verstehe überhaupt nicht viel von Religion, um die Wahrheit zu sagen. Ich bin nicht mal sicher, daß es einen Gott gibt. Wenn es keinen gibt, dann sendet er auf einem Kanal, den ich nicht empfangen kann. Und jetzt sag' mir bitte, erwartest du wirklich von mir, ich soll dir glauben, das kleine Mädchen hat die Muttergottes gesehen?«

»Die Mutter Christi.«

»Das ist für die Katholiken wohl das gleiche, oder?«

Sue ließ den Einwand unbeantwortet. »Wie erklärst du dir die Wortwahl des Kindes?« fragte sie. »Die Unbefleckte Empfängnis. Es gibt nur wenige Kinder, die den Begriff überhaupt kennen, und außerdem ist sie viele Jahre lang taubstumm gewesen.«

»Sie hätte normalerweise nach all den Jahren überhaupt kein verständliches Wort vorbringen dürfen, aber das ist ein anderes Problem. Was die Unbefleckte Empfängnis angeht, sie könnte den Begriff aus einem Gebetbuch herausgesucht haben.«

»Da sind noch die Zeichnungen. In deinem Artikel schreibst du, Alice hat nach der ersten Vision eine Reihe von Zeichnungen von der Heiligen Jungfrau angefertigt.«

»Das hat mir die Mutter erzählt, jawohl. Mehr konnte sie mir nicht sagen, dann kam der Priester dazwischen. Aber die Zeichnungen beweisen nichts, Sue, sie beweisen höchstens, daß sie von dem Gedanken besessen war, immer wieder die Heilige Jungfrau malen zu müssen. Die Idee könnte sie tatsächlich aus einem Buch haben, aus irgendeiner religiösen Schrift. Außerdem gibt's in der Kirche eine Statue der Jungfrau Maria.« Er machte eine Pause, um seinen Cognac auszutrinken. Der Kellner kam und goß ihnen Kaffee ein.

Als sie wieder unter sich waren, sagte Fenn: »Die Sache liegt folgendermaßen, Alice hatte eine Vision, für sie war das Wirklichkeit, aber für die anderen Menschen ist es keine Wirklichkeit. Meine persönliche Meinung ist, das Mädchen ist ein Fall für den Psychiater.«

»Aber Gerry...«

»Jetzt hör' mir doch erst einmal zu! Wenn sie sich nach vielen Jahren des Schweigens so klar ausdrücken konnte, dann heißt das, sie hat die ganzen Jahre über hören können.«

»Oder sie hat sich an die Worte erinnert.«

»Verdammt noch mal, sie war doch erst vier Jahre alt, als sie taubstumm wurde. Es ist unmöglich, daß sie die Worte aus jener Zeit erinnert.«

Die Leute an den Nachbartischen sahen zu Fenn und Sue herüber. Er mäßigte seine Stimme. »Schau mal, Sue, ich möchte deine religiösen Überzeugungen nicht erschüttern, aber weißt du, wie viele Menschen jedes Jahr behaupten, sie haben Gott, einen

Engel, einen Heiligen oder die Jungfrau Maria höchstpersönlich gesehen?«

Sie schüttelte den Kopf.

»Die genaue Zahl kann ich dir auch nicht nennen.« Er grinste. »Aber es dürfte sich etwa die Waage halten mit den Typen, die von UFOs berichten. Und dann gibt's auch jede Menge Mörder, die ihre Tat begingen, weil sie angeblich Gottes Befehl ausführten. Es handelt sich dabei um ein wohlbekanntes Phänomen.«

»Warum machst du dann in deinem Bericht was anderes daraus?«

Er war rot geworden. »Das ist Journalismus, Baby.«

»Wie du das sagst, das macht mich krank.«

»Du arbeitest schließlich auch für die Medien.«

»So ist es, und manchmal schäme ich mich deswegen. Ich möchte jetzt gehen.«

»Komm, Sue, jetzt übertreibst du es aber.«

»Ich meine es ernst, Gerry. Ich möchte jetzt gehen.«

»Was ist in dich gefahren? Inzwischen tut's mir leid, daß ich dich in die Kirche geschleppt habe. Konnte nicht wissen, daß du da zu einer Heiligen werden würdest.«

Sie sah ihn feindselig an, und er dachte schon, sie würde ihm ihr Glas ins Gesicht werfen, als sie aufstand. »Du brauchst mich nicht nach Hause zu bringen, ich finde allein heim.«

»He, Sue, jetzt mach' aber einen Punkt, ich dachte, du übernachtest bei mir.«

»Ich hör' wohl nicht richtig.«

Fenn sah sie kopfschüttelnd an. »Ich kann's nicht glauben. Was ist in dich gefahren?«

»Vielleicht sehe ich dich heute zum ersten Male so, wie du wirklich bist.«

»Das ist doch lächerlich.«

»Tut mir leid, ich sage nur, was ich fühle.«

»Ich gehe und hole die Rechnung«, sagte Fenn. Er leerte sein Glas und stand auf.

»Ich möchte allein nach Hause gehen.« Sie drängte sich an ihm vorbei und stapfte die Treppe hoch.

Fenn war so verdattert, daß er kein Wort herausbekam. Er ergriff das Glas mit Drambuie (Sue hatte keinen Schluck davon getrunken), prostete den fremden Gästen zu, die von dem Schauspiel sehr fasziniert schienen, mit großer Geste zu und leerte es.

Auf der Treppe des Restaurants waren Schritte zu hören. Fenn wandte sich um, in der Hoffnung, Sue habe sich eines besseren besonnen und sei zurückgekehrt.

»Alles in Ordnung, Mr. Fenn?« fragte Bernard.

»Könnte gar nicht besser sein.«

Montagnacht

Keuchend stapfte er die steile Straße hinauf. Wie wechselhaft, wie wankelmütig doch die Frauen waren. Das ›Festessen‹ mit Sue hatte recht nett angefangen, aber als er dann auf die Sache mit Alice Pagett zu sprechen kam, war seine Freundin von Minute zu Minute schweigsamer geworden. Sie war von veränderlichem Temperament, mal gab sie sich launisch, im nächsten Augenblick ausgeglichen oder gleichgültig. Die Kunst bestand darin, den Wechsel vorauszuahnen (Fenn bemühte sich ehrlich in dieser Richtung) und rechtzeitig auf ihre Stimmung einzuschwenken. Heute abend allerdings hatte sein Einfühlungsvermögen versagt. Er war nicht gefaßt gewesen auf ihre Attacke, und der Zusammenstoß hatte ihn ratlos zurückgelassen.

Warum zum Teufel tat sie so beleidigt? Hatten ihre religiösen Ideale bei dem Besuch des Gottesdienstes an jenem Morgen eine wundersame Auferstehung erfahren? Wieso eigentlich? Sie pflegte mit Ben die Christmesse zu besuchen, ohne jeweils eine weltanschauliche Wandlung durchzumachen. Warum jetzt? Die Ursache waren wohl die Kinder; es mißfiel Sue, daß die Gefühle der Kinder auf dem Feld vermarktet wurden. Vielleicht hatte sie sogar recht.

Andererseits, er war Reporter. Herrgott noch mal, die Sache war ein Knüller. Die überregionalen Blätter hatten bereits ihr Interesse bekundet. Keine Frage, die Story mit Alice Pagett war seine Eintrittskarte für die Fleet Street.

Aufatmend blieb er vor dem zweistöckigen Haus im Regency-Stil stehen, die Wände des Hauses waren mit flockigem Weiß bemalt, Fenster und Türen waren schwarz.

Fenn schob den Schlüssel ins Türschloß. Seine Hand zitterte, aber das lag weniger an den paar Drinks, die er in dem Pub neben dem Restaurant *The French Connection* zu sich genommen hatte, als an der aufgestauten Verärgerung. Er trat ein und schloß die Haustür hinter sich. Er ging die Treppe hinauf, seine Wohnung lag im ersten Stock des Hauses. Er hoffte, daß Sue ihn oben erwartete, und zugleich war er felsenfest überzeugt, daß sie nicht da sein würde.

Das Telefon begann zu läuten, und Fenn beschleunigte seine Schritte.

8

> *Willst du, magst du, willst du, magst du,*
> *Sagst du mir das Tänzchen zu?*
> *Willst du, magst du, willst du, magst du,*
> *Sagst du mir das Tänzchen zu?*
>   Lewis Carroll: Alice im Wunderland

Die Größe des Crown Hotels entsprach der Ortschaft: Es war klein und intim, die Art von Hotel, wie Liebespaare sie fürs Wochenende bevorzugen. Eine Schrifttafel in der Rezeption machte Fenn mit der Tatsache bekannt, daß es sich um ein Gasthaus aus dem sechzehnten Jahrhundert handelte. Im Jahre 1953 war das Haus renoviert worden, ein paar Schlafzimmer waren dazugekommen. Der Speisesaal mit der Balkendecke (Eiche) faßte ohne Schwierigkeiten fünfzig Personen, und die sechzehn Zimmer des Hotels waren gut ausgestattet, einige Zimmer hatten ein richtiges Bad, alle hatten Fernseher und Radio. Auf der Tafel in der Rezeption stand weiter zu lesen, das Management sei sicher, daß der Gast das gute Essen und den freundlichen Service des Hauses genießen werde, das Management hieß den Gast recht herzlich im Crown Hotel willkommen. Danke, dachte Fenn, aber so lange habe ich gar nicht vor zu bleiben.

Die Bar zu seiner Linken war geöffnet, aber Fenn entschied, 10.35 Uhr war ein bißchen zu früh für ein Bier. Der Duft des Morgenkaffees schwang durch die Hotelhalle, und es gab das für solche Fälle vorgesehene ältere Ehepaar, das von der Straße hereingeschlendert kam und in der Bar verschwand, der Kaffeeduft war für Senioren wie lockender Sirenengesang.

»Mr. Fenn?«

Fenn wandte sich um und erblickte einen grauhaarigen Mann mit jugendlichen Gesichtszügen, der Mann lächelte.

»Mr. Southworth?«

»Ganz recht.« Der grauhaarige Mann deutete auf den Flur, es war eine Einladung an den Reporter, ihm dorthin zu folgen. Fenn bedachte das hübsche Mädchen hinter der Rezeptionstheke mit einem anerkennenden Nicken, sie war es, die den Manager des Hotels für ihn gerufen hatte, und Fenn beschied sich mit einem Nicken, weil ihm ein Augenzwinkern in Gegenwart des Hotelmanagers zu vertraulich schien.

»Sehr nett von Ihnen, daß Sie gekommen sind, Mr. Fenn.« Southworth schüttelte Fenn die Hand, bevor sie den abgeteilten Raum betraten, wo sie von einem anderen Mann erwartet wurden. Der Mann stand auf und gab Fenn die Hand, der begrüßte ihn und widerstand der Versuchung, die feuchtgewordenen Finger am Hosenbein abzustreifen.

Der Hotelmanager schloß die Tür. Er nahm hinter seinem mit Leder bezogenen Schreibtisch Platz. Er trug einen schwarzen Anzug mit hellgrauer Weste und grauer Seidenkrawatte; aus der Nähe betrachtet sah sein Gesicht nicht mehr so jugendlich aus, es gab ein paar verräterische Falten an den Augen und in den Mundwinkeln. Fenn und der andere Mann setzten sich in die Sessel, die dem Schreibtisch gegenüber standen.

»Darf ich vorstellen: Mr. Tucker«, sagte Southworth.

Mr. Tucker verbeugte sich, und Fenn dachte schon, oh, Gott, hoffentlich muß ich ihm nicht noch mal das Schwitzehändchen schütteln; aber der Mann mit dem Bäuchlein nickte ihm nur zu, sein Lächeln paßte nicht so recht zu dem stechenden Blick, mit dem er Fenn musterte.

Southworth fuhr mit der Vorstellung fort: »Mr. Tucker wohnt jetzt seit... Wieviel Jahre wohnst du schon in Banfield, Rodney, zehn?«

»Elf«, verbesserte ihn Tucker.

»Richtig, elf Jahre schon. Mr. Tucker ist ein geschätztes Mitglied der Bürgerschaft, wenn ich das so sagen darf.«

Tucker tat geschmeichelt, unverdientes Lob, und Fenn litt still vor sich hin unter dem Anblick des einschmeichelnden Lächelns auf den fleischigen Lippen. Er ließ den Blick über die schwere Goldkette am Handgelenk des Mannes wandern, über die Ringe (einer davon mit einer alten Goldmünze), über die Wurstfinger. Im stillen fragte er sich, wieviel der Schmuck wog und wieviel sich als Gesamtgewicht ergab, wenn man davon ausging, daß Mr. Tucker sowieso schon Übergewicht hatte.

»Sie sind zu liebenswürdig, George.« Tucker sprach mit dem

Akzent der Leute aus dem Norden. Er wandte sich zu dem Reporter. »Ich bin der Besitzer des örtlichen Supermarktes.«

»Wie schön«, sagte Fenn.

Tucker sah ihn prüfend an, er wußte nicht recht, wie er die Bemerkung einordnen sollte. Er kam zu dem Schluß, daß der Reporter meinte, was er sagte. »Ich habe Ihren Bericht in der gestrigen Spätausgabe des *Courier* gelesen, Mr. Fenn. Ich muß sagen, erstklassiger Journalismus!«

»Der Artikel ist wohl auch der Grund, warum Sie beide mich zu diesem Gespräch eingeladen haben.«

»So ist es«, sagte Southworth. »Die Sache war Sonntagabend zwar im ganzen Ort herum, aber durch Ihren Artikel ist es dann in der ganzen Gegend bekanntgeworden. Und dafür danken wir Ihnen.«

»Vielleicht sind Sie da zu voreilig.«

»Ich verstehe Sie nicht ganz.«

»Der Ort wird in den nächsten Wochen von unwillkommenen Besuchern überflutet werden, nachdem die überregionalen Zeitungen den Bericht übernommen haben.«

Fenn fiel auf, daß die beiden Männer einen Blick wechselten.

»Leider wird der Besucherstrom nur ein paar Wochen anhalten, nicht ein paar Monate«, sagte der Hotelmanager.

»Leider?«

Southworth nahm den Füllfederhalter auf, der auf der Schreibtischplatte lag. Er musterte den Reporter mit einem kühlen, abwägenden Blick. »Ich will ganz offen mit Ihnen sein, Mr. Fenn. Ich hatte von der Sache gehört, die sich in der Nähe der St. Joseph's Kirche zugetragen hat, aber ich muß gestehen, ich habe nicht recht dran geglaubt. Erst als Mr. Tucker mich gestern abend anrief, habe ich mir die Mühe gemacht, Ihren Bericht über die Vorkommnisse zu lesen, und der hat mich nachdenklich gestimmt. Bei dem nachfolgenden Treffen mit Mr. Tucker bin ich dann zu der Überzeugung gekommen, dies ist eine Angelegenheit, die sich zu größeren Proportionen entwickeln wird.«

»Ich gebe der Sache ein paar Wochen, dann ist alles vergessen. Die Leute sind sehr launisch, sie wollen, daß ständig was Neues passiert.«

»Das ist genau der Punkt.«

Fenn sah ihn erstaunt an.

Southworth hatte sich vorgebeugt, seine Ellbogen ruhten auf der Schreibtischplatte, er hielt den Füllfederhalter wie eine Brücke, die den Abgrund zwischen seinen Zeigefingern überspannte. Er sprach langsam und gemessen, wie jemand, der Wert darauf legt, daß seine Worte richtig verstanden werden. »Wir leben in einer Rezession, das brauche ich Ihnen ja nicht zu sagen. Die wirtschaftlichen Probleme sind nicht länger auf einzelne Länder begrenzt; weltweit macht sich Sorge breit. Aber die Leidtragenden der Krise sind nicht Kontinente oder Länder, es sind die Individuen, Mr. Fenn. Der Mann auf der Straße muß die Rechnung für die Managementfehler in der Weltwirtschaft zahlen.«

Fenn wurde es ungemütlich. »Ich sehe nicht ganz den Zusammenhang...«

»Natürlich nicht, Mr. Fenn. Ich muß mich entschuldigen, ich habe nicht klar genug ausgedrückt. Wir sind hier in einer Kleinstadt, genauer gesagt, in einem Dorf. Und in einem kleinen Land wie England sind es die Dörfer und die Kleinstädte, die die wirtschaftlichen Irrtümer der Regierung auszubaden haben. Es gibt keine Subventionen für die örtliche Industrie oder für den Einzelhandel, weil die Verluste, die hier zu beklagen sind, neben den Riesensummen, die die verstaatlichten Industriezweige verschlingen, unbedeutend erscheinen. Die Geschäftswelt in Banfield ist am Ende, Mr. Fenn. Banfield stirbt.«

»So schlimm kann's wohl nicht sein.«

»Vielleicht bin ich in meiner Formulierung zu kraß, das mag sein. Aber was ich sage, wird innerhalb weniger Jahre eintreten, es sei denn, wir gebieten dem Niedergang Einhalt.«

»Ich sehe immer noch nicht, was das mit den Ereignissen am vergangenen Sonntag zu tun hat.« Aber Fenn hatte längst verstanden, ihm dämmerte, worauf sein Gesprächspartner hinauswollte.

Tucker sog die Luft ein. Es sah aus, als ob er etwas sagen wollte. Southworth kam ihm zuvor, als fürchtete er, daß der andere die ganze Wahrheit preisgeben könnte.

»Sie kennen Banfield gut genug, um sich eine eigene Meinung zu bilden, Mr. Fenn.«

»Leider nein«, widersprach Fenn. »Ich bin ein- oder zweimal durch Banfield durchgefahren, aber ich muß zugeben, nachgedacht habe ich über den Ort erst, als die Sache mit Alice Pagett passierte.«

»Und zu welchem Ergebnis sind Sie gekommen?«

»Banfield ist ein netter Ort. Hübscher Ort.«
»Aber farblos.«
»Ja, das muß man sagen. Es gibt viele Ortschaften in Südengland, die sich mehr abheben, die auch historisch interessanter sind.«
»Ortschaften, die touristisch mehr zu bieten haben.«
Fenn nickte.
»Und da liegt das Problem«, sagte der Hotelmanager. »Als Ortschaft rangieren wir unter ferner liefen. Den Sommer über ist das Hotel zum Beispiel gut besucht, aber was machen die Gäste, sie benutzen Banfield nur aus Ausgangsbasis für Ausflüge in die ländlichen Gebiete von Sussex, sie besuchen Brighton und die Seebäder an der Südküste. Für Banfield schaut bei dem Ganzen verschwindend wenig heraus. Ich wäre bereit, mehr Geld zu investieren, wenn eine Rendite gewährleistet ist. Ich weiß, Mr. Tucker denkt in diesem Punkt wie ich.«
»Und wir sind nicht die einzigen, Mr. Fenn«, sagte Tucker. »Es gibt viele Geschäftsleute in der Gegend, die investieren würden, wenn sich's lohnt.«
»Ich komme da nicht ganz mit. Von was für Investitionen sprechen Sie?«
»Was mich angeht«, sagte Southworth, »ich würde zum Beispiel gern ein neues Hotel aufmachen. Ein modernes Hotel, das mehr Annehmlichkeiten bietet als das Crown Hotel. Vielleicht noch ein Motel außerhalb, um den Durchgangsverkehr abzuschöpfen.«
»Und ich würde gern ein paar Filialen aufmachen«, begeisterte sich Tucker, »vielleicht auch ein paar preiswerte Restaurants, wo die Eltern, die für einen Tagesausflug nach Banfield kommen, ihre Kinder mit hinnehmen können.«
»Es gibt hier auch viel Land, das auf Erschließung wartet«, sagte Southworth. »Das Dorf könnte wachsen, sich zu einer Stadt entwickeln.«
Und dann würdet Ihr beiden noch reicher werden, dachte Fenn.
»Nun gut, ich verstehe, wo Ihre Interessen liegen, aber ich sehe immer noch nicht, was ich damit zu schaffen habe. Sie haben gestern abend den Chef vom Dienst im *Courier* angerufen, Mr. Southworth, Sie haben ihm gesagt, Sie verfügen über weitere Informationen, was das Wunder von Banfield angeht. Sie waren es, der den Ausdruck gebrauchte, nicht mein Kollege. Da Sie sich am Telefon nicht weiter äußern wollten, hat er mich gebeten, Ihrer

Einladung Folge zu leisten, deshalb bin ich hier. Was gibt es noch für Informationen, die so wichtig wären?«

Wieder tauschten seine beiden Gastgeber einen Blick.

»Wir finden Ihren Bericht über die Ereignisse ganz vorzüglich, Mr. Fenn. Exakte Beschreibung der Details, einfallsreiche Fragestellungen.«

Tucker ließ ein zustimmendes Knurren vernehmen.

Ach ja, dachte Fenn. Ach ja. »Fragestellungen?«

»Ich meine damit den Vergleich, den Sie gezogen haben. Sie haben Banfield mit Lourdes verglichen. Sie haben es als Frage formuliert: Kann Banfield ein zweites Lourdes werden?« Er legte den Füllfederhalter auf den Schreibtisch und strahlte den Reporter an.

»Ich gebe zu, da bin ich vielleicht etwas über das Ziel hinausgeschossen.«

»Ganz und gar nicht, Mr. Fenn. Im Gegenteil, Mr. Tucker und ich sind der Meinung, die Formulierung zeugt von großem Scharfblick.«

Das Licht, das Fenn aufgegangen war, erstrahlte in seiner ganzen Pracht. Es war jetzt sehr klar zu erkennen, wo das Interesse der beiden lag. Unklar war nach wie vor, was er, Fenn, dabei für eine Rolle spielen sollte. »In Lourdes hat es eine Reihe sogenannter Wunder gegeben, Mr. Southworth, in Banfield nur ein einziges. Wirklich, ich bezweifle, ob Banfield als Wallfahrtsstätte qualifiziert ist.«

»Ich finde, schon. Schauen wir uns doch zum Vergleich Walshingham oder Aylesford an, beides sind Orte in England, die jedes Jahr von vielen tausend Pilgern aufgesucht werden. Was Aylesford betrifft, so vermag niemand sicher zu sagen, ob dort die Heilige Jungfrau erschienen ist oder nicht; viele behaupten, die Erscheinung, die Aylesford zugeschrieben wird, fand in Frankreich statt. Spektakuläre Wunder sind weder in Walshingham noch in Aylesford geschehen, trotzdem strömen die Menschen dorthin, für die Öffentlichkeit sind das heilige Stätten geworden. Was nun die Ereignisse vor der St.-Joseph's-Kirche angeht, so verfügen wir über Beweise, daß dort etwas ganz Außergewöhnliches geschehen ist, ein taubstummes Mädchen hat seine Sprache wiedererlangt, es kann wieder hören.«

»Außergewöhnlich, ja, aber kein Wunder«, sagte Fenn.

»Ich will Ihnen eine der besten Definitionen für den Begriff Wunder geben, die ich kenne: eine von Gott verfügte Ausnahme. Ich glaube, der Begriff ist hier angebracht.«

»Eine von Gott verfügte Ausnahme? Wo ist der Beweis, daß es so ist?«

»Die Kirche besteht natürlich auf Beweisen. Aber das Mädchen behauptet ja, sie hat die Jungfrau Maria gesehen, warum sollte sie lügen?«

»Die Frage lautet anders«, sagte Fenn. »Warum sollten wir ihr glauben?«

»Es ist unerheblich, ob *wir* ihr glauben. Tatsache ist, daß Tausende ihr glauben werden, Millionen, wenn die Geschichte entsprechend weit verbreitet wird. Und alle diese Menschen werden nach der St.-Joseph's-Kirche wallfahren.«

»Und dem Dorf neues Leben einhauchen«, fügte Tucker hinzu. »Wäre das so schlimm?«

Fenn zögerte mit der Antwort. »Schlimm nicht. Nur daß Sie es mit diesem Quentchen Zynismus sagen, das ist schlimm.«

Tucker konnte sich nicht länger beherrschen. »Wir leben nicht im luftleeren Raum, Mr. Fenn. Wenn sich Gelegenheiten bieten, dann muß man sie beim Schopf ergreifen.«

Southworth wirkte betreten. »Es besteht kein Anlaß zu solcher Schwarzweißmalerei, Rodney. Ich glaube im tiefsten Herzen, Mr. Fenn, daß vor jener Kirche etwas Göttliches stattgefunden hat. Ein Phänomen, das von Gott angeordnet war. Wenn es so ist, dann gibt es auch einen Grund für Gottes Entscheidung. Vielleicht besteht das eigentliche Wunder in der Tatsache, daß Banfield die Chance erhält, sich selbst zu erneuern. Es ist zugleich eine Chance für die Menschen, sich in ihrem Glauben zu festigen. Es war George Bernard Shaw, der schrieb: Ein Wunder ist ein Ereignis, das Glauben schafft. Warum sollte Glauben nicht hier, in Banfield, geschaffen werden?«

Fenn war verwirrt. Southworth sprach, als ob er seiner wahren Überzeugung Ausdruck gab, zugleich gestand er ein, daß er einen finanziellen Vorteil einheimsen würde, wenn Banfield zu neuem Leben erweckt wurde. Der Dicke, Tucker, machte keinen Hehl aus seinen Beweggründen: ihn interessierte Geld. Was aber wollten die beiden von ihm?

»Ich weiß Ihre Freimütigkeit zu schätzen, Mr. Southworth, aber ich verstehe immer noch nicht, warum Sie mir das alles sagen.«

»Weil wir wollen, daß Sie mehr über das Wunder von Banfield schreiben.« Southworth sah ihn ernst, fast beschwörend an. »Ihr Artikel hat einen großen Wirbel verursacht. Ich weiß nicht, ob Sie heute schon an der St.-Joseph's-Kirche waren...«

Fenn verneinte.

»Ich bin heute früh zu Pater Hagan gefahren«, sagte Southworth. »Ich habe ihn nicht angetroffen, aber ich habe gesehen, daß Kirche und Pfarrhaus von einem Heer von Journalisten belagert werden.«

»Journalisten von den überregionalen Medien?«

»Ich glaube, ja. Die haben mir eine Reihe von Fragen gestellt, leider tappe ich sehr im dunkeln was das unglaubliche Ereignis angeht, ich konnte ihnen also nicht viel sagen.«

Ich bin sicher, du hast dir was Passendes einfallen lassen, dachte Fenn. »Das Wunder von Banfield wird jetzt an die große Glocke gehängt werden«, sagte Fenn. »Es könnte sein, daß uns allen der Ton etwas schrill ankommt.«

»Ein paar Tage lang wird die Sache durch die Zeitungen geistern«, sagte Southworth. »Wie Sie eingangs erwähnten, das Leserpublikum ist launisch und die Presse genauso.«

Wieder mischte sich Tucker ein. »Die Story ist so schön, daß es einfach schade ist, wenn sie in zwei oder drei Tagen untergepflügt wird, Mr. Fenn.«

Der Reporter hob die Schultern. »Daran können wir nichts ändern. Es sei denn, es kommt wieder zu einer Erscheinung...«

Es sei denn, es kommt wieder zu einer Erscheinung! Hatten sie es mit einem Idioten zu tun? Tucker bohrte seinen Absatz in den roten Teppich. Er hatte Southworth in den Ohren gelegen, die großen Zeitungen mit Nachrichten zu versorgen, es war sinnlos, sich mit einem Lokalreporter abzugeben. Die überregionalen Zeitungen würden der Sache die Publizität geben, die sie verdiente, und zwar jetzt, wo das Eisen noch heiß war. Southworth hatte argumentiert, daß eine massive Berichterstattung wie ein Strohfeuer verglühen würde, es sei statt dessen notwendig, einen langfristigen Plan aufzustellen, um das Interesse der Öffentlichkeit am Leben zu erhalten. Indem sie dem *Courier* eine Vorrangstellung einräumten, schufen sie die Basis für eine kontinuierliche Behandlung des Wunders in den Medien. Schließlich war der *Courier* die Zeitung, die das Leben im Ort reflektierte. Die Zeitung hatte eine Verpflichtung gegenüber den Lesern zu erfüllen, sie hatte die Pflicht, über wichtige Anlässe zu berichten und, wenn notwendig, solche Anlässe zu schaffen. Und da saß nun dieser Lokalreporter und deckte sie mit seinem Wenn und Aber ein. Würde er den Köder schlucken, oder war er zu dumm, um die Möglichkeiten zu erkennen, die sich ihm boten?

»Da liegt das Problem«, sagte Southworth. »Es gibt keine Garantie, daß wieder eine solche Erscheinung stattfindet. Und deshalb finden wir, der *Courier* muß den Ereignissen des vergangenen Sonntags mehr Raum geben als die anderen Medien. Ihnen, Mr. Fenn, bieten wir jede Unterstützung, die Sie brauchen.«

Fenn schwieg.

»Wir sind uns darüber klar«, sagte Tucker, »daß der *Courier* recht zugeknöpft ist, wenn es um Ihre Spesen geht. Wir würden da gern einen gewissen Ausgleich schaffen...«

Er verstummte, als er die eisigen Blicke des Reporters und auch die seines Freundes auf sich spürte.

Southworth schaltete sich ein. »Was Rodney mit etwas unbeholfenen Worten zu sagen versucht ist, wir möchten, daß Sie für Ihre Berichterstattung über die Sache genügend Geld zur Verfügung haben. Als Mitglied des Stadtrats werde ich Gelder für dieses, wie soll ich sagen, Projekt anfordern. Mit dem Geld sollen die Startkosten gedeckt werden, außerdem die Unkosten der Stadträte, soweit sie im Zusammenhang mit dem Projekt stehen, und dann gibt's natürlich auch einen Posten *Verschiedenes*.«

»Ich falle dann unter den Posten *Verschiedenes?*« fragte Fenn.

Southworth lächelte. »Genau.«

Fenn fand, was Southworth sagte, roch genauso nach Bestechung wie das, was Tucker gesagt hatte. Er beugte sich vor.

»Mr. Southworth, Mr. Tucker, ich arbeite für den *Courier*, der *Courier* zahlt mein Gehalt, und mein Chef in der Zeitung, der Nachrichtenredakteur, sagt mir, über welche Ereignisse ich zu schreiben habe. Wenn er anordnet, daß ich einen Monat lang Nachrufe schreibe, dann schreibe ich Nachrufe. Wenn er im darauffolgenden Monat anordnet, ich soll ausschließlich über Gartenfeste berichten, dann berichte ich über Gartenfeste. Wenn er will, daß ich über merkwürdige Ereignisse berichte, die vor einer kleinen Dorfkirche passiert sind, dann schreibe ich einen Artikel nach dem anderen über diese merkwürdigen Ereignisse.« Er holte Luft. »Ich tanze nach der Pfeife meines Chefs. Wenn ein Thema tot ist, dann gibt es keinen Weg, dieses Thema wieder lebendig zu machen. Wie ich schon sagte, wenn wieder eine Erscheinung stattfindet, nehmen die Medien die Sache wieder auf. Dann bin ich in Banfield, schneller als ein Schießhund.«

Southworth nickte. »Wir respektieren Ihre Haltung, Mr. Fenn. Aber...«

»Ohne aber. Ich mache da keine Kompromisse.«

»Ich wollte nur sagen, Alice hat doch berichtet, daß die Jungfrau Maria sie aufgefordert hat, wiederzukommen.«

»Die Jungfrau Maria hat aber nicht gesagt, *wann* Alice wieder zu ihr kommen soll.«

»Wenn Alice wieder eine solche Erscheinung erlebt, würden Sie in der Zeitung darüber berichten?«

»Ich weiß nicht. Die Halluzinationen eines Mädchens in der Vorpubertät sind noch keine Nachricht.«

»Auch nicht nach dem, was Sonntag passiert ist?«

»Das war Sonntag. Heute ist Dienstag. Morgen ist Mittwoch, und die Leute wickeln ihren Fisch in die Zeitung vom Sonntag. Wir leben in einem sehr unpathetischen Zeitalter, Mr. Southworth. Was Sie brauchen, ist ein zweites Wunder, dann kann man die Story neu bringen. Für die nächsten Tage wird Banfield soviel Publizität haben, wie Sie sich nur wünschen können. Mein Rat ist, machen Sie das Beste daraus, solange die Leute davon sprechen. Nächste Woche ist das Thema tot.«

Fenn war aufgestanden. Auch Southworth erhob sich. Tucker, der sitzenblieb, konnte seine Enttäuschung nicht verbergen.

Southworth ging zur Tür, Fenn folgte ihm. »Ich danke Ihnen, daß Sie gekommen sind, Mr. Fenn, und besonders danke ich Ihnen, daß Sie so offen mit uns waren.«

»Schon gut. Sagen Sie mir Bescheid, wenn sich bei der St. Joseph's Kirche was Besonderes ereignet.«

»Natürlich. Haben Sie vor, jetzt hinzufahren?«

Fenn nickte. »Ich will mir außerdem den Ort etwas ansehen und mit den Leuten sprechen.«

»Sehr schön. Nun, ich hoffe, wir sehen uns bald wieder.«

»Bis dann.«

Fenn verließ den Raum.

Southworth schloß die Tür hinter ihm. Er wandte sich dem Dicken zu.

»Das haben wir nun davon, daß wir der Lokalpresse in den Hintern gekrochen sind«, sagte Tucker spöttisch.

Southworth durchquerte den Raum. Er nahm wieder an seinem Schreibtisch Platz. »Es war einen Versuch wert. Ich fürchte nur, er hat den Eindruck bekommen, wir wollten ihn bestechen.«

»Wollten wir das denn nicht?«

»Wir haben ihm nur finanzielle Hilfe angeboten.«

Tucker grunzte. »Was nun?«

»Ich werde mich darum kümmern, daß der Stadtrat auf unseren Plan einschwenkt. Wenn mir das nicht gelingt, dann können wir nur darauf hoffen, daß neuerlich eine Erscheinung stattfindet.«

»Und wenn es keine Erscheinung mehr gibt?«

Die Sonne schien durch die Scheiben, der Staub tanzte in den Strahlen, und Southworths Antlitz war von einem goldenen Kranz aus Licht umgeben. »Beten wir, daß die Jungfrau Maria wieder erscheint«, sagte er schlicht.

9

> *Siehst du den reichgeschmückten Weg?*
> *Siehst du die Kutsche mit dem Schimmel?*
> *In die Hölle führt der Steg,*
> *Manche sagen, in den Himmel.*
>   Thomas the Rhymer: Anon

Bischof Caines sah den Priester voller Besorgnis an. »Ich habe ein sehr schlechtes Gefühl bei der ganzen Sache, Andrew«, sagte er.

Der Priester senkte den Blick. »Ich mache mir genauso große Sorgen, Bischöfliche Gnaden. Und ich bin im Hader mit mir selbst.«

»Ihr seid im Hader mit Euch selbst? Warum?«

Es war dunkel im Büro des Bischofs, die beiden Fenster des Raumes lagen auf der Seite, die der Morgensonne abgewandt war. Die Holztäfelung des Raumes trug zu der Düsternis bei, die auch vom flackernden Kaminfeuer nicht aufgehoben wurde.

Der Priester rang nach den richtigen Worten. »Wenn das Mädchen wirklich die – wenn sie wirklich die...«

»Wenn sie die Jungfrau Maria gesehen hat?« Eine finstere Falte stand auf der Stirn des Bischofs.

Pater Hagan sah kurz auf. »Ja. Wenn das Mädchen die Jungfrau Maria gesehen hat und geheilt wurde, dann frage ich mich, warum Alice? Und warum in meiner Kirche?«

In der Antwort des Bischofs klang Ungeduld mit. »Es gibt keine Beweise, Andrew. Es gibt überhaupt keine Beweise.«

»Die anderen Kinder haben auch etwas gesehen.«

»Es gibt keine Beweise«, wiederholte der Bischof. Der Priester irritierte ihn, und daß es so war, ärgerte ihn noch zusätzlich. »Die Kirche muß sehr wachsam sein in solchen Angelegenheiten.«

»Ich weiß, Bischöfliche Gnaden, deshalb habe ich auch gezögert, Euch von der Sache zu berichten. Aber nachdem der Bericht in der Zeitung erschienen war, hatte ich keine Wahl mehr. Ich hatte törichterweise gehofft, der Vorfall könnte geheimgehalten werden.«

»Ihr hättet mich sofort verständigen sollen.« Die Rüge hörte sich schärfer an, als der Bischof beabsichtigt hatte.

»Ich habe Bischöfliche Gnaden verständigt, sobald ich Kenntnis von dem Artikel im *Courier* hatte. In dem Bericht ist alles maßlos übertrieben.«

»Wirklich? Das Mädchen ist doch geheilt, oder?«

»Ja, ja, aber doch nicht durch ein Wunder.« Der Priester betrachtete den Bischof mit einem Blick, in dem sich Angst und Überraschung mischten.

»Woher wißt Ihr, Andrew, daß es kein Wunder war?« Es war dem Bischof gelungen, seinen Ton zu mäßigen. Er wollte dem Priester keine Angst einflößen. »Das Mädchen sagt, es hat die Jungfrau Maria gesehen, seitdem kann es wieder sprechen und hören.«

»Ihr selbst habt gesagt, es gibt keinen Beweis für ein Wunder.«

»Es *gibt* keinen Beweis für ein Wunder. Aber wenn wir auch die These vom Wunder zurückweisen müssen, so dürfen wir unsere Herzen nicht vor der unwahrscheinlichen Möglichkeit verschließen, daß es doch ein Wunder war. Versteht Ihr mich, Pater Andrew?« Er wartete die Antwort nicht ab. »Die Sache muß sehr sorgfältig untersucht werden, bevor man dazu ein Urteil abgibt. Es gibt sehr strenge Vorschriften, wie diese Dinge behandelt werden müssen, das wißt Ihr wohl.« Ein dünnes Lächeln erschien auf seinen Lippen. »Manchmal heißt es, die Richtlinien sind zu strikt, sie lassen die Aspekte des Glaubens außer acht. Die Regeln, nach denen

Wunder zu beurteilen sind, gehen bis ins achtzehnte Jahrhundert zurück, es war Benedikt XIV., ein sehr fortschrittlicher Papst, der die Regeln niederlegte. Er hatte erkannt, in welcher Gefahr die Kirche schwebte, wenn sie Wunder anerkannte, die später, mit den Mitteln der Wissenschaft, als trügerischer Schein entlarvt wurden. In der heutigen Zeit, wo alle möglichen Phänomene, die bisher unerklärlich schienen, mit den Methoden der Wissenschaft durchsichtig gemacht werden, ist die Notwendigkeit, nach den Regeln von Papst Benedikt XIV. vorzugehen, sogar noch größer.«

In den Augen des Priesters zeichnete sich die innere Unruhe ab. Was hat er? dachte Bischof Caines. Mit dem Mann stimmte etwas nicht. War er aus dem Gleichgewicht geraten? Nein, er tat ihm wohl unrecht mit einem solchen Urteil. Der Pater war wohl beunruhigt wegen der sonderbaren Vorkommnisse, die sich in seinem Sprengel, ja in Sichtweite seiner Kirche, ereignet hatten. Er hatte es mit der Angst zu tun bekommen. Der Bischof zwang sich zu einem Lächeln. Es galt das Herz seines Hirten zu öffnen.

»Sind die Regeln, von denen Bischöfliche Gnaden sprechen, auf den Fall von Alice Pagett anwendbar?« fragte Hagan.

»Sie sind anwendbar, wenn wir uns entschließen, die höheren Instanzen mit der Sache zu befassen.«

»Was sind das für Regeln, Bischöfliche Gnaden?«

»Es ist sinnlos, wenn ich Euch das jetzt schon erkläre. Ich versichere Euch, in einem Monat spricht niemand mehr über die Sache.«

»Ihr habt wahrscheinlich recht, aber ich möchte die Regeln trotzdem gern kennenlernen.«

Bischof Caines überwand seinen Unmut. »Das Leiden oder die Krankheit muß sehr schwer sein«, begann er, »unheilbar oder außerordentlich schwer heilbar. Die Person, um die es geht, darf sich nicht auf dem Wege der Besserung befinden, und es darf sich auch nicht um eine Krankheit handeln, die mit der Zeit von selbst weggeht. Der Patient darf keine Medikamente genommen haben. Wenn er aber Medikamente genommen hat, dann muß der Beweis erbracht sein, daß diese Medikamente nichts nützen. Die Heilung muß von einem Augenblick auf den anderen geschehen, nicht in einem kontinuierlichen Prozeß. Die Heilung darf nicht in einer kritischen Phase der Krankheit geschehen, die nach menschlichem Ermessen von einer Phase der Besserung abgelöst worden wäre.

Und natürlich muß die Heilung vollkommen sein.« Er verstummte. Pater Hagan verneigte sich.

»Wenn wir diese Maßstäbe anlegen, dann können wir den Vorfall nicht als Wunder bezeichnen«, sagte der Priester.

»Eben«, sagte der Bischof. »Allerdings muß ich hier erwähnen, daß die Regeln in der letzten Zeit etwas gelockert worden sind.« Wieder lächelte er, und diesmal kam das Lächeln von Herzen. »Wir lassen uns schließlich nicht unsere besten Wunder von der Wissenschaft kaputtmachen.«

Der Priester ging nicht ein auf den Scherz. »Dann ist es also zu früh, um den Fall des Mädchens als Wunder einzuordnen?«

»Viel zu früh, und unklug dazu. Pater Andrew, Ihr verfolgt die Angelegenheit mit großem Ernst. Gibt es etwas, das Euch Sorgen macht? Etwas, das Ihr mir noch nicht gesagt habt?«

Die Frage traf den Priester unvorbereitet. Er zögerte. Schließlich schüttelte er den Kopf. »Ich mache mir nur Gedanken wegen der Veränderungen, die mit Alice vorgegangen sind. Ich meine nicht, daß sie jetzt sprechen und hören kann. Ihr Benehmen hat sich geändert, ihre Persönlichkeit hat eine Wandlung erfahren.«

»Wie auch nicht nach so einer wunderbaren Heilung?«

»Ich weiß, ich weiß. Aber da ist noch etwas...«

»Etwas, das Ihr nicht beschreiben könnt?«

Pater Hagan war in sich zusammengesunken. »Das Mädchen ist nicht nur froh über die Heilung. Sie strahlt Glückseligkeit aus – als ob sie wirklich die Muttergottes gesehen hätte.«

»Das ist nicht ungewöhnlich, Andrew. Viele Menschen haben berichtet, daß sie die Muttergottes gesehen haben, es gibt den Marienkult. Aber es gibt auch die Psychologen, die uns belehren, daß ein Kind Dinge sehen kann, die es nicht gibt. Die Fachleute sprechen, wenn ich mich richtig erinnere, von einem eidetischen Bild.«

»Ihr seid also überzeugt, daß sie eine Halluzination gehabt hat.«

»Ich bin zu diesem Zeitpunkt von gar nichts überzeugt, aber ich neige der Theorie zu, daß es eine Halluzination war, ja. Ihr habt mir berichtet, daß das Mädchen in der Kirche am liebsten vor der Statue der Muttergottes betete. Wenn ihr Leiden psychosomatisch war, dann könnte die Halluzination die Heilung bewirkt haben. Nicht einmal die Kirche vermag die Kraft des menschlichen Geistes zu leugnen.«

Bischof Caines sah auf seine Armbanduhr. Er schob seinen Stuhl vom Schreibtisch zurück, und da er ein stattlicher Mann war, war das gar nicht so einfach. »Ihr müßt mich jetzt entschuldigen, Pater Andrew. Ich muß an einer Sitzung des Finanzausschusses teilnehmen. Wie ich das hasse!« Er lachte. »Wie schade, daß die römisch-katholische Kirche außer dem Glauben auch Geld braucht.«

Pater Hagan betrachtete die massige Gestalt des Bischofs. Zum erstenmal in seinem Leben wurde ihm bewußt, daß schwarze Kleidung noch keinen Heiligen machte. Es war ein ärgerlicher Gedanke: Hagan wußte, sein Bischof war ein guter Mensch, unendlich viel besser als er selbst. Warum also dachte er so von ihm? Waren die Zweifel schuld, die er an seinem eigenen Glauben nagen spürte? Sein Kopf schmerzte. Gedanken kamen und gingen wie Wogen. Er hatte plötzlich den fast unbezwingbaren Wunsch, sich niederzulegen und seine Augen zu bedecken. Was in Gottes Namen war mit ihm los?

»Andrew?«

Die Stimme kam sanft und freundlich.

»Ist Euch nicht gut, Pater Hagan?«

Der Priester blinzelte ins Licht. »Doch, doch. Ich bitte um Vergebung, Bischöfliche Gnaden, ich war in Gedanken meilenweit entfernt.« Er erhob sich. Bischof Caines hatte den Schreibtisch umrundet. »Fühlt Ihr Euch nicht wohl, Andrew?«

»Ich habe wahrscheinlich eine Erkältung erwischt, Bischöfliche Gnaden. Das Wetter ist so wechselhaft.«

Bischof Caines antwortete mit einem verständnisinnigen Nicken. »Aber Ihr macht Euch doch keine Sorgen mehr wegen der Sache, oder?«

»Natürlich mache ich mir Sorgen. Aber nein, ich bin sicher, es ist nur eine Erkältung.« Oder die Vorahnung nahenden Unheils. »Nichts Schlimmes.« Er war an der Schwelle zum Vorraum angekommen und blieb stehen. Er sah dem Bischof in die Augen. »Was soll ich tun, Bischöfliche Gnaden? Ich meine, wegen des Mädchens?«

»Nichts. Gar nichts.« Bischof Caines gab sich Mühe, Sicherheit auszustrahlen. »Haltet mich über die weitere Entwicklung auf dem laufenden. Laßt Euch nicht von der Hysterie beeinflussen, die sich wahrscheinlich in den nächsten Tagen entfalten wird. Und haltet Euch von den Presseleuten fern – die Presse wird den Fall nach Kräften ausschlachten, es ist nicht notwendig, daß Ihr den Journalisten noch dabei behilflich seid. Ich brauche von Euch dann einen Bericht für die Bischofskonferenz, die innerhalb der nächsten zwei Monate stattfinden wird. Der Fall wird dann zu den Akten gelegt. Ich bin zuversichtlich, daß die Sache inzwischen in Vergessenheit geraten ist.«

Er klopfte dem Priester auf die Schulter. »Und nun gehabt Euch wohl, Andrew, und denkt daran, daß Ihr mich auf dem laufenden halten müßt. Gott segne Euch.«

Er sah dem Priester nach, wie er den Vorraum durchquerte, ohne den Abschiedsgruß der Sekretärin zu erwidern. Er wartete, bis sich die Tür geschlossen hatte. »Judith, seien Sie so gut, und suchen Sie mir Pater Hagans Akte heraus. Und sagen Sie dem Finanzausschuß, ich komme fünf Minuten später.«

Judith war eine ruhige, tüchtige Frau Anfang fünfzig. Neugier kannte sie nicht. Sie stellte nichts in Frage, was ihr geliebter Bischof Caines von ihr verlangte.

Der Bischof hatte wieder an seinem Schreibtisch Platz genommen. Er ließ seine Finger auf der Schreibtischplatte spielen. War es wirklich nur Unsinn, was der Pater ihm da erzählt hatte? Seit dreizehn Jahren gehörte Pater Hagan zur Diözese. Banfield war der erste Sprengel, wo er als alleinverantwortlicher Pfarrer eingesetzt war. Seine Pflichten erfüllte Hagan in beispielhafter Weise. Was die Tiefe seines Glaubens anging, so nahm er unter seinen Amtskollegen einen Mittelplatz ein, aber an Gewissenhaftigkeit und Hinwendung übertraf ihn keiner. Zwar besuchten auch die anderen Pfarrer jeden Tag mindestens vier oder fünf Mitglieder der Gemeinde, aber sie verbrachten nur zehn oder fünfzehn Minuten bei jedem Schäflein, während Pater Hagan bei jedem eine halbe Stunde blieb; an zwei Vormittagen unterrichtete er an der örtlichen Klosterschule; er machte mit bei der Selbsthilfegruppe, beim Liturgischen Kreis, bei der Jugendgruppe, er war dabei, wenn sich einmal im Monat die Geistlichen der verschiedenen Religionsgemeinschaften, die es in Banfield gab – die Baptisten, die Anhänger der anglikanischen Kirche, die Evangelical Free Church und die Christian Fellowship – trafen. Und all das zusätzlich zu seinen Pflichten als Gemeindepfarrer. Vielleicht war die Belastung zu groß für einen Mann, der ein krankes Herz hatte.

Ein leises Klopfen an der Tür. Judith trat ein und legte eine lederfarbene Mappe auf den Tisch. Er dankte ihr mit einem Lächeln.

Er wartete mit dem Öffnen der Mappe, bis sie den Raum wiederverlassen hatte. Nicht daß es Geheimnisse gegeben hätte, die in der Mappe verborgen lagen; aber die Vergangenheit eines Mannes zu untersuchen, das war ein bißchen so, als ob man ihm in die Seele blickte, so etwas durfte man nur tun, wenn man allein, ohne Zeugen, war.

Nein, die Lektüre bot keine Überraschungen. Die Schulen waren aufgezählt, wo Hagan unterrichtet hatte. Sechs Jahre Priesterseminar in Rom, das war die Zeit nach dem Herzanfall, Priesterweihe in Rom, Rückkehr nach England. Seelsorgen in Lewes, in Worthing, dann in Banfield. Halt, da war noch etwas. Nach seiner Rückkehr aus Rom hatte Pater Hagan sechs Monate in einer Gemeinde in der Nähe von Maidstone das Amt des Geistlichen ausgefüllt. Hollingbourne hieß der Ort. Sein erster Sprengel. Sechs Monate in Hollingbourne, dann Lewes. Nichts Besonderes. Es war gang und gäbe, daß frischgebackene Priester eingesetzt wurden, wo gerade Not am Mann war. Der Bischof wunderte sich über sich selbst. Warum maß er Hagans Tätigkeit in Hollingbourne solche Bedeutung bei? Ein Gedanke gewann Gestalt. Vielleicht hatte Pater Hagan die Fähigkeit verloren, schwierige Situationen wie die in Banfield zu bewältigen? Was sich in Banfield ereignet hatte, konnte zu einem Phänomen von großer Bedeutung eskalieren... In einem solchen Falle war es wichtig, daß die Angelegenheit mit großem Geschick gehandhabt wurde. Eine Wunderheilung in seiner Diözese. Es gab Zeugen. Kein vernünftiger Zweifel war möglich. Bischof Caines war Pragmatiker; der heiligen römisch-katholischen Kirche konnte in diesen zynischen, religionsfeindlichen Zeiten ein Wunder nicht schaden. Der heiligen römisch-katholischen Kirche konnte ein solches Wunder nur nutzen.

Man mußte sich das einmal vorstellen: ein Heiligtum, ein Schrein, eine Wallfahrtsstätte in seiner Diözese...

Er verdrängte den Gedanken, schämte sich seiner Eitelkeit. Aber der Gedanke wollte nicht weichen. Und plötzlich wußte Bischof Caines, was er zu tun hatte. Nur für den Fall, daß. Nur für den Fall, daß es wirklich ein Wunder gewesen war...

10

*Als er über das Wasser hinüber war, so fand er
den Eingang zur Hölle. Es war schwarz und rußig
darin, und der Teufel war nicht zu Haus, aber
seine Ellermutter saß da in einem breiten Sorgenstuhl.*
Der Teufel mit den drei goldenen Haaren.
Aus den Märchen der Gebrüder Grimm

Bip bip bid-dip...

Molly Pagetts Lider flatterten. Die Lider öffneten sich. Was war das für ein Geräusch?

Sie lag stocksteif im Bett, neben ihr lag ihr Mann, bleischwer, schlafend. Sie hielt den Atem an und lauschte. Sie wartete auf das Geräusch und fürchtete sich davor.

...bip bip bip bid-dip bip...

Ein leises Geräusch. Ein vertrautes Geräusch.

Sie schob das Laken zurück, vorsichtig, damit sie Len nicht weckte. Ihr Morgenrock lag über dem Fußende des Bettes. Sie zog ihn über, um sich gegen die Kühle der Nacht zu schützen. Len grunzte und warf sich auf die andere Seite.

...bid-dip...

Das Geräusch, das vertraute Geräusch kam aus Alices Zimmer. Molly blieb ein paar Sekunden lang auf der Bettkante sitzen und dachte nach. Sie spürte, wie die letzten Fetzen des Schlafes davontrieben. Es war ein langer Tag gewesen, eine beunruhigende Mischung aus Freude und Angst. Die Ärzte hatten Alice eine weitere Nacht im Krankenhaus behalten wollen, Molly hatte ihre Zustimmung dazu verweigert. Sie fürchtete, daß all die Tests – die endlose Fragerei – das Wunder zunichte machen würden.

...bip bip...

Es war wirklich ein Wunder. Sie hatte keinen Zweifel daran. Die Jungfrau Maria hatte ihrem Kind zugelächelt.

...bip...

Molly erhob sich von der Bettkante, sie zog sich den Gürtel des Morgenrocks enger. Sie schlurfte zum Flur. Sie hatte die Schlafzimmertür offengelassen, für den Fall, daß Alice in der Nacht zu weinen begann. Welch eine *Freude*, wenn sie die Stimme ihrer Tochter hören würde! Es war so viele Jahre her, daß Alice hatte weinen hören. Wie sehr sie damals auf jedes Geräusch des Kindes, auf das leiseste Wimmern gelauscht hatte! Wenn Alice zu schreien begann, war Molly die Treppe hochgerannt, so schnell, daß ihr Mann ihr einen spöttischen Blick nachschickte. Aber er hatte eben nie verstanden, wieviel ihr das Kind bedeutete. Alice hatte ein leeres Leben mit Sinn erfüllt, sie war die Antwort auf Jahre inniger Gebete. Gott – Molly hatte sich der Fürsprache der Muttergottes, der Heiligen Jungfrau Maria, bedient – hatte ihre Ehe mit einem Kind gesegnet.

Wie grausam, daß die Heimsuchung so früh, in der Jugend des Kindes, gekommen war. (Und wie enttäuschend die Ehe mit Len war.)

...bip bid-dip...

Und jetzt hatte die Muttergottes ein zweites Mal in das Geschick des Kindes eingegriffen. Die Behinderung war von Alice genommen worden, so plötzlich, wie sie ihr zugefallen war. Mollys Glauben an die Muttergottes war während der Jahre der Prüfung nicht ein einziges Mal ins Wanken geraten, sie hatte Alice dazu angehalten, ihrem Beispiel zu folgen und zur Jungfrau Maria zu beten. Die Verehrung, die das Mädchen der Muttergottes bekundete, war sogar noch inniger als die Gefühle, die Molly in ihr Gebet einbrachte. Und jetzt war der Glauben belohnt worden.

Molly blieb vor Alices Tür stehen. Stille. Und dann...

...bid-dip bid-dip bip bip...

Die Aufregungen der letzten beiden Tage waren wohl zuviel gewesen für das Kind. Es war mitten in der Nacht, aber sie konnte keinen Schlaf finden. Was für ein herrlicher Spaß war es doch, die Leuchtgestalten der grünen Invasoren auf dem nachtschwarzen Schirm des aus Mikrochips zusammengefügten Spiels niederschweben zu sehen und sie mit einem raschen Druck auf den roten Knopf zu vernichten, während sie mit der anderen Hand den Knopf für das Raumschiff betätigte, das Raumschiff mußte aus dem Zielbereich der tödlichen Bomben entfernt werden, die von den Invasoren abgeworfen worden waren. Und jetzt konnte Alice das Spiel sogar hören, sie konnte die in den Computer eingespeiste Siegesfanfare hören, deren Ton freigegeben wurde, sobald der letzte Invasor ausgelöscht war. Ja, dachte Molly, es muß Alice wie ein völlig neues Spiel vorkommen.

...bip bip...

Aber das Kind mußte auch schlafen. Die Ärzte hatten darauf

gedrungen, daß sie schlief. Molly wollte nicht, daß Alice einen Rückfall erlitt. Das wäre eine Strafe Gottes, die ...

... bip ...

Sie stieß die Tür auf.

... bi –

Molly war nicht ganz sicher, ob sie in der Ecke des Raumes ein grünes Lichtsignal hatte flackern sehen. Sie sah die Ecke nur aus den Augenwinkeln, und vielleicht war da überhaupt kein Licht gewesen. Sie ließ ihren Blick zu Alices Bett wandern. Sie hatte erwartet, ihre Tochter auf der Bettkante sitzend vorzufinden, mit strahlenden Augen, das Galaxy-Invaders-Spiel auf den Knien. Aber Alice lag im Bett, die Straßenlaterne schien durch die Vorhänge, und das Kind schien zu schlafen.

»Alice?« Erst als das Wort heraus war, wurde Molly bewußt, mit welcher Leichtigkeit sie akzeptieren gelernt hatte, daß die Hörfähigkeit ihrer Tochter zurückgekehrt war. »Alice, bist du wach?«

Kein Laut. Nicht von Alices Lippen, nicht von dem Galaxy-Invaders-Spiel.

Molly lächelte inmitten des Halbdunkels. Sie ging auf das Bett zu. Kleine Schauspielerin, dachte sie. Willst deine Mutti aufs Glatteis führen.

Sie beugte sich über ihr Kind. Sie hatte vorgehabt, sie an der Nase zu kitzeln, bis Alice ihre kleine Vorführung beendete. Sie hielt auf halbem Wege inne. Das Mädchen schlief. Ihr Atem ging tief und regelmäßig. Das Gesicht war ruhig und friedlich. Das war keine Pose.

»Alice«, wiederholte Molly. Sie rüttelte sie an der Schulter. Das Kind rührte sich nicht.

Molly hob die Bettdecke hoch, sie suchte nach dem elektronischen Spiel. Es war nicht da. Es lag auch nicht auf dem Boden vor dem Bett. Aber es mußte in der Nähe sein. Alice hätte keine Zeit mehr gehabt, vor dem Eintreten der Mutter das Spiel in einer Zimmerecke zu verstecken und quer durch den Raum in ihr Bett zu flitzen. Unmöglich.

Molly kniete nieder, um unter das Bett zu schauen. Nichts.

Und dann fiel ihr das grüne Lichtsignal ein, das sie beim Betreten des Zimmers gesehen hatte.

Nein, das war doch Unsinn. Einfach nicht möglich.

Trotzdem sah sie nach.

Das elektronische Spiel lag auf dem kleinen Ankleidetisch. Dieser Tisch stand in einer entfernten Ecke des Zimmers. Der Funktionshebel des Spiels stand auf OFF. Der Weltraumschirm war schwarz und tot.

Molly wußte, sie hatte das Piepsen nicht geträumt. Sie wußte zugleich, daß ihre Tochter das Spiel nicht in der Hand gehalten hatte. Niemand sonst war im Raum. Nur Schatten und das Geräusch von Alices Atemzügen.

11

>»Kannst du schweigen, wenn ich dir ein Geheimnis verrate? Es ist ein ganz großes Geheimnis, ich weiß nicht, was ich tun würde, wenn's jemand rausbekommt. Ich glaube, ich würde sterben.«
>
>Aus Frances Hodgson Burnett: Der geheime Garten

Fenn hatte sich auf die andere Seite gelegt. Er wachte auf vom Geräusch seines eigenen Stöhnens. Er hatte das Gefühl, daß sein Kopf davonrollte.

»Oh, Gott...« wimmerte er. Mit der Rechten tastete er nach dem pochenden Fleischklumpen, der – wie er sich einzureden versuchte – seine Stirn sein mußte. Er spürte, wie seine Finger auf der Haut auftrafen. Den Schmerz minderte das kaum.

Er legte sich auf den Rücken und preßte die Hand auf die geschlossenen Augenlider. Es war wichtig, daß er das drehende, schwingende Gefühl unter Kontrolle bekam. Wieder stöhnte er, und aus dem Stöhnen wurde ein von Selbstmitleid triefendes Summen, das sehr hübsch zu der hochoktavigen Melodie in seiner Stirn paßte. Eine Minute war vergangen, als die Kadenzen endlich abebbten. Versuchsweise lockerte Fenn die Blende über seinen Augen. Er ließ noch eine halbe Minute verstreichen, ehe er seine Hand von den Augen nahm.

Er hatte zu blinzeln aufgehört. Die Zimmerdecke war ein paar Meter tiefer gesackt. Ob ich aufstehe? Der Gedanke war verklungen, und er lag immer noch da, tastete nach der Armbanduhr, die auf dem Nachttisch liegen mußte. Er fand sie nicht. Er verfluchte seine Angewohnheit, den Wecker so aufzustellen, daß er ihn vom Bett aus nicht erreichen konnte (eine notwendige und sinnvolle

Angewohnheit, denn die Versuchung war groß, den Wecker, wenn er läutete, einfach abzustellen und wieder schlafen zu gehen; Fenn hatte herausgefunden, daß die paar Schritte, die er bis zum Wecker zurücklegen mußte, um das verdammte Ding zum Schweigen zu bringen, vollauf genügten, um ihn aus dem Zustand des Zombie in die Welt der Lebenden zurückzuholen). Wo zum Teufel war seine Armbanduhr? So betrunken kann ich ja wohl nicht gewesen sein. Oder doch?

Fenn seufzte. Er nahm seinen ganzen Mut zusammen. Er ließ den Kopf über die Bettkante rutschen. Das Blut begann gegen die Betonplatte zu pulsen, die in der Schädeldecke verborgen war, er stellte sich Wogen vor, die an einen Deich brandeten, und dann starrte er auf den Fußboden hinab. Die Armbanduhr war nicht da. Und dann rutschte ein Arm über die Kante.

»Idiot!« murmelte er. »Idiot!« Sein Blick wanderte auf dem ledernen Band entlang. Er beugte den Arm und starrte auf das Zifferblatt der Uhr. Sechs vor elf. Und zwar vormittags, hinter den geschlossenen Vorhängen zeichnete sich das Licht des Tages ab.

Er richtete sich auf und steckte sich das Kopfkissen in den Rücken. Er versuchte sich zu erinnern, wie er überhaupt in diesen Zustand geraten war. Bier und Brandy lautete die Antwort.

Er kratzte sich die Brust. Er konnte nur noch den Kopf über sich schütteln. Er tat das im Geiste, der physische Akt wäre zu schmerzhaft gewesen. Du mußt mit dem Trinken aufhören, Fenn. Wenn ein junger Mann trinkt, dann ist das ja ganz lustig. Aber ein alter Trinker, das ist einfach abstoßend. Es hieß allgemein, daß Journalisten tranken. Was nicht stimmte. Sie tranken nicht, sie tranken wie die Löcher. Nicht alle natürlich. Nur die er kannte.

Fenn schob sich höher und höher. Er nannte diese Methode, sich dem frischen Tag zu stellen, ›die langsame Wiederauferstehung‹.

Er ließ den vergangenen Abend durch den Filter seiner Erinnerung fließen. Ein- oder zweimal grinste er, aber zum Schluß machte er ein ziemlich finsteres Gesicht, er schlug die Bettdecke zur Seite, um seinen Unterleib zu inspizieren. War noch alles dran? Ein Seufzer der Erleichterung, jawohl, es war noch alles dran. Allerdings war der Bursche heute früh von der Größe her nichts, worauf man besonders stolz sein konnte. Wie war noch der Name des Mädchens gewesen? Boz? Roz? Vielleicht auch Julia.

War nicht so wichtig. Hauptsache, ich bin nicht schwanger, dachte er.

Er befreite sich von den Laken, schob sie mit den Füßen zu einem Wulst zusammen. Vorsichtig, unendlich vorsichtig stand er auf. Sein Kopf wog schwerer als der Rest seines Körpers, und das Kunststück würde jetzt darin bestehen, diesen Kopf auf den Schultern zu balancieren. Er ging zum Fenster. Er zog die Vorhänge zur Seite und war vernünftig genug, seine Augen geschlossen zu halten, sie vor der Helligkeit zu schützen, die durch die Scheiben stach; die Sonne hatte um diese Tageszeit eine Vorliebe für sein Schlafzimmer. Er stand da und ließ die warmen Strahlen auf seinen Körper scheinen, die Kälte wurde von den Scheiben draußengehalten. Als er schließlich die Augen öffnete, fiel sein Blick auf eine Frau, die einen vollgepackten Einkaufswagen schob, einen Wagen aus dem Supermarkt, sie kam die steil ansteigende Straße hinauf, ihr Mund stand offen, sie hielt den Blick auf seine Nacktheit gerichtet. Ihre Schritte waren langsam, aber regelmäßig, und ihr Kopf beschrieb eine Kreisbewegung auf den Schultern, so wohlgelungen, daß die Frau mühelos eine Rolle in dem Film *The Exorcist* bekommen hätte. Fenn wich ins Innere des Zimmers zurück, nachdem er die Frau freundlich angelächelt und ihr zugewinkt hatte; es war nicht gut, wenn sie ihn als bedrohlich in Erinnerung hielt. Er hoffte, daß ihr Kopf nicht endgültig in der Kreisbewegung einrasten würde.

Nachdem er nicht mehr in der Sonne stand, wurde es kalt. Fenn schnappte sich seinen Morgenrock, der auf dem Fußende des Bettes lag. Es war ein recht kurzer Morgenrock aus leichtem Stoff, das Ding ging ihm nur bis zu den Knien und Sue sah in ihm viel besser aus als er. Boz hatte der Morgenrock auch sehr gut gestanden – oder hatte sie Roz oder Anthea geheißen? Aber noch besser stand er Sue. So betrunken er gestern abend auch gewesen war, er war immerhin noch in der Lage gewesen, diesen Vergleich anzustellen.

Er ging in die Küche und ließ Wasser in den Kessel einlaufen. Er starrte wie fasziniert auf den Wasserstrahl und sah ihn nicht. Er entzündete die Flamme unter dem Kessel, dann fuhr er sich mit den zehn Fingern durch das Haar. Jetzt bräuchte ich eine Zigarette, dachte er, und dann fiel ihm ein, daß er ja gar nicht rauchte. Erleichterung. Der Zettel stand gegen die Packung Cornflakes gelehnt. Fenn nahm sich einen Stuhl, setzte sich und betrachtete den Zettel ein paar Sekunden lang, ohne ihn zu berühren. Eine Telefonnummer, und darunter der Name ›Pam‹. Aha. Sie hieß also Pam. Ob sie wohl versucht hatte, ihn aufzuwecken, bevor sie die Wohnung verließ? Wahrscheinlich. Sie konnte ja nicht wissen, daß es eines mittleren Erdbebens bedurfte, um ihn nach einem solchen Besäufnis wachzukriegen. Nur Sue schaffte das, mit ihren einfühlsamen Fingern, aber Sue hatte auch eine ganz besondere Technik. Fenn legte Pams Zettel auf den Tisch zurück. Er versuchte sich an ihr Aussehen zu erinnern. Er hatte mit Eddy über das Mädchen gesprochen, Eddy war der Kollege vom Sport, beim *Courier*, es war im Klub gewesen, er und Eddy und das Mädchen und ihre Freundin, »nettes Gesicht, aber die Beine sind schlimm«, hatte Fenn das Mädchen kommentiert, aber an das Gesicht hatte er keine Erinnerung bewahrt. Die Beine, an die erinnerte er sich. Das Mädchen zerquetscht dir die Ohren, hatte Eddy ihn gewarnt, und irgendwie hatte Eddy recht behalten, Pam hatte sehr starke Schenkel, das war das Bemerkenswerte an ihr. Fenn tastete nach seinen Ohrmuscheln. Ob die Ohren wohl so rot waren, wie sie sich anfühlten? Er ging ins Bad, um in den Spiegel zu sehen.

Als Fenn in die Küche zurückkehrte, war der Raum vom Wasserdampf erfüllt, Fenn hatte bei der Betrachtung seines Spiegelbildes mit Befriedigung festgestellt, daß seine Ohren nicht an den Kopf gequetscht waren, weniger zufrieden war er mit den trüben Augen, die ihn angesehen hatten. Er hatte die Gelegenheit benutzt, seine Blase zu erleichtern, er hatte sich Zeit genommen, und vor allem hatte er – mit plötzlich geschärften Sinnen – darauf geachtet, ob sich beim Urinieren nicht ein brennendes Gefühl bemerkbar machte; wenn man das Mädchen nicht kannte, war alles drin. Und selbst bei denen, die man kannte, war alles drin.

Herrgott noch mal, wie er sich nach Sue sehnte.

Er goß das kochende Wasser in die Tasse. Daß er keinen Pulverkaffee in die Tasse getan hatte, merkte er erst, als er schon wieder am Küchentisch Platz genommen hatte. Er verbrannte sich die Lippen, als er den ersten Schluck trank, immerhin, es war ein sauberer, stechender Schmerz, nicht wie das quälende, dumpfe Dröhnen in seinem Kopf. Er aß ein paar Cornflakes, seine trüben Gedanken wanderten zum *Courier*, es war wohl das beste, wenn er Nachtschicht machte, heute früh war er einfach nicht fit für den Job.

Er ließ seinen Blick durch die kleine Küche schweifen und

erschauderte. Er mußte aufräumen; es ging nicht an, daß er in einem Schweinestall lebte. Zugegeben, er selbst duftete auch nicht gerade nach Rosen heute früh, aber der Verhau in der Küche, nein, das war zuviel. Du mußt dich am Riemen reißen, Fenn. Keine Frau in der Welt ist es wert, daß du dich so gehen läßt. Scherzbold, dachte er. Jede Frau in der Welt ist es wert, daß man sich gehen läßt. Na ja, mit ein paar Ausnahmen.

Fünfzehn Minuten waren verstrichen, und Fenn brütete über seiner dritten Tasse Kaffee, als die Türglocke schrillte.

Er ging ans Küchenfenster, öffnete und sah hinaus, unten vor dem Haus stand Sue. Sie blickte zu ihm hinauf und winkte.

»Du hast doch einen Schlüssel«, stotterte er.

»Den wollte ich eigentlich nicht gebrauchen«, rief sie.

Er sah, wie sie in ihrer Schultertasche herumzuwühlen begann, sie fand den Schlüssel und steckte ihn ins Schloß. Fenn zog seinen Kopf zurück. Er rieb sich das Kinn und lächelte. Seit drei Wochen hatten sie sich nicht mehr gesehen, seit dem Streit im Restaurant. Ein paarmal hatten sie miteinander telefoniert, in gespannter Stimmung, das war alles. Es hatte der Trennung bedurft, um Fenn ins Bewußtsein zu rufen, wie sehr er auf Sue stand. Er lehnte am Küchenherd. Immer noch lächelte er. Er war in entspannter Stimmung – und dennoch voller Erwartungsfreude.

»Scheiße!« Sein Lächeln verflog.

Fenn schnappte sich Pams Zettel, der immer noch auf dem Küchentisch lag. Er war drauf und dran, den Zettel zu zerknüllen und aufzuessen, dann besann er sich eines anderen, er stopfte das Papier in die Tasche seines Morgenrocks. Er rannte ins Wohnzimmer und warf einen Blick in die Runde. Keine verräterischen Spuren. Er hastete ins Schlafzimmer, durchsuchte das Bett nach Haarspangen, nach Frauenhaaren, nach Spuren von Lippenstift oder Mascara. Nichts. Er richtete sich auf, um nachzudenken. Dann plötzlich: war das Mädchen Raucherin? Er konnte sich nicht mehr erinnern. Kein Aschenbecher voll Zigarettenkippen mit Lippenstiftspuren. Er war ins Wohnzimmer gespurtet, als Sue eintrat.

»Sue«, begrüßte er sie. Er sog die Luft ein. Nach Zigaretten roch hier nichts. Wohl nach Fusel.

»Tag, Gerry.« Ihr Lächeln war gebremst.

»Du siehst gut aus«, sagte er.

»Und du siehst grauenhaft aus«, sagte sie.

Er massierte sich die Bartstoppeln. Es war ein unangenehmes Gefühl. »Wie geht's dir so?«

»Gut. Und dir?«

»Ganz ordentlich.«

Er versenkte die Hände in den Taschen seines Morgenmantels. »Warum hast du nicht mal angerufen?« Er gab sich Mühe, mit ruhiger, gleichmütiger Stimme zu sprechen. »Seit drei Wochen höre ich nichts von dir!«

»Ganz so lang ist es noch nicht her, das stimmt nicht. Und du vergißt, daß ich dich ein paarmal angerufen habe.«

»Ja, aber du hast kaum was gesagt.«

»Ich bin nicht gekommen, um mit dir zu streiten, Gerry.«

Er hatte eine scharfe Antwort auf der Zunge, aber dann sagte er nur: »Willst du eine Tasse Kaffee?«

»Ich habe nicht viel Zeit. Ich bin unterwegs zur Universität. Muß dort ein paar Interviews auf Band nehmen.«

»Also eine schnelle Tasse Kaffee.« Er ging in die Küche und stellte den Wasserkessel auf die Flamme zurück. Er fand eine saubere Tasse.

»Bei dir sieht's aus wie nach einem Bombenangriff«, hörte er Sue im Wohnzimmer sagen.

»Das Dienstmädchen hat heute frei«, rief er zurück.

Als er ins Wohnzimmer zurückkehrte, hatte sie auf dem kleinen Sofa Platz genommen; sie sah hübsch aus. Er stellte die beiden Tassen mit Kaffee auf den Glastisch und setzte sich neben Sue. Es blieb eine Lücke von sechzig Zentimetern.

»Ich hab' versucht, dich anzurufen«, sagte er. »Aber du warst nicht da.«

»Ich war ziemlich oft bei meinen Eltern, wegen Ben.«

Er nickte. »Wie geht's ihm denn?«

»Wild wie immer.« Sie nahm einen Schluck aus der Tasse und verzog das Gesicht. »Dein Kaffee ist immer noch miserabel.«

»Mein Charakter ebenfalls. Ehrlich, Sue, ich hab' dich sehr vermißt.«

Sie starrte in ihren Kaffee. »Ich brauchte eine Pause von dir. Du warst mir irgendwie – zuviel.«

»Das ist so meine Art.«

»Ich brauchte eine Pause.«

»Das sagtest du schon. Irgendwelche Konkurrenten, auf die ich achten müßte?«

»Hör auf damit, Gerry.«

Er begann an seiner Unterlippe zu nagen.

»Vielleicht brauchtest du auch eine Pause, von mir«, sagte sie.

»Nein, Baby. Ich habe kein Bedürfnis nach einer Pause von dir.«

Sie konnte die Frage nicht länger zurückhalten. »Warst du mit einer Frau zusammen?«

Er sah ihr in die Augen. »Nein.« Ein paar Sekunden des schlechten Gewissens verstrichen. Er räusperte sich. »Und du? Warst du mit einem Mann zusammen?«

Sue schüttelte den Kopf. »Ich sagte dir schon, ich war mit Ben beschäftigt.« Sie nahm einen zweiten Schluck und rückte näher. Er nahm ihr die Tasse aus der Hand und stellte sie auf die Untertasse zurück. Seine Finger wanderten zu ihrem Nacken. Er küßte sie auf die Wange, dann bog er ihren Kopf zur Seite und näherte seine Lippen ihrem Mund.

Sie erwiderte seinen Kuß mit unerwarteter Leidenschaft; aber dann schob sie ihn von sich fort.

»Bitte nicht. Ich bin nicht hier, um . . .« Sie schien Schwierigkeiten beim Atmen zu haben.

Er achtete nicht darauf, was sie sagte. Er versuchte sie zu küssen.

»Nein, Gerry!« Zorn klang mit.

Er gab sie frei. Diesmal war er es, der Schwierigkeiten beim Atmen hatte. »Sue . . .«

Sie sah ihn so feindselig an, daß ihm die Worte im Hals stecken blieben. Es dauerte eine Weile, bis er seinen Ärger bezwang. »Okay, okay.« Er wandte sich von ihr ab. »Warum zum Teufel bist du überhaupt zu mir gekommen, Sue? Wolltest du nur deine Sachen abholen?«

»Jedenfalls bin ich nicht gekommen, um dich zu ärgern. Wenn du *das* meinst.«

»Wer ärgert sich? Ich ärgere mich nicht. Vielleicht kriege ich Pickel auf der Stirn, aber deswegen brauchst du dir keine Sorgen zu machen, das sind nur spätpubertäre Erscheinungen. Mein Gott, wie kommst du darauf, daß du mich ärgern könntest?«

»Du benimmst dich wie ein kleiner Junge!«

»Tu dir keinen Zwang an. Ich hab' gerne, wenn du so charmante Sachen zu mir sagst.«

Sie mußte lächeln. »Gerry, ich bin gekommen, um dir wegen der Kirche in Banfield Bescheid zu sagen.«

Er musterte sie voller Neugier.

»Ich bin noch mal hingefahren«, sagte Sue. »Mit Ben. Jeden Sonntag.«

Er öffnete den Mund, aber dann fiel ihm nichts ein, was er hätte sagen können.

»Es ist so schön, Gerry.« Ihr Lächeln war nicht mehr gebremst. Ihre Augen leuchteten. Die Veränderung war so schnell gekommen, daß Fenn ganz überrascht war.

»Die Kirche hat jetzt einen ungeheuren Zulauf«, sagte Sue. »Die Leute bringen ihre Kinder, sie bringen die Kranken und Behinderten. Als ob's eine Wallfahrtsstätte wäre. Und wenn du auf das Kirchengelände von St. Josephs kommst, dann durchströmt dich ein merkwürdiges Glücksgefühl. Es ist unglaublich, Gerry.«

»He, mal langsam. Ich dachte, der Wirbel hätte sich längst gelegt. Ich habe den Pfarrer angerufen, diesen Pater Hagan, und der hat mir gesagt, es hat sich nichts weiter ereignet. Keine Wunder, keine Erscheinungen. Jedenfalls nichts, was in die Zeitung gehört. Wenn's anders wäre, dann hätten sich ja auch schon die Jungens von den überregionalen Zeitungen draufgestürzt wie die Fliegen auf die heiße Scheiße.«

»Du müßtest dir das mal ansehen, Gerry! Es hat zwar keine neue Wunderheilung gegeben, das Wunder ist die Stimmung, die in der Kirche und auf dem Kirchengelände herrscht. Deshalb bin ich hier bei dir, Gerry, ich will, daß du dir das einmal anschaust.«

Er runzelte die Brauen. »Aber ich bin doch nicht katholisch, Sue.«

»Du brauchst kein Katholik zu sein um zu spüren, daß St. Josephs eine geheiligte Stätte ist.«

»Aber warum sollte der Priester mich belügen?«

»Er hat dich nicht belogen. Er hat dir gesagt, es hat kein neues Wunder gegeben, und das ist die Wahrheit. Von den Leuten, die jetzt dorthin pilgern, hat er nichts gesagt, er will eben nicht, daß die Sache von den Medien ausgeschlachtet wird.«

»Natürlich nicht.«

»Warum sagst du's mir dann?«

Sie ergriff seine Hand und drückte sie. »Weil ich will, daß du deinen Zynismus ablegst. Wenn du erst einmal siehst, welche

Wirkung die heilige Stätte auf die Leute hat, werden sich bei dir die ersten Ansätze zum Glauben bilden.«

»Du sprichst jetzt wie die religiösen Fanatiker. Willst du mich bekehren?«

Er war überrascht, als sie in Lachen ausbrach. »Ich glaube, das würde nicht einmal der Heilige Geist schaffen. Nein, ich will nur, daß du Zeuge wirst...«

»Das hört sich schon wieder so nach Bibel an...«

»Sieh's dir an«, sagte sie ruhig.

Er lehnte sich zurück. »Was ist mit dem Mädchen, mit dieser Alice? Hast du sie gesehen?«

»Was mit dem Mädchen vorgeht, ist schwer zu beschreiben. Sie ist völlig verändert.«

»Wie verändert?«

»Sie scheint reifer geworden. Sie hat jetzt eine ganz besondere Ausstrahlung, eine Aura. Die Menschen weinen, wenn sie Alice ansehen.«

»Geh doch damit weg, Sue. Das ist doch reine Hysterie. Die Leute haben von ihrer Heilung gehört, und das bringt ihre Vorstellungskraft auf Hochtouren.«

»Überzeuge dich selbst.«

»Das sollte ich wirklich tun.« Er war neugierig geworden. Und dann war dies auch eine Gelegenheit, die Verbindung mit Sue wieder anzuknüpfen. »Ich könnte heute nachmittag hinfahren«, sagte er.

»Nein. Warte bis zum Sonntag.«

Er sah sie fragend an.

»Begleite mich zur Messe, dann siehst du auch die Leute, die dorthin strömen.«

»Dann ist das Strohfeuer vielleicht schon abgebrannt. Wir kommen hin und finden eine leere Kirche vor.«

»Das möchte ich bezweifeln. Aber es gibt noch einen anderen Grund, warum ich möchte, daß du am Sonntag mit mir in die Messe gehst.« Sie warf einen Blick auf ihre Armbanduhr und stand auf. »Ich muß jetzt gehen, oder ich krieg' Probleme.«

»Was? Was sagst du da? Du kannst nicht einfach verschwinden.«

Sue war schon an der Tür. »Tut mir leid, Gerry, ich muß jetzt wirklich los. Hol' mich am Sonntag früh in meiner Wohnung ab. Ben ist dann bei mir, wir fahren zu dritt.« Sie stieß die Tür auf.

»Du hast gesagt, es gibt noch einen anderen Grund. Was für einen?«

»Alice hat dem Priester und ihrer Mutter gesagt, die Heilige Jungfrau will sie wiedersehen. Und zwar am achtundzwanzigsten, am Sonntag.«

Sue zog die Tür hinter sich zu.

12

Leute, die Ihr Kinder habt,
Leute, die Ihr keine habt,
Schützt sie vor Gefahr,
Die ganze betende Kinderschar.
Altes Kinderlied

Ein Sonntag ohne Sonne. Es war kalt, ein feiner Regen ging nieder. Ein furchtbarer Tag. Und doch konnte Fenn die Hochstimmung spüren, die in der Luft lag. Er war wie eine Ratte, die Blut gerochen hat.

Sue hatte recht: Das Gefühl kam schon über einen, wenn man sich dem Kirchengelände näherte. Die ersten Anzeichen spürte Fenn, als er die Hauptstraße des Dorfes entlangfuhr: emsiges Treiben, und das war ungewöhnlich an einem Sonntagvormittag, besonders an einem so kalten und nassen Tag. Die Leute gingen fast alle in die gleiche Richtung. Es gab starken Autoverkehr auf der Straße. Viel mehr Autos als üblich.

Ben saß auf dem Rücksitz, er hatte sich beruhigt, was Fenn und Sue, wie immer, als Wohltat empfanden. Fenn betrachtete den Achtjährigen. In den braunen Augen stand der Ausdruck von Erwartung, Bens Mund stand offen, er lächelte, er starrte durch die Windschutzscheibe.

»Spürst du, was das hier für eine Stimmung ist, Gerry?« fragte Sue.

Fenn murmelte etwas Unverbindliches. Er war noch nicht bereit, irgend etwas zuzugeben. Sie näherten sich einem Zebrastreifen, Fenn ging auf die Bremse, und die Leute auf dem Zebrastreifen bedankten sich für seine Rücksichtnahme mit einem freundlichen Winken. Die kleinen Kinder hielten die Hände ihrer Eltern fest. Es gab einen Mann mittleren Alters, der in einem Rollstuhl saß, der Rollstuhl wurde von einem jungen Mann geschoben: Die Ähnlichkeit der Gesichter deutete darauf hin, daß es sich um Vater und Sohn handelte. Der Krüppel lächelte Fenn zu, dann wandte er sich zu seinem Sohn und bat ihn, den Rollstuhl schneller zu schieben.

Als die Straße frei war, trat Fenn aufs Gas, hinter ihm hatte sich eine Fahrzeugschlange gebildet. Der Konvoi setzte sich in Bewegung, Fenns Mini bildete die Spitze.

Er warf einen Blick in den Rückspiegel. Merkwürdig, wie viele Wagen sich innerhalb weniger Sekunden hinter ihm angesammelt hatten. »Ich hoffe, die wollen nicht alle hin, wo wir hinwollen«, sagte er zu Sue.

»Laß dich überraschen«, antwortete Sue.

Sie fuhren an Gruppen von Fußgängern vorbei. Es gab jetzt nur noch wenige Häuser. Die Felder waren zu erkennen. Die Menschen, die am Straßenrand gingen, strahlten vor Freude, der Nieselregen vermochte ihre Hochstimmung nicht zu beeinträchtigen.

Sie fuhren an geparkten Autos vorbei. Die Leute hatten ihre Wagen mit zwei Rädern auf die begrünte Böschung gestellt.

»Nicht zu glauben«, sagte Fenn. Sie waren vor der kleinen Allee angelangt, die zur Kirche führte, aber hier war alles vollgeparkt, so daß sie weiterfahren mußten.

»Ich hab's dir gesagt«, meinte Sue.

Fenn hielt nach einer Lücke in der geparkten Schlange Ausschau. »War das letzten Sonntag auch schon so?« fragte er.

»Nein. Es waren mehr Leute da als sonst, aber nicht soviel wie heute. Die haben von dem Gerücht erfahren, anders ist das nicht zu erklären.«

»Wie hast du eigentlich davon erfahren?« Er mußte zur Mitte ausweichen, weil an einem parkenden Wagen die Tür geöffnet wurde. Zwei Metallkrücken erschienen in dem Spalt, zwei schlaffe Beine folgten. Fenn war vorbei, als der Fahrer des Wagens auftauchte und dem Behinderten zu Hilfe kam.

»Ich habe die Messe am Mittwochabend besucht«, erklärte Sue. »Da habe ich gehört, wie die Leute darüber sprachen.«

Fenn riskierte einen raschen Blick in Richtung Sue. »Du warst mitten in der Woche im Gottesdienst?«

»So ist es, Gerry.«

Er bog nach links und fuhr auf den Grünstreifen. Sie wurden

durcheinandergeschaukelt. Er zog den Schlüssel ab. Sein Wagen war der letzte in der Schlange. Er hatte kaum den Motor abgestellt, als ein anderer Fahrer vor ihm einbog. »Komm, Ben«, sagte Sue.

Sue stieg aus, sie klappte ihren Sitz nach vorn, so daß auch Ben hinausklettern konnte. Fenn schlug die Tür auf seiner Seite zu. Er schob sich den Mantelkragen hoch. »Das ideale Wetter für Karneval«, murmelte er. Er steckte die Hände in die Manteltaschen, in einer Tasche war der Fotoapparat Marke ›Olympus‹, den er sich geliehen hatte, nachdem die Fotos, die er mit der Pocketkamera geschossen hatte, nicht den Beifall des *Courier*-Chefredakteurs gefunden hatte. Wenn (und die Betonung lag auf wenn) etwas Ungewöhnliches geschah, er war vorbereitet. In der anderen Manteltasche steckte ein kleiner Kassettenrecorder, den Sue ihm zu Weihnachten geschenkt hatte. Sie gingen auf die Kirche zu, Sue hatte sich bei Fenn eingehängt, Ben lief voraus.

Sie mußten sich an den Autos vorbeizwängen, die in langsamer Fahrt an der parkenden Schlange vorbeiglitten. Vor dem Tor, das den Beginn der kleinen Allee markierte, drängte sich eine Menschentraube, Sue mußte Ben an sich ziehen, damit er sich nicht im Gedränge verlor. Fenn betrachtete das Treiben mit wachsendem Interesse, die Stimmung der Menschen steckte ihn an. Selbst wenn sich nichts Spektakuläres ereignete, und Fenn war sicher, daß nichts dergleichen zu erwarten stand, so war dies doch ein netter Folgebericht zu dem ersten Artikel. Er würde nur unwesentlich übertreiben, wenn er schriebe, daß die St. Joseph's Kirche von Pilgern, von Gläubigen und Neugierigen belagert wurde. Fenn schüttelte den Kopf. Erstaunlich blieb es trotzdem: Was zum Teufel erwarteten sich die Menschen? Noch ein Wunder? Fast hätte er laut herausgelacht. Wie auch immer, er war froh, daß Sue ihn zum Mitkommen überredet hatte. Der Besuch dieser Kirche war keine Zeitverschwendung.

Fenn, Sue und Ben schoben sich durch das Tor. Fenn fiel ein Mädchen zu seiner Linken auf, sie war fünfzehn oder sechzehn, sie zitterte am ganzen Körper, und Fenn ahnte, die spasmischen Zuckungen waren keine Folge ihrer Erwartungsfreude. Der Mund des Mädchens stand schief, Fenn hatte das schon mal irgendwo gesehen. Die Bewegungen des Mädchens waren unbeholfen, Arme und Hände erbebten in unkontrollierten Schüben; links neben ihr ging ein Mann, rechts eine Frau, vermutlich die Eltern. Fenn dachte, wenn ich mich nicht irre, leidet sie an Veitstanz, er kannte das Krankheitsbild, weil er einmal eine junge Frau interviewt hatte, die an Veitstanz litt, das war bei der Reportage gewesen, die der *Courier* über die von der Regierung aus Einsparungsgründen verfügte Schließung des Krankenhauses in Brighton gebracht hatte. Fenn hatte diese Reportage nicht gerne gemacht, Kranke machten ihn krank, aber immerhin hatte sein Bericht Wirkung gezeigt, die Schließung des Krankenhauses war aufgeschoben worden. Die Zukunft des Hauses war ungewiß, aber das war besser als gar keine Zukunft.

Fenn trat zur Seite, um die Eltern und das Mädchen vorbeizulassen, der Vater bedankte sich mit einem Lächeln. Nachdem sie den Engpaß des Tores überwunden hatten, floß der Strom der Menschen auseinander, um sich vor dem Portal der Kirche wieder zu einer dicken, dunklen Linie zu vereinigen. Es gab nicht wenige, die von Freunden oder Verwandten am Arm geführt wurden. Sie kamen an einem ausgezehrt wirkenden Jungen vorüber, der Junge saß in einem Rollstuhl, der von seinen Familienangehörigen geschoben wurde, er sprach munter drauflos, die vorquellenden Augen spiegelten inneres Glück wider. Fenn sah die lächelnde Traurigkeit im Antlitz der Mutter; in ihrem Blick war Hoffnung, die Hoffnung einer Verzweifelten. Es war unangenehm, das zu beobachten, Fenn kam sich wie ein Voyeur vor, der sich am Unglück anderer Menschen weidete. Mehr noch, er wußte, daß er Zeuge ihrer Enttäuschung werden würde. Er verstand sehr wohl, daß die Angehörigen des Jungen verzweifelt waren, was er nicht verstand, war die Leichtgläubigkeit, die Einfalt dieser Menschen. Was Alice Pagett geheilt hatte, war eine Laune der Natur gewesen, ganz zufällig waren in ihrem Gehirn die richtigen Nervenenden wieder aneinandergeraten, die Sinne, die physisch nie abgestorben waren, hatten neue Kraft empfangen; und all diese Menschen, die mit ihren Kranken in die Kirche strebten, gaben sich der Hoffnung hin, daß der gleiche glückliche Zufall sich bei ihrem Sohn, bei ihrer Tochter wiederholen würde. Fenn war merkwürdig angerührt. Zugleich ärgerte er sich, weil er spürte, daß seine Wand aus Zynismus ins Wanken geriet, sein Ärger richtete sich auf die Kirche, die den ganzen Unsinn zuließ, ja die Leute noch ermutigte. Als er, neben Sue und Ben gehend, das Portal erreichte, war sein Zorn auf dem Siedepunkt angelangt.

In der Kirche war es sehr voll, die Bänke waren bis zum letzten Platz besetzt. Fenn hatte das erwartet, trotzdem war er überrascht von der Menschenmenge, die sich in dem kleinen Gotteshaus drängte. Und dann die Stimmen. Er hatte immer geglaubt, daß Stillschweigen zum Gottesdienst gehörte. Aber die Spannung der Menschen schien so groß zu sein, daß sie dieses Gebot nicht zu erfüllen vermochten.

Er sah auf seine Uhr. Bis zum Beginn der Messe waren es noch sechzehn Minuten. Wären sie später gekommen, sie hätten überhaupt keinen Einlaß mehr gefunden.

Sue tauchte ihre Finger in das Weihwasserbecken, sie bekreuzigte sich und forderte Ben auf, das gleiche zu tun. Der Junge vollzog das Ritual nach, langsamer, feierlicher als seine Mutter. Es gab einen Mann, der als Ordner fungierte, er bedeutete Fenn, Sue und Ben, zu dem Seitenschiff zu gehen und sich zu jenen zu gesellen, die in den Bänken keinen Platz mehr gefunden hatten. Fenn dachte nicht daran, sich an die Einweisung zu halten, er würde das Geschehen in der Kirche von einem ganz bestimmten Aussichtspunkt verfolgen. Er ergriff Sue am Arm und führte sie nach rechts. Dem Ordner klappte der Mund auf, er wollte etwas sagen, aber dann entschied er sich zu schweigen, die Sache war keinen Streit wert.

Sue war überrascht, als Fenn sie zu der Stelle führte, wo sie an dem ersten Sonntag gestanden hatten. Es gab ein paar mißbilligende Blicke aus den Reihen der Wartenden, als sich die drei ihren Weg durch das Gedränge bahnten, Ben hielt sich am Mantel seiner Mutter fest, und dann erreichten sie das rechte Seitenschiff. Sue sah, wie Fenn sich auf die Zehen stellte, er hielt wohl nach Alice Pagett Ausschau, von der er annahm, daß sie wieder unter der Marienstatue sitzen würde. Er konnte nicht feststellen, ob sie sich wirklich dort befand, die Menschen, die dichtgedrängt im Seitenschiff standen, behinderten seinen Blick. Und dann bemerkte Sue die zahlreichen Rollstühle, die in den Gängen standen. Mitleid und Liebe für die Leidenden durchströmte sie bei diesem Anblick, ihr war zum Weinen zumute und sie wußte, sie war nicht die einzige in der Kirche, die so fühlte. Zugleich spürte sie eine Vorahnung, eine Empfindung, in der sich Freude und Angst mischten.

Immer noch hatte Sue Zweifel, ob sich bei Alice eine Wunderheilung vollzogen hatte oder ob es sich um eine Genesung handelte, die medizinisch zu erklären war. Sie hoffte von ganzem Herzen, daß es ein Wunder war. Nach Jahren, die sie in einer spirituellen Einöde verbracht hatte, war so etwas wie Erleuchtung über sie gekommen. Im Umkreis dieser Kirche war sie Zeuge eines außerordentlichen Ereignisses geworden, ob man das nun ein Wunder nennen konnte oder nicht. Ihr Glaube war gestärkt worden, ebenso wie der Glaube der vielen Menschen, die sich heute mit ihr in der St.-Josephs-Kirche befanden. *Glaube.* Wie Weihrauch schwebte die Hoffnung auf die Gnade des Himmels durch das Kirchenschiff.

Sie zog ihren Sohn Ben an sich und liebkoste ihn. Sie kuschelte sich an Fenn und ließ ihn spüren, daß sie ihn liebte.

Fenns Hand begann zu zucken, und Sue spürte, wie der Strom aus Liebe und Mitleid, der ihre Seele erfüllte, blockiert wurde. Fenn war der Mann, der sich inmitten der Gläubigen den Blick für die Wirklichkeit bewahrte. Für *seine* Wirklichkeit. Er schien kein Gefühl zu haben für das, was sich in den Herzen der Menschen entfaltete. Sie spürte die Verachtung, die er für die Gläubigen empfand. Er war nur hier, weil er vielleicht eine Story mit nach Hause nehmen würde. Und Sue hatte gedacht, er sei mit ihr gekommen, weil er sie liebte. Als er ihr jetzt die Hand entzog, begann sie zu verstehen, daß sie zwei ganz verschiedene Menschen waren. Fenn war ein Mensch, der nie *glauben* würde. Glauben war für ihn nichts als ein Hindernis auf dem Weg zur Erfüllung seiner ichbezogenen Ziele. In diesem Augenblick verachtete sie ihn.

Er sah sie erstaunt an, als er die Feindseligkeit spürte, die jetzt von ihr ausging. Er schien verwirrt. Sue blickte in eine andere Richtung. Sollte er sich doch den Kopf zerbrechen, was mit ihr los war.

Immer mehr Menschen strömten in die Kirche, so daß jene, die sich bereits dort befanden, zusammenrücken mußten. Wie an jenem ersten Sonntag versuchte Fenn, einen Blick auf die erste Bankreihe zu erhaschen, aber die Leute standen so dichtgedrängt, daß er nichts erkennen konnte. Das Hochgefühl, das beim Betreten des Kirchengeländes über ihn gekommen war, begann abzuebben. Das Warten schlug auf seine Stimmung ebenso wie die drangvolle Enge, die im Gotteshaus herrschte. Prüfend betrachtete er die Gesichter der Menschen, die neben ihm standen. Kamen die Besucher dieses Gottesdienstes alle aus dem Ort, oder hatte sich das Gerücht von Alices Heilung auf die ganze Gegend ausgebreitet? Fenn erkannte ein paar Gesichter wieder, mit diesen Menschen hatte er gesprochen an dem Tag, als Alices Heilung geschah. Und dann blieb sein Blick an einem Profil hängen, das ihm besonders vertraut vorkam. Das war ja Southworth, der Hotelbesitzer. Ob Tucker, der Dicke, ebenfalls erschienen war? Fenn konnte ihn nirgends ausmachen.

Die Türen der Kirche wurden geschlossen, zum Mißvergnügen jener, die sich draußen, vor dem Portal, drängten. Und dann ging ein Raunen durch das Kirchenschiff, die Köpfe wandten sich einem hageren, schwarzgekleideten Mann zu, einem sechs Fuß großen Geistlichen, der in der ersten Bankreihe gesessen hatte und nun aufgestanden war und den Mittelgang entlangkam. Der Mann wirkte sehr dünn, aber der Ausdruck in seinem Gesicht verriet Stärke. Die Stirn war hoch, die Nase ausgeprägt. Die Farbe seiner Haut ließ ahnen, daß er eine Krankheit hinter sich hatte, und doch blieb die Ausstrahlung von innerer Kraft, von unbeugsamer Energie erhalten.

Als der Geistliche am Ende des Mittelgangs angekommen war, hob er die Hand, als wollte er sich einen Weg durch die Menge bahnen, die sich vor dem Portal drängte. Fenn war überrascht, wie groß die Hände dieses Mannes waren, und auch die Gläubigen schienen beeindruckt von seinen Händen, sie teilten sich in zwei zurückflutende Wogen, wie sich einst das Rote Meer vor Moses geteilt hatte. Der Journalist fragte sich, wer dieser Mann war und warum er zu diesem Gottesdienst gekommen war. Und dann sah er, wie das Portal der Kirche geöffnet wurde, beide Türen wurden aufgestoßen, ungeachtet der Kälte, die von draußen hereinströmte. Der Geistliche kam den Mittelgang zurück, so daß Fenn Gelegenheit hatte, sein Gesicht aus der Nähe zu studieren.

Der Blick war auf den Boden gerichtet, die Lider wirkten schwer. Das Kinn war gut ausgebildet, aber nicht bärbeißig. Über die Stirn zogen sich tiefe Falten, und es gab ähnlich tiefe Falten in den Augenwinkeln. Die Augenbrauen, grau wie das Haar, waren zwei volle, buschige Bögen, die Augenhöhlen waren in ein geheimnisvolles Dunkel getaucht. Der Geistliche vollzog einen Kniefall vor dem Kruzifix, dann nahm er wieder seinen Platz in der vordersten Bank ein. Fenn hatte das Gefühl, einem magnetischen Sturm beigewohnt zu haben. Während der hagere Mann durch die Kirche ging, war es mäuschenstill in der Gemeinde gewesen. Jetzt, nachdem die beeindruckende Gestalt in der Menge verschwunden war, begannen die Leute wieder zu flüstern.

Vom Vorplatz der Kirche schoben sich die Wartenden herein; es gab drei Ordner, die den Menschenstrom zu leiten versuchten. Fenn betrachtete das alles mit gespannter Aufmerksamkeit, inzwischen bereute er, daß er in den Wochen nach Alices Heilung keine Zwischenberichte im *Courier* gebracht hatte. Ganz offensichtlich war die Gegend von der Hoffnung auf ein neues Wunder infiziert, die Erwartungen der Menschen schienen heute und hier einen Höhepunkt anzusteuern. Den Dreifachsalto vorwärts haben wir gesehen, dachte Fenn. Mal sehen, ob der liebe Gott einen Vierfachsalto rückwärts schafft. Das war ja wohl auch der Grund, warum die Leute ihre Kranken herangeschafft hatten. Letztes Mal, das soll ja eine tolle Vorstellung gewesen sein, ich bin gekommen, weil ich mal sehen wollte, ob für mich was drin ist. *Oder:* Sorry, ich hatte bei der letzten Vorstellung keine Zeit, könnten Sie's bitte wiederholen?

Fenn wußte bereits, wie er die Story schreiben würde. In seinem Bericht würde von Leichtgläubigkeit die Rede sein, von Aberglauben und Geiz, von Doppelzüngigkeit. Bei seinem Treffen mit Southworth und Tucker, deren Motive auf eine kommerzielle Ausbeutung hinausliefen, hatte er einen klaren Beweis bekommen, was sich hinter den Gerüchten verbarg. Die beiden hatten ihn für den geplanten Werbefeldzug einspannen wollen. Er hatte sich ihnen verweigert. Sie würden es noch einmal versuchen. Und hatte die katholische Kirche nicht auch Schuld an dem Rummel? Was hatte die Kirche getan, um die Gerüchte von einer Wunderheilung zum Schweigen zu bringen? Hatten die Kirchenleute die Gläubigen in ihren Hoffnungen vielleicht noch bestärkt? Fenn überkam so etwas wie grimmige Genugtuung. Sein Bericht würde ein Musterbeispiel für Aufdeckungsjournalismus werden. Keine weltbewegende Story, aber doch kontrovers genug, um die Auflage in die Höhe zu treiben. Aber dann glitt sein Blick zu Sue, und leise Gefühle der Schuld schoben sich zwischen seine Überlegungen.

Sie hielt den Kopf gesenkt. Sie betete. Ihre Hände ruhten auf Bens Schultern. Der Junge war ungewöhnlich ruhig, er schien in Gedanken versunken.

Fenn war wie vor den Kopf gestoßen von dem, was er da sah. Sue war alles andere als naiv, was die Dinge der Religion anbetraf. Wie kam es zu dieser Änderung in ihrem Verhalten? Was hatte diese junge Frau in die Arme der Kirche zurückgetrieben? Wie würde sie auf den Artikel reagieren, den er zu schreiben plante? Es gelang ihm, das Schuldgefühl abzuschütteln: Vielleicht würde sie beim Lesen seines Berichtes wieder zur Vernunft kommen. Er hoffte das sehr, denn für ihn, den leidenschaftlichen Journalisten, gab es keinen Weg zurück. Das Thema war zu verlockend, er würde die Story schreiben.

Das Glöckchen bimmelte. Jene, die einen Sitzplatz hatten ergattern können, standen auf, und jene, die einen Stehplatz hatten, richteten ihren Blick in erwartungsvoller Andacht nach vorn. Zur Linken des Altars hatte sich eine Tür geöffnet. Die Orgel setzte ein, die Menschen räusperten sich und begannen zu singen.

Der Priester erklomm die Stufen zum Altar und wandte sich zur Gemeinde. Fenn war etwas schockiert, denn Pater Hagan sah ganz verändert aus. Er schien gealtert. Seine Augen leuchteten wie die Augen eines Verhungernden, und die Haut spannte sich wie Pergament über die Jochbögen. Der Priester leckte sich die Lippen, sein Blick huschte über die Gemeinde, als wollte er die Menschen rügen, daß sie so zahlreich erschienen waren. Hagans Meßgewand war kein Schutzschild mehr; im Gegenteil, es zeigte, wie zerbrechlich dieser Mensch war.

Fenn lehnte sich zu Sue, er wollte eine Bemerkung machen, wie verändert Pater Hagan war, aber dann sah er, daß Sue viel zu vertieft in den Gottesdienst war, als daß sie ihm Beachtung schenkte.

Während der Messe – sie kam Fenn fürchterlich lang vor – studierte er Pater Hagans Antlitz. Allmählich wurde ihm bewußt, daß die Veränderung nicht so drastisch war, wie er zunächst den Eindruck gehabt hatte. Vielleicht sah er das nur so, weil er den Mann lange nicht gesehen hatte.

Friede sei mit Euch. Die Gläubigen reichten sich die Hand, und Fenn reichte Sue die seine. Sie maß ihn mit einem kalten Blick, bevor sie ihm ihre Hand gab. Und dann streckte sich ihm Bens kleine Hand entgegen.

»Friede sei mit dir, Ben«, flüsterte Fenn. Sein Blick wanderte zu Sue, aber die hatte nur Augen für den Priester.

Die Messe ging weiter. Jene, die zur Kommunion gehen wollten, bildeten eine lange Schlange. Menschen auf Krücken humpelten nach vorn. Kranke in Rollstühlen wurden zum Priester geschoben, der die Oblaten austeilte. Fenn dauerten diese Menschen, und er bemitleidete sie um so mehr, als er sicher war, daß ihr Glaube ausgebeutet wurde. Es gab Kinder in der Schlange, Kinder von sieben Jahren und ältere. Sie verstanden nicht, was dort vorn vor sich ging, aber das Geschehen erfüllte sie mit Erwartungsfreude. Die Augen waren groß und glänzend. Es gab einen Siebzehnjährigen, der zum Altar geführt wurde, er bewegte sich wie ein Fünfjähriger. Ein Schwachsinniger, der von seiner Mutter begleitet wurde. Auf dem Gesicht der Frau spiegelte sich ein einziger Gedanke: Hoffnung.

Pater Hagan maß die Menschen, die sich zu ihm drängten, mit einem Blick des Zorns. Fenn mußte ihm in Gedanken recht geben. Er verstand, was der Priester angesichts des Rummels empfinden mußte. Inzwischen war er überzeugt, daß Pater Hagan nichts getan hatte, um den Aberglauben dieser Menschen anzufachen. Ihm war die Leichtgläubigkeit der Kranken und ihrer Angehörigen ganz offensichtlich widerwärtig.

In der Reihe, die mit langsamen Schritten nach vorn schlurften, befanden sich ein paar Nonnen. Das Lied war verklungen, nur noch das Schleifen der Schuhsohlen auf dem Steinboden und das Husten der Gemeinde war zu hören. Jene, die von der heiligen Kommunion zurückkehrten, benutzten die Seitengänge, sie mußten ihre Ellenbogen benutzen, um sich durch die Menge zu drängen. Vor Fenn erschien die Gestalt eines kleinen Jungen. Er erschrak, als er die mit höckrigen Warzen übersäte Hand des Kleinen an seinem Arm spürte. Ein krankes Kind wurde durch den Mittelgang getragen, die Beine dieses Jungen waren in eine dicke Wolldecke gehüllt. Es war der Junge, der Fenn auf dem Vorplatz aufgefallen war. Der Reporter sah, wie der Kranke seine Lippen öffnete, um die Hostie zu empfangen. In den Augen des spendenden Priesters stand frischer Schmerz geschrieben.

Die Schlange der Wartenden schien kein Ende zu nehmen. Zweimal geriet die Prozession ins Stocken, Pater Hagan hatte den Kelch mit neuen Oblaten füllen müssen, und dann kam der Augenblick, als der Vorrat endgültig zur Neige ging, der Priester mußte die Kommunion abbrechen. Jene in der Schlange, die nichts bekommen hatten, gingen enttäuscht auf ihre Plätze zurück. Fenn empfand Schadenfreude. Die Leute machten das gleiche traurige Gesicht wie Gäste in einem Pub, wenn das Bier zu Ende war.

Kurz darauf war die Messe zu Ende. Die Leute in der Kirche sahen sich an, als hätten sie noch eine Dreingabe, ein besonderes Zauberkunststück ihres Seelenhirten, erwartet. Aber Pater Hagan und sein weißgewandetes Gefolge verschwanden in der Sakristei, ohne solchen Erwartungen zu entsprechen. Die allgemeine Enttäuschung war fast mit Händen zu greifen. Die Menschen tuschelten, und die Blicke richteten sich auf die Bank, die unter der Marienstatue stand. Bald machte das Wort die Runde: Das kleine Mädchen war nicht da. Alice Pagett hatte an dieser Messe überhaupt nicht teilgenommen. Murrend und knurrend verließ die Gemeinde die Kirche. Die Menschen fühlten sich betrogen, und die Tatsache, daß sie keinen Anspruch auf ein Wunder hatten, vertiefte noch die Frustration.

Fenn wurde von hinausdrängenden Gläubigen zur Seite geschoben. Sue, die zum Gehen bereit war, warf ihm einen fragenden Blick zu.

»Geh du schon vor mit Ben«, sagte er zu ihr. »Wir sehen uns dann am Wagen.«

»Was willst du denn noch hier?«

»Ich will noch mit dem Priester sprechen.«

»Du darfst nicht in die Sakristei gehen, Gerry.« Es klang, als wollte sie persönlich es ihm verbieten.

»Hast du Angst, die werden mich als ewiges Licht verfeuern? Keine Sorge, ich werd's überleben. Ich bin gleich bei euch.«

Noch bevor sie protestieren konnte, hatte er sich an ihr vorbeigezwängt.

Die Bänke hatten sich geleert, er benutzte einen der Zwischenräume, um zum Mittelgang vorzudringen. Er blieb vor der Madonna aus Stein stehen, die Alice Pagett an jenem ersten Sonntag so fasziniert hatte. *Ob ich ein Foto mache? Es ist wohl besser, wenn ich warte, bis keine Menschen mehr in der Kirche sind.*

Er ging auf die Tür zur Sakristei zu. Als er Stimmen hörte, blieb er stehen. In der Sakristei fand eine lautstarke Unterredung statt.

»Ich frage mich, warum die Leute sich von solchen Gerüchten verführen lassen, Monsignore. Was erwarten die sich eigentlich!«

»Beruhigt Euch doch, Pater. Ihr tätet gut daran, wenn Ihr, wie an den anderen Sonntagen auch, vor das Kirchenportal geht und mit den Gläubigen ein paar persönliche Worte wechselt. Wenn Ihr die Gemeinde vor gefährlichem Wunschdenken bewahren wollt, dann beweist den Menschen durch Euer Verhalten, daß alles normal ist.« Es war eine tiefe, selbstsichere Stimme, die das sagte.

Fenn stieß die Tür auf, ohne anzuklopfen. Pater Hagan stand mit dem Rücken zu ihm, der andere Geistliche hatte den Blick auf Fenn gerichtet. Er hielt mitten im Satz inne, so überrascht war er, und dann wandte sich Pater Hagan um. Seine Züge gefroren zu einer Maske, als er Fenn erkannte.

»Was wollen Sie hier?«

Fenn gehörte nicht zu den Menschen, die sich durch ein derartiges Gebaren beeindrucken ließen. Er zauberte ein entschuldigendes Lächeln auf seine Lippen. »Ich wollte Sie um eine kurze Unterredung bitten, Pater Hagan.«

»Sie haben hier drin nichts zu suchen«, fuhr ihm der Priester über den Mund.

Die Meßdiener, die sich gerade ihre Gewänder auszogen, hielten in der Bewegung inne. So kannten sie Pater Hagan gar nicht.

Fenn dachte nicht daran, sich geschlagen zu geben. »Es dauert nicht lange, Pater.«

»Verlassen Sie unverzüglich die Sakristei.«

Das Lächeln des Reporters erstarb. Sie wechselten einen Blick voller Feindseligkeit. Es war dann der ältere Geistliche, der sie aus dem Engpaß, in den sie sich hineinmanövriert hatten, wieder herausführte. »Ich bin Monsignore Delgard«, sagte er. »Was ist denn Ihr Anliegen?«

»Das ist der Reporter«, platzte Hagan heraus, bevor Fenn etwas sagen konnte. »Ihm haben wir den ganzen Aufruhr zu verdanken.«

Der ältere Geistliche nickte ihm freundlich zu. »Dann sind Sie also dieser Mr. Fenn, der Alice auf dem Feld beobachtet hat. Damit hat die ganze Sache ja wohl angefangen. Freut mich sehr, Ihre Bekanntschaft zu machen, junger Mann.« Er reichte ihm die Hand. Der Reporter hatte einen schmerzhaften Händedruck erwartet, aber er sollte sich täuschen. Die Geste war kraftvoll, aber nicht zwanghaft.

»Es tut mir leid, daß ich hier so reingeplatzt bin«, sagte Fenn, und der Geistliche quittierte die Lüge mit einem Lächeln.

»Wir sind hier in einem wichtigen Gespräch, Mr. Fenn. Wenn Sie sich draußen ein paar Minuten gedulden würden.«

»Würden Sie mir bitte sagen, warum Sie heute am Gottesdienst in der St.-Joseph's-Kirche teilnehmen, Monsignore?«

»Nur um Pater Hagan zur Seite zu stehen. Und um die Entwicklung der Dinge zu beobachten.«

»Welche Dinge?«

»Sie haben selbst erlebt, wieviel Menschen heute an der Messe teilgenommen haben. Es wäre albern zu leugnen, daß die Gläubigen dem heutigen Sonntag eine besondere Bedeutung zumessen.«

»Und Sie, Monsignore? Messen auch Sie dem heutigen Sonntag eine besondere Bedeutung zu?« Fenn hatte mit einem Stoß seines Daumens den winzigen Kassettenrecorder in seiner Jackentasche in Gang gesetzt. Die Antwort des Geistlichen wurde aufgezeichnet.

»Sagen wir, ich habe nicht erwartet, daß heute etwas Spektakuläres passieren würde. Ich bin hier, weil ich mich in dieser besonderen Situation um die Gemeinde von Pater Hagan kümmern will, die Leute ...«

»Die Leute dort draußen gehören nicht zur Gemeinde, jedenfalls nicht alle. Es gibt viele, die von weither gekommen sind, um eben diesem Gottesdienst beizuwohnen.«

»Ich bin sicher, daß es so ist«, sagte Pater Hagan kühl, »aber die Leute kommen doch nur, weil Sie, Mr. Fenn, in Ihrer Zeitung einen Bericht voller Übertreibungen und Ungenauigkeiten veröffentlicht haben.«

»Ich habe nur geschildert, was ich gesehen habe«, verteidigte sich Fenn.

»Und dann haben Sie Ihrem Bericht noch Ihre eigenen Spekulationen aufgepfropft. Der Zynismus zwischen den Zeilen ist mir nicht verborgen geblieben.«

»Ich bin kein Katholik, Pater Hagan. Sie können nicht erwarten, daß ...«

»Bitte!« Monsignore hatte sich zwischen die Streitenden gestellt. Er sprach leise, und doch mit großem Nachdruck. »Ich halte es durchaus für sinnvoll, wenn diese Diskussion fortgesetzt wird. Sie, Mr. Fenn, müssen Ihre Fragen beantwortet bekommen, und Ihr, Pater Hagan, könnt nur profitieren, wenn Ihr Euch anhört, wie ein Außenstehender die besonderen Ereignisse um Alice Pagett beurteilt. Ich schlage vor, daß Sie uns jetzt allein lassen, Mr. Fenn. Kehren Sie zu einem späteren Zeitpunkt zurück, dann können Sie sich in Ruhe mit dem Pater unterhalten.«

Es war kein Vorschlag, es war ein Befehl, und der Ton, in dem das gesagt wurde, ließ es dem Reporter ratsam erscheinen, dem Befehl Folge zu leisten. Für die weitere Berichterstattung über den Fall war es besser, wenn er Pater Hagan auf seine Seite brachte. Zumindest sollte er das versuchen. »Wenn ich Sie heute abend besuchen komme, Pater Hagan, könnten Sie mir da eine Stunde Ihrer Zeit einräumen?«

Pater Hagan wollte protestieren, aber Monsignore Delgard kam ihm zuvor. »Sie sind willkommen, Mr. Fenn. Auch wenn das Gespräch länger als eine Stunde dauert.«

Fenn war überrascht. Er hatte gehofft, daß ihm der Pater zwanzig Minuten zubilligen würde, vielleicht eine halbe Stunde. »Einverstanden«, sagte er und grinste. Er ging zur Tür und verließ die Sakristei.

Die Kirche hatte sich bis auf wenige Menschen geleert. Das Innere schien von der Düsternis steigender Schatten erfüllt. Fenn sah hinaus durch die buntverglasten Kirchenfenster, draußen türmten sich schwere Regenwolken. Er ging am Altar vorbei, auf die Madonnenstatue zu. Sie schaute ihn an aus leeren Augen. Sie schien zu lächeln. Die Hände waren ausgestreckt, die Handflächen nach oben geöffnet, Symbol für die Bereitschaft der Heiligen Jungfrau, allen Menschen Trost zu spenden, die zu ihr kamen.

Für Fenn war Maria nur ein Steinblock, eine Skulptur, gut ausgeführt, aber ohne Eigenleben, ohne Seele, ohne Bedeutung auch für sein Denken. Daß die Statue keine Augen hatte, irritierte ihn etwas; was den Ausdruck von Barmherzigkeit anging, der auf ihren Lippen schwebte, nun, das war nicht von Wichtigkeit, ein Steinmetz hatte der Statue diese Züge verliehen.

Er kniff die Augen zusammen, und in diesem Moment bekam die Statue einen Riß. Es war nur ein Haarriß, so dünn, daß er in dem schlechten Licht kaum zu erkennen war, die Linie verlief vom Kinn bis zum Hals. Niemand ist perfekt, dachte Fenn. Auch du nicht, Madonna.

Er griff in die Manteltasche, um seine Pocketkamera herauszuholen, als hinter ihm schnell aufeinanderfolgende Schritte ertönten. Er wandte sich um. Ein junger Bursche, vielleicht fünfzehn oder sechzehn Jahre alt, kam auf den Altar zugelaufen. Er schien Fenn gar nicht zu bemerken. Vor dem Altar angekommen, bog er zur Sakristei ab. Er schlug mit der flachen Hand gegen die Tür und trat ein, ohne eine Antwort abzuwarten.

Fenn eilte ihm nach. Er kam eben noch zurecht um zu hören, wie der Junge sagte: »Alice Pagett ist gekommen, Pater.«

»Aber ich habe der Mutter doch gesagt, sie soll das Kind heute zu Hause halten«, ertönte Pater Hagans Stimme.

»Alice ist auf dem Feld, Pater, sie steht vor dem Baum! Die ganze Gemeinde ist auf dem Feld!«

13

> »Die Zauberkraft ist in mir – die Zauberkraft ist in mir. Sie ist in jedem von uns.«
> Aus Frances Hodgson Burnett: Der geheime Garten

Als Fenn die Sakristei betrat, erhaschte er einen Blick auf die beiden Geistlichen und den Jungen, die drei waren im Begriff, den Raum durch eine zweite Tür zu verlassen. Die Meßdiener standen da wie angewurzelt, so überrascht waren sie. Der Reporter durchquerte den Raum im Laufschritt, er hastete durch die zweite Tür hinaus und fand sich auf dem Gottesacker wieder, der bis an die Rückseite der Kirche heranreichte; die zwei Geistlichen und der Junge liefen den schmalen Pfad zwischen den Gräbern entlang. Er folgte ihnen.

Er änderte seine Richtung, als er die Menschenmenge sah, die diesseits der Mauer stand. Die Leute starrten zum Feld hinüber, aus irgendeinem Grunde zögerten sie, das Feld zu betreten. Etwas abseits gab es einen Bereich an der Mauer, wo keine Menschen zu erkennen waren, Fenn lief auf diese Stelle zu. Er sah, wie sich die beiden Geistlichen einen Weg durch die Menge bahnten. Er streifte beim Laufen einen frisch aufgeworfenen Maulwurfhügel. Das Gras war naß, der Grund glatt. Wenig später war Fenn an der Mauer angelangt. Keuchend kletterte er hinauf. Mit zitternden Händen holte er seine Pocketkamera hervor.

Alice trug einen blauen Regenmantel aus Plastikmaterial, sie stand vor dem Baum und starrte auf die knorrigen Äste, ihr Antlitz war zum Himmel erhoben, der Nieselregen näßte ihre Stirn. Schwere, dunkle Wolken hingen über dem Feld; im Kontrast dazu leuchtete der Horizont als heller Silberstreifen. Die Menschen hielten sich in achtungsvoller Entfernung von Alice, sie standen in kleinen Gruppen beisammen. Immer mehr kamen über die Mauer geklettert. Fenn sah, wie der behinderte Junge, der ihm in der Kirche aufgefallen war, über die Mauer gehoben und zu Alice getragen wurde. Es war der Vater, der ihn trug. Als der Mann in einer Entfernung von fünf Schritten vor dem kleinen Mädchen angekommen war, kniete er nieder und legte seinen Sohn auf den Boden. Der Junge war in eine dicke Decke gewickelt.

Als nächstes wurde ein Mädchen zu Alice geführt. Fenn erkannte sie an ihrer Kleidung wieder, es war das bedauernswerte Geschöpf, das an Veitstanz litt, an unwillkürlichen, unkontrollierbaren Muskelzuckungen.

Noch mehr Menschen drängten nach vorn, die Kranken und ihre Angehörigen, das Feld zwischen den Gruppen füllte sich, die Kranken wurden auf den nassen Boden gelegt, niemand schien sich wegen der Kälte und der Feuchtigkeit Gedanken zu machen.

Fenn schätzte, daß inzwischen dreihundert Personen auf dem Gelände versammelt waren, die meisten befanden sich auf dem Feld, wo sie einen breiten Halbkreis um die Eiche bildeten, die anderen standen jenseits der Mauer.

Er spürte die Spannung, die in der Luft lag. Er hätte schreien mögen. Es war ein Gefühl, das von einem Menschen auf den anderen übersprang, eine Welle der Hysterie, die irgendwann einen Höhepunkt erreichen würde, um dann in sich zusammenzufallen. Fenn erschauderte.

Er hielt die Kamera auf den Baum gerichtet. Er stand auf der Mauer, so daß er einen guten Überblick über das ganze Feld hatte. Hoffentlich habe ich die Blende richtig eingestellt, dachte er. Er stellte die Entfernung scharf. Es war sehr düster auf dem Feld. Die Kamera hatte zwar einen eingebauten Blitz, aber Fenn zögerte, von dieser Möglichkeit Gebrauch zu machen: vielleicht würde das grelle Licht den Bann aufheben, unter dem die Menschen standen. Und dann ärgerte er sich über seine eigenen Gedanken. Der Bann! Jetzt komm aber mal auf den Boden, Fenn. Auf dem Feld herrschte eine erwartungsvolle Stimmung, vergleichbar der Atmosphäre bei einem Fußballspiel oder bei einem Popkonzert. Nur daß die Leute viel stiller waren als bei einem Fußballspiel oder bei einem Popkonzert.

Er drückte auf den Auslöser. Er fotografierte Alice und den Baum. Dann Alice vor dem Hintergrund der Menge. Dann die Leute, die sich vor der Mauer drängten. Gute Aufnahme. Die Ergriffenheit auf den Gesichtern war klar zu erkennen. Und da war noch etwas. Furcht. Furcht und Hoffnung. Mein Gott, diese Menschen *lechzten* förmlich danach, daß etwas geschah.

Er sah, wie die beiden Geistlichen über die Mauer kletterten, und schoß eine Aufnahme davon. Wenn man das Motiv in Großformat brachte, davor vielleicht Pater Hagans Kopf, dann war das eine fantastische Sache. Noch nie hatte Fenn einen Menschen so von Schmerz und Seelenpein gezeichnet gesehen wie jetzt den Pater.

Die beiden Geistlichen schoben sich durch die Wartenden. Als sie die innere Begrenzung des Halbkreises erreicht hatten, blieben sie stehen. Fenn sprang von der Mauer ins Gras hinab, er ging von der Seite her, einen Bogen schlagend, auf die Eiche zu. Als er bei der wartenden Menge ankam, waren seine Schuhe und seine Hosenbeine durchnäßt, aber das machte ihm nichts aus. Wie alle anderen auf dem Feld, so war auch er von der Gestalt des kleinen Mädchens fasziniert, die unbewegt wie eine Statue vor dem Baum stand. Er konnte Alices Profil erkennen und die Glückseligkeit auf ihren kindlichen Zügen. Die Mutter des Mädchens war da, sie weinte.

Und dann erstarb jedes Geräusch auf dem Feld. Eine unnatürliche Stille senkte sich auf die Menschen hinab.

Nur noch der fallende Regen erinnerte daran, daß die Erde sich weiterdrehte.

Das Zwitschern der Vögel war verstummt, ebenso wie das Blöken der Schafe auf dem angrenzenden Feld. Nicht einmal das Rauschen des Verkehrs von der nahen Landstraße war noch zu vernehmen. Ein Vakuum.

Bis die Brise kam und das Gras teilte.

Fenn zitterte vor Kälte. Er schloß den Kragen des Regenmantels und warf einen nervösen Blick in die Runde. Plötzlich hatte er das Gefühl, die Gegenwart eines unsichtbaren Wesens zu erleben. Natürlich gab es kein solches Wesen, es war nur so eine Vorstellung. Nichts Besonderes war zu sehen. Zu seiner Linken die schweigende Menge, die Mauer, die Kirche; zu seiner Rechten der Baum... Der Baum... Am Fuße des Baumes... Es gelang ihm nicht zu erkennen, was sich am Fuße des Baumes ereignete.

Der Wind – aus der Brise war Wind geworden – zerrte an den nackten Zweigen des Baums, ließ die Äste hin- und herschwingen wie Tentakel, die mit einem Schlag zum Leben erwacht waren. Aus dem Rascheln des Astwerks wurde ein dumpfes Heulen.

Der Wind peitschte die Kleidung der Menschen, die Leute standen aneinandergedrängt, einige hielten ihre Arme dem Wind entgegengestreckt.

Fenn fühlte seine Knie weich werden. Nur mit großer Anstrengung gelang es ihm, sich aufrecht zu halten. Er sah, wie Pater Hagan auf das Mädchen zugehen wollte, aber der andere Geistliche ergriff ihn am Arm und hielt ihn zurück. Fenn konnte nicht verstehen, was die beiden zueinander sagten, er stand zu weit entfernt.

Und dann erstarb das dumpfe Heulen, der Wind legte sich. Der Nieselregen war zu sehen, ein dichter Schleier, der jetzt nicht mehr zur Seite geweht wurde.

Viele Menschen waren niedergekniet, einige bekreuzigten sich.

Alice Pagett hatte ihre Arme zu der Eiche erhoben, ihre Lippen bewegten sich, aber niemand konnte hören, was sie sprach. Sie lachte, ihr kleiner Körper strahlte eine tiefe, innere Freude aus, aber wo sie hinschaute, war nur der Stamm der Eiche, nichts sonst. Und dann stockte den Zuschauern der Atem.

Alice hatte zu schweben begonnen. Ihre Fußspitzen waren eine Handbreit über den Grashalmen.

Fenn blinzelte, er traute seinen Augen nicht. Das war doch nicht möglich. Levitation war ein Trick, den Illusionisten vorführten, nachdem sie auf der Bühne die nötigen Vorkehrungen getroffen hatten. Aber hier war keine Bühne. Es waren keine Vorkehrungen getroffen worden. Es gab auch keinen Illusionisten, nur ein elfjähriges Mädchen. Mein Gott, was ging hier vor?

Fenn fühlte, wie ihn ein Stromstoß durchzuckte, und im gleichen Augenblick wußte er, er war mit den anderen Menschen auf dem Feld innerlich verbunden. Wie die anderen so wurde auch er von dem kleinen Mädchen wie magisch angezogen. Träumte er? Nur ganz vage kam ihm der Gedanke an die Kamera, die in seiner Tasche steckte; aber er hatte nicht die Kraft, er hatte nicht einmal den Wunsch, die Kamera herauszuholen. Er schüttelte den Kopf, aber der Traum, die Halluzination, die telepathische Illusion blieben. Alice Pagett schwebte über dem Feld, unter ihren Füßen zitterten die Grashalme im böigen Wind.

Minuten verstrichen. Niemand wagte sich zu bewegen. Niemand wagte, etwas zu sagen. Um Alice war eine Aura, die man nicht sehen, die man aber sehr deutlich *spüren* konnte. Wäre die Aura sichtbar gewesen, sie wäre leuchtend weiß mit goldenen Rändern gewesen. Das kleine Mädchen verharrte an der gleichen Stelle über dem Feld, sie schwebte, die Arme waren ausgestreckt, die Lippen bewegten sich.

Es gab jetzt nicht mehr viele, die noch standen. Fenns Knie gaben nach, er sank zu Boden.

Er kniete auf dem Feld, eine Hand auf den Boden gestützt, um nicht das Gleichgewicht zu verlieren. Die beiden Geistlichen gehörten zu den wenigen, die noch nicht knieten. Sie schienen verwirrt und bestürzt.

Fenn wandte den Kopf. Er sah, wie Alice zu sinken begann, die Füße drückten das Gras auseinander, und dann berührte sie den Boden. Sie sah die Menschen an und lächelte.

Es war in diesem Augenblick, als die Wunder geschahen.

Ein kleiner Junge kam zu Alice gelaufen, er zeigte ihr seine Hände, die nichts als grauschwarze Fleischklumpen waren. Er fiel vor Alice nieder und erhob die Hände über den Kopf, so daß die Menschen sehen konnten, wie häßlich und mißgestaltet sie waren. Die Mutter des Jungen hatte versucht, ihm zu folgen, sie war vom Vater zurückgehalten worden.

Das Mädchen lächelte dem Knaben zu, und die schwärzlich schimmernden Warzen auf seinen Händen begannen zu schmelzen.

Die Mutter stieß einen Schrei aus, sie riß sich von ihrem Mann los und eilte zu ihrem Jungen, sie riß ihn an sich und liebkoste ihn, die Tränen rannen ihr über die Wangen.

In der Menge wurden Stimmen laut. Aller Augen wandten sich zu dem behinderten Mädchen, das inmitten ihrer Familie auf dem Feld kniete. Das Zucken der Gesichtsmuskeln hatte aufgehört. Das Mädchen erhob sich. Mit langsamen Schritten, ohne zu schwanken, ging sie auf den Baum zu; sie hielt inne, um ihre Arme und Beine zu betrachten. Ihre Gliedmaßen gehorchten ihr, als sei es immer so gewesen. Ein Ausdruck der Heiterkeit war auf ihr Gesicht getreten. Sie ging weiter. Vor Alice Pagett angelangt, kniete sie nieder und begann zu weinen.

Ein Mann kam auf den Baum zugetaumelt, seine Augen waren vom grauen Star getrübt. Die Menschen wichen zur Seite, bildeten eine Gasse für ihn, es gab welche, die ihn am Arm ergriffen und ein paar Schritte führten, andere knieten da, ins Gebet vertieft, sie beteten für die Heilung dieses Kranken.

Er fiel zu Boden, noch ehe er Alice erreichte. Er lag da und schluchzte, und zugleich wich die Trübung aus seinen Augen, zum erstenmal seit fünf Jahren konnte der Mann wieder Farben sehen.

Ein junges Mädchen – sie hatte im gleichen Krankenhaus gelegen wie Alice, und ihre Eltern hatten neue Hoffnung geschöpft, als sie von Alices Heilung erfuhren – fragte ihre Mutter: »Warum weint der Mann?« Die Frage war nicht klar zu verstehen, aber für die Mutter waren es die schönsten Worte, die sie je gehört hatte, ihre kleine Tochter hatte in den sieben Jahren ihres Lebens noch keinen einzigen Ton hervorgebracht.

Viele in der Menge waren zusammengebrochen, andere lehnten kraftlos an den Schultern ihrer Angehörigen und Freunde, wie Marionetten, denen man die Fäden abgeschnitten hatte. Fenns Blick irrte von dem Mädchen zur Menge, von der Menge zu dem Mädchen, von dem Mädchen – zu dem Baum...

Fenn ließ den Blick über die gebückten Gestalten wandern. Der Junge, der von seinem Vater auf den bloßen Erdboden gelegt worden war, hatte sich aufgesetzt; seine Augen leuchteten. Er schob die Decke, mit der man ihn umhüllt hatte, zur Seite. Hände streckten sich ihm entgegen, um ihm aufzuhelfen. Er brauchte keine Hilfe mehr. Er stand auf zu seiner vollen Größe, schwankte auf den Beinen wie ein neugeborenes Lämmchen. Er kam auf Alice Pagett zugewankt, und dann eilten sein Vater und ein anderer Mann zu ihm und stützten ihn. Er ging weiter, ging aus eigener Kraft. Erst als er nur noch wenige Schritte von dem kleinen Mädchen entfernt war, ließ er sich wieder auf die Knie sinken. Sein Vater kniete hinter ihm, er hatte die Hände auf die Schultern des Knaben gelegt.

Andacht und Verehrung spiegelten sich in den Augen der beiden.

Fenn war so verblüfft, daß er sich kaum zu rühren wagte. Er spürte, wie die Kraft in seine Glieder zurückkehrte. Mein Gott, was war geschehen? Was er gesehen hatte, war einfach unmöglich!

Er sah zu den beiden Geistlichen hinüber, einer trug Schwarz, der andere trug das Meßgewand aus grünem und gelbem Tuch, unter dem Meßgewand ein weißes Hemd. Pater Hagan war auf die Knie gefallen, der Monsignore folgte seinem Beispiel. Fenn war nicht sicher, ob die beiden die gleiche Schwäche verspürten, die ihn in die Knie gezwungen hatte. Möglich, daß sie dem Mädchen mit dieser Geste ihre Verehrung bekunden wollten. Pater Hagan barg sein Gesicht in den Händen, seine Gestalt schwankte vor und zurück, vor und zurück. Monsignore Delgard konnte nur noch auf das Mädchen starren, das dort auf dem Feld stand, auf die kleine Gestalt, die sich unter dem drohenden Schwarz des Baumes wie eine winzige, verletzliche Eisblume ausnahm.

14

> *»Sie ist so gut wie ein kleines, fettes Lamm; wie soll die schmecken!« Und dann zog sie ihr blankes Messer heraus, das glänzte, daß es gräßlich war.*
> Aus Andersens Märchen: Die Schneekönigin

Riordan schüttelte müde den Kopf. *Es machte keinen Sinn.* In den achtunddreißig Jahren, die er nun als Bauer arbeitete, hatte er so etwas noch nicht erlebt. Er gab seinen Arbeitern das Zeichen, mit dem Aufladen der kleinen Kadaver zu beginnen.

Der Tierarzt kam zu ihm und sah ihn an. Er sagte kein Wort. Riordan hatte ihn in der frühen Morgenstunde zu Hilfe gerufen. Als er eintraf, hatte er sofort gesehen, daß er zu spät kam. Nicht einmal die Lämmchen, die er aus den Bäuchen der verendeten Muttertiere herausoperierte, hatten überlebt. Es gab keine Erklärung für das Phänomen. Warum starben sie alle zur gleichen Zeit? Er wußte von den Ereignissen, die sich am Tag zuvor auf dem Feld nebenan abgespielt hatten. Denkbar, daß sich die Unruhe, die die Menschen dort erfüllte, den Tieren mitgeteilt hatte. Andererseits, die trächtigen Schafe waren auf einer Koppel eingefriedet gewesen, die sich weit weg von der Eiche befand. Die Männer hatten Schaufeln, mit denen sie die toten Lämmchen auf die Ladefläche eines Lastwagens warfen. Die toten Muttertiere wurden bei den erstarrten Läufen gepackt und auf den Wagen gehievt.

Riordan sah zur Kirche hinüber. Er fragte sich, wieso die Menschen einen so bösartigen Gott anbeteten. Die Arbeit auf dem Lande war hart. Es gab Mißernten. Es gab Tiere, die krank wurden, und solche, die an der Krankheit starben. Aber wer hätte gedacht, daß es so etwas gab? Wie man es auch drehte, es machte keinen Sinn.

Er wandte der Kirche den Rücken und sah dem schwerbeladenen Lastwagen nach, der sich gerade in Bewegung gesetzt hatte.

Zweiter Teil

> »Ob ich am Ende heute nacht ausgewechselt worden bin? Also,
> wie steht es damit – war ich heute morgen beim Aufstehen
> noch dieselbe? Mir ist es doch fast, als wäre ich mir da ein
> wenig anders vorgekommen. Aber wenn ich nicht mehr dieselbe
> bin, muß ich mich doch fragen: Wer in aller Welt bin ich denn
> dann? Ja, das ist das große Rätsel!«
>
> Aus Lewis Carroll: Alice im Wunderland

15

> »Als ich noch Märchen las, da dachte ich immer,
> so etwas gibt es gar nicht, und jetzt bin ich
> auf einmal selbst in einem Märchen!«
>
> Aus Lewis Carroll: Alice im Wunderland

»Guter Gott, seid Ihr etwa krank, Andrew?«

Bischof Caines sah den Priester aus großen Augen an, er war zutiefst beunruhigt über die Veränderung, die mit dem Pater vorgegangen war. Der Mann hatte schon krank ausgesehen, als er sich vor wenigen Wochen mit ihm unterhalten hatte. Seitdem hatte sich sein Zustand rapide verschlechtert. Bischof Caines ergriff den Priester bei der Hand, er deutete auf einen Lehnstuhl, der vor seinem Schreibtisch stand. Pater Hagan nahm Platz. Der Bischof warf Monsignore Delgard einen fragenden Blick zu, aber der Monsignore verzog keine Miene.

»Ein Gläschen Brandy wird Ihnen guttun.«

»Nein, danke, mir geht's gut«, wehrte Pater Hagan ab.

»Unsinn, ein Brandy bringt Euch wieder zu Kräften. Peter, möchten Sie auch einen?«

Delgard schüttelte den Kopf. »Ich trinke lieber eine Tasse Tee«, sagte er zu der Sekretärin des Bischofs, die sie hineinbegleitet hatte.

»Aber natürlich«, sagte Bischof Caines. »Tee.« Er kehrte zu seinem Sessel hinter dem Schreibtisch zurück. »Für mich einen Brandy *und* einen Tee, Judith. Ich kann's brauchen.« Er lächelte ihr freundlich zu. Judith verließ den Raum. Das Lächeln auf Bischof Caines' Lippen erstarb, kaum daß sich die Tür geschlossen hatte.

»Ich mache mir sehr große Sorgen, meine Herren. Ich hätte es für sinnvoller gehalten, wenn Sie bereits gestern zu mir gekommen wären.«

Monsignore Delgard war an das bleiverglaste Fenster getreten, er sah auf den mit einer hohen Mauer eingefriedeten Garten hinaus. Die schwache Februarsonne spielte auf dem Rasen. In der vergangenen Nacht und auch tagsüber, bis in den Nachmittag hinein, hatte es geregnet, und die Sonnenscheibe sah aus, als hätte sie sich immer noch nicht von dem Wolkenbruch erholt. Der Monsignore wandte sich um und heftete seinen Blick auf die stattliche Gestalt des Bischofs.

»Das war leider nicht möglich.« Er sprach leise, und trotzdem füllten seine Worte den dunkelgetäfelten Raum. »Wir konnten die Kirche nicht verlassen, Bischöfliche Gnaden. Nicht nach dem, was passiert war.«

Bischof Caines sagte nichts. Er hatte Monsignore Delgard mit der Aufgabe bedacht, über den jungen Priester und seine Kirche zu wachen. Es war wichtig, daß sie die Situation, die sich aus den Erscheinungen dieses Mädchens entwickelte, unter Kontrolle behielten. Peter Delgard war ein Geistlicher, der Erfahrungen mit paranormalen Phänomenen hatte. Ein ruhiger, besonnener Mann, der seinen Mitmenschen Ehrfurcht einflößte. Der Bischof vertraute auf das Urteil des Monsignore; und zugleich hatte er ein wenig Angst vor dem großgewachsenen Mann.

Delgard war wieder ans Fenster getreten. »Mein Eindruck ist, daß Pater Hagan etwas Erholung braucht«, sagte er.

Bischof Caines betrachtete den Priester, der die Armlehnen des Sessels umklammert hielt. In der Tat: Pater Hagan sah sehr mitgenommen aus, der Schock des Erlebten war wohl zuviel für ihn gewesen. Sein Gesicht war noch grauer geworden; Verzweiflung stand in seinen Augen.

»Pater, Ihr seht sehr erschöpft aus. Ist es wegen der Ereignisse nach dem gestrigen Gottesdienst?«

»Ich weiß es nicht, Bischöfliche Gnaden.« Die Stimme des Paters war nur noch ein Flüstern. »Ich schlafe nicht mehr gut in der letzten Zeit. In der vergangenen Nacht habe ich kein Auge zugetan.«

»Das überrascht mich nicht. Und doch braucht Ihr die Dinge nicht zu düster zu sehen. Vielleicht besteht sogar Grund zum Feiern.«

Der Bischof spürte den Blick des Monsignore auf sich ruhen. »Seid Ihr nicht der gleichen Meinung wie ich, Peter?«

Nach brütendem Schweigen: »Es ist zu früh, um dazu etwas zu sagen.« Er betrachtete Bischof Caines aus Augen, die zuviel sahen. »Was geschehen ist, ist unerklärlich. Fünf Menschen wurden geheilt, Bischöfliche Gnaden, darunter vier Kinder. Es ist vielleicht noch etwas früh, um von einer vollständigen Heilung zu sprechen, aber als ich vor zwei Stunden mit den fünf sprach, waren keine Anzeichen für einen Rückfall zu erkennen, bei keinem von ihnen.«

»Es versteht sich, daß wir von Wunderheilungen erst sprechen dürfen, wenn eine sorgfältige ärztliche Untersuchung den Augenschein bestätigt«, sagte Bischof Caines.

»Es wird viel Zeit vergehen, bis die Kirche, was diese Menschen angeht, überhaupt von Heilungen spricht, geschweige denn von Wunderheilungen«, sagte Delgard. »Die Prozedur bis dahin ist, gelinde gesagt, langwierig.«

»So ist es«, bestätigte der Bischof, »und das ist auch gut so.« Er fand es unangenehm, wie Delgard ihn ansah. »Ich habe gestern abend, nach Eurem Anruf, Kontakt mit dem Erzbischof aufgenommen. Er hat mir aus der Seele gesprochen, als er sagte, daß wir in dieser Angelegenheit mit großer Behutsamkeit vorgehen müssen. Die römisch-katholische Kirche darf sich in England nicht lächerlich machen. Der Erzbischof wünscht einen ausführlichen Bericht, bevor irgend etwas an die Medien geht.«

Pater Hagan schüttelte den Kopf. »Ich fürchte, das haben wir nicht in der Hand, Bischöfliche Gnaden. Gestern war wieder der Reporter dabei, dieser Gerry Fenn. Ich habe noch keine Gelegenheit gehabt, mir die Frühausgabe des *Courier* anzusehen, aber Ihr könnt versichert sein, daß dort in großer Aufmachung über die Sache berichtet sein wird.«

»Fenn war da? Guter Gott, dieser Mann scheint ja ein unglaublich feines Gespür zu haben, wann etwas für ihn zu holen ist.«

»In diesem Falle nicht«, warf Delgard ein. »Schon seit Tagen ging in Banfield das Gerücht um, daß Alice wieder eine Erscheinung haben würde.«

»Ich habe ihrer Mutter untersagt, das Mädchen wieder in die Kirche zu bringen«, bemerkte Hagan. Judith war eingetreten, sie trug ein Tablett mit Getränken.

»Das war nicht klug«, sagte Bischof Caines, zu dem Pater

gewandt. Er dankte der Sekretärin mit einem Nicken. Er wartete, bis sie den Raum wieder verlassen hatte. »Gar nicht klug. Ihr könnt den Gläubigen nicht verbieten, zur Kirche zu gehen, Pater.«

»Ich dachte, es sei das beste, wenn Alice dem Gottesdienst eine Weile fernbleibt.«

»Am besten für wen?«

»Für sie selbst natürlich.«

Delgard räusperte sich. »Pater Hagan hat sich Sorgen gemacht wegen des Traumas, das die Besessenheit in der Seele dieses Mädchens hinterlassen wird.«

»Das war einer der Gründe. Und der andere ist, ich will nicht, daß aus der St.-Joseph's-Kirche ein Jahrmarkt wird!« Er sagte das mit solcher Schärfe, daß ihn der Bischof und der Monsignore erstaunt ansahen.

Bischof Caines erhob sich mit einem Seufzen. Er ging zu dem Tischchen und kehrte mit einem Glas Brandy zurück. Er reichte das Glas Pater Hagan. »Ich weiß, es ist ein bißchen früh am Tage für ein hochprozentiges Getränk, aber das wird Euch guttun, Andrew.«

Er kehrte zu dem Tischchen zurück, wo das Tablett stand. »Zucker, Peter? Kein Zucker, wenn ich mich recht erinnere.« Er reichte Delgard eine Tasse Tee. Die eigene Tasse und das Glas Brandy stellte er auf seinen Schreibtisch. »Erzählt mir etwas über diesen Reporter, Pater.« Er setzte sich. »Was hat er gesehen?«

Pater Hagan nippte an seinem Glas. Er fand den Geschmack fürchterlich. »*Alles* hat er gesehen. Er war von Anfang an dabei.«

»Die Nachricht hätte so oder so in die Zeitungen gefunden. Wir müssen jetzt unsere Strategie in dieser Angelegenheit festlegen. Wo befindet sich in diesem Augenblick das Mädchen?«

Es war Delgard, der die Antwort gab. »Ich habe veranlaßt, daß Alice Pagett und ihre Mutter für ein paar Tage im Kloster von Banfield Aufnahme finden; dort ist das Mädchen vor Belästigungen durch die Presseleute sicher.«

»War ihre Mutter denn damit einverstanden?«

»Die Mutter des Mädchens ist eine gläubige Katholikin, sie folgt unserem Rat. Bei Alices Vater sieht das schon anders aus. Er wird darauf drängen, daß die Kleine sobald wie möglich wieder aus dem Kloster auszieht.«

»Ist er denn kein Katholik?«

Pater Hagan brachte ein Lächeln zustande. »Ganz sicherlich nicht. Er ist Atheist.«

»Hm, schade.«

Was war schade? fragte sich Delgard. Bedauerte der Bischof, daß der Vater des Mädchens nicht an Gott glaubte, oder bedauerte er, daß der Mann von der Kirche nicht manipuliert werden konnte? Delgard hatte kein besonders gutes Gewissen bei diesen Gedanken, aber er fand, es bestand Anlaß, an den lauteren Motiven des Bischofs zu zweifeln, dieser war ein ehrgeiziger Mann, er war alles andere als unfehlbar.

»Es ist vielleicht ratsam, wenn ich mit dem Kind und seiner Mutter ein persönliches Gespräch führe«, sagte der Bischof. »Wenn Alice wirklich von der Jungfrau Maria gesegnet ist, dann könnte dies Auswirkungen auf die Kirche von England haben.«

»Eine Wiederbelebung der religiösen Begeisterung?« fragte Delgard.

»Tausende und Abertausende würden zum rechten Glauben zurückfinden«, gab der Bischof zur Antwort.

Pater Hagans Blick wanderte von einem zum anderen. »Meint Ihr, St. Josephs könnte zur Wallfahrtskirche werden?«

»Die Antwort liegt auf der Hand«, sagte Bischof Caines. »Wenn das Mädchen wirklich eine Vision der gnadenreichen Jungfrau hatte, werden Pilger aus aller Welt kommen, um am Ort der Erscheinung zu beten. Die Kirche wird damit zum Schrein, und ich muß sagen, ich fände das herrlich.«

»Sicher«, sagte Delgard. »Aber wie ich schon sagte, bevor man von Wunderheilungen sprechen kann, ist ein langwieriger Prozeß zu bewältigen.«

»Darüber bin ich mir völlig im klaren, Peter. Ich werde die Sache jetzt erst einmal bei der Bischofskonferenz zur Sprache bringen. Ich werde dies in der Gegenwart des Apostolischen Nuntius tun, damit ist sichergestellt, daß Seine Heiligkeit der Papst unverzüglich davon erfährt. Die Erscheinungen wären dann bei der nächsten Synode in Rom möglicherweise schon Gegenstand von Diskussionen.«

»Bei allem Respekt, Bischöfliche Gnaden, ich finde, Ihr geht da etwas zu hastig vor«, sagte Pater Hagan. Er hielt sein Glas Brandy umklammert. »Es gibt keinen Beweis, daß Alice wirklich die Heilige Jungfrau gesehen hat, es gibt auch keinen Beweis, daß es sich um Wunderheilungen handelt.«

»Wenn es keinen Beweis gibt, dann müssen wir eben herausfinden, was an der Sache dran ist«, sagte der Bischof. »Ob wir das wollen oder nicht, die Nachricht von den Ereignissen am vergangenen Sonntag wird sich in Windeseile verbreiten. Mich schaudert, wenn ich daran denke, was dieser Fenn daraus machen wird. Fünf Heilungen, Andrew. *Fünf!* Sechs, wenn man Alice Pagetts plötzliche Genesung miteinrechnet. Seid Ihr Euch denn nicht bewußt, welchen Aufruhr das bei den Leuten im Lande verursachen wird, nicht nur bei den Katholiken, sondern bei allen, die an die Macht Gottes glauben? Ob St. Josephs zu einem Heiligtum erklärt wird oder nicht, ist für die Öffentlichkeit unerheblich; die Menschen werden zu Tausenden dorthin pilgern, und sei es aus purer Neugier. Das ist der Grund, warum die katholische Kirche die Situation von Anfang an unter Kontrolle halten muß.«

Pater Hagan schien in sich zusammenzusinken. Der Bischof achtete nicht darauf. »Es gibt viele Präzedenzfälle«, fuhr er fort, »der berühmteste ist natürlich Lourdes. Es gab damals sehr große Widerstände bei den Kirchenbehörden, als es darum ging anzuerkennen, daß Bernadette Soubirous tatsächlich die Jungfrau der Unbefleckten Empfängnis gesehen hat. Es waren dann nicht die Beweise, sondern der Druck der öffentlichen Meinung, was den Ausschlag gab. Die Kirche konnte nicht einfach über die Sache hinweggehen, weil die Menschen, nicht nur die Gläubigen jener Gegend, sondern Katholiken aus aller Welt auf einer Anerkennung des Wunders bestanden. Wißt Ihr überhaupt, wieviel tausend Menschen jedes Jahr zu Unserer Lieben Frau von Aylesford pilgern? Und das, obwohl es keine Beweise gibt, daß dort eine Erscheinung der Jungfrau Maria stattgefunden hat. Niemand in der kirchlichen Hierarchie nimmt im Zusammenhang mit Aylesford das Wort Wunder in den Mund, und trotzdem strömen die Menschen aus aller Welt zu dieser Kirche. Das gleiche gilt für den Schrein in Walshingham. Wenn die Menschen glauben wollen, dann kann sie kein Edikt der Kirche davon abhalten.«

»Ihr plädiert demnach dafür, daß wir Alices Schilderungen Glauben schenken?« kam Hagans Frage.

»Durchaus nicht. Es wird eine genaue Untersuchung geben, bevor wir offiziell etwas verlautbaren. Ich sage nur, daß wir rasch handeln müssen, um die Dinge in St. Josephs unter Kontrolle zu bekommen. Seid Ihr nicht auch dieser Meinung, Peter?«

Der Monsignore sprach langsam und gemessen. »Ich gebe Euch recht, daß die Sache sich von nun an nach ganz eigenen Gesetzen entwickeln wird. Einen Vorgeschmack haben wir gestern bekommen, als sich eine große Menschenmenge in der Kirche zusammenfand. Auch heute früh, noch bevor die Zeitungen ausgeliefert wurden, sind viele Gläubige in die Kirche gekommen. Heute, an einem Werktag! Natürlich bedeutet das nicht, daß wir die Menschen ermuntern werden, an ein Wunder zu glauben.«

»Auf keinen Fall.«

»Wir müssen zuvor mit jedem sprechen, der gestern angeblich geheilt worden ist. Wir werden an die Ärzte dieser Personen herantreten und um Einsicht in die Krankengeschichte der Patienten bitten. Ich denke, die Zustimmung der Patienten selbst wird nicht schwer zu erhalten sein, und wenn wir die erst einmal haben, werden sich die Ärzte nicht sträuben. Ich schlage die sofortige Gründung einer Ärztekommission vor. Es sollte eine Gruppe von Ärzten sein, die unabhängig ist von der katholischen Kirche. Diese Ärzte sollen die Krankengeschichten der sechs Glücklichen, ich schließe Alice natürlich ein, untersuchen. Nach dem außerordentlich großen Beachtung, die das gestrige ...« – die Andeutung eines Lächelns huschte über seine Züge – »... gefunden hat, sehe ich keine Probleme, interessierte Ärzte zu finden. Ich bin sogar überzeugt, es wird auch dann eine Überraschung geben, wenn wir nichts tun.«

Bischof Caines nickte Zustimmung. Er vermied es, den Monsignore anzusehen.

»Und wenn wir dem Vorbild von Lourdes folgen«, fuhr Delgard fort, »dann müssen wir auch so etwas wie eine medizinische Erfassungsstelle bei dem Heiligtum einrichten.«

Bischof Caines konnte seine Begeisterung nicht länger verbergen. »Ja, das fände ich sehr vernünftig. Es hat in der Vergangenheit sehr viele Wunder gegeben, die dann nicht anerkannt worden sind, weil es keine wissenschaftlichen Daten gab.«

»Wir müssen uns darüber klar sein, Bischöfliche Gnaden, daß darin auch eine Gefahr liegt. Wenn vernünftige Gründe für die Heilungen gefunden werden, machen wir uns lächerlich. Das ist überhaupt das Damoklesschwert, das über der katholischen Kirche hängt. Während wir hier sprechen, ist die Wissenschaft dabei, eines der großen Mysterien unserer Religion zu entzaubern, und wenn ihr das gelingt, wird der Glaube von Millionen Schaden nehmen.«

»Ihr denkt an das Grabtuch von Turin, nicht wahr?«

»Ganz recht. Thermographische Untersuchungen, Infrarotspektroskopie, Röntgenografie, das Elektronenmikroskop, chemische Analysen – alle nur denkbaren Methoden sind eingesetzt worden, um die Echtheit des Turiner Grabtuchs zu beweisen, das im Jahre 1356 entdeckt wurde. Keiner der Tests hat eine abschließende Beurteilung ermöglicht. Es versteht sich, daß der Kirche seitens der Wissenschaft großes Mißtrauen entgegenschlägt, nachdem sie eine weitere Untersuchung des Tuches untersagt hat. Mit dem Kohlenstofftest, der alle Unklarheiten ausräumen konnte, hat sich die Kirche nicht einverstanden erklärt.«

»Bei einem solchen Test würde ja auch ein großer Teil des Grabtuchs zerstört werden«, sagte Bischof Caines. »Dazu kann die Kirche nie ihre Erlaubnis geben.«

»Die Untersuchungsmethoden sind inzwischen so verfeinert, daß 25 Milligramm vom Tuch genügen würden. Trotzdem verweigern wir unsere Zustimmung, und die Öffentlichkeit fragt sich, wovor wir eigentlich Angst haben.«

»Um so mehr Grund haben wir, die Untersuchungsergebnisse im Fall des Mädchens an die Öffentlichkeit zu bringen. Wir haben nichts zu befürchten, wenn wir das tun.«

»Ich... Ich glaube, wir machen einen großen Fehler.«

Die beiden wandten sich Pater Hagan zu. Der lehnte sich vor. Er hielt die gespreizten Finger aneinandergepreßt.

»Warum sagt Ihr das, Andrew?« fragte der Bischof.

»Es ist nur so ein Gefühl, Bischöfliche Gnaden. Die Atmosphäre in der Kirche...«

»Habt Ihr auch etwas von der Atmosphäre bemerkt, auf die Pater Hagan anspielt, Peter?« fragte der Bischof.

Delgard ließ einige Sekunden verstreichen, bevor er antwortete. »Nein. Natürlich ist mir die Spannung nicht verborgen geblieben, die gestern in der Kirche herrschte. Aber diese Spannung war von den Gläubigen selbst verursacht. Was die Ereignisse angeht, werden die Wissenschaftler von Massenhysterie sprechen. Vielleicht haben sie recht. Auch ich gehörte zu jenen, die auf dem Feld niederknieten.«

»Vor dem Mädchen?«

»Vor dem Mädchen oder vor dem, was sie symbolisierte.«

»Dann habt Ihr also die Heiligkeit des Mädchens gespürt?«

»Ich bin nicht sicher. Ich erinnere mich nur, daß eine merkwürdige Schwäche über mich kam.«

»Das meinte ich nicht«, sagte Pater Hagan. »Ich wollte nur sagen, daß es in der Kirche sehr kalt ist.«

Der Bischof mußte lachen. »Es ist Winter. Es ist völlig normal, daß es kalt in der Kirche ist.«

»Ich meine nicht die physische Kälte. Und dann verspüre ich die kalte Atmosphäre nicht nur in der Kirche, sondern auf dem Kirchengelände und im Pfarrhaus.«

»Ihr wart unter großem Streß, als wir uns das letzte Mal trafen, Andrew«, sagte Bischof Caines mit gütiger Stimme. »Das war einer der Gründe, warum ich Monsignore Delgard gebeten habe, Euch zu helfen. Und nun muß ich feststellen, daß sich Euer gesundheitlicher Zustand noch verschlechtert hat. Wäre es nicht denkbar, daß Eure angegriffene Gesundheit für das Gefühl der Kälte verantwortlich ist?«

»Das mag sein.«

»Ich verstehe nicht ganz, warum Ihr Euch über die Sache so aufregt. Es sei denn, die Zeitungsberichte gehen Euch auf die Nerven...«

»Nein!«

Der Bischof sah ihn überrascht an.

»Ich bitte um Vergebung, Bischöfliche Gnaden, daß ich die Stimme gehoben habe. Aber es steckt mehr hinter der Sache. Da ist nicht nur die kalte Atmosphäre. Es gibt Dinge, die ich nicht verstehe.«

»Wir sind uns der Problematik des Falles voll bewußt«, sagte Bischof Caines. Er vermied es, den Ärger durchklingen zu lassen, der in ihm aufwallte.

»Ich meine nicht nur die Sache mit Alice Pagett. Es steckt mehr dahinter...«

»Ja, ja, das habt Ihr bereits gesagt. Könnt Ihr nicht genauer erklären, was Ihr überhaupt meint?«

Der Priester ließ sich in den Sessel zurücksinken. Er schloß die Augen. »Ich wünschte, ich könnte das.«

»Dann ist es wohl am besten, wenn...« An der Tür war ein Klopfen zu hören. Der Bischof wurde mitten im Satz unterbrochen.

»Ja, Judith?«

Die Sekretärin steckte den Kopf durch den Türspalt. »Ein Anruf aus London, Bischöfliche Gnaden. Die Redaktion der Zeitung *Daily Mail*. Sie möchten eine Stellungnahme des Bischofs zu den Ereignissen von Banfield.«

»Nun, meine Herren«, sagte der Bischof, »damit steht fest, daß die Geschichte ihren Weg in die überregionalen Medien gefunden hat.« Er wandte sich zu seiner Sekretärin. »Stellen Sie den Anruf zu mir durch. Und danach verbinden Sie mich bitte mit Seiner Eminenz.«

Er nahm den Hörer ab. Delgard fiel auf, daß Pater Hagan die Lehnen seines Sessels umklammert hielt. Die weißen Knöchel schienen durch die bleiche Haut.

16

> *»Ich kann mich nicht erklären, tut mir leid, mein Herr«,*
> *sagte Alice, »ich bin nicht ich, wissen Sie.«*
> Aus Lewis Carroll: Alice im Wunderland

Dienstag, in der Mitte des Vormittags

Southworth goß sich ein Glas Sherry ein. Er goß es bis zum Rand voll. Normalerweise begnügte er sich mit einem halben Gläschen; aber heute war eine Ausnahme, es gab etwas zu feiern.

Der Gemeinderat des Ortes war zu einer Sondersitzung zusammengerufen worden. Thema waren ›die Wunder von Banfield‹ gewesen, die Wunderheilungen. Außerdem gab es Berichte, daß Alice Pagett geschwebt habe. Southworth, der dabeigewesen war, war sich, was diesen Punkt anging, nicht sicher. Seine Sicht war durch die Menschenmenge vor ihm behindert gewesen, aber an die Heilungen glaubte er.

An den Heilungen gab es nichts zu deuten. Gottlob nicht. Daß die fünf Geheilten wirklich krank gewesen waren, war von den Ärzten und vom Krankenhaus bestätigt worden. In drei Fällen handelte es sich um vollständige Heilungen. Zwei Personen waren teilweise geheilt, der Mann, der am Grauen Star gelitten hatte, war noch nicht wieder im Vollbesitz seines früheren Sehvermögens; der verkrüppelte Junge mußte beim Gehen noch gestützt werden.

Southworth nahm einen Schluck aus seinem Glas und ließ den Blick über den Stapel Zeitungen schweifen, der vor ihm auf dem Tisch lag. In der ganzen Welt war über die Heilungen von Banfield berichtet worden. In Banfield wimmelte es von Reportern. Die Tagespresse, die Illustrierten, das Fernsehen – alle wollten die Story. In Banfield war was los! Die Einwohner waren verunsichert. Andererseits, die Welt hatte erfahren, daß es Banfield überhaupt gab, das war schon was! Nicht nur, daß die Leute in Banfield ganz angetan waren, sie waren begeistert! Natürlich gab es ein paar, denen der Wirbel nicht paßte, aber sie waren in der Minderheit. Wie bedeutsam das Ganze für Banfield war, davon hatte man bei der Gemeinderatssitzung am Montagabend eine Ahnung bekommen. Southworth konnte sich nicht erinnern, die anderen Ratsmitglieder so lebendig, so aufgeschlossen gesehen zu haben! Und natürlich waren sie auch sehr zugänglich gewesen, als er die Erschließung der neuen Baugebiete zur Sprache brachte.

Es gab nach der Radiosendung gestern abend und nach den Schlagzeilen heute morgen keinen Zweifel mehr daran, daß St. Joseph's zu einer Wallfahrtsstätte werden würde. Die Veröffentlichungen würden Pilger anziehen, Pilger, Touristen und Neugierige. Southworth vermutete, daß die Kirche Zugeständnisse machen würde. Nicht ausgeschlossen, daß die Geistlichkeit sich ganz hinter Alice stellte. Was konnte der Kirche besseres passieren als ein Wunder, hier und heute, Heilungen, die den Glauben der Menschen stärken würden. Southworth war mit Bischof Caines, dem Bischof der Diözese, persönlich bekannt. Er würde sich mit ihm treffen, um gemeinsame Vorkehrungen zur Bewältigung der Menschenflut zu verabreden, die sich über Banfield ergießen würde.

Eine erste Unterredung mit Bischof Caines hatte bereits an jenem Morgen stattgefunden. Southworth war überrascht gewesen, wie entgegenkommend Caines sich gegeben hatte. Jawohl, der Bischof hatte Verständnis für die Notwendigkeit, daß Kirche und Gemeinderat in den nächsten Monaten zusammenwirken mußten. Bei den Plänen, die der Gemeinderat für eine solche Mitarbeit vorlegen würde, konnten sich die Herren des Wohlwollens der Kirche sicher sein, vorausgesetzt, daß es nicht auf eine billige Ausbeutung des Wunderglaubens hinausließ. Und natürlich mußte die Würde der katholischen Kirche gewahrt bleiben. Southworth war mehr als zufrieden gewesen, als er die etwas schwülstig formulierte Zusicherung vernahm. Er hatte Bischof Caines sofort versichert, daß niemand im Gemeinderat an eine kommerzielle Ausbeutung eines Ereignisses dachte, das schlechterdings als heilig betrachtet werden mußte. Worauf der Bischof ihn mit großem Ernst darauf verwiesen hatte, daß die Kirche noch keineswegs von einem heiligen Ereignis sprechen konnte, nicht zu diesem frühen Zeitpunkt, vielleicht nie.

Bischof Caines hatte dann ein Treffen zwischen den Mitgliedern des Gemeinderats, Monsignore Delgard und Pater Hagan vorgeschlagen. Die beiden würden ihm, dem Bischof, Bericht erstatten, er würde die Sache dann bei der Bischofskonferenz zur Sprache bringen.

Southworth fand das eine glänzende Idee. Es würde sogar zwei Treffen geben. Bei dem ersten würde er sich mit den beiden Kirchenmännern treffen, vielleicht konnte man auch noch Fenn, den Reporter, dazu einladen. An dem zweiten Treffen würde, außer dem Monsignore, dem Pater und Southworth selbst, der ganze Gemeinderat teilnehmen. Auf diese Weise blieb ihm Zeit, im Gemeinderat die Wege zu ebnen. Es gab ein paar Kollegen, die mit ihren Plänen allzu forsch nach vorn preschten. Nicht-Katholiken wie Rodney Tucker zum Beispiel neigten dazu, die Empfindlichkeiten der Gläubigen zu unterschätzen. Die meisten Ratsmitglieder waren alteingesessene Bürger, deren Stammbaum bis ins vierzehnte Jahrhundert zurückreichte, als das Dorf gegründet wurde. Damals hatte der Ort Banefeld geheißen – eine Zufluchtstätte für jene, die der schwarzen Pest entronnen waren, der Geißel Gottes, die in den dichtbesiedelten Gebieten, in den Städten, wütete. Der gute Boden hatte die Siedler reich gemacht. Und als der Ort einmal Gestalt gewonnen hatte, hatte er seinen Charakter bewahrt wie so viele Landgemeinden, die von dem Wechsel, der sich in England vollzog, einfach keine Kenntnis nahmen. In Banfield war nie etwas passiert, was Erwähnung verdiente, vielleicht das eine oder andere Verbrechen im Laufe der Jahrhunderte. Jetzt bot sich dem Ort die Möglichkeit, aus dem Dunkel der Geschichte hervorzutreten. Das hatten die Ratsmitglieder recht gut verstanden, sogar jene, die sich sonst übertrieben konservativ gaben. Die Ereignisse gaben den Menschen die Mittel in die Hand, dem lebenden Leichnam von Banfield neues Leben einzuhauchen.

Alle dachten an den Wohlstand, der über sie kommen würde. Southworth schmunzelte. Er hatte allen Grund dazu.

Mittwoch, am frühen Abend.

Sie zog sich das Laken bis ans Kinn. Sie lag da und starrte an die Decke. Sie wartete darauf, daß er aus dem Badezimmer zurückkehren würde. Eine von Rodneys guten Eigenschaften: er hielt auf Sauberkeit. Er wusch sich vorher, er wusch sich nachher. Was Rodney dachte, war nicht so sauber, aber das störte Paula nicht besonders; ihre eigenen Gedanken waren auch nicht immer ganz jugendfrei.

Sie fuhr sich mit den Fingerspitzen über die Magengrube. Ein angenehmes Gefühl. Paula wußte um die Freuden, die ihr der eigene Körper bereiten konnte. Sie strich sich über die Brustwarzen, es war wichtig, daß sie begehrenswert war für ihren Chef. Sie kniff sich ins Fleisch, bis die Warzen erigierten. Das Rauschen der Toilette war zu hören. Inzwischen war Paula schon etwas ungeduldig. Ich muß die Ruhe bewahren, dachte sie. Heute abend darf ich ihm nicht auf den Wecker fallen. Sie hatte ihm in den vergangenen Wochen schon genügend zugesetzt, heute abend würde sie Gnade vor Recht ergehen lassen. Liebe war angesagt. Paula verstand es, die Waage zu halten zwischen Zuwendung und Abneigung. Rodney mußte Angst haben, sie zu verlieren. Und er mußte Begierde auf sie verspüren, das waren die beiden Pole.

Er war in bester Laune, weil sich seine Pläne gut entwickelten. Das Dorf hatte sich in einen aufgeregten Ameisenhaufen verwandelt. Die Dinge waren in Bewegung geraten, und Tucker war ganz oben auf der Woge, die das Dorf erfaßt hatte.

Paulas Finger glitten in das haarige Gestrüpp ihrer Scham, sie ließ den Mittelfinger in dem überwucherten Spalt verschwinden. Sie hielt den Atem an, so schön war das Gefühl. Es war sehr erregend, mit einem Mann in ein Motel zu gehen. Erniedrigend war das. Die Art von Erniedrigung, wie Paula sie bei der Selbstbefriedigung empfand. Paula hatte eine ganz besondere Vorliebe für dieses Gefühl. Natürlich hätte sie ein Abendessen bei Kerzenlicht vorgezogen, danach eine Liebesnacht in der Suite eines luxuriösen Hotels. Aber wenn's denn kein Dom Perignon und kein Luxushotel sein konnte, ein Gin Tonic und ein Fick im Motel tat's auch.

Sie hörte das Wasser im Waschbecken plätschern und beschleunigte die Bewegung ihres Mittelfingers. Ihr Arbeitgeber war nicht das, was man einen großartigen Liebhaber nennen konnte. Wie oft hatte er das Rennen zum Höhepunkt gewonnen; heute abend würde sie sich einen gehörigen Vorsprung verschaffen. Sie stöhnte auf und schloß die Augen.

Tucker hatte die Tür geöffnet. Er genoß den Anblick. Er mochte es, wenn sie es sich selbst besorgte. Wichtig war nur, daß sie ihn rechtzeitig auf den Zug aufspringen ließ.

Paula war ein verwirrendes Geschöpf. Ihre Launen wechselten von Tag zu Tag. Wenn sie ihn anschrie, dann machte es ihr nichts aus, ob die ganze Belegschaft zuhörte. Schon zweimal hatte sie ihm gedroht, sie würde Marcia einweihen, sie sei es leid, wie eine Schlampe behandelt zu werden. Tucker war ratlos. Wie sollte man eine Schlampe behandeln, wenn nicht als Schlampe?

Gestern und heute allerdings war sie lieb zu ihm gewesen. Sie hatte sich sehr angetan gezeigt von der glücklichen Wendung, die seine Geschäfte genommen hatten. Vielleicht war sie angesteckt von der Karnevalsstimmug, die im Dorf grassierte. Vielleicht erhoffte sie sich auch, daß von dem Segen eine Scheibe für sie abfiel.

Tucker spürte die Erektion seines frischgewaschenen Glieds. Freunde soll man nicht warten lassen, dachte er. Und den schon gar nicht. Er ging zum Bett. Paula schlug die Augen auf. Ihr Mittelfinger fiel aus dem Galopp in einen lockeren Arbeitstrab.

»Macht's Spaß?« fragte er. Er zog sich das Hemd aus, faltete es fein säuberlich und legte es über die Stuhllehne.

»Ich kann's kaum noch erwarten«, sagte sie und zog das Laken zurück. Sie gewährte ihm einen ausgiebigen Blick auf ihre Nacktheit, dann holte sie das Laken wieder ein. »Zieh' dein Unterhemd aus, Liebling«, sagte sie, als er sich an sie kuschelte. Paula mochte es nicht, wenn von seinem Netzhemd ein Gittermuster auf ihren Brüsten zurückblieb.

Er richtete sich auf und zog sich das Unterhemd aus. Sein Bauch geriet ins Schlingern, bevor die Fettberge sich über den Gummiwulst der Unterhose legten. Mein Gott, dachte Paula, das ist ja, als wenn man von einem Wal gevögelt wird.

Er legte ihr die kalten Hände auf die Brüste.

»Warte noch«, sagte Paula. Sie streichelte ihm die Wangen. »Ich habe heute wieder eine kleine Überraschung für dich.«

Tucker stellte die Ohren auf. Er mochte Paulas kleine Überraschungen.

Sie kraulte ihm den Rücken, und Tucker grunzte vor Behagen. Er hörte, wie sie etwas sagte, aber er konnte die Worte nicht verstehen.

»Was?«

»Ob du heute früh mit Southworth zusammengetroffen bist?« wiederholte sie ihre Frage.

Er nickte.

»Und?« fragte sie.

»Und was?«

»Was hat der Gemeinderat entschieden?«

»Verdammt noch mal, darüber möchte ich jetzt nicht sprechen.« Er jaulte auf, als sie ihm ihre Nägel in den Rücken grub.

»Ich interessiere mich eben für alles, was du unter den Händen hast«, sagte Paula.

»Im Augenblick habe ich dich unter den Händen«, sagte Tucker, und wieder ahndete Paula die Bemerkung mit einem Kneifen.

Sie zog einen Schmollmund. »Du verstehst mich nicht, Rod. Ich interessiere mich für deine Geschäfte, weil du ein Mann mit Ideen bist. Du kannst in diesem Ort die Nummer eins werden.«

»Wohl war. Die Weichen sind gestellt.« Er legte sich auf den Rücken. Der Gedanke an Sex wich geschäftlichen Wunschträumen.

»Hat der Gemeinderat die Genehmigung für die Eröffnung einer Filiale gegeben?« fragte Paula.

»Nein, nein, so schnell geht das nicht. Aber die Ratsmitglieder hören jetzt sehr auf das, was Southworth vorschlägt, und das bedeutet, ich kriege im Endeffekt nicht nur eine lausige Filiale genehmigt, sondern einen zweiten Supermarkt, größer als der erste.« Er lachte vergnüglich in sich hinein.

»Dann möchtest du wahrscheinlich, daß ich die Leitung des Stammgeschäftes übernehme«, sagte sie vorsichtig. »Du könntest dich dann ganz um den neuen Laden kümmern.«

»Ähm – ja. Das könnte sein. Es ist aber noch zu früh, um das zu entscheiden, Liebes. Weißt du, wie es derzeit läuft, ist alles möglich.« Sie sah nicht, wie seine Miene sich verfinsterte.

Eben, dachte Paula. Alles ist möglich. Die Touristen würden nach Banfield hereinschwappen wie eine große, warme Woge, sobald die Story von den Wunderheilungen überall herum war. Und Tucker würde ganz vornean stehen, um den Segen und das Geld entgegenzunehmen. Sie, Paula, würde an seiner Seite sein, egal was Marcia Tucker dazu sagte.

Seine finstere Miene verschwand, als er über das Gespräch mit Southworth nachdachte. Der Hotelbesitzer gehörte nicht zu jenen, die leicht mitzureißen waren, aber angesichts der Möglichkeiten, die sich jetzt boten, hatte er seine gewohnte Zurückhaltung aufgegeben. Der Horsham District Council würde in den nächsten Monaten mit Plänen bombardiert werden, die alles Dagewesene in den Schatten stellten. Expansion war eine Notwendigkeit. Schon jetzt drängten sich die Neugierigen in den Gassen, und dabei standen sie erst am Anfang. Auch wenn kein einziges neues »Wunder« passierte, die Legende war geboren. Das hatten die Presseberichte bewirkt.

Tucker schmunzelte. Der Hotelmanager hatte ihm das Zimmer nur überlassen, weil er genau wußte, daß Tucker den Raum schon nach einer oder zwei Stunden wieder freigeben würde, so daß es an einen anderen Gast vermietet werden konnte. Das Motel war ausgebucht. Journalisten und Fernsehleute hatten die meisten Zimmer belegt, den Rest teilten sich die Touristen. Er hatte versprechen müssen, daß er Paula vor zehn hinausbugsierte, zwei Kameraleute aus Holland würden das Zimmer belegen.

»Worüber freust du dich so?« fragte Paula.

»Auf die Dinge, die da kommen, mein Liebling. Banfield wird kopfstehen.«

Es war nicht kalt im Zimmer, trotzdem fuhr Paula ein eisiger Schauder über den Rücken. Sie brauchte ein paar Sekunden, bis sie das merkwürdige Gefühl verdrängt hatte.

»Wirst du dann überhaupt noch Zeit für mich haben, Rod?« Ihre Hand hatte sich in seine Unterhose geschoben.

»Für dich werde ich immer Zeit haben.« Er stöhnte vor Lust, als sie ihm mit einem Ruck die Hose herunterzog. Die Gedanken ans Geschäft waren vergessen, die Begierde kehrte zurück. »He, du hast mir eine Überraschung versprochen.«

Paula setzte sich aufrecht, die Kugeln ihrer Brüste schlugen gegeneinander. Sie neigte sich zur Seite und ergriff eine in Zeitungspapier gewickelte Flasche, die auf dem Nachttisch lag. Sie entfernte das Papier. Tucker mußte grinsen, als er den Inhalt sah. »Hast du mir wieder die Regale leergeklaut?« frotzelte er.

»Ich weiß, daß du mir diesen Diebstahl verzeihen wirst, Rodney. Ich hab's geklaut, weil es Teil meiner kleinen Überraschung ist.«

Sie öffnete den Schraubverschluß und nahm einen kräftigen Schluck. *Crème de menthe* stand auf dem Etikett. Sie gurgelte und ließ die grüne Flüssigkeit über ihren Gaumen rinnen. Sie nahm einen zweiten Schluck und schüttelte sich. Ihre Augen waren halbgeschlossen, als sie die Flasche auf den Nachttisch zurückstellte. Paula sah auf einmal sehr verführerisch aus.

Tuckers Penis zuckte vor Erwartungsfreude. Der Kitzel, wenn ihre Lippen sich um sein Glied schlossen, würde unbeschreiblich süß sein.

Er lächelte, als sich ihr Kopf zu seinen Lenden schob. Alles in allem war es ein guter Tag gewesen.

Donnerstag, früh am Morgen

Alice trug noch ihr Nachtgewand. Sie stand am Fenster und starrte hinaus. Die Sonne stach ihr in die Augen, die Strahlen des Gestirns waren kalt. Die Laken auf der leichten Bettstelle waren zerwühlt, Alice hatte unruhig geschlafen. Es war sehr still im Kloster, denn es war noch sehr früh. Die Sonne war gerade erst aufgegangen. Bald würden sich die Nonnen in dem Raum versammeln, der als Kapelle benutzt wurde. Alices Mutter würde sich mit den Nonnen zum Gebet vereinen, sie würde den HERRN preisen für die Gnade, die ER ihrer Tochter gewährt hatte.

Alices Gesicht war ausdruckslos.

Nur zwölf Nonnen lebten in diesem Kloster. Es war kein richtiges Kloster, nur ein großes Haus, das die Kirche vor zehn Jahren von einem Bühnenschauspieler erworben hatte, der Mann hatte sich zum Abschluß seiner Theaterkarriere in ein sonniges Klima abgesetzt. Die Wände des Hauses waren cremefarben gestrichen, Fensterrahmen und Türen waren weiß. Eine hohe Mauer aus Ziegelsteinen schützte die Nonnen vor der Neugier der Welt, die Zufahrt des Anwesens war mit einem schwarzen Tor, ebenso hoch wie die Mauer, bewehrt. Zu dem Gelände gehörte ein geräumiger Hof, der als Parkplatz für den Morris 1100 und den Minibus, die einzigen Fahrzeuge des Klosters, benutzt wurde. Der Minibus wurde an den Werktagen eingesetzt, um die Kinder des Dorfes zu der vier Meilen entfernten katholischen Schule zu fahren. Die Nonnen unterrichteten in dieser Schule.

Tor und Mauer hatten sich in der vergangenen Woche als Bollwerk gegen die Reporterhunde bewährt. Die Journalisten hatten sehr bald herausgefunden, daß Alice Pagett im Kloster versteckt gehalten wurde.

Das Kloster lag im Süden des Dorfes, in der Nähe einer Straßenbeuge. Die Hauptstraße nach Brighton bog links ab, es gab eine Straße zweiter Ordnung, die geradeaus führte. Es gab eine Ansammlung von Garagen auf der anderen Seite der Hauptstraße, und die Nonnen wußten, daß der Garagenbesitzer die Büros über den Garagen an Fotografen und Fernsehreporter vermietet hatte, die von dort über die Klostermauer hinwegsehen konnten. Die Nonnen konnten wenig dagegen tun. Sie beteten, daß Alice durch den Rummel, der um sie entfacht wurde, keinen Schaden nehmen würde.

Der spartanisch eingerichtete Raum des kleinen Mädchens ging auf den Hof hinaus. Es gab ein schmales Bett, eher eine Pritsche, einen Stuhl, einen Strohteppich und ein Waschbecken. An der Wand hing ein hölzernes Kruzifix. Alice nahm jeden Abend zwei Puppen mit ins Bett, jeden Morgen fand die Mutter die Puppen in der Ecke des Zimmers, auf dem Boden.

Molly Pagett schlief in dem Raum, der sich neben dem Zimmer ihrer Tochter befand. Ihre Augen waren gerötet, weil sie aus Sorge um die Kleine kaum zur Ruhe kam. Seit der wunderbaren Heilung ihrer Tochter schien Molly Pagett um zehn Jahre gealtert. Schon früher war sie eine Frau gewesen, die der Kirche in Demut zugetan war. Inzwischen war die Liebe zur Kirche zur Besessenheit geworden.

Alice stand am Fenster, sie schien die Kälte nicht zu spüren. Sie schien die Vögel nicht zu sehen, die im Hof herumhüpften.

Sie haßte dieses Kloster, das so gar keine Bequemlichkeiten bot. Sie mochte das eintönige Grau nicht, in dem sich die Nonnen kleideten. Sie hatte es mit der Angst zu tun bekommen, als die Ärzte ihr mit Tests und immer mehr Tests zusetzten, sie hatte körperliche Untersuchungen über sich ergehen lassen müssen, und die Männer hatten Fragen über Fragen gestellt. Alice war es leid, die Fragen der Priester und der Nonnen zu beantworten.

Sie wollte fort aus dem Kloster.

Sie wollte die St.-Joseph's-Kirche wiedersehen.

Sie wollte den Baum wiedersehen.

Sie schrak zusammen, als sich auf dem Hof etwas bewegte. Eine Katze war von der hohen Mauer ins Blumenbeet hinabgesprungen. Alice sah ihr nach, wie sie über das Beet und über die feuchten Granitsteine des Hofpflasters schlich. Die Vögel waren aufgeflogen. Die Katze blieb stehen. Sie sah zum Fenster hinauf. Sie bemerkte die weiße Gestalt des Mädchens.

Die Katze setzte sich hin, um das Mädchen zu betrachten.

Alice lächelte, zum erstenmal seit Tagen. Ihre Hand glitt zu dem Fleischläppchen, das sich eine Handbreit unter ihrem Herzen auf der Haut gebildet hatte. Die Ärzte hatten großes Interesse für das merkwürdige Gewächs bekundet. Die Mutter hatte ihnen gesagt, das sei schon immer dagewesen, allerdings sei das Fleischläppchen inzwischen größer geworden. Die Ärzte befanden, das sei nichts, worüber man sich Sorgen machen müßte.

Aber die Stelle juckte, und das Gewächs nahm immer noch an Umfang zu. Alice rieb sich die Haut, sie blickte dabei die Katze an, und ihr Lächeln war nicht mehr das Lächeln eines elfjährigen Mädchens.

17

Im Schlummer vergaß ich meinen Schmerz,
Die Angst verschwand, daß mein Geheimnis ich bewahre.
Sie war ein Wesen ohne Herz,
Sie war von dieser Welt, stahl Tage mir und Jahre.
William Wordsworth

»Mach auf, Sue!«

Fenn legte das Ohr ans Türblatt, um zu lauschen. Er wußte, sie war zu Hause. Wenige Minuten vorher hatte er sie aus der Telefonzelle an der nahegelegenen Straßenecke angerufen. Er hatte grußlos aufgelegt, als sie sich meldete. In der vergangenen Woche hatte er sie zweimal angerufen. Beide Male hatte Sue aufgelegt, sie wollte nicht mit ihm sprechen. Zweimal hatte er sie besuchen wollen, beide Male war sie nicht zu Hause gewesen. Er hatte keine Genugtuung empfunden, als er in der Telefonzelle stand und den Hörer auflegte. Er wollte Sue nicht bestrafen. Er wollte endlich wieder mit ihr sprechen, und zwar von Angesicht zu Angesicht. Er war das Versteckspiel satt. Wenn Sue wirklich Schluß machen wollte mit ihm, nun gut, aber dann sollte sie ihm das ins Gesicht sagen.

Eine arbeitsreiche, erfolggekrönte Woche lag hinter ihm. Der

Courier hatte die Abdruckrechte der Story, die Fenn über ›Die Wunder von Banfield‹ geschrieben hatte, an überregionale Zeitungen in England und an ausländische Zeitungen verkauft, inzwischen lagen der Chefredaktion interessante Angebote vor für Folgeberichte und Interviews. Innerhalb von vier Tagen war er, Fenn, ein Mann der Medien geworden, das Phänomen Alice Pagett war untrennbar mit seinem Namen verbunden, denn er war es gewesen, der aus erster Hand, als Augenzeuge, über die Visionen Alices und über die Wunderheilungen berichtet hatte. Die Artikel hatten in der ganzen Welt Aufsehen erregt. Fenn fühlte sich obenauf, die Sache machte ihm ehrlich Spaß.

Hinter der Tür war das Rascheln ihres Kleids zu vernehmen.

»Ich bin's, Sue.«

Nur Schweigen.

»Komm schon, Sue, ich möchte mit dir reden.«

Die Türkette wurde zurückgeschoben. Die Tür öffnete sich eine Handbreit.

»Es gibt nichts, worüber wir sprechen müßten, Gerry.«

»Ach wirklich? Ist das wirklich deine Meinung?«

»Hast du getrunken?«

»Natürlich hab' ich was getrunken.«

Sie machte Anstalten, die Tür zu schließen. Er stemmte seinen Arm dagegen.

»Sue, laß uns miteinander sprechen. Ich verspreche dir, daß ich innerhalb von zehn Minuten wieder verschwinde.«

Sie schien unentschlossen. Dann zuckten die Augenbrauen in die Höhe. *Komm rein.* Ihr Kopf verschwand. Er stieß die Tür auf und folgte ihr durch den Flur ins Wohnzimmer. Der Raum war aufgeräumt, gemütlich, so wie Fenn es von seiner Freundin gewohnt war. Eine Schirmlampe brannte und verbreitete ein heimeliges Licht. Sue trug einen Morgenmantel.

»Wolltest du etwa schon zu Bett gehen?« fragte er. »Es ist doch erst kurz nach zehn.«

»Sehr spät für einen Besuch«, erwiderte sie. Sie nahm in einem Sessel Platz. Es fiel ihm auf, daß sie um das Sofa herumging wie die Katze um den heißen Brei. Er wollte sich zu ihr auf den Sessel setzen, aber sie deutete auf das Sofa. Er seufzte und gehorchte.

»Du bist ein bekannter Mann geworden«, sagte Sue nach einer Weile.

Er räusperte sich. »Ich hatte Glück, daß ich an Ort und Stelle war, als die Sache passierte. Der Traum jedes Reporters.«

»Und jetzt erntest du die Früchte. Wie schön für dich.«

»Das haben wir doch schon alles durchgekaut, Sue. Ich tue meine Arbeit, das ist alles.«

»Es war nicht ironisch gemeint, Gerry. Ich freue mich wirklich für dich. Und die Folgestories finde ich sehr sachlich geschrieben. Ohne die Übertreibungen, wie ich sie dir bei deinem ersten Bericht vorgeworfen habe.«

»Es bestand keine Notwendigkeit zu übertreiben. Die Wahrheit war spektakulär genug.« Er widerstand dem Drang, vor ihr niederzuknien. »Und jetzt sag' mir bitte, was überhaupt los ist, Sue. Warum hast du aufgelegt, als ich anrief? Warum willst du nichts mehr mit mir zu tun haben? Was zum Teufel habe ich denn verbrochen?«

Sie betrachtete ihre Hände. »Ich weiß nicht, ob's an dir liegt oder an mir, Gerry. Ich habe meinen Glauben an Gott wiedergefunden, ich habe keinen Sinn mehr für andere Dinge.«

»Meinst du, ein gläubiger Katholik darf keinen Menschen lieben?«

»Das meine ich natürlich nicht! Ich habe nur den Eindruck, du bist nicht der richtige Mann für mich.«

»Das ist ja herrlich! Entschuldige, aber wir beide sind sehr gut miteinander ausgekommen, bis du deinen religiösen Tick bekamst.«

»Du sagst es! Ich bin eine andere geworden, und du bist der gleiche geblieben.«

»Warum zum Teufel sollte ich eine Wandlung durchmachen? Ich bin nicht katholisch, verdammt noch mal.«

»Du bist Zeuge eines Wunders geworden. Bedeutet dir das nichts?«

»Wieso bist du so sicher, daß ich meinen Aufnahmeantrag beim katholischen Pfarrer noch nicht abgegeben habe? Du weißt ja gar nicht, was ich die Woche über getrieben habe. Vielleicht knie ich täglich in der Bank.«

»Hör auf mit den Witzen, Gerry. Ich habe deine Artikel gelesen, und ich weiß, daß du nach wie vor ein Atheist bist.«

»Vorhin hast du gesagt, die Artikel hätten dir gefallen.«

»Ich habe gesagt, ich finde deine Berichte *sachlich*. Kalt und sachlich.«

»Was hast du denn erwartet?«

»Ich habe erwartet, daß sich etwas in dir rührt, nachdem du das erlebt hast!«

Fenn machte große Augen. »Ich verstehe dich nicht.«

Ihre Antwort kam überraschend weich. »Das ist es ja, du verstehst mich nicht.«

Er schwieg.

»Alle anderen, die das Wunder beobachteten, haben eine tiefe innere Wandlung durchgemacht; ich weiß das, weil ich mit ihnen gesprochen habe. Sie glauben, daß sie einem göttlichen Akt beigewohnt haben, und sie haben ihrem Leben eine neue Richtung gegeben. Aber du fühlst nichts! Du leugnest nicht, daß etwas Außergewöhnliches sich ereignet hat, aber es berührt dich nicht. Was ist los mit dir, Gerry?«

»Ich bin nicht der einzige, der sich in dieser Sache einen klaren Kopf bewahrt hat«, verteidigte er sich. »Pater Hagan scheint das alles eher peinlich zu sein. Er vermeidet jeden Kontakt zur Presse.«

»Hast du denn nicht gemerkt, daß der arme Mann von dem, was auf dem Feld geschah, völlig überwältigt war? Sechs Wunder. Die Levitation eines Kindes, das eine Vision der Jungfrau Maria hatte. Und das in seiner Gemeinde! Pater Hagan steht seit diesen Ereignissen unter einem schweren Schock. Du kannst seine Reaktion nicht mit der deinen vergleichen. Du hast die Gelegenheit beim Schopf ergriffen, dir als Journalist einen Namen zu machen.«

»Du bist unfair.«

»Das weiß ich. Aber ich hatte mir erhofft, daß dein Zynismus gebrochen wird.« Sie weinte, und Fenn überkam das Gefühl von Schuld.

Er ging zu ihr, kniete sich hin und ergriff sie bei den Handgelenken. Sie sah ihn an aus tränenfeuchten Augen.

»Oh, Gerry...«, sagte sie, und dann lag sie in seinen Armen, schmiegte ihren Kopf an seine Schulter.

Er mußte schlucken. Sonst gab er sich hart und kalt, wenn eine Frau weinte. Er hatte es gelernt, seine Gefühle gegen die Menschen zu panzern. Zu oft war er verletzt worden. Bei Sue versagte der Schutzschild. Er hielt sie an sich gedrückt. Jetzt war er selbst den Tränen nahe.

»Es tut mir leid«, brachte er hervor.

»Es ist nicht deine Schuld, Gerry«, sagte sie sanft. »Du bist, wie du bist. Vielleicht mache ich einen Fehler, wenn ich von dir erwarte, daß du dich änderst.«

»Ich liebe dich, Sue.«

»Ich weiß, daß du mich liebst, und ich wünschte mir, du liebtest mich nicht.«

Sie zog ihn an sich. »Gerry, ich bin mir nicht mehr sicher, ob ich dich liebe.«

Das tat weh. Gott, tat das weh. »Das ist wegen der Ereignisse mit Alice«, sagte er. »Es war alles etwas viel. Ich bitte dich nur um eines, Sue, mach' nicht den Antichristen aus mir.«

»Es ist nur ... Ich sehe dich jetzt in einem ganz anderen Licht, Gerry. Daß du deine Fehler hast, das wußte ich, aber ...«

»Ich habe Fehler?«

»Ich kenne deine schwachen Stellen, und ich habe immer die Augen davor verschlossen. Aber jetzt sind wir in Streit geraten ...«

»Ich habe keinen Streit mit dir, Baby.«

»Warum fühlst du dann nicht wie ich? Warum betrachtest du die Wunder nur als Sprungbrett für deine Karriere, als journalistisches Ereignis, das dir hilft, Geld zu verdienen?«

Er machte sich von ihr frei. »Eines will ich dir sagen! Ich gebe zu, daß ich die Story ausschlachte, die mir da in den Schoß gefallen ist. Das würde jeder Reporter tun, der diesen Namen verdient. Aber außer mir gibt es andere, welche die Wunder von Banfield für ihre Zwecke nutzen. Gleich nach dem ersten Artikel, den ich über Alices Vision im *Courier* schrieb, hat sich ein gewisser Southworth mit mir in Verbindung gesetzt. Ihm gehört das Crown Hotel in Banfield, er sitzt im Gemeinderat und verfügt, soweit ich das feststellen konnte, über recht viel Land in der Gegend. Er und ein gewisser Tucker wollten mich anheuern, um den Rummel mit gezielten Folgeveröffentlichungen am Kochen zu halten. Das war noch vor der Levitation, und die beiden hatten die feste Absicht, die Presse für ihre Zwecke einzuspannen. Daß Alice geheilt worden ist, genügte ihnen nicht.«

Er setzte sich auf seine Fersen. »Es wird dich interessieren, daß ich das Angebot abgelehnt habe.«

»Das hat nichts zu bedeuten. Zwei von ...«

»Bist du in den letzten Tagen mal im Dorf gewesen?«

»Ich bin zur St.-Joseph's-Kirche gefahren, jawohl.«

»Ich meine nicht die Kirche, ich meine das Dorf. Die Ladeninhaber kennen nur noch ein Thema: das Geld, das jetzt in ihre Kassen fließt. Eine Reihe von Grundstückseigentümern hat bei der Gemeinde Baugenehmigungen eingereicht, sie wollen Souvenirläden errichten, Teestuben, Restaurants, Pensionen! Sie wollen das Geld abschöpfen, das die Touristen ins Dorf tragen.«

»Jetzt übertreibst du aber!«

»Wirklich? Du mußt es dir mal aus nächster Nähe ansehen. Banfield ist von einer Krankheit gepackt, und der Erreger ist klar identifiziert. Zum erstenmal in seiner ganzen Geschichte steht der kleine Ort im Mittelpunkt des allgemeinen Interesses. Vielleicht liegt es daran, daß die Menschen die Berichte über Kriege, über Mord und Gewalt leid sind, vielleicht werden sie von ihren Gefühlen überwältigt, weil endlich einmal etwas Gutes passiert ist, ein Ereignis, das den Glauben an das Gute belohnt. Alle Menschen freuen sich, wenn ein Wunder passiert, weil das Ereignis die schlechte, verdorbene Welt aufhebt, in der wir leben. Vergessen wir nicht, daß dieses Zeitalter mit dem Unfehlbarkeitsanspruch der Wissenschaft angetreten ist. Alles was geschieht, hat eine vernünftige Erklärung, so lautet die These. Religion ist Wunschdenken für die Massen, Liebe ist die Chemie der Körper, Kunst ist die Wiederauferstehung konditionierter Reflexe. Und mitten in diesem Zeitalter der Wissenschaft geschieht etwas, wofür es *keine* Erklärung gibt!«

»Vorhin hast du gesagt, daß die Leute im Dorf aus der Sache materiellen Nutzen ziehen.«

»Sicher tun sie das, aber das bedeutet doch nicht, daß sie nicht an die Wunder glauben.«

»Ich kann mir nicht vorstellen, daß alle vom Goldrausch gepackt sind.«

»Da hast du recht. Es gibt viele, die sich ganz einfach über die Tatsache des Wunders freuen. Sie sind stolz, daß die Vorsehung Banfield zum Schauplatz für das Erscheinen der Madonna bestimmt hat.«

Sie hatte aufmerksam zugehört. Es gab keine Spur Ironie in seinen Worten.

»Die Menschen in Banfield sind glücklich«, fuhr er fort. »Sie sind überwältigt von dem Wunder. Und sie sind dankbar. Sicher, es gibt ein paar, die mit dem Ganzen nichts zu tun haben möchten, es gibt sogar welche, die wegen dieser Ereignisse aus Banfield wegziehen werden, aber das ist eine Minderheit. Die große Mehrheit schwelgt in dem Glanz, den die Wunder über Banfield ausgeschüttet haben.«

»Was ist daran so schlimm?«

Er schüttelte den Kopf. »Warte mal, bis die Kollegen ihre Artikel veröffentlichen! Da kannst du dann das Interview mit der Nachbarin lesen, daß sie Alice Pagett schon als Säugling kannte, und wie das Kind später einmal pro Woche in ihren Laden gekommen ist, um Bonbons zu kaufen, daß sie über fünf Ecken mit dem Mädchen verwandt ist, daß ihre Hämorrhoiden besser geworden sind, als sie an der St. Joseph's Kirche vorbeiging, und daß ihre Migräne verschwunden ist, als Alice ihr zulächelte. Du denkst vielleicht, Scheckbuchjournalismus ist ein veralteter Vorwurf, Sue, aber du wirst es selbst erleben, wieviel Menschen in Banfield ihre Würde an die Zeitungen verscherbeln. Du wirst staunen, wieviel ›nahe Freunde‹ die Familie Pagett hat, und noch mehr wirst du staunen, wenn du die sehr privaten Enthüllungen liest, die solche Freunde den Reportern in den Block diktieren. Das Dorf wird einen völlig neuen Charakter bekommen, Sue, und auch das äußere Bild wird sich entscheidend wandeln.«

Sie starrte ihn an. Der kommerzielle Aspekt des mystischen Ereignisses war ihr noch gar nicht bewußt geworden. Und das, obwohl sie selbst Journalistin war.

Fenn widerstrebte es, ihr die letzten Illusionen zu nehmen, aber der Wunsch, seine Ehre zu retten und ihr seine wahren Motive darzulegen, war übermächtig. »Der Tag ist nicht mehr fern, wo du an Läden mit religiösem Kitsch vorbei mußt, bevor du in die Kirche kommst«, fuhr er fort. »Die Madonna im Schneesturm, die Madonna mit eingebauter Glühbirne und Batterie, die Madonna zum An- und Ausziehen, Rosenkränze, Postkarten, Kruzifixe, Medaillons – alles was du dir nur vorstellen kannst, wird in den Andenkenläden verkauft werden.«

»Die Kirche wird dabei nicht mitmachen...«

»Die Kirche wird dabei in der ersten Reihe mitmarschieren.«

»Das glaube ich nicht!«

»Glaubst du denn, die katholische Kirche kann in einer Zeit, wo jeden Tag weniger Leute zur Messe gehen, auf die Vorteile verzichten, die ihnen das Spektakel bietet? Immer mehr junge Priester hängen das Priesteramt an den Nagel, und sei es nur, damit sie heiraten können. Die Frauen bedrängen die Kirche, sie wollen als

Seelsorgerinnen zugelassen werden, der Vatikan steht unter Beschuß, weil er seinen Reichtum hortet, anstatt das Geld den Verhungernden zu geben oder den Unterprivilegierten zu helfen. Der Vatikan wird kritisiert, weil er die Gewalt in Nordirland nicht strenger verurteilt, er wird offen verspottet, weil er bei der Geburtenkontrolle, der Scheidung und vielen anderen Streitfragen überholte Ansichten vertritt, Ansichten, die keinen Bezug mehr zu den Realitäten haben. Die Kirche braucht Wunder, um zu überleben!«

Sue wich vor ihm zurück. Erst jetzt merkte Fenn, daß er sich in Rage geredet hatte. Er mäßigte seinen Ton. »Als im Jahre 1981 das Attentat auf den Papst geschah, als dieser schwache, alte Mann mit Kugeln vollgepumpt wurde, da fanden Millionen von Katholiken zu ihrem Glauben zurück. Auch viele Atheisten verspürten so etwas wie Schmerz und Scham. Als der Papst die schweren Verletzungen *wie durch ein Wunder* überlebte, da gab es wohl niemanden in der Welt, der vor dem Amt des Papstes nicht Respekt verspürte, eine Wertschätzung, die vorher nicht in dieser Breite existiert hatte. Das Gute hatte triumphiert. Und was jetzt in Banfield passiert ist, stellt ebenfalls den Triumph des Guten dar, es ist noch viel spektakulärer als das Überleben des Papstes. Sechs vielfach bezeugte Wunderheilungen, eine mutmaßliche Levitation, eine Erscheinung der Jungfrau Maria. Es steht für mich hundertprozentig fest, daß die katholische Kirche sich das zunutze machen wird.«

»Pater Hagan wird nicht zulassen, daß die Wunder kommerziell ausgebeutet werden.«

»Pater Hagans Proteste werden niedergewalzt werden. Bischof Caines ist ein ehrgeiziger Mann. Es gibt den Typus des Aufsteigers auch in der kirchlichen Hierarchie, mußt du wissen. Wie es heißt, hat der Bischof den Ankauf des Feldes veranlaßt. Ich meine das Feld, wo die Wunder geschahen. Der Bauer ist gewillt zu verkaufen, er braucht Geld.«

»Was für einen Sinn soll es denn haben, wenn die Kirche das Feld, wo Alice die Vision hatte, zum Gelände von St. Josephs eingemeindet?«

»Das siehst du nicht? Die Kirche muß Eigentümer des Feldes sein, wenn sie sich um die Pilger kümmern will, die bald die Stätte überfluten werden. Der Bischof wird sich noch in ganz anderer Weise der Wunder von Banfield annehmen. Er hat zum Beispiel für morgen eine Pressekonferenz anberaumt.«

»Das überrascht mich nicht bei dem großen Interesse, das in der Öffentlichkeit für dieses Thema besteht.«

»Warten wir ab, wie die Pressekonferenz verläuft. Da wird man dann sehen, ob der Bischof dementiert, ob er ausweicht oder ob er den Wunderglauben ganz offen ermutigt.«

»Wirst du hingehen?«

»Könnte ich es mir leisten, *nicht* hinzugehen?«

Sue wischte sich den Schweiß von der Stirn. Er lehnte sich zu ihr, bis ihr Knie die Innenseite seiner Schenkel berührte. »Ist wohl eine Parteitagsrede geworden«, sagte er. »Tut mir leid. Ich wollte dir nur klarmachen, ich bin nicht der einzige, der auf diesen Zug aufgesprungen ist.«

Sie tätschelte seine Wange. »Ich weiß immer noch nicht, ob ich dir trauen kann, Gerry. Vielleicht haben uns die Wunder verändert. Vielleicht bringen diese Ereignisse bei den einen das Gute und bei den anderen das Schlechte zum Vorschein.«

»Vielleicht sind einige Menschen leichtgläubiger als andere.«

»Was willst du damit sagen?«

»Vielleicht läßt du dich von Phänomenen beeindrucken, die überhaupt nichts mit Mystik zu tun haben.«

»Die Kraft des Gedankens kann Berge versetzen, meinst du. Auch wenn Gott nicht im Spiel ist. Habe ich dich richtig zitiert?«

»In etwa. Jedenfalls wäre das eine Erklärung, für die es keine Gegenbeweise gibt. Oder hast du welche?«

»Deine zehn Minuten sind um.«

»Das ist mal wieder typisch! Du bist nicht bereit, dir die Argumente des anderen anzuhören. Bin ich durch die Ereignisse, die auf dem Feld stattgefunden haben, für dich ein Satansjünger geworden, vor dessen Einflüsterungen du dir die Ohren zuhalten mußt? Ich erinnere mich daran, daß wir früher sehr vernünftige Diskussionen miteinander hatten, verdammt noch mal. Hast du wegen der religiösen Gefühle, die dich durchströmen, aufgehört, mich zu lieben?«

Sie ließ seine Frage unbeantwortet.

»Also gut, lassen wir die These von der Kraft des Gedankens einmal außer acht. Gehen wir davon aus, daß die sogenannten ›Wunder‹ in einem religiösen Kontext zu sehen sind. Ich frage dich:

Was hat Jesus Christus anderes getan, als zwölf gute PR-Fachleute anzuheuern? Vier davon haben einen Bestseller geschrieben. Seine Lebensgeschichte. Du wirst einen Menschen wie mich vermutlich nicht als späten Jünger des Heilands einstufen, aber steht nicht in der Bibel, daß man für eine Arbeit die besten Werkzeuge verwenden soll, die man kriegen kann? Vielleicht bin ich ein solches Werkzeug, das von Gott eingesetzt wird.«

Sues Gesicht war finster, und doch wußte Fenn, diese Runde hatte er gewonnen. Nach einer Weile spürte er ihre Hände hinter seinem Kopf. Sie zog ihn auf sich.

»Ich weiß noch gar nicht recht, was ich denken soll, Gerry. Vielleicht habe ich wirklich den Kopf in den Sand gesteckt. Vielleicht sollte man die Dinge wirklich nicht so introvertiert sehen, wie ich es bisher tat.« Sie küßte ihn auf das Haar. »Dein Zynismus hat vielleicht auffrischend gewirkt. Wer weiß. Die Gefahr, daß man bei einer solchen Sache von seinen Gefühlen mitgerissen wird, ist sehr groß.«

Er hielt den Mund. Nur nicht die Stimmung, die jetzt entstanden war, wieder kaputtmachen. Er sah ihr in die Augen. »Alles was ich will ist: zieh nicht deine Zugbrücke hoch, wenn ich zu dir komme. Du brauchst dem nicht zuzustimmen, was ich sage, aber du kannst versichert sein, ich meine es ehrlich. Ich finde, das solltest du respektieren.« Er küßte sie auf das Kinn. »Was meinst du?«

Sie nickte. Ihre Lippen fanden zu seinem Mund, und plötzlich wurde Fenn bewußt, daß die lange Enthaltsamkeit Sue sehr, sehr hungrig gemacht hatte.

Es war dunkel, die Vorhänge waren zugezogen.

Ein paar Sekunden lang wußte Fenn nicht, wo er war. Als es ihm einfiel, stahl sich ein Lächeln auf seine Lippen. Er und Sue hatten miteinander geschlafen. Er hatte fast Angst vor ihr bekommen, so leidenschaftlich war sie gewesen. Sie war ausgehungert gewesen. Fenn war erschöpft. Es war eine angenehme Erschöpfung. Er spürte, wie Sue sich im Schlaf bewegte.

Er legte ihr die Hand auf den Rücken und war überrascht, wie warm ihre Haut war. Er schob sich hinter sie und ließ seine Hand über ihren Hals gleiten. Sue zuckte zusammen.

»Sue?« flüsterte er.

Sie sprach im Schlaf. Ihre Lippen zitterten.

Fenn schüttelte sie an der Schulter. Ein Alptraum, dachte er. Vorsichtig verstärkte er die Bewegung.

Ihr Atem ging schneller. »Sie – ist es nicht.«

»Sue, wach auf.« Er tastete nach ihren Brüsten. Seine Hand kam schweißtriefend zurück.

Er knipste die Nachttischlampe an. Sue wandte den Kopf zur Seite. Was sie murmelte, war nur mit großer Anstrengung zu verstehen. »Sie ist es nicht...«

»So wach doch auf, Sue!« Er schüttelte sie so feste, daß sie die Augen aufriß.

Die Angst in ihren Augen erschreckte ihn.

Und dann senkte sich etwas wie Nacht und Düsternis über ihre Pupillen. Sie erkannte ihn. »Gerry, was ist?«

Ein Seufzer der Erleichterung entglitt seinen Lippen. »Nichts, Kleines«, sagte er. »Du hast nur schlecht geträumt.«

Er knipste das Licht wieder aus und nahm sie in die Arme. Nach wenigen Atemzügen war sie wieder eingeschlafen.

Fenn lag noch lange wach.

18

> »Das hat dir der Teufel gesagt, das hat dir der Teufel gesagt«, schrie das Männlein und stieß mit dem rechten Fuß vor Zorn so tief in die Erde, daß es bis an den Leib hineinfuhr, dann packte es in seiner Wut den linken Fuß mit beiden Händen und riß sich selbst mitten entzwei.
> Aus den Märchen der Gebrüder Grimm: Rumpelstilzchen

DAILY MAIL: Gibt es eine offizielle Verlautbarung des Vatikans, was die Wunder von Banfield anbetrifft?

BISCHOF CAINES: Das einzige, was wir zu diesem frühen Zeitpunkt offiziell sagen können ist, die heilige römisch-katholische Kirche erkennt an, daß sich auf dem Gelände der St. Joseph's Kirche eine Reihe von außergewöhnlichen Heilungen ereignet haben...

DAILY MAIL: Entschuldigen Sie, daß ich Sie unterbreche, Bischöfliche Gnaden, aber Sie sagten gera-

	de, die Heilungen hätten sich auf dem Gelände der St. Joseph's Kirche ereignet. War es nicht in Wirklichkeit auf dem angrenzenden Feld?
BISCHOF CAINES:	Das ist richtig, aber doch so nahe dem Friedhofsgelände, daß der Ort als der Kirche zugehörig betrachtet werden kann. Ich sollte Ihnen vielleicht sagen, daß die Kirche das Feld käuflich erwerben wird, die notwendigen Dokumente werden morgen oder übermorgen unterzeichnet werden. Um aber auf Ihre ursprüngliche Frage zurückzukommen: die sechs außergewöhnlichen Heilungen, die sich auf dem Gelände der St. Joseph's Kirche ereignet haben – ich sollte vielleicht von angeblichen Heilungen sprechen – müssen noch eingehend von einer eigens zu diesem Zweck zu gründenden Ärztekommission untersucht werden. Was die Kommission herausfindet, werden wir der Internationalen Ärztekommission unterbreiten. Es wird keine neuen Erklärungen in dieser Sache geben, bevor nicht die Internationale Ärztekommission alle Aspekte der sechs Fälle untersucht hat.
REUTERS:	Handelt es sich bei der Internationalen Kommission, von der Sie sprechen, um die gleichen Ärzte, die mit der Prüfung der Wunder von Lourdes beauftragt werden?
BISCHOF CAINES:	Ja.
CATHOLIC HERALD:	Aber die Kommission kann nur eine Empfehlung aussprechen, daß die Heilungen von Banfield als Wunderheilungen gelten sollen, richtig?
BISCHOF CAINES:	Richtig. Als Bischof der Diözese, wo die Heilungen stattfanden, liegt die endgültige Entscheidung, ob wir von Wunderheilungen zu sprechen haben, bei mir.

THE TIMES:	Haben Sie zu dieser Frage jetzt schon eine Meinung?
BISCHOF CAINES:	Nein.
THE TIMES:	Obwohl Sie mit Alice Pagett und anderen Personen, die hier eine Rolle spielen, zum Beispiel mit Hochwürden Hagan, gesprochen haben?
BISCHOF CAINES:	Ich finde die ganze Angelegenheit gelinde gesagt, faszinierend, aber ich kann zu diesem Zeitpunkt unmöglich ein Urteil abgeben.
WASHINGTON POST:	Bischof Caines, was würde denn, nach Auffassung der Kirche, ein Wunder darstellen?
BISCHOF CAINES:	Eine Heilung, die nach dem derzeitigen Stand der Wissenschaft medizinisch nicht zu erklären ist.
DAILY EXPRESS:	Wann wird die Ärztekommission denn gegründet?
BISCHOF CAINES:	Eben jetzt.
DAYLY EXPRESS:	Und wie wird die Kommission im einzelnen vorgehen?
BISCHOF CAINES:	Ich sollte vielleicht zunächst einmal sagen, wie sie sich zusammensetzt. Wir werden zwölf Ärzte bestimmen...
JOURNAL DE GENEVE:	Alles Katholiken?
BISCHOF CAINES:	Mit Sicherheit nicht alles Katholiken.
DAILY EXPRESS:	Wird es sich bei dieser Gruppe von Ärzten um eine unabhängige Kommission handeln?
BISCHOF CAINES:	Absolut. Zwar werden der Leiter der Kommission und einige ihrer Mitglieder der katholischen Kirche angehören, aber die übrigen Ärzte werden aus interessierten Kreisen der Medizin und der Forschung ausgewählt. Die Ärzte werden die Krankengeschichte der geheilten Personen genauestens prüfen, sie werden mit den behandelnden Ärzten sprechen und mit dem

	ärztlichen Personal der Krankenhäuser, wo die Kranken behandelt worden sind. Sie werden die geheilten Personen natürlich auch selbst untersuchen, von jedem wird ein Dossier angelegt. Die Ergebnisse der Untersuchungen werden der Internationalen Ärztekommission vorgelegt, diese wird dann ihre Empfehlung an die Kirche formulieren.
ASSOCIATED PRESS:	Welche Kriterien sind maßgebend? Für ein Wunder, meine ich.
BISCHOF CAINES:	Vielleicht kann Monsignore Delgard diese Frage beantworten.
MONSIGNORE DELGARD:	Ich möchte hier eines ganz klar zum Ausdruck bringen: die Ärztekommission und auch die Internationale Kommission wird nur Stellung zu der Frage nehmen, ob es eine Erklärung für die Heilungen gibt, nicht zu der Frage, ob es sich um ein Wunder handelt.
ASSOCIATED PRESS:	Wo liegt der Unterschied?
MONSIGNORE DELGARD:	Bischof Caines sagte bereits, eine Bedingung ist, daß die Heilung nach dem derzeitigen Stand der Wissenschaft medizinisch nicht zu erklären ist. Zu dieser Frage wird sich die Internationale Kommission äußern, nicht zu der Frage, ob die Heilungen einen religiösen Hintergrund haben. Was heute medizinisch nicht erklärt werden kann, kommt uns, wenn die Forschung ein paar Jahre weiter ist, vielleicht völlig logisch vor. Der Bischof und seine Ratgeber müssen die religiösen Aspekte der Heilungen prüfen, sie und nur sie haben darüber zu befinden, ob die Heilungen dem Eingreifen Gottes zu verdanken sind. Die beiden genannten Kommissionen beschränken sich auf die Klärung folgender Punkte:

War die Heilung eine Sofortheilung? Kam sie unerwartet, oder gab es einen Zeitraum der Konvaleszenz?
Ist die Heilung vollständig?
Ist die Heilung von Dauer? Um diese Frage zu beantworten, meine Damen und Herren von der Presse, ist vor allem Zeit notwendig. Drei oder vier Jahre sollten vergangen sein, bevor man zu dem Urteil kommt, daß eine Heilung endgültig ist.
Weitere Punkte, die von den Kommissionen geklärt werden:
Wie ernsthaft war die Erkrankung?
Handelte es sich um eine organische Erkrankung? Zum Beispiel würde eine Krankheit, die infolge geistiger Störungen entsteht, eine Wunderheilung ausschließen.
Gibt es Tests, Röntgenbefunde oder Biopsieberichte, mit denen sich nachweisen läßt, daß tatsächlich eine Erkrankung vorgelegen hat?
Könnte die Heilung ganz oder teilweise auf die ärztliche Behandlung zurückzuführen sein, die dem Kranken vorher zuteil geworden ist?
Dies sind die Kriterien, auf die sich die Kommissionen bei ihren Untersuchungen zu konzentrieren haben. Es gibt noch ein paar andere, die jedoch mehr technischer Natur sind. Ich glaube, ich habe Ihnen mit den genannten Punkten das Wesentliche vermitteln können.

PSYCHIC NEWS: Könnten Sie uns sagen, welche Rolle Sie, Monsignore Delgard, in der ganzen Angelegenheit spielen?

BISCHOF CAINES: Vielleicht sollte *ich* Ihnen diese Frage beantworten. Als die erste Heilung geschah, als Alice Pagett nach sieben Jahren auf einmal wieder hören und sprechen konnte, war die Folge ein ungeheures Interesse der Öffentlichkeit. Ich kam damals zu dem Entschluß, Pater Hagan einen Helfer zuzuteilen, der ihn bei der Konfrontation mit den vielen Menschen, die unweigerlich in die St. Joseph's Kirche strömen würden, unterstützen und leiten konnte.

PSYCHIC NEWS: Ist es richtig, Monsignore Delgard, daß Sie in der Vergangenheit bei der Untersuchung ungewöhnlicher Phänomene eingeschaltet waren?

MONSIGNORE DELGARD: Ja, das ist richtig.

PSYCHIC NEWS: Würden Sie die Phänomene, bei deren Untersuchung Sie eingeschaltet waren, als paranormal bezeichnen?

MONSIGNORE DELGARD: *(Pause.)* So könnte man sie bezeichnen, denke ich.

PSYCHIC NEWS: Trifft es zu, daß Sie in mehreren Fällen den Exorzismus durchgeführt haben?

MONSIGNORE DELGARD: Ja.

PSYCHIC NEWS: Glaubten Sie, oder glauben Sie heute, daß Alice Pagett besessen ist?
(Gelächter.)

MONSIGNORE DELGARD: Vom Teufel?
(Gelächter.)

PSYCHIC NEWS: Vom Teufel oder von bösen Geistern.

MONSIGNORE DELGARD: Ich halte das für unwahrscheinlich. Das Kind macht einen recht ausgeglichenen Eindruck.

PSYCHIC NEWS: Warum hat man Sie denn dann...

BISCHOF CAINES: Ich habe bereits erklärt, warum Monsignore Delgard zeitweilig nach St. Joseph's beordert wurde. Es trifft zu, daß der Monsignore im Laufe der Jahre im Auftrag der Kirche eine Reihe von merkwürdigen Vorfällen untersucht hat, er hat sich auch mit dem Studium bestimmter psychischer Phänomene befaßt, aber bei alledem ist der

Monsignore mehr als des Teufels Advokat aufgetreten, wenn der Ausdruck hier erlaubt ist, weniger als Hexenjäger.
(Gelächter.)
Sehen Sie, die katholische Kirche steht oft vor dem Problem, daß sie ungewöhnliche Ereignisse untersuchen muß, weil Gläubige einer bestimmten Gemeinde oder der Geistliche dieser Gemeinde das von ihr erwartet. Wir leben, wie Sie wissen, in einer Welt, wo menschliche Logik nicht immer anwendbar ist. Monsignore Delgard untersucht, wenn er derartige Vorkommnisse zu beurteilen hat, sowohl die normalen als auch die paranormalen Aspekte. Gewöhnlich gelingt es ihm, einen Ausgleich zwischen den beiden Gegensätzen herzustellen. Bei den Ereignissen auf dem Gelände der St. Joseph's Kirche haben wir es ohne Zweifel mit paranormalen Phänomenen zu tun, und so war es nur logisch, daß die Kirche einen Mann einschaltete, der in solchen Dingen Erfahrungen hat. Die Tatsache, daß Monsignore Delgard bei anderen Gelegenheiten den Exorzismus durchgeführt hat, ist hier vollkommen irrelevant. Haben Sie noch weitere Fragen?

DAILY TELEGRAPH: Gerüchteweise ist zu hören, daß Alice Pagetts Erkrankung auf psychosomatische Ursachen zurückzuführen war. Stimmt das?

BISCHOF CAINES: Das können nur die Ärzte, im konkreten Fall die Internationale Kommission, beantworten. Ich halte es aber für unwahrscheinlich, daß die Krankheit in allen sechs Fällen auf psychosomatische Ursachen zurückzuführen ist.

LE MONDE: Was sagt die Katholische Kirche zum Phänomen der Wunderheilung?

BISCHOF CAINES: Jesus Christus war der größte Wunderheiler aller Zeiten.
(Gelächter.)

GAZETTE (KENT): Ich habe eine Frage an Pater Hagan. Vor ein paar Jahren waren Sie Hilfsgeistlicher in einem Ort in der Nähe von Maidstone, nicht wahr?

PATER HAGAN: (Pause.) Jawohl, die Ortschaft hieß Hollingbourne.

GAZETTE (KENT): Sie waren nicht sehr lange in Hollingbourne, oder?

PATER HAGAN: Ungefähr sechs Monate, glaube ich.

GAZETTE (KENT): Sie haben die Gemeinde damals recht plötzlich wieder verlassen. Darf ich fragen, warum?

PATER HAGAN: (Pause.) Als Hilfspriester wurde ich in der Gemeinde eingesetzt, in der ich am dringendsten gebraucht wurde. Oft entstanden plötzliche Vakanzen, daraus ergibt es sich, daß mein Aufbruch aus der einen oder anderen Gemeinde recht plötzlich vor sich gehen konnte.

GAZETTE (KENT): Es gab also keinen anderen Grund, warum Sie Hollingbourne verließen?

PATER HAGAN: Soweit ich mich erinnern kann, war der Geistliche der St. Markuskirche in Lewes krank geworden, ich wurde dort dringend gebraucht.

GAZETTE (KENT): Kein anderer Grund?

BISCHOF CAINES: Pater Hagan hat Ihre Frage bereits beantwortet. Darf ich um die nächste Frage bitten?

DAILY TELEGRAPH: Könnte es sich bei den angeblichen Wunderheilungen nicht um einen ausgemachten Schwindel handeln?

BISCHOF CAINES: Wenn, dann wäre es ein sehr gekonnter Schwindel. Ich frage mich auch, warum sollten die Beteiligten einen solchen Schwindel aufführen?

DAILY TELEGRAPH:	Wird Banfield nicht in beträchtlichem Maße finanziell von dem Pilgertourismus profitieren?
BISCHOF CAINES:	Ja, das ist anzunehmen. Schon jetzt ist der kleine Ort in aller Munde, und ich gehe davon aus, daß die Touristen in Scharen zur St. Joseph's Kirche strömen werden, noch bevor die Untersuchungsergebnisse der Ärztekommissionen vorliegen. Ihre Frage, ob alles Schwindel ist, enthält trotzdem wenig Substanz, es sei denn, Sie wollen behaupten, daß die Kinder und der Erwachsene, die geheilt worden sind, in Wirklichkeit Schwindler und Lügner und zudem noch außerordentlich begabte Schauspieler... *(Gelächter.)* ...sind. Ein Schwindel wäre auch nur durchführbar, wenn die Eltern der Kinder und die bisher behandelnden Ärzte mit unter der Decke stecken.
L'ADIGE:	Alice Pagett behauptet, die Jungfrau Maria sei ihr erschienen. Können Sie dazu etwas sagen?
BISCHOF CAINES:	Zu diesem Zeitpunkt: nein.
NEW YORK TIMES:	Hat denn sonst niemand etwas gesehen? Pater Hagan, Sie waren zweimal dabei, als das Kind, seinen eigenen Bekundungen zufolge, die Jungfrau Maria sah. Haben Sie etwas gesehen?
PATER HAGAN:	Ich – nein, ich habe nichts gesehen.
NEW YORK TIMES:	Aber Sie haben gespürt, daß etwas Merkwürdiges vor sich ging?
PATER HAGAN:	Es lag eine gewisse Spannung in der Luft, das ist richtig. Ich kann mich allerdings nicht mehr sehr genau an das Gefühl erinnern.
OBSERVER:	Hatte es etwas mit der Stimmung der Menge zu tun?

PATER HAGAN: Ich glaube, ja.
OBSERVER: Es tut mir leid, Pater, ich habe Sie nicht verstanden.
PATER HAGAN: Ich sagte, ich glaube, ja. Beim letztenmal waren die Kinder um Alice in einer ähnlichen Trance wie sie selbst. Als ich sie später dazu befragte, konnten sie sich an nichts erinnern.
DAILY MIRROR: Welche Maßnahmen hat die Kirche ergriffen, um zu verhindern, daß die angeblichen Wunderheilungen kommerziell ausgebeutet werden?
BISCHOF CAINES: Die Kirche kann die örtlichen Gewerbetreibenden und Geschäftsleute nicht daran hindern, die Situation für sich auszunützen, dieser Bereich entzieht sich unserem Einfluß. Wir können nur darauf hoffen, daß die Geschäftswelt die gebotene Zurückhaltung walten läßt.
MORNING STAR: Aber wird die katholische Kirche die Situation nicht für sich selbst ausbeuten?
BISCHOF CAINES: Warum sollten wir das tun?
MORNING STAR: Reklame.
BISCHOF CAINES: Gott braucht keine Reklame.
(Gelächter.)
STANDARD: Aber es wäre der Kirche ganz recht, wenn die Sache möglichst viel Schlagzeilen macht, oder?
BISCHOF CAINES: Im Gegenteil. Die ganze Publicity in dieser Sache kann sich für die Kirche als Bumerang erweisen. Viele Kirchgänger werden sehr enttäuscht sein, sollten sie eines Tages von den Medizinern belehrt werden, daß die Wunder von Banfield keine Wunder waren. Das ist auch der Grund, warum die katholische Kirche in diesen Angelegenheiten mit großer Behutsamkeit vorgeht.
ASSOCIATED PRESS: Bis zu dem Extrem, daß weltliche Exper-

	ten eher geneigt sind, an ein Wunder zu glauben, als kirchliche Experten.
BISCHOF CAINES:	In den meisten Fällen ist es so, wie Sie sagen. Die Ärztekommission in Lourdes hat zum Beispiel befunden, daß es sich bei den allermeisten Heilungen, die in jenem Wallfahrtsort bekundet sind, nicht um Wunderheilungen handelt. Ich glaube, seit dem Jahre 1858 sind nur sechzig Heilungen als Wunder anerkannt worden.
OBSERVER:	Viele Zeugen bekunden, daß sie Alice vergangenen Sonntag im Zustand der Levitation beobachtet haben. Dürfte ich Pater Hagan und Monsignore Delgard fragen, ob die Levitation wirklich stattgefunden hat?
MONSIGNORE DELGARD:	Ich bin nicht sicher. Ich stand ziemlich weit weg von Alice. Um die Wahrheit zu sagen: ich kann mich nicht genau erinnern.
OBSERVER:	Und Sie, Pater Hagan? *(Schweigen.)*
MONSIGNORE DELGARD:	Pater Hagan und ich standen nebeneinander. Ich weiß nicht mehr, ob...
PATER HAGAN:	Alice hat geschwebt. *(Mehrere Fragen zur gleichen Zeit.)*
ECHO DE LA BOURSE:	Haben Sie das wirklich gesehen?
PATER HAGAN:	Ich hatte den Eindruck. Das Gras auf dem Feld ist allerdings recht hoch. Vielleicht hat Alice auch nur auf den Zehen gestanden. Ich bin nicht sicher.
OBSERVER:	Es gibt aber Zeugen, die ganz klar bekunden, daß ihre Beine den Boden verlassen hatten.
PATER HAGAN:	Das ist möglich. Aber ich bin nicht sicher, daß es so war. *(Stimmengewirr.)*
STANDARD:	Wenn der Nachweis erbracht wird, daß es sich um Wunderheilungen handelt und

	daß Alice Pagett wirklich die Jungfrau Maria gesehen hat, wird das Mädchen dann heiliggesprochen?
BISCHOF CAINES:	Wie könnte man den Nachweis führen, daß sie die Jungfrau Maria gesehen hat? Und außerdem muß jemand schon ziemlich lange tot sein, bevor die Kirche darüber nachdenkt, ob sie ihn heiligspricht.

(Gelächter.)

BRIGHTON EVENING COURIER:	Warum wird Alice Pagett verstecktgehalten?
BISCHOF CAINES:	Sie sind Mr. Fenn, nicht wahr? Nun, Alice wird nicht verstecktgehalten. Wenn ich nach der großen Zahl von Reportern und Fernsehleuten urteilen darf, die das Kloster Our Lady of Sion in Banfield belagert halten, dann kann wohl keine Rede davon sein, daß der Aufenthaltsort des Mädchens unbekannt ist.
	Alice braucht Ruhe. Sie ist, nach den Ereignissen, körperlich und geistig erschöpft. Sie braucht Ruhe und Frieden, der behandelnde Arzt ist in diesem Punkt unerbittlich. Und natürlich haben die Eltern ihre Zustimmung zu dem Aufenthalt ihres Kindes im Kloster gegeben. Alice ist ein sehr empfindsames Geschöpf, sie muß mit großer Sorgfalt behandelt werden.
BRIGHTON EVENING COURIER:	Wird das Mädchen medizinischen Tests unterzogen?
BISCHOF CAINES:	Jawohl, sehr sorgfältigen Tests.
BRIGHTON EVENING COURIER:	Wird das Mädchen von Beauftragten der Kirche verhört?
BISCHOF CAINES:	Der Ausdruck ›Verhör‹ ist viel zu scharf, er trifft den Sachverhalt nicht. Natürlich stellen wir dem Mädchen Fragen, aber ich

kann Ihnen versichern, es wird in keiner Weise Druck ausgeübt. Wenn es überhaupt eine Gefahr gibt, dann die, daß Alice derzeit mehr Güte und Zuwendung erfährt, als sie vertragen kann.
((Gelächter.)

BRIGHTON EVENING
COURIER: Wie lange muß Alice im Kloster bleiben?
BISCHOF CAINES: Das Mädchen ist nicht in Haft, Mr. Fenn. Sie kann das Kloster jederzeit verlassen, sobald ihre Eltern und der Arzt das für richtig halten.
CATHOLIC HERALD: Hat Alice nach dem vergangenen Sonntag weitere Visionen gehabt?
BISCHOF CAINES: Davon hat sie nichts gesagt.
DAILY MAIL: Wird sie kommenden Sonntag zur Messe gehen? Ich meine, ob sie zur Messe in die St. Joseph's Kirche gehen wird.
MONSIGNORE DELGARD: *(Pause.)* Alice hat den Wunsch geäußert, kommenden Sonntag die Messe in der St. Joseph's Kirche zu besuchen. Wir müssen dabei allerdings überlegen, ob das gut für sie ist. Es macht uns große Sorgen, daß nach den Veröffentlichungen, die über diese Vorfälle erschienen sind, die Kirche überfüllt sein wird mit Neugierigen und Presseleuten. Wie Bischof Caines schon sagte, Alice ist ein empfindsames Geschöpf, die Anstrengungen eines Kirchenbesuches unter diesen Umständen könnten zuviel für sie sein. Sie muß beschützt werden.
INTERNATIONAL
HERALD TRIBUNE: Aber früher oder später muß sie der Öffentlichkeit doch einmal entgegentreten.
BISCHOF CAINES: Das ist richtig. Das Ärzteteam, das sich mit dem Fall befaßt, der behandelnde Arzt und die Kirche sind allerdings der Auffassung, daß dieser Zeitpunkt möglichst spät liegen

sollte. Was den Kirchenbesuch am kommenden Sonntag angeht, so ist noch keine Entscheidung getroffen worden.

BRIGHTON EVENING COURIER: Aber Alice will kommenden Sonntag zur Messe gehen, das stimmt doch?

BISCHOF CAINES: Alice ist im Augenblick etwas verwirrt. Ich meine, das ist nur allzu verständlich.

BRIGHTON EVENING COURIER: Aber sie will zur Messe gehen, oder?

BISCHOF CAINES: Wie der Monsignore schon sagte, sie hat einen entsprechenden Wunsch geäußert, ja.

BRIGHTON EVENING COURIER: Sie wird demnach mit großer Wahrscheinlichkeit am Sonntag in der St. Joseph's Kirche auftauchen?

BISCHOF CAINES: Ich glaube, ich habe die Frage schon beantwortet.

(Mehrere Fragen zur gleichen Zeit.)

BISCHOF CAINES: Damit möchte ich die Pressekonferenz schließen, meine Herren. Ich danke Ihnen für Ihr Interesse, ich hoffe, es ist uns gelungen, einige Punkte aufzuklären. Tut mir leid, keine weiteren Fragen zu diesem Zeitpunkt. Wir haben einen sehr gedrängten Stundenplan, und jetzt wartet das Fernsehen auf uns und ein Reporter vom Rundfunk. Ich danke Ihnen, daß Sie gekommen sind.

(Ende der Pressekonferenz.)

WILKES

> »*Wenn das deine Mutter wüßte, das Herz im Leibe tät ihr zerspringen.*«
> Aus den Märchen der Gebrüder Grimm: Die Gänsemagd

Er konnte nicht schlafen.

Sein Kopf juckte. Die Laken in dem schmalen Bett fühlten sich steif und besudelt an. Er war nicht hungrig, er war nicht durstig; ganz sicher war er nicht müde. Er hatte die meiste Zeit des Tages im Bett verbracht. Er hätte natürlich zum Arbeitsamt gehen können. Aber wozu? Die würden ihm doch nur einen Scheißjob anbieten, genau wie das letzte Mal, wo sie ihn als Kellner vermittelt hatten. Morgen würde er seine alte Dame anpumpen. Wie er es haßte, zu seiner Mutter zu gehen! *Du müßtest dich einmal sehen! Warum läßt du dir nicht das Haar schneiden? So wie du aussiehst, bekommst du nie einen anständigen Job. Schau dir mal deine Kleidung an. Wie lange ist das Hemd nicht mehr gebügelt worden? Könntest du dir nicht wenigstens die Schuhe putzen?*

Und das Schlimmste war: *Wann bist du zum letztenmal zur Messe gegangen? Wenn das dein Vater noch erlebt hätte!*

Zur Hölle mit der alten Dame! Hätte er nicht das Geld gebraucht, er würde nie und nimmer zu ihr zurückgehen.

Er wälzte sich auf die andere Seite. Es gab eine Falte im Unterhemd, die ihn ärgerte.

Er starrte aus dem Fenster. Draußen war kalte Nacht. Wenn er wenigstens ein Mädchen gehabt hätte! Die würde ihn aufwärmen, wie es sich gehörte! Aber die Mädchen wollten nichts von ihm wissen. Wenn man kein Geld hatte, hatten die Mädchen kein Interesse. Wieder warf er sich auf die andere Seite. Er versetzte dem Kissen einen Faustschlag. Einmal hatte er einen Jungen auf dem Zimmer gehabt. Schön war das nicht gerade gewesen. Daß ihm der Junge einen runtergeholt hatte, das ging ja noch, aber die Küsserei, das hatte er widerlich gefunden.

Er starrte an die Decke. Er zog sich das Hemd über den Bauch.

Die Welt war ein Scheißhaus, und wenn man erst einmal drin steckte, in der Scheiße, dann sorgen die anderen dafür, daß man nicht mehr rauskam.

Immerhin, *sie* hatten zurückgeschlagen. Die drei hatten zurückgeschlagen, *sie* hatten den Zaungästen ins Gesicht gespuckt. So war es richtig!

Er grinste ins Dunkel. Jawohl, die drei hatten es richtig gemacht.

Er schlug das Laken auf und schlurfte zur Garderobe. Ganz oben lag die Kiste, die er suchte. Er nahm sie herunter. Er griff in die Tasche der Jacke, die über der Stuhllehne hing. Es gab nur einen einzigen Stuhl im Zimmer.

Er kletterte ins Bett zurück, steckte den Schlüssel ins Schloß der Kiste und öffnete sie. Er nahm den schwarzen Gegenstand heraus und preßte ihn an seine Wange. Er stellte die Kiste auf den Fußboden und zog sich das Laken bis zum Hals.

Er lag im Dunkeln. Er stieß sich den schwarzen Gegenstand zwischen die Schenkel. Er stöhnte, als er seine Erektion wachsen spürte.

19

> *Hier liegt der Teufel begraben. Fragen Sie nicht nach dem Namen des Toten, ich sage Ihnen, es ist der Teufel. – Sie meinen Gott? – Pssst! Wir meinen ein und denselben.*
>
> Aus Samuel Taylor Coleridge: On a Lord

Fenn warf einen Blick auf die Uhr und gähnte. Viertel vor acht. So sah also Morgengrauen aus. Hm.

Ein Wagen kam ihm entgegen. Fenn winkte dem anderen Fahrer zu, als wären sie Mitglieder in einem exklusiven Klub. Der Mann starrte zu ihm herüber, als sei er eines Geistesgestörten ansichtig geworden. Fenn begann ein Liedchen zu summen, er summte herzlich falsch. Nur die Tatsachen, daß er vollkommen unmusikalisch war, machte den Klang der eigenen Stimme für ihn erträglich.

Er warf einen Blick auf die Hügelkette der South Downs zu seiner Linken, die Kuppen der Berge waren in schwere, düstere Wolken getaucht. Es würde ein kalter, bedeckter Tag werden, die Art von Wetter, die einem jede Lebenslust nahm. Die Art von Tag, die man am besten im Bett verbrachte.

Die wenigen Häuser auf beiden Seiten der Straße waren etwas

zurückgesetzt, große Häuser, die von hohen Hecken oder Mauern umgeben waren. Diese Straße war normalerweise stark befahren, sie stellte eine der wichtigsten Verbindungen zwischen der Küste und den größeren Ortschaften von Sussex dar und schlängelte sich durch die Dörfer wie ein roter Faden, der durch heißen Käse gezogen wird; heute früh allerdings – an diesem kalten, dunstigen *frühen* Sonntagmorgen – sah man auf der Straße mehr Vögel und Feldhasen als Autos.

Fenn hörte zu summen auf, als die ersten Häuser von Banfield in Sicht kamen. Seine Müdigkeit wich. Er grinste. Er freute sich. Er würde ein ganz besonderes Privileg in Anspruch nehmen, das man ihm gewährt hatte. Es gelang ihm, die wehmütige Erinnerung an das warme Bett zu verdrängen. Leider hatte Sue, die nackte, glatthäutige Sue, nicht in dem Bett gelegen, als er es verließ. Obwohl, dann wäre ihm das Aufstehen noch schwerer gefallen. Als er vor drei Tagen mit Sue schlief, hatte er gehofft, daß die Vereinigung alle Schwierigkeiten aus der Welt schaffen würde. Er hatte sich getäuscht. Sue war zwar nicht mehr so kühl wie vorher, und sie schien ihn auch nicht mehr zu verachten, aber sie sagte klar heraus, daß sie über das alles noch nachdenken mußte. Sie liebte ihn, sicher, sie liebte ihn, aber sie war aus dem Gleichgewicht geraten, die Liebesnacht hatte daran nichts geändert. Also gut, Sue, die Entscheidung liegt bei dir. Du hast meine Telefonnummer.

Fenn ärgerte sich über ihre Launen. Warum konnte er diese Frau eigentlich nicht ganz vergessen? Verdammt noch mal, er hatte sich mit seinen Berichten im *Courier* die Eintrittskarte zur Fleet Street verdient, und Sue tat, als hätte sie ihn beim Geldfälschen erwischt! Daß er zur Sonntagsmesse im Kloster eingeladen worden war, hatte er nur dem Prestige zu verdanken, das er sich in den letzten Wochen erschrieben hatte. Von der Presse würden nur Fenn und fünf handverlesene Reporterkollegen teilnehmen, die Creme der Journalisten.

Er nahm den Fuß vom Gas, als ein Schild mit Geschwindigkeitsbegrenzung in Sicht kam. Die Straße machte einen scharfen Knick. Das Kloster Our Lady of Sion war zu erkennen, ein großes, cremefarbenes Gebäude. Fenn vermeinte an den oberen Fenstern ein schmales, bleiches Gesicht auszumachen. Plötzlich verschwand der helle Fleck, und Fenn war nicht mehr sicher, ob er je dagewesen war.

Vor dem Tor zum Klostergebäude hatte ein Polizist Aufstellung genommen, seinen Panda hatte er hundert Schritte weiter geparkt. Einen Steinwurf weit vom Einfahrtstor wartete eine Gruppe Reporter. Mißtrauische Blicke hefteten sich auf Fenn, als er wendete und seinen Wagen auf dem Vorplatz eines Garagengebäudes zum Halten brachte. Die Garage war geschlossen, Fenn schätzte, daß sie heute, am Sonntag, den ganzen Tag geschlossen bleiben würde. Er stieg aus dem Wagen und ging auf das Tor des Klosters zu.

Die Journalisten und Kameraleute erwarteten ihn mit wachsamem Interesse, die Gesichter waren übernächtigt, die Männer hielten die Schultern eingezogen.

»Morgen, Jungens«, sagte Fenn, als er an der Gruppe vorbeiging. Er achtete nicht auf das, was sie ihm antworteten. Dann hatte er das Tor erreicht. Der Polizist hob die Hand.

»Fenn vom *Brighton Courier*.«

Der uniformierte Polizist zog ein Papier aus der Tasche und überflog die Namensliste.

»In Ordnung, Sie können reingehen.« Der Polizist öffnete das Tor einen Spalt, so daß Fenn hindurchschlüpfen konnte. Fenn schmunzelte voller Schadenfreude, als er die wütenden Kommentare der anderen Reporter hörte.

Wenig später überquerte er die Schwelle des Portals. Das Portal des Gebäudes, schwarzgestrichen und abweisend, hatte offengestanden. Fenn wurde von einer Nonne empfangen, die aus dem Dunkel des Flurs auftauchte.

»Sie sind Mr. ...?«

»Gerry Fenn«, sagte er. Sein Herz klopfte, und Fenn war nicht sicher, kam das von den Stufen, die er hatte hochgehen müssen, oder war es, weil ihn die Gestalt der Nonne erschreckt hatte. Vom *Brighton Evening Courier*«, fügte er hinzu.

»Ach ja, Mr. Fenn. Darf ich Ihnen den Mantel abnehmen?«

Er schlüpfte aus seinem Regenmantel. »Bitte schön. Ich habe alles Geld rausgenommen.«

Er reichte ihr den Mantel, sie sah ihn verwundert an, dann erwiderte sie sein Lächeln. »Gehen Sie bitte geradeaus den Flur entlang, Sie werden erwartet.« Die Nonne deutete auf eine Tür am Ende des Korridors.

Er ging den Flur entlang und öffnete die Tür. Ein großer Raum tat sich vor ihm auf. Menschen. Gedämpfte Stimmen.

»Mr. Fenn, schön, daß Sie gekommen sind.«

Er sah George Southworth auf sich zukommen.

»Ich freue mich, daß ich eingeladen wurde«, erwiderte Fenn.

»Ihre Kollegen sind schon alle da.«

»So?«

»Die Elite der Journalisten, würde ich sagen. Mit Ihnen zusammen sind es sechs.«

Fenn genoß es, zur Elite gerechnet zu werden.

»*Associated Press, Washington Post, The Times*, diese Preisklasse. Ich bin sicher, Sie kennen sich alle.«

»Ich stehe vor einem Rätsel, Mr. Southworth. Warum haben Sie *mich* dazu eingeladen?«

Southworth tätschelte seinen Arm. »Sie müssen nicht so bescheiden sein, Mr. Fenn. Sie waren es, der den ersten Bericht über die Sache schrieb. Sie haben die Aufmerksamkeit der Weltöffentlichkeit auf Banfield gerichtet. Darf ich Ihnen eine Tasse Tee anbieten?«

»Danke, nein.«

»Ich bin sicher, Sie verstehen, warum wir wenig Neigung hatten, Alice an der Messe in der St. Joseph's Kirche teilnehmen zu lassen. Bischof Caines war dagegen, und die Ärzte natürlich auch. Die Kameras, das Fernsehen, die vielen Menschen, die das Mädchen anstarren würden – das ist nicht gut für sie.«

Fenn nickte. »Und so haben Sie beschlossen, für das Mädchen einen Gottesdienst im privaten Rahmen zu veranstalten.«

»Genau.«

»Viele Menschen werden enttäuscht sein, daß Alice heute nicht in die St. Joseph's Kirche geht.«

»Es ist sicher so, wie Sie sagen, Mr. Fenn. Wenn es nach mir gegangen wäre, ich hätte Alice heute zur Kirche gehen lassen, so wie sie es sich wünschte. Aber die Gesundheit des Mädchens hat Vorrang.«

»Alice wollte die Messe in der St. Joseph's Kirche besuchen?«

»Anscheinend ja.« Southworth senkte seine Stimme zum Flüsterton. »Sie war ziemlich wütend, als die Schwester Oberin ihr sagte, daß das nicht möglich ist. Aber so ist es besser für sie.«

Fenn ließ seinen Blick über die Menschen im Raum schweifen. »Sie haben also ein paar ausgewählte Journalisten und einige Vertreter der Öffentlichkeit zu diesem privaten Gottesdienst eingeladen.«

»Ja. Das war übrigens meine Idee, und der Bischof hat meinen Vorschlag befürwortet. Uns ist klar, die Öffentlichkeit hat einen Anspruch darauf zu wissen, was hier vorgeht. Auf diese Weise erfahren die Menschen draußen im Lande, daß Alice fürsorglich betreut wird.«

»Sie erfahren zugleich, daß die katholische Kirche das Mädchen nicht eingesperrt hält und daß es kein Inquisitionsgericht gibt, dem Alice sich unterwerfen müßte.«

Southworth lachte. »Wie scharfsinnig von Ihnen, Mr. Fenn. Das ist genau das Argument, das ich den Kirchenleuten entgegengehalten habe. Es hat keinen Sinn, Alice zu verstecken, und wenn wir den Medien und den Vertretern der Öffentlichkeit Gelegenheit geben, sich über das weitere Schicksal des Mädchens aus erster Hand zu informieren, dann ist dem Interesse der Menschen draußen im Lande Genüge getan, ohne daß es zu einem unwürdigen Tumult in der Kirche kommt.«

Und ohne daß man auf die Vorteile einer umfassenden Berichterstattung verzichten müßte, dachte Fenn. Was Southworth da vorführte, war ein Balanceakt. Er wollte die Ereignisse um Alice für sich in Geld ummünzen, zugleich mußte er das Mädchen vor den Klauen der Medien bewahren.

»Ich werde Sie jetzt mit den anderen Damen und Herren bekannt machen«, sagte Southworth. »Die Messe beginnt dann um halb neun.«

»Werde ich Gelegenheit bekommen, mich mit Alice zu unterhalten?«

»Wir planen eine kleine Pressekonferenz nach der Messe. Nicht länger als zwanzig Minuten, und nur, wenn Alice sich stark genug fühlt. Ich bin zuversichtlich, daß sie der Presse zur Verfügung stehen wird.« Er sprach weiter im Verschwörerton. »Ich würde Sie gerne für morgen abend zu einem festlichen Essen einladen. Ich meine, es liegt in Ihrem Interesse, wenn Sie teilnehmen.«

Fenn sah ihn fragend an.

»Ich erinnere mich sehr gut an unser kleines Gespräch zu Beginn, Mr. Fenn. Gerry Fenn, nicht wahr? Ich darf Sie doch Gerry nennen, das ist nicht so förmlich wie Mr. Fenn. Sie sagten damals, die Sache würde sehr bald in sich zusammenfallen wie ein Kartenhaus.«

Fenn grinste. »Es hat auch Leute gegeben, die den Beatles den Hungertod vorausgesagt haben.«

»Ich fand Ihre Einwände damals sehr fair, Gerry. Erinnern Sie sich an das Angebot, das ich Ihnen bei jener Unterredung gemacht habe? Ich bin sicher, Sie haben sich damals gefragt, welche Motive mich bewegen, daß ich Ihnen solch einen Vorschlag mache. Inzwischen ist es soweit, daß die Publicity von allein läuft, weder der Gemeinderat noch ich brauchen einen Finger zu rühren. Was das Schiff jetzt braucht, ist ein Steuermann. Ich denke, Sie können uns behilflich sein, alles in die richtige Richtung zu lenken.«

»Ich verstehe nicht, wie Sie das meinen.«

»Nach den Artikeln, die Sie im *Courier* geschrieben haben, möchten wir Sie bitten, die vollständige Geschichte der Wunder von Banfield zu schreiben.«

»Für meine Zeitung?«

»Für jede Zeitung, die sich für das Thema interessiert. Oder aber Sie schreiben ein Buch über die Wunder. Wir würden Sie an allen Sitzungen des Gemeinderats teilnehmen lassen und an allen Diskussionen, die wegen der Wunder geführt werden.«

Es war zu schön, um wahr zu sein. Gerry Fenn, offizieller Chronist der Wunder von Banfield. Die Zeitungen würden sich die Finger lecken nach einer Serie ›Die Wunder von Banfield‹. Die Verlage würden das Buch kaufen, ehe es geschrieben war. Es mußte einen Haken geben bei der Sache. »Warum ich?« fragte Fenn.

»Die Antwort ist einfach: weil Sie von Anfang an dabei waren. Sie wissen mehr über die Sache als jeder andere, wenn man die hohe Geistlichkeit einmal außer acht läßt. Und selbst die Priester haben weniger Informationen als Sie, Gerry. Pater Hagan und Monsignore Delgard waren nicht dabei, als es begann.«

»Wäre die Kirche denn damit einverstanden, wenn ich das Thema in dieser Weise betreue.«

»Ich habe den Vorschlag bei Bischof Caines zur Sprache gebracht. Er ist interessiert, aber er hat Vorbehalte.«

»So?«

»Als Realist weiß er ganz genau, daß Sie praktisch ein Exklusivrecht auf das Thema haben. Er ist allerdings nicht ganz sicher, ob Sie ehrenhafte Motive haben.«

»Hat er ehrenhafte Motive?«

»Was sagen Sie da?«

»Vergessen Sie's.«

»Wir haben morgen abend Gelegenheit, uns mit Bischof Caines

einig zu werden, das ist auch der Grund, warum ich Sie bei dem Essen dabeihaben will.«

»Wird Bischof Caines teilnehmen?«

»Er und Pater Hagan und Monsignore Delgard. Wir wollen vor allem über die Weiterentwicklung von St. Joseph's zur Wallfahrtsstätte sprechen und über die Rolle, die Banfield dabei spielen kann. Bischof Caines hat dafür plädiert, daß der Gemeinderat und die Kirche in der ganzen Sache eng zusammenarbeiten.«

»Demnach geht's ja recht schnell voran. Ich dachte, es dauert Jahre, bis die Kirche ihren Segen für solch eine Wallfahrtsstätte gibt.«

»Normalerweise ja. Unglücklicherweise – oder glücklicherweise, je nachdem von welchem Standpunkt aus man es betrachtet – liegen die Dinge in diesem Fall so, daß die Pilger bereits nach St. Joseph's strömen, noch bevor die Kirche die Sache abgesegnet hat. Nichts kann die Leute mehr aufhalten. Der Bischof möchte die Dinge in den Griff bekommen. Die Kirche kann St. Joseph's nicht offiziell zur Wallfahrtsstätte erklären, aber das hindert die Menschen nicht daran, zu St. Joseph's zu wallfahren.«

»Wissen die beiden Priester, daß ich zu dem Essen eingeladen bin?«

»Bischof Caines hat sie davon verständigt.«

»Und sind sie einverstanden?«

»Ich würde so sagen: der Bischof hat ihnen keine andere Wahl gelassen. Und nun hoffe ich, Gerry, daß Sie auch wirklich kommen.«

»Wo und wann?«

»In meinem Hotel, morgen abend um halb neun.«

»Ich werde kommen.«

»Sehr schön. Ich werde Sie jetzt mit den anderen bekannt machen.«

Die nächsten zwanzig Minuten vergingen mit Gesprächen, Fenn unterhielt sich mit den handsortierten Gästen, die an dem kleinen Gottesdienst im Kloster teilnehmen würden, unter anderem gab es einen Parlamentsabgeordneten der Konservativen, der zwar kein Katholik war, aber großes Interesse für alle Religionen der Welt bekundete, es gab einige Kirchenmänner, deren Titel Fenn auf der Stelle wieder vergaß, die örtlichen Würdenträger von Banfield waren erschienen, die Schwester Oberin und, was Fenn sehr bemerkenswert fand, der Apostolische Nuntius für Großbritannien und Gibraltar. Soweit Fenn wußte, war das der offizielle Mittelsmann zwischen der katholischen Kirche von England und dem Vatikan. Der Nuntius war ein ruhiger, unauffälliger Mann, der sich ehrlich zu freuen schien, als Fenn ihm vorgestellt wurde, er führte den Journalisten in eine ruhige Ecke, so daß er ihn zu den Artikeln befragen konnte, die er geschrieben hatte.

Als die Audienz zu Ende ging, wurde Fenn klar, daß der Nuntius den Part des Journalisten übernommen hatte. Er, Fenn, hatte kaum eine Frage gestellt, er hatte Antwort gegeben. Der Nuntius sprach einen merkwürdigen Akzent. Es war die Nonne mit der Teekanne, die Fenn den Akzent erklärte. Hochwürden Pierre Melsak war Belgier. Fenn hatte einen ersten Schluck aus seiner Tasse genommen, als er hinter sich eine heisere Frauenstimme vernahm. »*Hi!*«

Er drehte sich um. Sie war dunkelhaarig. Ihre Lippen lächelten. Ihre Augen blieben ernst und berechnend.

»Shelbeck von der *Washington Post*«, stellte sie sich vor.

»Wie arbeitet es sich unter Woodward?« fragte Fenn.

»Redford war der bessere Mann. Sie sind Gerry Fenn, nicht wahr?«

Er nickte.

»Ich habe mit Interesse gelesen, was Sie geschrieben haben. Vielleicht können wir uns nachher noch etwas unterhalten.«

»Wozu?«

»Wir könnten ein bißchen unsere Notizen vergleichen.«

»Ich bin Ihnen bei diesem Thema voraus.«

»Sie könnten trotzdem von einem Gespräch profitieren.« Ihr Akzent verriet, daß sie aus New York kam.

»Wie finanziell. Wie sonst?« Das Lächeln hatte ihre Augen erreicht.

»Einverstanden«, sagte Fenn.

Die Gespräche im Raum erloschen, als die Schiebetüren geöffnet wurden. Der Blick ging auf einen weißgekalkten Raum mit niedriger Decke. Es gab einen einfachen Altar, einen Tisch, auf dem ein Kruzifix stand. Ein paar niedrige Bänke waren zu sehen, Fenn schätzte, daß dies die Bänke waren, auf denen die Nonnen beim Gottesdienst Platz nahmen.

»Wenn Sie bitte Ihre Plätze einnehmen wollen«, sagte Bischof Caines, »die Messe beginnt in wenigen Augenblicken. Wir haben nicht genügend Sitzgelegenheiten für alle, obwohl die Schwestern liebenswürdigerweise bereit waren, während des Gottesdienstes zu stehen. Ich darf die Herren, die keinen Sitzplatz finden, bitten, hinter den Bänken Aufstellung zu nehmen.«

Die Eingeladenen begaben sich in den weißgekalkten Raum, und die amerikanische Journalistin kniff Fenn ein Auge zu. »Ich heiße mit Vornamen Nancy.«

Er sah ihr nach, wie sie an den Bänken vorbeiging und in einer der vorderen Reihen Platz nahm. Sie war zwischen dreißig und vierzig Jahre alt. Sie trug ein graues Tweedkostüm. Sie war schlank. Sie hatte hübsche Beine. Sie schien spröde, die Art von Frau, die schüchterne Männer (die meisten Männer waren schüchtern) vergraulen würde. Fenn fand sie vielversprechend.

»Wenn Sie die vorderste Bank für mich, für die Schwester Oberin, für Alice und ihre Eltern freilassen würden«, sagte er, zu den Journalisten gewandt. »Monsignore Melsak, würdet Ihr bitte mit uns ganz vorn Platz nehmen?«

Der Belgier tat wie geheißen. Der Bischof wandte sich um und sah die Journalistin an. »Alice wird gleich dazukommen. Die Messe wird nur kurz sein. Alice wird die erste sein, die heute die Kommunion empfängt. Ich darf die Damen und Herren von den Medien bitten, dem Kind keine Fragen zu stellen, wenn es die Kapelle betritt. Ich verspreche Ihnen, Sie werden Gelegenheit haben, nach der Messe mit Alice zu reden.« Er zauberte ein entwaffnendes Lächeln auf seine Züge. »Ich brauche wohl nicht hinzuzufügen, daß Fotografieren nicht erlaubt ist, die Einladung an Sie alle ist unter dieser Voraussetzung ergangen. Wenn jemand von Ihnen einen versteckten Fotoapparat dabeihat, dann soll er ihn bitte versteckt halten und nicht zufällig auf den Auslöser drücken.«

Die Bemerkung des Bischofs wurde mit guter Laune aufgenommen.

Fenn stand im rückwärtigen Teil des Raumes, er hatte einen guten Überblick, weil er auf einer der Stufen stand, die in die Kapelle hinabführten. Eine erwartungsvolle Stille erfüllte den Raum, ganz ähnlich wie vergangenen Sonntag in der St. Joseph's Kirche. Die Nonnen knieten neben den Bänken. Der Parlamentarier und die Würdenträger von Banfield machten eine etwas unglückliche Miene, sie hatten wohl Angst, während der Messe etwas falsch zu machen. Fenn erhaschte einen Blick von der Amerikanerin, die sich Notizen in ihren Block machte.

Eine Tür ging auf. Fenn kannte den Mann, der jetzt hereinkam. Len Pagett, Alices Vater. Er trug einen schlechtsitzenden Anzug. Sein Blick war feindselig. Er tat einen Schritt nach vorn, hinter ihm erschien Alice, nervös, bleich, mit großen, erschrocken blickenden Augen. Sie trug ein hellblaues Kleid, das blonde Haar wurde von einer weißen Schleife gehalten. Fenn hörte, wie der Vater etwas murmelte. Alice beschleunigte ihren Schritt. Ihr Blick irrte zu den großen Fenstern, zur Mauer, die das Kloster umgab. Fenn kam sie vor wie ein gefangenes Reh.

Hinter Alice ging ihre Mutter, eine Nonne folgte. Die Nonne schloß die Tür und nahm mit dem Rücken zur Tür Aufstellung, wie eine Schildwache.

Aller Augen waren auf Alice gerichtet. Sie sah jünger aus als elf, aber sie hatte die Ausstrahlung einer Frau.

Sie sah Fenn an, ihm wurde eiskalt. Dann verschwand das Gefühl, und Alice war nur noch ein kleines, schüchternes Mädchen, vor dem er keine Angst zu haben brauchte.

Bischof Caines machte eine einladende Handbewegung, Alice trat vor und kniete vor dem Altar nieder. Sie stand wieder auf, um sich zu ihren Eltern in die erste Bank zu setzen.

Wieder öffnete sich die Tür, die Nonne trat zur Seite. Pater Hagan erschien, er trug das helle Meßgewand, ihm folgte Monsignore Delgard. Pater Hagan hielt einen Kelch in den Händen, der mit einem Tuch bedeckt war. Als Monsignore Delgard an Fenn vorbeiging, deutete er einen Gruß an.

Die beiden Geistlichen standen hinter dem Altar, sie hielten den Blick auf die Menschen in den Bänken und im hinteren Bereich des Raumes gerichtet. Pater Hagan hatte den Kelch auf den Altar gestellt, seine Nervosität war unübersehbar. Fenn wußte, daß er Alice Pagett ansah.

Einige Sekunden lang stand Pater Hagan still. Dann zuckte er zusammen, es schien, als hätte er sich plötzlich erinnert, wo er überhaupt war. Die Messe begann.

Fenn war erleichtert, daß es ein kurzer Gottesdienst sein würde. Er warf einen Blick in die Runde. Es war ein fensterloser Raum, es gab nur ein Oberlicht. Die Tür, durch die Alice eingetreten war, führte in den Hof.

Die Nonnen und einige Menschen in den Bänken antworteten den Gebeten des Priesters. Fenn fand, es war schwer zu verstehen, daß eine aufgeweckte und tüchtige Frau wie Sue einmal wöchentlich bei einem derartigen Ritual mitmachte. Sie war doch intelligent. Wie kam es, daß sie sich für derartige Praktiken begeisterte?

Eine plötzliche Veränderung des Lichts ließ Fenns Blick nach oben wandern. Auf dem Milchglas des Oberlichtes hockte eine Katze. Die Pfoten waren klar zu erkennen und der Kopf. Das Tier versuchte durch das Glas zu starren. Als ihm das nicht gelang, hockte es sich an den unteren Rand des Oberlichtes.

Fenn und die anderen Berichterstatter knieten nieder, wenn die Nonnen niederknieten, sie nahmen Haltung an, wenn die Nonnen aufstanden. Sie machten bei der Messe mit, so gut sie es verstanden.

Pater Hagan hatte den Kelch erhoben. Seine Augen schienen geschlossen. Fenn sah, wie Bischof Caines sich zu Alice lehnte und ihr etwas zuflüsterte. Sie stand auf, ihr blondes Haar glänzte wie Gold, und die weiße Schleife war ein Schmetterling, der sich in einem Weizenfeld niedergelassen hatte. Alice sah schwach und zerbrechlich aus. Fenn ertappte sich dabei, daß er Mitleid für das kleine Mädchen empfand. Sie hatte viel durchgemacht. Woher hatte sie die Kraft genommen?

Sie stand da und rührte sich nicht. Nach einer Weile stand die Schwester Oberin auf und führte das Mädchen zu Pater Hagan. Der Pater sah Alice in die Augen. Seine Hand mit der Hostie zitterte.

Fenn hatte die Spannung, in der sich Pater Hagan befand, sehr wohl bemerkt. Mein Gott, dachte er, der Mann hat Angst. Irgend etwas machte ihm wahnsinnige Angst.

Alice legte den Kopf zurück. Der Priester zögerte, dann legte er dem Mädchen die Oblate auf die Zunge.

Alice senkte den Kopf, ein paar Sekunden lang stand sie unbewegt vor dem Priester.

Dann begann der kleine Körper zu zucken. Alice fiel auf die Knie und begann zu würgen. Erbrochenes spritzte auf den Boden. Auf die Schuhe des Priesters. Auf sein weißes Gewand.

20

Und sie ergriff einen Stab aus Silber,
Dreimal schwang sie den Stab in die Runde;
Sie murmelte Worte des Grauens, bis mir die Kräfte schwanden,
Und sie sprach noch, als ich ohnmächtig zu Boden sank.

Aus Alison Gross: Anon

»Aber Pater Hagan, Sie haben die Suppe ja kaum angerührt. Schmeckt sie Ihnen etwa nicht?«

Der Priester sah von seinem Teller auf. »Doch, doch. Ich fürchte nur, ich habe keinen großen Hunger.« Southworth war besänftigt.

Bischof Caines ließ ein joviales Lachen ertönen. »Man kann ja zusehen, wie Ihr abmagert, Andrew. Ihr müßt essen, glaubt mir, Ihr müßt tüchtig essen, wenn ihr den Anstrengungen der nächsten Monate standhalten wollt.«

Pater Hagan tauchte seinen Löffel in die Pilzsuppe. Seine Bewegungen waren langsam, er schien geistesabwesend. Bischof Caines und Monsignore Delgard wechselten einen besorgten Blick.

»Ist Euch nicht wohl?« fragte Delgard den Priester.

Pater Hagan schluckte. »Es ist nur ein Fieber«, sagte er.

»Soll ich Euch nicht besser nach Hause fahren?«

»Nein. Die Diskussion heute abend ist von großer Bedeutung, ich möchte dabeisein.«

Bischof Caines tupfte sich die Lippen ab. »Ihr gehört ins Bett, Andrew.«

»Das ist nicht nötig, ich...«

»Also gut. Aber Ihr müßt mir versprechen, daß Ihr morgen einen Arzt zu Rate zieht.«

Pater Hagan nickte. Er ließ den Löffel sinken. Er hatte das Gefühl, die Menschen und den Raum durch ein verkehrt herum gehaltenes Fernglas zu betrachten. Was die Menschen sagten, schien von weither zu kommen.

Er betrachtete den Reporter, der ihm gegenübersaß.

Warum hatte Bischof Caines zugestimmt, daß dieser Fenn eingeladen wurde? Fenn war kein Katholik. Objektivität sei das Gebot der Stunde, hatte Bischof Caines gesagt. Die Kirche brauchte einen Agnostiker, der die Wunder von Banfield beschrieb.

Würde der junge Mann ihm zuhören? Und was konnte er, Hagan, diesem Fenn erzählen? Durfte er ihm sagen, daß er Angst hatte? Daß er Angst vor einem Kind hatte? Angst vor... Was? Nichts. Er brauchte keine Angst zu haben. Überhaupt nicht...

»Alice geht es gut«, hörte er den Bischof sagen. »Ich vermute, die Messe gestern, das war zuviel für sie. Der Hausarzt der Familie hat sie untersucht, er sagt, ihr Zustand ist in keiner Weise besorgniserregend. Sie hat etwas Temperatur, das ist alles. Sie braucht ganz einfach noch ein paar Tage Ruhe.«

»Freut mich, daß es ihr wieder besser geht«, sagte Southworth. »Ich habe mich gestern, ziemlich erschrocken. Gott sei Dank ist es nicht in der St.-Joseph's-Kirche passiert. Es war eine sehr weise Entscheidung von Euch, Bischöfliche Gnaden, das Kind im Kloster unterzubringen.«

»So gut ich den Wunsch der Menschen verstehe, daß sie Alice sehen wollen, die Gesundheit des Mädchens kommt an erster Stelle.«

»Bedeutet das, Ihr werdet Alice die Teilnahme am Gottesdienst in der St. Joseph's Kirche fürs erste untersagen?« fragte Fenn.

»Nein, nein. Es wäre völlig falsch, Alice von dem Gotteshaus fernzuhalten, das sie so sehr liebt. Sie ist mit dieser Kirche aufgewachsen, das Gebäude ist ihr zur zweiten Heimat geworden, Mr. Fenn. Man könnte fast sagen, sie ist dort geboren.«

»Sie meinen, sie ist dort getauft...«

»Ich fände es eine weise Entscheidung, wenn wir das Mädchen für dauernd von der St. Joseph's Kirche fernhielten«, fiel ihm Pater Hagan ins Wort.

Die Köpfe am Tisch gingen in die Höhe. Bischof Caines musterte den Seelenhirten, der ihn so unsanft unterbrochen hatte, mit unverhohlener Verwunderung.

»Mein lieber Andrew, Ihr wißt doch selbst sehr gut, daß eine solche Maßnahme völlig unmöglich ist. Die Schwester Oberin hat mir erzählt, sie hat das Mädchen tränenüberströmt vorgefunden, Alice sehnt sich nach ihrer Kirche. Wir können sie nicht auf ewig von dort ausschließen.« Er sah Fenn an. »Nicht, daß Sie jetzt meinen, Alice wäre hier im Kloster eingeschlossen. Sie kann das Kloster jederzeit verlassen, wenn ihre Eltern dem zustimmen.«

»Aus ihrem Verhalten geht hervor, daß sie es *jetzt* verlassen will«, sagte Fenn.

»Es ist natürlich für ein junges Mädchen kein Vergnügen, in einem Kloster zu leben, Mr. Fenn. Alice würde gern ihre Freundinnen wiedersehen, mit ihnen spielen, sie würde gerne wieder draußen sein und all das tun, was Kindern Spaß macht. Und ich sichere Ihnen zu, daß sie das Kloster bald wieder verlassen wird.«

»Ihr dürft nicht zulassen, daß sie wieder in die St. Joseph's Kirche geht, Bischöfliche Gnaden. Wartet noch damit.«

»Andrew, ich verstehe Euer Verhalten in dieser Angelegenheit nicht.« Der Ton war jetzt nicht mehr liebenswürdig, obwohl der Bischof leise und beherrscht sprach. »Warum macht Ihr Euch wegen dieses Mädchens so große Sorgen?«

Pater Hagan sah in die Runde. »Ich... Ich weiß es nicht. Es ist, weil...«

»Pater Hagan«, sagte Bischof Caines. »ich glaube, es ist an der Zeit, daß Ihr Eure Vorbehalte gegen die wunderbaren Ereignisse, die uns alle so sehr beschäftigen, klar ausspricht. Ihr könnt frei reden; daß Mr. Fenn dabei ist, braucht Euch nicht zu bekümmern, wir haben keine Geheimnisse vor der Presse. Wenn Ihr Zweifel habt, dann bringt sie zum Ausdruck, damit wir darüber diskutieren können.«

Die Tür ging auf, der Oberkellner erschien. Er warf einen prüfenden Blick auf den Tisch, dann winkte er jemandem zu, der hinter ihm im Flur zu warten schien. Eine Serviererin kam hereingeeilt, um die Teller abzuräumen.

»Oh, entschuldigen Sie, Hochwürden«, sagte sie und wollte Pater Hagan seinen Teller Suppe zurückgeben.

»Danke, ich möchte nicht mehr essen.«

Sie trug den Teller fort. Niemand sprach. Erst als der Oberkellner und die Serviererin den Raum verlassen hatten, lebte das Gespräch wieder auf. Southworth hatte für das Essen den kleinen Saal im ersten Stock reserviert, wo sie ungestört von anderen Gästen nur unter sich waren.

»Ich warte auf Eure Erklärung, Andrew«, sagte der Bischof.

»Es ist so schwer, Bischöfliche Gnaden.«

»Wie bitte?«

»Es ist so schwer, meine Gefühle in Worte zu kleiden.«
»Versucht es, Andrew«, sagte der Bischof mit Güte.
»Die Kirche – ich meine die St. Joseph's Kirche – ist – leer.«
»Leer? Das verstehe ich nicht.«
»Ich weiß, was Pater Hagan meint«, sagte Monsignore Delgard. »Ich habe es in den vergangenen Tagen ebenfalls gespürt. Es herrscht eine spirituelle Leere in der St. Joseph's Kirche.«
»Ich bin sehr erstaunt über Euch, Monsignore«, sagte der Bischof kalt. »Eure Bemerkung grenzt an Gotteslästerung. Das Haus Gottes kann nicht bar des Heiligen Geistes sein, das würde unserem Glauben widersprechen.«
»Eine Kirche ist ein Gebäude aus Stein, Bischöfliche Gnaden«, sagte der Monsignore mit ruhiger Stimme.
Bischof Caines Gesicht war vom Zorn gerötet. Fenn hob das Glas, um sein Lächeln zu verbergen.
»Vielleicht sollten wir uns bei der Unterhaltung heute abend mehr auf die materiellen Aspekte legen«, ließ sich Southworth vernehmen. »Sind Sie nicht auch dafür, Gerry?«
»Nein, ich ...«
»Sie haben völlig recht, Mr. Southworth«, sagte Bischof Caines. Es war nicht gut, wenn die Kirche in Gegenwart eines Reporters theologische Fragen diskutierte. Zeitungsleute waren dafür bekannt, daß sie alles falsch interpretieren. »Wir können später noch auf diesen Punkt zu sprechen kommen.« Er bedachte die beiden Geistlichen mit einem warnenden Blick.
»Wie Ihr wünscht«, sagte Delgard.
Pater Hagan wollte noch etwas sagen, aber als er die strengen Falten im Antlitz des Bischofs gewahrte, beschloß er zu schweigen.
Fenn war enttäuscht.
Southworth stieß in die entstandene Lücke. »Was die Medien mit Sicherheit wollen, Bischöfliche Gnaden, sind Informationen über Alices Gesundheitszustand...«
»Habe ich mich dazu nicht bereits geäußert?« sagte der Bischof.
»Ich meine ihren Gesamtzustand«, sagte Southworth. »Gestern war eine Ausnahme.«
»Ja, das war es wirklich. Die Belastung für Alice war zu groß geworden.« Er gab Delgard ein Zeichen. »Der Monsignore wird Ihnen gern sagen, was das Ärzteteam herausgefunden hat.«
»Was Ärzte über einen Patienten in Erfahrung bringen, wird

normalerweise nicht veröffentlicht«, sagte Delgard. »Warum sollten die Informationen über Alices Gesundheitszustand in der Zeitung erscheinen?«

»Wir haben ein Agreement mit Mr. Fenn getroffen«, sagte Southworth.

Fenn maß ihn mit einem überraschten Blick. »Halt einmal! Das einzige Arrangement, das wir getroffen haben, ist, daß ich die Wahrheit schreibe. Die Wahrheit, wie ich sie sehe.«

»Natürlich sollen Sie die Wahrheit schreiben, Mr. Fenn«, versicherte ihm Bischof Caines. »Wir haben von Ihnen nichts anderes erwartet. Trotzdem erwarten wir so etwas wie Diskretion.«

»Ich kann sehr diskret sein. Aber ich respektiere keine Auflagen.«

Er sah, wie der Bischof und Southworth einen raschen Blick wechselten.

Er hob die Hand. »Ich verstehe Ihr Dilemma. Sie wollen eine Story ohne Übertreibungen. Außerdem wollen Sie einen Bericht, der die private Sphäre des Mädchens respektiert, einen Artikel, der alles glattbügelt, was Ärger verursachen könnte.« Er holte Luft. »Was das erste angeht, einverstanden. Sie erhalten einen Bericht ohne Übertreibungen. Aber was die private Sphäre des Mädchens angeht, die gibt es nicht mehr, seit Alice ihre erste Vision hatte. Und drittens der Ärger, den solch ein Artikel verursachen könnte. Nun, Sie müssen es schon mir überlassen, ob ich etwas schreibe, was Ärger verursacht.«

»Das genügt mir nicht«, sagte der Bischof.

»Es wird Ihnen genügen *müssen*«, sagte Fenn. »Sehen Sie, ich weiß zum Beispiel, daß Alices Vater ein Säufer ist, aber dieses Detail ist nicht von Belang für die Story, und deshalb werde ich es nicht erwähnen. Es ist kein Staatsgeheimnis, aber ich sage in meiner Story kein Wort darüber.«

»Das ist ein sehr dürftiges Zugeständnis, Mr. Fenn.«

»Das ist alles, was ich Ihnen anbieten kann.«

Es war Southworth, der die Situation rettete. »Es gibt doch im Journalismus den Begriff *off the record*. Der Journalist erfährt etwas und weiß zugleich, daß er es in dieser Form nicht veröffentlichen darf. Auf diese Weise verschafft er sich den nötigen Überblick, ohne daß dann jede Einzelheit auch in der Zeitung stehen muß.«

Fenn sah ein, daß er keine andere Wahl hatte, er mußte auf diesen

Kompromiß eingehen. »Einverstanden, wenn die Notbremse *off the record* nicht allzu oft gezogen wird.«

»Und Sie, Bischöfliche Gnaden, sind Sie auch einverstanden?« fragte Southworth.

Bischof Caines war nachdenklich geworden. »Sie werden mir abnehmen, Mr. Fenn, daß wir nichts verheimlichen wollen. Es ist nicht die Art der Kirche, die Presse im dunkeln tapsen zu lassen.«

Ach nein? dachte Fenn. Warum teilt der Papst den Gläubigen dann nicht die Weissagungen von Fatima mit? Warum legt der Papst die finanziellen Verhältnisse der Kirche nicht offen? Warum sagt er nicht, an welchen Firmen der Vatikan überall beteiligt ist.

»Wir möchten, daß die Wahrheit geschrieben wird« fuhr Bischof Caines fort. »Aber wir müssen vermeiden, daß mit dem Bericht irgendwelchen Menschen Schaden zugefügt wird. Wenn Sie für diesen Standpunkt Verständnis aufbringen, Mr. Fenn, werden wir keine Schwierigkeiten miteinander haben. Ich bin sicher, es gibt viele Journalisten, die gern unter diesen Bedingungen mit uns zusammenarbeiten würden.«

Du verdammter Hund! dachte Fenn. Du weißt genau, daß ich nach der Karotte springen muß. »Einverstanden, unter einer Bedingung: wenn ich den Eindruck habe, daß Sie Fakten zurückhalten, die der Öffentlichkeit bekanntgemacht werden sollten, dann werde ich diese Fakten veröffentlichen.«

»Wollen Sie uns der Lüge zeihen?«

»Keineswegs. Aber Sie könnten versucht sein, Informationen zurückzuhalten, die dem Image der Kirche schaden.«

»Dann werden Sie also unser gutes Gewissen sein, Fenn.«

»Einverstanden.«

Mr. Southworth stieß einen Seufzer der Erleichterung aus. »Sie wollten uns sagen, was das Ärzteteam herausgefunden hat«, sagte er, zu Delgard gewandt.

»Ich habe einen sehr ausführlichen Bericht mit einer Fülle medizinischer Fakten bekommen«, begann der Monsignore. »Ich will das hier so gedrängt und so präzis wie möglich darstellen. Wenn Sie den vollständigen Text des Gutachtens lesen möchten, Mr. Fenn, ich kann eine Kopie für Sie anfertigen lassen.« Er nahm einen Schluck aus seinem Glas. »Ich möchte zunächst auf Alices frühere Behinderung eingehen. Es gibt keine physischen Veränderungen in den Ohren des Mädchens oder an seinen Stimmorganen, was die schon früher geäußerte Annahme erhärtet, daß es sich um eine Erkrankung mit psychologischen Ursachen handelte. Es gab zu keinem Zeitpunkt eine Schädigung der Gehörnerven, der Gehörknöchelchen, der Schnecken oder der Trommelfelle. Möglich, daß das Mädchen vor sieben Jahren eine Infektion gehabt hat, aber es wurden keine Anzeichen für Folgeschäden dieser Infektion gefunden. Es gibt keine Verhärtungen oder Knochenbildungen im Innenohr. Mastoiditis und Mittelohrentzündung wurden schon bei früheren Untersuchungen ausgeschlossen. Die Stimmbänder sind ohne Befund, der Kehlkopfnerv ist gesund. Die frühere Diagnose der Behinderung war Hysterie.«

»Wollen Sie damit sagen, daß Alice all die Jahre lang an den Folgen eines hysterischen Zustandes litt?« fragte Fenn ungläubig.

»So einfach liegt der Fall nicht, und selbst wenn es so wäre, dann wäre das Krankheitsbild nicht so ungewöhnlich, wie Sie mit dem Tonfall Ihrer Frage andeuten. Es sind Infektionen denkbar, die der Hausarzt übersehen hat, und es ist nicht ausgeschlossen, daß die Behinderung von jenen Infektionen herrührte. Wir wissen, daß Alice im Alter von vier Jahren an Mumps erkrankte. Der Arzt behandelte das als normale Kinderkrankheit, weitere Untersuchungen wurden erst angestellt, als sich die Behinderung zeigte. Das Gutachten der Ärzte enthält kein Quentchen Kritik an der fachlichen Eignung des Hausarztes, der Alice damals betreut hat. Wir ergehen uns also, was mögliche andere Ursachen der Erkrankung angeht, in Mutmaßungen.«

»Hat der Hausarzt das Gutachten schon gelesen?« fragte Fenn.

»Nein. Und der Hausarzt würde natürlich jede Möglichkeit eines Behandlungsfehlers in Abrede stellen. Ohnehin möchte ich davor warnen, voreilige Schlußfolgerungen aus dem Gutachten zu ziehen.«

Der Bischof schaltete sich ein. »Ich erinnere Sie an unser Gespräch von vorhin. Das Wort *Diskretion* kam da öfter vor.«

»Keine Sorge, ich habe nicht vor, mir eine Klage des Hausarztes zuzuziehen, zumal nach all den Jahren ein Behandlungsfehler wohl kaum noch nachweisbar wäre. Aber was ist, wenn sich das Ärzteteam geirrt hat?«

»Das ist durchaus denkbar«, sagte Monsignore Delgard.

»Und doch empfehle ich, zunächst einmal der These des Ärzteteams zu folgen. Alice hatte einen Schock erlitten. Die Behinderung war psychologisch so fest in ihr verankert, daß sie sich nicht mehr davon freimachen konnte. Je mehr Angst sie vor der Taubstummheit hatte, um so tiefer setzte sich die Blockierung fest. Die Karteien der Ärzte sind voll von solchen Krankheitsgeschichten. Aus der Angst wird eine Phobie, aus der Phobie eine physische Behinderung. Das Unterbewußtsein hat seine eigene Logik. Ein Schock war notwendig, um Alices Blockierung aufzuheben. Die Vision, ob sie nur eingebildet war oder wirklich stattfand, hat Alice von ihrem Leiden befreit.«

»Wollen Sie damit sagen, daß es keine Wunderheilung war?« fragte Fenn.

»Nach sieben Jahren Taubstummheit kann das Mädchen sprechen, sie kann hören. Ob die Behinderung nun geistig oder physisch bedingt war, die Heilung steht außer Frage...«

...die Kirche – die Kirche – was immer mit Alice geschah, es geschah in der Kirche...

Pater Hagan hielt die Fingerspitzen an seine Schläfen gepreßt. Wieder waren die Stimmen der Menschen ganz weit entfernt. Alles klang hohl – wie das Echo der Gebete in einer großen, dunklen Kirche. *Pater Hagan hatte die Kirche zu hassen begonnen...*

Nein! Die Kirche war das Haus Gottes! Niemand durfte die Kirche hassen! Vor allem kein Priester...

»... der allgemeine Gesundheitszustand«, hörte er Bischof Caines sagen. »Ist das Kind jetzt wirklich gesund?«

»Die Frage ist einfach zu beantworten, ich brauche mich dazu nicht einmal irgendwelcher medizinischer Fachausdrücke zu bedienen. Alice ist ein völlig normales, gesundes Kind. Sie ist derzeit vielleicht ein bißchen abgespannt. Sie ist in sich gekehrt. Aber auch das ist normal nach allem, was sie durchgemacht hat. Es gibt eine kleine Anomalie, aber diese Anomalie besteht schon seit der Geburt, wie der Hausarzt sagt.«

»Was ist das für eine Anomalie?« fragte Fenn.

Delgard zögerte. »Was ich Ihnen jetzt sage, ist off the record, weil eine Veröffentlichung dem Mädchen Nachteile bereiten könnte.«

»Sie brauchen sich deswegen keine Sorgen zu machen«, sagte Fenn. »Ich werde dem Mädchen keine Nachteile bereiten, wirklich nicht.«

»Also gut. Alice hat ein kleines Fleischläppchen auf der Haut. Eine Art Geschwulst, ein paar Fingerbreit unter dem Herzen.«

»Eine Geschwulst? Großer Gott!« entfuhr es Bischof Caines.
»Nichts Bösartiges«, beruhigte ihn Delgard. »Das Phänomen ist unter der Bezeichnung *überzählige Brustwarze* bekannt...«

...überzählige Brustwarze – eine dritte Brust – darüber habe ich doch schon was gelesen... Mein Gott, wenn ich mich nur erinnern könnte...

»...zu keinen Besorgnissen Anlaß. Das Fleischläppchen ist etwas größer geworden seit der letzten Messung, aber wir müssen dabei berücksichtigen, daß Alice wächst. Es besteht kein Anlaß zu der Befürchtung, daß die Brustwarze weiterwächst.« Monsignore nahm einen tiefen Zug. »Damit wäre alles gesagt. Alice Pagett ist gesund, wenn man von dem kleinen Schönheitsmakel absieht.«

»Das sind ja gute Nachrichten«, freute sich Bischof Caines. »Ich danke Euch für Eure umfassenden Erläuterungen, Monsignore. Haben Sie noch Fragen, Mr. Fenn?«

Die Tür ging auf. Zwei Serviererinnen trugen die Hauptmahlzeit herein.

»Es tut mir leid, daß es etwas länger gedauert hat«, sagte Southworth. »Das Hotel ist ausgebucht, das ist der Grund. Ein Vorgeschmack der Entwicklung, die uns noch ins Haus steht.« Er strahlte.

Die Gespräche wandten sich einer Reihe von Allgemeinplätzen zu. Das Essen wurde aufgelegt. Fenn beobachtete Pater Hagan aus den Augenwinkeln. Es war offensichtlich, daß der Priester krank war. Der kalte Schweiß stand ihm auf der Stirn, die Augen lagen tief in den Höhlen. Der Mann brauchte Urlaub.

Fenn betrachtete mit wachsender Vorfreude die Kalbsmedaillons, die auf seinen Teller gelegt worden waren. Er wartete auf das Gemüse. Southworth war auf die kommerziellen Auswirkungen und Möglichkeiten der Wunder von Banfield zu sprechen gekommen.

»Ich glaube wirklich, daß es an der Zeit ist, wenn wir eine Werbeagentur zur Steuerung der Presseveröffentlichungen einschalten...«

»...scheint mir denn aber doch etwas voreilig...«

»...in keiner Weise. So etwas muß generalstabsmäßig geplant werden...«

»...wir müssen nicht unbedingt dem Vorbild Lourdes nacheifern, George...«

...Ich kann keinen Bissen runterkriegen. Wenn der Bischof doch nur nicht darauf bestanden hätte, daß...

»...bei dem Besuch des Papstes in England...«

»...allerdings hat die Organisation dann wieder zwanzig Prozent der Profite verschlungen...«

»...aber das war's wert...«

...jeden Abend wurde das Gefühl stärker – obwohl der Monsignore da war – das Gefühl, allein zu sein... Leere... Die Kirche war leer, und trotzdem war da etwas!

»...Figuren, T-Shirts, Kassetten mit dem Gottesdienst...«

»Andrew, Ihr müßt etwas essen. Das wird Euch stärken.«

»Was? Wie Ihr wollt, Bischöfliche Gnaden...«

»Entrecôte Roquefort ist eine Spezialität des Hauses, Pater Hagan. Ich bin sicher, daß Ihnen das schmeckt.«

»Natürlich...«

»...man kann uns nichts nachsagen...«

»...ich kann Sie sehr gut verstehen, aber die Kirche muß ein kritisches Auge auf die Geschäftswelt haben, das hat sie immer schon gehabt...«

...ihre Augen – warum hat sie mich so merkwürdig angesehen... Warum wollte sie die Hostie nicht nehmen?

»...ich glaube nicht...«

»...und die Bank ebenfalls... Ich bin sicher, gegen eine kleine Bürgschaft der römisch-katholischen Kirche hätte die Bank nichts einzuwenden... Ich habe schon ein Vorgespräch mit dem Zweigstellenleiter geführt – er ist übrigens Mitglied im Gemeinderat...«

...Fleisch – schmeckt nach nichts... Ich muß essen, hat der Bischof gesagt... Ihre Augen... Sie wußte es... Was sagen die Männer...? Ich muß sie aufhalten... Ich kann's nicht runterschlucken... Oh, mein Gott, das Fleisch wächst – in meinem...

»Pater!«

Delgard sprang auf, sein Stuhl polterte zu Boden. Er griff dem Priester, dessen Gesicht blau angelaufen war, unter die Arme.

Fenn kam um den Tisch herumgerannt. »Der Mann erstickt!« schrie er. »Um Gottes willen, er hat sich verschluckt. Er erstickt!«

...füllt mich aus – ich bekomme keine Luft mehr – es wächst und wächst...!

Pater Hagan wand sich auf seinem Stuhl. Er versuchte zu schreien, aber der Schrei wurde von dem Fleischbrocken erstickt, der in seiner Kehle steckte. Sein Kopf krachte auf die Tischplatte, daß die Bestecke hüpften. Der Teller zerschellte am Boden. Ein entsetzliches Gurgeln und Krächzen kam aus Pater Hagans Kehle.

»Er hat einen Herzanfall!« rief Bischof Caines. »Er hat ein schwaches Herz. Sucht nach dem Medikament, er hat es sicher bei sich!«

»Nein, er erstickt!« widersprach Fenn. »Helfen Sie mir, ihn wieder auf den Stuhl zu setzen.«

Delgard hielt den Priester fest. Fenn ließ seine Faust zwischen die Schulterblätter des Erstickenden niedersausen. Pater Hagan zuckte zusammen. Er keuchte. Wieder schlug Fenn zu.

»Es hat keinen Zweck!« sagte Delgard.

»Ich rufe den Krankenwagen an.« Southworth rannte aus dem Saal. Er war froh, daß er dem Todeskampf des Priesters nicht länger beiwohnen mußte.

»Er hat einen Herzanfall«, wiederholte Bischof Caines.

»Halten Sie ihm den Mund offen«, sagte Fenn. Monsignore Delgard umfaßte das Kinn des Priesters und riß ihm den Mund auf. Hagan wollte sich dem Griff entwinden, der Schmerz in den Lungen war schier unerträglich geworden.

Fenn spähte in den Rachen des Priesters. »Ich kann was sehen!«

Er steckte seinen Zeigefinger in die Rachenhöhle und versuchte, den Fleischbrocken zu packen. Delgard brauchte seine ganze Kraft, um den Priester auf dem Stuhl festzuhalten.

»Ich komme nicht dran, verdammt noch mal!«

...Hände... Hände berühren mich... Ich kann nicht... Ich bekomme keine Luft mehr... Hilf mir, Gott... Ihre Augen...

Die Muskeln in seiner Kehle zuckten, aber der Fleischbrocken ließ sich nicht ins Freie befördern, er sank tiefer und tiefer, er wuchs.

Pater Hagan sank zu Boden, er riß die beiden Männer, die um sein Leben kämpften, mit sich.

»Wir müssen ihm den Kopf in den Nacken legen, vielleicht bekommen wir den Brocken dann heraus!«

...es ist zu spät... Oh, mein Gott, diese Schmerzen – in der Brust – in den Armen... Oh, mein Gott, warum sagst du ihnen nicht...

»Ich hab' ihn, ich hab' ihn! Halten Sie den Kopf gut fest, ich will versuchen...

Der Priester stieß einen Schrei aus, einen Schrei voller Todesangst. Der Körper wand sich in wilden Zuckungen, das Gesicht war dunkelblau geworden...

...*in DEINE Hände*...

...in seinen Augen spiegelte sich die Furcht vor dem Sterben, ein Rasseln war zu hören, das aus Pater Hagans Kehle zu kommen schien...

...*meinen Geist*

...das Rasseln erstarb Sekunden, nachdem er gestorben war...

...*und vergib mir meine Schuld*...

21

> *Du wandelst auf dunklen Bergen,*
> *Kannst du Gottes Gnade fühlen?*
> *Bist du, Jerusalem, erbaut*
> *Inmitten dunkler Satansmühlen?*
> Aus William Blake: Jerusalem

Kalt. So kalt, daß es einem die Eier abfror.

Fenn zog die Wagentür zu. Sein Atem kroch als milchiger Nebel über die Windschutzscheibe. Fenn versuchte den Zündschlüssel ins Schloß zu schieben. Er hielt den Blick auf die Kirche gerichtet.

Zum erstenmal, daß dort keine Pressereporter standen. Vielleicht hatten sie die Schnauze voll, nach dem Begräbnis gestern.

Er trottete zum Tor vor dem Kirchengelände. Ein Wächter stand am Gitter.

»Kalter Tag«, sagte Fenn.

Der Mann nickte.

»Fenn vom *Brighton Evening Courier*.«

»Kann ich Ihren Presseausweis sehen?«

Fenn holte mit klammen Fingern den Personalausweis aus der Brieftasche. Der Mann grunzte befriedigt.

»Ich komme, um mit Monsignore Delgard zu sprechen.«

Der Wächter öffnete das Tor. »Ich weiß Bescheid.«

Fenn durchschritt das Tor. »Kaum Journalisten hier heute.«

Der Wächter verschloß das Tor. »Die kommen später. Die meisten sind noch im Kloster.« Er zog ein Taschentuch hervor und schneuzte sich.

»Ich komme gerade vom Kloster. Kaum ein Pressemensch dort.«

»Dann haben sie gestern abend noch gesoffen. Diese Blutsauger.« Ungerührt starrte er Fenn an.

Der überhörte die Spitze. »Haben Sie Pater Hagan gut gekannt?« fragte er.

»Ein guter Mann. Ein fleißiger Mann. Der ganze Trubel, das war zuviel für ihn.«

Fenn ließ den Mann stehen. Er ging auf das Pfarrhaus zu. Er war bei den Stufen angekommen, als die Tür geöffnet wurde. Ein junger Priester erschien im Türspalt.

»Sie sind Mr. Fenn, nicht wahr?« Er sprach mit irischem Akzent. »Monsignore Delgard ist in der Kirche. Soll ich ihn holen?«

»Danke, ich gehe zu ihm.«

Fenn schlenderte zur Kirche hinüber, der junge Priester sah ihm nach.

Er fand die Kirche verschlossen vor. Er drehte den schweren Eisenring und öffnete das Portal. Merkwürdig. Drinnen war es kälter als draußen. Er ließ das Portal ins Schloß fallen und ging auf die schwarze Gestalt zu, die in der ersten Bank saß.

Monsignore Delgard wandte nicht einmal den Kopf, als er sich neben ihm niederließ.

»Monsignore?«

Delgard starrte auf das Glasfenster über dem Altar. »Was geht in dieser Kirche vor?« flüsterte er.

»Was sagen Sie da?«

Delgard sah ihn an. »Ich frage mich, was in dieser Kirche vorgeht, Mr. Fenn. Und ich frage mich, warum Pater Hagan gestorben ist. Ich frage mich, wovor er so große Angst hatte.«

»Hatte er das?«

»Oh, ja. Er hatte Todesangst.«

»Er war krank, nicht wahr?«

»Ja, er war krank. Aber da war noch etwas. Etwas, das ihm die Kraft aussaugte.«

»Ich kann Ihnen leider nicht folgen.«

»Glauben Sie an Gott, Mr. Fenn?«

Es war eine Frage, die Fenn in Verlegenheit brachte. »Ich bin nicht sicher, ob ich an Gott glaube. Ich hab' noch nicht drüber nachgedacht.«

»Jeder Mensch denkt über diese Frage nach, Mr. Fenn. Wollen Sig mir nicht antworten, weil ich Priester bin?«

»Nein, das ist es nicht. Ich bin wirklich nicht sicher, ob ich an Gott glaube. Jedenfalls glaube ich nicht an eine Vaterfigur mit einem weißen Bart.«

»Niemand will, daß Sie an eine Vaterfigur mit einem weißen Bart glauben. Es wäre naiv, sich Gott so vorzustellen. Lassen Sie mich meine Frage so formulieren: haben Sie Angst, *nicht* zu glauben?«

»Ich glaube, davor haben die meisten Menschen Angst.«

»Und Sie?«

»Ich mache keine Ausnahme.«

»Fürchten Sie den Tod, weil Sie Sünden begangen haben?«

»Nein. Ich hoffe nur, daß Gott meine Entschuldigungen annimmt. Aber was hat das alles mit Pater Hagan zu tun?«

Der Mosignore ließ seinen Blick zum Altar wandern. »Pater Hagan war ein demütiger Diener Gottes, er war wirklich ein guter Mensch, trotzdem hatte er Todesangst.«

»Vielleicht hatte er Sünden begangen, von denen Sie nichts wußten.«

»Wir alle haben Sünden begangen, derer wir uns schämen. Meist sind es ganz alltägliche Dinge, die erst Wichtigkeit erlangen, weil wir ihnen mit unserem Schuldgefühl eine so große Bedeutung einflößen. Merkwürdig, aber ich habe Pater Hagan am Abend vor seinem Tod die Beichte abgenommen. Er hatte nichts zu befürchten.«

Fenn zuckte die Achseln. »Es ist ein weiter Sprung vom Leben in den Tod, und es gibt keine Garantie für eine weiche Landung. Niemand weiß, ob es überhaupt eine Landung gibt. Egal, wie tief der Glauben des Menschen ist, er hat keine Garantie, daß es ein Jenseits gibt. Richtig?«

»*Nicht* richtig, Mr. Fenn. Aber ich verstehe, worauf Sie hinauswollen.«

»Als es darauf ankam, benahm sich Pater Hagan wie ein ganz normaler Mensch. Er hatte Angst vor der Stunde der Wahrheit.«

»Pater Hagan litt unter dem Wissen, daß er uns eine furchtbare Erbschaft hinterließ.«

Jetzt verstand Fenn gar nichts mehr.

»Er machte sich Sorgen wegen der Dinge, die in dieser Kirche vor sich gehen«, fuhr Monsignore Delgard fort. »Er hat kaum noch ein Auge zugetan, nachdem Alice die erste Vision gehabt hatte. Er hatte Angst, sich auf dem Gelände seiner eigenen Kirche zu bewegen.«

»Mir ist aufgefallen, daß er von Mal zu Mal schlechter aussah.«

»Sie haben ihn kennengelernt, als Alice die erste Vision hatte, nicht wahr?«

»Yeah. Und schon damals sah er nicht gerade aus wie das blühende Leben. Sein Zustand hat sich dann von Mal zu Mal verschlechtert. Ich habe das auf die großen Belastungen zurückgeführt, denen er durch die unerklärlichen Ereignisse ausgesetzt war.«

»Sein Leiden begann lange vorher.«

»Hatte sein schlechter Gesundheitszustand irgend etwas mit der Tätigkeit zu tun, die er in Hollingbourne ausgeübt hat?«

Delgards Züge wurden hart. »Wer hat Ihnen davon erzählt?«

»Niemand. Mir ist nur die allgemeine Betretenheit aufgefallen, als der Reporter bei der Pressekonferenz bei diesem Punkt nachgefragt hat. Wo liegt das große Problem, oder ist es immer noch ein Geheimnis?«

»Sie würden es früher oder später sowieso herausfinden«, seufzte Delgard. »Aber diese Dinge sind lange her und nicht von Wichtigkeit für die Fragen, über die wir jetzt sprechen.«

»Wenn es nicht so wichtig ist, warum sagen Sie's mir dann nicht?«

»Ich sage es Ihnen unter der Bedingung, daß Sie Stillschweigen bewahren.«

»Einverstanden.«

Delgard war froh, daß Fenn auf die Bedingung einging. Hätte er ihm die Auskunft verweigert, hätte der Reporter Nachforschungen auf eigene Faust angestellt; so aber war er zur Geheimhaltung verpflichtet.

»Pater Hagan war noch sehr jung, als er als Hilfspfarrer in Hollingbourne eingesetzt wurde«, begann er. »Er war noch verwundbar.«

»Wollen Sie andeuten, daß er ein Verhältnis mit einem Mädchen aus seiner Gemeinde gehabt hat?«

»Nein. Es gab kein solches Verhältnis. Allerdings hat der Pater damals eine Zuneigung zu dem älteren Pfarrer gefaßt, der die Gemeinde betreute.«

»Aha.«

»Es hat keine sexuellen Beziehungen zwischen den beiden gegeben, um das gleich vorab zu sagen. Wenn es zu sexuellen Beziehungen gekommen wäre, dann wären die beiden nicht im Priesteramt geblieben.«

»Warum...«

»Weil es in einem kleinen Ort wie Hollingbourne keine Geheimnisse gibt. Pater Hagan hatte eine tiefempfundene Zuneigung zu dem älteren Geistlichen, die Sache wurde dem Bischof jener Diözese hinterbracht, und der griff ein, bevor die Situation außer Kontrolle geriet.«

»Entschuldigen Sie, aber wieso sind Sie so sicher, daß es nicht zu sexuellen Beziehungen gekommen ist?«

»Weil die beiden das gebeichtet hätten, als man sie zur Rede stellte.«

»Sie haben eine sehr hohe Meinung von den Menschen, Monsignore. Pater Hagan wurde also versetzt.«

»Ja. Der andere Priester – sein Name tut hier nichts zur Sache – verließ Hollingbourne wenig später. Ich weiß, daß der Vorfall Pater Hagan während seiner ganzen Priesterlaufbahn verfolgt hat. Ich weiß auch, er hat sich nie wieder in Versuchung führen lassen. Er hat sich mit Arbeit und mit Gebeten betäubt.«

»Aber die Schuld blieb.«

»Pater Hagan war ein sehr empfindsamer Mensch. Ich glaube, er hat sich von dieser Schuld nie zu befreien vermocht.«

»Ihre Religion sieht es ja sehr gern, wenn jemand sein ganzes Leben unter der Schuld ächzt, nicht wahr?«

»Eine lieblose Bemerkung, Mr. Fenn, und noch dazu falsch. Aber ich möchte mit Ihnen hier nicht über die Gottesidee der römisch-katholischen Kirche diskutieren. Sprechen wir von der Angst, die Pater Hagan in dieser Kirche, in diesem Gebäude empfand.«

»Darüber habe ich nachgedacht, seit Hagan starb«, sagte Fenn. »Bei der Pressekonferenz sagte er, mit der Kirche stimmt was nicht, und Sie haben das bestätigt.«

»Sehen Sie sich um, Mr. Fenn. Finden Sie es nicht auch sehr dunkel in dieser Kirche?«

»Gewiß ist es dunkel. Aber es ist auch sehr neblig draußen. Es fällt wenig Licht durch die Fenster.«

»Schließen Sie die Augen, und sagen Sie mir, was Sie empfinden.«

Fenn schloß die Augen.

»Was fühlen Sie?«

»Ich komme mir wie ein Idiot vor, das ist alles.«

»Denken Sie an die Kirche, in der Sie sich befinden. Was fühlen Sie, Mr. Fenn?«

Er mochte das nicht. Er mochte nicht mit geschlossenen Augen in einer Kirche stehen.

»Nein!«

Er riß die Augen auf und starrte Monsignore Delgard an. »Es tut mir leid«, stammelte er. »Ich weiß nicht, warum ich plötzlich losgebrüllt habe.« Er schauderte. »Was ist passiert?«

»Was haben Sie gefühlt?« fragte Delgard freundlich.

»Nichts.« Er dachte nach. »Mein Gott, das ist es! Ich habe die Leere gespürt, die hier herrscht. Ich meine nicht, daß außer uns keine Menschen in der Kirche sind. Ich meine die spirituelle Leere.«

»Dann spüren Sie das gleiche, was ich spüre.«

»Ich weiß nicht ... Es ist so kalt hier. Es ist unheimlich. Aber ich glaube, eine leere Kirche ist immer unheimlich.«

»Nicht für einen Priester«, sagte Monsignore Delgard. »Wir Priester sind gern in einer leeren Kirche, wo wir in Ruhe beten und meditieren können. Aber in dieser Kirche gibt es keinen Seelenfrieden, es gibt nur das Gefühl von Unheil.« Fenn sah, daß Delgard von tiefer Sorge erfüllt war. »Wenn Alice wirklich die Jungfrau Maria gesehen hat, müßte der Heilige Geist in diesen Mauern zu spüren sein.«

»Sie selbst haben gesagt, eine Kirche ist ein Gebäude aus Stein«, erinnerte ihn Fenn.

»Eine Kirche ist ein Gefäß, das entleert werden kann wie jedes andere Gefäß. Das hat Bischof Caines nicht verstanden. Diese Kirche ist ausgeblutet.«

»Wie können Sie das behaupten?«

»Aber Sie haben es doch vorhin selbst gespürt! Pater Hagan hat das gleiche empfunden wie Sie, über viele Wochen hinweg. Deshalb auch sein körperlicher Verfall. Ihm ist die Lebenskraft ausgesaugt worden.«

»Der Mann war krank. Sein Herz...«

»Nein. Ihm ist der Lebenssaft abgezapft worden, so wie dieser Kirche der Geist abgezapft worden ist. Ich habe ihn zu Anfang nicht richtig verstanden, als er mir seine Ängste schilderte. Er glaubte übrigens nicht, daß es sich um Wunderheilungen handelte, Mr. Fenn. Er hat auch nicht geglaubt, daß Alice die Jungfrau Maria gesehen hat. Nur ganz zu Anfang hat er ihr geglaubt, er kannte sie ja von Jugend auf, sie war ein herzensgutes Mädchen, aber dann bekam er Angst vor ihr.«

»Angst vor einem elfjährigen Mädchen?«

»Aber Sie waren doch selbst letzten Sonntag im Kloster, Mr. Fenn.«

»Ganz recht. Ich war dabei, als Alice schlecht wurde.«

»Vorher. Versuchen Sie sich zu erinnern, was vorher war. Ist Ihnen nicht aufgefallen, wie er Alice angesehen hat?«

»Sie haben recht. Er hatte Angst vor ihr. Aber wir dürfen nicht vergessen, daß Pater Hagan am Ende seiner Nerven war.«

»Er war am Ende seiner Nerven, weil er miterleben mußte, wie seine Kirche vergewaltigt, wie ein Kind von der Gewalt des Bösen mißbraucht wurde!«

»Ist das nicht ein bißchen weit hergeholt, Monsignore?«

»Ich nehme es Ihnen nicht übel, daß Sie das sagen, Mr. Fenn. Sie sind ein geborener Zyniker. Vielleicht sind es die Zyniker, die am wenigsten leiden in dieser Welt, vielleicht leiden sie auch am meisten von allen.« Ein mitleidiger Blick traf den Reporter.

Fenn wandte sich brüsk von dem Monsignore ab. Seine Augen hefteten sich auf den Altar.

»Im vorliegenden Fall könnte sich Ihr Zynismus auch als hilfreich erweisen«, hörte er Delgard sagen. »Wenn ich Sie richtig beurteile, dann glauben Sie an gar nichts. Sie haben keine Familie, keine Frau...«

»Wie kommen Sie darauf? Was wissen Sie überhaupt von mir?«

»So einiges. Ich habe mich ausführlich mit Miß Gates unterhalten, wissen Sie.«

»Mit Sue? Die würde Ihnen auf keinen Fall...«

»Susan ist eine regelmäßige Kirchgängerin, Mr. Fenn. Und was Sie angeht, so hat Ihre Freundin in der letzten Zeit mehr und mehr Zweifel bekommen.«

»Das ist mir auch schon aufgefallen. Was ich nicht verstehe ist, warum erzählt Ihnen Sue so etwas?«

»Weil ich sie drum gebeten habe.« Delgard sprach jetzt mit großem Nachdruck. »Ich brauche Ihre Hilfe, Mr. Fenn, und deshalb habe ich mich näher nach Ihnen erkundigt.«

»Ich verstehe trotzdem nicht recht, wieso...«

»Ihr Arbeitgeber sagt mir, Sie sind ein guter Journalist. Ein Mann, der viele Probleme schafft, aber im Grunde ganz vernünftig. Es heißt, Sie haben eine Spürnase für Themen. Was die übrigen Apsekte Ihres Charakters angeht, so ist die Beurteilung durch Ihren Arbeitgeber nicht besonders rosig.«

»Ich kann mir vorstellen, was er gesagt hat.«

»Gut. Damit kennt jeder von uns die Schwächen des anderen.«

»Ich habe aber nicht...«

»Susan hat mir gesagt, daß Sie einen klinisch klaren Verstand haben, Mr. Fenn, besonders wenn es um Dinge geht, die mit Ihrem Beruf zu tun haben. Ich gebe zu, nach dem Studium Ihres ersten Artikels über Alice und die Ereignisse bei der St. Josephskirche war ich eher skeptisch gewesen, ich hielt Sie damals für einen Menschen, der alles sehr emotional sieht. Aber Susan hat mir gesagt, Sie können sehr objektiv sein. Es kling vielleicht etwas pervers, aber ich habe Respekt vor Ihrem Opportunismus. Sie selbst haben nicht *geglaubt*, was Sie da schrieben, aber Sie wollten, daß Ihre Leser es glaubten. Erst beim nochmaligen Durchlesen habe ich verstanden, daß Ihre Story doppelbödig angelegt ist.«

»Ich fürchte, da schätzen Sie mich zu hoch ein.«

»Sie haben einen scharfen Verstand, Mr. Fenn. Sie sind genau der Mann, den ich brauche.«

»Könnten Sie mir jetzt bitte sagen, was das alles soll?«

»Wenn Sie zynisch sind, was die Kirche angeht, so könnte das bedeuten, daß Sie auch zynisch sind, was den großen Gegenspieler der Kirche angeht.«

»Der große Gegenspieler?«

»Das Böse, von dem wir gegenwärtig umgeben sind.«

Fenn grinste. »Das klingt ja interessant.«

»So verstehen Sie doch! Wenn Sie nicht an das Böse glauben, dann haben Sie auch keine Angst vor dem Bösen. Das Böse ist ein Parasit, der sich aus dem Glauben der Menschen nährt.«

»Ich dachte immer, das Böse nährt sich aus der Dummheit.«

»Es sind nicht selten die Dummen, die einem Glauben anhängen. Sie, Mr. Fenn, gehören ganz sicherlich nicht zu diesen Dummen. Sie glauben nur an Dinge, die sich beweisen lassen. Wenn es solche Beweise nicht gibt, dann suchen Sie danach. Und deshalb sind Sie auch der Richtige für diese Aufgabe. Ich möchte, daß Sie für mich etwas herausfinden.«

»Und was, Monsignore?«

»Sie sollen herausfinden, was mit dieser Kirche los ist.«

Fenn sah ihn überrascht an. »Das können Sie sicher besser als ich.«

»Was hier gefragt ist, Mr. Fenn, ist nicht theologische Vorbildung, sondern Objektivität und praktischer Sinn. Ich selbst bin in den nächsten Monaten mit Arbeit eingedeckt, ich muß den Pilgerstrom betreuen, der sich nach St. Joseph's ergießen wird, ich muß die Bauarbeiten beaufsichtigen, die wir unternehmen wollen. Und ich bin auch nicht objektiv. Ich bin gefangengenommen von der Ausstrahlung dieses Ortes, mein Blick ist getrübt vom tragischen Tod des Paters. Übrigens sollten sich Ihre Recherchen nicht auf die Kirche beschränken, ich möchte, daß Sie auch die Ortschaft Banfield unter die Lupe nehmen. Mit Bischof Caines und George Southworth haben Sie ja bereits ein grundlegendes Einverständnis, betrachten Sie meinen Auftrag als Teil des Ganzen. Finden Sie heraus, was früher hier passiert ist.«

»Haben Sie da irgendwelche Vermutungen?«

»Nein. Und noch eines, Mr. Fenn! Durchforschen Sie die Vergangenheit von Alice Pagett. Es gibt da ein Rätsel, das wir lösen müssen.«

»Ich habe den Eindruck, jetzt sind Sie selbst etwas aus dem Gleichgewicht gekommen, Monsignore.«

»Es ist gut, wenn Sie so von mir denken«, sagte Delgard. »Sehr gut sogar. Und jetzt folgen Sie mir bitte, Mr. Fenn! Ich möchte Ihnen etwas zeigen.« Er erhob sich von der Bank. Fenn stand ebenfalls auf, er trat zur Seite, um den Priester vorbeizulassen.

Delgard vollzog einen Kniefall vor dem Altar, dann ging er auf die Marienstatue zu.

Fenn folgte ihm, er hatte die Hände in den Hosentaschen vergraben.

Sie waren vor der Statue angekommen. »Ich weiß von Pater Hagan, daß Alice sehr oft zu der Muttergottes gebetet hat«, sagte der Monsignore. »Sie hat vor dieser Statue viele Stunden im stillen

Gebet verbracht. Man könnte es auch als Besessenheit bezeichnen. Wenn die Visionen dieses Mädchens nur Halluzinationen einer kranken Seele waren, dann hatten diese Halluzinationen wahrscheinlich ein Wesen zum Gegenstand, von dem sie fasziniert war. Und jetzt betrachten Sie bitte die Statue.«

Fenn fiel ein, daß er sich die Statue vor zwei Wochen, am Sonntag der Wunder, angesehen hatte. Damals war ihm ein feiner Riß aufgefallen, der vom Kinn über den Hals verlief.

Inzwischen war die Statue von einem Netzwerk schwarzer Adern überzogen, die Risse reichten bis in die Mundwinkel der Madonna und ließen die Lippen in einem obszönen Lächeln erstarren. Sogar die blinden Augen waren von schwarzen Linien durchzogen.

Das war nicht mehr die feingemeißelte Statue der Muttergottes, es war eine häßliche alte Vettel, die ihre Arme zu einer spöttischen Geste des Gebets erhoben hielt.

Fenn trat beiseite, als hätte er Angst, daß die Figur aus Stein nach ihm greifen und ihn berühren könnte.

22

Herzogin, es ist soweit,
Herzogin, wir sind bereit,
Wir Hexen aus Seen und Sümpfen,
Aus Felsen und Höhlen und modrigen Stümpfen,
Aus Wäldern und der Gräber kühler Erde,
Der Fluch des Satans uns zum Segen werde.
Wir wohnten in Kerkern, wir wohnten auf Bäumen,
Überall, wo Menschen träumen,
Überall, wo Menschen sterben,
Die Würmer, sie gleißen, wir sind die Erben.
Herzogin, wir sind bereit,
Herzogin, zünd' an das Scheit.
Macht, Dirnen, dem Teufel die Hölle heiß!
Euer Leib so dunkel, Eure Wangen so weiß...
   Aus Ben Jonson: Three Witches' Charms

Er ging den Kiesweg entlang. Es war dunkel unter den Bäumen, fast so dunkel wie in der Kirche.

Was Delgard gesagt hatte, war verrückt! Wie kam der Mann dazu, einem elfjährigen Mädchen so etwas anzuhängen? Teufel noch mal, welchen Schaden konnte ein solches Geschöpf denn überhaupt anrichten? Hatte der Monsignore nicht unmißverständlich angedeutet, daß Alice für Hagans Tod verantwortlich zu machen war? Sie war bei dem Abendessen, als der Pater erstickte, nicht einmal dabeigewesen!

Fenn blieb stehen, um durchzuatmen. Er war richtig wütend.

Delgard war auf dem besten Wege, ein Neurotiker zu werden, ein Paranoiker wie Pater Hagan! Und er, Fenn, hatte diesem Mann auch noch in aller Ruhe zugehört! Mein Gott, er war jetzt schon genauso verrückt wie die beiden Gottesmänner!

Er ging weiter.

Was war mit der Statue passiert? Hatte irgendein Idiot mit dem Hammer auf die Muttergottesstatue eingeschlagen? Nein, ausgeschlossen. Der Stein wäre in Splittern abgesprungen. Risse. Schwarze Risse. Die Statue hatte Fenn einen gehörigen Schrecken eingejagt. Das steinerne Anlitz hatte so widerwärtig ausgesehen.

Er fuhr zusammen, als eine Gestalt aus der Dunkelheit auf ihn zutrat.

»Alles erledigt, Mr. Fenn?«

»Mein Gott, haben Sie mich erschreckt.«

Der Mann grinste. Er schloß dem Reporter das schmiedeeiserne Tor auf. »Tut mir leid. Hatte mich nur in ein geschütztes Eckchen zurückgezogen, wissen Sie. Kalter Wind heute.«

Fenn zwängte sich durch die Öffnung. Er war froh, das Kirchengelände zu verlassen.

»He, Fenn«, sagte die Stimme einer Frau. Aus dem Schatten der Bäume löste sich die Gestalt der amerikanischen Journalistin. Sie kam auf ihn zu. »Was ist denn?« fragte sie. »Sie sind ja blaß wie ein Gespenst.«

»Das macht das Wetter«, sagte er und ging auf seinen Wagen zu. Die Amerikanerin hielt mit ihm Schritt.

»Ich hab' Sie durchs Dorf fahren sehen. Dachte mir schon, daß Sie zur Kirche wollten. Wie wär's, wenn Sie mich zu meinem Hotel zurückbringen?«

Er schloß die Tür auf der Fahrerseite auf. »Sie sind Nancy, oder?«

»Nancy Shelbeck. Wir haben uns letzten Sonntag kennengelernt, Sir.«

Er nickte. »Rein mit Ihnen.«

Sie lief um das Auto herum. Fenn stieg ein und öffnete ihr die Tür von innen. Sie schob sich auf den Beifahrersitz und bedankte sich mit einem strahlenden Lächeln.

Sie wartete, bis er gewendet hatte, bevor sie fragte: »Wie kommt es, daß man Sie aufs Kirchengelände läßt, und die anderen Journalisten müssen draußenbleiben?«

»Es ist leicht, aufs Kirchengelände zu kommen. Man braucht nur hinten rumzugehen, übers Feld.«

»Das sagen Sie so in Ihrem jugendlichen Leichtsinn. Die haben ein paar Priester als Wachposten aufs Feld gestellt.«

Er maß sie mit einem neugierigen Blick. Sie war eine attraktive Frau. Grüne Augen.

»Sie wollten mir doch was erzählen«, sagte sie.

»Was wollte ich Ihnen denn erzählen?«

»Warum Sie reingelassen worden sind, und die anderen nicht.«

»Der Papst ist mein Onkel.«

»Jetzt rücken Sie schon mit der Wahrheit raus, Fenn!«

»Ich habe den offiziellen Auftrag, die Geschichte der Wunder von Banfield zu schreiben.«

»Scheiße noch mal, wie sind Sie an den Auftrag gekommen?«

»Entweder man ist Starreporter oder nicht.«

»Sie sehen aber nicht gerade glücklich aus mit Ihrem Auftrag. Ist das Honorar so schlecht?«

»Hab' vergessen, ein Honorar zu vereinbaren.«

»Wie unvorsichtig von Ihnen. Ich bin sicher, Sie kommen auf andere Weise auf Ihre Kosten.«

»Ich werd's versuchen.«

»Erinnern Sie sich noch, worüber wir letzten Sonntag gesprochen haben?«

»Sie haben mir vorgeschlagen, wir sollen unsere Notizen vergleichen, und irgendwie war Geld im Spiel.«

»Richtig. Was halten Sie davon, wenn wir irgendwo einkehren und uns einen Drink genehmigen?«

»So früh am Tage?«

»Es ist immerhin schon halb elf. Die Pubs auf dem Lande machen ja früh auf, oder? Kommen Sie, Fenn, ich sehe Ihnen an der Nasenspitze an, daß Sie einen Drink brauchen.«

»Sie wissen gar nicht, wie recht Sie haben«, sagte Fenn.

Sie hatten den Ortsanfang von Banfield erreicht, wo sich die beiden Pubs befanden. Fenn bog auf den Parkplatz des ersten Gasthauses ein.

Das *White Hart* verfügte über eine L-förmige Bar mit niedriger Balkendecke. Ein paar Jagdhörner hingen an den Wänden. Es gab einen offenen Kamin, das Feuer brannte. Fenn und die Amerikanerin waren keineswegs die einzigen Gäste. Er kannte die Gesichter. Journalisten.

»Was möchten Sie trinken?« fragte er die Amerikanerin.

»Umgekehrt«, sagte sie. »Ich lade ein.«

»Dann möchte ich einen Scotch ohne Eis und ohne Wasser«, sagte Fenn.

Sie setzten sich. Die Statue, dachte Fenn. Wie waren die Risse in die Statue gekommen? So etwas dauerte Jahre. Geschehen war es in zwei Wochen. Das war doch unmöglich! Was hatte Delgard eigentlich gemeint, als er ...

Fenn fuhr aus seinen Gedanken hoch, als die Reporterin der *Washington Post* an den Tisch zurückkehrte. »Ich hab' Ihnen einen Doppelten geholt. Sie können's brauchen.«

Er starrte sie an. Sie stand vor ihm, ein Glas in jeder Hand.

»Danke«, sagte er. Er leerte die Hälfte des Glases in einem langen Zug.

»Wußte ich's doch«, sagte sie. Sie glitt neben ihn und nippte an ihrem Bier.

»Bitterbier?« Fenn kam aus dem Staunen nicht mehr heraus.

»Ich mag das englische Bier«, sagte sie. »Und jetzt sagen Sie mir bitte, was Ihnen so große Sorgen macht.«

Das Haar der Frau war dunkel, mit einem rötlichen Schimmer. Gefärbt war das nicht, jedenfalls sah's nicht so aus, als ob die Farbe aus der Flasche kam. Das genaue Alter der Amerikanerin war schwer zu bestimmen. Die wachen Augen sagten, daß sie auf die Vierzig zuging. Die Haut, sanft und hell, und die wohlgeformten Lippen sagten, daß sie knapp dreißig war. Die Nase war etwas zu gerade, was dem Gesicht einen Anflug von Stärke und Strenge gab. Sie hatte sich den Mantel ausgezogen. Sie trug einen Rollkragenpullover und Hosen. Sie trug Stiefel mit hohen Absätzen. Sie war schlank.

»Ich komme mir vor wie unter dem Mikroskop«, sagte sie.

»Ich habe nur so über Sie nachgedacht«, sagte er. »Sie sind genau der Typ.«

»Was für ein Typ?«

»Der Typ, der mit allen Wassern gewaschenen New Yorker Reporterin.«

»Danke. Sie haben eine nette Art, mit Frauen umzugehen.«

Er lachte. »War nicht böse gemeint. Eher als Kompliment.«

»Ach wirklich? Auf diese Art von Komplimenten kann ich verzichten.« Sie bot ihm eine Zigarette an. Er lehnte ab. Sie entzündete ihre Zigarette mit einem schlanken Dunhill-Feuerzeug. »Wo liegt das Problem, Fenn?«

»Für Sie bin ich Gerry«, sagte er gleichmütig.

Sie lächelte. »Ich ziehe es vor, Sie mit Mr. Fenn anzusprechen.«

Er erwiderte ihr Lächeln. Er begann ihre Gegenwart als angenehm zu empfinden. »Ist auch besser«, sagte er.

»Ist es der Tod von Pater Hagan, was Ihnen so schwer im Magen liegt?« fragte sie. »Sie waren dabei, als er den Herzanfall hatte, nicht?«

Er nickte. »In der Todeserklärung steht, daß er an einem Herzanfall starb, aber ich weiß, daß er erstickt ist.« Er nahm einen Schluck aus seinem Glas. »Ich habe versucht, Erste Hilfe zu leisten. Ich habe genau gesehen, daß er einen Bissen Fleisch in der Kehle stecken hatte. Ich habe sogar versucht, das Stück rauszuholen.«

»Der amtliche Leichenbeschauer hätte es doch sicher in der Todesurkunde vermerkt, wenn es ein Erstickungstod war.«

»Vielleicht war's beides. Vielleicht hat sich Pater Hagan auch nur vorgestellt, daß er erstickte. Der Mann war zuletzt ziemlich hysterisch.«

»Das ist normal, wenn jemand einen Herzanfall erleidet.«

»Ich meine nicht, daß er während des Anfalls hysterisch wurde. Ich meine seinen Gesundheitszustand in den Wochen vorher.«

Sie saß da, in Gedanken versunken. »Mir ist an dem Sonntag im Kloster aufgefallen, daß er etwas merkwürdig war. Wollen Sie in Ihrer zurückhaltenden Art andeuten, daß er nicht mehr alle Tassen im Schrank hatte?«

»Nein. Aber er war wohl ein Neurotiker. Ja, das kann man sagen. Er machte sich Sorgen wegen der Dinge, die in der Kirche geschehen waren.«

»Aber was in der Kirche geschehen ist, müßte doch für jeden Priester geradezu ein Leckerbissen sein. Pater Hagan war zugegen, als die Wunder geschahen. Was gefiel ihm daran nicht? Der Rummel, den die Zeitungen entfacht haben?«

Er war drauf und dran, die Katze aus dem Sack zu lassen. Aber er beherrschte sich. Er wechselte das Thema. »Haben Sie mir einen Handel anzubieten?«

»Wo bleibt Ihre feine englische Art, Mr. Fenn? Also gut, kommen wir zum Geschäft. Was halten Sie davon, wenn wir Partner werden? Sie beschaffen die Informationen, ich schreibe die Story. Ich sorge dafür, daß Sie ein gutes Honorar von meiner Zeitung bekommen. Ihr Name erscheint neben dem meinen.«

»Sie machen Späße! Warum sollte ich auf ein solches Angebot eingehen?«

»Weil ich der bessere Schreiber bin von uns beiden.«

Er schob ihr sein leeres Glas hin. »Jetzt brauche ich noch einen Drink.«

»So früh am Tage? Sie müssen nicht eingeschnappt sein, weil ich das eben gesagt habe. Sie sind ein guter Schreiber, aber Sie sind Provinz. Jetzt gehen Sie nicht gleich in die Luft, hören Sie erst einmal zu. Sie haben noch nie für eine überregionale Zeitung geschrieben, das weiß ich, ich hab' mich erkundigt. Sie haben auch noch nie unter einem Chef gearbeitet, der Sie solange in den Hintern tritt, bis der Artikel wirklich gut ist.«

»Da irren Sie sich, ich bin schon sehr oft in den Hintern getreten worden.«

»Es kommt darauf an, wer tritt. Ich will damit nur sagen, Sie haben bisher nicht die richtige Führung gehabt. Ich habe nicht behauptet, daß Sie nicht gut sind, und ich bestreite auch nicht, daß Sie eine Menge Angebote kriegen werden. Aber was immer Sie schreiben, es wird besser, wenn ich's vorher noch in die Finger kriege. Glauben Sie mir! Und nun zum Geld...«

Fenn hörte nicht mehr zu. Seine Aufmerksamkeit war auf den Mann gerichtet, der soeben eingetreten war. Zwei Gäste, die an der Bar saßen, glitten von ihren Schemeln und liefen auf den Mann zu.

»Das ist Len Pagett«, sagte Fenn.

»Pagett? Ach ja, der Vater des Mädchens.«

Fenn war aufgestanden, er ging auf die Gruppe zu. Nancy Shelbeck folgte ihm.

»Mr. Pagett?« Fenn schob sich zwischen die beiden Männer, die ihnen den Rücken zukehrten. Er streckte dem Neuankömmling die

Hand entgegen. »Wir kennen uns, Mr. Pagett. Ich bin Gerry Fenn vom *Brighton Evening Courier*.«

Der Reporter, den er zur Seite gedrängt hatte, gebrauchte seine Ellenbogen. »Verschwinden Sie, Fenn. Der Mann gehört uns. Wir haben einen Vertrag.«

»Wer sind Sie?« fragte Fenn, obwohl er bereits wußte, wer die beiden waren: Reporter von einer der großen, überregionalen Zeitungen.

»Mr. Pagett ist dabei, einen Vertrag mit dem *Express* zu schließen«, sagte der zweite Mann. Er gab sich nicht weniger feindselig als der erste. »Und das bedeutet, er spricht nicht mehr mit den anderen Journalisten.«

»Machen Sie sich doch nicht lächerlich. Sie können Mr. Pagett doch nicht verbieten...«

»Verpiß dich.« Fenn wurde zur Seite geschoben. Einer der beiden Reporter hatte Alices Vater beim Arm ergriffen. »Wir gehen woanders hin, Mr. Pagett, in ein Pub, wo wir in Ruhe reden können. Der Vertrag ist vorbereitet.«

Pagett sah unentschlossen drein. »Kann ich nicht erst was zu trinken haben?« Er blickte zur Bar hinüber.

»Wo wir hingehen, gibt's zu trinken noch und noch. Es ist ganz in der Nähe.« Er führte ihn in Richtung Tür.

Inzwischen waren die übrigen Journalisten, die sich im Pub zum Frühschoppen aufhielten (wirklich nur, um sich für den Wachdienst vor der Kirche vorzuwärmen), hinzugekommen.

»Was ist los, Fenn?« fragte Nancy.

»Die Typen wollen den Vater des Mädchens festnageln.«

Der zweite Reporter vom Express vertrat Fenn den Weg zur Tür. »Ich sagte Ihnen schon, der Mann gehört uns!«

»Hat Mr. Pagett den Vertrag denn schon unterschrieben?« mischte sich die Amerikanerin ein.

»Das geht Sie nichts an.«

Fenn konterte den Rüffel mit einem dünnen Lächeln. »Sie sagten vorhin, der Vertrag ist vorbereitet. Also hat Mr. Pagett noch nicht unterschrieben.«

Der Reporter verzichtete auf eine Entgegnung. Er schob Pagett über die Schwelle des Pub und eilte ihm nach. Fenn bekam die zurückschnellende Tür gegen das Knie.

»Was geht hier vor?« Der großgewachsene, bärtige Wirt blinzelte durch seine Brillengläser, als Fenn und die übrigen Journalisten die Verfolgung der *Express*-Reporter aufnahmen. Es war ja gut, daß die Herren von der Presse soviel tranken, allerdings gab es auch immer Ärger, wenn man Journalisten bewirtete.

Draußen auf dem Parkplatz war das Aufheulen eines Motors zu vernehmen. Fenn sah den zweiten Express-Reporter und Pagett auf einen silbergrauen Ford Capri zulaufen. Die beiden sprangen in den anfahrenden Wagen.

Fenn und die Pressekollegen, die ihm ins Freie gefolgt waren, mußten zur Seite springen, um nicht von dem Wagen erfaßt zu werden.

»Wo bringen die Pagett hin?« schrie Nancy Shelbeck.

»Wahrscheinlich in ein Hotel ganz in der Nähe«, antwortete Fenn. »Und da werden sie ihn ein paar Tage unter Verschluß halten.«

»Das ist doch ungesetzlich.«

»Wenn Pagett einverstanden ist, kann man nichts dagegen machen.« Fenn rannte los. Sekunden später hatte er seinen Mini erreicht. Gott sei Dank, er hatte die Türen nicht abgeschlossen. Er schwang sich hinters Steuer und sah, wie die anderen Journalisten zu ihren Fahrzeugen rannten. Der Capri war bereits auf die Hauptstraße eingebogen, die Beifahrertür schwang auf, als der Wagen die Kurve nahm.

Nancy Shelbeck nahm auf dem Beifahrersitz neben Fenn Platz. »Das ist ja wie im Kino«, lachte sie.

Fenn hatte wenig Sinn für derartige Vergleiche, und ihm blieb auch keine Zeit mehr, ihr zu sagen, daß sie gefälligst wieder aus seinem Wagen aussteigen sollte. Er stieß den ersten Gang hinein und brauste über den Parkplatz. Er bog auf die Hauptstraße ein. Er hatte Glück. Der Capri hatte anhalten müssen, weil zwei alte Damen, in einem lebhaften Gespräch begriffen, den Zebrastreifen überquerten.

Fenn ließ die flache Hand auf das Lenkrad niedersausen. »Jetzt hab' ich sie!«

Nancy mußte laut lachen. »Ich hätte mir nicht träumen lassen, daß so was in England möglich ist!«

Der Capri startete mit quietschenden Reifen. Die wenigen Fußgänger auf dem Bürgersteig wandten die Köpfe, als Fenn aufs Gas trat und die Verfolgung des anderen Wagens aufnahm.

Nancy hatte ihm die Hand auf die Schulter gelegt. »Fahr' nicht so schnell. Die Sache ist nicht wert, daß wir im Krankenhaus landen!«

Die beiden Wagen donnerten die Hauptstraße der kleinen Ortschaft entlang. Links und rechts waren Autos geparkt, die Straße war ein schmaler, gewundener Tunnel. Fenn war sich darüber klar, daß der Capri davonpreschen würde, sobald sie außerorts waren. Andererseits, er war ortskundig, er kannte die Straßen. Wie er vermutete, würden die Kollegen vom *Express* ihr Opfer in einem der Hotels zwischen Banfield und der Küste verstecken wollen. Er fluchte still vor sich hin. Es war *seine* Story. Was die Kollegen versuchten, war genau der Scheckbuchjournalismus, den er bei seinem Gespräch mit Southworth angeprangert hatte.

Der Capri hatte einen Vorsprung von fünfzig Metern herausgeholt, als das Ortsende in Sicht kam. Das Kloster. Die Tankstelle mit den Garagen. Die Typen vom *Express* würden wohl auf der Hauptstraße bleiben. Unwahrscheinlich, daß sie die Nebenstraße nahmen, die geradeaus führte.

Sie fuhren auf die Garage zu. Frauen mit vollgepackten Einkaufstaschen waren zu sehen. Die Fassade eines Lebensmittelgeschäftes. Vor der Tankstelle stand ein Tanklastwagen, die dicken Schläuche führten in die Vorratstanks. Die Schaufenster eines Ausstellungsraums waren zu erkennen, dahinter funkelnde Neuwagen. Ein grüner Bus umrundete die Verkehrsinsel.

Der Capri fuhr auf die Kreuzung zu, ohne seine Geschwindigkeit zu vermindern.

Fenn hätte nicht zu sagen vermocht, warum er in diesem Augenblick zu den Fenstern des Klosters hinübersah, der Zwang war da, und er folgte ihm

Er sah das schmale, weiße Gesicht hinter den dunklen Scheiben. Instinktiv wußte er, das war Alice. Sie sah auf die Straße hinaus. Sie fixierte die beiden Wagen, die auf die Kreuzung zurasten.

Zu spät bemerkte Fenn, daß der Fahrer des Capri die Kontrolle über sein Fahrzeug verloren hatte. Er trat auf die Fußbremse. Er bremste so stark, daß die Räder blockierten. Der Mini geriet ins Schleudern.

Der Busfahrer versuchte dem drohenden Zusammenstoß mit dem Capri auszuweichen, Fenn sah, wie die Fahrgäste ihre Gesichter an die Scheibe drückten, es sah aus wie Erbsen in einer aufgeplatzten Schote. Es gab für den Bus nur einen Ausweg: den Vorplatz, auf dem der Tanklastwagen stand.

Der Capri prallte auf das Vorderteil des Busses auf, die Haube wurde zusammengedrückt, der Motorblock durch die Windschutzscheibe auf die schreienden Männer auf den Vordersitzen katapultiert. Der Busfahrer wurde von dem Zusammenprall durch die Scheibe des Busses geschleudert, er landete unter den Rädern des Tanklastwagens, noch bevor der herrenlose Bus mit seiner Schnauze die Tanks aufschlitzte. Er war tot, noch ehe ihm die Tragweite des Unglücks bewußt wurde.

Als die Metallschläuche des Tanklasters rissen, entstanden Funken, die wie ein Feuerwerk in alle Richtungen spritzten, sie setzten das in einem dicken Schwall ausströmende Benzin in Brand.

Fenn hatte den Zusammenprall des Busses mit dem Tanklaster wahrgenommen, als sein Mini die Scheibe des Ausstellungsraums durchbrach. Wie im Traum registrierte er den blendendweißen Blitz und den ohrenbetäubenden Donnerschlag, den die Explosion des Tanklastwagens verursachte.

23

> »*Dein Leben ist zu Ende.*« *Er warf sie nieder, schleifte sie an den Haaren hin, schlug ihr das Haupt auf dem Blocke ab und zerhackte sie, daß ihr Blut auf dem Boden dahinfloß. Dann warf er sie zu den übrigen ins Becken.*
> Aus den Märchen der Gebrüder Grimm: Fitchers Vogel

Jemand rüttelte und schüttelte ihn. Er versuchte die Augen zu öffnen. Vergebens.

Aus der Kakophonie der Leute schälte sich eine Stimme heraus. Er war nicht sicher, ob die Laute in seinem Kopf oder irgendwo draußen ihren Ursprung hatten. Er stöhnte. Mein Gott, tat das weh!

Er zwang sich die Augen zu öffnen, ihm war, als sei er aus einem Alptraum erwacht. Vor ihm war das Gesicht einer Frau. Eine Frau, die er schon einmal gesehen hatte.

»Fenn, ist alles in Ordnung?«

Er war noch nicht soweit, daß er hätte antworten können. Hände umfaßten seine Schultern. Er wurde auf den Sitz gehoben. Das

Kinn. Irgend etwas stimmte nicht mit dem Kinn. Und auch mit Nancys Gesicht stimmte was nicht. Ihre Wangen waren mit Kirschensaft beschmiert, mit dunkelroter Tinte. Nein, mit Blut. Sie blutete. Fenn setzte sich aufrecht.

»Gott sei Dank«, hörte er sie sagen.

»Was ist passiert?« stammelte er. Die Erinnerung kam, noch ehe Nancy geantwortet hatte. Der Capri, der vor ihm fuhr und wild hin und herschlingerte, der grüne Bus, der Tanklastwagen. Oh, mein Gott, was war mit den vielen Menschen im Bus geschehen?

Die Windschutzscheibe seines Wagens war ein silberglänzendes Spinnennetz. Als Fenn aus dem Seitenfenster sah, fiel sein Blick auf fabrikneue Autos. Aber da war auch Düsternis. Es dauerte eine Weile, bis er verstand, daß es sich um schwarzen Rauch handelte. Draußen stand ein Mensch und fuchtelte mit den Armen. Was er sagte, war nicht zu verstehen. Fenn wandte sich zu der Frau, die neben ihm saß.

»Sind Sie verletzt? Ihr Gesicht...«

»Das ist nichts. Ich bin nur gegen die Windschutzscheibe geprallt, als der Wagen ins Schaufenster knallte.« Sie fuhr sich über die Stirn, die Hand kam blutbeschmiert zurück. »Es tut nicht weh, ich glaube, es ist nur ein Schnitt.« Sie griff nach seinem Arm. »Wir müssen hier raus, Fenn! Der Tankwagen – der Tankwagen ist explodiert. Gleich wird hier alles in Flammen stehen...«

Er stieß seine Tür auf. Die Hitze war wie eine Woge, die aus der Düsternis heranflutete. Es gab eine Trennwand im Ausstellungsraum, aber der Qualm wurde von Sekunde zu Sekunde dichter. Fenn begann zu husten, als die ätzenden Gase in seine Lungen drangen.

»Kommen Sie!« sagte er zu der Amerikanerin. »Schnell!«

»Meine Tür klemmt!«

Er öffnete die Tür auf der Fahrerseite, so weit es ging. Er schob sich über den Holm, ertastete den Boden, dann reichte er Nancy die Hand. Sie wand sich aus dem Wagen. Er zog sie an sich. Er warf einen Blick in die Runde.

Von der Schaufensterscheibe war nicht viel übriggeblieben. Durch die Öffnung drang der Qualm von draußen. Flammen loderten in dem verglasten Korridor, der seitlich von den Ausstellungsräumen verlief, und Fenn wurde klar, der in Brand geratene

Treibstoff hatte sich über den ganzen Vorplatz der Tankstelle ausgebreitet. Was brennbar war, ging in Flammen auf.

Fenn schlug die Tür seines Wagens zu und zwängte sich, Nancy hinter sich herziehend, zwischen den Ausstellungsfahrzeugen hindurch. Sein Ziel war der rückwärtige Bereich des Ausstellungsraumes. »Du mußt gebückt gehen«, schrie er der Amerikanerin zu. »Versuche unter dem Qualm zu bleiben!«

Es gab ein verglastes Büro, aber Fenn sah mit einem Blick, daß dieses Büro keinen Hinterausgang hatte. Der kleine Raum war menschenleer.

Nancy wurde vom Hustenreiz geschüttelt. Fenn mußte sie stützen, damit sie nicht zusammenbrach. Er hielt nach einem Fluchtweg Ausschau. Er sagte ein Stoßgebet des Dankes, als er die Tür zu seiner Linken sah.

Er versuchte, seine Begleiterin dort hinzuzerren, aber die Beine versagten ihr den Dienst. Fenn kniete sich neben sie und wartete, bis der Hustenanfall nachließ. Ihr Gesicht war von Tränen und Blut verschmiert.

»Dort ist ein Ausgang!« schrie er. Um sie herum war das Prasseln der Flammen, das Splittern der Scheiben, das Knistern des brennenden Holzes.

»Es geht schon«, stöhnte Nancy. »Es geht, wenn Sie mir helfen!«

Fenn zog sie auf die Beine und schleppte sie zur Tür. Sie kamen mit solcher Wucht an der Tür an, daß er die Hand ausstreckte, um den Anprall abzumildern. Erschrocken zog er die Hand zurück. Die Tür war zum Zerspringen heiß.

Er riß Nancy zur Seite, blieb mit dem Rücken zur Wand stehen. Sie sah ihn fragend an. Er sagte nur: »Bleib' von der Tür weg!«

Er kroch in die Türnische und tastete nach dem Türknopf. Der war ebenso heiß wie das Türblatt. Fenn achtete nicht auf den Schmerz, er griff zu und drehte den Knopf. Die Tür flog auf.

Nancy stieß einen Schrei aus, als die Flammen hereinschossen. Es war, als hätte ein unsichtbarer Drachen seinen Feuerschlund geöffnet, um den Ausstellungsraum in ein Meer aus Glut zu verwandeln. Die beiden Menschen fielen zu Boden. Benommen blieben sie liegen. Sie sahen, wie sich die Flammen wieder zur Türnische zurückzogen. Binnen weniger Sekunden brannte das Türblatt.

Sie rafften sich auf, stolperten zu den Ausstellungsfahrzeugen zurück, sanken gegen die Kühlerhaube eines Maxi. Sie würgten und krächzten, der beißende Qualm stieg ihnen in die Augen. Fenn riß sich den Mantel vom Leibe und legte das Tuch über Nancys und seinen Kopf.

»Wir müssen versuchen, vorne rauszukommen!« keuchte er.

»Dort ist es zu heiß! Das schaffen wir nicht!«

»Wir haben keine andere Wahl!«

Und dann war es soweit, daß sie nicht einmal mehr diese Wahl hatten. Als sie sich den Mantel vom Kopf zogen, fiel ihr Blick auf ein Flammenmeer. Das Schaufenster, in das Fenn mit seinem Mini gebrochen war, loderte wie eine Fackel, gelbrote Zungen fraßen sich zur Decke vor. Das zerbrochene Fenster war durch einen Betonpfeiler von den anderen Schaufenstern getrennt, aber auch diese barsten in der großen Hitze. Das Feuer bedeckte inzwischen die Hälfte der Ausstellungsfläche, und der Bereich außerhalb der Schaufenster war ein einziger Flammenteppich.

»Oh, mein Gott, wir sitzen in der Falle«, schluchzte Nancy.

Fenn war der Panik nahe. Es mußte einen Ausweg geben! Die Decke, das Oberlicht! Aber es gab kein Oberlicht. Oben waren Büros. Eine Treppe. Es mußte doch eine Treppe geben, die hinaufführte. Es gab keine Treppe. Demnach blieb als Fluchtweg nur die Tür hinter ihnen. Was der Flucht in einen Ofen gleichkam. Die Flammenzungen kamen auf den Plastikfliesen entlanggekrochen, der Rauch, der von ihnen aufstieg, war noch beißender, noch giftiger als der Qualm, der ihre Köpfe umwallte.

Die Schaufenster. Sie mußten durch die Schaufenster nach draußen flüchten. Es gab keine andere Möglichkeit.

Fenn zog die Amerikanerin an sich. »Wir flüchten durch die Schaufenster!«

Sie schüttelte den Kopf. »Das schaffen wir nie!«

Fenn wischte sich mit dem Ärmel über die Augen, dann zog er sein Taschentuch hervor, entfaltete es und legte es sich über Mund und Nase. Er schob der Journalistin den Rollkragenpullover hoch, bis Mund und Nase bedeckt waren. Er hielt den Mantel vor sich wie ein Schild. Er riß die Amerikanerin mit sich, sie stolperten auf das Schaufenster zu. Als Fenn eine Lücke zwischen zwei Autos entdeckte, schob er Nancy in den Zwischenraum. Er gab ihr das Zeichen niederzukauern und zu warten. Gebückt lief er auf das erhaltengebliebene Schaufenster zu. Er erstarrte vor Schreck, als ein langer, gezackter Riß in der Scheibe erschien. Der Knall war laut wie ein

Gewehrschuß. Eine furchtbare Sekunde lang sah Fenn sich im Geiste von den dolchscharfen Splittern der explodierenden Scheibe durchbohrt, aber die Scheibe hielt. Er zwang sich weiterzugehen. Mit einem Arm hielt er den Mantel vor sich, als Schutz gegen die furchtbare Hitze. Die Schaufensterscheiben waren auf Rollen montiert, sie konnten zur Seite geschoben werden, wenn der Autoverkäufer einen Wagen aus dem Ausstellungsraum fahren wollte. Fenn arbeitete sich bis zu der Ecke vor, die von den Flammen am weitesten entfernt war. Das Schlimme war, daß draußen, vor den Schaufenstern, ein Meer aus Feuer in den Himmel loderte.

Er hatte den Griff des Schaufensters gepackt und versuchte es zur Seite zu schieben. Ohne Erfolg. Entweder war das Fenster verriegelt, oder aber der Metallrahmen hatte sich durch die Hitze verzogen und klemmte. Fenn stieß einen Fluch aus.

Die Hitze und die Angst, das Fenster könnte explodieren, zwangen ihn in den Innenraum zurück. Er fand seine Gefährtin an die Tür eines Rovers gekauert.

»Es geht nicht! Ich kriege das Fenster nicht auf!«

»Scheiße!« schrie Nancy. Sie zog ihn zu sich hinab. »Gibt es nichts, womit man die verdammte Scheibe zerschlagen könnte?«

»Selbst wenn wir die Scheibe zerschlagen, draußen vor den Fenstern ist eine Glut wie in einem Hochofen!«

Er schob Nancy zur Seite und riß die Tür des Rovers auf. Er war enttäuscht, als er entdecken mußte, daß der Zündschlüssel abgezogen war. Er versuchte es bei dem Marina, der neben dem Rover stand. Das gleiche. Kein Zündschlüssel. Sich über die Motorhaube schiebend, kroch er zu Nancy zurück.

»Die Schlüssel müssen im Büro sein!« schrie er. »Warten Sie hier!«

Er rannte durch den Korridor, gebückt, hustend und prustend, den Flammen ausweichend. Er erreichte das Büro. Er zog die Schubläden der Schreibtische auf, leerte den Inhalt auf den Fußboden. Keine Schlüssel, keine Schlüssel, keine Schlüssel! Verzweiflung überkam ihn. Wo zum Teufel...? Er stöhnte vor Genugtuung, als er die Schlüsselhaken an der Korkwand entdeckte. Schlüssel. An jedem Schlüssel ein beschriftetes Schildchen. Er rannte zur Wand. In fliegender Eile las er die Schilder. Es gab zwei Schlüssel, die ein Schildchen mit der Aufschrift ›Rover‹ trugen. Er zog beide vom Haken und rannte in den Ausstellungsraum zurück.

Wieder die Woge aus Glut, Fenn wußte, daß in wenigen Minuten der ganze Ausstellungsraum ein Flammenmeer sein würde. Sein Atem war nur noch ein mühsames, kurzes Keuchen. Die Hitze fraß den Sauerstoff, der sich noch im Raum befand, der schwarze Qualm begann die unteren Bereiche auszufüllen. Fenn hatte weiche Knie, als er wieder bei Nancy ankam.

Er zwängte sich in den Rover, die Amerikanerin blieb in der offenen Tür hocken. »Es ist sicher kein Benzin im Tank!« schrie sie.

»Natürlich ist Benzin im Tank! Wie haben die denn die Wagen sonst hier reingefahren?« Er schob den Schlüssel ins Schloß. Er hatte Glück, es war der richtige. Er ließ den Motor aufheulen. »Sie setzen sich auf den Rücksitz«, schrie er der Amerikanerin zu. »Halten Sie den Kopf geduckt!«

Sie schlug die Fahrertür zu, öffnete die Fondtür auf ihrer Seite und schlüpfte ins Innere.

Die Reifen quietschten auf dem Plastikboden, als Fenn das Gaspedal durchtrat. Wie ein Pfeil schoß der Wagen auf das Schaufenster zu. Fenn hob den Arm, um seine Augen zu schützen. Hoffentlich verbarg sich im Flammenmeer vor den Schaufenstern kein massives Hindernis.

Nancy schrie laut auf, als der Rover die Scheibe durchbrach.

Die Scherben prallten auf die Windschutzscheibe, aber ihr Schutzkäfig blieb unversehrt, der Rover war wie ein gepanzertes Schiff, das sich seinen Weg durch das Flammenmeer pflügte. Fenn hielt den Fuß auf dem Gas, er umklammerte das Lenkrad wie einen kostbaren Schatz und wunderte sich, warum der Wagen noch nicht in einer mächtigen Explosion in die Luft geflogen war.

Zwei Sekunden hatte die Fahrt durch die lodernde Hölle gedauert, aber diese Sekunden waren Fenn und Nancy wie eine Ewigkeit vorgekommen. Der Gestank schmelzenden Gummis, die Hitze, die Angst, all das war wie ein Alptraum, der auf eine Leinwand aus züngelnden Flammen projiziert wurde. Es war eine Zeitspanne, deren Schrecken sie nie mehr vergessen würden. Nicht kühle Entschlossenheit beseelte Fenn, der das Gaspedal bis zum Anschlag durchgetreten hielt, sondern die nackte Verzweiflung und der Wille, zu überleben.

Er stieß einen Triumphschrei aus, als sie dem Meer aus Feuer entronnen waren. Zu spät sah er den Wagen, der quer vor der Tankstelle geparkt war, er riß das Steuer nach links, aber er konnte den Zusammenstoß nicht mehr verhindern. Eine Riesenfaust packte ihn und schleuderte ihn zur Seite, das Kreischen berstenden Stahls war zu hören, Fenn hielt das Steuerrad fest, zog sich daran hoch, schaltete die Zündung aus.

Er spürte, wie Luft in seine gepeinigten Lungen strömte, immer noch war da der Gestank schwelender Gase, aber der Geruch war nicht mehr so stark wie noch vor Sekunden. Und dann starrte Fenn auf das furchtbare Schauspiel, das sich draußen abspielte.

Flammenkugeln stiegen in die rauchgeschwärzte Luft, strahlten ihre Hitze zur Erde zurück, leuchteten so hell, daß Fenn seine Augen schützen mußte. Der Tankwagen war ein glühender Scheiterhaufen, aus dem eine riesige Fackel emporloderte, inmitten der Flammen waren die Umrisse nur als zuckende Schatten auszumachen, der Vorhof der Tankstelle brannte wie ein geflämmtes Feld, der Treibstoff schien sich immer weiter auszubreiten, floß in Lücken und Spalten, um auch sie mit Glut zu füllen. Der Ausstellungsraum, wo die Neufahrzeuge standen, war hinter einer Wand aus Feuer verborgen, der Bürotrakt darüber war von Flammen geschwärzt. An den geöffneten Fenstern der Büros waren weinende, schreiende Menschen zu erkennen, die Blicke der zu Tode Erschreckten waren auf die Menschen gerichtet, die unten, in sicherer Entfernung, standen: *bitte, helft uns!*

Über jenem Teil des Pflasters, das noch nicht brannte, stand hitzeflimmernde Luft, Gestalten waren zu erkennen, die über den Asphalt krochen, verzweifelt bemüht, dem Inferno zu entrinnen. Der grüne Bus stand da, in den Tanklastwagen verkeilt, eine Hälfte des Busses brannte lichterloh; die meisten Fenster waren zerbrochen, immer noch gab es Menschen im Bus, Menschen, die sich bewegten und andere, die bei der Explosion des Tankwagens verbrannt oder bewußtlos geworden waren, die Gesichter und Gliedmaßen zeigten die Schnitte der Glassplitter, und die Haut dieser Unglücklichen war wie Leder, das von der intensiven Hitze zu Kohle verwandelt wurde. Der silbergraue Ford Capri stand einige Schritte entfernt, vielleicht war der Wagen bei dem Zusammenstoß zurückgeschleudert worden, die Flammen krochen an den Türen hoch, leckten über das Metall, gruben sich ins Glas der Fenster.

Fenn kniff die Augen zusammen, um in dem schillernden Glas etwas erkennen zu können. War da nicht ein Schatten auf dem Rücksitz des Ford Capri? Eine Gestalt, die sich bewegte?

Menschen rannten vorbei in wilder Flucht, aber es gab auch solche, die von der Straße herbeiströmten, fasziniert von der grausigen Katastrophe. Fenn sah einige, die sich in sprachloser Angst an die Mauern kauerten, wie gelähmt vom Anblick des Unglücks.

Und dann war plötzlich, ganz nahe vor Fenns Augen, ein tränenüberströmtes Antlitz, die Wangen des Geschöpfs waren mit Blut verschmiert. Der Schock verhinderte, daß er die Frau sofort erkannte.

»Sie haben es geschafft, Fenn!« Das war Nancys Stimme. Die Amerikanerin schlang ihm die Arme um den Hals, sie umklammerte ihn mit solcher Gewalt, daß er vor Schmerz zusammenzuckte. Mit dem Schmerz kehrte die Erinnerung zurück. Fenn löste sich aus Nancys Umarmung, er ergriff die Türklinke. Die Amerikanerin kauerte auf dem Rücksitz. »Wir müssen sofort hier raus!« schrie er ihr zu. »Wir müssen raus, ehe die unterirdischen Treibstofftanks explodieren...«

Die trockene, sengende Luft traf die beiden Menschen wie eine Feuerzunge, die aus einem Glutofen hervorschnellte. Sie hoben ihre Arme, um ihre Augen zu schützen. Das Atmen fiel ihnen schwer, weil kriechender Rauch den Vorplatz der Tankstelle einhüllte. Die Szenerie war so bedrückend, daß Fenn sich instinktiv abwandte. Was er dann sah, ließ ihn wünschen, daß er das Unglück nicht überlebt hätte.

Die Schaufensterscheibe des Lebensmittelladens war von der Explosion nach innen geschleudert worden. Die Leichen der Kundinnen, die beim Einkaufen gewesen waren, lagen zwischen den Regalen, umgeben von Konservendosen und aufgeschlitzten Tüten, neben den Leichen gab es Frauen, die das Unglück überlebt hatten, sie wanden sich im Schmerz ihrer Verletzungen. Ein paar Sekunden lang wunderte sich Fenn, warum sich bei einer Frau nur der Rumpf, nicht die Beine bewegten, und dann sah er, daß die Beine vom Körper abgetrennt worden waren. Eine andere Frau, eine junge Frau, deren Gesicht sehr hübsch gewesen wäre, wäre es nicht vom Schmerz entstellt gewesen, saß auf der Innenseite des Schaufensters gegen den Sockel gelehnt, sie hielt ihre Hände auf den Schlitz an ihrem Hals gedrückt, auf den Schlitz, aus dem das Blut in mächtigen Stößen hervorquoll. Der Blick der Frau war auf ihre Finger gerichtet, zwischen denen der rote Lebenssaft hervorsprudelte.

Eine Hand legte sich auf Fenns Schultern. Er vernahm Nancys Stimme. »Fenn, dort in dem Wagen bewegt sich jemand!«

Er fuhr herum, ließ den Blick über die brennenden Fahrzeugwracks schweifen. Nancy hatte richtig beobachtet: Auf dem Rücksitz des Ford Capri war eine Gestalt zu erkennen, ein Mann, der mit beiden Fäusten an die Scheibe trommelte.

»Oh, mein Gott«, stöhnte Fenn, »das ist Pagett.« In die Erkenntnis mischte sich Angst. Er ahnte, was Nancy als nächstes sagen würde.

»Sie müssen ihn da rausholen, Fenn!«

»Aber das ist unmöglich! Ich komme ja gar nicht an ihn ran!«

»Sie können ihn doch nicht jämmerlich verbrennen lassen!«

»Aber was soll ich denn tun?« Was zum Teufel stellte sich diese Frau eigentlich vor?

»Irgend etwas! Tun Sie irgend etwas!«

»Die Frau dort!« Fenn deutete auf das zerschmetterte Schaufenster des Lebensmittelgeschäftes. »Sie verblutet!«

»Ich kümmere mich um sie!« Nancy versetzte ihm einen Stoß. »Bitte, Fenn, holen Sie den Mann da raus!«

»Soweit Woman's Lib!« schrie Fenn zurück, und dann rannte er auf den brennenden Ford zu, Todesangst in den Knochen.

Die Hitzeentwicklung war so stark, daß er seine Jacke als Schild benutzen mußte, der Gestank schmelzenden Plastiks stach ihm in die Nase. Schritt für Schritt bewegte er sich auf den Herd der Flammen zu, der Gluthauch versengte ihm die Stirn, und dann waren es nicht mehr seine Beine, die zu brennen schienen, sondern seine Lungen, jeder Schritt wurde zur Qual, und das Atmen war schier unmöglich. Er ließ die Jacke sinken, um einen Blick auf den Ford Capri zu erhaschen.

Pagett hatte das Gesicht an die Scheibe gepreßt, seine weißen Handflächen waren zu erkennen, er versuchte ganz offensichtlich die Hecktür des Wagens zu öffnen. Aber das gelang ihm nicht, die Tür schien verklemmt. Pagett kämpfte um sein Leben, sein Mund war weit aufgerissen, seine Augen traten aus den Höhlen.

Fenn mußte sich wieder die Jacke über den Kopf werfen, um sich vor dem Gluthauch des Feuers zu schützen, er spürte die heiße Luft um sich und über sich, plötzlich wurde es dunkel, schwarzer Rauch quoll ihm entgegen, der Wind trieb den Qualm über den Vorplatz und machte sich zum Komplizen des Feuers.

Fenn stolperte weiter, seine Augen tränten, mit keuchenden Atemstößen versuchte er sich von dem giftigen Qualm in seinen Lungen zu befreien. Er geriet zu Fall, versengte sich den Rücken, als er auf dem heißen Asphalt aufkam. Die Haut auf seinem Gesicht schien in der Hitze zusammenzuschrumpfen. Ich schaffe es nicht! dachte er. Es hat keinen Zweck. Ich komme nicht näher an den Wagen heran. Ich werde verbrennen, wenn ich es versuche.

Er robbte zurück, schon nach ein oder zwei Metern waren seine Ellenbogen blutiggeschürft. Immer noch hielt er die Jacke als Schild vor sich, aber das Gewebe war bereits verkohlt, es knisterte, als ob der Stoff jeden Augenblick in Flammen aufgehen würde. Taumelnd stand er auf, stützte sich auf ein Knie und riskierte einen weiteren Blick auf den brennenden Ford Capri. Was er sah, war so furchtbar, daß er den sengenden Schmerz vergaß.

Zunächst verstand er gar nicht, was überhaupt los war. Auf dem Rückfenster des von Flammen umhüllten Wagens wuchs ein Schatten, die Umrisse des Schattens waren merkwürdig verzerrt. Waren es die Tränen in seinen Augen, die ihm ein Gespenst vorgaukelten? Es gelang ihm zu zwinkern, er spürte die ätzende Trockenheit in seinen Augenhöhlen. Und dann begriff er.

Pagett wand sich aus dem Rückfenster des Wagens, aber die Scheibe war nicht zerbrochen, sie war geschmolzen, klebte als dicker, kochender Film auf seiner Haut, fraß sich in sein Fleisch, wurde ein Teil von ihm. Pagett war eine mißgestaltete Larve, die sich von ihrer leuchtenden, strahlenden Verpuppung zu befreien suchte, ein Mensch, der vor Angst und Schmerz wahnsinnig geworden war. Pagett verrenkte sich den Hals, um inmitten des Flammenmeers Fenn, den Retter, ausfindig zu machen, aber seine Augen sahen nichts mehr, der siedende Kunststoff hatte sich bereits in die Netzhaut gefressen. Sein Gesicht war seltsam flach, von einer brodelnden Schicht bedeckt, und als der Schatten höher und höher wuchs, spannte die Hülle, klaffte auf, ein gähnender Schlund erschien, wo Fenn Hals und Schultern vermutet hatte, der zuckende Körper hatte zu dampfen begonnen. Pagett schrie aus Leibeskräften, aber es waren stumme Schreie, der durchsichtige Film, der über seinen Lippen lag, erstickte jeden Laut.

Die Hitze war so stark geworden, daß sie ihn zu ersticken begann. Fenns Arme gaben nach. Er sank zu Boden, rollte sich auf den Rücken.

Pagett brannte wie eine Fackel. Er hatte die Arme ausgestreckt in namenloser Wut. Sein Haar loderte, der geschmolzene Kunststoff rann in Flammenzungen über sein Gesicht, tropfte auf die Kleidung. Er fiel nach vorn, immer noch bewegte sich der brennende Rumpf, eine zu glühender Asche gewordene Mißgeburt, die nur eines spüren konnte: Schmerz.

Der Benzintank des Ford Capri explodierte, die lodernde Gestalt verschwand in einem weißen Blitz.

Fenn warf sich zur Seite, versuchte den Flammen, die vom Druck der Explosion auf ihn zugetrieben wurden, zu entkommen. Neben ihm, vor ihm, hinter ihm waren die Menschen, die aus dem Bus gesprungen waren, und jene, die sich zum Zeitpunkt der ersten Explosion auf dem Vorplatz befunden hatten, und die anderen, die von der Straße hergelaufen waren, um den Opfern des Unglücks zu helfen. Sie alle wanden sich wie große, dunkle Würmer auf dem dampfenden Pflaster, von dem verzweifelten Wunsch beseelt, eine Stelle auf dem Vorplatz zu erreichen, wo die Hitzewelle ihnen nichts mehr anhaben konnte, wo sie wieder richtig atmen konnten. Aber die Kraft des Feuers war ungebrochen. Die Flammen hatte frische Nahrung gefunden, mehr Benzin, mehr brennbare Materialien. Die Fahrzeuge im Inneren des Gebäudes explodierten; Dosen voller Öl wurden zu glühenden Feuerbällen. Die Hitze in den unterirdischen Tanks hatten einen Punkt erreicht, der die baldige Explosion unausweichlich erscheinen ließ.

Kalte Luft umhüllte Fenn wie ein Mantel aus Eis, jede Pore seiner Haut schien sich zu schließen. Das Stechen in den Augen hatte aufgehört. Er stützte sich auf und sah um sich. Er weigerte sich zu begreifen, was seine Sinne ihm vermittelten.

Rauchschwaden trieben über den Platz, Wind hatte eingesetzt und lüftete die Schleier. Die Flammen erstarben. Sie schrumpften, verloren ihre Kraft. Sie verschwanden. Die Autos waren nur noch schwelende, schwarze Käfige aus verbogenem Metall. Die Tankstelle war eine Ruine.

Durch die schwelenden Schwaden kam ein Mädchen gegangen. Sie war blond. Sie schien keine Angst zu haben. Der Wind spielte mit den Falten ihres gelben Kleides. Das Mädchen hob die Hände, und die letzten Flammen erloschen.

Dritter Teil

Komm, höre die Stimme,
Des furchtbaren Unheils Kunde,
Du trauriges Mädchen im Brautbett,
Dein Leib, er wird zu einer Wunde.
Mein Liebster, sind wir nicht wie ein Kind,
Das nimmer den Weg ins Himmelbett find't?
Aus Lewis Carroll: Through the Looking Glass

24

Und wie die blutrünstige Bestie,
Die dem Jäger ins kalte Auge blickt,
So wurde der arme Teufel in seinem Zorn
Zum Künder der unendlichen Kraft des Heilands.
Aus Walter de la Mare: The Ogre

Fernsehsendung der ITN, die am Sonntagabend über alle Sender ausgestrahlt wurde:

»... heute in dem einst so friedlichen Dörfchen Banfield in West Sussex. Tausende hatten sich in der katholischen Kirche von St. Joseph's versammelt, um einen Blick auf Alice Pagett zu erhaschen. Alice Pagett ist ein elfjähriges Schulmädchen, dem die Fähigkeit, Wunder zu tun, nachgesagt wird. Banfield wurde an diesem Sonntag an beiden Ortsenden von einer jeweils drei Kilometer langen Schlange von Personenwagen und Bussen blockiert, die Polizei der umliegenden Ortschaften mußte zu Hilfe gerufen werden, um den Ansturm der Massen zu ordnen. Wir schalten jetzt um zu Hugh Sinclaire, der sich seit heute früh in der Kirche von St. Joseph's befindet und Ihnen einen Überblick über die Ereignisse dort geben wird...

HUGH SINCLAIRE: Hier haben sich heute sehr ungewöhnliche Szenen abgespielt. Schon in den frühen Morgenstunden versammelten sich die Menschen vor der St.-Joseph's-Kirche. Viele von ihnen gläubige Katholiken, aber es gab auch zahlreiche Neugierige, die nur gekommen waren, um das kleine Mädchen zu sehen, jene Alice Pagett, der eine Reihe von Wunderheilungen zugeschrieben werden. Vielleicht, so mögen diese Menschen gedacht haben, würde heute wieder ein solches Wunder geschehen.

Bekannt wurde Alice Pagett, als vor einigen Wochen...«

Fernsehsendung von BBC 1, am Sonntagabend:
»... heilte sie fünf Personen, die an unterschiedlichen Krankheiten litten. Drei von diesen Personen galten nach dem Urteil der Ärzte als unheilbar. Alice selbst war taubstumm, bis sie die Vision der Jungfrau Maria erlebte. Obwohl es bezüglich dieser Vision, vor allem innerhalb der katholischen Kirche, erhebliche Vorbehalte gibt, so kann doch die Tatsache nicht geleugnet werden, daß Alice Pagett und fünf weitere Personen von ihren Leiden geheilt wurden.

Es wird geschätzt, daß die heutige Morgenmesse in der St. Joseph's Kirche von mindestens zweitausend Menschen besucht wurde. Doppelt soviel Menschen besuchten die Kirche dann im weiteren Verlauf des Tages. Wir schalten zu Trevor Greaves, der sich nach wie vor in dem Dorf Banfield befindet...

TREVOR GREAVES: Obwohl der Zustrom der Menschen zu diesem Zeitpunkt stark nachgelassen hat, ist die St.-Joseph's-Kirche immer noch von Ordnern der Kirchengemeinde umstellt, die jeden kontrollieren, der hinaus oder hinein will. Wie es scheint, hatten die Besucher des heutigen Tages auf eine Wiederholung der Erscheinungen gehofft, die Alice Pagett gesehen haben will. Die Atmosphäre unter den zahlreichen Pilgern kann zutreffend als elektrisch geladen bezeichnet werden. Es kam nicht zu einer Massenhysterie, wie sie von den Behörden bei dieser großen Ansammlung von Menschen befürchtet worden war, aber es gab viele Kirchenbesucher, die ohnmächtig wurden, die Stimmung in der Kirche war geprägt vom Weinen und von den Gebeten der Gläubigen.

Als Alice um neun Uhr zwanzig zum Besuch der Sonntagsmesse eintraf, wurde sie von ihrer Mutter und einer Leibwache aus Priestern und Polizisten begleitet. Die Menschen in der Kirche und auf dem Vorplatz standen so dicht, daß Alice zunächst nicht einmal bis zum Portal vordringen, geschweige denn das Gotteshaus betreten konnte. Der Beginn der Messe verzögerte sich um fünfundvierzig Minuten, das war die Zeit, die Alices Leibwache brauchte, um sich einen Weg durch die Menge zu erkämpfen. Priester und Polizisten hatten einen ringförmigen Kordon um das kleine, blasse, weißgekleidete Mädchen gebildet, und Alice schien gezeichnet von der Trauer um ihren Vater, der am vergangenen Donnerstag auf so tragische Weise ums Leben kam...«

Radiosendung von LBC, nach Mitternacht:

». . . kam Alice Pagett erneut ins Gespräch, als sie vergangenen Donnerstag, den Berichten von Augenzeugen zufolge, ein Feuer zum Erlöschen brachte, das große Teile der Ortschaft Banfield zu verwüsten drohte. Das Feuer war ausgebrochen, als ein Personenwagen, in dem Alices Vater mitfuhr, mit einem Bus und einem Tanklastwagen zusammenstieß. Es kam zu einer raschen Ausbreitung der Flammen, nachdem das aus dem Tankwagen auslaufende Benzin in Brand geriet. Der Tanklastwagen hatte begonnen, Treibstoff in die unterirdischen Tanks der Tankstelle zu pumpen, und es bestand die Gefahr, daß auch diese unterirdischen Tanks in Brand geraten würden, als Alice erschien und, wie die Zeugen behaupten, das Feuer löschte. Die Tragik der Umstände fügte es, daß Leonard Pagett bereits verbrannt war, als seine Tochter am Schauplatz des Unglücks auftauchte.

Wie Alice Pagett das Feuer gelöscht hat, vermag niemand zu sagen, die Zeugen sprechen davon, daß die Flammen in sich zusammensanken, als Alice kam. Unfallsachverständige und die Brandexperten der Feuerwehr haben eine genaue Untersuchung der Unglücksstätte durchgeführt, ohne eine Erklärung für das plötzliche Erlöschen des Großfeuers zu finden. Am Unglückstag war es bitter kalt mit nur geringen Niederschlägen. Mit Ausnahme der ersten Explosion, die beim Zusammenstoß des Personenwagens mit dem Bus und dem Tankwagen ausgelöst wurde, gab es keine weiteren Explosionen, die stark genug gewesen wären, um mit ihrem Druck die Flammen ›auszublasen‹. Die Experten stießen auf unvollständig verbranntes Holz, das bei normalem Verlauf des Feuers völlig verkohlt hätte sein müssen. Sie fanden große Benzinlachen auf dem Vorplatz, die unerklärlicherweise nicht in Brand geraten waren. Als der Löschwagen der örtlichen Feuerwehr eintraf, gab es nur noch vereinzelt Brandherde an der Unfallstelle, die vergleichsweise ungefährlich und leicht zu löschen waren. Innerhalb der nächsten Tage werden die Ergebnisse einer umfassenden Untersuchung erwartet, bis dahin hüllen sich die Experten weitgehend in Schweigen.

Gestern sprach ich mit den Menschen, die aus allen Teilen Englands nach Banfield gekommen waren, um hier die St. Joseph's Kirche zu besuchen. Viele dieser Menschen sind Kranke beziehungsweise Angehörige oder Freunde von Kranken, die sich hier die

Heilung ihrer Leiden erhoffen. Die kleine Kirche ist zur geheiligten Wallfahrtsstätte geworden...«

Aus Interviews, die von BBC 4 in der Sendung ›Today‹ am frühen Montagvormittag gesendet wurden:

»...uns nicht gelungen, auch nur in die Nähe der Kirche zu kommen. In der Menge hieß es, das Mädchen sei da, aber wir haben Alice nicht gesehen...«

»Jawohl, wir waren in der Kirche. Die Ordner hatten das Fotografieren verboten, aber ich sah sehr viele Menschen mit Fotoapparaten, und die Verschlüsse klickten unaufhörlich. Die Priester schafften es nicht, die Journalisten unter Kontrolle zu bekommen, und dann haben sie's wohl aufgegeben...«

»...sie ist eine Heilige. Ich habe sie gesehen. Sie sieht aus wie ein Engel. Ich leide an chronischer Arthritis, aber nachdem ich das Mädchen sah, ging es mir besser. Ich weiß, daß ich das ihr zu verdanken habe, nur ihr...«

»...wir sind auf dem Feld gewesen, das hinter der Kirche liegt. Die Priester hatten uns verboten, dort hinzugehen, aber die Menschenmenge war so groß, daß sie ihrer nicht Herr werden konnten. Ich habe meine Schwester geschoben, sie saß im Rollstuhl. Sie ist gelähmt. Aber wir konnten nicht bis zur Kirche vordringen, nicht einmal auf den Friedhof sind wir gekommen, auch der Friedhof stand voll von Menschen...«

»...nein, nein, ich bin nicht katholisch. Ich wollte mir nur einmal ansehen, was es mit dem ganzen Rummel auf sich hatte. Ich habe sie gesehen, wie sie im Wagen zur Kirche fuhr, das ist alles. Ich habe sie nur den Bruchteil einer Sekunde lang zu sehen bekommen. Aber es war trotzdem ein schöner Ausflug...«

»...im Dorf herrschte so großes Gedränge auf den Straßen, daß es mir nicht gelungen ist, aus meinem Laden auf den Bürgersteig zu treten. Verkauft habe ich gut. Ich bin Zeitungshändler, ich habe bis Mittag offen. Aber diesmal mußte ich schon vorher zumachen, alle Zeitungen waren verkauft...«

»...wir haben die Nacht im Freien verbracht, ich und Hunderte mehr. Wir wollten sicher sein, daß wir bei der Sonntagsmesse einen Platz bekamen. Ich hab's auch geschafft, ich und meine Frau. Ja, wir haben Alice gesehen. Sie hat eine Aura um sich, wissen Sie, wie eine Heilige...«

»... sie ist eine Heilige, man braucht sie nur anzusehen, um das festzustellen. Als ich sie anblickte, lächelte sie, obwohl sie ganz sicher sehr unglücklich war, ihr Vater ist ja gerade erst gestorben. Ich bin sicher, daß sie mich angesehen hat, als sie lächelte. Ich fühlte, wie ich von ihrer Liebe durchdrungen wurde...«

»Ich bin nach wie vor blind...«

Aus Interviews, die von BBC 4 UK in ›World at One‹ am Montagnachmittag gesendet wurden:

»... ein fürchterliches Gedränge. Ein Mädchen, das vor mir stand, ist ohnmächtig geworden. Es war wie bei einem Auftritt der Beatles...«

»... die Menschen spürten alle, wie tiefer Frieden über sie kam. Es war wunderschön. Wie eine Woge aus Liebe, die über uns alle hinwegging...«

»... mir hat jemand auf den Fuß getreten. Ich fürchte, ein Zeh ist gebrochen...«

»... aber wir wollten nicht da weggehen. Wir wollten dableiben und beten. Obwohl wir in die Kirche nicht reingekommen sind, haben wir die Gegenwart des Heiligen Geistes verspürt...«

»... aus Schottland. Ich habe meinen Vater nach Banfield begleitet. Die Reise war eine fürchterliche Strapaze für ihn – er leidet an Krebs. Wir haben von Alice nur den Zipfel ihres weißen Kleides gesehen, aber mein Vater sagt, er fühlt sich viel besser, seit Monaten hat er sich nicht so gut gefühlt...«

»... sie ist sehr klein, aber irgendwie war sie größer als wir alle. Ein inneres Leuchten schien von ihr auszugehen...«

»... heute mittag war's hier voll bis auf den letzten Platz, und jetzt am Abend ist es genau das gleiche. Sehen Sie sich um. Die Wirte der anderen Pubs sagen das gleiche...«

»... vielleicht werden die Menschen jetzt verstehen, daß es nur einen wahren Glauben gibt. Alice zeigt ihnen den Weg...«

Aus der Dienstagsausgabe des ›Standard‹:
VATER DER KLEINEN WUNDERHEILERIN BEIGESETZT
Heute fand die Beisetzung von Leonard William Pagett, Vater der Wunderheilerin von Banfield, statt. Der Verstorbene gehörte nicht dem katholischen Glauben an, so daß er auf dem öffentlichen Friedhof außerhalb der Ortschaft zur letzten Ruhe gebettet wurde.

Pagett, 47, war bei einem Autounfall am Donnerstag vergangener Woche ums Leben gekommen. Seiner Witwe Molly Pagett, 44, war die Erschütterung über den tragischen Verlust deutlich anzusehen, zu ihrer Verunsicherung mögen auch der Trubel am Grab, die Horden von Neugierigen und die zahlreichen Berichterstatter beigetragen haben. Alice stand schweigend am Grab ihres Vaters, sie schien unbeeindruckt von der Menge, die sich auf dem Friedhof drängte. Alice Pagett hatte innerhalb einer Woche zwei schwere Schicksalsschläge zu bewältigen. Wenige Tage vor dem tragischen Unglück, dem ihr Vater zum Opfer fiel, starb Pater Andrew Hagan, der katholische Ortsgeistliche, zu dem das Mädchen eine tiefe und vertrauensvolle Zuneigung gefaßt hatte, an den Folgen eines Herzanfalls...«

Wortlaut des Interviews, das Dienstag, am frühen Abend, von BBC 1 in ganz England ausgestrahlt wurde:

Frage: Nach den Ereignissen der letzten Woche, Hochwürden Burnes, wird die katholische Kirche wohl nicht mehr im Ernst bestreiten wollen, daß es mit diesem Mädchen eine ganz besondere Bewandtnis hat.

Antwort: Ich war bei den Ereignissen, von denen Sie sprechen, nicht anwesend, so daß ich dazu kein Urteil abgeben kann.

Frage: Es gab zahlreiche Zeugen, und diese Zeugen bekunden, daß Alice Pagett das Feuer zum Erlöschen gebracht hat. Einige sagen sogar, sie ist mitten durch die Flammen gegangen.

Antwort: Die Aussagen sind widersprüchlich. Einige Zeugen sagen, sie ist mitten durch die Flammen gegangen, andere sagen, die Flammen sind erloschen, als das Mädchen auf das Feuer zuging. Es gibt auch einige wenige Zeugen, die sich zu erinnern meinen, daß Alice erst erschien, als das Feuer bereits erloschen war.

Frage: Sie werden trotzdem zugeben, daß dieses Mädchen eine ganz besondere Ausstrahlung hat, oder?

Antwort: Das läßt sich kaum bestreiten.

Frage: Ist die Kirche inzwischen zu klaren Schlußfolgerungen gekommen, was die Wunderheilungen angeht, die Alice Pagett getan hat.

Antwort: Wir sprechen vorläufig von angeblichen Wunderheilungen. Die Untersuchung ist noch im Gange.
Frage: Sind Sie der Auffassung, Hochwürden Burnes, daß die Kirche die geeignete Instanz ist, um eine objektive Untersuchung der Ereignisse durchzuführen?
Antwort: Es tut mir leid, ich kann Ihnen nicht ganz folgen.
Frage: Ist dies nicht eine Angelegenheit, die von Parapsychologen untersucht werden sollte? Sollte es in der Untersuchungskommission nicht wenigstens einen oder zwei Parapsychologen geben?
Antwort: Ich möchte darauf hinweisen, daß sich in der Kommission einige Vertreter der Ärzteschaft befinden...
Frage: Aber keine Parapsychologen.
Antwort: Was die Kommission herausfindet, steht der kritischen Gewichtung durch alle wissenschaftlichen Institutionen offen, die sich für die Sache interessieren.
Frage: Aber Vertretern der parapsychologischen Richtung wollen Sie die Untersuchungsergebnisse offenbar nicht zur Verfügung stellen.
Antwort: Jede Institution von wissenschaftlichem Ansehen wird Zugang zu dem Bericht erhalten. Beim gegenwärtigen Stand der Dinge erscheint es uns ratsam, das Problem auf der Basis einer rationalen Fragestellung anzugehen.
Frage: Was bringt Sie zu der Auffassung, daß letzten Sonntag keine Wunder mehr stattfanden?
Antwort: Ich habe nie behauptet, daß überhaupt Wunder stattgefunden haben. Was die Medien über die Ereignisse veröffentlichen, stellt leider eine große Bürde für das arme Mädchen dar. Die Medien sind es, die diesem Kind den Stempel Wunderheilerin aufgedrückt haben. Das Ergebnis ist, die Menschen kommen in Scharen nach St. Joseph's, in der Hoffnung, von ihren Gebrechen erlöst zu werden.
Frage: St. Joseph's ist in der Tat zu einer Wallfahrtsstätte geworden, aber das ist nicht die Schuld der Medien. Wir beschränken uns darauf, über Ereignisse zu berichten, die stattgefunden haben.
Antwort: Sie berichten über diese Ereignisse, und Sie stellen Spekulationen an.

Frage: Die Ereignisse selbst fordern solche Spekulationen heraus. Wie will die Kirche des Andrangs Herr werden, der sich in Banfield abzeichnet? Ich habe mir sagen lassen, daß es vergangenen Sonntag beinahe zu tätlichen Auseinandersetzungen während der Messe gekommen ist.

Antwort: Davon kann keine Rede sein. Die Besucher des Gottesdienstes haben sich sehr diszipliniert verhalten. Natürlich gab es viele, die enttäuscht waren, weil sie Alice nicht zu sehen bekamen.

Frage: Erwarten Sie, daß sich kommenden Sonntag noch mehr Menschen in St. Joseph's zusammenfinden werden als am vergangenen Sonntag? Und wenn dem so ist, welche Vorkehrungen hat die Kirche getroffen, daß es nicht wieder zu tumultartigen Szenen kommt?

Antwort: Ich möchte der Öffentlichkeit bei dieser Gelegenheit sagen, daß man sich von der Messe am nächsten Sonntag nichts Besonderes zu erwarten hat. Es gibt nichts, was zum Beispiel eine längere Anreise nach Banfield sinnvoll erscheinen ließe.

Frage: Aber auf dem Kirchengelände sind doch Bauarbeiten im Gange.

Antwort: Ja, das trifft zu. Wir haben zwar an die Menschen appelliert, sich von der St. Joseph's Kirche fernzuhalten, trotzdem müssen wir uns darauf vorbereiten, daß die Menschen in wachsender Zahl dort hinströmen.

Frage: Wenn Sie den Ausdruck gestatten: bereiten Sie sich auf eine Belagerung vor?

Antwort: Ich hoffe nicht, daß es so schlimm wird. Aber es ist richtig, wir treffen Vorkehrungen, um eine große Anzahl von Besuchern in der Kirche und auf dem Kirchengelände empfangen zu können. Zugleich tun wir alles, was in unserer Macht steht, um die Menschen von einem Besuch in St. Joseph's abzuhalten.

Frage: Welcher Art sind die Vorkehrungen, die Sie getroffen haben?

Antwort: Wir sind dabei, einen Freiluftaltar auf dem Feld zu errichten, das an St. Joseph's angrenzt.

Frage: Auf dem Feld, wo Alice, wie sie sagt, die Jungfrau Maria gesehen hat?

Antwort: Ähm – ja. Rund um den Altar sollen Sitzmöglichkeiten für möglichst viele Menschen geschaffen werden. Ich schätze trotzdem, daß viele sich damit abfinden müssen, im Schlamm zu stehen. Die Messe nächsten Sonntag wird im Freien stattfinden, nicht in der Kirche.
Frage: Eine letzte Frage, Hochwürden Burnes: Wird Alice Pagett kommenden Sonntag bei der Messe zugegen sein?
Antwort: Das kann ich nicht sagen.

Unterhaltung zwischen dem Bauunternehmer und Monsignore Delgard am Mittwochmorgen:

»Sollen wir den Baum stehenlassen, Monsignore? Oder sollen wir ihn umsägen?«

»Nichts darf zerstört werden auf diesem Feld. Sie haben die Pläne. Bauen Sie die Plattform rund um den Baum.«

Telefongespräch am Mittwochvormittag zwischen Frank Aitken, Chefredakteur des Brighton Evening Courier, *und der Hauptverwaltung in London:*

AITKEN: »Ich habe verdammt noch mal keinen blassen Schimmer, wo Fenn steckt. Er hat mich letzten Freitag angerufen und gesagt, daß er bei dem Brandunglück in Banfield leichte Verbrennungen erlitten hat. Jawohl, er hat's aus erster Hand miterlebt. Nein, ich weiß nicht, warum er seinen Artikel noch nicht abgeliefert hat. Das sagte ich Ihnen ja letzte Woche schon. Er sagte nur, er hätte noch Urlaub zu bekommen, und den würde er jetzt nehmen. Sehr unverantwortlich? Jawohl, das finde ich auch. Wenn Sie einverstanden sind, daß ich ihn feuere, es gibt nichts, was ich lieber täte. Sie wollen nicht, daß ich Fenn feuere? Hatte ich auch nicht erwartet. Jawohl, ich hab' versucht, ihn daheim zu erreichen. Hat nicht abgenommen. Ich habe sogar jemanden zu seiner Wohnung geschickt. Niemand zu Hause. Nein, seit letzten Freitag nicht. Ob ich die Krankenhäuser angerufen habe? So schlimm waren die Verbrennungen nicht, aber falls es Sie beruhigt, jawohl, ich habe in den Krankenhäusern nachfragen lassen. Er ist verschwunden, weg, hat sich in Luft aufgelöst. Vielleicht schreibt er was unter der Hand, vielleicht hat ihm jemand soviel geboten, daß er das Geld nicht ausschlagen konnte. Aber natürlich habe ich sein Gehalt angehoben, gleich nachdem sich abzeichnete, daß die Sache groß rauskommt. Wahrscheinlich bin ich da ein bißchen zu zögerlich gewesen. Scheiße noch mal, es sind soviel Anrufe für Fenn gekommen, daß ich dem Mädchen in der Vermittlung Anweisung geben mußte, sie soll die lieben Kollegen, die sich plötzlich für unseren Mann interessieren, zur Hölle schicken. Nein, Fenn hat nicht gesagt, wie lange er wegbleibt, aber ich breche ihm die Knochen einzeln, sobald er wieder auftaucht. Einverstanden, Mr. Winters, ich breche ihm *nicht* die Knochen einzeln, sobald er wieder auftaucht. Jawohl, Sir, ich krieche ihm in den Hintern, sobald er wieder auftaucht. Danke. Ich rufe Sie an, sobald es etwas Neues gibt.«

Auszug aus einem Artikel, der in der Donnerstagsausgabe des ›Guardian‹ erschien. Überschrift: VISION, BETRUG ODER AUTOSUGGESTION? Autor: Nicola Hynek, Verfasser des Buches ›Bernadette Soubirous – Die Tatsachen‹.

... in seinem Buch *Vraies et Fausses dans L'Église* erwähnt Dom Bernard Billet, daß es von März 1928 bis Juni 1975 insgesamt 232 Marienerscheinungen in der Welt gegeben hat. Zwei davon fanden in England statt (Stockport, 1947 und Newcastle, 1954) ...

Aus der Freitagsausgabe des ›Universe‹:
BISCHÖFE BERATEN ÜBER DIE WUNDERHEILERIN VON BANFIELD

Kardinäle und Bischöfe der katholischen Kirche werden im kommenden Monat in Rom über die Ereignisse diskutieren, in deren Mittelpunkt die elfjährige Alice Pagett steht. Der Papst hat in durchaus ungewohnter Eile angeordnet, daß die Konferenz noch vor der Fertigstellung des Untersuchungsberichtes durch die Ärztekommission stattfindet. Wie verlautet, gibt es innerhalb der Kirche ernsthafte Besorgnisse wegen der unkontrollierbaren publizistischen Auswirkungen, die durch die Aussage der Elfjährigen, die Jungfrau Maria sei ihr erschienen, ausgelöst wurden. Ebenso umstritten ist Alice Pagetts Fähigkeit, Wunder zu bewirken.

Hochstehende Angehörige des Klerus haben sich dem Wunsch

des Papstes nach einer baldigen Durchführung der Konferenz angeschlossen, unter ihnen Kardinal Lupecci, der gestern in Rom folgende Verlautbarung herausgab: ›In einer Zeit, wo die Religion unter ständigem Beschuß steht, muß die römisch-katholische Kirche alles tun, um den Glauben der Katholiken in der Welt zu stärken oder neu zu begründen. Die Kirche bedarf der göttlichen Führung, sie begibt sich in große Gefahr, wenn sie einen Fingerzeig Gottes oder eine Botschaft außer acht läßt. Solche Botschaften geringzuachten oder auf Überprüfungen zu verzichten, ob die Botschaften wirklich von Gott kommen, würde das Gebäude der Kirche in seinen Grundfesten erschüttern.‹

Aus einer Unterhaltung, die Freitagabend im Pub ›The Punch Tavern‹ auf der Fleet Street in London stattfand:
». . . das ist doch alles Scheiße . . .«

25

> *»Du bist wirklich, nicht wahr? Ich habe oft seltsame Träume. Vielleicht bist du ein Traum.«*
> Frances Hodgson Burnett: Der geheime Garten

Papier. Scharfkantiges, gelbes Pergamentpapier mit verblichener Schrift. Die Blätter waren überall, sie flogen in der Luft herum, es gab Blätter, die am Boden lagen, überall, überall . . .

Macht nichts, sagte er sich. Ich träume nur. Ich kann dem Zauber jederzeit ein Ende bereiten. Ich brauche nur aufzuwachen.

Aber die alten Pergamente begannen sich einzurollen, die Kanten begannen zu schwelen. Braune Flecken, an deren Ränder Flämmchen züngelten, krochen auf die Mitte zu.

Wach auf!

Es war dunkel. Dunkel wie in einem Grab. Die Flammen wuchsen, tanzten als Schatten über die Wände. Er drehte sich um. Er fiel zu Boden und schürfte sich die Knie auf. Er streckte die Hand aus. Holz. Er saß auf einer Bank. Es war nicht die einzige Bank, die es in diesem Raum gab. Er sah den Altar und erschauderte.

Fenn, wach auf!

Die alten Manuskripte waren ein lodernder Scheiterhaufen. Er war in der St. Joseph's Kirche... und doch war es nicht die St. Joseph's Kirche. Der Raum war anders – kleiner – neuer – aber auch älter...

Ich muß fliehen! Ich muß aufwachen! Ich weiß, daß ich träume, also kann ich auch aufwachen! Die Flammen hatten seine Füße erreicht.

Er stand auf, das Feuer erhob sich mit ihm. Rückwärtsgehend begab er sich zum Altar, den Blick auf die Pergamente gerichtet. Es gab einen einzigen Bogen, der noch unversehrt war, und auf diesem Bogen stand nur ein einziges Wort geschrieben:

MARIA

Und dann wurde das Wort von den Flammen verschlungen, er sah, daß auch die anderen Pergamente mit dem Wort ›Maria‹ beschriftet waren.

Wach auf!

Aber er konnte nicht aufwachen. Er wußte jetzt, daß es kein Traum war. Er warf einen Blick auf die Bankreihen, und dann sah er das Portal, das langsam, sehr langsam aufschwang. Er spürte, wie sich Blasen auf seiner Haut bildeten, das Feuer sengte sein Fleisch, aber er konnte nichts dagegen tun; er war vor Furcht wie gelähmt. Er wußte, daß er verbrannte, und doch konnte er nichts anderes tun als auf die kleine weiße Gestalt starren, die mit geschlossenen Augen auf ihn zukam. Sie schritt durch die Flammen, ohne Schaden zu nehmen.

Ihre Lippen lächelten. Sie öffnete die Augen und sah ihn an. Es war nicht Alice, es war...

»*Um Gottes willen, Fenn, wach auf!*«

Schlief er noch, als er das schrie? War er schon wach gewesen? Eine Frau war über ihm, langes, dunkles Haar floß über ihre nackten Schultern.

»Ich dachte schon, ich würde dich gar nicht mehr wachkriegen, Fenn. Entschuldige, wenn ich dich erschreckt habe, aber ich kann das nicht mitansehen, wenn jemand einen Alptraum hat.«

»Sue?«

»Scheiße, heute nacht trägst du den Charme mal wieder pfundweise auf.« Nancy rollte sich auf die andere Seite. Sie tastete nach ihren Zigaretten, die auf dem Nachttisch lagen.

Fenn zwinkerte mit den Augen, der Traum verblich. Als das

Streichholz aufflammte, schloß er die Lider. »Hallo, Nancy«, sagte er.

Sie stieß eine Rauchwolke aus. »Hallo, Fenn«, sagte sie amüsiert.

Er fuhr sich über den knisternden Bart. Seine Blase schmerzte. »Bin gleich wieder da«, sagte er und schlurfte ins Bad.

Nancy sog an ihrer Zigarette, das Licht der Nachttischlampe liebkoste die Nacktheit ihrer Brüste. Das war jetzt das zweite Mal in dieser Woche, daß sie Fenn aus einem Alptraum geholt hatte. Ob das Brandunglück in Banfield ihm einen solchen Schock versetzt hatte? Was hatte er eigentlich in der vergangenen Woche getrieben? Tagsüber war er von der Bildfläche verschwunden, und wenn er spät abends, leicht angetrunken, nach Hause kam, weigerte er sich, ihr zu sagen, wo er den Tag verbracht hatte. Sie hatte ihn in ihrem Apartment aufgenommen, hier in Brighton würde er von niemandem behelligt werden, vor allem nicht vom *Courier*. Sie wußte, daß er an einem Thema arbeitete, und die Sache hatte mit den Wundern von Banfield zu tun. Leider dachte er gar nicht daran, sie einzuweihen. Sie hatte gehofft, daß sie das Thema als Partner betreuen würde. Wenn sie davon sprach, sagte er nur: »Noch zu früh, Baby.« Er benutzte sie, und das war genau falsch herum. *Sie* hatte *ihn* benutzen wollen.

Die Spülung der Toilette war zu vernehmen. Er kam zurück und glitt neben sie.

»Willst du's mir erzählen?«

»Hm?«

»Deinen Traum, meine ich. Wieder das gleiche wie letztes Mal?«

Er hatte sich aufgestützt. »Es hatte wieder mit Feuer zu tun. Ich weiß nicht mehr genau. Ach ja, da gab's Manuskripte...«

»Manuskripte?«

Er wußte sofort, daß er einen Fehler gemacht hatte. Sie sah ihn mit einem Blick voller Neugier an. Er räusperte sich. Der Kopfschmerz blieb. Seine Zunge schmeckte ranzig. Scheiß Alkohol. Fenn traf eine rasche Entscheidung. Nancy war nicht die Frau, die man lange im Regen stehen lassen konnte. Er ahnte, daß sie nachts, wenn er schlief, seinen Aktenkoffer zu öffnen versuchte. Was ihr unmöglich gelingen konnte, das Kombinationsschloß war nach menschlichem Ermessen nicht zu knacken.

»Würdest du mir bitte meinen Aktenkoffer holen?«

»Du meinst deinen tragbaren Safe?« Was sie sagte, bestätigte seine Vermutung.

Nancy sprang aus dem Bett und ging zum Tisch. Das Apartment war gemietet. Eigentlich eine Ferienwohnung. Eine der zahlreichen Wohnungen, die zehn oder zwölf Monate im Jahr leerstanden. Ideal für Nancy, die sich nicht für dauernd einmieten konnte, deren Aufenthalt in England jedoch so lang sein würde, daß ein Hotel finanziell nicht in Frage kam.

Sie kam zurück und legte ihm den kalten Aktenkoffer auf den Bauch. »Ich wußte, daß du mich früher oder später einweihen würdest.«

Er grunzte etwas, das er selber nicht verstand. Er öffnete das Schloß.

Nancy nahm die Notizen heraus. »Was, zum Teufel, ist das, Fenn?« Sie warf einen Blick auf den Stapel. Daten, Namen.

»Das ist das Resultat von einer Woche Arbeit«, sagte er. »Und gleichzeitig der Grund für meine Alpträume.«

»Wie meinst du das?«

»Ich träume von alten Pergamenten.«

»Ich denke, du sollst die Geschichte der Wunder von Banfield schreiben. Wieso träumst du von alten Pergamenten?«

»Weil ich zum Recherchieren in den Bibliotheken gewesen bin. Als erstes habe ich mir die öffentliche Bibliothek in Banfield vorgenommen. Aber da fand sich nicht viel. Nur ein Buch, das ein Pfarrer geschrieben hat, der in den Dreißiger Jahren dort Seelsorger war, und ein paar Bände Heimatgeschichte von Sussex.«

»Also eine Pleite.«

»Richtig. Als nächstes bin ich ins Rathaus gegangen. Der Gemeindeschreiber war ganz hilfreich, aber die Aufzeichnungen, die er dort hat, reichen sogar nur bis in die sechziger Jahre zurück. Von Banfield bin ich nach Chichester gefahren, wo die Chroniken der ganzen Grafschaft aufbewahrt werden. Dort habe ich die vergangene Woche verbracht. Der Archivar, der mir geholfen hat, bekommt einen Brechreiz, wenn er mich sieht, so sehr hängt ihm die Sucherei zum Halse raus. Ich hab' mir die Chroniken bis zurück ins achte Jahrhundert angesehen. Die älteren Sachen habe ich leider nicht verstehen können. Alles in

Latein. Sogar die Chroniken der letzten Jahrhunderte waren schwer zu entziffern. Immer ein ›f‹ statt einem ›s‹ in den Wörtern.«

»Wonach suchst du denn überhaupt?«

»Das kann ich dir nicht sagen.«

»Das große Geheimnis?«

»Es gibt kein großes Geheimnis.«

»Warum mißt du dann der Sache eine so große Bedeutung bei?«

»Was?«

»Du müßtest dich mal sehen! Wenn du abends heimkommst, schaust du mich an wie ein Geist. Du verschließt deine Notizen vor mir. Du hast Alpträume. Du sprichst im Schlaf. Und wenn du mich vögelst, kommst du mir vor wie ein Zombie.«

»Gefällt dir meine Technik nicht?«

»Was bildest du dir eigentlich ein? Glaubst du, du mußt mich bumsen, weil ich dich in meiner Wohnung schlafen lasse? Für was hältst du mich eigentlich?«

Er legte ihr die Hand auf die Schulter. Sie schlug ihm auf die Finger. »Ich dachte, wir könnten zusammenarbeiten«, sagte sie zornig. »Ich habe gewartet, bis du in der Stimmung warst. Eben hast du mir ganz klar gesagt, daß du mich in der Sache nicht mit drinhaben willst. Also gut, du willst es nicht anders. Verpiß dich!«

»Aber...«

»Raus mit dir!«

Er tastete nach seiner Armbanduhr, die er unter das Kopfkissen gelegt hatte. »Es ist drei Uhr in der Nacht...«

»Ist mir egal. Verschwinde!«

»Ich könnte versuchen, meinen Zombie-Stil zu verfeinern.« Er fuhr ihr mit der flachen Hand über die Brustwarzen.

»Ich meine es ernst, Fenn. Raus aus meiner Wohnung!«

Er schob die Hand unter das Laken. Er fand ihren Schoß. »Ich verspreche auch, daß ich mich wieder rasiere.«

Sie hieb ihm mit der Faust auf die Brust. »Du machst die Fliege!«

Er schob seine Hand zwischen ihre Schenkel.

»Du sollst die Kurve kratzen, hab' ich gesagt!«

Er legte sich auf sie und spürte, wie sie die Beine aneinanderzwängte.

»Glaubst du, damit kannst du mich schwachmachen?« spottete sie.

Er rollte sich auf seine Seite. »Du bist hart«, stöhnte er.

Sie setzte sich auf. »Du hast mich benutzt, Fenn, und du hast mir nichts dafür gegeben.«

»Du hast ja recht.«

»Du benutzt die Menschen, wie's dir gerade paßt. Mit mir läuft das nicht!«

»Und du? Machst du nicht das gleiche wie ich?«

Sie zögerte mit der Antwort. »Ich bin wie du, und deshalb durchschaue ich dich auch so gut. Ich weiß jetzt, daß es nichts bringt, wenn wir zusammenbleiben...«

»Halt mal. Ich bekomme da gerade die ersten Schuldgefühle, das müßte doch in deinem Sinne sein. Es war eine komische Woche, weißt du. Ich war wie besessen von dieser Alice. Seit ich gesehen habe, wie sie durch das Feuer ging...«

Nancy verharrte in stiller Wut. Ihre Brüste waren zu sehen. Die Härte ihres Gesichtsausdrucks wurde vom Halbdunkel des Raums gemildert. Sie war nicht schön, aber sie verfügte über eine Anziehung, um die sie wohl jede Frau beneidet hätte.

»Du vergißt, daß ich dabei war«, sagte sie. »Und mich hat das Mädchen in keiner Weise beeindruckt.«

»Wie schätzt du sie denn überhaupt ein?«

»Was? Jetzt wechselst du das Thema! Du willst dich aus der Schlinge ziehen!«

»Nein, wirklich nicht. Sag' mir, wie du Alice einschätzt, und dann sage ich dir, was du wissen willst.«

Sie betrachtete ihn voller Zweifel. »Okay, ich hab' nichts zu verlieren. Ich bin nicht beeindruckt von diesem Weihnachtsengel. Ich glaube nicht, was ich gesehen habe.«

»Aber du gibst zu, daß du es gesehen hast.«

»Ich hab's gesehen, aber ich glaub's nicht.«

»Das ist doch verrückt.«

»Natürlich ist das verrückt. Ich habe gesehen, wie sie auf das Feuer zuging und wie das Feuer erlosch.« Sie tippte sich an die Stirn. »Aber ich schaffe es nicht, die beiden Tatsachen miteinander zu verbinden.«

»Und das Mädchen selbst, was hältst du von ihr?«

»Ein Kind. Ein staksiges, unterentwickeltes Kind. Hübsches Gesicht.«

»Die Leute sagen, sie hat eine besondere Ausstrahlung.«

»Auf mich nicht.«

»Warum nicht?«

»Weißt du, andere Kinder sind viel lebendiger, die sprühen nur so von Ideen. Alice dagegen ist langweilig. Mir kommt es so vor, als wären ihre Gefühle irgendwo weggeschlossen. Ich glaube ihr gerne, daß sie um ihren Vater trauert, aber beim Begräbnis hat sie nicht eine einzige Träne vergossen.« Sie zuckte die Achseln. »Vielleicht hat sie sich in aller Stille ausgeweint.«

Er war aufgestanden. Er ließ sich auf das Bett zurücksinken. »Zuerst habe ich ganz ähnlich empfunden wie du. Als ich ihr in der ersten Nacht über den Friedhof nachgejagt bin, da habe ich Alice für ein verängstigtes, leicht verwundbares Geschöpf gehalten. Heute denke ich ganz anders. Sie hat mir letzte Woche wahrscheinlich das Leben gerettet, trotzdem empfinde ich keine Dankbarkeit. Und dann – oh, mein Gott, jetzt erinnere ich mich! Sie stand am Fenster, als die Autos zusammenstießen! Ich bin sicher, daß sie ...«

»Was sagst du da, Fenn?«

»Erinnerst du dich denn nicht? Der Ford Capri war ins Schleudern gekommen, und gleich darauf verlor ich die Kontrolle über meinen Wagen. Und während das geschah, stand das Mädchen am Fenster und starrte uns an.«

»Ich verstehe nicht, was du damit sagen willst, Fenn! Willst du etwa behaupten, daß sie den Zusammenstoß verursacht hat?«

Er nickte schwerfällig. »Vielleicht.«

»Du bist nicht recht bei Verstand.« Sie steckte sich eine Zigarette an.

»Wenn sie ein Feuer löschen kann, dann kann sie auch die Steuerung eines Wagens außer Betrieb setzen.«

Nancy schüttelte nur den Kopf.

»In der Umgebung dieses Mädchens geschehen merkwürdige Dinge«, sagte Fenn.

»Das ist die Untertreibung des Jahres. Aber es kann für die sogenannten Wunder auch andere Ursachen geben. Psychologische Ursachen, Fenn. Und dann ihr Vater! Der Mann ist bei dem Feuer ums Leben gekommen. Ich kann mir nicht vorstellen, daß sie das gewollt hat.«

Er fuhr sich mit dem Daumen über die Unterlippe. »Nein«, sagte er leise. »Natürlich nicht.«

Nancy streichelte seine Schulter. »Du wolltest mir dein Geheimnis verraten. Spuck's aus.«

»Das ist eigentlich schnell gesagt. Monsignore Delgard macht sich Sorgen wegen der Ereignisse, die sich in und um die Kirche zugetragen haben. Er glaubt...«

»Es ist nur logisch, daß er sich Sorgen macht«, unterbrach sie ihn.

»Laß mich doch ausreden. Delgard glaubt, daß es in der Kirche nicht mit rechten Dingen zugeht.«

»Was stört ihn denn an den Wundern? Er sollte vor Freude bis an die Decke hüpfen.«

»Das sollte er, aber er tut's nicht. Er grübelt über den plötzlichen Tod von Pater Hagan nach...«

»Das war ein guter alter Herzinfarkt.«

»Du hältst jetzt den Mund und hörst zu! Monsignore Delgard macht sich auch Sorgen wegen der Atmosphäre, die in der Kirche herrscht. Er spricht von einer spirituellen Leere.«

»Was soll denn *das* jetzt wieder heißen?«

»Das bedeutet, die Kirche ist ihrer Heiligkeit beraubt.«

»Das meinst du wohl nicht im Ernst. Willst du mir etwa weismachen, daß in der Kirche böse Geister herumtanzen?«

»Nein. Die St. Joseph's Kirche ist leer. Dort sind weder gute noch böse Geister. Pater Hagan hat das auch gespürt.«

»So einen Unsinn kann ich meinen Lesern nicht verkaufen.«

»Du sollst das ja auch gar nicht schreiben. Ich sag's dir nur, weil du mich danach gefragt hast. Du hast mir diese Woche sehr geholfen. Du hast mir deine Schutzburg angeboten, so daß ich in Ruhe recherchieren konnte. Ich zeige mich für den Gefallen erkenntlich, indem ich dir sage, was ich herausgefunden habe, aber ich möchte auf keinen Fall, daß es in irgendeiner Zeitung erscheint.«

»Keine Sorge. Wenn ich das schreiben würde, rammt mich mein Chef unangespitzt in den Boden. Wenn du mir jetzt allerdings sagst, das Ganze ist ein Riesenschwindel, dann sind wir beide im Geschäft.«

»Ein Riesenschwindel, das wäre denkbar...«

»Warum kommst du mir dann mit deiner beschissenen spirituellen Leere? Damit machst du dir doch nur die Story kaputt.«

»Es ist schwer zu erklären, aber bei der ganzen Sache stimmt was nicht.«

»Es ist ganz natürlich, daß du so denkst. Du bist und bleibst ein Zyniker.«

»Ich meine was anderes. Ich meine, hinter diesen Ereignissen verbirgt sich ein Geheimnis. Ich bin wie du der Ansicht, daß Alice *merkwürdig* ist.«

»Ich habe damit nur sagen wollen, daß sie keine farbige Persönlichkeit ist.«

»Du hast was anderes gemeint.«

»Also gut. Du und der Monsignore, Ihr seid sicher, das Mädchen ist eine Hexe. Wenn es so ist, warum stöberst du dann in den alten Chroniken herum?«

»Weil ich dort vielleicht etwas über die St. Joseph's Kirche entdecke, was Licht in die Angelegenheit bringt.«

»Du willst das grauenhafte Geheimnis in der Vergangenheit dieser Kirche enthüllen! Fenn, ich kann einfach nicht verstehen, daß du so etwas sagst. Ich dachte immer, du bist ein Mensch, der mit beiden Beinen auf der Erde steht. Aber jetzt enttäuschst du mich.«

»Vielleicht hast du recht«, sagte er. Ein Lächeln stand auf seinen Lippen. »Vielleicht habe ich zuviel Fantasie. Der Autounfall, das Feuer – das hat mir wohl ziemlich zugesetzt. Vielleicht bin ich, als der Unfall geschah, in Panik geraten. Vielleicht habe ich mir nur vorgestellt, daß die Steuerung meines Wagens nicht mehr funktionierte. Vielleicht war eine Ölspur auf der Straße, das würde zugleich erklären, warum der Ford Capri ins Schleudern kam. Wie dem auch sei...« Er ließ die Notizen aus dem Aktenkoffer auf den Boden flattern. »Ich habe in der Geschichte von Banfield und in den Chroniken der St. Joseph's Kirche nichts gefunden, was mir einen Anhaltspunkt für meine Theorie gäbe. Nichts ist in Banfield passiert, was in den anderen Städten und Dörfern nicht auch passiert wäre.«

Nancy betrachtete gedankenverloren die durcheinandergewirbelten Papiere. »Kann ich's mir gelegentlich mal ansehen?«

»Wenn du willst, bitte schön. Du wirst nichts finden, was dich interessiert.«

Sie setzte sich zu ihm. »Was wird aus uns beiden, Fenn?«

»Wie meinst du das?«

»Ich meine aus unserer Zusammenarbeit?«

»Ich dachte, du willst mich rausschmeißen?«

»Das war vorhin. Inzwischen hast du mir gesagt, was ich wissen wollte.«

»Damit bist du aber wohl nicht viel klüger geworden, wie?«

»Das ist egal. Du hast gezeigt, daß du mir vertraust. Was wird aus unserem Handel?«

»Ich arbeite für die Kirche, Nancy.«

»Du arbeitest für dich selbst, Fenn. Die Kirche *benutzt* du nur. Von der Kirche kriegst du die Informationen, die du brauchst. Was immer dir die Kirche zahlt, du kriegst das Dreifache oder das Vierfache von den anderen Medien, sobald du mit der Arbeit für die Kirche fertig bist. Ist das nicht der wahre Grund, warum du den Auftrag angenommen hast?«

Es dauerte eine Weile, bis sein Lächeln an die Oberfläche gelangte. »Es gibt keinen Handel zwischen dir und mir, Nancy. Aber ich versorge dich mit den Informationen, die du brauchst. Ich sorge dafür, daß du bei dieser Komödie in der ersten Reihe sitzt. Ich werde dir helfen, so gut ich kann.«

»Aber nur bis zu einem gewissen Punkt, hab' ich recht?«

»Du hast recht. Nur bis zu einem gewissen Punkt.«

Sie gab sich geschlagen. »Damit werde ich mich wohl abfinden müssen. Ehrlich gesagt, du machst eine Dummheit. Ich hätte dem Zeug, das du schreibst, den richtigen Stil geben können. Ich hätte bei der *Post* ein gutes Honorar für dich aushandeln können.«

Er küßte sie. »Wann fliegst du in die Staaten zurück?«

»Sobald ich diese verdammte Wunderstory fertig habe. In ein paar Wochen, denke ich.« Sie rieb ihre Wange an seiner Stirn. »Wenn du mir helfen willst, Fenn, dann mußt du's bald tun. Hör auf mit der Geheimniskrämerei, okay?«

»Okay«, log er. Er würde ihr helfen, aber nur bis zu einem gewissen Punkt, genau wie er es gesagt hatte. Reporter waren egoistische Zeitgenossen, Fenn machte keine Ausnahme.

26

*Es war einmal ein kleines Mädchen, die hatte eine
Locke, die ihr mitten in die Stirn hing. Wenn das
Mädchen brav war, dann war sie sehr, sehr brav. Aber
wenn sie ungezogen war, dann war sie sehr, sehr ungezogen.*
Jemima Anon

Die Schritte des Monsignore waren langsamer und langsamer geworden. Es war dunkel und still auf der High Street, die beiden Pubs hatten die Gäste jenes Samstagabends noch nicht auf die Straße geschoben, dies würde erst zu Beginn der Sperrstunde geschehen; und so klangen die Schritte des Monsignore einsam und hohl. Es war bitterkalt, es ging auf Ende Februar zu. Der Geistliche zog sich den Mantelkragen hoch. War es nur sein fortgeschrittenes Alter, was ihn so leicht frösteln ließ? Ihm war, als würden seine Nervenenden von eiskalten Fingerspitzen massiert. Ihn schauderte.

Die Lichter des Klosters kamen in Sicht, wie die Strahlen eines Leuchtturms, die ihn zu einem sicheren Refugium führen würden. In die Hoffnung, dort aufgenommen zu werden, mischte sich Angst. Er begann zu grübeln. Was hatte er zu fürchten, wenn er das Kloster betrat? Hinter jenen Mauern verbarg sich doch nur ein Kind, ein verängstigtes, verwirrtes Mädchen. Allerdings, vielleicht wurde dieses Mädchen von bösen Mächten mißbraucht ...

Monsignore Delgard war in der Vergangenheit viele Male mit dem Phänomen der Besessenheit konfrontiert worden, er hatte den Opfern geholfen, das Böse in ihren Seelen zu überwältigen. Mit zunehmendem Alter hatte er den psychologischen Kampf als immer schwerere Belastung empfunden. Die erforderlichen Erholungsphasen waren immer länger geworden. Aber das war nur natürlich. Alte Knochen heilten langsamer als junge. Er zuckte zusammen, als er einen plötzlichen Druck auf seiner Schulter verspürte. Ihm war, als sei er von einem Geistfinger berührt worden.

Eine leere Straße. Die Neugierigen, die Banfield füllten, waren heimgefahren, als die Nacht sich ankündigte. Die Reporter und die Fernsehleute schliefen dem Sonntag, dem großen Tag, entgegen. Delgard straffte seinen Schritt. Noch wehrte er sich der Erkenntnis, daß er von einer Ungewißheit in die andere floh.

Er kam an der niedergebrannten Tankstelle vorbei. Er mußte an

Gerry Fenn denken. Am Tag nach dem fürchterlichen Unglück hatte der Reporter ihn angerufen, Fenn war sehr aufgeregt gewesen, er hatte ihm berichtet, was er an der brennenden Tankstelle erlebt hatte. Danach – nichts. Der Reporter war verschwunden, niemand wußte, wo er steckte, nicht einmal der Chefredakteur des *Courier*, nicht einmal Susan Gates. Delgard machte sich Sorgen wegen Fenn; hatte er Fenn mit einer Aufgabe betraut, die jener nicht begreifen und folglich auch nicht mit dem nötigen Respekt angehen konnte. Fenn war alles andere als ein Narr, sein Zynismus würde ihn schützen. Aber nur bis zu einem gewissen Punkt. Jenseits dieser Grenze war er verwundbar wie jeder andere Mensch. Delgard atmete die frostige Luft ein. Die weiße Wolke, die aus seinem Mund quoll, sah aus wie eine Seele auf der Flucht.

Der Panda war mit zwei Rädern auf dem Bordstein geparkt. Als der großgewachsene Geistliche sich dem Tor des Klosters näherte, ließ der Polizist die Scheinwerfer aufflammen. Delgard war geblendet, er blieb stehen wie ein vor Angst gelähmter Feldhase.

»Entschuldigen Sie.« Der Polizist hatte das Wagenfenster heruntergekurbelt. »Sie sind Monsignore Delgard, nicht wahr?« Die Scheinwerfer erloschen. Ein paar Sekunden lang war Delgard wie blind. Er hörte, wie die Wagentür geöffnet wurde. Ein Schatten kam auf ihn zu. »So spät habe ich keine Besucher mehr erwartet«, sagte die Stimme. Der Polizist öffnete das Tor. Er trat beiseite, um den Geistlichen einzulassen.

»Danke«, sagte Delgard. »Sind gar keine Journalisten hier?«

Der Polizist beantwortete seine Frage mit einem vergnüglichen Lachen. »Die werden Sie am Samstag abend vergeblich hier suchen. Die sitzen in den Pubs und lassen sich vollaufen.«

Delgard nickte. Er durchquerte den Vorhof. Er stieg die drei Stufen zum Portal hoch und hörte, wie hinter ihm im Dunkeln das Gittertor geschlossen wurde. Er drückte auf die Klingel und wartete.

Die Zeit, bis geöffnet wurde, kam ihm sehr lang vor. Im Türspalt erschien das Gesicht einer Nonne.

»Ach, Ihr seid es, Monsignore.« Es klang erleichtert. Das Portal schwang auf.

»Ich bin angemeldet bei der Ehrwürdigen Mutter«, sagte er.

»Ja, natürlich. Darf ich Euch...«

»Ich danke Euch, daß Ihr gekommen seid, Monsignore Delgard«, sagte eine Stimme. Die Ehrwürdige Mutter Marie-Claire, Vorsteherin der Schwesternschaft des Klosters und Rektorin der Klosterschule, kam auf den Monsignore zu, ihr silbernes Kreuz blitzte, als sie an der Lampe vorbeikam. Sie war von kleiner Gestalt, schlank und verwundbar in dem Sinne, wie die meisten Nonnen, auch jene mit robusterer Statur, verwundbar schienen. Sie trug eine Brille mit dünnen Gläsern. In ihren Augen stand die Angst.

»Es tut mir leid, daß ich so spät komme, Ehrwürdige Mutter«, sagte er. »Ich hatte noch viel für morgen vorzubereiten.«

»Dafür habe ich volles Verständnis, Monsignore. Es ist gut, daß Ihr trotz der späten Stunde gekommen seid.«

»Ist sie in ihrem Zimmer?«

»Ja. Aber sie schläft nicht. Sie wartet ganz verzweifelt auf Euren Besuch.«

»Sie weiß also, daß ich komme?«

Die Ehrwürdige Mutter nickte. »Darf ich Euch ein heißes Getränk anbieten, bevor Ihr nach oben geht? Ihr seid sicher ganz durchgefroren.«

»Danke, nein. Ich will gleich zu ihr gehen.«

»Ist es nicht besser, wenn ich sie herunterhole? Ihr könnt das Gespräch auch in meinem Büro führen.«

Delgard lächelte. »Nein. Sie tut sich beim Reden sicher leichter, wenn ich mit ihr in dem Raum bin, an den sie gewöhnt ist.«

»Wie Ihr wünscht, Monsignore. Ich werde Euch hinaufbegleiten.«

»Ich weiß, wo das Zimmer ist, Ehrwürdige Mutter. Ihr braucht Euch nicht zu bemühen.« Er ging auf die Treppe zu, die in den Vorraum herabreichte. Er knöpfte seinen Mantel auf und gab ihn der Nonne, die ihm die Tür geöffnet hatte.

»Monsignore?«

Er wandte sich um und sah die Vorsteherin des Klosters an. »Ja?«

»Ist es ratsam, wenn wir Alice morgen an der Messe teilnehmen lassen?«

»Sie *will* zur Messe gehen, Ehrwürdige Mutter. Sie besteht darauf.«

»Sie ist noch ein Kind...«

»Eines, das mit großer Behutsamkeit behandelt werden muß«, sagte Delgard. Güte klang in seiner Stimme.

»Aber die vielen Menschen...«

»Wir können das Mädchen nicht eingesperrt halten. Die Öffentlichkeit würde die schlimmsten Vermutungen anstellen, wenn wir das tun.«

»Es ist doch nur zu ihrem Besten, wenn wir sie abschirmen.«

»Ich denke ähnlich wie Ihr, Ehrwürdige Mutter, aber die Entscheidung liegt nicht bei mir.«

»Ich weiß, daß Bischof Caines...«

»Es ist nicht nur der Bischof, der ein öffentliches Auftreten des Mädchens wünscht. Die Entscheidungen in dieser Angelegenheit werden längst nicht mehr von einer einzigen Person getroffen. Macht Euch wegen Alices Sicherheit keine Sorgen, Ehrwürdige Mutter; das Mädchen wird gut beschützt werden.«

»Was mir Sorgen macht, ist ihr Seelenfrieden, Monsignore.« Es lag keine Kritik in dem, was die Vorsteherin sagte. Da war nur Fürsorge und Traurigkeit.

»Uns allen liegt am Seelenfrieden dieses Mädchens, Ehrwürdige Mutter.« Er stieg die Stufen hinan, zögernd, als hätte er Angst, allzubald im ersten Stock anzukommen.

Oben angekommen blieb er stehen, bis sich seine Augen an die Dunkelheit gewöhnt hatten. Auf dem Flur waren eine Reihe von Türen zu erkennen. Die Zellen der Nonnen. Er ging auf eine der Türen zu und klopfte an.

Zwei oder drei Sekunden verstrichen. Dann sagte eine Stimme: »Wer ist da?«

»Monsignore Delgard.«

Die Tür ging auf. Molly Pagett erschien. Sie sah den Monsignore aus übermüdeten Augen an.

»Die Ehrwürdige Mutter sagte mir, Sie haben darum gebeten, daß ich...«

»Ich muß mit Ihnen sprechen, jawohl. Es tut mir leid, wenn ich Sie so spät am Abend belästige. Bitte, kommen Sie doch herein.«

Die Einrichtung des Raumes bestand aus einem schmalen Feldbett und einem einfachen Stuhl. Es gab eine winzige Garderobenecke, an der Wand hing ein schwarzes Kruzifix. Nach dem Halbdunkel auf dem Gang wirkte die grelle Glühbirne an der Decke besonders häßlich. Molly Pagett setzte sich auf die Bettkante, Monsignore Delgard nahm auf dem Stuhl Platz. Er ächzte, als er seine Beine übereinanderschlug.

»Das kalte Wetter ist nicht gerade eine Wohltat für meine alten Knochen«, sagte er und lächelte.

Sie lächelte zurück, nervös und gehetzt.

Er fühlte sich zu müde für eine Vorrede, andererseits war ihm klar, daß er ihr erst einmal die Angst nehmen mußte, wenn das Gespräch einen Sinn haben sollte. »Wie behandelt man Sie hier im Kloster, Molly? Sehr gemütlich ist der Raum ja nicht.«

Sie hielt ihre Hände verschränkt. »Die Nonnen sind sehr gut zu uns, Pater ... Entschuldigen Sie, ich wollte sagen: Monsignore.«

Er umfing ihre Hände mit ruhigem Griff. »Das macht doch nichts. Es gibt eigentlich keinen Unterschied zwischen einem Priester und einem Monsignore, außer dem hochtrabenden Titel. Sie sehen erschöpft aus, Molly. Können Sie nicht schlafen?«

»Nicht gut, Monsignore.«

»Nun, das ist verständlich; Sie haben viel durchgemacht. Hat Ihnen der Arzt nichts verschrieben, was Sie zur Beruhigung nehmen können?«

»Doch, er hat mir Tabletten gegeben. Aber die nehme ich nicht gern.«

»Ich bin sicher, es würde Ihnen nichts schaden, wenn Sie die Tabletten nehmen. Der Arzt verschreibt Ihnen nur, was gut für Sie ist.«

»Das ist es nicht«, sagte sie rasch. »Ich nehme die Tabletten nicht, weil Alice mich in der Nacht brauchen könnte. Ich würde vielleicht nicht aufwachen, wenn sie nach mir ruft.«

»Die Nonnen würden sich doch sicher um sie kümmern.«

»Wenn sie aufwacht, braucht sie ihre Mutter ...«

Er sah die Tränen, die in ihren Augen schimmerten.

»Sie sollten nicht den Mut verlieren, Molly«, sagte er. »Ich weiß, wie schwer die Last ist, die Sie im Augenblick zu tragen haben, aber Sie werden sehen, bald ist das Tal durchschritten. Sie haben Ihren Mann verloren, und dann ist da die merkwürdige Sache mit Alice ...«

»Was mit Alice geschieht, ist wunderbar und heilig, Monsignore. Mein Mann konnte das nicht begreifen. Er glaubte nicht an Gott, und deshalb hatten diese Dinge keine Bedeutung für ihn.«

Er war schockiert, mit welchem Abscheu sie von ihrem verstorbenen Mann sprach.

»Er wollte Geld aus der Sache schlagen, wußten Sie das, Monsignore?« Sie schüttelte den Kopf, als könnte sie es immer noch nicht glauben. »Er wollte mein armes, kleines Mädchen ausbeuten.«

»Ich bin sicher, Ihr Mann war um das Wohlergehen Ihrer Tochter genauso besorgt wie Sie, Molly.«

»Sie kannten ihn ja kaum, Monsignore. Nach der ersten Vision hat er Alice ausgeschimpft, als hätte sie etwas Böses getan. Er wollte nicht, daß wir in dieses Kloster zogen. Er wollte nicht, daß die Schwestern uns umsorgten. Aber dann ist ihm aufgegangen, daß er mit Alice Geld machen konnte. Er hat gesagt, die anderen kassieren ja auch alle, warum nicht der eigene Vater? Er wollte den Zeitungen alles über Alice erzählen, dem Journalisten, der am meisten bot, alles über Alice, über mich und über sich selbst. Er war böse, Monsignore! Glauben Sie mir, er war böse!«

»Bitte, beruhigen Sie sich, Molly.« Er sprach mit leiser, aber fester Stimme. »Sie haben sehr viel durchgemacht, Sie sind nach alledem noch ganz durcheinander.«

»Es tut mir leid. Ich meine...« Sie begann zu weinen.

»Soll ich Ihnen eine Tasse Tee holen?« bot er an.

Sie schüttelte den Kopf. Sie saß da und starrte den Boden an.

Delgard ärgerte sich, daß er es zu dem Gefühlsausbruch hatte kommen lassen. Aber es war alles so plötzlich, so unerwartet gekommen. »Worüber wollten Sie mit mir sprechen, Molly? Geht es um Alice?«

Sie tupfte sich die Tränen ab. »Es geht um mich und meinen toten Mann.«

Er lehnte sich nach vorn. »Aber Ihr Mann ist doch...«

»Ich – ich habe es Pater Hagan verschwiegen. In all den Jahren habe ich ihm das bei der Beichte verschwiegen, und jetzt ist es zu spät.«

»Sie können auch bei mir beichten, Molly. Was Sie mir sagen, erfährt nur Gott.«

»Ich habe mich immer so geschämt, es Pater Hagan zu sagen.«

»Ich bin sicher, er hätte für Sie Verständnis gehabt. Pater Hagan hätte nie den Stab über Sie gebrochen, Molly.« Er sah sie aus ruhigen Augen an. »Was haben Sie ihm bei der Beichte verschwiegen?«

Sie hielt den Blick niedergeschlagen. Stockend kam ihre Antwort. »Er... Pater Hagan wußte, daß ich schwanger war, als ich Len heiratete. Das habe ich ihm bei der Beichte gesagt...«

Delgard verharrte in Schweigen, mit gefalteten Händen.

»Aber ich habe ihm nicht alles gesagt«, stieß sie hervor.

»Was haben Sie ihm verschwiegen? Sie wissen, es gibt keine vollständige Vergebung, wenn Sie bei der Beichte etwas auslassen?«

»Ich weiß, ich weiß. Aber es gab da etwas, das konnte ich Pater Hagan nicht sagen!«

»Befreien Sie sich von Ihrer Schuld, Molly. Sie sollten sich nicht länger quälen.«

Sie sprach mit gesenktem Blick. »Es ist weil... Ich meine das Feld hinter der St. Joseph's Kirche, das ist jetzt zur heiligen Stätte geworden.«

Delgard zwang sich zu schweigen.

»Len – ich meine Leonard... Als wir noch nicht verheiratet waren, hat er mich immer von der Kirche abgeholt. Ich arbeitete in der Kirche, wissen Sie. Len ist nie reingekommen, er sagte, er fühlte sich nicht wohl da drinnen. Mir ist erst viel später klargeworden, wie sehr er die Religion und den Glauben haßte. Ich aber liebte die Kirche – genauso wie Alice die Kirche liebt. Und Len – ich sagte schon, er hat mich immer von der Arbeit abgeholt.«

Sie holte tief Luft. »Eines Tages stand er hinter der Mauer, als ich auf den Friedhof kam. Ich habe die welken Blumen von den Gräbern genommen. Len und ich gingen damals schon ein paar Monate miteinander. Aber wir *hatten* noch nichts miteinander...«

Delgard nickte.

»Aber an jenem Tag... Ich weiß nicht, was damals in uns gefahren ist. Es war ein warmer Sommerabend. Wir standen an der Mauer und küßten uns, er draußen, ich drinnen. Dann hat er mich über die Mauer gehoben. Er war so stark, Monsignore... Ich war ihm ausgeliefert.« Ihre Brüste wogten. Sie errötete. »Ich habe seinem Drängen nicht widerstehen können«, fuhr sie fort. »Wir haben uns auf das Feld gelegt. Wir haben uns geliebt. Ich weiß heute noch nicht, warum ich das tat! Ich war wie besessen! Ich hatte noch nie mit einem Mann geschlafen, aber an jenem Tag wurde ich von einer Woge der Leidenschaft davongetragen. Ich und er. Das Merkwürdige war, wir waren zueinander wie Fremde. Es gab keine Liebe, nur Leidenschaft, nur Begierde, Monsignore! O mein Gott, kann es für diese Sünde je Vergebung geben?«

Er saß vornübergebeugt. »Aber gewiß, Molly. Ihre Sünde kann Ihnen vergeben werden. Es war sehr unvernünftig, daß Sie die Last all die Jahre mit sich getragen haben. Wenn Sie bereuen, kann ich ...«

»Auf jenem Feld habe ich Alice empfangen, Monsignore, verstehen Sie das denn nicht? Und jetzt entsteht auf dem gleichen Feld ein Schrein für die Jungfrau Maria ...«

Etwas wie Schwindel überkam den Monsignore. Das war doch lächerlich! Die Sünde, die vor so vielen Jahren begangen worden war, hatte doch keinen Zusammenhang mit den neueren Ereignissen auf diesem Feld!

»Haben Sie Ihre Sünde Pater Hagan gebeichtet?«

»Er war damals neu im Sprengel. Ich habe mich so geschämt, ihm zu sagen, daß ich so nahe bei der Kirche mit einem Mann geschlafen hatte.«

»Die Nähe zur Kirche macht keinen Unterschied.«

»Aber es geschah auf geweihtem Grund.«

»Nein, Molly, es geschah jenseits des Gottesackers. Das Feld war kein geweihter Grund, weder damals noch heute. Das Grundstück, auf dem morgen die Messe abgehalten wird, ist nie eingesegnet worden. Sie brauchen das also nicht zu beichten.« Eine Frage blieb, und es gab keine umschreibende Floskel, in die er sie hätte einkleiden können. »Wieso sind Sie so sicher, daß Sie Alice auf jenem Feld empfangen haben? Haben Sie mit Len denn nicht bei anderen Gelegenheiten ...«

»Nein, Monsignore, ich habe das Kind auf dem Feld empfangen. Ich habe mich so geschämt. Ich wußte sofort, daß ich schwanger werden würde. Fragen Sie mich nicht, wieso – ich wußte es. Ich habe vor der Hochzeit nur ein einziges Mal mit Len geschlafen: auf dem Feld. Ich war so glücklich, als die Schwangerschaft feststand. Ich wollte das Kind. Obwohl ich es in Sünde empfangen hatte. Ich fühlte, das Kind ist ein Geschenk Gottes. Und das ist es ja auch, Monsignore, heute verstehe ich das noch besser als damals. Ich war kein junges Mädchen, als es geschah. Ich war dabei, eine alte Jungfer zu werden. Vielleicht habe ich deshalb mit soviel Hingabe in der Kirche gearbeitet. Die Kirche war mir zum Lebensinhalt geworden. Aber Gott hat mir etwas geschenkt, was ich lieben konnte, so wie ich die Kirche liebte. Aber das ist nicht recht, nicht wahr, Monsignore? Es kann doch nicht richtig sein, daß ich für meine Sünde mit einem Geschenk belohnt werde. Gott straft die Sünder, er belohnt sie nicht.«

Delgard war traurig. In dem Kopf dieser Frau herrschte ein furchtbares Durcheinander. Ähnlich durcheinander sah es in seinem eigenen Kopf aus. Wenn es doch nur einfache, klare Antworten gäbe! Das Schlimme war, ein Priester durfte nicht über seine Zweifel sprechen. Wie konnte er, Delgard, dieser Frau Trost einflößen, wenn ihn die Frage, die sie gestellt hatte, mit Angst und Unsicherheit erfüllte?

»Sie sind mit einem Kind gesegnet worden«, hörte er sich sagen, »und dafür haben Sie Gott zu danken. Grübeln Sie nicht mehr darüber nach, was vor so vielen Jahren geschehen ist. Sie haben Ihr Kind in Gott erzogen. Vergessen Sie nicht, Gott kann einen Menschen heute belohnen für Dinge, die erst viel später geschehen.«

Sie lächelte unter Tränen. »Ich glaube, ich habe verstanden, was Sie sagen wollen, Monsignore. Jawohl, Alice ist ein ganz besonderes Geschenk. Gott hat mich auserwählt als Mutter eines – eines ...«

»Sie dürfen das nicht aussprechen! Die Wunder sind noch nicht bestätigt!«

Das Strahlen in ihren Augen sagte ihm, daß *sie* keine Zweifel an den Wundern hatte. Aber dann war es, als hätte sich ein Schatten über ihre Stirn gesenkt. »Ich habe damals also keinen geweihten Grund entheiligt?«

»Aber nein! Ihre Sünde geschah vor elf Jahren, damals dachte noch niemand daran, daß jenes Feld ...« – er dachte nach – »... einst in den Geruch der Heiligkeit kommen würde. Ihre Sünde, Molly, war Leidenschaft, nicht Mangel an Demut vor dem Herrn, und für diese Sünde haben Sie bereits Vergebung erlangt, als Sie sich Pater Hagan offenbart haben.«

Ihr war, als hätte er ihr einen Felsstein von der Seele genommen. »Ich danke Ihnen, Monsignore. Sie halten mich jetzt sicher für eine durchgedrehte Frau.«

Er strich ihr über die Hände. »Unsinn, Molly. Es sind die Ereignisse der letzten Tage und Wochen, die Sie aus dem Gleichgewicht gebracht haben, aber Sie sollten sich deswegen nicht in weit hergeholte Schuldgefühle vergraben. Lassen Sie diese Sorgen hinter sich; es gibt ganz andere Aufgaben, die Ihnen in den kommenden Wochen und Monaten ins Haus stehen. Wollen Sie jetzt ein kurzes Gebet mit mir sprechen?«

»Ein Bußgebet?«

»Nein, kein Bußgebet. Ich sagte Ihnen ja, daß Ihre Sünde bereits vor vielen Jahren vergeben wurde. Beten Sie jetzt mit mir, daß Gott Ihnen die Kraft verleiht für die Aufgaben, die noch vor Ihnen liegen.«

Delgard senkte den Kopf. Sie beteten.

Er machte das Kreuzzeichen über sie. Er stand auf. Sie lächelte ihm zu. Immer noch stand Angst in ihren Augen. »Ich danke Ihnen, Monsignore«, sagte sie.

»Friede sei mit dir.« Er war an der Tür des Zimmers angelangt, als ihm eine Frage einfiel. »Gibt es vielleicht etwas, das Sie mir noch sagen wollen? Ich meine, was Alice angeht?«

Molly schien die Frage zu überraschen. »Wegen Alice? Wie meinen Sie das, Monsignore?«

Er starrte auf den Boden. »Es ist nicht wichtig, Molly«, sagte er nach einer Weile. Er öffnete die Tür. »Aber wenn es irgendwelche Probleme gibt wegen Alice, zögern Sie nicht, mich um Rat zu fragen.« Er trat in den Flur hinaus und zog die Tür hinter sich zu. Er blieb stehen, um nachzudenken. Alice war auf dem Feld empfangen worden, wo sie später die Visionen gehabt hatte. Nun, das war sicher ohne Bedeutung. War das Mädchen auf dem Feld gewesen, als sie taubstumm wurde? Wie auch immer, es gab keinen Zusammenhang. Sie war taubstumm geworden, weil eine Kinderkrankheit nicht richtig auskuriert worden war. Warum machte er sich dann aber soviel Gedanken über die Sache? Noch nie war er so voller Zweifel gewesen. Vielleicht hat mich der Tod von Pater Hagan mehr mitgenommen, als mir bisher bewußt geworden ist, dachte er. Er ging auf die Treppe zu. Pater Hagan hatte ausgesehen, als ob . . .

Er erschrak, als ein Schatten über den Gang huschte.

»Wer ist da?«

»Ich bin's, Monsignore«, sagte die Ehrwürdige Mutter aus dem Dunkel heraus. »Es tut mir leid, wenn ich Euch erschreckt habe.«

Ein Seufzer der Erleichterung stahl sich über Delgards Lippen. »Ein Mann in meinen Jahren sollte nicht mehr so leicht erschrecken«, sagte er schuldbewußt.

Die Vorsteherin der Schwestern machte eine Handbewegung. »Kommt bitte mit mir, ich möchte, daß Ihr Euch etwas anhört«, flüsterte sie.

Eine jähe Besorgnis überkam den Monsignore. »Was ist, Ehrwürdige Mutter?«

Sie führte ihn den düsteren Flur entlang. »Seit Alice in unserer

Obhut ist, vergewissern wir uns mehrmals in der Nacht, ob sie auch gut schläft. Bei zwei Gelegenheiten habe ich sie nachts sprechen hören, sie sprach so laut, daß ich es durch die Tür hören konnte. Schwester Theodore hat sie ebenfalls sprechen hören.«

»Hat Alice Schwierigkeiten mit dem Einschlafen? Viele Kinder führen Selbstgespräche, wenn sie nicht einschlafen können.«

»O nein, Monsignore, sie hat keine Schwierigkeiten mit dem Einschlafen. Ich würde sogar sagen, daß sie für ein Kind zuviel schläft. Der Arzt meint allerdings, das ist eine Folge der Erschöpfung, eine Folge der Belastungen in den letzten Wochen.«

»Ihr wollt sagen, das Mädchen spricht im Schlaf? Das ist nichts, worüber Ihr Euch Sorgen machen müßtet, Ehrwürdige Mutter. Nur ein Symptom der seelischen Erschütterungen, die Alice erfahren hat. Der Tod ihres Vaters...«

»Ich mache mir Sorgen wegen der Worte, die sie sagt, Monsignore. Die Sprache ist merkwürdig, nicht kindgemäß.«

Sie waren vor dem Zimmer des Mädchens angekommen. »Was sind das für Worte?« fragte Delgard.

»Hört es Euch an, Monsignore.« Die Oberin drückte die Klinke herunter. Sie öffnete die Tür einen Spaltbreit. Sie standen da und lauschten. Delgard warf der Oberin einen fragenden Blick zu. »Vor ein paar Augenblicken habe ich sie noch sprechen hören«, flüsterte die Vorsteherin des Klosters. Sie führte die Finger an die Lippen, als eine Mädchenstimme zu sprechen begann. Sie öffnete die Tür und schlüpfte in das Zimmer, der Monsignore folgte ihr. Es gab ein Nachtlicht auf einem Tischchen, das einen spärlichen Schein über die Wände ergoß. Das Bett war zu sehen. Unter den weißen Laken das Mädchen. Als die Gestalt sich bewegte, hielten der Monsignore und die Oberin den Atem an.

»Oh, weise meine Begierde nicht zurück, Geliebter...«

Delgard erstarrte. Es war Alices Stimme, aber sie klang anders als gewohnt.

»...erfülle mich mit deiner Leidenschaft...«

Sie sprach mit einem merkwürdigen Akzent. Die Vokale kamen sehr breit heraus. Die Stimme war heiser.

»...Wahnsinn, süßer Wahnsinn...«

Nicht alles, was Alice sagte, war zu verstehen. Manches war zu leise, und manches war so merkwürdig, daß der Monsignore es nicht begreifen konnte.

»... mich mißbraucht...«

Es war die Mundart einer anderen Grafschaft. West Country vielleicht. Alice sagte einen Namen, aber Delgard konnte den Namen nicht verstehen.

»... von Leidenschaft gepeitscht wird mein Körper...«

Er machte einen Schritt auf das Bett zu. Die Oberin ergriff ihn am Arm. »Wir dürfen sie nicht aufwecken, Monsignore.«

Die Stimme des Mädchens war jetzt so leise, daß der Sinn der Worte nicht mehr zu verstehen war. Wenig später waren nur noch ruhige, tiefe Atemzüge zu hören.

Die Oberin gab dem Monsignore ein Zeichen, ihr auf den Flur zu folgen. Behutsam zog sie die Tür hinter sich ins Schloß. »Was ist das für eine Mundart, die sie spricht, Ehrwürdige Mutter?« fragte Delgard. »Spricht Alice, wenn Ihr sie nachts reden hört, immer in dieser Mundart?«

»Ich glaube, ja, Monsignore«, erwiderte sie. »Und jetzt folgt mir bitte, ich muß Euch etwas zeigen.«

Sie stiegen die Stufen hinunter. »Es ist meist sehr schwer zu verstehen, was sie sagt«, erklärte die Oberin. »Zuerst habe ich gedacht, die Behinderung aus der Zeit ihrer Taubstummheit besteht in ihrem Unterbewußtsein weiter. Ich meine, es wäre ja denkbar, daß nach den vielen Jahren doch etwas zurückgeblieben ist.«

»Das halte ich für ausgeschlossen. Wenn es umgekehrt wäre, wenn sie bei vollem Bewußtsein stottert und im Schlaf fehlerfrei spricht, dann würde ich Euch recht geben. Aber so...«

»Es war nur ein Gedanke, Monsignore. Sicher habt Ihr recht. Es ist auch nicht so, daß sie wie eine Sprachbehinderte redet. Ich habe mich überzeugt, daß sie alle Laute bilden kann. Sie gibt den Worten nur eine merkwürdige Betonung.«

»Ein Dialekt?«

»Anscheinend ja, aber ich komme nicht drauf, welcher.«

»Ich auch nicht. Cornwall vielleicht.«

»Nicht ganz. Leider spricht Alice im Schlaf immer nur einige wenige Worte. Die Sätze sind nie so lang, daß man die Herkunft des Dialektes bestimmen könnte.«

Sie waren im Erdgeschoß des Klosters angekommen. Die Ehrwürdige Mutter führte den Monsignore in ihr Büro. Sie hieß ihn Platz nehmen. »Darf ich Euch jetzt ein heißes Getränk bringen, Monsignore?«

Er schüttelte den Kopf. »Vielleicht nachher. Ihr wolltet mir etwas zeigen?«

Sie ging zum Bücherschrank und kehrte mit einer Mappe zurück. »Alice ist sehr oft allein. Vielleicht zu oft für ein Kind. Damit sie beschäftigt ist, haben wir ihr Wasserfarben und Buntstifte gegeben. In dieser Mappe bewahre ich die Zeichnungen auf, die sie macht. Das Motiv ist immer das gleiche.«

Delgard nickte. »Pater Hagan hat mir ein paar Bilder gezeigt, die von Alice angefertigt wurden. Er hatte sie von ihrer Mutter bekommen. Auf den Bildern war immer die Jungfrau Maria dargestellt, jedenfalls kann man es so deuten.«

»Es ist richtig, daß Alice dieses Motiv bevorzugt«, sagte die Oberin. »In einem Maße bevorzugt, das an Besessenheit grenzt.«

»Das Mädchen verehrt die Muttergottes.« Er gestattete sich ein Lächeln. »Ihre Hingabe an die Jungfrau Maria...«

»Ihre Hingabe?« fiel ihm die Oberin ins Wort. »Seid Ihr so sicher, daß es sich um Hingabe handelt?« Die Oberin hatte die Mappe geöffnet. Sie nahm eine Zeichnung heraus und gab sie ihm.

»Das ist doch nicht möglich!«

»Auf allen Blättern das gleiche Motiv, Monsignore.« Sie reichte ihm die übrigen Zeichnungen. Auf jedem Blatt kehrten die grellen Farben, die breiten, zornig aufgebrachten Pinselstriche wieder.

Auch die dargestellten Obszönitäten wiederholten sich: erigierte Phallen, entblößte Frauenbrüste, die lüstern aufgeworfenen Lippen einer Frau im Augenblick der höchsten Erfüllung.

27

Ihr Glaube an Zauberei war durch nichts zu erschüttern.
Frances Hodgson Burnett: Der geheime Garten

Ben flitzte zwischen den Bankreihen entlang. Er war Indiana Jones und wurde von Hunderten, nein, von Tausenden schreiender Araber verfolgt. Natürlich würde er jenen, die zu nahe kamen, das Schwert aus der Hand schlagen, und zwar mit dem Ochsenziemer, der über seiner rechten Schulter lag. Die nächste Bankreihe. Auf der anderen Seite wieder zurück. Er kam ins Rutschen auf dem nassen Gras, kam wieder hoch, blieb stehen, um den zwei Meter großen schwarzgekleideten Gangster mit Kugeln vollzupumpen, Ben lachte nur, als er das überraschte Gesicht des Sterbenden sah. Er erwischte den Zauberbogen, bevor sich die Nazis das Ding aneignen konnten, und benutzte die Waffe, um die Welt unter seine Herrschaft zu bringen. Indiana Jones war besser als Han Solo, selbst wenn man davon ausging, daß es sich um den gleichen Mann handelte, und Han Solo war besser als Luke Skywalker. Ich muß rennen, bin außer Atem, darf nicht stehenbleiben, ich darf nicht ... Hoppla, da war ein Fuß!

Er ging zu Boden. Jemand hob ihn wieder auf. Hatte gar nicht wehgetan. Nur das Knie hatte eine Schramme abbekommen. Er rieb sich den Lehm von den Jeans. Eine Stimme sagte: »Langsam, mein Junge, sonst tust du dir weh.«

Ben schwieg. Er war Indianer und als solcher ein Mann von wenig Worten. Die Hände, die ihn hielten, gaben ihn frei. Er lief weiter.

Das Feld füllte sich. Die Bänke füllten sich. Es waren noch zwei Stunden bis zum Beginn der Messe, trotzdem drängten sich die Menschen. Einige waren nur gekommen, um das Wundermädchen zu sehen, andere wollten mehr, sie wollten der Heiligkeit dieses Mädchens teilhaftig werden, und dazu war es nötig, daß sie sehr nahe zu dem Freiluftaltar saßen, der in der Mitte des Feldes errichtet worden war.

Ben rannte weiter, darauf bedacht, nicht wieder über einen ausgestreckten Fuß zu stolpern, und so hielt er sich an die Bankreihen, die noch nicht vollbesetzt waren, ein Siebenjähriger, der sein Spiel genoß. Er wurde jetzt von einer Mannschaft böser Nazis verfolgt, die Nazis befanden sich auf der Ladefläche eines Lastwagens. Ben ließ sich in die Bank fallen und erledigte den Fahrer des Lastwagens mit einem Schuß zwischen die Augen. Er sprang wieder auf, rannte weiter, furchtlos, ein Mann, den die anderen zu fürchten hatten. Im Hinterkopf nagte der Gedanke, daß das Spiel bald zu Ende sein würde, seine Mutter hatte ihn gebeten, zur Kirche zurückzukehren, sobald das Feld sich mit Menschen füllte. Sie würde in der Kirche sein und auf ihn warten, oder aber er würde sie im Pfarrhaus finden. Er blieb stehen und reckte den Hals. Viele Bänke waren noch leer. Viele arabische Gassen, deren Düsternis ihn vor den Verfolgern schützen würde, viele ...

Der Mann hatte sich gerade hinsetzen wollen, als Ben vor sein Knie stieß. Er hielt den Jungen an den Schultern fest. Ben hob den

Blick. Seine Augen weiteten sich. Er erstarrte. Der Mann lächelte, um den Schock abzumildern, aber die Maske, die Ben so erschreckt hatte, wurde dadurch nur noch grotesker.

Der Mann hatte ihn freigegeben. Ben wich Schritt um Schritt zurück, sein Blick blieb auf dem mit Geschwüren übersäten Mund des Mannes haften, auf der in gleicher Weise verunstalteten Nase. Der Mann legte sich den Schal, der beim Zusammenprall mit dem Jungen zur Seite geglitten war, wieder über den Mund. Es war ein kalter Tag, und so war der Kranke, der an Hauttuberkulose litt, nicht der einzige, der einen Schal vor dem Mund trug. Er hätte eigentlich nicht auf das Feld gehen sollen, nicht mit dieser furchtbaren Krankheit; die Menschen hatten Angst vor ihm, auch die Freunde und die sogenannten lieben Angehörigen hatten Angst, daß sie sich bei ihm anstecken könnten. Die Krankheit trug den Namen *lupus vulgaris*, eine Bezeichnung, die der Mann angemessen fand, *lupus* war der Wolf oder der Hund, und wie einen tollwütigen Hund behandelte man ihn, wie jemanden, der die anderen Menschen beißen würde, wenn man ihm keinen Maulkorb umlegte. Es war eine seltene Hautkrankheit, aber das war kein Trost für den Mann, statt dessen empfand er so etwas wie ohnmächtige Wut, es schien kein Mittel zu geben gegen *lupus vulgaris*, auch die Behandlung mit Antibiotika, die er versuchte, hatte nichts genützt. Es gab eine Hoffnung. Eine letzte Hoffnung. Wenn sich diese Hoffnung nicht erfüllte, würde er nie wieder die Lippen einer Frau auf seinem Mund spüren, die Kinder würden vor ihm davonlaufen wie vorhin der Junge; es hatte dann keinen Zweck weiterzuleben. Besser das Nichts als eine solche Existenz, wie er sie jetzt führte. Er sah dem Jungen nach und versuchte wieder in den Dämmerschlaf einzutauchen, der sein einziger Schutzwall war gegen ein Meer aus Selbstmitleid.

Ben rannte weiter, er hatte es mit der Angst zu tun bekommen, die Bänke, die Menschen, alles auf dem Feld war auf einmal bedrohlich. Es war an der Zeit, daß er in Mamis Arme zurückkehrte. Der Film ›Indiana Jones‹ war vielleicht doch nicht so gut, wie die Freunde immer sagten.

»Fahren Sie weiter. Sie können hier nicht parken.«

»Presse.« Fenn hielt dem Polizisten seinen Presseausweis vor die Nase.

»Presse oder nicht Presse, Sie können hier nicht parken. Fahren Sie weiter.«

Fenn fädelte sich wieder in die Fahrzeugschlange ein. »So ein Affentheater!« knurrte er.

»Was?« kam Nancys Frage.

»Es ist erstaunlich, wieviel Menschen kommen, wenn's etwas gratis gibt.«

»Ich glaube, ein großer Teil dieser Menschen kommt *nicht* aus Neugier, Fenn.«

»Kann sein.«

Die Einfahrt zum Pfarrhaus kam in Sicht, sie war mit parkenden Fahrzeugen blockiert. Wahrscheinlich die Autos der Priester und der Gemeindehelfer. Fenn fluchte. »Ich hätte mit Delgard abklären sollen, daß ich einen Parkplatz reserviert bekomme. Schließlich gehöre ich zu den Offiziellen.«

»Wir hätten viel früher losfahren sollen«, sagte Nancy. Die Fahrzeugschlange war zum Stillstand gekommen. Nancy steckte den Kopf aus dem Fenster.

»Da vorne steht ein Krankenwagen«, berichtete sie. »Die laden Kranke aus. Kranke auf Tragen.«

»Nächstens werden sie auch noch die Toten bringen.«

Nancy wühlte in ihrem Beutel nach Zigaretten. Sie fand die Schachtel und zündete sich eine Zigarette an. »Ich weiß gar nicht, warum du nach wie vor so zynisch bist. Du kannst doch nicht leugnen, daß es Heilungen gegeben hat.«

»Ich weiß, aber schau mal da drüben.« Er deutete auf die andere Straßenseite. Am Rande des Bürgersteigs, auf dem Feld, waren Stände errichtet worden. Verkaufsstände mit Statuen und Postern der Muttergottes, es gab Poster mit Maria und dem Jesuskind, Poster mit der Jungfrau Maria, wie sie am Kreuz des Heilands kauerte, es gab ein Plakat, wo der Papst einen Cowboyhut trug, und eines, das den Heiligen Vater während des letzten Attentats zeigte, das auf ihn verübt wurde. Die Verkäufer an den Ständen sahen mißmutig drein, obwohl das Geschäft gut angelaufen war. Vor einem Verkaufswagen hatte sich eine Menschentraube gebildet. Fenn fragte sich, ob dort vielleicht Eis am Stiel in der Form einer Muttergottes verkauft wurde.

»Ich wundere mich, daß die Polizei das zuläßt«, bemerkte Nancy.

»Die Polizei hat mit der Beaufsichtigung der Besucherströme soviel zu tun, daß sie sich nicht um die fliegenden Händler kümmern kann«, sagte Fenn. Der Bus vor ihm setzte sich in Bewegung. Fenn legte den Gang ein.

Sie fuhren auf die Kirche zu. »Sieht so aus, als ob heute niemand in die St. Joseph's Kirche geht«, sagte Nancy.

Das Gittertor am Vorplatz war geschlossen. Es gab ein paar Polizisten, die den Strom der Menschen auf das Feld weiterleiteten. Die Messe, so erklärten sie jedem einzelnen mit großer Geduld, würde heute im Freien stattfinden.

»Sehr glücklich scheinen die Leute nicht zu sein, daß sie im Freien stehen sollen.«

»Ist ja auch verdammt kalt draußen.«

»Ich könnte mir vorstellen, daß die Kranken da draußen nur noch kränker werden«, sagte Fenn. »Ich verstehe nicht, daß die behandelnden Ärzte das zulassen.«

»Wenn ein Kranker glaubt, daß er bei der Messe auf freiem Feld geheilt wird, dann kannst du ihn mit nichts auf der Welt davon abhalten, diese Messe zu besuchen. Was würdest *du* denn tun, wenn du an einer unheilbaren Krankheit leidest? Würdest du nicht auch nach jedem Strohhalm greifen, selbst wenn die Chance, geheilt zu werden, nur eins zu einer Million ist?«

Er zuckte die Achseln. »Wer weiß.«

»In einer solchen Situation hat der Mensch nichts mehr zu verlieren.«

»Oh, doch. Er hat immer noch seine Würde zu verlieren. Ich würde mir als Kranker bei einem solchen Spektakel wie ein verdammter Idiot vorkommen.«

»Wenn du die Chance hast, wieder gesund zu werden, nimmst du in Kauf, daß die Leute sich über dich lustig machen.«

Er schwieg. Sie hatte recht. Nach einer Weile sagte er: »Dort ist der Eingang zum Feld. Sieh dir das an, die haben ein richtiges Bollwerk draus gemacht.«

Es gab ein Tor, vor dem sich eine unübersehbare Menschenmenge drängte.

»Schade, daß ich denen nicht Eintrittskarten verkaufen kann«, frotzelte Fenn.

Sie fuhren weiter. Der Verkehrsstrom bewegte sich jetzt sehr zähflüssig. Sie mußten den Personenwagen und Bussen ausweichen, die auf beiden Seiten der schmalen Straße parkt standen.

Nur die unmittelbare Umgebung der Kirche und der Eingang zum Feld wurde von der Polizei freigehalten. »Willst du nicht besser schon aussteigen?« schlug Fenn vor. »Ich suche inzwischen einen Parkplatz.«

»Du hast doch vor, mit Delgard zu sprechen, nicht?«

Er nickte.

»Dann bleib' ich bei dir.«

»Okay.«

Er sah, daß weiter vorn der Fahrer eines Busses einen lautstarken Streit mit einem Polizisten austrug. Fenn konnte sich denken, um was es ging. Er bog hinter den Bus ein und stoppte. Die Autos hinter ihm antworteten mit einem Hupkonzert. Fenn sah, wie sie sich durch die Lücke zwischen seinem Ford Fiesta und dem Gegenverkehr quälten.

»Was zum Teufel hast du vor, Fenn?«

»Der Polizist wird den Bus wegschicken, weil die Straße hier zu schmal ist, als daß ein Bus parken könnte.«

»Sieht mir aber gar nicht danach aus, daß der Bus weiterfährt.«

»Wart's ab.«

Fenn sollte recht behalten. Sie sahen, wie der Busfahrer verärgert in seinen Bus kletterte. Wenig später wurde der Dieselmotor angelassen. Der Bus bog in den fließenden Verkehr ein, ohne den Blinker zu setzen. Fenn schoß in die Lücke, die beiden Wagen hinter ihm folgten seinem Beispiel. »Bitte schön«, sagte Fenn triumphierend. Er zog die Handbremse.

Sie stiegen aus und gingen zur Kirche zurück. Sie kamen an einem Stand vorbei, an dem weißgekleidete Puppen verkauft wurden. Wenn man sehr genau hinsah, gab es eine Ähnlichkeit zu Alice Pagett. Die Puppen verfügten über ein eingebautes Tonband, auf dem eine Kinderstimme ein Ave Maria abspulte: ». . . gebenedeit bist du unter den Weibern.«

»Ich kann's nicht glauben«, sagte Fenn. »Wie können die so was so schnell herstellen?«

»Das ist Busineß«, sagte Nancy.

Am Tor vor der Kirche angelangt, zog Fenn seinen Presseausweis. »Monsignore Delgard erwartet mich«, sagte er zu dem Polizisten.

Der Polizist wandte sich zu einem Ordner, der auf der anderen

Seite des Gitters stand. »Wissen Sie, ob der Monsignore einen Mr. Gerald Fenn erwartet?«

Der Ordner – Fenn kannte ihn von früheren Besuchen – nickte. »Das geht in Ordnung, lassen Sie ihn rein.«

Das Tor schwang auf.

Als die Amerikanerin Fenn folgen wollte, hob der Polizist die Hand. »Tut mir leid, Miß. Ich darf nur Mr. Fenn einlassen.«

»Aber wir gehören zusammen.« Sie kramte ihren Presseausweis aus der Tasche. »Sehen Sie, ich bin auch von der Presse.«

»Miß Shelbeck?« Der Polizist hatte den Namen dem Ordner zugerufen.

»Steht nicht auf der Liste«, rief der Ordner.

»Tut mir leid, Miß, Sie müssen den anderen Eingang dort hinten benutzen. Hier haben nur Personen mit Sondererlaubnis Zutritt.«

»Aber ich sagte Ihnen doch schon, ich gehöre zu *ihm*.« Sie deutete auf Fenn, der alle Mühe hatte, sich das Grinsen zu verkneifen.

»Ich kann leider keine Ausnahme machen, Miß.«

»Fenn, würdest du mal mit dem Mann sprechen!«

»Tut mir leid, Nancy. Ich glaube, du wirst dich der Anordnung der Polizei fügen müssen.«

»Du Schlitzohr! Du hast von Anfang an gewußt, wie's laufen würde!«

Fenn hob die Hände zu einer Unschuldsgeste. »Wie hätte ich das denn ahnen können?«

Nancys Mund war zu einer schmalen Linie geworden. »Jetzt passen Sie mal auf, Wachtmeister, ich bin von der *Washington Post*. Ich bin eigens nach England entsandt worden, um...«

»Ich bezweifle nicht, daß Sie von der *Washington Post* sind«, kam die höfliche, aber bestimmte Antwort, »aber Sie müssen den anderen Eingang benützen. Bitte gehen Sie dort hinüber.«

Die Amerikanerin hatte eingesehen, daß ihr die Fortsetzung des Wortwechsels nichts einbringen würde. »Wir sehen uns nachher«, herrschte sie Fenn an. Er sah ihr lächelnd nach, wie sie in der Menge verschwand.

Fenn passierte das Tor. Während er den schattigen Weg entlangging, der auf die Kirche zuführte, erlosch das Lächeln in seinen Mundwinkeln. Ein unheimliches Gefühl beschlich ihn, die geöffneten Flügel des schwarzen Portals sahen aus wie ein Höllenmaul, das seine Seele verschlingen würde. Wenn es so etwas wie eine Seele überhaupt gab. Was war Gott? Der Funken, der alles in der Welt in Bewegung gesetzt hatte? Oder war Gott, was die verschiedenen Religionen aus ihm machen wollten? War es überhaupt wichtig, über diese Dinge nachzudenken? Für mich nicht, dachte Fenn. Und Gott ist das Problem sicher auch herzlich egal.

Aber die Kirche dort blieb ein Rätsel. Ein faszinierendes Rätsel. Bei jedem Besuch war sie ihm kälter und leerer vorgekommen. Ob es ganz einfach daran lag, daß er Hagans und Delgards Ängste übernommen hatte? ›Spirituelle Leere‹ war ein Begriff, der einem Menschen ohne Religion merkwürdig vorkommen mußte. Warum fand er, Fenn, den Begriff so treffend und so bedeutsam?

Er war vor der Kirche angekommen, sein Blick heftete sich auf den Kirchturm. Die Geschichte dieses Bauwerks reichte weit in frühere Jahrhunderte zurück. Die alten Steine hatten das mittelalterliche England erlebt, das Zeitalter des Hexenglaubens. Inzwischen war die Ära der Mikrochips und der Raumfahrt angebrochen. Wenn die Kirche ein Mensch war, wenn Stein und Mörtel Fleisch und Blut waren, wenn die Kirchenfenster die Augen dieses Menschen waren und der Altar sein Gehirn, wie würde die Kirche die Herausforderungen der neuen Zeit bewältigen?

Er schüttelte sich. Mein Gott, jetzt wurde er auch noch zum Philosophen! Die Kirche war aus Stein, sie hatte keine Gefühle, kein Gehirn, keine Seele. Sie war von Menschen errichtet. Ende einer philosophischen Betrachtung. Fenn fuhr herum, als er Schritte vernahm.

»Kann ich Ihnen behilflich sein?« Nein, das war nicht der junge irische Seelsorger, mit dem er vor einer Woche gesprochen hatte.

»Mein Name ist Fenn. Ich möchte zu Monsignore Delgard.«

»Ich weiß Bescheid, Mr. Fenn. Ich weiß, wer Sie sind. Der Monsignore ist im Pfarrhaus.«

»Danke.« Der Reporter setzte sich Richtung Pfarrhaus in Bewegung.

»Der Monsignore hat wenig Zeit, er bereitet sich auf die Messe vor.«

»Ich werde ihn nicht lange aufhalten.« Fenn sprach über die Schulter. Er sah, wie der Priester in die Kirche ging.

Der Weg zum Pfarrhaus gab den Blick auf das Feld frei. Die Eiche war zu erkennen, eine Tribüne und ein Altar. »Alles bereit für die große Show«, murmelte Fenn.

Vor dem Pfarrhaus angekommen, klopfte er an die Tür. Er betätigte außerdem die Türglocke. Er war überrascht, als Sue ihm öffnete.

»Tag«, sagte er.

»Tag, Gerry«, sagte sie.

»Gehörst du jetzt schon zum Team?«

»Ich helfe nur etwas mit.« Sie trat beiseite, so daß er eintreten konnte. »Du kommst, um mit Monsignore Delgard zu sprechen, wie?«

Er ging nicht auf ihre Frage ein. »Du siehst übermüdet aus, Sue? Bekommst du nicht genügend Schlaf?«

»Was?« Mit einer verlegenen Geste strich sie sich eine Haarsträhne aus der Stirn. »Mir geht's bestens«, sagte sie. Es klang falsch. »Bißchen viel Arbeit.«

»Du hast jetzt zwei Jobs. Die Arbeit im Sender und die Kirche.«

»Was ich für die Kirche tue, nimmt nicht viel Zeit in Anspruch.«

»Was ist das denn für eine Arbeit, die du für die Kirche machst?«

»Wir sind zu mehreren. Alles Frauen aus dem Ort. Wir machen die Kirche sauber und das Pfarrhaus. Wir kaufen für den Monsignore zu essen ein. Er hat furchtbar viel zu tun, weißt du. Heute früh habe ich Telefondienst für den Monsignore gemacht. Der Draht hat nur so geglüht, so viele Gespräche habe ich angenommen.«

»Und außerdem machst du den Pfortendienst.«

»Ganz recht.«

»Ist Ben auch hier?«

»Er ist irgendwo auf dem Feld. Ich habe letzte Woche sehr oft versucht, dich telefonisch zu erreichen, Fenn.« Sie umfing ihn mit einem besorgten Blick.

Er schmunzelte. Daß sie sich um ihn Sorgen machte, gefiel ihm. »Ich bin für eine Weile in der Versenkung verschwunden. Ich dachte, es wäre ganz gut, wenn ich mich etwas von den Menschen fernhalte.«

»Du bist nicht in die Redaktion gegangen.«

»Nein. Ich war mit Recherchen für Monsignore Delgard beschäftigt. Tut mir leid, daß ich für dich nicht zu erreichen war. Ich hatte mir allerdings gar nicht vorgestellt, daß du mich noch anrufen würdest.«

»Nach dem Brandunglück sollte ich dich nicht angerufen haben? Du kannst dir doch denken, daß ich mir deswegen Sorgen mache. Ich habe gehört, du bist bei dem Feuer verletzt worden.«

»Sch...! Entschuldige, Sue, aber du hast dich zuletzt sehr merkwürdig zu mir benommen. Ich war nicht mehr sicher, ob du mich je wiedersehen wolltest.« Er legte ihr die Hand auf den Arm.

Sie wollte etwas sagen, als das Telefon im Flur zu läuten begann. »Bin sofort wieder da.« Sie lief zum Apparat und nahm den Hörer ab. »Ja, Bischöfliche Gnaden? Sie möchten Monsignore Delgard sprechen? Nein, ich bin in der letzten halben Stunde nicht draußen gewesen, aber ein Priester hat mir gesagt, daß heute sehr viele Menschen...«

Eine der Türen im Flur öffnete sich. Delgard erschien. Er winkte Fenn zu, als er ihn erkannte. Er ging zum Telefon. Sue reichte ihm den Hörer. »Bischof Caines ist dran«, flüsterte sie. »Er will wissen, wie alles läuft.«

Delgard bedankte sich mit einem Nicken. Während er zu sprechen begann, kehrte Sue zu Fenn zurück. »Es geht ganz schön hektisch zu«, sagte sie. Sie sprach leise, um den Monsignore nicht beim Telefonieren zu stören.

»Kann ich dich nach der Messe mal sprechen?« fragte Fenn.

»Willst du das wirklich?«

»Was ist das denn für eine Frage?«

»Wo warst du letzte Woche? Ich meine, wo hast du geschlafen?«

Die Lüge lag ihm auf der Zunge. Aber er fand einen anderen Ausweg. »Darüber sprechen wir später.« Er hatte ihr sagen wollen, daß er die Woche in einem Hotel in Chichester verbracht hatte, in Chichester befand sich das John Dene House, wo die historischen Archive von Sussex aufbewahrt wurden.

»Verheimlichst du mir nicht was?«

Wahrheitsliebe hatte ihre Grenzen, fand Fenn. »Nein.«

Delgard hatte den Hörer auf die Gabel gelegt. Er kam zu ihnen. »Ich freue mich, Sie wiederzusehen, Fenn, wirklich. Ich dachte schon, ich hätte Sie vergrault.«

Sue warf dem Monsignore einen mißbilligenden Blick zu, aber sie sagte nichts.

»Sie wissen ja gar nicht, was für eine Arbeit Sie mir da aufgeladen haben«, sagte Fenn. »Seit meiner Schulzeit habe ich nicht mehr soviel gebüffelt.« Er dachte nach. »Allerdings gehörte ich damals eher zu den faulen Schülern.«

»Wir können uns über das alles auf dem Weg zur Kirche unterhalten. Ich bin in Eile, ich muß mir die Meßgewänder anziehen.«

»Sie zelebrieren die Messe?«

»Mir ist hier gewissermaßen ein Sprengel zugefallen, den ich als Seelsorger betreuen muß, zumindest eine Zeitlang. Susan, kümmern Sie sich bitte um Alice und ihre Mutter. Mr. Fenn und ich sind in der Sakristei.«

»Ist Alice hier?« fragte Fenn überrascht.

»Ich hielt es für richtig, Alice ganz in der Frühe hierherkommen zu lassen. Sie braucht sich dann nicht durch die Menge zu drängen. Wir brauchen nur über den Friedhof zu gehen, dann sind wir auf dem Feld.«

»Gute Idee. Kann ich mit Alice sprechen?«

»Erzählen Sie mir doch bitte erst, was Sie herausgefunden haben. Begleiten Sie mich auf dem Weg zur Kirche.«

»Aber gern. Bekomme ich nach der Messe Gelegenheit, mit Alice zu sprechen?«

Der Monsignore ließ seine Frage unbeantwortet. Er warf einen Blick auf seine Armbanduhr. Zu Sue sagte er: »Bischof Caines ist unterwegs von Worthing nach Banfield, ich schätze, er wird in zwanzig Minuten hier sein. Bleiben Sie bitte bei Alice und bei der Ehrwürdigen Mutter. Wenn der Bischof eintrifft, begleiten Sie ihn und die anderen bitte zum Feld, aber erst fünf Minuten vor Beginn der Messe.«

Sie nickte.

»Der Bischof kommt mit großem Gefolge, Sue.«

»Ich werde mich um alle kümmern, Monsignore.«

Er lächelte ihr zu. Er geleitete Fenn zur Tür. Sie gingen auf die Kirche zu. »Sie sehen müde aus, Gerry«, sagte Delgard.

»Sie ebenfalls. Und Sue ebenfalls. Ich glaube, Sue hat sich zuviel aufgeladen.«

»Vielleicht haben wir uns alle zuviel aufgeladen.« Er wandte sich zur Seite, um in Fenns Miene zu lesen. »Sue ist eine gute Frau. Sie war in ihrem Glauben irre geworden, aber jetzt ist sie gefestigt.«

»Wegen Alice?«

»Man sagt, das wahre Wunder von Lourdes besteht nicht in der Heilung von Krankheiten, sondern in der Festigung des Glaubens.«

»Sue scheint den religiösen Bazillus erwischt zu haben.«

Der Monsignore lachte. »Ein passender Vergleich. Der Glaube an Gott ist wie ein Bazillus. Allerdings einer ohne schädliche Nebenwirkungen.«

»Das ist Ansichtssache.«

»Ach ja. Ich habe gehört, Ihre Beziehung zu Sue ist etwas angeknackst. Wollen Sie Sue dafür verantwortlich machen?«

»Sie ist sicher nicht allein schuld.«

Delgard beschloß, die Sache auf sich beruhen zu lassen, es gab wichtigere Fragen zu besprechen.

»Haben Sie etwas von Interesse herausgefunden, Gerry?«

»Nichts, was mit Ihrem Problem zu tun hat. Ich will die Ergebnisse noch schriftlich für Sie zusammenfassen, mit genauen Daten und Namen, aber ich kann Ihnen jetzt schon einen kleinen Überblick geben.«

Sie hatten das Portal der Kirche erreicht. Fenn erschauderte, als sie das Kirchenschiff betraten. »Es ist so kalt hier.«

»Ja«, sagte der Monsignore. Nur das eine Wort.

Die Kirche war menschenleer.

»Setzen wir uns.« Delgard deutete auf eine Bank.

»Ich dachte, Sie haben keine Zeit.«

»Es ist Zeit für ein Gespräch. Bitte, sagen Sie mir, was die Recherchen ergeben haben.«

Sie setzten sich. Fenn zog sein Notizbuch aus der Tasche. »Die St. Joseph's Kirche ist historisch nicht besonders bemerkenswert«, begann er. »Um die Wahrheit zu sagen, sie ist überhaupt nicht bemerkenswert. In den Chroniken taucht das Gotteshaus zum ersten Male im Jahre siebenhundertsiebzig nach Christus auf. Die Angelsachsen hatten damals eine Burg ganz in der Nähe, in Stretham, errichtet. Der Burgherr vermachte der Kirche von Banefelde damals ein größeres Stück Land. Vermutlich handelte es sich bei dieser Kirche um das Gebäude, in dem wir uns befinden, nachdem andere Kirchen in den Urkunden nicht erwähnt werden. Der Name des Dorfes hat sich im Verlauf der Jahrhunderte mehrmals gewandelt. Aus Banefelde wurde Banedryll und dann Banfield.

Es gab einen Pfad aus prähistorischer Zeit, der von Osten nach Westen verlief und der jetzigen Dorfstraße folgte. Um den Pfad herum hat sich die Ansiedlung entwickelt. Die Gegend war damals dicht bewaldet, man muß sich das Dorf zunächst als Lichtung im Wald vorstellen.

In den Chroniken kehren einige Familiennamen immer wieder, Southworth zum Beispiel, auch Backshield und Oswold. Wir finden die drei Namen auch im heutigen Gemeinderat vertreten. Erwähnt sind außerdem Smythe, Breedehame, Woolgar, Adams und ein gewisser Charles Dunning. Dieser Dunning ragt etwas aus den anderen heraus, weil er zur Regierungszeit von Heinrich VIII. zum Ritter geschlagen wurde. Die Leute im Dorf waren Landbesitzer und Bauern. Im Bürgerkrieg kam es zum Streit zwischen den Familien, eine Fraktion unterstützte Karl I., die andere Fraktion hielt zu Cromwell. Wie es so auf dem Lande geht, man darf annehmen, daß der Konflikt bis heute weiterschwelt. Es hat in der Vergangenheit ein paar Bürger gegeben, die sich beim Schmuggel erwischen ließen. Das Schmuggelgut wurde von der Küste auf der offenen Straße ins Landesinnere geschafft. Abgesehen davon scheinen die Leute in Banfield alle sehr brav gewesen zu sein.« Er lächelte.

Delgard verharrte in brütendem Schweigen. »War das alles?« fragte er nach einer Weile.

»Das war das Wesentliche. Tut mir leid, daß ich Ihnen nicht mit Morden, heidnischen Riten und Hexenverbrennungen dienen kann. In Banfield hat's so was nicht gegeben.«

»Enttäuschend.«

»Besonders, wenn man berücksichtigt, daß ich alle verfügbaren Chroniken bis zurück in die Zeit der Angelsachsen durchgeackert habe.«

»Die St. Joseph's Kirche. Es muß doch in den Chroniken noch mehr über diese Kirche geben.«

»Was es gibt, ist in wenigen Worten gesagt. Die Grafschaft Sussex war eines der letzten heidnischen Bollwerke in England. Das Gebiet war sehr unzugänglich. Im Norden die Wälder, im Osten und Westen die Sümpfe, im Süden das Meer. Augustinus, Apostel der Angelsachsen, bekam bei den Menschen in diesem Gebiet kein Bein an die Erde. Erst Bischof Wilfrid, dessen Schiff bei rauher See an die Küste von Sussex getrieben wurde, sollte den Durchbruch schaffen. Er war schockiert von dem Heidentum, das in dieser Gegend noch blühte. Er beschloß, zurückzukehren und die Barbaren zu bekehren. Zwanzig Jahre nach seinem Schiffbruch verwirklichte er den Entschluß. Es heißt, daß Banfield die Siedlung war, die sich dem christlichen Einfluß am längsten widersetzte. Interessant ist, daß die erste christliche Kirche – und wir müssen annehmen, daß es sich dabei um die St. Joseph's Kirche handelt – auf den Ruinen des heidnischen Heiligtums errichtet wurde. Auf der Opferstätte der Heiden und auf ihren Gräbern.«

Delgards Blick war eisig. Es war eine Kälte, die sich nicht gegen Fenn richtete. Er sagte: »Viele christliche Kirchen sind auf den Ruinen heidnischer Heiligtümer errichtet worden. Bitte, fahren Sie mit Ihrem Bericht fort.«

»Der erste Priester, der in den Archiven erwähnt wird, war ein gewisser...« – Fenn blätterte in seinen Notizen – »...John Fletcher. Die Eintragung stammt aus dem Jahre zwölfhundertfünf. Die Archive der Kirche reichen übrigens nur bis fünfzehnhundertfünfundsechzig zurück, und dort sind auch nur die Heiraten und die Todesfälle vermerkt. Den Namen Fletcher habe ich in einem Buch über Banfield gefunden. Im gleichen Buch war auch ausgeführt, daß die Einwohner von Banfield dem Bischof Wilfrid und seinen Gefolgsleuten erbittert Widerstand geleistet haben. Viel Blut wurde vergossen. Als der christliche Glaube dann aber fest begründet war, hat es keine Kämpfe mehr gegeben. Cromwell hat einen der hiesigen Priester hinrichten lassen, weil er mit Karl II. sympathisierte. Ansonsten keine kirchlichen Skandale. Was den Ort Banfield angeht, so gab es zwei Würdenträger, die in große Schwierigkeiten gerieten, weil sie Heinrich VIII. nicht den Treueid leisten wollten. Die meisten anderen fügten sich, weil die Reformation ihnen Vorteile brachte; der König verkaufte das Land, das ihm bei der Enteignung der Klöster zugefallen war, und dieses Land gelangte in die Hände des örtlichen Adels.«

Ein Gedanke durchzuckte Delgard. Als er ihn zu erfassen suchte, griff er in einen Nebel.

»Wie ich schon sagte, Kirchenarchive aus dieser Zeit gibt es nicht«, fuhr Fenn fort. »Und das bringt mich auf die Frage, die ich Ihnen stellen wollte, Monsignore. Gibt es irgendwo in der St. Joseph's Kirche eine alte Truhe?«

Der Monsignore gab sich überrascht.

»Die Truhe ist aus Ulmenholz oder aus Eiche. Sie ist von drei Eisenbändern umschlungen. Oh, ja, und dann hat sie noch drei Schlösser.«

Der Geistliche schüttelte den Kopf. »Ich weiß von keiner solchen Truhe. Ich habe keine gesehen.«

»Könnte es sein, daß die Truhe unter Gerümpel verborgen ist?«

»Als Aufbewahrungsorte kommen nur die Sakristei und die Krypta in Frage. Ich bin sicher, daß sich weder in der Sakristei noch in der Krypta eine Truhe befindet. Ist die Truhe von Bedeutung?«

»In dieser Truhe wurden die alten Urkunden der Kirche, die Archive und das Kirchensilber aufbewahrt, so geht es aus dem Buch hervor. Heinrich VIII. hatte angeordnet, daß jede Kirche eine solche Truhe zur Aufbewahrung der Dokumente anschaffen mußte, die Kosten wurden vom Kirchspiel bestritten. Das Dekret ist fünfzehnhundertsoundsoviel datiert, aber aus den Gemeindearchiven geht hervor, daß Banfield schon zweihundert Jahre früher über eine derartige Truhe verfügte. Wenn wir die Truhe finden, könnten wir weiteren Aufschluß über die St. Joseph's Kirche erhalten.«

Die Truhe war wichtig. Monsignore Delgard war klar, daß die Truhe wichtig war. Die Truhe schuf die Verbindung zu dem Gedanken, der ihm während des Gesprächs gekommen war. »Ich werde nach der Messe in die Krypta hinuntergehen und nachsehen«, sagte er.

»Ich könnte gleich hinuntergehen«, bot Fenn an.

Delgard zögerte. Er warf einen Blick auf seine Uhr. »Nun gut. Kommen Sie mit mir in die Sakristei, ich werde Ihnen den Schlüssel geben; der Zugang zur Krypta ist draußen.«

Er stand auf. Fenn schien es, als sei die Gestalt Delgards zusammengeschrumpft. Er beobachtete ihn aus den Augenwinkeln.

»Ist was?« fragte der Monsignore.

»Nein, nichts. Ich habe nur gerade über etwas nachgedacht. Gehen wir in die Sakristei.«

Mit laut hallenden Schritten durchquerten sie die Kirche. Fenns Blick war auf die Statue der Muttergottes gerichtet. Von dem Weiß ihres steinernen Antlitzes war keine Spur mehr zu sehen.

28

> »*Aber er hat ja gar nichts an!*« *rief plötzlich ein kleines Kind.*
>
> Hans Christian Andersen: Des Kaisers neue Kleider

Ben rutschte auf der harten Bank hin und her. Er hielt die Hände zwischen seine Schenkel geklemmt. Seine Mutter saß neben ihm, sie hielt die Augen geschlossen, sie schien die Geräusche, die über das Feld hallten, nicht zu hören.

Ben war über seinen Schreck hinweggekommen. Inzwischen hatte er ganz andere Menschen gesehen: Männer ohne Beine, Kinder mit Wasserköpfen, Frauen mit Geschwulsten.

»Mir ist kalt, Mami.«

»Psst«, sagte Sue. »Die Messe wird gleich beginnen.« Sie warf einen Blick in die Runde. Sie war erstaunt, wieviel Menschen gekommen waren. Fahnen und Banner wurden geschwenkt, auf denen zu lesen war, woher die Menschen kamen. Der junge Mann, der hinter Sue saß, trug einen bunten, in Plastik eingeschweißten Ausweis, der ihn als ›Anthony Roberts‹ vom ›Reisebüro St. Peter's Tours‹ auslobte. Im Schlamm zu Sues Füßen lag ein Flugblatt, das ein junges Mädchen am Eingang zu dem abgesperrten Gelände einem Pilger überreicht hatte, der Mann hatte das Flugblatt, nachdem er den Inhalt überflogen hatte, wütend auf den Boden geworfen; es handelte sich um einen Spendenaufruf der Vereinigungskirche des Reverend Sun Myung Moon. Einige Reihen hinter sich hatte Sue eine Gruppe von Männern in weißen Gewändern entdeckt. »Das sind Ritter vom Heiligen Grabe«, hatte ihr der Pilger, der neben ihr saß, erklärt. »Die kommen auch immer nach Lourdes.«

Sue hatte mit ihrem Sohn einen Platz nahe dem Altar bekommen. Der Altar stand auf einer Tribüne, die sich eineinhalb Meter über das Feld erhob, so daß alle in der Menge dem Gottesdienst folgen konnten; es war ein junger Priester gewesen, Sue kannte das Gesicht, der ihr und ihrem Sohn einen Platz in der Bank verschafft hatte, er hatte die anderen Pilger gebeten zusammenzurücken. Es gab eine Bank, die für die Priester und die weltlichen Würdenträger reserviert war, die Bank in der vordersten Reihe. Sue erkannte Mr. Southworth, der sich mit Bischof Caines unterhielt, beide Männer lachten, als fände hier ein Popkonzert, keine Messe statt.

Ein großer Teil des Feldes war für die Menschen in Rollstühlen, für die Kranken auf Tragbahren freigehalten worden; es gab Krankenschwestern der St. John's Ambulance Brigade und private Krankenpflegerinnen, die an ihren blitzsauberen Uniformen zu erkennen waren. Die Presseleute waren zwar früher eingelassen worden als die übrigen Teilnehmer, abgesehen davon hatte man der Presse keine Zugeständnisse gemacht, die Reporter hatten sich selbst darum kümmern müssen, daß sie einen Platz in den vorderen Reihen fanden, den meisten war das gelungen, es gab einige, die in gespannter Erwartung, mit dem Block auf den Knien und dem gezückten Kugelschreiber in der Rechten, dasaßen, und andere, denen nichts Menschliches mehr fremd war und die sich die Wartezeit mit trockenen Sprüchen von Kollege zu Kollege vertrieben. Es gab Fotoreporter, die auf der Innenseite des Mittelganges einen Platz ergattert hatten, und andere, die im Gras hockten. Fernsehkameras waren nicht zugelassen auf dem Feld, und so hockten die Kameraleute des Fernsehens jenseits der Hecke in hydraulisch bewegbaren Käfigen, die durch stählerne Hebelarme mit den Aufnahmefahrzeugen verbunden waren. Die Zoom-Objektive waren auf die knorrige Eiche und auf die Tribüne gerichtet. Einige Gruppen sangen geistliche Lieder, andere beteten.

Sue war nervös. Sie spürte, daß es den anderen Menschen ebenso erging. Die Erwartungen waren noch höher als am vergangenen Sonntag. Sogar Ben war von der hoffnungsvollen Stimmung erfaßt worden, seine Augen leuchteten. Ein Raunen ging durch die Menge. Alice erschien. Sie kam durch eine Bresche, die in die Umfriedungsmauer des Gräberfelds geschlagen worden war.

Das Mädchen ging an der Hand seiner Mutter, an der anderen Hand hielt es die Oberin des Klosters gefaßt. Molly Pagetts Gesicht war bleich. Alices Züge waren ausdruckslos, sie hielt den Blick auf den Baum gerichtet. Es war still geworden auf dem Feld.

Ben sprang auf. Er kletterte auf die Bank, ehe ihn seine Mutter daran hindern konnte. Endlich konnte er Alice sehen. Er war nicht beeindruckt.

Fenn ging die schlüpfrigen Stufen hinunter. Er steckte den Schlüssel in das rostige Schloß. Er war überrascht, wie leicht sich die Tür öffnen ließ. Er trat über die Schwelle und blieb stehen, bis sich seine Augen an die Düsternis gewöhnt hatten. Die Fernsehsendung fiel ihm ein, die er als Kind gesehen hatte ›Inner Sanctum‹ hatte die Sendung geheißen, im Vorspann gab es eine sich langsam öffnende Tür, die zu einem unterirdischen Grabgewölbe führte. Eine Tür mit quietschenden Angeln. Fenn hatte oft von dieser Tür geträumt, von der Tür und den Dingen, die jenseits der Schwelle lagen, aber wenn der Morgen kam, war die Erinnerung wie weggewischt. Und jetzt war es wieder Morgen, aber was er erlebte, war kein Traum. Ein modriger Geruch schlug ihm entgegen.

Wovor habe ich eigentlich Angst? Er mußte über sich selbst lächeln. Delgard hatte ihm versichert, daß es in der Krypta keine Leichen gab.

Er ließ die Finger auf der Wand entlangkriechen, fand den Lichtschalter und knipste das Licht an.

»Na wunderschön«, knurrte er. Die Birne war so schwach, daß der Schein kaum bis zu den vier Wänden reichte.

Er machte einen Schritt nach vorn. Naßkalte Kühle kroch unter seine Haut. Das Rascheln eines Tieres war zu hören. Auf dem Boden des Raumes lagen Kartons verstreut. Es gab einen altersschwachen Tisch mit Gummibeinen, an den Tisch gelehnt stand eine kleine Leiter, die Fenn an einen Gewohnheitstrinker erinnerte, der sich an eine Schaufensterscheibe lehnte.

Er schaute in die Runde, auf der Suche nach der Truhe. Sein Blick blieb an einem rechteckigen Kasten hängen, der an der Wand stand. Er stieg über die Pfützen hinweg, die sich in den Mulden der Steinplatten gebildet hatten, und ging auf den Kasten zu. Er kniete nieder und streckte die Hand nach dem verschimmelten Tuch aus, mit dem das Behältnis abgedeckt war.

Monsignore Delgard stand der Gemeinde zugewandt, seine großen Hände hatte er auf das Chorpult aufgestützt.

Mein Gott, dachte er. Das sind ja Tausende. *Tausende.*

Warum sind sie gekommen? Was erwarten sie sich von diesem Kind?

Ihn dauerten all die Kranken, all die Krüppel, die mit leuchtenden Augen auf den Altar starrten. Herr im Himmel, erhalte ihnen den Glauben; gib, daß sie in der Enttäuschung nicht verzweifeln. Das Wunder, das geschehen ist, wird sich nicht wiederholen, gib, daß die Menschen das verstehen. Herr im Himmel, mach dem unwürdigen Schauspiel heute ein Ende! Zeige den Menschen, daß hier keine Wunder geschehen.

Das Rückkopplungsgeräusch der beiden Mikrofone war zu hören, die Lautsprecher quietschten.

Eine Brise war aufgekommen und spielte mit den Seiten des Meßbuches.

Der Monsignore sah, wie Bischof Caines ihm ermutigend zulächelte. Southworth saß da, den Blick auf die Menge gerichtet. Es gab viele Priester auf dem Feld, Komplizen des Betrugs, mit dem man die Menschen hinters Licht führen würde. Nein, dachte Delgard. Es ist kein Betrug. Alice Pagett ist ein ehrliches kleines Mädchen! Sie ist ohne Sünde. Vielleicht war er es, der sich hier versündigte, weil er nicht an das glauben wollte, was er mit eigenen Augen gesehen hatte. Vielleicht mangelte es ihm an Demut. Vielleicht...

Er hob die Arme. Die Messe begann. Alice sah ihn an, sah durch ihn hindurch, sah auf den Baum...

Das Tuch auf der Kiste fühlte sich unangenehm feucht an. Fenn mußte sich überwinden, um es anzugreifen und zur Seite zu ziehen. Eine Holzkiste kam zum Vorschein, winzige, schwarze Tiere huschten über den Deckel, als das Licht die Fläche erreichte. Fenn wußte sofort, das war nicht die Truhe, nach der er suchte, die Truhe war größer und älter. Trotzdem beschloß er, das Behältnis zu öffnen. Vielleicht waren die Urkunden aus der Truhe in die Kiste umgelagert worden. Die Kiste hatte kein Schloß; er hob den Deckel an.

Staub wallte auf, Fenn mußte niesen. Alte Bücher und Papiere lagen in der Kiste. Der Deckel fiel zu Boden, als Fenn sich vorbeugte und ein Buch herausholte. Es war ein abgegriffenes Meßbuch in lateinischer Sprache. Eine tote Sprache, seit der Vatikan entschieden hatte, daß den Gläubigen das Manna des wahren Glaubens in ihrer gewohnten Sprache zu verabreichen war. Das Buch darunter war ebenfalls ein Meßbuch. Die Kiste war voller Meßbücher, und die losen Blätter waren geistliche Lieder. Fenn legte den Deckel auf die Kiste zurück. Er war enttäuscht.

Er stand auf und ließ seinen Blick durch das Gewölbe wandern. Gott, war das kalt! Er trat in die Mitte des Raumes. Die Glühbirne hing eine Handbreit über seinem Kopf. Zwei Insekten umtanzten die Sonne, die ihnen den Tod bringen würde.

Ob die Gebeine von Heiden in dem Boden unter dieser Grabkammer vermoderten? Lebten die Geister dieser Menschen weiter, wenn ihre Leiber zu Staub geworden waren? Ich darf mir nicht selbst Angst machen, dachte er. In Gedanken versetzte er sich einen Tritt gegen das Schienbein. Weiter, Fenn, bring's hinter dich, und dann raus aus der Gruft!

In einer Ecke der Krypta stand ein Stapel Stühle. Das alte Heizgerät, das Fenn hervorzog, fiel um, es gab einen metallischen Klang, der als Donner von den Steinwänden widerhallte.

Fenn stand da wie angewurzelt, er wartete, bis der Hall verklungen war. Ihr müßt schon entschuldigen, Geister, dachte er. Dann setzte er seine Suche fort.

Er ging hinüber zu den Schattengestalten, die ihn mit aufmerksamen Blicken zu verfolgen schienen. Es waren vier. Zwei Statuen mit Farbresten auf dem Gips, die anderen beiden Statuen schwarz wie die Muttergottes, die oben in der Kirche hing. Ihr bekommt bald Besuch, dachte er. Er war sicher, daß die schwarze Madonna bald in die Gruft abkommandiert wurde. Die Statue, die Fenn am nächsten stand, war ein nasen- und kinnloser Christus. Die Statue hielt etwas in der rechten Hand. Der linke Arm war in Höhe des Ellenbogens abgebrochen. Fenn beugte sich vor. »Nett«, murmelte er, nachdem er entdeckt hatte, daß der Christus ein steinernes Herz in der Hand hielt. Aus dem Herz wuchs ein kleines Kreuz, das Fenn an den Stiel einer Erdbeere erinnerte.

Die Statue in der zweiten Reihe war größer. Wahrscheinlich war auch dies eine Christusstatue, aber nachdem das Ding keinen Kopf mehr hatte, war das schwer zu bestimmen. Die dritte Statue war so klein wie die erste, sie stellte einen gebückten Mann dar, der ein Kind auf seinen Schultern trug. Der Mann hatte seinen Stab verloren, und nicht nur das, er hatte kein Gesicht mehr, das Gesicht war mutwillig beschädigt worden, ebenso wie der Kopf des Kindes. Fenn vermutete, daß es sich um den heiligen Christophorus und den Jesusknaben handelte.

Die hintere Statue kam Fenn bekannt vor. Er kniff die Augen zusammen. Die Jungfrau Maria sah ihn aus blinden Augen an. Es war ein Duplikat der Statue, die sich oben im Kirchenschiff befand.

Fenn verstand das nicht. Vorhin, als er mitten im Raum stand, hatte diese Statue genauso verwahrlost und verstümmelt ausgesehen wie die andere; wahrscheinlich hatte er sich von der schlechten Beleuchtung täuschen lassen, denn jetzt, aus der Nähe betrachtet, waren weder Verstümmelungen noch Schmutzflecke zu erkennen. Er versuchte, noch näher an das Gesicht heranzukommen; denn die blinden Augen hatte eine eigenartige Anziehungskraft...

Er stützte sich auf die kopflose Statue zu seiner Rechten und beugte sich vor. Das weiße Antlitz lächelte ihm zu. Und plötzlich wußte Fenn, daß die Statue ihn sehen konnte. Seine andere Hand tastete nach der Christophorusstatue, die alsbald ins Wanken geriet. Er wartete, bis die Gestalt aus Stein wieder zur Ruhe gekommen war. Er erschrak, als er die Augen der Muttergottes auf sich ruhen spürte. Es mußte wohl am veränderten Einfallwinkel des Lichts liegen: das Lächeln auf den steinernen Lippen war deutlicher, herausfordernder geworden. Und dann schienen sich die Lippen zu öffnen.

Ihm war, als sei ein Teil seines Gehirns mit einem schmerzstillenden Spray eingestäubt worden. Die weißen Augen schienen ihn hypnotisieren zu wollen. Fenns Atem ging sehr flach, sehr schnell, er selbst merkte das gar nicht. Er wußte nur, daß er die Statue berühren, daß er die Lippen aus Stein streicheln mußte.

Das Licht begann zu flackern. Oder träumte er das nur? Wie von fern war ein spritzendes Geräusch zu vernehmen.

Er war jetzt nur noch eine Handbreit von der Statue entfernt, aber weiter kam er nicht; die anderen beiden Statuen waren das Hindernis. Er reckte den Hals und versuchte die Lippen zu küssen, die plötzlich weich und feucht aussahen. Die beiden Statuen, auf die er sich stützte, begannen zu schwanken.

Er wußte, daß er sich keinen Zentimeter weiter vorbeugen durfte, aber bevor das Licht erlosch, bewegte sich die Muttergottesstatue auf ihn zu.

Priester: *Liebe Brüder und Schwestern,*
bevor wir das Wort Gottes hören und das Opfer
Christi feiern, wollen wir uns bereiten und Gott
um Verzeihung unserer Sünden bitten.

Der Wind zauste an den Schals der Menschen und an den Bannern, die bis dahin schlaff an den Masten gehangen hatten, der Wind zauste an den Haaren der Frauen. Die Menschen husteten. Irgendwo weinte ein Kind.

Priester:	*Erbarme dich, Herr, unser Gott, denn wir haben vor dir gesündigt:*
	Herr, erbarme dich unser.
Antwort:	*Herr, erbarme dich unser.*

Einer der Kameramänner, die von der Bühne eines Kranwagens aus das Feld filmten, fingerte an seiner Kamera.

»Was ist das denn?« schrie er dem Techniker zu. Er hielt den Blick auf den Altar gerichtet, wo die Messe zelebriert wurde. »Der Saft wird schwächer. Tu was, ehe die Übertragung zusammenbricht!«

Priester:	*Erweise, Herr, uns deine Huld.*
Antwort:	*Und schenke uns dein Heil.*

Ein Fotoreporter verfluchte den Winder seiner Nikon. »Ausgerechnet jetzt muß das verdammte Ding den Geist aufgeben.« Er konnte nicht wissen, daß seine Kollegen mit dem gleichen Problem rangen.

Priester:	*Der allmächtige Gott erbarme sich unser, er lasse uns die Sünden nach und führe uns zum ewigen Leben.*
Antwort:	*Amen.*

Eine Reporterin, die ihren Kassettenrecorder besprach, war sehr erstaunt, als die Spulen stehenblieben. »Scheiße!« fluchte sie. Sie sprach so leise, daß die Nebenstehenden sie nicht verstehen konnten. Wütend hieb sie mit dem Handballen auf das nutzlos gewordene Gerät ein.

Priester:	*Herr, erbarme dich unser.*
Antwort:	*Herr, erbarme dich unser.*
Priester:	*Christus, erbarme dich unser.*
Antwort:	*Christus, erbarme dich unser.*
Priester:	*Herr, erbarme dich ...*

Monsignore Delgard hielt sich die Ohren zu, als die Lautsprecher zu quietschen begannen. Sekunden später waren die Mikrofone tot.

Unter halbgeschlossenen Lidern hervor sah er, wie Alice sich von der Bank erhob und auf ihn zuging. –

Beide Statuen, auf die Fenn sich gestützt hatte, fielen zu Boden, und er fiel mit ihnen. Noch im Fallen merkte er, daß nachtschwarze Finsternis ihn umgab. Er stieß einen Schrei aus, der sich mit dem Krachen der berstenden Statuen vermischte. Er spürte den Druck, als eine der Statuen auf seine Finger fiel, den Schmerz spürte er nicht. Er empfing einen harten Schlag auf die Schulter, mit solcher Gewalt kam der Schlag, daß Fenn wie gelähmt war. Er versuchte sich zur Seite zu rollen, aber rechts von ihm war etwas, das die Bewegung verhinderte. Er schlug um sich, fast wahnsinnig vor Angst, er erinnerte sich an die Madonna, wie sie sich bewegt hatte, wie sie ihn begehrt hatte, dachte an die Lüsternheit in ihren Augen...

»Nein!« schrie er, seine Stimme hallte wider in der nach Moder stinkenden Krypta, und der Klang verstärkte seine Angst, Fenn trat um sich, schlug ins Dunkle hinein, die Statue, die auf ihm lag, war unerklärlich schwer, er schaffte es, eine halbe Kehrtwendung zu vollziehen, seine Hand griff nach dem kalten Stein. Die Statue war mit Schleim bedeckt, und an einigen Stellen war weiches, verrottendes Fleisch zu spüren.

Er vermeinte, den heißen, stinkenden Atem zu fühlen, der aus ihren Lippen quoll.

Es gelang ihm, den Arm unter die Statue zu schieben, er schob mit aller Kraft, die Figur glitt über seinen Körper; es gab ein knirschendes Geräusch, als sie auf dem Steinboden aufprallte. Er wandte sich um, lag auf den Knien da, keuchend, die verpestete Luft füllte seine Lungen. Er mußte hier raus! Die Finsternis war schwärzer geworden! Der Verstand sagte ihm, daß die Krypta mit toten, mit unbelebten Dingen angefüllt war; es war nur noch die Fantasie, die ihm eingab, daß er sich bewegen, daß er atmen und sehen, daß er die Dinge, die ihn umgaben, auch berühren konnte.

Der Boden war naß und glatt, Fenn glitt aus, als er sich aufzurichten versuchte. Er starrte in die Dunkelheit hinein, voller Angst, daß die Nacht ihn ersticken würde. Da! Der Eingang! Ein Lichtschimmer, der Widerschein des Tages. Er mußte die Tür erreichen.

Er begann zu kriechen, schob sich über verstümmelte Statuen hinweg, tauchte mit Händen und Knien in das stehende Wasser der Pfützen ein, er stieß die Schachteln zur Seite, er stieß alles zur Seite, was ihm in den Weg kam, wieder versuchte er aufzustehen, und wieder mißlang der Versuch, Fenn war am Ende seiner Kräfte, nur noch ein Gedanke erfüllte ihn, er mußte den kalten, leblosen Fingern entkommen, die aus der Finsternis nach ihm griffen ...

Licht. Nur Licht konnte jene Finger wieder in Stein verwandeln. Fenn war vor dem grauen Rechteck der Tür angekommen. Ein Schatten erschien in dem Grau, eine schwarze Masse, die das Licht verschlang. Der Schatten schwebte auf ihn zu. Der Schatten hob die Hand.

In der Menge war es still geworden; es gab keine Kinder mehr, die weinten, keine Menschen mehr, die husteten; die Gebete waren verstummt. Es war, als hielten Abertausende den Atem an. Zwar konnten nur jene, die nahe genug an der Tribüne stehen, die Geschehnisse verfolgen, aber die Spannung, die dort herrschte, breitete sich über das ganze Feld aus, wie Wellen, die zu den Rändern getragen werden, wenn man einen Stein in einen Tümpel wirft. Aller Augen waren auf die Mitte gerichtet.

»Aaaah!« sagte die Menge, als das kleine Mädchen die Stufen zum Altar hochging. Der Wunderglaube leuchtete in den Augen der Menschen. Die Kameramänner vom Fernsehen waren frustriert, ihr Generator war ausgefallen, und keiner von ihnen ahnte, daß es den Mannschaften in den anderen Übertragungswagen genauso ging, *alle* Generatoren waren ausgefallen. Ähnlich frustriert war der Polizist, der vor dem Gitter stand, sein Funkgerät sendete Störgeräusche und sonst gar nichts, dabei hatte er doch gerade Verstärkung vom Revier rufen wollen. Denn immer noch strömten die Menschen auf das Feld, die Beamten, die den Eingang kontrollierten, konnten der Menge nicht mehr Herr werden.

Delgard bekam weiche Knie, als er das Mädchen die Stufen hochgehen sah. So zerbrechlich, so klein war dieses Kind, und ihre Augen konnten Dinge sehen, die sonst niemand sah. Alice ging an dem Monsignore vorbei, und da war ihm, als sei ihm von einem geheimnisvollen Magneten die Lebenskraft ausgesaugt worden. Er mußte nach dem Pult greifen, um nicht zusammenzusinken. Sein Blick fiel auf die Eiche, die sich wie ein knorriger Riese hinter dem Altar erhob, die Zweige bewegten sich, als wollten sie das Mädchen zum Baum locken.

Alices Augen waren nur noch weiße Schlitze, als sie vor dem Altar ankam. Ein Lächeln huschte über ihren Mund. Lang und locker fiel ihr goldenes Haar, sie hob die Arme wie eine Geliebte, die den ersehnten Mann an ihre Brust ziehen will. Ihr Atem ging stoßweise, der Rhythmus wurde schneller, ihre Brüste hoben und senkten sich. Nach einer Weile wurden die Atemzüge wieder ruhiger, wurden tief und gleichmäßig. Dann hörte Alice zu atmen auf.

Die Luft, die das Mädchen umgab, hatte zu flimmern begonnen. Die Wolken am Himmel waren dunkler geworden. Die Sonne brach durch. Das Feld, der Altar und der Baum wurden in reinem Licht gebadet.

Die Menschen waren wie verzaubert, als Alice sich zu ihnen wandte. Die kleine, weißgekleidete Gestalt zitterte in einer Ekstase, die sich alsbald auf die Menge übertrug.

Alice stöhnte auf, als hätte sie den Stich eines unsichtbaren Dolches empfangen; immer noch lächelte sie. Den Menschen auf dem Feld stockte der Atem, als sie sahen, wie sich das Mädchen in die Lüfte erhob.

»Fenn, was zum Teufel ist los mit dir?«

Die Windmühle seiner Arme und Beine kam zum Stehen. Der Nebel hob sich. »Wer – wer ist da?« hörte er sich fragen.

»Wer wohl, du Idiot? Ich bin's, Nancy.« Sie beugte sich ein zweites Mal zu ihm. Diesmal wurde ihre Hand nicht weggeschlagen.

»Nancy?«

»Deine Freundin, die du vorhin so übel versetzt hast! Kommt dir der Name nicht irgendwie bekannt vor?«

Er kam auf die Beine und wollte zur Tür hasten.

»Langsam, langsam«, sagte Nancy. »Hier liegt soviel Gerümpel, daß du dir den Hals brichst, wenn du nicht aufpaßt.« Sie stützte ihn und geleitete ihn zur Treppe. Als sie oben ankamen, wurde ihm schwarz vor Augen. Er mußte sich an die Kirchenmauer lehnen. Speichel rann aus seinen Mundwinkeln. Es sah aus, als hätte er sich vor wenigen Minuten erst übergeben.

Sie wartete, bis er sich erholt hatte. Dann sagte sie: »Wirst du mir jetzt bitte erzählen, was da unten passiert ist?«

Er sah sie an aus tränenunterlaufenen Augen. »Ich glaube, ich habe einen Geist gesehen«, keuchte er.

Nancy quittierte das mit einem wohlgelaunten Lachen. Und dann kam ihm das eigene Geständnis auf einmal ebenfalls etwas lächerlich vor. »Da war eine Gestalt ...«

»Du meinst, da war eine Statue. Ich habe den Krach gehört, als du die Statue umgestoßen hast. Hat sich allerdings angehört, als wären es mehrere gewesen.«

»Es waren vier. Aber eines war keine Statue. Die Muttergottes hat sich – bewegt.«

»He, Fenn, jetzt mach doch keine blöden Witze! Du hast die Statue angestoßen, da ist sie hingefallen. Als ich die Treppe runterkam, hab' ich gesehen, wie du auf dem Boden lagst, du hast wie ein Wilder um dich geschlagen. Warum hast du eigentlich kein Licht angemacht?«

»Ich hatte das Licht angemacht, aber die Birne muß durchgebrannt sein. Plötzlich war's dunkel.«

»Und da hast du's mit der Angst zu tun bekommen. Du bist im Dunkeln rumgetapst und hast die Statuen umgestoßen.« Sie schmunzelte. »Hast eine wunderschöne Vorstellung gegeben.«

Er schüttelte den Kopf; ihm war das alles so unwirklich vorgekommen.

»Wonach hast du gesucht, Fenn?« Sie war plötzlich sehr ernst.

»Was? Ach so. Nach einer alten Truhe. Nach einer Truhe mit alten Kirchenchroniken.«

»Gehen wir zurück und schauen nach, ob wir die Truhe finden.«

Sie wollte zur Treppe gehen, die in die Krypta hinabführte, aber Fenn ergriff sie am Arm. »Bleib' hier. Die Truhe ist nicht unten, sonst hätte ich sie gesehen.«

»Du bist da unten aber etwas durchgedreht. Hast du wirklich genau nachgeschaut?«

»Ich hätte die Truhe gesehen, wenn's eine gäbe!«

»Schon gut, schon gut, ich glaub's dir ja. Und jetzt komm, wir gehen auf das Feld. Die Messe hat schon begonnen, wenn wir uns nicht beeilen, verpassen wir die Hälfte. Man kann ja nie wissen, ob nicht wieder ein Wunder geschieht.« Sie nahm ihn an der Hand und zog ihn mit sich fort. »Du zitterst ja am ganzen Körper«, sagte sie verwundert. »Mein Gott, du mußt da unten ja eine Heidenangst ausgestanden haben.«

»Mir geht's gleich besser.« Aber was würde er fühlen, wenn er sich heute abend zu Bett legte und die Augen schloß?

»Aber sicher.« Nancy ließ ihre Fingerspitzen über seine Wange gleiten. »Entspann dich ein bißchen. Wir können ja langsam gehen.« Sie führte ihn von der Kirche fort, und nach einigen Schritten war die Krypta nur noch ein dunkles Loch im Bauch der Kirche.

Sie durchquerten den Friedhof. Ein merkwürdiges Gefühl überkam sie, als sie sich der Bresche in der Friedhofsmauer näherten. Nancy merkte es zuerst. Fenn war noch in Gedanken vertieft. Es war die Stille, die jenseits der Mauer, auf dem Feld, herrschte. Eine Decke des Schweigens lag über den vielen Menschen. Nancy war stehengeblieben, und Fenn musterte seine Begleiterin mit einem überraschten Blick. Dann wurde auch ihm die geisterhafte Stille bewußt, die sich über das ganze Feld gebreitet hatte. Als sie zum Altar hinübersahen, begannen sie zu begreifen.

Monsignore Delgard war auf die Knie gesunken. Wäre jemand in der Menge in der Lage gewesen, den Blick von dem Mädchen zu wenden, das in eineinhalb Meter Höhe über der Tribüne schwebte, er wäre zu dem Schluß gekommen, daß der Monsignore dem Mädchen seine tiefempfundene Demut bezeugen wollte. Aber es war Schwäche. Delgard spürte, wie alle Kraft aus seinen Gliedern entfloh.

Er sah das Mädchen jetzt nur noch wie durch einen Schleier. Er fuhr sich mit der Hand über die Augen, sein Arm war schwer wie Blei, was ich sehe, ist unmöglich, dachte er. Und doch wußte er, daß er nicht träumte; das Mädchen schwebte über ihm, ihr Blick war zum Himmel gerichtet, die Arme waren ausgestreckt, der Wind spielte mit den Falten ihres Kleides. Sie bewegte die Lippen in lautlosem Gebet.

Einer nach dem anderen begannen die Menschen in der Menge sich hinzuknien, und dann war es wie der Wind, der durch ein Kornfeld geht, das Rascheln der Kleider klang merkwürdig gedämpft. Viele Menschen hatten Tränen in den Augen, auf den Gesichtern spielte ein Lächeln der Verehrung, durchdrungen vom Ausdruck der Anbetung; es gab jene, die wegen der Strahlen, die von dem Mädchen ausgingen, die Augen schließen mußten, andere sahen die kleine, zerbrechliche Gestalt vor dem Hintergrund einer glitzernden Aura. Alle verharrten in Demut vor dem Mädchen.

Delgard versuchte aufzustehen, aber er war zu schwach. Er sah, wie Alice den Kopf neigte. Sie öffnete die wunderschönen blauen

Augen. Sie lächelte. Es war in diesem Augenblick, als viele Kranke, die auf Tragen gelegen oder in Rollstühlen gesessen hatten, sich erhoben und zum Altar wankten. Vor der Tribüne angekommen, blieben sie stehen. Sie faßten sich bei den Händen, um zu dem Mädchen und zur Muttergottes zu beten, sie würden den Himmel lobpreisen für die Gnade, die sie auf sich herabfließen spürten.

Ein Schrei gellte über das Feld. Ein Mann mit häßlichen Wucherungen im Gesicht brach durch die Front der Kranken und Krüppel, die vor der Tribüne knieten. Er brach auf den Stufen zusammen, die zum Altar hochführten.

Er streckte dem schwebenden Mädchen den Arm entgegen. »Hilf mir! Hilf mir...« Die Klage ging in ein Quieksen über. Die Hand des Mannes glitt zu seinem Gesicht, er schrie, und er schluchzte; und als er die Hand wieder fortnahm, brachen Eiterblasen aus seinen Backen, aus den Lippen und aus dem Kinn.

Nur daß Ben, obwohl er sehr gut sehen konnte – er war stehengeblieben, als die anderen niederknieten – nicht verstand, was mit dem Mann geschah.

29

> »*Wie geht's dir?« sagte er munter. »Ich bin so froh, daß heute nicht gestern ist. Du nicht auch?«*
> Aus Eleanor H. Porter: Pollyanna

Behutsam schloß Riordon die Tür zum Kuhstall, er wollte die Tiere nicht aufstören, die waren schon nervös genug. Er überquerte den Hof. Er ging auf den Hintereingang des Bauernhauses zu, das Licht in den Fenstern diente ihm als Orientierung. Er schüttelte den Kopf. Er hatte es schwer genug auf diesem Hof, ohne daß die Tiere sich aufführten, wie sie sich aufführten. Er blieb stehen. Der verdammte Hund heulte wie eine arme Seele, und das in dieser Finsternis. Die Hunde der Nachbarhöfe antworteten. Seit drei Nächten ging das jetzt so, dabei war nicht mal Vollmond!

Vielleicht war es das Flutlicht auf dem Feld, was die Hunde störte. Es sah ja auch unheimlich aus, die Eiche, vom weißblauen Licht übergossen. Riordon hatte den Baum nie gemocht, auch früher nicht, als ihm das Feld noch gehörte. Ein häßlicher Baum. Allerdings wurde die Wiese nur als Weide benutzt, und so störte der Baum nicht weiter. Inzwischen gehörte das Feld der Kirche. Riordon hatte einen hübschen Batzen Geld dafür bekommen. Er konnte nicht verstehen, was die Kirchenleute so besonderes an einer alten Eiche fanden. Jedenfalls war das Flutlicht, mit dem sie den Baum anstrahlten, ein Ärgernis.

Er hörte, wie seine Frau mit Biddy, dem Neufundländer, zu schimpfen begann. Ihr ging das Heulen und Winseln ebenso auf die Nerven wie ihm. Immerhin, es gab eine Chance, das Tier zum Schweigen zu bringen. Es gab kein lebendes Wesen, das längere Zeit gegen Riordons Frau ankam.

Lästig, wie die Menschen jetzt an den Sonntagen über die angrenzenden Felder stapften! Deshalb war das Vieh auch so durcheinander; die Tiere flüchteten jedesmal in die hinterste Ecke der Koppel, als hätten sie Angst, daß die Menge ihnen etwas antun würde. Wenn Riordon auf die Tiere zuging, rollten sie mit den Augen, was sie sonst nur taten, wenn ein Gewitter in der Luft lag.

Er stand in der Mitte des Hofes und starrte auf den Lichtstrahl, der jenseits seines Anwesens den indigofarbenen Himmel zerschnitt. Das Licht störte, es war ein Eindringling, der die Nachtruhe auf dem Lande störte. Riordon schaute zu den Sternen empor, es gab keine Wolken; und doch lag ein Gewitter in der Luft, er hatte Erfahrung in diesen Dingen, er spürte das. Ein unheimliches, ein überirdisches Gewitter. Riordon mochte das nicht. Überhaupt nicht. Wenn nachts die Hunde heulten, dann war das normalerweise ein Zeichen, daß bald jemand sterben würde; diesmal, das fühlte Riordon, würde mehr passieren. Viel mehr.

Zur Hölle noch mal, ob das wieder in eine Schlägerei ausarten würde? Er füllte den Halbliterkrug und zwang sich, die streitenden Stimmen, die vom anderen Ende der Theke zu ihm herüberklangen, zu überhören. Er strich das Geld für die Runde ein, dann ging er zu den Gästen, die den Lärm veranstalteten. Drei Einheimische.

Er war ein großgewachsener Mann. Normalerweise genügte sein bloßes Erscheinen, um Streithähne zu besänftigen. Gestern abend hatte er in zwei Fällen einschreiten müssen. Sehr schön, das Geschäft florierte, aber die Sache hatte auch ihre Schattenseiten. Sein Pub mit dem historischen Namen *The White Hart* war als vergleichsweise friedlich bekannt – und so sollte es auch bleiben.

»Also, Jungens, beruhigt Euch.«

Sie schauten ihn wütend an. Wütend und respektvoll, wie es ihm schien. Aber er hatte sich geirrt, das Glas, das an seinem Kopf vorbeiflog, hatte gar nichts Respektvolles, und dann stand er da und starrte fassungslos den drei Gestalten nach, die nach einem unflätigen Gutenachtgruß auf die Tür zustolperten und in der Nacht verschwanden.

Das Gespräch der anderen Gäste war erstorben, als das Glas in den Spiegel flog. Die Serviererin kam und wischte das Bier auf, sie hob auch die Scherben auf; der Mann hinter der Theke stand nur da und schüttelte den Kopf.

»Was ist nur in die Leute gefahren?« sagte er. Ja, das war eine Frage, die ihm seine Gäste nicht beantworten konnten. Aber sie fühlten mit dem Wirt. Die Gespräche wurden wieder angeknüpft, und der Mann hinter der Theke goß sich einen doppelten Scotch ein, womit er sein Prinzip umstieß, vor zehn Uhr keinen Alkohol zu trinken. Die drei würden ihm nicht wieder ins Pub kommen, dafür würde er Sorge tragen. Er kannte sie. Merkwürdig, früher hatten die nie Ärger gemacht. Was war aus Banfield geworden? Ein paar Wochen lang hatte eine lebhafte, fast überschäumende Stimmung geherrscht; jetzt war die Stimmung umgekippt. Heute abend schien eine drohende Wolke über dem Dorf zu hängen, ein schwarzes Wolkengebirge, wie man es vor einem Sommergewitter beobachten konnte; aber die Luft war merkwürdig frisch, und Wolken waren keine zu sehen.

Er stürzte den Whisky hinunter und freute sich, als sein Magen von einer Welle der Wärme durchflossen wurde.

»Du hast es mir aber versprochen, du Schwein!«

Tucker hob die Hand, um sie zu beschwichtigen. Er hielt den Blick nach vorn auf die Fahrbahn gerichtet.

»Das wäre übereilt, Paula«, sagte er. »Ich weiß ja noch gar nicht, ob die Pläne so durchgehen.«

»Das weißt du sehr wohl, du Schwein! Wie's jetzt in Banfield läuft, geht jeder Plan durch! Jeder!«

»Nein, nein, wir müssen warten, bis der Bezirksausschuß tagt und grünes Licht für das Projekt gibt. Du weißt doch, wie langsam so was geht. Und selbst, wenn die Genehmigung durch ist, dann dauert es immer noch ein Jahr, bis der Supermarkt gebaut ist.«

»Du hast gesagt, du würdest ein paar Läden auf der High Street aufkaufen und zu einem großen Geschäft zusammenlegen.«

»Das hatte ich ja auch vor, aber bei diesem Boom verkauft ja niemand.« Was nicht stimmte. Er war in Kaufverhandlungen mit zwei älteren Ladeninhabern, aber es war nicht gut, wenn er zu Paula darüber sprach. Nicht, bevor der Kauf unter Dach und Fach war. Wie ihm diese Frau in der letzten Zeit auf die Nerven ging!

»Auch wenn du den neuen Supermarkt erst bauen mußt, das hindert dich doch nicht daran, mich in dem alten schon jetzt als Leiterin einzusetzen. Dann wüßte ich wenigstens, woran ich mit dir bin.«

»Paula, zur Leitung eines Supermarkts gehört mehr, als du ...«

»Du hast es mir versprochen!«

Der Jaguar XJS fuhr eine Kurvenlinie, als sie ihm auf den Arm schlug.

»Scheiße noch mal, Paula, was hast du denn? Ich wäre beinahe in den Graben gefahren!«

Er begann vor Wut zu schreien, als sie ihm ins Steuer faßte. »Paula!« Er benutzte den linken Arm, um sie zurückzustoßen, mit der rechten Hand steuerte er. Im stillen verfluchte er den Tag, wo er sich mit ihr eingelassen hatte. Er hatte sie unterschätzt. Sie war dumm, aber sie war zugleich eine Intrigantin.

Er hatte die Fahrt verlangsamt. Er bog in einen Seitenweg ein. Er hielt an und schaltete die Zündung aus. »Jetzt hör mir mal gut zu, Liebling«, begann er.

»Du liebst mich nicht! Ich bin nur gut für das eine!«

Wie wahr, dachte er. »Sag' doch nicht solche Dummheiten. Du weißt, wie lieb ich dich habe.«

»Du liebst mich nicht! Was *gibst* du mir denn?«

»Ich habe dir immerhin ein Paar Ohrringe zu Weihnachten geschenkt...«

»Du Schwein! Du verstehst überhaupt nicht, wovon ich rede!«

Immer noch hielt Tucker das Lenkrad umklammert. Er sah, wie ein Vogel oder eine Fledermaus durch die Luft flatterte. »Willst du mir bitte erklären, was das alles soll, Paula!«

»Ich rede von meiner Zukunft! Ich bin für dich da gewesen, geschäftlich und privat. Ich habe Tag und Nacht gearbeitet. Ich habe mich nie beklagt, wenn...«

Er verdrehte die Augen.

». . . wenn du mich mitten in der Nacht geholt hast. Ich war immer verfügbar, fürs Geschäft und zu deinem Vergnügen. Weißt du überhaupt, was ich alles für dich aufgegeben habe?«

»Warum machst du mir überhaupt Vorwürfe?« konterte er. »Ich habe dir einen verdammt guten Job verschafft. Du hast Geschenke bekommen, ich habe dich ausgeführt und ins Hotel mitgenommen...«

»In ein schmieriges Motel! Das ist ganz deine Art! Und Geschenke, deiner Frau gibst du teurere Geschenke als mir! Ich seh' sie doch herumlaufen mit ihrem stinkenden Pelzmantel und mit all dem Schmuck!«

»Wenn du einen Pelzmantel willst, kriegst du einen Pelzmantel!«

»Ich will keinen Pelzmantel, verdammt noch mal, ich will etwas anderes!«

»Was denn?«

»Ich will den Supermarkt! Ich will, daß du mir den Supermarkt überschreibst!«

Er maß sie mit einem ungläubigen Blick. »Du willst den Supermarkt?«

Sie wandte sich von ihm ab.

Er wiederholte den Satz eine Oktave höher. »Du willst den verdammten Supermarkt! Du mußt verrückt geworden sein!«

»Ich will nur deine Teilhaberin werden«, schwächte sie ab. Ihre Stimme war eine Oktave gesunken.

»Und wie soll ich das Marcia beibringen?«

»Du sagst ihr einfach, du brauchst mich als Partner in dem Geschäft.«

»Ich soll Marcia sagen, ich brauche dich als Partner? Ich hab' schon mal einen besseren Witz gehört!« Seine Lache war wie das Krächzen eines Rabens. »Du fickst gut, Paula, und du hast eine Ahnung von Buchhaltung und von Lagerhaltung. Aber ein Geschäft leiten? Ich mag deine kleine, süße Spalte, mein Liebling, aber ich gehe deshalb nicht vor dir in die Knie. Du kannst verschwinden, wenn's dir nicht paßt. Geh hin, wo der Pfeffer wächst!«

Plötzlich war sie über ihm, schlug auf ihn ein, zerkratzte ihn mit ihren Nägeln, bespuckte ihn. Tucker versuchte, sie an den Handgelenken festzuhalten, aber er bekam sie nicht zu packen.

»Paula!«

Der Wagen begann zu schaukeln.

»Paula!«

»*Ich werde alles deiner Frau erzählen, du Schwein! Alles werde ich ihr erzählen! Ich lasse mich von dir nicht wie ein Stück Dreck behandeln!*«

»Paula!«

Seine Hände hatten zu ihrem Hals gefunden. Es war ein angenehmes Gefühl in den Fingern, ihre Gurgel zu spüren. Er drückte zu.

»*Du Schwein, ich werde...*«

Jetzt wußte er, wie er sie zum Schweigen bringen konnte! Der Hals fühlte sich weich an, einladend weich. Die Empfindung war so schön, daß es Tucker eine Erektion bescherte.

»*Du... Du...*«

Es war dunkel im Wagen, trotzdem konnte er das Weiß ihrer Augäpfel sehen. Er roch ihre Angst. Ihn zu erpressen! Sie hielt ihn wohl für einen Idioten, die blöde Kuh! Er spürte, wie sich ihre Halsmuskeln strafften. Widerstand. Wie schön. Es war gut, wenn sie Widerstand leistete.

Sie hatte ihre Finger in seine Brust gekrallt. Auch das war gut. Es war sogar sehr angenehm.

Er konnte ihre Zunge aus dem weißen Gesicht ragen sehen, es erinnerte ihn an den Schnabel eines Kükens, das aus dem Ei schlüpft. Und dann kam ein gurgelndes Geräusch aus ihrem Mund. So ist's gut, du verdammte Hure. Das höre ich doch viel lieber als deine Ankündigung, daß du mich erpressen willst. Er verstärkte den Druck seiner Hände. Merkwürdig, wie klein ein Hals wurde, wenn man richtig zudrückte. Wenn sie erst einmal tot war, würde eine einzige Hand genügen, um...

Wenn sie erst einmal tot war...

Mein Gott, was mache ich denn da?

»Paula!«

Er gab sie frei. Sie fiel zur Seite wie eine Marionette.

»Paula, es tut mir so leid...«

Sie starrte ihn an.

»Paula, ich wollte nicht...«

Sie stieß einen Schrei aus, es klang, als hätte sie einen Fremdkörper in der Kehle stecken. Er tastete nach ihrer Schulter. Sie schlug mit den Armen um sich. Was habe ich getan? dachte er. Was ist über mich gekommen?

Als er sie wieder zu berühren versuchte, traf ihn ihr Fingernagel an der Wange. Sie warf sich zur Seite, fand den Türgriff, stieß die Tür auf und taumelte hinaus in die Nacht. Er sah, wie sie auf das Pflaster fiel, ein Quieken, schrill und hoch, entrang sich ihrer Kehle. Tucker griff nach dem Hebel der automatischen Schaltung, seine Augen weiteten sich.

»Paula!« sagte er noch einmal.

Sie lag jetzt auf den Knien. Ihre Strumpfhose war an den Knien aufgeschürft. Paula kam auf die Beine, röchelnd torkelte sie ins Dunkel.

»Paula!« schrie er hinter ihr her. »Sag' niemandem, daß...«

Sie war fort, weggetaucht in die Nacht, und Tucker blieb noch lange Zeit am Steuer sitzen, er hatte die Beifahrertür wieder geschlossen, er saß da, versponnen in seiner Angst und fragte sich, warum er Paula zu erdrosseln versucht hatte. Das war doch gar nicht seine Art.

Southworth schloß das Hauptbuch. Ein zufriedenes Lächeln spielte um seine Lippen. Er ließ sich in den Sessel zurücksinken.

Es lief gut. Es lief sogar wunderbar. Sein Hotel war ausgebucht, seit der Rummel um die Wunderheilungen begonnen hatte. Zwei Monate hatten genügt, um in nie geahnte Gewinnzonen vorzudringen.

Er stand bereits in Verhandlungen mit dem einzigen Reisebüro des Ortes. Sie würden Partner werden im Reisegeschäft. ›St. Joseph's Tours‹ würde die neue Firma heißen. Southworth würde das notwendige Kapital für eine Flotte von Reisebussen beschaffen, er stand derzeit in hohem Ansehen bei den Banken. Der Reiseveranstalter würde seine Verbindungen zu ausländischen Veranstaltern einbringen. Daß die aus dem In- und Ausland herangekarrten Pilger in Southworths Hotel nächtigen würden, verstand sich am Rande.

Die Pläne für das neue Hotel waren fertig. Southworth besaß recht viele Immobilien in Banfield. Das meiste waren Geschäfte, die er in den vergangenen Jahren den Inhabern abgekauft hatte, um sie dann an die gleichen Personen zu vermieten. Niemand durfte das wissen, besonders nicht die anderen Gemeinderäte. Jetzt, wo der Boom eine Tatsache war, würde Southworth die Mieten verdoppeln und verdreifachen.

Er stand auf und schenkte sich ein Glas Brandy ein. Am vergangenen Sonntag waren neue Wunder geschehen, und das vor 8000 bis 10000 Zeugen. Natürlich gab es noch keine endgültige Bestätigung für diese Wunder. Immerhin, es gab einen Fall, der keinen Raum für Zweifel offenließ. Der Mann war ohne seine Angehörige auf das Feld gegangen, er hatte sein Gesicht aus Scham verhüllt, Kinn, Lippen und Nase waren mit häßlichen Geschwüren bedeckt, an vielen Stellen hatte sich die Krankheit bis auf den Knochen durchgefressen. *Lupus* war die lateinische Bezeichnung für diese Erkrankung, Gesichtstuberkulose. Als der Mann die kleine Alice schweben sah, waren die Geschwüre wie durch einen Zauber abgefallen, die eiternden Spalten hatten sich geschlossen, dies alles war von Tausenden von Menschen beobachtet worden, der Mann hatte mit dem Gesicht zu der Menge gestanden. Nicht einmal die schlimmsten Zyniker konnten wegdiskutieren, was da geschehen war.

Und auch Monsignore Delgard konnte es nicht wegdiskutieren.

Southworth kehrte an seinen Schreibtisch zurück. Er hatte das Glas Brandy mitgenommen. Das Wunder von Banfield war auch *sein* Wunder. Der Name Southworth würde nicht in den Tiefen der Geschichte versinken. Southworth würde wieder ein Name sein, von dem die Bürger mit Ehrfurcht sprachen.

Er hob das Glas und trank. Merkwürdig, daß inmitten der schönen Gedanken die Angst an ihm zu nagen begann.

Der Monsignore hatte vor seinem Bett gekniet. Jetzt stand er auf, müde und erschöpft wie selten in seinem Leben. Früher war diese Müdigkeit nur nach dem Ritual des Exorzismus über ihn gekommen.

Eine Wolke des Unglücks schien über der Kirche, über dem Pfarrhaus zu schweben. Es gab Kranke, die geheilt wurden, aber die Angst des Monsignore blieb. Eben heute war der Bischöfliche Rat zusammengetreten. Man hatte Alice befragt. Warum die Wunder? Warum war die Muttergottes ihr, einem Kind, erschienen? Was hatte Alice getan, um dieser Gnade teilhaftig zu werden? Was war der Grund für die Erscheinungen? Alice hatte auf alle Fragen die gleiche Antwort gegeben: die Jungfrau Maria würde zu gegebener Zeit das Geheimnis lüften.

Es war keine sehr befriedigende Antwort.

Im Bischöflichen Rat gingen die Meinungen auseinander. Einige Bischöfe waren überzeugt, daß Alice die Jungfrau Maria gesehen hatte, andere vertraten die Meinung, daß es dafür keinen Beweis gab, es sei auch noch zu früh, um von Wunderheilungen zu sprechen, und was die von Tausenden beobachtete Levitation des Mädchens anging, nun, das war ein Kunststück, das in zahlreichen Varietétheatern auf der ganzen Welt vorgeführt wurde. Die indischen Fakire bedienten sich der Massenhypnose, wenn sie ihre Seiltricks vorführten. Die Diskussion ging bis in den späten Abend, ohne daß man zu Ergebnissen gekommen wäre. Die Bischöfe hatten vereinbart, morgen in London erneut zusammenzutreffen und weiter zu beraten.

Delgard hatte über das Problem nachgegrübelt, aber er fand keine Erklärung für den plötzlichen Ausfall der Fernsehkameras und der Mikrofone an jenem Sonntag. Es schien eine Verbindung zu geben zu dem Gefühl der Schwäche, das während der Wunder über ihn gekommen war. War es denkbar, daß eine geheimnisvolle Macht Menschen und Maschinen die Energie abzapfte? Nein, das war unmöglich. Aber Levitation und Wunderheilungen waren ja auch unmöglich, und doch fand so etwas statt. Das Phänomen der Levitation war beim heiligen Thomas von Aquin, bei der heiligen Theresia von Avila und beim heiligen Joseph von Cupertino beobachtet worden, es hatte Menschen mit den Wundmalen Jesu Christi gegeben, und Wunderheilungen gehörten zur gesicherten Überlieferung der Kirche. Das erstaunlichste Wunder war vielleicht das Wunder von Fatima gewesen, damals hatten siebzigtausend Menschen die Sonne am Himmel rotieren sehen, und dann war der Sonnenball auf die Erde gefallen. Eine Massenhalluzination? Das war die Antwort, die man in Kreisen der Wissenschaft für solche Phänomene bereit hatte. Blieb immer noch die Frage, wer oder was solche Massenhalluzinationen verursachte. Alice war schließlich nur ein Kind.

Monsignore Delgard trat ans Fenster und sah zu der Eiche hinüber. Es störte ihn, daß der Baum so hell angestrahlt war. Aber es war wohl notwendig. Die Menschen hatten begonnen, die Rinde vom Baum zu schälen, um sie als Souvenir oder als Reliquie heimzunehmen.

Er zog die Vorhänge zu; aber als er ausgezogen im Bett lag und zum Fenster sah, war der Lichtschein immer noch zu erkennen. Das

Licht erinnerte ihn daran, daß es dort auf dem Feld einen Schrein gab, ein Heiligtum: die Eiche. Der Baum war wie ein Wächter, der auf den Anbruch des Tages wartete.

Alice warf sich auf die andere Seite. Sie bewegte die Lippen. Sie sprach mit einer Stimme, die nicht von einem elfjährigen Mädchen stammte. Ihr Körper war in Schweiß gebadet. Das Laken hatte sich um ihre Knöchel gewickelt.
»... *und fülle mich mit deinem Samen, Thomas*...«
Ihr Schoß begann zu zucken, über ihren Brüsten hob sich das Hemd.
»... *wie stark du bist, wie ich dich liebe*...«
Sie schien zu träumen. Ihr Atem beschleunigte sich.
»... *verströme dich in mir*...«
Ihr Stöhnen gipfelte in einem Seufzer, der zugleich den Höhepunkt der Ekstase markierte. Dann lag sie starr. Die Augenlider flatterten.
Wieder begann sie zu stöhnen.
»... *fülle mich mit deinem Tau*...«
Es war jetzt klar zu hören, daß sie Lust empfand. Ein kleiner, schwarzer Schatten wanderte ihren weißen Leib entlang.
Die Nonne, die im Flur stand, hielt den Atem an. Sie tastete nach der Türklinke.
»... *bringt ihre Zungen zum Verstummen, Hochwürden*...«
Alice riß die Augen auf, ohne daß es ihr gelungen wäre, aus ihrem Traum aufzutauchen.
»... *verfluchte Maria... Verfluchte MARIA*...«
Verwirrt und entsetzt schloß die Nonne die Hand um die Türklinke.
»... *VERFLUCHTE MARIA*...«
Alice Körper schnellte hoch, die Bewegung geschah so plötzlich, daß die Kreatur, die sich an den Bauch des Mädchens schmiegte, ins Schwanken geriet, nadelscharfe Krallen drangen Alice in das zarte Fleisch. Aber sie wachte nicht auf.
Sie fiel auf das Bett zurück. Sie lag still.
Die Nonne, es war die Oberin des Klosters, hatte instinktiv nach dem Kruzifix gegriffen, das sie an ihrem Busen trug, sie öffnete die Tür und ging mit angstvollen Schritten auf das Bett zu.
»Alice?«

Das Mädchen gab keine Antwort, statt dessen war ein anderes Geräusch zu vernehmen, das der Ehrwürdigen Mutter bekannt vorkam. Ein abstoßendes, schmatzendes Geräusch. Die Oberin trat näher, um den nackten Leib des Mädchens zu betrachten.

Eine Katze kauerte auf dem Bauch des Kindes.

Die Oberin erschrak so sehr, daß sie das Kreuz an die Lippen pressen mußte, um nicht loszuschreien.

Etwas wie Schwindel und Übelkeit überkam sie, als sie entdeckte, daß die Katze an Alices dritter Brustwarze saugte.

30

Die Hexen, sie bringen euch Unheil und Glück.
Die Hexen kommen! Sie kommen zurück!
Die Bürger tät's grausen, dem Pfarrer wird's bang,
Die Hexen, sie spotten des Henkers Strang.
Verbrannt und begraben, tief unter den Reben,
Die Hexen, sie haben sieben Leben.
Sie taten den Schwur, sie trotzten dem Tod,
Sie kamen zurück, die Wangen so rot.
        Oliver Wendell Holmes: Look out Boys

Die zwei Männer hatten die Stufen bewältigt, die aus der Krypta ins Tageslicht führten. Fenn verharrte auf dem Friedhof, er hielt die Hände in den Manteltaschen vergraben und wartete auf den Monsignore.

Der Monsignore ging, als hätte man ihm Bleigewichte an die Beine gebunden. Fenn machte sich große Sorgen um ihn: Delgards körperlicher Zerfall erinnerte ihn an Pater Hagans tragisches Schicksal.

Der Monsignore hatte die letzte Stufe erklommen. Die beiden Männer gingen auf die Umfriedungsmauer des Gräberfelds zu.

»Das wär's dann wohl«, sagte der Reporter. Er streifte einen Maulwurfhügel mit dem Absatz. »Keine Truhe. Keine Daten, was die Vergangenheit der St. Joseph's Kirche angeht.«

Sie hatten die Grabkammer sorgfältig durchsucht. Die Birne der Deckenlampe hatte wieder funktioniert, obwohl Fenn sich sehr gut erinnerte, daß sie am Sonntag zuvor durchgebrannt war. Sie hatten Fackeln mitgenommen, für alle Fälle.

»Ich kann mir nicht vorstellen, daß die Truhe vernichtet worden ist«, sagte Delgard. »In dieser Truhe werden immerhin die Urkunden aus der frühesten Zeit der Gemeinde aufbewahrt. Sie muß irgendwo sein.«

Fenn zuckte die Achseln. »Vielleicht ist sie gestohlen worden.«

»Vielleicht.«

»Wo könnten wir noch suchen?«

Sie hatten die Friedhofsmauer erreicht und betrachteten den Altar auf dem Feld.

»Wenn ich den Baum da drüben ansehe, kommt mir das Gruseln«, sagte Fenn.

Der Monsignore nickte. »Das kann ich Ihnen gut nachfühlen.«

»Sie also auch. Ich kann mich nur schwer mit der Idee abfinden, daß Gott auf diesem Feld angebetet wird.«

»Glauben Sie vielleicht, es handelt sich um eine heidnische Weihestätte?«

»Von Weihestätten verstehen Sie mehr als ich«, sagte Fenn. Es war eine Frage, aber der Monsignore dachte nicht daran, die Frage zu beantworten.

Auf dem Feld waren Arbeiter, die neue Bänke aufstellten. Der provisorische Altar war durch einen größeren Altar mit Holzschnitzerei ersetzt worden. Zwischen den Bankreihen waren Fahnenmasten aufgestellt worden. Um die Tribüne verlief ein niedriges Geländer, vor diesem Geländer würden die Gläubigen niederknien, wenn ihnen der Priester die Oblaten reichte.

Unwillkürlich mußte Monsignore Delgard an Molly Pagett denken und an die durchaus nicht unbefleckte Empfängnis, die sich damals auf dem Feld ereignet hatte. Am Vormittag hatte sich Delgard mit Mutter Marie-Claire unterhalten. Wer oder was war vor zwölf Jahren an der Stelle gezeugt worden, wo heute der Altar stand?

»Ich habe so ein Gefühl, daß wir in der Truhe die Lösung des Rätsels finden werden, Gerry«, sagte der Monsignore. »Wir müssen uns auf die Suche nach diesen alten Urkunden konzentrieren.«

»Da wäre ich nicht so sicher; was werden wir da schon finden? Wahrscheinlich wieder nur alte Meßbücher wie in der Kiste, die in der Krypta stand. Ich glaube, wir klammern uns da an einen Strohhalm.«

»Ich gebe zu, es ist nur so ein Gefühl, aber das Gefühl ist sehr stark. Die anderen Dokumente, die Sie gefunden haben, enden im sechzehnten Jahrhundert; warum sollte es denn nichts geben, was weiter zurückreicht?«

»Wer weiß. Könnte ja sein, daß sie erst im sechzehnten Jahrhundert auf die Idee gekommen sind, Aufzeichnungen zu machen.«

»Nein, nein. Die Sitte, ein Register zu führen, geht viel weiter zurück. Ich könnte mir vorstellen, daß sie die Truhe irgendwo verborgen haben.«

Fenn schüttelte den Kopf. »Ich kann nicht glauben, daß...«

»Sie können immer noch nicht glauben?« fiel ihm der Monsignore ins Wort. »Letzten Sonntag haben Sie geglaubt, daß eine Marienstatue lebendig geworden ist. Ihren Worten zufolge ist die Statue auf Sie zugeschwebt, ihre Lippen haben sich bewegt und das Gebilde aus Stein hat versucht, Sie zu verführen. Und heute? Was glauben Sie heute, Fenn?«

»Ich weiß nicht, was ich glauben soll.«

»Sie haben doch eben selbst gesehen, daß die Statue schon vor langer Zeit zerbrochen worden sein muß. Die Scherben sind alt.«

»Ich weiß genau, daß ich die Statue umgestoßen habe. Ich habe sie zerbrochen.«

»Die Bruchstellen sind von Patina überzogen, Gerry. Und die Muttergottesstatue hat auch kein Gesicht mehr.« Delgard sprach ohne Ironie. »Warum gestehen Sie sich nicht ein, Gerry, daß in der Krypta am vergangenen Sonntag etwas passiert ist, wofür es keine logische Erklärung gibt?«

Jetzt war es Fenn, der sich schweigsam gab. Nach einer Weile sagte er: »Was macht Sie so sicher, Monsignore, daß wir die Lösung des Rätsels in den alten Chroniken finden?«

»Ich habe nicht gesagt, daß ich sicher bin. Es ist nur eine Hoffnung. Aber eine Hoffnung, die heute morgen frische Nahrung erhalten hat. Ich habe mich heute mit der Mutter Oberin unterhalten. Alice hat wieder im Schlaf gesprochen, und die Mutter Oberin hat sich einige Sätze merken können. ›Und fülle mich mit deinem Samen, Thomas‹, das war einer dieser Sätze. Außerdem ›Bringt ihre Zungen zum Verstummen‹. Und dann ist die Mutter Oberin ganz sicher, daß Alice die Anrede ›Hochwürden‹ gebraucht hat.«

»Die Sprache kommt mir vor wie zu Shakespeares Zeiten.«

»Das meine ich eben auch.«

»Glauben Sie, Alice hat aus einem der Werke des Dichters zitiert?«

Delgard konterte mit einem geduldigen Lächeln. »Aber nein. Sie hat in der Sprache jener Zeit gesprochen. Und nun frage ich Sie, Gerry: Wie kann ein Mädchen, das viele Jahre lang taubstumm gewesen ist, eine Sprache sprechen, die seit Jahrhunderten vergessen ist? Wie kann sie Worte gebrauchen, die sie nie gehört und höchstwahrscheinlich auch nie gelesen hat?«

»Worauf wollen Sie hinaus, Monsignore? Daß Alice vom Teufel besessen ist?«

»Wenn es so einfach wäre! Ich würde es eher eine Regression nennen.«

»Sie meinen, Alice durchlebt ein früheres Leben? Ich dachte, die These der Reinkarnation läßt sich mit dem katholischen Glauben nicht unter einen Hut bringen.«

»Ich spreche nicht von Reinkarnation, ich spreche von Regression. Wer vermöchte zu sagen, wieviel Erinnerungen an die menschliche Rasse in unseren Genen gespeichert ist?«

Fenn setzte sich auf die Friedhofsmauer. Es hatte zu regnen begonnen. »Kein Wunder, daß Sie so erpicht auf die alten Chroniken sind. Wissen Sie, vor ein paar Wochen noch hätte ich über das alles rundherum gelacht. Inzwischen bleibt mir das Lachen im Halse stecken.«

»Es steckt noch etwas anderes dahinter, Gerry.« Der Monsignore preßte seine abgespreizten Finger an die Schläfen, wie um eine Welle von Kopfschmerzen zu vertreiben. »Ich meine den Abend, als Pater Hagan starb.«

»Ja?«

»Ich sprach während des Essens über Alices Gesundheitszustand. Ich sagte, daß sie sich etwas zurückgezogen gibt, daß sie erschöpft wirkt.«

»Ja, daran erinnere ich mich.«

»Ich erwähnte außerdem, daß die Ärzte ein kleines Gewächs am Körper des Mädchens festgestellt haben. Eine dritte Brustwarze. Und als ich das sagte, habe ich Pater Hagan beobachtet. Er ist bei diesem Thema erschrocken, als wäre ihm der Leibhaftige erschienen. Ich habe erst später daran gedacht.«

»Ich bitte um Vergebung, Monsignore, aber wir werden hier

pudelnaß, wenn wir uns nicht etwas beeilen. An was haben Sie erst später gedacht?«

»An die Sache mit der dritten Brustwarze. Und zwar ist es mir eingefallen, als die Mutter Oberin mir von der Katze erzählte, die sie vergangene Nacht in Alices Zimmer fand. Die Katze hat an der dritten Brustwarze des Mädchens gesaugt.«

Fenn fuhr hoch. »Was sagen Sie da?« Auf seinem Gesicht zeichnete sich der Ekel ab. »Ist das sicher? Hat die Mutter Oberin das wirklich gesehen?«

»Oh, ja. Sie hat es genau beobachten können. Und als sie mir davon erzählte, ist mir auch der alte Aberglaube wieder eingefallen. Man sagt ja, daß Hexen ein Hexenmal haben, ein Merkmal, das ihnen der Teufel zugefügt hat. Meist ist es ein blaues oder ein rotes Muttermal. Früher galten Warzen und Muttermale als Teufelszeichen, aber auch Gewächse.«

»Zum Beispiel eine überzählige Brustwarze.«

Delgard nickte. Sein Blick war auf den Baum gerichtet. »Wußten Sie, daß die Hexen immer einen teuflischen Gefährten hatten?«

»Meinen Sie den Geistführer, der sie mit dem Jenseits in Kontakt brachte?«

»Nein. Ich meine ein vom Teufel verhextes Tier, das der Hexe beim Weissagen und beim Zaubern hilft. Meist war es ein Tier von kleiner Gestalt, ein Wiesel, ein Hase, ein Hund, eine Kröte oder ein Maulwurf.«

»Oder eine Katze«, fügte Fenn hinzu. »Ich habe davon gelesen. Ammenmärchen!«

»Sie sollten diese Dinge nicht völlig von der Hand weisen, Gerry! Meist ist ein Fünkchen Wahrheit in den alten Geschichten enthalten. Sie sollten vielleicht wissen, wozu die Hexen ihre teuflichen Gefährten sonst noch einsetzten. Ich will es Ihnen sagen. Die Tiere mußten bösartige Aufträge ausführen und wurden dafür mit ein paar Tropfen Hexenblut belohnt. Oder aber die Hexe gab ihnen aus ihrer dritten Brustwarze zu trinken.«

Der Reporter war so erstaunt, daß er kaum noch ein Wort hervorbrachte. »Sie sprechen von Hexerei, Monsignore? Hexerei im zwanzigsten Jahrhundert?«

Ein feines Lächeln spielte in Delgards Zügen. Es war ihm gelungen, den Blick von dem Baum zu wenden. »Hexerei ist in unserem Jahrhundert sehr gegenwärtig, Gerry. Überall in England feiern Hexen wie eh und je ihre Zusammenkünfte. Sie feiern den Hexensabbat. Aber ich will auf etwas anderes hinaus. Sie, Gerry, halten Hexerei für etwas, das es nur in Ammenmärchen gibt. Ich aber glaube, daß die Menschen im Mittelalter damit ganz einfach die Phänomene bezeichneten, die sie sich auf vernünftige Weise nicht erklären konnten.«

»Wollen Sie mit alledem andeuten, daß Sie Alice Pagett für eine Hexe halten? Vielleicht für die Reinkarnation einer Hexe, die in früheren Jahrhunderten gelebt hat?«

»Ich habe nichts dergleichen gesagt. Ich sage nur, daß wir in der Vergangenheit suchen müssen, wenn wir die Gegenwart verstehen wollen. Die Kraft, die sich hinter den Phänomenen verbirgt, muß von irgendwo herkommen.«

»Was für eine Kraft?«

»Die Kraft des Bösen. Spüren Sie nicht, daß wir von der Kraft des Bösen umgeben sind? Vergangenen Sonntag in der Krypta, als Sie die Muttergottesstatue zerbrachen, da war Satan gegenwärtig. Er ist es auch, der Pater Hagan getötet hat.«

»Ich sehe nichts Teuflisches in den Wunderheilungen, Monsignore.«

»Wir wissen nicht, ob die Heilungen des Teufels sind«, sagte der Monsignore ernst. »Wir werden noch sehen, wohin dies alles führt. Aber das bedeutet nicht, daß wir die Hände in den Schoß legen dürfen, Gerry. Wir müssen weitersuchen. Wir müssen den Schlüssel finden. Wir müssen das tun, solange noch eine Chance besteht, gegen das Böse zu obsiegen.«

Fenn antwortete mit einem Seufzer. »Sagen Sie mir lieber, wo ich nach der Truhe suchen soll.«

Fenn war ein Dummkopf. Wieso sah er die Zusammenhänge nicht? Oder tat sie ihm unrecht? Ich mache es mir zu leicht, dachte Nancy. Er hat die Arbeit gemacht, und ich ernte die Früchte. Ich brauche nur die Notizen durchzulesen, die er zusammengestellt hat.

Sie stand vor der schweren, verwitterten Tür. Sie drückte die Klinke herunter. Die Tür schwang auf. Verständlich, daß die Tür nicht abgeschlossen war. Der Ort lag so versteckt, daß kaum jemand herfinden würde.

Die Idee, hier nach der Truhe zu suchen, war Nancy gekommen, als Fenn ihr von seiner vergeblichen Suche in der Krypta der St.

Joseph's Kirche berichtet hatte. Allerdings hatte er sich ihr gegenüber in der ganzen Sache wie ein Schlitzohr benommen, und so war Nancy nicht bereit, ihn an ihrem Projekt zu beteiligen. Das hast du davon, Fenn, daß du versucht hast, mich auszutricksen.

Sie trat über die Schwelle. Dämmerlicht erfüllte das Innere, gefiltert durch die dicken, bleiverglasten Fenster.

Die Truhe war im vierzehnten oder fünfzehnten Jahrhundert angeschafft worden. Verschwunden war sie irgendwann im sechzehnten Jahrhundert. Die Urkunden, die Fenn gefunden hatte, datierten nach jener Zeit.

Sie schloß die Tür. Der Hall verebbte. Sie warf einen Blick in die Runde. Eine hübsche kleine Kapelle, Nancy war beeindruckt von der einfachen Ausstrahlung dieses Gotteshauses. Ein bleiernes Taufbecken war zu sehen. Merkwürdig waren die in Kästen abgeteilten Bänke. Die Boxen waren gerade so groß, daß eine Familie von fünf oder sechs Personen darin Platz hatte. Die Menschen waren damals von ihresgleichen abgegrenzt worden, wenn sie zu Gott beteten. Vorne, höchstens zehn oder zwölf Meter vom Eingang entfernt, stand der Altar.

Hier hat also der Burgherr mit seiner Familie gebetet, sinnierte Nancy. Hübsch.

Sie umrundete das Taufbecken und stieß einen kleinen Freudenschrei aus. Vor ihr stand, was sie gesucht hatte.

Die Truhe stand rechts an der Wand, auf dem Deckel waren in goldenen Lettern die Namen der Geistlichen eingraviert, die in dem Sprengel Dienst getan hatten, die älteste Jahreszahl war 1158. Es war eine große Truhe. Nancy war fast sicher, daß es sich um das Ding handelte, von dem Fenn ihr erzählt hatte. Sie war aus dicken Bohlen gefertigt, die Bretter waren mit eisernen Bändern umschlungen, das Holz war alt und verkratzt; es gab drei Schlösser.

Nancy kniete vor der Truhe nieder. Sie befühlte die Schlösser. »Großartig«, sagte sie. »Jetzt brauche ich nur noch die gottverdammten Schlüssel.«

Sie stand auf. Wo wohl der Priester zu finden war, der jetzt die Kapelle betreute? An der Tafel, die an der Wand hing, stand zu lesen, daß es sich um Hochwürden Patrick Conroy aus Storrington handelte. Storrington. Der gute Mann kam wahrscheinlich im Bus, um in der ehemaligen Burgkapelle die Messe zu lesen. Sie würde sich in Storrington zu ihm durchfragen. Was aber, wenn er ihr keinen Zutritt zum Inhalt der Truhe gestattete? Es war unwahrscheinlich, daß er sie Einsicht nehmen ließ in die alten Urkunden und Kirchenchroniken. Wenn Fenn sich mit Hochwürden Conroy in Verbindung setzte, dann sah die Sache schon anders aus. Scheiße! Sie mußte Fenn reinlassen. Es sei denn...

Es sei denn, die Schlüssel zur Truhe waren in der Kapelle versteckt. Unwahrscheinlich, aber möglich. Vielleicht in der Sakristei?

Sie ging auf den Altar zu. Das Rauschen des Windes war zu hören und das Rascheln einer Maus.

Sie ging langsamer und blieb stehen. Sie spürte, sie war nicht mehr allein in der Kirche.

Sie lauschte in das Halbdunkel hinein. Die Maus hatte zu rascheln aufgehört, als hätte auch sie bemerkt, daß es ein drittes Wesen in der Kapelle gab. Nancy sah, wie sich der Himmel jenseits der Kirchenfenster mit einem bedrohlichen Schiefergrau überzog. In der Kapelle war es jetzt so dunkel, daß man kaum noch die Hand vor Augen erkennen konnte.

Bedächtig ging sie weiter. Sie spähte in das verwinkelte Gestühl der Bänke hinein. Verbarg sich dort jemand? Rechts neben dem Altar war die Tür zur Sakristei zu sehen. Links von Nancy gab es eine Ausbuchtung, einen Erker. Hier hatte wohl der Burgherr gesessen, der Lehnsherr und seine Familie.

Der Erker lag im Dunkeln. Kein Laut kam aus dieser Richtung, und doch hatte Nancy das Vorgefühl, daß sich dort ein Mensch versteckte.

Und wenn schon, dachte sie. Ich bin in einem Gotteshaus. Es wäre nur natürlich, wenn irgendein Mensch in der Bank sitzt und betet. Sie räusperte sich und wartete auf eine Antwort. Wenn es in der Nische einen Menschen gab, würde sie das Scharren der Füße zu hören bekommen oder das Rascheln der Kleidung. Alles blieb still.

Es wäre Dummheit, wenn ich jetzt weglaufe, dachte Nancy. Dumm und kindisch. Sie ging weiter.

Das erste, was sie zu sehen bekam, war ein Madonnenbild im Stil von Perugino. Das Bild hing über einem offenen Kamin. Nancy trat näher. In der Vertäfelung des Erkers war eine Tür zu erkennen. Die Tür stand offen, sie führte in einen Nebenraum.

In dem Nebenraum standen Bänke. Auf einem der Bänke saß eine Gestalt.

Erleichtert gewahrte Nancy, daß es sich um eine Nonne handelte.

Aber es war keine gewöhnliche Nonne. Die Tracht war nicht grau, sondern schwarz, und der Rock reichte bis zu den Knöcheln. Die Frau trug eine schwarze Kapuze, die sie tief ins Gesicht gezogen hatte.

»Entschuldigen Sie«, sagte Nancy. Sie war auf der Schwelle des Nebenraums stehengeblieben.

Die Nonne verharrte regungslos.

»Es tut mir leid, wenn ich Sie störe...« Nancy war, als würden ihr die Worte aus dem Mund gesogen. Sie hatte in normaler Lautstärke gesprochen, aber der Schall war merkwürdig gedämpft. Hier stimmte etwas nicht. Sie versuchte, vor der Gestalt zurückzuweichen, aber ihre Glieder versagten ihr den Dienst.

Sie spürte, wie sie in die Knie sank. Ihr Höschen wurde von einem Strahl Urin durchfeuchtet, als die Nonne ihr das Gesicht zuwandte.

31

>*»Wer ist da?« – »Ich, die Schöne,*
>*Schöner, als du es dir träumen kannst,*
>*Ich, die ich im dunklen Wurzelgehölz wohne, bin gekommen*
>*Und klopfe an deine Tür.«*
>
>   Walter de la Mare: The Ghost

Der Regen sprühte gegen die Windschutzscheibe, als Fenn den Wagen durch das Tor lenkte. Er verlangsamte die Fahrt. Wo war die Torwache? Es gab keine Torwache. Natürlich nicht. Die Burg war den Winter über geschlossen. Fenn trat aufs Gas. Die Geschwindigkeitsbegrenzung auf zehn Meilen pro Stunde sollten andere beachten.

Über ihm ballten sich die Regenwolken zusammen. Aus dem Sprühregen würde ein schweres Unwetter werden. Links und rechts huschten die Bäume vorbei, wie hilflose Wächter, die ihm mit den Armen Einhalt gebieten wollten. Ein Reh huschte über die gewundene Auffahrt, Sekunden später wurde der braune Schatten vom weihevollen Schatten des Gehölzes verschlungen.

Er trat wieder aufs Gas. Merkwürdig, daß es jetzt am Nachmittag schon so dunkel wie am Abend war. Der Winter in England wäre gar nicht so schlimm, wenn er sich nur nicht über acht oder neun

Monate hinziehen würde. Die Auffahrt führte zwischen hohen Bäumen hindurch, dann war der Blick frei auf die grünen Felder und auf den Nebel der South Downs in der Ferne.

Das Herrenhaus kam in Sicht, die frühere Burg, von Ulmen beschattet. Etwas seitlich gab es einen Besucherparkplatz. Die Burgkapelle lag etwa vierhundert Meter vom Hauptgebäude entfernt.

Stapley Park, Barham. Das Herrenhaus im Tudorstil hieß Stapley Manor. Die Burgkapelle aus dem zwölften Jahrhundert wurde die Petruskapelle genannt.

Daß er nicht gleich drauf gekommen war! Die Daten, die er zusammengetragen hatte, deuteten auf Stapley Manor. Aber er war so in der Arbeit befangen gewesen, daß er den Wald vor lauter Bäumen nicht sah. Aber warum sich jetzt noch darüber ärgern? Fenn war ziemlich sicher, daß die Truhe in der Kapelle die Truhe war, die er suchte. Auf den Rat des Monsignore hin hatte er am Morgen jenes Tages die Kathedrale in Arundel aufgesucht, wo sich weitere Chroniken befinden sollten. In Arundel hatte er erfahren, daß zu Stapley Manor eine Kapelle gehörte.

Bis zur Reformation hatte Stapley Estate der katholischen Kirche gehört, dann war die Kirche enteignet worden.

Als im Jahre 1540 die Klöster aufgelöst wurden, als die Bauten und die Ländereien der Kirche ›legitim‹ ins Eigentum der Krone übergingen, war Stapley Manor und der ganze Staplor Besitz an Richard Staffon, einem Seidenhändler aus London, übertragen worden. Der Seidenhändler hatte die Burg bewohnt, bis die Gegenreformation unter der neuen katholischen Regierung ihn mit anderen Protestanten ins Exil zwang. Er hatte noch Glück gehabt. Dreihundert protestantische Glaubensbrüder waren damals auf dem Scheiterhaufen als Ketzer hingerichtet worden.

Auf undurchsichtigen Wegen hatte der Landsitz ins Eigentum von Sir John Woolgar gefunden. Woolgar sollte belohnt werden, weil er der katholischen Kirche unter dem Regnum von König Heinrich die Treue gehalten hatte, er war ein wohlhabender Kaufmann aus Sussex, sein einziger Sohn war der Priester der St. Joseph's Kirche in Banfield.

Fenn trat auf die Bremse. Es gab also eine Verbindung zwischen Stepley Manor und Banfield, das hatte ihm der Presbyter in Arundel noch einmal bestätigt. Was dann noch fehlte, hatte Fenn beim Priester in Storrington in Erfahrung gebracht.

Hochwürden Conroy betreute nicht nur den Sprengel in Storrington, er las einmal pro Woche die Messe in der Petruskapelle in Stapley Park; wie es schien, war das schon immer das Amt des Seelsorgers von Storrington gewesen. Hochwürden Conroy hatte Fenn bestätigt, daß es in der Petruskapelle eine Truhe gab, auf die seine Beschreibung paßte, und nach einem Telefongespräch mit Monsignore Delgard, vor dem der Pfarrer von Storrington unheimlichen Respekt hatte, waren Fenn die Schlüssel zur Truhe ausgehändigt worden. Fenn hatte zugleich die Erlaubnis erhalten, Urkunden, die er näher überprüfen wollte, mitzunehmen. Er brauchte nur eine Liste der entnommenen Urkunden zu machen und die Dokumente Pfarrer Conroy zu zeigen. Dieser hätte Fenn gern zur Kapelle begleitet, aber daran war er durch seine seelsorgerischen Pflichten gehindert. Was Fenn sehr gut in den Kram paßte: Beim Herumschnüffeln war er am liebsten allein.

Wie Hochwürden Conroy erzählte, hatte es früher ein kleines Dorf neben der Kapelle gegeben. Anfang 1400 hatte eine mysteriöse Seuche fast alle Einwohner dahingerafft; in der Folge waren die Häuser zerfallen. Das Herrenhaus war viele Male umgebaut und verändert worden. Heute waren das Hauptgebäude und die Burgkapelle ein Anziehungspunkt für die Touristen, die in dem Gebiet ihre Sommerferien verbrachten... Die Truhe war in die Petruskapelle gebracht worden, nachdem Sir John Woolgar der St. Joseph's Kirche ein herrliches, buntes Kirchenfenster gestiftet hatte.

Eine Krähe senkte sich auf den Weg, als wollte sie Fenns Weiterfahrt verhindern. Krähen waren Vögel, für die Fenn wenig Zuneigung aufbrachte; zu groß und zu schwarz. Er fuhr über den knirschenden Kies auf die Krähe zu. Das Tier hüpfte zur Seite. Es betrachtete ihn aus einem Auge, als er vorbeirollte.

Der Weg führte jetzt abwärts, der Wagen gewann an Fahrt. Unter den großen, alten Bäumen ästen Herden von Rehen und Hirschen, sie hoben die Köpfe, als die Brise das Rauschen des Motors zu ihnen herübertrug. Fenn bog auf den Besucherparkplatz ein. Er sah, wie die Herde zügig, aber ohne Angst, davontrottete. Er stand auf einem Rasenparkplatz, die einzelnen Felder waren durch niedrige Erdwälle voneinander abgeteilt. Die Ochsen auf dem nahen Feld hatten zu blöken begonnen. Auch für sie schien Fenn der Störenfried zu sein, auf den man gern verzichtet hätte.

Fenn nahm die leere Reisetasche vom Sitz und stieß die Wagentür auf. Der Wind peitschte seine Wangen, Wind, der von der See herangetragen wurde. Fenn zog sich den Mantelkragen zu, er blinzelte, als der Regen über seine Augäpfel rann. Er legte sich den Riemen der Reisetasche über die Schulter und trat den Weg zur Burgkapelle an.

Es gab einen Pfad, der geradlinig vom Besucherparkplatz zur Kapelle führte. In gebührender Entfernung war die Fassade des Herrenhauses zu bewundern, ein düsteres, leblos und verlassen wirkendes Gebäude. Wahrscheinlich, so folgerte Fenn, wohnte um diese Jahreszeit wirklich niemand auf Stapley Manor. Der frühere Eigentümer war vor einigen Jahren gestorben, die Familie verbrachte dort nur noch die Sommermonate.

Die Kapelle war größer geworden, so wie das Objekt größer wurde, wenn man den Zoomhebel zu sich zog; Fenn fühlte sich auf einmal einsam und verlassen. Wie das Hauptgebäude, so war auch die Kapelle aus grauen Steinen errichtet, die im Laufe der Jahrhunderte eine grünliche Färbung angenommen hatten. Ein Teil des Daches war mit Moos bedeckt; die Kapelle hatte bleiverglaste Fenster, und Fenn schien es, als sei das Glas einst im flüssigen Zustand in die Rahmen eingepaßt worden. Erst als er näher herankam, wurde ihm klar, daß auch die Kapelle in verschiedenen Bauabschnitten errichtet worden war. Der Pfad führte um das verwinkelte Gotteshaus herum, der Eingang mußte wohl hinten liegen. Nachdem der Pfad Fenn über eine Freifläche geführt hatte, gab es jetzt Bäume, die meisten von ihnen Eichen, die sich ans Gemäuer des Gotteshauses schmiegten. Es war das Rascheln des trockenen Laubs, das ihm seine Einsamkeit in Erinnerung brachte; der Wind war böig geworden, am Horizont war ein Silberstreifen zu sehen, aber der Himmel über ihm war brütend und unheilbeladen.

Er verließ den Pfad, um an eines der Kirchenfenster zu treten und ins Innere zu spähen. Die Bänke waren zu sehen und die Waben, Fenn erinnerte es an einen geweihten Kuhstall. Er stellte sich auf die Zehenspitzen und preßte die Wange an die Scheibe, aber er sah nur den Schatten des Taufbeckens und ein paar weitere Bankreihen. Als ein Lichtpunkt sich bewegte, war er so überrascht, daß er vom Fenster zurückwich. Die Blutgefäße in seiner Kehle zogen sich zusammen, und dann erkannte Fenn, das Licht oder der Gegenstand, der das Licht reflektiert hatte, mußte sich draußen befinden, irgendwo hinter ihm, nicht in der Kapelle.

Er fuhr herum. Nichts war zu sehen, nur ein schwankender Zweig.

Gruselig, dachte er. Gruselig, gruselig, gruselig.

Er kehrte auf den Pfad zurück und bog um die Ecke. Der Wind fuhr ihm ins Gesicht, und der Regen war kalt wie Hagel. Über Fenn erhob sich ein Glockenturm, zu klein, um majestätisch zu wirken. Der Turm war vielleicht zwölf Meter hoch, und die Brustwehr, mit dem er abschloß, war fast so dunkel wie die Wolken.

Bevor Fenn die Kapelle betrat, warf er einen Blick auf jene Seite, die zuvor verborgen gewesen war. Ein Gräberfeld mit Steinen tat sich vor ihm auf, die Steine standen so dichtgedrängt, daß es ihm schien, als seien die Toten auferstanden. Zwei verfaulte Kreuze lagen im Gras. In einiger Entfernung verlief ein Zaun, dahinter hüfthoch wucherndes Gestrüpp. Offensichtlich fiel das Gelände hinter der Umzäunung steil ab.

Fenn kehrte zum Eingang des Kirchleins zurück. Er öffnete die schwere Tür und trat ein. Er war froh, dem unfreundlichen Wetter entronnen zu sein. Die Tür fiel hinter ihm ins Schloß, und dann war der Wind nur noch ein Atmen.

Wie immer wenn er ein Gotteshaus besuchte – dies geschah nicht oft – fühlte er sich als Eindringling. Die Anordnung der Bänke in der Kapelle war ungewöhnlich. Merkwürdig, daß die Bänke in Waben unterteilt waren. Es gab eine niedrige Balkendecke. Neben dem Altar erhob sich eine Kanzel, dahinter war die Tür zu erkennen, die zur Sakristei führte. Ob die Truhe in der Sakristei stand?

Dann sah er sie, nur zwei Schritte zu seiner Rechten. Er strahlte über das ganze Gesicht. Hoffentlich sind die Chroniken drin, die ich suche, dachte er. Die Erinnerung an die Enttäuschung war wieder da, die er nach der Durchsuchung der St. Joseph's Kirche empfunden hatte. Der Deckel der Truhe war aus poliertem Holz, auf dem Deckel waren Namen und Jahreszahlen eingraviert. Fenn trat näher. Es war eine Aufzählung der Priester, die in der Petruskirche Gottes Wort gepredigt hatten. Ein Name kam Fenn bekannt vor:
Pfarrer Thomas Woolgar 1525–1560 A.D.

Thomas Woolgar? Das mußte Sir Johns Sohn sein, der Priester von Banfield. Die Priesterweihe hatte Thomas Woolgar wohl erst erhalten, nachdem der Besitz auf den Namen seines Vaters überschrieben worden war. Gestorben war er 1560, er hatte demnach nur wenige Jahre im Priesteramt verbracht. Fenn errechnete sein

Sterbealter mit 35 Jahren. Er war jung gestorben, nach heutigen Maßstäben. Für die damalige Zeit allerdings war das Sterbealter normal.

Regen schlug gegen die Fenster der Kapelle, es war, als begehrten die Tropfen Einlaß in das Gotteshaus.

Fenn holte die Schlüssel aus der Tasche. Er zögerte, bevor er den ersten Schlüssel ins Schloß steckte. Es ist und bleibt verrückt, dachte er. Wie kann ein Ereignis, das vor 400 Jahren stattgefunden hat, Einfluß auf heute haben? Daß ein Kind im Schlaf eine Sprache sprach, wie sie im sechzehnten Jahrhundert üblich gewesen war, bedeutete doch noch nicht, daß die Lösung des Rätsels in der fernen Vergangenheit verborgen lag. Auch die Tatsache, daß Alice ein Hexenmal trug, war kein Beweis. War der Monsignore wirklich überzeugt, daß es da einen Zusammenhang gab, oder war es nur der Mut der Verzweiflung, was ihn diese Annahme als Tatsache hinstellen ließ?

Das Geräusch, das Fenn erschreckte, war aus der Richtung des Altars gekommen.

Er hielt den Atem an.

Wieder das Geräusch.

»Ist dort jemand?« rief er.

Keine Antwort. Jetzt war es still in der Kapelle, nur der Wind und der Regen waren zu hören.

Er trat in den Mittelgang und wartete. Wieder das Geräusch. Ein kratzendes, schleifendes Geräusch.

Das kann alles mögliche sein, versuchte er sich einzureden. Eine Maus zum Beispiel. Aber dann verstärkte sich sein Verdacht, daß sich ein zweites menschliches Wesen in dem Gotteshaus befand. Er kam sich beobachtet vor. Sein Blick wanderte zur Kanzel. Niemand.

Wieder das Geräusch. Es kam von den vorderen Bänken.

»He, wer ist da?« rief er.

Er ging auf den Altar zu und mußte sich zwingen, nicht irgendeine Melodie zu pfeifen. Seine Augen zuckten nach rechts und links, während er die Bankreihen passierte. Alle Bänke waren leer, nur bei der letzten – vom Altar aus gesehen die erste – war Fenn nicht ganz sicher, diese Bank vollzog eine Biegung und setzte sich in der Dunkelheit fort. Er war jetzt sicher, das Geräusch war aus der Düsternis gekommen. Er stand an der Schwelle der beleuchteten Fläche. Ich will nicht sehen, was sich dort im Dunkeln verbirgt, dachte er. Ich will es nicht wissen. Und dann wiederholte sich das Geräusch, laut und deutlich.

Er machte ein paar Schritte in die Düsternis hinein. Die erste Bank war leer.

Ein Seufzer der Erleichterung drängte sich über seine Lippen.

Er ging weiter. Der Nebenraum, der sich hinter der bogenförmigen Öffnung auftat, hatte eine seltsame, unregelmäßige Form. Eine Feuerstelle war zu sehen, über dem Kamin hing ein Bild der Muttergottes mit dem Jesuskind. Die Bänke in diesem Teil der Kapelle waren mit Samt gepolstert. Das Geräusch kehrte zurück, und da sah Fenn den Ast, den der Wind an der Scheibe auf und abbewegte. Er war so erleichtert, daß er sich das Lächeln verkniff.

Er ging zur Truhe zurück und steckte den Schlüssel in eines der drei Schlösser. Er versuchte den Schlüssel zu drehen, aber das ging nicht. Den Weisungen Pfarrer Conroys eingedenk benutzte er den mitgebrachten Metallstift, um die in einem konischen Loch verborgene Sperre des Schlosses zu lockern. Er war überrascht, als sich das hufeisenförmige Gebilde in zwei Hälften aufteilte.

Er wiederholte die Prozedur bei den anderen beiden Schlössern, die sechs Teile legte er auf den Steinboden.

Er wollte den Deckel öffnen, als die Tür der Kapelle zu rütteln begann. Der Wind, dachte er. Nur der Wind.

Der Deckel ließ sich nur mit großer Anstrengung heben, die Scharniere quietschten, als Fenn den Deckel nach hinten drückte. Er warf einen Blick in die Tiefen der Truhe hinab. Geruch nach Moder entschwebte der Finsternis wie ein freigelassener Vogel.

Obenauf lagen alte, verblichene Meßgewänder. Er hob das Zeug heraus und legte es über die Kante der Truhe. Als nächstes kam eine Schicht aus vergilbten Pergamenten und zerknitterten Folianten. Er durchblätterte die Folianten, dann legte er sie in zwei Schritten Entfernung von der Truhe auf den Boden. Die Eintragungen waren zu neu.

Er zog einige lose gebundene Bücher hervor, die Einbände dieser Bücher waren aus Tierhaut, die Blätter waren dünn, mit scharfen Kanten. Er öffnete eines der Bücher. Es war eine Art Hauptbuch, wo der Pfarrer die Zahlungen an Handwerker vermerkt hatte. Auf der ersten Seite war eine Jahreszahl zu erkennen: 1697. Die anderen Eintragungen waren früher datiert. Das Jahrhundert, das Fenn suchte, fehlte ganz.

Er stieß auf einige Meßbücher in lateinischer Sprache, die er beiseitelegte. Dann wurde er fündig. Die drei Bücher mit Eintragungen aus dem sechzehnten Jahrhundert maßen etwa dreißig Zentimeter in der Höhe und zwanzig Zentimeter in der Breite, die Einbände waren aus dickem, gelblichem Velinpapier. Die Schrift war seinerzeit mit kräftigen Strichen aufgetragen worden, aber die braune Tinte war verblaßt. Zu Fenns Ärger waren alle Eintragungen in Latein verfaßt. Aber die Jahreszahl – 1556 – bestätigte, daß es sich um das richtige Jahrhundert handelte.

Begierig untersuchte Fenn die beiden anderen Bücher, die Eintragungen verliefen in chronologischer Folge. Als er das dritte Buch öffnete, fielen ein paar Blätter heraus. Die Schrift war braun, wie bei den vorherigen Eintragungen, und sie stammte ganz offensichtlich von dem gleichen Schreiber, der die fest eingebundenen Seiten beschriftet hatte, allerdings waren die Buchstaben auf diesen Blättern sehr unordentlich angeordnet. Der Schreiber hatte große Eile gehabt. Erst auf dem dritten Bogen fand Fenn ein Datum.

Die Dachbalken der Kapelle ächzten, als der Wind unter die Sparren fuhr; Fenn hörte, wie etwas abbrach, eine Dachpfanne, wie er vermutete. Er vernahm, wie der Ziegel auf der weichen Erde vor der Kapelle aufkam. Er sah zum Gebälk hinauf. Dieses Bauwerk hatte Jahrhunderte überdauert, es würde nicht ausgerechnet in der Stunde zusammenfallen, die er für seinen Besuch gewählt hatte. Er öffnete die Reisetasche und legte die mit Velinpapier eingebundenen Bücher hinein, nachdem er die losen Blätter in das zugehörige Buch zurückgeschoben hatte.

Die Tür der Kapelle rüttelte, als hätte sie die Schläge kräftiger Männerfäuste zu ertragen. Fenn warf einen Blick durch die Fenster. Zu sehen war nichts, so dicht fiel der Regen. Er legte die übrigen Bücher und die Meßgewänder in die Truhe zurück, er hatte es plötzlich eilig, die Kapelle zu verlassen. Das Gefühl, eingesperrt zu sein, war hier genauso intensiv wie in der St. Joseph's Kirche. Er ließ den Deckel zufallen. Er atmete auf. Jetzt nichts als zurück zum Wagen!

Er ging zwischen den Bankreihen entlang, und das Heulen des Windes draußen in den Bäumen war wie der Klagegesang verdammter Seelen. Die Tür erzitterte, als er näherkam. Er wich zurück. Er starrte das Türschloß an. Der Sperrhebel hob und senkte sich, als stünde draußen ein Verrückter vor der Tür, der nur ein einziges Ziel hatte, nämlich das Schloß so schnell wie möglich kaputtzumachen. Der Türrahmen erbebte, Fenn konnte die Begierde des Sturmes spüren, der sich Einlaß in die Kapelle verschaffen wollte.

Das Empfinden kroch an ihm hoch wie ein Geflecht schuppiger Finger. Es war nicht der Wind, der Einlaß begehrte. Es war etwas anderes, und dieses *etwas* wollte zu ihm.

Rückwärtsgehend taumelte er den Gang zurück. Über ihm war die Kanzel wie der Schatten eines Raubtiers. Zu seiner Rechten war der merkwürdige Nebenraum mit der Feuerstelle, mit dem Marienbild, das Fenster war zu sehen mit dem Zweig, der gegen das Glas schlug wie die Hand eines Bettlers, und an der leergeräumten Feuerstelle saß eine schwarzgekleidete Gestalt, die...

Fenn blieb wie angewurzelt stehen, er spürte, wie die Muskeln seiner Kehle sich zusammenzogen.

Die Gestalt trug eine Kapuze, der Kopf ruhte auf den Knien. Der Kopf kam hoch und wandte sich Fenn zu.

Dann barst die Tür, und das Türblatt flog gegen den Balken mit einer Gewalt, die alles in der Kapelle erzittern ließ.

32

> *Nun wandelt sie nie mehr auf dieser Welt*
> *ihres Wegs unter Stern und Mond;*
> *Man sagt, sie lebe ungesellt,*
> *wo man ungesellig wohnt.*
> J. R. R. Tolkien: Schattenbraut

Fenn wurde zurückgeschleudert. Er kam ins Stolpern und ging zu Boden. Er lag auf dem Rücken. Er spürte keinen Schmerz.

Der Wind heulte um das Kirchlein, und sogar das Taufbecken aus Blei schien unter den zornigen Böen zu erzittern. Der Wind verfing sich in Fenns Kleidung, zerzauste sein Haar. Er mußte sich abwenden. Regen wurde hereingeweht und näßte die Wände, der Wirbelwind tanzte durch die Bankreihen. Das Sturmgeheul hallte in dem steinernen Gebäude wider wie ein Echo, das von einer Bergwand zurückgeworfen wird.

Rechts von Fenn stand eine Gestalt, die eine Hand nach ihm ausstreckte.

Er wagte nicht, zur Seite zu sehen. Er gewahrte die Umrisse der Gestalt in den Augenwinkeln, und das genügte ihm. Er wollte das Wesen nicht sehen.

Er rappelte sich auf, kniete sich hin, umtost vom heulenden, schreienden Sturm. Er wollte aufstehen, aber dazu fehlte ihm die Kraft.

Er zuckte zusammen, als er berührt wurde. Sein Verstand sagte ihm, daß keine Berührung möglich war, solange die Gestalt so weit entfernt stand, aber sein Gefühl kümmerte sich nicht um die Überlegung, er spürte, wie sich grausame Finger in seinen Arm gruben. Er spürte, wie sich die Fingernägel in seine Wangen bohrten. Eine Hitzewelle versengte seine ausgestreckte Hand, als er nach unten blickte, sah er die Brandblasen aufblühen.

Und doch stand die Gestalt mehrere Schritte entfernt.

Er kam auf die Beine, die Angst gab ihm die Kraft dazu. Er taumelte den Gang zwischen den Bänken entlang wie ein Ertrinkender, der sich gegen die Strömung stemmt. Er spürte den bösen Blick in seinem Rücken. Wieder fiel er zu Boden, der Sturm brauste über ihn hinweg, stark wie ein Riese.

Die Kirchentür wurde gegen die Wand geschleudert, die Steinwand barst, die Landschaft draußen war schweigendes, regennasses Grün.

Fenn fürchtete sich vor dem Blick zurück, er verstand nicht, wo die schwarzgekleidete Gestalt hergekommen war, er wußte nur, daß sie existierte und daß sie darauf brannte, Böses zu tun. Er versuchte weiterzukriechen, als die Finger seine Knöchel umkrampften. Er schrie auf, als sich die Nägel in sein Fleisch senkten und ihn an den Füßen fortziehen wollten.

Mit einer Hand versuchte er die Kante der Bank zu erreichen, mit der anderen versuchte er sich in den Fugen des unebenen Bodens festzuhalten. Sein Herz fühlte sich an, als spränge es als zuckender Ball in seinem Körper herum. Fenn schrie aus Leibeskräften, schrie das Wesen an, das ihn an den Füßen gepackt hielt. Er schlug um sich, wie verrückt vor Angst und Wut. Er hatte sich die Finger auf dem Stein blutig gekratzt, er stieß um sich, er hielt die Augen geschlossen.

Plötzlich war er frei. Der Wind schlug ihm ins Gesicht, zerrte an seinen Schultern, der Regen war wie eine Peitsche aus Eis, Fenn kroch voran, immer noch wagte er es nicht, über die Schulter zu blicken, er spürte den verpesteten, nach Aas stinkenden Atem der Gestalt in seinem Rücken. Er kam zum Stehen. Er wankte voran. Seine Schritte wurden langsamer und langsamer... Der Alptraum vom Moor war wieder da... Die Kindheit, als er so oft...

... das Frankenstein-Monster hatte die Arme nach ihm ausgestreckt, versuchte, ihn an den Beinen zu packen, die verkrüppelten Füße des widerwärtigen Wesens stampften auf dem Boden auf, daß die ganze Welt erzitterte...

... der grinsende Fe-Fi-Fo-Fum-Riese war da und schwang seine Axt...

... das Schlürfen und Schmatzen der Kreatur war zu hören, das saftige Klatschen der Wogen, als die Kreatur aus der schwarzen Lagune auftauchte...

... der tote Sohn war dem Grab entstiegen, er stand vor der Tür seiner Mutter, aber die Tür war verriegelt, und die Mutter sah den Affen bittend an, bitte, öffne die Tür, damit mein Sohn zu mir kommen kann...

... das Wesen, das ihm immer unter der Kellertreppe aufgelauert hatte...

... das grüngesichtige Gespenst, das um Mitternacht an die Scheibe zu klopfen pflegte...

... Norman Bates, der sich als Mutter verkleidet hatte und hinter dem Duschvorhang posierte...

... die weiße Gestalt am Fußende des Bettes, die ihn nicht aus seinem Alptraum aufwachen ließ...

... alle Alpträume seiner Kindheit waren wieder da, und die Bilder waren wie Fangarme, die sich an seinen Gehirnzellen festsaugten...

Es endete, als er die Angst nicht mehr ertragen konnte.

Es war, als würde er aus dem Lauf einer Kanone katapultiert. Er flog durch das Türloch und kam auf dem Weg vor der Kapelle wieder auf. Er rollte sich auf die andere Seite, stützte sich auf, der Regen war wie glühende Nadeln, über sich sah Fenn den steinernen Rundbogen des Portals, darüber den Glockenturm, und dann war ihm, als stünde er oben auf dem Wehrgang und blickte auf seine zerschmetterten Gebeine hinab.

Auf Händen und Füßen sich vorwärtskämpfend, vergrößerte er den Abstand zu dem bedrohlichen Loch der Kapellentür, er war jetzt bis auf die Haut durchnäßt, immer noch hielt er die Riemen der

Reisetasche um die Schulter geschlungen. Etwas Weiches, Dunkles berührte seinen Rücken, als er ins Gras hineinkroch, er wandte den Blick und sah auf die Kapelle zurück, seine Augen waren weit aufgerissen, sein Gesicht war bleich wie der Tod. Sein Verstand schrie ihm zu, daß er aufspringen und weglaufen mußte. Es gelang ihm aufzustehen. Und dann sah er die Gestalt, die auf der anderen Seite des Zauns entlanglief.

Die Gestalt hatte sich aus dem Meer aus Grün erhoben wie ein Schwimmer, der viele Meter nach dem Startsprung wieder zur Oberfläche auftaucht, die Gestalt bahnte sich einen Weg durch die Sträucher, floh vor Fenn, entfernte sich mehr und mehr von der Kirche.

Sie kam ihm bekannt vor, diese Gestalt, aber noch fehlte ihm die Kraft, sich das Wiedererkennen einzugestehen. Als es dann keinen Zweifel mehr gab, wer es war, lief er auf den Zaun zu, schwang sich über das Hindernis und landete im Buschwerk. Die Gestalt war verschwunden.

Eine Böe ließ die Zweige um ihn erbeben, es war wie ein See, dessen Oberfläche sich kräuselte. Inmitten des Chaos aus Regen, Sturm und Düsternis überkam Fenn die Vorahnung drohenden Unheils.

»Nancy!« schrie er, aber das Heulen des Windes war die einzige Antwort. Er rannte durch die Büsche, rief wieder und wieder Nancys Namen, es war jetzt nicht mehr so, daß er um Nancy Angst hatte, er fürchtete für sein eigenes Leben, er brauchte Nancys Hilfe, wenn er diesem Alptraum entrinnen wollte.

Er lief dahin, umtost von Regen und Wind, fast blind. Er glitt aus, kam zu Fall und überschlug sich, er rollte einen Abhang hinunter, den er bei der Ankunft an der Kapelle nicht wahrgenommen hatte, Buschwerk und Dornengestrüpp griffen nach seinen Händen, peitschten ihm ins Gesicht, immer noch überschlug sich Fenn, die taumelnde Drehbewegung wollte kein Ende nehmen, aber dann endete der Abhang, eine weichgepolsterte Mulde war da, Fenn lag im nassen Gras und spürte, wie sich tropfende Blätter über seine Augen schoben.

Er richtete sich auf und versuchte die Benommenheit abzuschütteln, aber die Kopfbewegung bewirkte nur, daß der Schwindel zurückkehrte. Er wartete einige Sekunden, bis das Gefühl abflaute, dann warf er einen Blick in die Runde. Von der Gestalt, die er verfolgt hatte, war nichts zu sehen. Er lag auf dem Grund einer Senke, auf der gegenüberliegenden Seite war der Hang mit Wald bewachsen. Etwa hundert Schritte entfernt gab es einen Stall. Es war ein sehr altes Gebäude, in schlechtem Zustand, offensichtlich wurde dieser Stall nicht mehr genutzt. Das Dach reichte weit über die Mauern, die Dachbalken waren zu sehen, es gab einige Öffnungen an der Längsseite der Mauern. Das Strohdach war dick und dunkel, die Holzbalken knorrig und verwittert.

Fenn wußte, ›sie‹ verbarg sich in dem Stall.

Er stand auf und ordnete die Schultergurte seiner Reisetasche. Vornübergebeugt hastete er auf den Stall zu. Er lief auf dem Grund der Senke entlang, die nicht mehr vom Wind erfaßt wurde, nur das Rauschen der Bäume war zu hören, ein sanftes Echo. Die Kapelle war nicht mehr zu sehen, nicht einmal der Glockenturm, über Fenn war nichts als der falsche Horizont und die Wipfel der Bäume, die sich im Winde wiegten.

Der Stall hatte keine Tür, nur die seitlichen Öffnungen. Fenn erspähte einen Haufen alter Bohlen und Balken, die aus den Öffnungen ragten, und dann erkannte er die Umrisse verrosteter Landmaschinen. Er verspürte wenig Lust, den Stall zu betreten, das Dunkel dort wirkte noch bedrohlicher als die Düsternis der Kapelle. Erst als das Wimmern und Winseln das Rauschen der Wipfel zu übertönen begann, überwand er sich.

Sie kniete neben einem Stapel Brennholz, ihr Schluchzen diente ihm als Kompaß. Sie hatte ihren Kopf zwischen den Knien verborgen und hielt die Beine mit beiden Händen umfaßt. Sie erschauderte, als er ihre Schulter berührte.

»Nancy, ich bin's, Gerry«, sagte er leise. Sie sah nicht einmal auf.

Er kniete sich neben sie und wollte sie in seine Arme schließen; sie stieß einen Schrei aus, der ihn an das Jaulen eines verletzten Tieres erinnerte. Sie versetzte ihm einen Schlag, so daß er gegen die verstaubte, vermoderte Bretterwand des Stalls taumelte. Sie versuchte, von ihm fortzukriechen.

»Um Himmels willen, Nancy, sei doch vernünftig. Ich bin's, Gerry!« Mit einer behutsamen Bewegung zog er sie an sich und umschlang sie mit beiden Armen. »Ich bin's, Gerry«, wiederholte er und spürte selbst, wie falsch seine Stimme klang, er versuchte, Ruhe auszustrahlen, dabei war er der Hysterie nahe.

Es dauerte eine Weile, bis Nancy den Kopf hob. Der Ausdruck ihrer Augen war nicht weniger erschreckend als das Antlitz des Wesens, das Fenn im Halbdunkel der Kapelle erblickt hatte.

33

Ho, ho! Weckt auf die Toten! Der Nachen wartet im Hafen!
Ho, ho! Weckt auf die Toten! Auf sanften Kissen sie schlafen.
Sie hören nicht das Rascheln, das Mädchen, das die Röcke rafft,
Sie spüren nicht die Stöße, die Stöße seiner Leidenschaft.
Kein Wispern dringt zu ihnen durch dunkler Gräber Erde,
Kein Flüstern dringt zu ihnen, so lebe, stirb und werde,
Ein Leichentuch der Schnee, ein Hochzeitsgrün das Gras.
Geschlossen sind der Kirche Fenster, die Wand sie ist aus Glas.
Macht Platz in den Gräbern, den Geistern zu Frommen,
Zum Jüngsten Gericht wir kommen, wir kommen.
Ho, ho! Weckt auf die Toten! Der Nachen wartet im Hafen!
Ho, ho! Weckt auf die Toten! Auf sanften Kissen sie schlafen.
Sir William Davenant: Wake all the Dead! What ho! What ho!

Monsignore Delgard nahm die Lesebrille ab. Er rieb sich die Augen. Seine Gestalt war in ultraviolettes Licht getaucht, so daß die Falten seines Antlitzes scharf hervortraten. Er hatte die vergilbten Urkunden auf den Tisch gelegt; er warf einen Blick auf den dicken Folianten, der ihm als Übersetzungshilfe diente. Er schaltete die Leuchtröhre aus, deren Strahlen die verblichenen Schriftzüge sichtbar machte. Er notierte einige Worte auf den Schreibblock. Er ließ den Federhalter sinken und massierte seine Stirn. Er saß vornübergebeugt, mit eingezogenen Schultern.

Er nahm die Hand von den Augen, die in namenloser Angst glühten. Es konnte, es durfte nicht wahr sein! Was eine menschliche Hand den Pergamenten vor fünfhundert Jahren anvertraut hatte, war nicht der Spiegel der Wirklichkeit, es waren die Alpträume eines Geistesgestörten.

Er fuhr sich mit der Zunge über die trockenen Lippen. Seine Gesichtshaut fühlte sich merkwürdig gespannt an, wie ein Fell, das über eine Trommel gezogen wurde. Er sah zu dem Reporter hinüber, der sich in einem Ohrensessel räkelte. Als er den Kopf wandte, war ihm, als hörte er seine Wirbel knirschen. Fenn war eingeschlafen. Es war spät in der Nacht. Der Reporter war rasch ermüdet, und dann war das nächtliche Studium vergilbter Urkunden auch nichts, was Fenn besonders aufregend gefunden hätte.

Ich muß ihm sagen, was ich herausgefunden habe, dachte der Monsignore. Aber dann fiel ihm ein, es gab etwas Wichtigeres. Er würde beten und Gott um geistige Stärke und Führung bitten. Er würde für eine arme Seele beten, die sich vor Jahrhunderten von ihrem Körper getrennt hatte.

Der Monsignore erhob sich. Er mußte sich alsbald aufstützen, weil ihm schwindlig wurde. Allmählich kam das Karussell des Raumes zum Stillstand. Delgard schob den Stuhl zurück. Er ging zur Tür. Vor der Schwelle angekommen, blieb er stehen und wandte sich um.

»Gerry«, sagte er leise.

Der Reporter schien ihn nicht zu hören. Kein Wunder, daß dieser Mann völlig erschöpft war, er hatte einen furchtbaren Tag hinter sich. Fenn hatte einen sehr nervösen und verwirrten Eindruck gemacht, als er mit den alten Urkunden im Pfarrhaus auftauchte. Ein Zyniker, der nicht an Geister glaubte, hatte mit eigenen Augen einen solchen Geist gesehen. Der Monsignore hatte dem Reporter zwei Gläser Whisky einschenken müssen, bevor der in der Lage war, in zusammenhängenden Worten zu schildern, was ihm widerfahren war.

Jetzt bereute es der Monsignore, daß er den Reporter bei seinen Recherchen in der Kapelle nicht begleitet hatte.

Nach dem Vorfall in der Kapelle – Fenn hatte dem Monsignore sehr ausführlich geschildert, was dort geschehen war – hatte er die amerikanische Journalistin in einem Stall entdeckt. Er hatte sie in ein Krankenhaus bringen wollen, wo man sie wegen des erlittenen Schocks behandeln konnte, aber Nancy hatte sich geweigert. Weil es unverantwortlich gewesen wäre, die Amerikanerin in diesem Zustand in ihr Apartment zu bringen und sich selbst zu überlassen, hatte Fenn sie zu Sue Gates gebracht. Dort war Nancy alsbald in einen tiefen Schlaf gesunken.

Schlaf. Auch der Monsignore sehnte sich nach Schlaf. Er warf einen Blick auf die alten Urkunden. Die kirchlichen Urkunden wurden in Latein verfaßt, die Chronisten in all den Jahrhunderten waren die Priester der jeweiligen Sprengel. Was aus den Pergamenten hervorging, war unglaublich, der Monsignore sträubte sich, diesen Urkunden Wahrheit zuzuerkennen, und doch hatte er bei vielen anderen Gelegenheiten erfahren, daß es Dinge, wie sie in der alten Chronik geschildert wurde, wirklich gab. Die Worte, die ein Geistesgestörter vor Jahrhunderten zu Papier gebracht hatte, waren Zeugnis und Brücke über die Zeiten. Der Verfasser war Priester gewesen, er hatte im sechzehnten Jahrhundert gelebt, und er hatte sich gegen sich selbst, gegen den katholischen Glauben und gegen die ganze Menschheit versündigt.

Es war eine Sünde, die ihm nie vergeben werden konnte, zumal gewisse Passagen in der Chronik bewiesen, daß der Schreiber über Einsichten verfügte, die den Irrtum des Aberglaubens ausschlossen. Jener Priester hatte sich auf Parapsychologie verstanden, er hatte sehr wohl zu unterscheiden gewußt zwischen den Praktiken der Geisterbeschwörung und den Irrwegen der Schwarzen Magie; und trotzdem hatte er sich nicht gescheut, seine Mitmenschen für seine verwerflichen Ziele einzuspannen. Indem er das tat, hatte er die Gewalt des Bösen in sich selbst mobilisiert. Er hatte die Menschen jener Zeit glauben gemacht, sie hätten eine Hexe verbrannt, und er hatte ihnen bestätigt, daß ein solches Autodafé der Königin Maria wohlgefällig war. Maria I. Tudor, die Blutige. Aber was die Menschen in ihrem Aberglauben verbrannt hatten, war mehr als ein gewöhnlicher Mensch gewesen. Sie hatten sich an einem Wesen vergangen, dessen außerordentliche geistigen Energien über den eigenen Tod hinausreichten. Die Geisteskräfte der als Hexe verbrannten Frau waren so groß, daß – wenn gewisse psychische Voraussetzungen zusammenkamen – sie die fleischliche Wesenheit des eigenen Ichs wiederherzustellen vermochten.

Die Ingredienzen waren Schwarze Magie, der Name Maria und jene geistigen Energien, die durch religiösen Fanatismus freigesetzt wurden. Die Katalysatoren des chemischen Prozesses waren der Priester, der in Sünde gelebt hatte, und das Mädchen, das in Sünde empfangen worden war. Die Hauptrolle bei dem Ganzen kam Alice zu. Das Kind war auf dem Feld gezeugt worden, wo fünfhundert Jahre zuvor eine Nonne gefoltert und auf dem Scheiterhaufen zu Tode gebracht worden war.

Der Monsignore stand an die Tür gelehnt. Wilde, unsinnige Gedanken bewegten sein Herz.

War es denkbar, daß eine Seelenwanderung über Jahrhunderte hinweg stattgefunden hatte? War die Nonne in einem anderen Körper wiedererstanden?

Aus dem Kind, in Sünde empfangen, war ein gottesfürchtiges Mädchen geworden, ein Geschöpf, das sich von seiner Mutter leiten ließ, eine von tiefem Glauben durchdrungene Katholikin, die zur Jungfrau Maria betete. Im Alter von vier Jahren war Alice von einer schlimmen Krankheit heimgesucht worden, die Ärzte hatten für die eingetretene Behinderung keine rechte Erklärung finden können, ebensowenig wie sie eine Erklärung fanden für die Heilung, die sieben Jahre später stattfand. Ein Wunder. Auch die Heilungen der Menschen, die im Beisein des Mädchens stattgefunden hatten, waren als Wunder zu betrachten. Aber waren diese Wunderheilungen wirklich durch psychische Energien ausgelöst worden?

Es war ein Labyrinth von Gedanken, in das der Monsignore da geraten war. Er schüttelte den Kopf, als könnte er sich damit von den schier unlösbaren Problemen befreien.

Alice hatte im Schlaf mit fremden Zungen gesprochen. Die Stimme war die einer reifen Frau gewesen. Die Worte waren ein Wirrwarr von Obszönitäten gewesen. War Alice vom Satan besessen? Oder war sie die Reinkarnation einer mittelalterlichen Hexe? Der katholische Glaube bezeichnete die Seelenwanderung als sündhaften Irrglauben, als Hirngespinst. Trotzdem gelang es dem Monsignore nicht, den ketzerischen Gedanken aus seinem Hirn zu verdrängen.

Über allem erhob sich die große Frage: Zu welchem Zweck ließ Satan diesen Menschen wiederauferstehen?

Die bösen Vorahnungen kamen mit solcher Gewalt über den alten Priester, daß er sich am Türrahmen festhalten mußte. War es in den vergangenen Wochen nur eine Befürchtung gewesen, so war die Gegenwart des Satans jetzt klar zu spüren. Die furchtbare Einsicht traf den Monsignore wie ein Schlag. Er war allein, der spirituellen Leere ausgeliefert. Die Angst, die ihn umfangen hielt, war mit Worten nicht mehr zu beschreiben.

Er stieß die Tür auf und wankte hinaus. Er mußte beten. Er mußte die Führung des Herrn erflehen, auf daß er beim Kampf gegen das Böse vom göttlichen Glauben gestärkt würde.

Er hatte den Flur durchquert. Er öffnete die Tür des Pfarrhauses. Die Schwärze der Nacht, die auf ihn zugestürzt kam, war wie ein Widerhall jenes spirituellen Vakuums, vor dem er geflohen war.

Der kalte Luftzug fand in den Raum, wo der Reporter schlief. Fenn veränderte seine Stellung, als der Eiseshauch an ihm hochkroch. Die Träume, durch die er ging, waren kein Trost, sie waren eine bloße Fortsetzung des Alptraums, der mitten am Tage über ihn gekommen war. Die kühle Brise wirbelte die verblichenen Dokumente auf, die der Monsignore auf dem Tisch ausgebreitet hatte.

Sue warf einen Blick auf die Uhr. Fast elf. Was hatte Gerry aufgehalten? Wollte er Nancy Shelbeck etwa bei ihr übernachten lassen? Er hatte versprochen, er werde bald zurückkommen.

Sie trug ihre Tasse Kaffee von der Küche ins Wohnzimmer. Die Tür zum Schlafzimmer war nur angelehnt. Sue blieb stehen und lauschte. Nancys Atem ging jetzt ruhiger. Zu Anfang hatte sie geächzt und gestöhnt wie ein kleines Kind, das sich in Fieberträumen wand, das Stöhnen war nach einer Weile in ein hilfloses Wimmern übergegangen. Jetzt schlief sie. Sue ging weiter, sie durchquerte das Wohnzimmer, setzte sich auf das Sofa und stellte die Tasse auf den Couchtisch. Sie ließ sich in die weichen Kissen sinken und schloß die Augen.

Unvermittelt sprang sie wieder auf; sie ging zum Fenster und zog die Vorhänge zu. Sie hatte das Gefühl gehabt, als wollte sich die Nacht zu ihr ins Haus stehlen. Sie ging zum Sofa zurück, blieb vornübergebeugt sitzen und rührte mit dem Löffel im Kaffee.

Was war es eigentlich, was Fenn und die Amerikanerin mit so großer Angst erfüllte? Als Fenn in Sues Wohnung gewankt kam, hatte er in fast unverständlichen Worten berichtet, daß er die Amerikanerin nahe der Burgkapelle aufgefunden hatte, die Frau war in einem Schock gewesen. Sue, das war seine Bitte, sollte Nancy bei sich beherbergen, bis er zurückkäme. Nach diesen Worten war er wieder davongestürzt, er hielt dabei seine Reisetasche an sich gedrückt, als befände sich darin das Gehalt für ein ganzes Jahr Reportertätigkeit. Ja, und dann hatte er ihr noch gesagt, daß er zu Monsignore Delgard mußte, er würde dem alten Geistlichen etwas Wichtiges zeigen. Was denn eigentlich? Warum war Fenn überhaupt in die alte Kapelle gegangen? Und was hatte die Amerikanerin dort zu suchen?

Sie begann mit ihren Fingerspitzen gegen das Kinn zu trommeln. Warum hatte Fenn die Frau in ihre Wohnung gebracht? Hatte er denn überhaupt keinen Takt? Es war offensichtlich, daß die beiden etwas miteinander hatten. Sue wußte, Gerry provozierte gerne, er wußte ganz genau, welchen Aufruhr er in den Seelen anderer

Menschen anrichtete, ihm machte es Spaß, die Reaktionen zu beobachten und auszukosten. Diesmal allerdings hatte er völlig verzweifelt gewirkt; kein Zweifel, daß er ihre Hilfe brauchte, und daß noch eine andere Frau im Spiel war, zu der er Beziehungen unterhielt, nun, das war in diesem Zusammenhang weniger wichtig.

Sie nahm einen Schluck aus ihrer Tasse. Verdammter Typ! Sie hatte versucht, ihre Liebe zu ihm zu betäuben. Sie hatte einen Anlauf genommen, um ihn aus vollem Herzen zu verachten. Umsonst. Die Religion, die Mitarbeit in der Kirche, die Stunden, die Sue ihrem Sohn Ben widmete, all das hatte als Kompensation herhalten müssen. Die Lücke war damit nicht zu stopfen. Sue spürte, daß sie Liebe brauchte. Vor Wochen noch war sie überzeugt gewesen, daß sie auf physische Liebe verzichten konnte; Sex war zugleich Belastung, brachte alle möglichen Probleme mit sich; wer physisch liebte, machte sich von der geliebten Person abhängig (was ärgerlich war, wenn es sich um eine Person handelte, auf die man sich so wenig verlassen konnte wie auf Fenn), wer physisch liebte, zahlte mit der Hölle der Eifersucht, diese Liebe war zugleich *Verpflichtung*, und das alles – fand Sue – war ein Kelch, den sie doch lieber an sich vorbeigehen lassen wollte; nach und nach war ihr dann allerdings bewußt geworden, daß es im Grunde darauf ankam, zu lieben und geliebt zu werden. Liebe mit all ihren Höhen und Tiefen. Sie, Sue, konnte nicht ohne das auskommen.

Sie hielt die Tasse mit beiden Händen umfangen. Wie war es möglich, daß sie wieder etwas für Fenn spürte? Vielleicht war es seine Hilflosigkeit, seine Verletzbarkeit, was sie so rührte, vielleicht war es auch die Erkenntnis, daß es eine andere Frau in seinem Leben gab, ein Geschöpf, das ihm etwas bedeutete. Die Vorstellung ihn an die andere zu verlieren, zwang sie zu handeln.

Aber was konnte sie tun, jetzt, wo...

Der Schrei aus dem Schlafzimmer ließ sie zusammenfahren. Der Kaffee schwappte über ihre Finger, sie schob die Tasse in die Mitte des Tisches, dann rannte sie ins Schlafzimmer. Mit zitternder Hand ertastete sie den Lichtschalter. Der Schein der Lampe fiel auf die Amerikanerin, die ihren Kopf in den Kissen vergraben hatte. Sue trat an das Bett. »Sie sind hier in Sicherheit, Nancy, Sie brauchen keine Angst zu haben...«

Die Frau schlug um sich.

»Nancy, so beruhigen Sie sich doch! Alles ist gut!« Sues Stimme klang fest und sicher. Sie versuchte, die Amerikanerin auf die andere Seite zu drehen, so daß sie ihr Gesicht betrachten konnte.

»Nicht – nicht... lassen Sie mich!« Nancy starrte sie an, ohne sie zu erkennen.

Als die Träumende zu einem neuen Schlag ausholte, packte Sue sie bei den Handgelenken. »Kommen Sie zu sich, Nancy! Ich bin's, Sue Gates. Kennen Sie mich denn nicht mehr? Gerry hat Sie zu mir in die Wohnung gebracht!«

»Um Gottes willen... Berühren Sie mich nicht!«

Sue hielt die Handgelenke der Frau umklammert, sie drückte die zitternde Gestalt auf das Bett zurück. »Sie müssen sich beruhigen, Nancy. Niemand tut Ihnen etwas. Sie haben einen Alptraum gehabt, das ist alles.« Sie wiederholte die Worte. Nach einer Weile spürte sie, wie der Widerstand der anderen erlahmte. Der glasige Blick wich aus Nancys Augen, und dann begann die Frau zu schluchzen. »Oh, nein...«

»Alles ist gut, Nancy. Sie sind hier in Sicherheit.«

Die Frau warf ihr die Arme um den Hals. Von der Straße her schallte das Lachen eines Nachtschwärmers herauf. Das Ticken der Uhr auf dem Nachttisch zerschnitt die Zeit.

Es dauerte ziemlich lange, bis Nancy zu schluchzen aufhörte. Sie löste sich von Sues Schulter und sagte etwas, das diese nicht verstand.

»Was sagten Sie?«

»Ich brauche etwas zu trinken.« Sie erschauderte.

»Sie können einen Brandy haben oder einen Gin. Was möchten Sie?«

»Ist egal, Hauptsache, ich kriege etwas zu trinken.«

Sue ging in die Küche, holte ihre Flasche Brandy aus der Speisekammer und nahm ein Glas aus dem Küchenschrank. Sie überlegte kurz, dann nahm sie ein zweites Glas heraus. Sie konnte selbst einen Drink vertragen.

Sie füllte die beiden Gläser und ging ins Schlafzimmer zurück. Die Amerikanerin hatte sich aufgesetzt, das Gesicht war bleich, die Wangen waren mit zerflossener Wimperntusche bedeckt.

Sue reichte ihr das volle Glas. Nancy begann zu trinken, sie verschluckte sich. Sue nahm ihr das Glas aus den Händen.

Sie wartete, bis sich der Hustenanfall der anderen gelegt hatte.
»Sie müssen langsam trinken, vorsichtig.«

»Danke«, keuchte Nancy. »Danke.« Sie hob den Blick. »Sie haben nicht zufällig eine Zigarette?«

»Tut mir leid.«

»Ich – ich glaube, es sind noch Zigaretten in meiner Handtasche.«

»Aber Sie hatten gar keine Handtasche dabei, als Gerry Sie hier ablieferte, Nancy. Sie müssen sie im Wagen vergessen haben.«

»Verdammt! Dann hab' ich die Tasche vor der Kapelle verloren! Die liegt jetzt irgendwo im Gestrüpp.«

»Was ist denn passiert?«

»Hat Ihnen das Fenn nicht erzählt.?«

»Dazu hatte er keine Zeit. Er hat nur gesagt, daß er Sie vor der Petruskapelle in Barham gefunden hat, dann hat er mich gebeten, ich soll mich um Sie kümmern, und eine Sekunde später war er weg. Was hatten Sie denn bei der Burgkapelle zu schaffen?«

Nancy nahm einen großen Schluck Brandy. Sie schloß die Augen. »Ich hab' was gesucht, aber Fenn ist mir zuvorgekommen.« Sie erzählte Sue von der Truhe und den alten Chroniken, die in dieser Truhe verbrogen sein mußten.

»Das war es also, was Fenn in seiner Reisetasche hatte«, sagte Sue.

Nancy neigte sich nach vorn, ihr Haar löste sich von der Wand. »Er hat die alten Chroniken gefunden?«

»Ich glaube, ja. Er sagte, er will sie Monsignore Delgard zeigen.«

»Dann ist er jetzt also bei Delgard?«

Sue nickte.

»Meine Frage kommt Ihnen vielleicht merkwürdig vor«, sagte Nancy. »Was habe ich Fenn erzählt? Ich... Ich habe keine Erinnerung mehr, was geschehen ist, nachdem ich aus der gottverdammten Kapelle flüchtete.«

»Ich weiß nicht, was Sie Fenn erzählt haben. Er sagte mir nur, daß Sie einen Schock erlitten haben.«

»So wird es wohl gewesen sein.« Sie schüttelte sich. »Oh, mein Gott, ich habe einen Geist gesehen.«

Sue maß sie mit dem Ausdruck der Überraschung. »Sie machen auf mich nicht den Eindruck eines Menschen, der Geister sieht.«

»Ich habe auch nicht an Geister geglaubt – bis ich dann einen sah. Es war in der Kapelle. Ich glaube, ich habe mir vor Angst in die Hose gemacht.« Sie schloß wieder die Augen, um die Erinnerung in sich auferstehen zu lassen. »Nein«, stöhnte sie. »Nein...«

Sue faßte sie bei den Schultern. »Nur die Ruhe. Was immer Sie dort in der Kapelle erlebt haben, jetzt sind Sie in Sicherheit.«

»In Sicherheit? Ich habe in der Kapelle eine lebende Leiche gesehen! Glauben Sie, das könnte ich je wieder vergessen?«

»Das müssen Sie sich einbilden, Nancy. Es ist unmöglich, daß Sie...«

»Erzählen Sie mir nicht, was ich gesehen oder nicht gesehen habe!«

»Jetzt regen Sie sich doch nicht so auf.«

»Ich soll mich nicht aufregen? Ich habe ein Recht, mich aufzuregen.« Die Tränen flossen ihr über die Wangen. Sie versuchte, sich einen Schluck Brandy einzuflößen, aber ihre Hand zitterte so sehr, daß sie ihre Lippen nicht fand. Sue neigte sich zu ihr und hielt ihr das Glas, so daß sie trinken konnte.

»Danke. Entschuldigen Sie, ich habe Sie angeschrien, das wollte ich nicht. Es ist nur... Sie können sich ja nicht vorstellen, wie der Geist aussah.«

»Wollen Sie's mir nicht sagen?«

»Ich möchte nicht mehr darüber sprechen. Ich möchte das Erlebnis am liebsten aus meiner Erinnerung auslöschen.«

»Es ist besser, wenn Sie sich aussprechen. Das hilft Ihnen, über das Erlebnis hinwegzukommen.«

»Kriege ich noch ein Glas?«

»Nehmen Sie meines.« Sie tauschten die Gläser. Nancy trank.

»Es war in der Kapelle«, begann Nancy. »In der Petruskapelle, die zum Stapley Estate gehört. Kennen Sie die Kapelle?«

»Ich habe davon gehört. Aber ich war noch nie dort.«

»Dann fahren Sie auch nie hin, das ist besser. Ich war in der Kapelle und hatte die Truhe gefunden, als...«

»Sie waren auf der Suche nach alten Chroniken, nicht wahr?«

»So ist es. Fenn hat mir gesagt, die Kirchengeschichte von St. Joseph's ist nicht vollständig. Die fehlenden Folianten befanden sich in einer Truhe, die in der Petruskapelle aufbewahrt wurde.«

»Sie und Fenn sind gemeinsam zur Kapelle gefahren?«

»Nein, jeder für sich. Fenn wollte mich aus der Sache raushaben, Sie wissen ja, wie er ist.«

Sue schwieg.

»Ich hatte die Truhe aufgespürt«, fuhr Nancy fort. »Aber dann merkte ich, daß ich nicht mehr allein in der Kapelle war. Ich bin zum Altar vorgegangen, und dort saß eine Gestalt in einer Nische. Zuerst dachte ich, es wäre eine Nonne.«

Sie genehmigte sich einen großen Schluck.

»Aber es war keine Nonne, Sue. Es war...« Sie verstummte.

»Sagen Sie mir, was Sie gesehen haben, Nancy!«

»Die Gestalt war mit einem Kapuzenmantel bekleidet. Eine Tracht von der Art, wie man sie heute nicht mehr trägt. Das Zeug war alt, verstehen Sie, es war Jahrhunderte alt! Zuerst konnte ich das Gesicht nicht erkennen.« Nancy hatte wieder zu zittern begonnen. »Bis sich die Gestalt mir zuwandte. Oh, mein Gott, das Gesicht wird mich mein Leben lang verfolgen!«

Sue sträubten sich die Nackenhaare. »So sprechen Sie doch!« drängte sie. Die Faszination war größer als die Furcht.

»Das Gesicht war verbrannt und verkohlt. Die Augen waren schwarze Schlitze, aus denen die Knorpel hervorquollen. Das Wesen hatte keine Nase und keine Lippen mehr, die Zähne waren rauchgeschwärzte Stümpfe. Es sah überhaupt nicht mehr aus wie ein menschliches Gesicht! Und dann roch ich das verbrannte, verkohlte Fleisch. Es war eine Frau, und die Frau stand aus der Bank auf, wo sie saß, sie kam auf mich zu. Sie hat mich berührt! Sie war eine Tote, Sue, aber sie hat sich bewegt, sie ist auf mich zugekommen und hat meine Wangen mit ihrer verbrannten Knochenhand berührt! Sie hat versucht, mich an sich zu ziehen und festzuhalten! Ich habe den Pesthauch ihres Atems gerochen! Ihre Finger haben sich zu meinen Augäpfeln vorgetastet, diese Krallen aus ausgeglühten Knochen! Und dabei lachte sie, oh, mein Gott, sie lachte aus vollem Halse! *Sie brannte noch! Können Sie sich das vorstellen? Während sie mich berührte, während sie lachte, brannte sie!*«

34

> *Dein Schlaf, er ist in meiner Macht,*
> *Du wirst nie schlafen mehr in der Nacht,*
> *Vor guten Geistern sei gefeit,*
> *Verflucht seist du in Ewigkeit.*
>   Robert Southey: Kehama's Curse

Als Fenn aufwachte, zitterte er vor Kälte. Er rieb sich die Augen. Der Raum war menschenleer.

»Monsignore?«

Die Tür stand offen, von draußen strömte die kalte Nachtluft herein. Fenn erhob sich aus seinem Sessel und durchquerte den Raum. Er starrte in den dunklen Flur.

»Monsignore?«

Er bekam keine Antwort. Und dann fiel ihm auf, daß auch die Haustür offenstand. War Delgard zur Kirche hinübergegangen?. Fenn ging in den Wohnraum zurück. Im Schein der Lampe angekommen, sah er auf seine Uhr. Mein Gott! Es war ein Uhr früh!

Sein Blick wanderte zu dem Schreibtisch, auf dem die Pergamente lagen. Er schloß die Tür und beugte sich über die alten Aufzeichnungen. Es waren die Böden, die aus einem der Bücher gefallen waren. Einige Sekunden lang starrte er auf die lateinischen Schriftzüge, als wartete er darauf, daß sich die Buchstaben durch Zauberkraft zu englischen Worten zusammenfügten. Neben den Pergamenten lag Delgards Notizblock. Die Blätter mußten wohl durch einen Windstoß, der ins Haus gedrungen war, durcheinandergewirbelt worden sein. Fenn legte die Blätter in ihre ursprüngliche Anordnung zurück. Er las, was Delgard auf der ersten Seite notiert hatte.

Nach der Lektüre der Folgeseiten wurde ihm klar, daß der Monsignore den gesamten Text übersetzt hatte, der sich auf den losen Blättern befand. Es gab ein paar Hinzufügungen, es gab Korrekturen. Alle Müdigkeit wich von Fenn, als er Delgards Vorbemerkung entziffert hatte:

Teile des Textes sind unlesbar, weil die Tinte verblichen ist. Die Handschrift ist unregelmäßig, im Unterschied zu der peinlich genauen Handschrift, wie sie sich in den gebundenen Folianten findet, es scheint sich jedoch bei dem Verfasser der Eintragungen um ein und dieselbe Person zu handeln. Die Übersetzung, die ich verfasse, wird so nahe wie irgend möglich am Original bleiben, aber bei einigen Passagen ist es unumgänglich, andere Begriffe und Interpretationen zu gebrauchen, unter anderem, weil der lateinische Text eine Reihe von Fehlern enthält, die wohl auf die Geisteskrankheit des Verfassers zurückgeführt werden müssen. D.

Fenn nahm einen der Pergamentbögen zur Hand und überflog die Eintragungen. Hatte das ein Verrückter geschrieben, oder ein Mensch, der vor Angst nicht mehr ein noch aus wußte?

Er sah zur Tür. Ob es nicht besser war, wenn er mit der Lektüre wartete, bis der Monsignore zurückgekehrt war? Schwer zu sagen, wie lange Delgard schon fort war. Dem Umfang der Übersetzung nach zu urteilen, hatte der Monsignore einige Stunden Arbeit aufgewendet. Fenn war beschämt, daß er eingeschlafen war. Merkwürdig, daß der Monsignore beide Türen aufgelassen hatte. Merkwürdig auch, daß er mitten in der Nacht zur Kirche gegangen war. Andererseits, was wußte er, Fenn, von der Lebensweise, von den Gewohnheiten eines Monsignore? Vielleicht stand er nachts auf, um sein Gebet zu verrichten. Möglich auch, daß er nach den beiden jungen Priestern sehen wollte, die für die Nachtwache auf dem Feld eingeteilt waren. Nachdem es recht viel Verrückte in der Welt gab, wäre es wahrscheinlich besser gewesen, wenn man eine Wach- und Schließgesellschaft mit dem Objektschutz beauftragte. Aber die Kirche hatte ihre eigene Art, solche Probleme zu lösen.

Es war immer noch sehr kalt, obwohl Fenn die Tür geschlossen hatte. Das Feuer im Kamin war niedergebrannt, ein Rest von Glut leuchtete inmitten der weißen Asche. Fenn trat vor die Feuerstelle und legte zwei Scheite nach. Funken stieben hoch, als das Holz in der Glut landete. Fenn rieb sich die Hände, um sich vom Staub zu befreien. Er starrte die Scheite an, als könnte er sie mit der bloßen Willenskraft zum Brennen bringen.

Ein Zischen war zu hören. Aus einem der Scheite entwich ein Gasflämmchen. Wenig später loderte das Holz auf. Nach einem zufriedenen Grunzen wandte sich Fenn wieder dem Schreibtisch zu. Aus irgendeinem Grunde wanderte sein Blick wieder und wieder zum Fenster, zu der düsteren Lücke zwischen den beiden Stores;

nach einer Weile konnte er die Lücke nicht mehr ertragen, er ging zum Fenster und zog den Vorhang zu, als wäre die Nacht ein Feind, den es auszuschließen galt. Er nahm hinter Delgards Schreibtisch Platz. Immer noch war es kalt im Raum, es war, als könnte das Feuer nichts daran ändern. Fenn begann zu lesen.

Geschrieben am siebenzehnten Oktober A. D. 1560
Sie ist tot, und doch ist sie nicht in die Unterwelt eingekehrt. Nachts erscheint sie mir, ein Wesen aus der Hölle, das keine Ruhe finden kann, ein Geschöpf, das mich nicht aus den Klauen lassen will, ein verfaulender Leib, der dem Grabe entsteigt, sie, die ich einst geliebt habe. Immer noch ist ihre Schönheit ohne Makel. Süße, satanische Elnor, du wirst nicht von mir weichen, du wirst mich an der Hand nehmen und mich zu den Deinen führen, bis ich eins werde mit deiner Brut.

Es ist wahr, daß ich diese Strafe verdiene, meine Sünden schreien zum Himmel, sie können von unserem Gott, der im Himmel wohnt, nicht vergeben werden. Vielleicht ist meine Geisteskrankheit die Strafe, die Gott mir für das irdische Leben auferlegt hat. Es ist wahr, daß ich diese Strafe dem Höllenfeuer vorziehe. Aber Elnor verlangt nach mir, ich habe keine Wahl, ich muß ihr folgen. Meine Hand zittert, Elnor ist um mich! Ihre Leiche erfüllt die Luft mit dem süßen Gestank des Aases!

(Es folgt eine Passage, die nicht zu entziffern ist. D.)

Mein Vater, der Lord, hat mir untersagt, meine Sünden dem Bischof zu beichten. Er sieht in mir nur den Verrückten, und so hält er mich in dieser schäbigen Kapelle gefangen, wo nur die Bediensteten und die Menschen aus dem Dorf meinen Verfall beobachten können. Ich bin kein freier Mann mehr, weil ich im Angesicht meines Vaters gefehlt habe. Ich kann meinen Vater sehr gut verstehen, und doch leide ich, wenn er in meiner Gegenwart den Spottvers zitiert:

> *Wenn Gold sollt' rosten,*
> *Wird das Eisen nicht rosten?*
> *Wenn der Pfarrer liebt die Sünde,*
> *Kommt die Jungfrau zu dem Kinde.*

Mein Vater verfolgt mich mit seinem Zorn, und doch kennt er nicht alle Abgründe, in die ich mit meinen Sünden hinabgestiegen bin. Ich muß eilen und mein Geständnis zu Papier bringen! Meine Stirn fiebert, und meine Hand zittert wie im Wechselfieber, aber ich werde die Wahrheit niederschreiben über die Frau, deren Rache kein Maß kennt. Ich werde die Wahrheit niederschreiben über jene Wunden, die in Ewigkeit nicht heilen. Gebt mir Kraft und Mut, oh, Herr, damit ich meine Pflicht vollende und die Menschen von der Verdorbenheit und Bosheit dieses Weibes warne. Meine Schuld liegt offen wie ein Buch. Wer dies liest, soll es nicht abtun als das Gegeifere eines Irrsinnigen. Wer dies liest, richte sein Denken auf Jesus, den Erretter, auf daß sein Herz nicht beschmutzt werde von meiner Beichte.

(Es folgen Absätze mit krakeliger, verschmierter Schrift und zahlreichen Streichungen. Wie es scheint, konnte sich der Verfasser bei der Niederschrift nicht mehr auf einen klaren Gedanken konzentrieren. D.)

Ich habe lange Jahre als Priester der St. Joseph's Kirche in Banefeld gedient, dort habe ich kennengelernt, wie schön das Leben sein kann. Das Dorf war mein Haus, die Menschen waren meine lieben Kinder. Wenn die Menschen miteinander stritten, so habe ich den Streit geschlichtet, sie alle glaubten an mein Wort, das sie für das Wort Gottes hielten. Die Weiber des Dorfes erleichterten sich bei mir von der Bürde ihrer Sorgen. Wie gern habe ich diesen einfachen Menschen meinen Rat gegeben, ihnen zu helfen, erfüllte mein Leben mit Sinn, die Gnade des Herrn kam über mich. Die Kinder bezeugten Angst und Respekt vor mir, mein Gesicht und meine Haltung erfüllt sie mit Furcht. Aber es steht der Jugend wohl an, daß sie sich vor dem Seelenhirten fürchtet, den Gott auf Erden für sie eingesetzt hat. Alt und jung verehrten in mir die Heiligkeit Gottes, und während all der ketzerischen Wirren im Lande hielt mein Sprengel unverrückbar am wahren und einzigen Glauben fest.

(Der Verfasser spielt hier auf die Reformation und auf die Gründung der anglikanischen Kirche unter Heinrich VIII. an. D.)

Niemand in meinem Sprengel ist vom Pfade des rechten Glaubens abgeirrt, nur ich, der Pfarrer, bin ein Opfer des Bösen geworden, und noch immer winde ich mich in den Fängen des Satans.

Es war die Vorsteherin des Klosters, die mir Elnor zuführte, sie wußte nicht, daß sie damit das Werk des Teufels tat. Elnor, die verfluchte Nonne, war schön anzusehen, unschuldig wie ein Kind, obwohl sich hinter ihrer Stirn Gedanken verbargen, die Gott und den Menschen ein Greuel sind. Schwärzer als Pech ist ihre Seele, ihr Verstand trieft von Tücke, was sie sagt, ist von Arglist und Lüge geprägt. Die Priorin glaubte, diese Nonne sei vom Heiligen Geist erfüllt, sie ist eine gute Frau, die keinen Sinn für die Niedertracht und Durchtriebenheit Elnors hat.

Elnor war ausersehen, mir bei meinen Pflichten im Sprengel zur Hand zu gehen, meiner Aufgaben sind viele. Alsbald erwuchs in mir die Fleischeslust, ich wurde von verbotenen Träumen heimgesucht, ich versündigte mich gegen das Gebot der Keuschheit. Und es war, als könnte Elnor tief in mein Herz sehen, wo sie die verborgenen Sünden entdeckte. Was sie tat und dachte, blieb ein Mysterium für mich. Allzubald sollte ich erfahren, daß Elnor nicht wie andere Frauen ist, keine kommt ihr gleich, und ihre religiöse Inbrunst ist nichts als die Verirrung eines perversen Geistes. Und doch war es nicht ihr Körper, sondern ihr verdorbener, vergifteter Geist, der mich zum erstenmal von meinen Pflichten ablenkte. Ich habe Astronomie studiert, Medizin und Physik, nicht zu vergessen das von altüberkommenen Geheimnissen umwitterte Handwerk der Alchimie, und ich war erstaunt zu sehen, daß Elnor von der Medizin und der Alchimie mehr verstand als ich.

(Es erscheint durchaus logisch, daß der Sohn eines wohlhabenden Adeligen so unterschiedliche Fächer studierte. Wie aber konnte eine junge Nonne von der Wissenschaft der Medizin und der Alchimie Kenntnis erlangen? D.)

Von Anfang an war Elnor anders als die Nonnen, die ich bis dahin kennengelernt hatte; um die ganze Wahrheit zu sagen, sie war anders als alle anderen Frauen. Sie erfüllte die Pflichten, die ich ihr auferlegte, zu meiner vollen Zufriedenheit, und doch war gleich am ersten Tag das geheimnisvolle Lächeln auf ihren Lippen, ihr Blick, der allzu lange mit dem meinen verbunden blieb. Sie brauchte nur wenige Tage, um mich zu verhexen. Immer noch sah ich in ihr nur die Unschuld, das junge, arglose Geschöpf, ich sah nicht ihr wahres Ich und ahnte nicht, daß sie bald einen Narren aus mir machen würde. Wir beteten zusammen, und ich stellte fest, daß Elnor eine große Verehrung für die Jungfrau Maria, die Tochter der heiligen Anna, in ihrem Herzen trug. In jenen Tagen ging eine Krankheit im Dorf um, keine Seuche, sondern eine Krankheit, zwei Kinder starben, und ich dankte dem Herrn für seine Güte, daß er mir eine erfahrene Helferin gesandt hatte, die mir bei der Betreuung der Kranken zur Seite stehen konnte. Bald wußten alle im Dorf, wie gut sich Elnor auf die Kunst der Medizin verstand, und sogar der Arzt unserer kleinen Ansiedlung, ein aufgeblasener, wenngleich im Grunde gutmütiger Mann, war des Lobes für Elnor voll. Zwei Nonnen, beides Novizinnen, halfen uns bei unserer Arbeit, Agnes hieß die eine, Rosemund die andere, sie blieben im Sprengel, als die Kranken geheilt waren. Von Elnor sagten die Menschen im Dorf, daß ihre Hand von Gott geführt wurde, wenn sie einen Mann nur ansah, konnte sie erkennen, ob er trocken oder kalt war, naß oder heiß, und es machte dabei keinen Unterschied, ob der Mann ein Vogt oder ein einfacher Bauer war, Elnor wußte immer sofort, wo die Wurzel seiner Krankheit saß.

(Man glaubte damals, daß der Mensch aus vier Elementen bestand: Erde, Wasser, Luft und Feuer. Die Erde war kalt und trocken; das Wasser war kalt und feucht; die Luft war heiß und feucht; das Feuer war heiß und trocken. Der Mensch wurde krank, wenn das Gleichgewicht der vier Elemente gestört war. D.)

Elnor behandelte die Kranken mit Heilkräutern und Medizinen. Sie verordnete ihnen auch Bildnisse, die an Medaillons am Hals getragen werden mußten, diese Bildnisse zogen die Kraft der Planeten an. Ich hatte guten Grund, Elnor wegen dieser heidnischen Praktiken zur Rede zu stellen, aber sie lächelte nur und sagte, wenn die Menschen gesund würden, dann nur, weil sie Glauben in unseren Herrn und Heiland haben. Es war und blieb Gotteslästerung, was sie tat, aber ich schwieg, weil ich von Elnors Heilerfolgen tief beeindruckt war. Ich war ihr damals schon so verfallen, daß ich nicht einmal auf den Gedanken kam, mich wegen der gotteslästerlichen Behandlungsmethoden meiner Helferin mit der Priorin zu beraten. Es war im Verlauf einer mysteriösen Krankheit, die mich überkam, als das Unheil sich vollendete. Die Vorsteherin des Klosters hatte Elnor angewiesen, mir in meiner Krankheit beizuste-

hen, ich lag im Fieber und spürte ihre zarten, weichen Hände auf meinem Körper, wo sie mich berührte, wich der Schmerz wie Schnee, der in der Sonne schmilzt, sie nahm den Schweiß des Fiebers von mir fort und weckte eine Begierde, die tief in meinen Eingeweiden geschlummert hatte. Wahrscheinlich waren es die von ihr zubereiteten Elixiere, die mein unkeusches Begehren geweckt hatten. Ich wurde ihr williger Sklave. Meine Hingabe an die schöne junge Frau war grenzenlos, mein Appetit auf die Freuden, die sie mir spendete, war unersättlich. Ich schämte mich, alles zu schildern, was wir miteinander trieben; es möge genügen, wenn ich hier sage, daß wir tief auf den Grund des Sündenpfuhls hinabtauchten, so tief, daß meine Seele auf ewig besudelt ist, ich weiß, daß ich nie im Herrn auferstehen kann, so schwer wiegt meine Schuld.

(Die restlichen Worte auf dieser Seite sind unlesbar. Obwohl der Pfarrer oben angekündigt hatte, er würde auf die unanständigen Handlungen, derer er sich mit der Novizin schuldig machte, nicht weiter eingehen, so scheint es doch, daß er zumindest den Versuch gemacht hat, die Sünde der Unkeuschheit detailliert zu beschreiben. Offen bleibt, ob es das Bewußtsein der schuldhaften Verstrickung war, was seine Handschrift unleserlich machte, ob die Angst vor Gottes Strafe seine Feder zittern ließ oder ob die geschlechtliche Erregung des Schreibers für die schlechte Lesbarkeit jener Passage verantwortlich zu machen ist. Die verstümmelten Worte lassen den Schluß zu, daß beim Verkehr verbotene Positionen eingenommen wurden. Die Einbeziehung sakraler Gegenstände in das Liebesspiel mit der Novizin darf angenommen werden. D.)

Elnor gab mir ihren Körper hin, sie öffnete mir auch ihre Seele. Sie sprach von Dingen, die vor Urzeiten stattgefunden haben, von Dingen, die nicht von dieser Welt sind. Sie sagte mir, sie könnte die Stimmen der Toten hören. Sie schilderte mir die bösen Mächte, die wie ein Gewitter durch die Luft reiten können; nur wenige Auserwählte können die Energien spüren, die von den Toten und den Geistern ausgehen. Elnor verglich die Stimmen der Geister mit Wellen aus Energie, die aus dem Jenseits an die flachen Gestade unserer Welt branden. Elnor sprach von Furien, die das neu erschaffen können, was sie zerstören. Ich fragte sie, ob es die

Mächte des Satans seien, von denen sie sprach, aber sie lachte nur und sagte, es gäbe keine größere Kraft als den Willen des Menschen. Ich brach zusammen unter der Last ihrer Blasphemie, ich kam zu dem Schluß, daß Elnor eine Zauberin und eine Hexe war, erst später sollte ich erfahren, daß sie viel böser, viel verdorbener und viel niedriger war, als Zauberinnen und Hexen sein können. Für sie war Magie der Ausfluß des menschlichen Willens. Elixiere und Gifte, so behauptete sie in ihrer gottfernen Vermessenheit, seien Stoffe, die von Alchimisten und Ärzten hergestellt würden, die Wirkungsweise von Heilmitteln und Giften hätte nichts mit Zauberei zu tun.

Ich war ihr verfallen, diese verfluchte Novizin beherrschte meinen Leib, sie beherrschte meine Seele. Mein schwacher Körper, ausgelaugt von der Lust, die sie mir zu bereiten verstand, lebte nur noch, um sich aufs neue in ihr zu verströmen. Ich sage vor Gott, daß ich Elnor erfahren, erkennen, sie verstehen wollte – sie ist mir ein Rätsel geblieben.

Woher kommt das Böse, das in dir steckt, habe ich sie gefragt. Und woher kommt das Gute? Denn es gab auch das Gute, immer noch heilte Elnor Kranke. Wie ist es möglich, daß du die Heilige Jungfrau anbetest, wo du doch vor dem Bild der Muttergottes die Sünde der Unkeuschheit begehst? Warum hast du dich unserem Herrn Christus anvermählt, wenn doch deine Gelüste und deine Handlungen dich als Braut des Satans ausweisen? Und warum hast du einen Priester zu deinem Opfer gemacht? Ich stellte ihr diese Frage viele Male. Ich bekam die Antwort erst, als die Bande zwischen ihr und mir zu unzerreißbaren Ketten geworden waren. Sie heilte die Kranken, so sagte sie, damit sie von den Menschen einst mit der gleichen Inbrunst angebetet würde wie die Jungfrau Maria. Sie sei Nonne geworden, so sagte sie, weil sie in diesem Beruf Herrschaft über andere ausüben konnte. Ihr Ehrgeiz war es, Vorsteherin der Schwesternschaft zu werden, sie wollte als Priorin des Klosters eingesetzt werden. Du, lieber Thomas, sagte sie, wirst mir helfen, mein Ziel zu erreichen, dein adeliger Vater hat großen Einfluß auf die Geistlichkeit in dieser Gegend.

Während ich dies niederschreibe, wird das Gotteshaus so kalt, daß ich meinen Atem sehen kann. Der Sturm rüttelt an den Fenstern und an den Türen. Ich weiß, es sind die Dämonen des Bösen, die draußen auf mich lauern. Wage nicht, das Gotteshaus zu betreten, Elnor! Der Boden, auf dem ich stehe, ist der heilige Boden der Kirche. Meine Finger werden steif, ich spüre, wie der Frost durch meine Hände kriecht. Oh, Herr, mein Gott, habe Gnade mit deinem Diener und gib, daß ich diese Chronik vollenden kann.

Ich höre, wie eine Stimme meinen Namen ruft. Der Klang kommt von draußen. Ist es das Heulen eines wilden Tieres? Nein, es ist die Stimme meiner toten Herrin. Es ist düster in der Kapelle, der Schein der Öllampe reicht nur wenige Schritte weit. Ich werde keinen Frieden finden, nicht einmal in diesen Mauern, die Gott und der Jungfrau Maria geweiht sind, ich werde keinen Frieden finden, solange Elnor, meine tote Herrin, lebt. Wer wird ihrer Existenz ein Ende setzen? Ich kann es nicht, das weiß ich.

Als Elnor mir ihre Pläne verriet, war es mir, als hätte sie den Schleier von ihrem schönen Gesicht fortgezogen. Ich war entsetzt, aber sie spottete meiner und lachte. Sie sprach davon, daß sie die Priorin vergiften würde. Sie würde ihr das Gift in kleinen Dosen geben, so daß sich kein Verdacht gegen sie, die Mörderin, richtete. Erst nach langem und schmerzvollem Siechtum würde die Vorsteherin der Schwesternschaft sterben. Sie, Elnor, würde die Kranke behandeln, und das würde in den Augen der Menschen zugleich den Beweis dafür liefern, daß die bejahrte Frau nicht zu heilen war. Oh, du schlaue, von Bosheit durchdrungene Hexe! Aber nein, du bist keine Hexe, meine liebe Elnor, verfluchtes Wesen, du bist auch keine Zauberin, du bist mehr als das.

Zu spät erfuhr ich von Elnors schlimmen Plänen, ich war ihr damals schon so verfallen, daß ich keine Kraft mehr hatte, um ihr zu wehren. Ich schwacher, vom Fieber der Begierde geschüttelter Diener der Sünde! Gott steh mir bei, wenn meine letzte Stunde kommt!

Elnor war so von ihrer Fleischeslust besessen, daß sie ihren eigenen Untergang herbeiführte. Gelobt sei Jesus Christus! Die Menschen im Dorf verehrten sie, weil sie viele geheilt hatte. Sie brachten ihr Geschenke. Einen Teil der Geschenke verbarg sie in der Krypta der St. Joseph's Kirche, die Geschenke minderen Wertes gab sie an die Schwesternschaft weiter. Welch eine bescheidene, einfache, bedürfnislose Dienerin Gottes, sagten die Leute.

Die Kinder kamen zu Schwester Elnor, sie verehrten dieses verdorbene, vom Stachel der Fleischeslust getriebene Geschöpf, sie verneigten sich in Demut, wenn Schwester Elnor ihnen den Segen *gab, denn sie wußten von ihren Eltern, die junge Frau, die ihnen die Hand auf den Scheitel legte, war eine Heilige. Wie kann eine Frau so schlecht, so verdorben sein? Es gibt in dieser Welt keine Antwort auf die Frage. Wenn es überhaupt eine Antwort gibt, dann kommt sie aus dem Reich der Toten, der Geister und der Teufel, die den Menschen vernichten wollen.*

Jeden Tag hat Elnor viele Stunden in der Kirche gekniet und gebetet, alle sollten sehen, daß sie Gott diente. In der Nacht, wenn die Gläubigen schliefen, tat sie vor dem gleichen Altar Dinge, bei denen sich mir in der bloßen Erinnerung die Kehle zuschnürt. Denn ich war ihr Komplize. Ich weiß heute noch nicht, welcher böse Geist die Fleischeslust in mir entfesselt hat, die mich zu Elnors Opfer machte. Ich vermute, daß ihr Wille stärker war als der meine, sie verschaffte sich Gewalt über meine Gedanken; aber es ist nur mein Verstand, der eine solche Begründung erfindet. In meinem Herzen weiß ich, ich selbst war es, der das alles wollte, ich, ich, ich. So süß waren die Versuchungen, in die sie mich führte, so unwiderstehlich war die Folter der Lust, der sie mich unterwarf! Ihr Engelsgesicht, ihr weißes Fleisch, das Höllentor ihres Schoßes, aus dem sie mir zu trinken gab, dies alles übte einen Zauber auf mich aus, für den ich kein Gegenmittel wußte.

Ich kann keinen klaren Gedanken mehr fassen. Mein Vater, der Herr über die Grafschaft, hält mich für verrückt. Vielleicht hat er recht. Aber eines unterscheidet mich von den Geistesgestörten. Ich kann mich nicht ins Delirium flüchten, ich finde keinen Trost in wilden Träumen.

Zwei Jahre kannte ich Elnor, als die Leute im Dorf Verdacht schöpften. Mein Verfall war offensichtlich, ich war nur noch ein Schatten meiner selbst. Ich konnte es nicht mehr verheimlichen, daß ich von der Liebe zu der jungen, schönen Novizin besessen war. Den Ausschlag gab dann das Verschwinden der Kinder. Die Kinder verirrten sich in den Wäldern, niemand hat sie je wiedergesehen. Es waren drei, ich habe die Namen bereits an anderer Stelle genannt. Es waren junge, unschuldige Geschöpfe, die Schwester Elnor von ganzem Herzen liebten. Ich mußte ihnen den Mund zuhalten, um ihre Schreie zu ersticken, es kann keine Vergebung geben für die Hilfe, die ich Elnor zuteil werden ließ. Ich habe es nicht einmal übers Herz gebracht, vor den verborgenen Gräbern der Kinder zu beten.

(Die drei Namen befinden sich wahrscheinlich auf der Seite mit den Durchstreichungen. Der Priester und die Novizin wurden zu Mördern an den drei Kindern!)

Die Priorin war krank und entkräftet, dafür hatten Elnors giftige Elixiere gesorgt. Immer kühner, immer unverschämter wurde die Tochter des Satans in ihrem Verlangen. Die Säfte meines Körpers vermochten ihren Liebesdurst nicht mehr zu stillen, und es genügte ihr auch nicht mehr, daß sie mich nach Herzenslust demütigen konnte. Und so wandte sie sich zwei Novizinnen zu, die täglich in der St. Joseph's Kirche ihre Andacht verrichteten. Eines der beiden Mädchen gab sich Elnor willig hin, sie war ihr vom ersten Augenblick an mit Leib und Seele verfallen; das zweite Mädchen ließ sich verführen, aber dann floh sie, von der Reue geplagt. Bevor sie ihrem Leben ein Ende setzte, beichtete sie die mit Elnor begangene Fleischessünde der kranken Priorin.

Die Empörung und das Entsetzen verliehen der Ehrwürdigen Mutter Oberin frische Kräfte. Sie beschloß zu handeln. Aber die Priorin war nicht nur eine fromme, herzensgute Frau, sie war auch klug. Sie wußte sehr wohl, was passieren würde, wenn sie mich öffentlich der Verbrechen anklagte, die ich begangen hatte. Mein Vater, der große Wohltäter der Kirche, würde sich gegen das Kloster wenden. Es war mein Vater, der die Geistlichkeit mit Geld versorgte. Er hatte der katholischen Kirche in Rom während der protestantischen Verirrungen des jungen König Eduard die Treue bewahrt. Die gute Königin Maria, die dann auf den Thron kam, belohnte ihn für seine Festigkeit mit ihrer besonderen Gunst. Die Priorin wußte, daß sie sich meinen Vater, der über großen Einfluß verfügte, nicht zum Feind machen durfte.

Die Ehrwürdige Mutter schickte nach mir, ich warf mich ihr zu Füßen und gestand meine Sünden. Ich schob alle Schuld auf meine Versucherin, Schwester Elnor, die mich mit ihrer Zauberkraft des Verstands beraubt hatte. Ich gestand, daß ich mich in den Armen Elnors den Freuden der Unkeuschheit hingegeben hatte. Mehr sagte ich nicht, ich fürchtete für mein Leben.

Die Priorin vergab mir. Elnors Geist, so sagte sie, war von den Schatten böser Geister verdunkelt, die den christlichen Glauben leugneten. Sie war eine Tochter des Satans, und da ich nur ein Sterblicher war, so konnte ich ihren Zauberkräften keinen Widerstand entgegensetzen. Und dann sprachen wir über die Strafe, die Schwester Elnor erleiden sollte.

Die Priorin war überzeugt, daß es sich bei Elnor um eine Hexe und um eine Ketzerin handelte. Die gute Königin Maria hatte verfügt, daß Hexen und Ketzer auf dem Scheiterhaufen verbrannt wurden. Es gab Gerüchte, daß über zweihundert von ihnen in der genannten Weise bestraft worden waren, viele davon in der Grafschaft Sussex. Der Gerichtsbote wurde ins Kloster zitiert, ich zeigte Elnor als Ketzerin und Hexe an. Die Priorin war sehr zufrieden mit mir. Sie sagte mir, daß ich die Gemeinde vor der Schlechtigkeit Elnors warnen müßte. Sie ließ durchblicken, daß Elnor bei der hochnotpeinlichen Befragung lügen würde. Mein Name würde aufs Tapet kommen. Ich verstand. In aller Eile kehrte ich nach Banefeld zurück. Ich verständigte eine Reihe von Vertrauten von dem, was Elnor getan hatte. Wie ein Lauffeuer machte die Nachricht die Runde. Der Zorn der Gemeinde war unbeschreiblich. Die Eltern der ermordeten Kinder schrien nach Rache. Die Menschen kamen auf dem Marktplatz zusammen, sie bewaffneten sich mit Stöcken und Keulen, sie zogen zur St. Joseph's Kirche, um Elnor zu bestrafen. Ich folgte ihnen, denn auch ich lechzte nach Rache. War ich nicht von Elnor zu unbeschreiblichen Sünden verführt worden? Wir fanden Elnor vor dem Altar, in den Armen der Novizin Rosemund, die beiden Frauen gaben sich unter der Statue der Muttergottes den Fleischesfreuden hin. Elnor wurde von den wütenden Bürgern an den Haaren aus dem Gotteshaus geschleift. Wie ich zusammenzuckte, als sie mich ansah. Ihre Augen waren wie vergiftete Dolche, die sich in mein Herz senkten. Sie wußte sofort, daß ich sie verraten hatte, und die Welle von Haß, die sie zu mir schickte, war so stark, daß ich zu Boden geschleudert wurde. Die Gläubigen dachten, sie hätte mich verzaubert, sie schlugen mit ihren Stöcken und Knütteln auf das zarte Geschöpf ein. Und dann hörte ich, wie sie mich der Anstiftung zur Unkeuschheit beschuldigte, ich wies diese Anschuldigung empört von mir und gab meinen treuen Schäflein den Rat, am Körper der Hexe nach dem Hexenmal zu suchen. Elnor hatte eine dritte Brustwarze, und die Menschen in ihrer Dummheit und Verblendung hielten das für ein Hexenmal.

(Anmerkung von Monsignore Delgard: Alice!)

Sie rissen Elnor die Kleider vom Leibe und fanden das Mal. Die Wut der Menschen kannte keine Grenzen mehr. Die Männer schlugen auf die nackte Hexe ein, angespornt von den schreienden Weibern. Aber Elnor dachte nicht daran, sich der Hexerei zu bezichtigen. Flüche waren die einzige Antwort, die sie den Bürgern entgegenschleuderte. Sie folterten sie und achteten nicht auf meine Bitten, das grausame Spiel zu beenden. Sie brachen ihr die Knochen und stachen mit spitzen Stäben auf sie ein. Ich konnte die Rasenden nicht mehr zurückhalten, und ich versuchte es auch gar nicht mehr.

Elnor winselte um Gnade, aber sie gestand nicht. Sie schleppten sie zu einem nahen Teich und unterzogen sie der Wasserprobe. In ihrer Todesangst gestand Elnor, mit dem Teufel im Bunde zu sein, und mein Bedürfnis nach Rache war so groß, daß ich nur allzugern an die Wahrheit der Selbstbezichtigung glaubte.

Sie schleppten sie zu einer kleinen Eiche, legten ihr einen Strick um den Hals und zogen sie hoch. Elnor schrie aus Leibeskräften. Ein Feuer wurde angezündet. Ich stand dabei, als sie verbrannte, ihre Schreie, ihr furchtbarer Todeskampf ging mir durch Mark und Bein. Aus blutüberströmten Augen starrte sie mich an, ihre schwärenden Lippen verfluchten mich. Elnor verfluchte mich und alle Anwesenden bis ins tausendste Glied. Sie verfluchte den Namen Maria. Ich weiß nicht, ob sie damit die Muttergottes oder die gute Königin Maria meinte. Sie hörte nicht einmal auf zu fluchen, als der Zimmermann, ein starker, grobschlächtiger Kerl, ihr mit einem Messer den Bauch aufschlitzte. Er tat das, damit die Gedärme herausquollen, so daß sie von den Flammen erfaßt werden konnten.

Als sie starb, wurde mir klar, daß sie schlimmer als eine Hexe war, der Himmel verdunkelte sich, und die Erde erzitterte unter unseren Füßen. Die meisten Bürger waren fortgelaufen, es gab einige, die auf dem Feld kauerten. Ich sah, wie sich Gespenster über den Scheiterhaufen erhoben und in den düsteren Himmel entschwebten. Ich weiß nicht, welche bösen Mächte im Augenblick ihres Todes entfesselt wurden. Die Erde barst, ich sah in einen Schacht hinab, es war die Hölle, die sich vor mir aufgetan hatte, der Ort, wo die verdammten Seelen schmorten, die Seelen jener, die Todsünden auf ihr Gewissen geladen hatten.

Das Seil, an dem die Tote hing, riß, der Leichnam stürzte in die Flammen, wo er zu einer schwärzlichen Masse verbrannte. Als schon alles vorüber schien, öffnete Elnor noch einmal den Mund, um einen furchtbaren Schrei auszustoßen. Ich weiß, daß ich mir das nur einbildete, ihr Körper und der Kopf hatten längst nichts Menschliches mehr, Elnor, die einmal eine Schönheit gewesen, war zur Unkenntlichkeit verglüht.

Die Nacht kam, obwohl es noch Tag war. Ich rannte fort, verbarg mich in meiner Kirche, ich betete zu meinem Herrn Jesus Christus, er möge mich vor des Satans Zorn bewahren. Nach dem Gebet flüchtete ich mich in das Grabgewölbe der Kirche, in die Krypta. Ich hockte mich auf den Steinboden und hielt mir die Augen zu, damit ich die lockenden Gesten der Dämonen und Dämoninnen nicht sehen mußte. Drei Tage und drei Nächte blieb ich in der Krypta. Wahrscheinlich habe ich dort meinen letzten Rest Verstand verloren. Als mich die Diener meines Vaters aufstöberten, war ich nicht mehr in der Lage, einen zusammenhängenden Satz zu sprechen.

Sie führten mich aus der Krypta ans Licht. Die Sonne blendete mich, und geblendet wäre ich nur zu gern gewesen, ich wollte den Ort, wo das abstoßende Blutopfer stattgefunden hatte, nie mehr wiedersehen. Ich wurde in die Burg meines Vaters gebracht, die Ärzte behandelten mich mit den teuersten Elixieren, um das Zittern meiner Glieder zu besänftigen. Dann kam der Bischof. Ich erfuhr, was ich schon wußte, Elnor hatte, bevor sie starb, das ganze Dorf verflucht. Ein Unwetter war aufgezogen, die Erde hatte gezittert, aber die Hölle, die sich vor mir aufgetan hatte, niemand sonst hatte sie gesehen, nur ich. Ich versicherte dem Bischof und meinem Vater, daß ich die Wahrheit sprach, aber sie sagten, Elnor hätte mit ihren Zaubertränken meinen Geist vergiftet, so daß ich Dinge sah, die es in Wirklichkeit nicht gab. Als sie das sagten, bekam ich einen Tobsuchtsanfall, zwei Diener mußte mich auf dem Bett festschnallen.

Wochen vergingen. Mein Vater und der Bischof kamen überein, daß es für meine Gesundheit besser war, wenn ich Banefeld und den Sprengel der St. Joseph's Kirche verließ. Ich vermute, daß bei dieser Übereinkunft auch die Priorin ihre Hand im Spiel hatte. Ich war eine sündige Seele, sie wollte nicht, daß ich weiterhin als Seelsorger im Bereich ihres Klosters arbeitete. Die Vereinbarung sah vor, daß ich die Petruskapelle auf dem Landgut meines Vaters übernehmen sollte. Dort war ich in Sicherheit vor mir selbst. Mein Vater war es, der mir die Meßgewänder aus der St. Joseph's Kirche brachte, er *brachte auch die Truhe mit den alten Aufzeichnungen. Er hätte sich wegen dieser Aufzeichnungen keine Sorgen zu machen brauchen. Ich war nicht so dumm gewesen, meine Fleischessünden mit Elnor ins Kirchenbuch einzutragen. Wie würde Vater wohl fühlen, wenn er die Zeilen lesen könnte, die ich jetzt niederschreibe? Er wird sie nicht zu sehen bekommen. Ich werde diese Aufzeichnungen verbergen. Eines Tages, wenn Gott will, wird sie jemand finden und lesen.*

Still! Die Tür ist ins Schloß gefallen. Ich weiß, Elnor ist eingetreten. Ich rieche ihren Gestank. Kalter Schweiß steht auf meiner Stirn, der Gänsekiel biegt sich unter dem Druck meiner Finger. Ich fürchte mich, den Schatten anzusehen, der hinter mir lauert. Ich weiß, ich muß diese Eintragungen vollenden. Ich muß die Menschen vor Elnor und ihren teuflischen Listen warnen! Ich habe als treuer Diener meiner kleinen Gemeinde gewirkt, obwohl ich wußte, daß meine Seele zum ewigen Feuer verdammt ist.

Ich habe gelernt zu schweigen. Ich belästige die Menschen nicht mehr mit meinen Geistergeschichten. Die Königin Elisabeth hat den Thron bestiegen, und der Papst in Rom hat Grund zur Sorge. Mich kümmert das nicht. Ich bin der Pfarrer einer kleinen Kapelle. Ich lebe in Frieden. In Frieden! Was für ein Unsinn! Ich würde lieber von den Schergen der Königin Elisabeth verfolgt werden als vom Geist der süßen Teufelin Elnor. Seit ich den Sprengel von St. Peter übernommen habe, habe ich keine Nachricht mehr von der Priorin bekommen. Sie läßt meine Botschaften unbeantwortet (es könnte sein, daß mein Vater die Briefe abfangen läßt). Der Burgvogt hat mir erzählt, daß Schwester Rosemund nach Elnors Tod auf dem Scheiterhaufen aus der Schwesternschaft ausgestoßen wurde. Sie lebt im Wald, in der Nähe des Dorfes. Ich weiß nicht, ob das wahr ist, es kümmert mich nicht. Mitleid habe ich nur noch für mich selbst. Ich spüre Elnors Hauch an meinen Wangen, es ist der faulige Geruch des Todes. Sie will, daß ich ihr in die leeren, schwarzen Augenhöhlen sehe. Sie will, daß ich sie in die Arme schließe. Ihre Knochenhand berührt meine Schulter, aber ich sehe mich nicht um. Noch nicht, Elnor. Noch nicht. Ich will erst meine Eintragungen zu Ende führen. Die Menschen sollen wissen, wer du bist. Was hier steht, sind nicht die Hirngespinste eines Wahnsinnigen, es ist die Wahrheit. Elnors Bosheit und ihre Bereitschaft, die Menschen in ihren Sündenpfuhl hinabzuziehen, sind ungebrochen Sie ist der böse Geist, der immer war und immer sein wird.

Die Tür schwingt auf, der Wind fährt in die Kapelle. Der Wind will mir das Papier entreißen, aber ich werde ihm Einhalt gebieten. Ich werde diese Aufzeichnungen verbergen, und dann werde ich mich meiner schönen Elnor widmen. Ich werde sie umarmen, wie ich sie in unzähligen Träumen umarmt habe, denn ich liebe sie immer noch. Ich habe Augen nur für ihre Schönheit, nicht für den schwarzen, lippenlosen Mund, der sich meinen Wangen nähert, um ...

Genug! Ich bin ihr Sklave, das ist die Wahrheit. Ich schlafe mit ihr in meinen Träumen, es ist die Sünde, der Fluch der Fleischeslust, was uns für immer aneinanderkettet. Ich widme diese Aufzeichnungen dem Menschen, der nach ihnen sucht. Elnor knöcherner Mund preßt sich auf meine Lippen. Ich gehöre ihr!

Gott sei deiner Seele gnädig. Bete für mich. Bete für einen Verdammten.

(Ende der Aufzeichnungen. Es steht außer Zweifel, daß es sich bei dem Schreiber um Thomas Woolgar, Pfarrer der St. Joseph's Kirche zu Banfield, später Pfarrer der St. Petruskapelle zu Barham, den Sohn von Sir Henry Woolgar, handelt. D.)

Fragen:
1. War Thomas Woolgar geistesgestört?
2. Was meinte er, wenn er schrieb, Elnor sei mehr als eine Hexe?
3. Erfüllt sich der Fluch?
4. Sind Pater Hagan und Molly Pagett Katalysatoren?
5. IST ALICE IDENTISCH MIT ELNOR?

Monsignore Delgard

Fenn lehnte sich in seinem Stuhl zurück. Ein Stöhnen entrang sich seinen Lippen. Mein Gott, war das möglich? War es die Wahrheit, was auf diesen Pergamenten stand, oder waren es die Phantasien eines Wahnsinnigen? War die Hexenverbrennung, die vor fünfhundert Jahren stattgefunden hatte, der Grund für die geheimnisvollen Vorgänge in der St. Joseph's Kirche und auf dem Feld? Nein, das war doch finsterer Aberglauben! Hexen, so etwas gab es nur in

Märchen. Allerdings . . . Woolgar hatte auch gar nicht behauptet, daß es sich bei Elnor um eine Hexe handelte. Er hatte von ihr als einem übernatürlichen Wesen gesprochen. Gab es einen Unterschied zwischen Hexen und übernatürlichen Wesen? Er, Fenn, hatte in Banfield Ereignisse erlebt, die als paranormal bezeichnet werden mußten. Er hatte in der Kapelle eine Wesenheit aus einer anderen Welt erlebt, die eine Aura des Bösen um sich verbreitete. Auch Nancy hatte das Wesen gesehen, sie hatte bei dem Anblick einen Schock erlitten. Was zum Teufel steckte dahinter? War ihnen der Geist der armen Schwester Elnor erschienen?

»Nein!« sagte Fenn laut. So etwas gibt es nicht. Ich muß mir ganz fest einprägen, daß es so etwas nicht gibt. Er betrachtete seine Hände. Die Krallen des Geistwesens hatten keine Spuren auf seiner Haut hinterlassen.

Was Monsignore Delgard wohl dazu sagen würde? Er war Priester, Theologe, Fachmann für das Übernatürliche, der Glaube an ein Leben nach dem Tode war die Grundlage seiner Religion. Aber konnte der Fluch einer Frau, die vor fünfhundert Jahren auf dem Scheiterhaufen verbrannt worden war, den Bann des Bösen bis ins zwanzigste Jahrhundert hineintragen?

Fenn schüttelte den Kopf. Was er gelesen hatte, war einfach unglaublich. Und doch gab es Umstände, die darauf hindeuteten, daß es sich um die Wahrheit handelte.

Er erhob sich. Wie kalt es in diesem Raum war! Die Scheite im Kamin waren niedergebrannt. Fenn zog sich den Mantel an und knöpfte ihn bis zum Hals zu. Er würde Delgard suchen gehen. Er würde sich mit ihm aussprechen. Der Monsignore war ein Mann, der an seine Religion glaubte, aber er war kein Narr; wenn Delgard die Pergamente für wahr, für bedeutsam hielt, nun, dann waren sie wahr und bedeutsam. Dann blieb nur noch das Problem, was sie zur Abwehr gegen das Böse tun konnten.

Fenn verließ den Raum. Er schloß die Tür hinter sich und ging den Flur entlang. Ein Hauch aus Eis kroch an ihm hoch. Er trat ins Freie und sah zum Himmel. Sternklar. In der nahen Kirche brannte Licht. Fenn ging auf die Kirche zu. Es war etwas Merkwürdiges um dieses Gebäude. Die Mauern waren schwarz, schwärzer als die Nacht. Das Sternenlicht wurde nicht reflektiert, sondern verschluckt. Fenn spürte, wie sein Herzschlag sich beschleunigte. Wie gern wäre er fortgelaufen. Wie gern hätte er den Ort des Bösen für immer hinter sich gelassen. Die Angst, die ihn in der Kapelle umfangen hatte, war ihm nachgefolgt.

Fenn wußte, daß er nicht fliehen durfte. In der Kirche war Monsignore Delgard, der von der seltsamen Verwandlung des Gebäudes nichts wissen konnte. Er mußte ihn warnen. Fenn hatte verstanden, daß die St. Joseph's Kirche kein Gotteshaus mehr war, sie war das Heiligtum des Teufels.

Seine Hand ertastete den Türgriff. Unrein, dachte er. Der Türgriff ist unrein. Er überwand seinen Ekel. Die Angst blieb. Fenn zwang sich, die Kirchentür aufzustoßen. Er überquerte die Schwelle.

35

> »Aber mich mußt du auch bezahlen«, sagte die Hexe,
> »und es ist nicht wenig, was ich verlange...«
> Andersens Märchen: Die kleine Seejungfrau

Die Handgelenke des Monsignore ruhten auf dem schmalen, niedrigen Geländer, das den Altar umgab. Die Lippen bewegten sich in schweigendem Gebet, das übrige Gesicht war fest und hart wie Stein. Er hätte nicht zu sagen vermocht, wie lange er schon betete; eine Stunde vielleicht. Immer noch war da die Angst. Der Monsignore hatte keinen Zweifel an der Wahrhaftigkeit der Aufzeichnungen, die er aus dem Lateinischen ins Englische übersetzt hatte. Er war auch überzeugt, daß sich der Fluch erfüllen würde. Die Kraft des menschlichen Geistes hatte keine Grenzen auf dieser Erde. Elnor war ein Wesen, das über Kräfte verfügte, die ihren Zeitgenossen ein Rätsel bleiben mußten. Sie hatte die Fähigkeit, den Willen anderer Menschen zu einer einzigen Energie des Bösen zu bündeln. Nicht sie war es, die den Kranken die Heilung brachte. Die Kranken hatten sich selbst geheilt. Elnor war nur ihr Geistführer gewesen. Und jetzt wirkte Elnor durch Alice, sie übte über das zwölfjährige Mädchen mehr Einfluß aus, als ihr in ihrem Leben als Nonne beschieden gewesen war.

Es waren Kräfte, gegen die Monsignore Delgard keine Gegenwehr wußte. Wie konnte er gegen etwas kämpfen, das er nicht verstand? Er würde den Bischof um Rat bitten. Sicher gab es in der

Kirche Männer, die in solchen Dingen Erfahrung hatten. Vielleicht gelang es mit ihrer Hilfe, des Bösen Herr zu werden. Vor allem aber würde Delgard den Herrn und den einzigen Gott um Hilfe bitten. Nur der Allmächtige konnte auslöschen, was in seiner Welt geschaffen worden war.

Ein Geräusch ließ ihn den Kopf wenden. Zu sehen war nichts. Die Kirche war menschenleer. Der Monsignore richtete den Blick wirder auf den Altar und auf das Kruzifix. Er schloß die Augen und betete. Einmal mehr spürte er die Last des Alters auf seinen Schultern. Wenn dies alles vorüber war, würde er sich auf ein stilles Fleckchen zurückziehen, er würde ...

Wieder das Geräusch! Ein scharfes, knackendes Geräusch.

Sein Blick wanderte zur Statue der Muttergottes. Seine Lippen begannen zu zittern.

Er war aufgestanden und ging auf die Statue zu. Er betrachtete das durch groteske Risse entstellte Antlitz aus Stein. Die Muttergottes hielt die Hände ausgestreckt, als wollte sie ihn willkommen heißen. Der Ausdruck mütterlicher Liebe auf ihren Lippen hatte sich in eine Geste der Begehrlichkeit verwandelt.

Er riß die Augen auf, als das Antlitz seinen Ausdruck veränderte, und dann sah er, wie die Risse tiefer wurden, breite, von Zacken gesäumte Linien erschienen, wo vorher nur eine dünne Naht verlief. Das Lächeln wurde zu einem bösartigen Grinsen, und dann öffneten sich die Lippen zu einem lautlosen Lachen. Delgard war von dem Anblick so fasziniert, daß er den Blick nicht von der Statue zu wenden vermochte.

Er starrte in die leblosen Augen. Staub rieselte aus den Augenhöhlen. Löcher entstanden, wo vorher blinde Augäpfel aus Stein gewesen waren.

Er wollte einen Schrei ausstoßen. Auf einmal wußte er, was geschehen würde. Er hob die Hand, um sich zu schützen.

Fenn hatte die Schwelle überquert. Er sah Delgard vor der Statue der Muttergottes stehen. Der alte Mann hatte die rechte Hand erhoben.

Sie waren nicht die einzigen Wesen in der Kirche. In einer Bank saß eine kleine Gestalt, deren Kopf von einer Kapuze bedeckt war.

Fenn spürte, wie sich seine Magenmuskeln zusammenkrampften. Seine Haare sträubten sich. Er wollte dem Monsignore eine

Warnung zurufen, aber nur ein Flüstern kam über seine Lippen. Er eilte auf den Geistlichen zu. Aber es war zu spät.

Die Statue explodierte, die Steinbrocken zerschlitzten Delgards Körper wie bösartige Schrapnelle, sie zerschnitten sein Fleisch, drangen in seinen Kopf, in die Brust, die Hände und in sein Geschlecht. Tödlich getroffen taumelte der alte Mann zurück, er brach zusammen, noch bevor er die erste Bankreihe erreichte, die Steinsplitter, die in seine Augen gedrungen waren, hatten sich inzwischen tief in sein Gehirn eingegraben. Der Schmerz war unglaublich groß und unglaublich kurz. Noch zuckte der Körper, aber der Monsignore spürte nichts mehr. Seine Hand schloß sich um die Kante der Bank. Es war die Hand eines Toten.

Fenn rannte auf den fallenden Priester zu. Als er bei ihm ankam, lag Delgard in seinem Blute. Das Gesicht war zerschlitzt und verunstaltet, das weiße Bäffchen mit Blut überströmt. »Monsignore!« schrie er. »Monsignore!« Und wußte doch, daß der alte Mann ihn nicht mehr hören konnte.

Unter Tränen sah er zu der Statue der Muttergottes auf. Sie war nicht mehr da. Die Kirche war leer. Bis auf Fenn und den toten Monsignore.

WILKES

> »*Kann ich denn gar nichts tun, um eine unsterbliche*
> *Seele zu gewinnen?« fragte die kleine Meerjungfrau.*
> Andersens Märchen: Die kleine Meerjungfrau.

Er verschloß das kleine Behältnis. Er nahm es hoch und durchquerte den kleinen Raum, er brauchte nur drei Schritte dazu. Er stellte sich auf die Zehenspitzen und legte das kleine Behältnis auf den Schrank. Er schob es nach hinten, bis es nicht mehr zu sehen war. Wahrscheinlich wußte die neugierige Vermieterin ohnehin, daß er dieses kleine Behältnis besaß. Trotzdem, es war besser, wenn ihr Blick nicht gleich darauf fiel, sobald sie den Raum betrat. Er lächelte, als er sich vorstellte, was für ein Gesicht sie machen würde, wenn sie den Inhalt zu Gesicht bekam. Was in diesem Behältnis war, das war sein Geheimnis.

Er setzte sich auf die Bettkante und strich sich das blonde Haar aus der Stirn. Die Zeitung lag auf der Erde, vor ihm. Er überflog noch einmal den Artikel. Ein Lokalreporter in der Grafschaft Sussex hatte die Version aufgebracht, der Monsignore sei nicht von einer Bombe, die irgendwelche Fanatiker gelegt hatten, umgebracht worden, er sei ganz einfach Opfer eines Fluchs geworden, den eine Hexe vor vielen, vielen Jahren ausgesprochen hatte.

Der Bischof, so war in dem Artikel ausgeführt, hatte die Behauptungen des Lokalreporters ins Reich der Fantasie verwiesen. Der Journalist, so sagte der Kirchenmann, wollte aus dem Vorfall möglichst viel Geld herausschlagen, deshalb hatte er sich eine solche Pointe ausgedacht. Zwar könne die Kirche immer noch nichts Endgültiges zu den Wundern von St. Joseph's sagen, aber es sei sicher, daß diese Heilungen nicht von irgendeiner Märchenbuchhexe bewirkt wurden.

Er lächelte.

Die kleine Heilige hatte verlangt, daß für den ermordeten Monsignore und für den Gemeindepfarrer, der einige Wochen vorher an Herzversagen gestorben war, eine Messe gelesen wurde. Sie hatte die Verantwortlichen der Kirche wissen lassen, daß sich die Jungfrau Maria einen Fackelzug zu Ehren des braven Gemeindepfarrers erwartete. Eine Prophezeiung würde geschehen. Die Kirche gehorchte. Zwar glaubte niemand der Kirchenoberen an eine Prophezeiung, aber die allgemeine Stimmung war, daß der Mann, der von Gegnern des Glaubens ermordet worden war, einen Fackelzug verdiente.

Jetzt lächelte er nicht mehr.

Er legte sich auf das Bett und begann an seinem Daumennagel zu kauen. Drei Gesichter starrten ihn an, er hatte sie aus alten Zeitschriften ausgeschnitten und an die Schranktür geheftet. Quer über die Gesichter waren die Namen geschrieben. Bald würde er die Ausschnitte wieder von der Schranktür fortnehmen. Er würde sie wieder in das Album stecken.

Sein Lächeln war zurückgekehrt. Er sprach die drei Namen aus:

CHAPMAN
AGCA
HINCKLEY

36

Bereit sind die Hexen, die bleichen Wesen,
Sie schmücken das Haar, sie fetten den Besen.
Mit dem Teufel zu buhlen, der den Schoß ihnen segnet,
Sie fliegen, sie fliegen
Durch dick und dünn
Hinein und hinaus,
Ob es schneit oder hagelt, ob es stürmt oder regnet.

Am Himmel der Sturm,
Im Sarg der Wurm,
Heute nacht erheben sich die Toten,
Der Geist aus der Gruft,
Die Eule ruft,
Der Donner grollt, der Maulwurf leckt die Pfoten.

Robert Herrick: The Hag

Es war Irrsinn. Der reine Irrsin.

Fenn brachte den Wagen zum Stehen. Er kurbelte das Fenster herunter. »Was ist da vorne los?« fragte er und deutete auf die ins Stocken geratene Fahrzeugschlange.

Der Polizist, der mit der Aufgabe betreut worden war, etwas Ordnung in das Chaos zu bringen, kam auf den Wagen zu.

»Sie können nicht durch das Dorf fahren«, verkündete er brüsk. »Jedenfalls nicht in den nächsten Stunden.«

»Und warum nicht?«

»Die Durchfahrtsstraße ist gesperrt. Von dort startet die Prozession.«

»Es ist doch erst sieben Uhr; ich dachte, die Prozession beginnt erst um acht.«

»Die Straße ist schon seit sechs Uhr früh unpassierbar. Gott weiß, woher all die Menschen kommen. Ich schätze, inzwischen sind es ein paar Tausend.«

»Jetzt hören Sie mir mal zu! Ich bin vom *Courier*, von der Zeitung, und ich muß zur Kirche.«

»Sie wollen zur Kirche. Das wollen heute viele Menschen, wissen Sie?« Der Polizist sah zu den Autos hinüber, die sich hinter Fenn stauten. Einige Fahrer ließen ihre Hupen ertönen. Der Polizist hob die Hand und gebot ihnen Ruhe. »Sie könnten versuchen, von hinten heranzukommen. Versuchen Sie's über Flackstone.«

Fenn legte den Rückwärtsgang ein. Er setzte zurück, so weit es die Autoschlange hinter ihm zuließ. Als er spürte, wie seine Stoßstange an die Stoßstange des Nachfolgers tippte, trat er auf die Bremse. Er begann am Steuerrad zu kurbeln. Er mußte das Manöver viermal wiederholen, ehe er wenden konnte. Dann fuhr er aus Banfield hinaus, an der Lichterkette der entgegenkommenden Fahrzeuge vorbei.

Ich hätte es mir denken können; die Story ist groß rausgekommen in den Medien. Warum hat der Idiot von Bischof nicht auf mich gehört? Fenn versetzte dem Lenkrad einen wütenden Stoß. Verständnis für die Fehler anderer war nicht seine Stärke.

Das Hinweisschild nach Flackstone kam in Sicht, Fenn verlangsamte die Fahrt und bog in die unbeleuchtete Landstraße ein. Die Straße war kurvig, es gab ein paar Häuser zu beiden Seiten. Wenig später erreichte er Flackstone, einen Weiler, dessen Häuser am Ende eines Stichwegs lagen. Zur Linken war eine leuchtende Glocke zu sehen, der Himmel über Banfield.

Fenn folgte den Schildern, die ihn in einem großen Bogen nach Banfield zurückführten. Als der Verkehr dichter wurde, lenkte er den Wagen auf die linke Seite und parkte ihn auf der begrünten Böschung. Er stieg aus und schloß ab. Er würde den Rest des Weges zu Fuß gehen, nachdem anzunehmen war, daß die Fahrzeugschlange wieder in einem großen Stau steckenbleiben würde. Es war noch eine Meile bis zur Kirche, aber es gab keine andere Möglichkeit diese Strecke zügig zurückzulegen, nur zu Fuß.

Irrsinn, dachte er. Der reine Irrsinn. Er wiederholte die Worte bei jedem Schritt. Die Menschen waren verrückt geworden.

In der Nacht erschien ein Licht, das sich aus der leuchtenden Glocke heraushob. Es war der große Flutstrahler, der auf dem Feld vor dem Schrein angebracht worden war. Fenn kam das Licht vor wie die bleiche Hand einer Meerjungfrau, die den Steuermann des Schiffes in einen tückischen Strudel lotst. Er erschauderte, als er die schweren, schwarzen Wolken über dem Lichtdom erblickte.

Er vernahm Gesang. Der Gesang kam aus den Bussen und Personenwagen, die an ihm vorbeifuhren. Die Menschen waren guter Laune, obwohl die Schlange wieder und wieder ins Stocken geriet. Fenn hörte das Gemurmel der Betenden. Aber es gab auch Gruppen, die nur von der Neugier nach Banfield getrieben wurden, es gab Menschen, die nur zu diesem Gottesdienst fuhren, weil so ein schlechtes Programm in der Glotze war.

Je näher Fenn der St. Joseph's Kirche kam, um so stärker teilte sich ihm die Spannung mit, die über Banfield lag. Es war die gleiche Stimmung, wie sie im Sommer 1981 bei der Königshochzeit in London geherrscht hatte, die gleiche Atmosphäre, die den Englandbesuch des Papstes im darauffolgenden Jahr ausgezeichnet hatte. Das Besondere war, daß sich alle Energien auf den Schrein richteten. Fenn war jetzt sicher, daß Alice ihre Kraft aus dem Heiligtum auf dem Feld bezog, so wie Elnor vor Jahrhunderten ihre dämonischen Energien von diesem Ort hergeleitet hatte. Die Fähigkeit der Wunderheiler bestand ganz einfach darin, daß sie die Psikräfte der Menschen bündeln und in eine bestimmte Richtung leiten konnten. Das Bekenntnis des unglücklichen Priesters, das jener im sechzehnten Jahrhundert dem Pergament anvertraut hatte, war der Schlüssel gewesen, der Fenn das Verständnis eröffnete. Aber Bischof Caines hatte ihm nicht glauben wollen. Was interessierten einen Bischof schon die Fantasien eines Sensationsreporters. Beweise, Fenn! Du brauchst Beweise!

Wo waren die alten Urkunden, von denen er dem Bischof erzählt hatte?

Staub auf dem Fußboden des Pfarrhauses!

Wo war die Übersetzung, die der Monsignore angefertigt hatte?

Staub auf dem Fußboden des Pfarrhauses!

Wo waren die Beweise?

Sie waren zu Staub geworden, so wie sich die Marienstatue in der Kirche in Staub verwandelt hatte!

Vornübergebeugt schritt Fenn dahin. Er hatte Ringe unter den Augen, weil er die letzten Nächte keine Ruhe gefunden hatte. Gleich zu Beginn des Gespräches mit dem Bischof hatte er gespürt, daß sein Ton zu energisch war. Er hatte von jenen Dokumenten gesprochen wie ein Besessener, der das Schicksal der Welt mit einem Stück Papier verknüpft sieht; das war keine Sprache, die Bischof Caines verstand. Fenn verstand sich ja selbst nicht mehr, er kam sich schon wie ein Verrückter vor. Bei Southworth hatte er noch weniger Glück gehabt als beim Bischof. Southworth war ein Mensch, der sich ausschließlich von seiner Habgier leiten ließ, der Mann hinter den Kulissen, der die kommerziellen Aspekte des Wunders für sich ausbeutete. Ein Reinfall war auch das Gespräch mit dem obersten Seelenhirten der katholischen Kirche von England gewesen. Er konnte dem Erzbischof nicht einmal einen Vorwurf machen. Er wußte, daß der gute Mann von Bischof Caines gewarnt worden war. Ein mondsüchtiger Reporter ist auf dem Weg zu Eurer Eminenz. Als nächstes hatte sich Fenn an seine Pressekollegen gewandt. Nicht einmal die Freunde im *Courier* hatten etwas von den Enthüllungen wissen wollen, die Fenn anbot. Sie hatten sich schließlich auf ein Interview geeinigt. Er, Fenn, hatte einem seiner Kollegen Rede und Antwort gestanden, und die Fragen, mit denen er attackiert wurde, waren von dem gleichen Skeptizismus beseelt gewesen, den Fenn vor einigen Wochen noch selbst zur Schau getragen hatte. Der Artikel mit der Wiedergabe des Interviews war ein fauler Kompromiß gewesen. Es war ein Tiefschlag, über den Fenn nur schwer hinwegkam. Die Ironie des Schicksals wollte es, daß ihm, dem Zyniker, mit Zynismen heimgezahlt wurde. Die Ironie war, daß der andere Reporter ihm nicht glaubte, weil er, Fenn, ebenfalls Reporter war.

Fenn versuchte, über sich selbst zu lächeln. Es tat so weh, daß er den Versuch aufgab.

Er schrak zusammen, als ein Auto dicht hinter ihm zu hupen begann. Er war in die Mitte der Fahrbahn geraten. Keuchend eilte er zur Seite. Er beschleunigte seine Schritte, bis er schneller war als die Autoschlange.

Er erreichte die Kreuzung. In einiger Entfernung zu seiner Linken war die Kirche zu sehen. Die Hauptstraße war voller Menschen, ein unbeschreibliches Durcheinander von Gläubigen und Neugierigen, die sich zwischen den Autos hindurchzwängten. Eine Vielzahl von Verkaufsständen war aufgebaut worden. Fastfood wurde verkauft, Getränke, alle möglichen Kinkerlitzchen, samt dem üblichen religiösen Kitsch; die Polizei war mit der Beaufsichtigung des Fußgängerverkehrs so eingedeckt, daß ihr keine Zeit blieb, um die fliegenden Händler wegen der Verletzung der Gewerbebestimmungen zur Rede zu stellen.

Ungeduldig schob Fenn sich durch die Menge. Er brauchte gute zwanzig Minuten, um die fünfhundert Meter bis zum Vorplatz der Kirche zurückzulegen. Das Gittertor war hell angestrahlt, Fenn versuchte es aufzustoßen.

»Einen Moment mal«, sagte eine Stimme.

Es war der Mann, den Fenn schon kannte, ein Ordner, dessen

ganzer Lebenszweck in der Bewachung der St. Joseph's Kirche zu bestehen schien. Der Ordner wurde von zwei Priestern und einem Polizisten flankiert.

»Sie kennen mich ja«, sagte Fenn. »Gerry Fenn.«

Der Mann reagierte mit sichtlicher Verlegenheit. »Gewiß kenne ich Sie, Sir. Aber ich darf Sie nicht einlassen.«

»Sie machen Späße.« Fenn zog seinen Presseausweis hervor. »Ich komme, weil ich einen Auftrag für die Kirche wahrzunehmen habe.«

»Davon hat man mich nicht verständigt. Sie müssen den anderen Eingang benutzen, Sir.«

Fenn starrte ihn wütend an. »Schon verstanden. *Persona non grata*, wie? Ich muß den Bischof ja ganz schön in die Eier getreten haben.«

»Benutzen Sie bitte den Presseeingang, Mr. Fenn. Etwas weiter unten.«

»Ich weiß, ich bin dran vorbeigekommen. Ich gehöre demnach nicht mehr zu den Privilegierten.«

»Ich befolge nur meine Anweisungen.«

»Aber sicher«, sagte Fenn. Er kehrte dem Mann den Rücken zu. Jedes weitere Wort war sinnlos.

Er ging zu dem Schild PRESSE zurück, das neben einer schmalen Schleuse in der Hecke aufgepflanzt war. Er wurde ohne Schwierigkeiten eingelassen, nachdem er seinen Ausweis gezeigt hatte. Er hätte sich nicht gewundert, wenn ihm die Kirchenoberen überhaupt Hausverbot erteilt hätten. Aber soweit war es wohl noch nicht. Er ging den sanft ansteigenden Weg hinauf. Auf der Anhöhe angekommen, blieb er stehen. Seine Pupillen weiteten sich.

Mein Gott, dachte er. Sie haben einen richtigen Jahrmarkt aufgebaut.

Das Netzwerk der Bänke erstreckte sich über das ganze Feld, es sah aus wie ein Spinnengewebe. Die Spinne, der Altar, saß in der Mitte des Netzes. Der knorrige Baum, vor dem der Altar aufgebaut worden war, mochte der Pflanzenwelt angehören, auf Fenn wirkte er fremdartig und bedrohlich wie ein raubgieriges Tier. Der Altar war reicher geschmückt als an den vergangenen Sonntagen, allerdings gab es keine Statuen, es gab keine Christusbilder und keine Marienbilder, und das bedeutete, die katholische Kirche war auf die Meinung der Massen eingeschwenkt, die da behauptete, daß es sich bei diesem Feld um geweihten Grund handelte. Die religiösen Autoritäten hatten Fingerspitzengefühl bewiesen: Es gab keine Ansammlung von Kruzifixen, es gab nur ein einziges Kreuz. Dafür waren die christlichen Symbole in die Tücher eingewoben, mit denen der Altar behängt war. Die Plattform, die den Altar trug, war noch einmal vergrößert worden, um Platz für die Priester und die Meßdiener zu schaffen. Ein Baldachin würde die Menschen auf der Plattform vor den Unbilden des Wetters schützen; ein Teil der Fläche war für den Kirchenchor abgeteilt worden. Die Gänge zwischen den Bankreihen waren mit roten, grünen und goldenen Bannern geschmückt. Ein prächtiger Rahmen war geschaffen worden. Ein System von Lautsprechern überzog das Feld, so daß alle Besucher, auch jene, die sehr weit vom Altar entfernt standen, die Messe verfolgen konnten. Die Fernsehleute waren nicht mehr auf die Straße und auf den Acker verbannt, für sie und die Fotografen waren an strategischen Punkten erhöhte Beobachtungsstände errichtet worden.

Zwei Gestalten in weißen Gewändern hatten die Plattform des Altars erklommen. Fenn sah, wie die geweihten Kerzen hinter dem Altar entzündet wurden. Ihm fiel die Frage wieder ein, die er sich in den vergangenen Tagen so oft gestellt hatte: Warum hatte die Kirche Alices merkwürdigem Wunsch nach einer Prozession durch die Straßen von Banfield zugestimmt? Das Mädchen hatte den Kirchenoberen gesagt, die Jungfrau Maria wünschte sich eine solche Prozession zu Ehren von Pater Hagan und Monsignore Delgard, sie hatte weiter gesagt, daß es in Kürze zu einer göttlichen Verkündigung kommen würde. Bischof Caines hatte dem Plan der Prozession mit einiger Zurückhaltung zugestimmt. Er hatte darauf hingewiesen, daß diese Prozession ja nicht nur stattfinden würde, weil es der Wunsch eines kleinen Mädchens war, das möglicherweise und möglicherweise auch nicht eine Vision der Jungfrau Maria gehabt hatte, die Prozession würde stattfinden, weil die beiden Geistlichen in der Tat eine solche Ehrung verdient hatten, zumal einer der beiden, wie es schien, von einer Bombe religionsfeindlicher Fanatiker getötet worden war. Warum aber, diese Frage stellte sich Fenn, warum war der Bischof so wütend auf ihn losgegangen, als er ihn darauf aufmerksam machte, daß sich in all den Ereignissen um Alice nicht die Güte Gottes, sondern die Bosheit des Satans zeigte? Das Motiv war wohl im Ehrgeiz des Bischofs zu suchen. Der Ehrgeiz war es, der den Menschen Scheuklappen umlegte, der hohe Würdenträger der Kirche machte da keine Ausnahme. So logisch das schien, so war es doch eine große Enttäuschung für Fenn. Er, der Ungläubige, hatte sich mehr erwartet von jenen, die zu glauben vorgaben.

Er ging zwischen den Bänken entlang, auf das Licht zu. Er spürte den klebrigen Lehm an seinen Sohlen.

Das Feld füllte sich mit Menschen. Ob überhaupt alle Platz finden würden? Fenn dachte an die zahlreichen Fahrzeuge, die an ihm vorbeigerauscht waren, an die vielen Fußgänger, denen er auf dem Weg begegnet war. Immer noch gab es Menschentrauben an den Eingängen zum Feld. Wo sollten all diese Besucher unterkommen?

»Fenn!«

Er blieb stehen und wandte sich um.

»Hier!«

Nancy Shelbeck war aufgestanden. Sie saß in einem Bankgeviert, das mit dem Schild PRESSE gekennzeichnet war.

»Ich habe nicht erwartet, dich hier zu sehen«, sagte Fenn.

»Das lasse ich mir doch nicht entgehen.« Ihre Stimme klang aufgeregt, von Angst unterlegt.

»Hast du nicht die Nase voll von Geistererscheinungen?« frotzelte er.

»Ich hab' Gespenster gesehen, okay, okay. Aber deshalb kann ich schließlich nicht meinen Job hinschmeißen. Was glaubst du, was mein Chef sagen würde, wenn ich ohne einen Bericht über das Hauptereignis in die Staaten einfliege!«

»Das Hauptereignis?«

»Fühlst du das denn nicht? Die Luft ist wie mit Elektrizität geladen. Alle glauben, daß heute etwas Großartiges passieren wird.«

Fenn senkte seine Stimme zum Flüsterton. »Du hast recht. Ich kann's spüren.« Er ergriff sie am Arm. »Nancy, was hast du in der Kirche eigentlich gesehen?«

Sie standen im Gang vor der Pressetribüne. Sie erhielten einen Stoß, als sich ein Pulk von Pilgern vorbeidrängte.

»Hat dir das Sue nicht erzählt?«

»Ich habe Sue nicht mehr getroffen, nachdem ich dich in ihrer Wohnung abgeliefert hatte. Ich hatte in den letzten Tagen sehr viel zu tun.«

»Wir haben dich beide zu erreichen versucht. Telefonisch warst du nicht zu kriegen, und du warst auch nicht zu Hause, als wir dich besuchen wollten. Womit hattest du denn soviel Arbeit?«

»Ich habe versucht, diese ganze Show abblasen zu lassen. Und jetzt beantworte bitte meine Frage.«

Sie sagte ihm, was sie gesehen hatte, und war überrascht, daß er sie ruhig anhörte. »Hast du in der St. Petruskapelle das gleiche gesehen?« fragte sie.

»Ich glaube, ja. Ich muß gestehen, ich habe nicht genau hingesehen. Ich hatte Angst. Aber es paßt alles gut zusammen.«

»Was paßt gut zusammen?«

»Das ist zu kompliziert, um es dir jetzt zu erklären.« Er wandte sich um. In den wenigen Minuten, die sie miteinander sprachen, waren soviel Menschen auf das Feld geströmt, daß eine drangvolle Enge entstand. Er wandte sich wieder der Amerikanerin zu. »Ist Sue hier?« fragte er.

»Ich hab' sie vorhin gesehen, ja. Sie hatte ihren Sohn dabei. Ich glaube, die beiden sitzen weiter vorn.« Sie legte ihre Hände auf seine Wangen. »Bist du okay? Du siehst mitgenommen aus.«

Er brachte ein Lächeln zustande. »Ich habe ein paar schlimme Nächte hinter mir. Alpträume. Und jetzt muß ich zu Sue und Ben.«

Sie hielt ihn fest. »Ich habe eine lange Unterredung gehabt mit Sue, Gerry; sie weiß, daß wir was miteinander haben.«

»Nicht so wichtig.«

»Danke.«

»So war das nicht gemeint...«

»Ich weiß schon, wie's gemeint war. Sie mag dich, du Casanova, wußtest du das? Ich glaube, sie ist jetzt soweit, daß sie fest bei dir bleiben würde.«

»Das hat lange genug gedauert.«

»Bei mir hätte das noch länger gedauert. Falls ich überhaupt drauf eingegangen wäre.«

»Willst du dich wieder vertragen mit mir?«

Sie lächelte. »Ich glaube, wir beide wären kein gutes Gespann geworden.«

»Da bin ich froh, daß ich dich gar nicht erst gefragt habe.«

»Vorsicht, ich kann meine Meinung immer noch ändern.«

Er zog sie in seine Arme und küßte sie auf die Wange. »Paß gut auf dich auf, Nancy.«

»Tu ich sowieso.« Sie küßte ihn auf die Lippen.

Er ging. Sie sah ihm nach, wie er sich in der Menge verlor. Und dann kehrte die Angst zurück. Nancy hatte Angst. Sie hatte sich zwingen müssen, an dieser Veranstaltung teilzunehmen, der berufliche Druck hatte schließlich den Ausschlag gegeben. In die Kapelle allerdings würde sie nie und nimmer zurückgehen, nicht einmal für eine Million Dollar und eine eigene Fernsehshow.

Nancy trat zur Seite, um eine Frau und ihre Tochter vorbeizulassen. Sie hatte große Lust, eine Zigarette zu rauchen. Aber war es angemessen, wenn sie bei einer Messe rauchte? Wohl kaum. Sie kehrte in ihre Bank im Presseblock zurück. Zum Teufel noch mal, warum zerbrach sie sich eigentlich den Kopf, ob es Wunder waren oder nicht? Alice hatte den Kranken neue Hoffnung gegeben, sie hatte ihren Lebensmut gestärkt in einer Welt, in der Optimismus als Dummheit verspottet wurde. Zugleich hatte Alice dem Glauben von Tausenden, vielleicht von Millionen in aller Welt neuen Auftrieb gegeben. Trotzdem, der Zweifel blieb. Vielleicht hatte das Mädchen alle *aufs Kreuz gelegt*. Nancy nahm auf der Bank Platz. Sie schlug sich den Mantelkragen hoch, weil ihr kalt war; zu dem Wunsch zu rauchen hatte sich ein zweiter Traum gesellt: die Vision eines *Bourbon on the rocks*.

Paula führte ihre Mutter an den Bankreihen entlang. Sie wollte so nahe wie möglich am Altar sitzen. Einer der Ordner am Eingang hatte ihr gesagt, daß die Plätze unterhalb des Altars den Schwerkranken vorbehalten waren, jenen, die auf Tragen aufs Feld geschleppt oder in Rollstühlen herangekarrt wurden; wer noch gehen konnte, ob er nun an einer Krankheit litt oder nicht, mußte inmitten der Gemeinde Platz nehmen. Arthritis im Hüftgelenk und Bluthochdruck waren keine Krankheiten, die zu einer Vorzugsbehandlung berechtigten. Paula hatte Verständnis für die Einschränkungen, denen ihre Mutter unterworfen wurde. Es gab ja sehr viele Menschen, die bei Alice Heilung suchten. So viele, daß es einen ganz krank machte, sie anzusehen.

»Es ist nicht mehr weit, Mutter«, sagte sie. »Ich kann die erste Bank schon sehen.«

»Was sind das für helle Lichter?« mäkelte die Mutter. »Die Lichter blenden mich.«

»Das ist der Altar, Mutter. Er wird mit Flutlicht angestrahlt, außerdem haben sie ganz viele Kerzen aufgestellt. Der Altar sieht wunderschön aus.«

»Können wir nicht irgendwo Rast machen? Ich muß mich ausruhen.«

»Wir sind gleich da.«

»Ich will das Mädchen sehen.«

»Sie wird bald kommen.«

»Ich habe genug gelitten.«

»Ja, Mutter. Aber du darfst dir nicht zu große Hoffnungen machen.«

»Warum denn nicht? Sie hat all die anderen geheilt, warum sollte sie mich nicht heilen?«

»Sie kennt dich ja nicht einmal.«

»Kannte sie die anderen, die sie geheilt hat?«

Paula verkniff sich einen Seufzer. »Das ist nahe genug, Mutter. Wir werden uns auf diese Bank dort setzen, wenn der Herr so nett ist und etwas nach innen rückt.«

Der Herr war nicht so nett, wie man es von ihm erwartete, aber ein Blick aus den Augen der Alten bewirkte, daß er seinen Widerstand aufgab.

Die alte Frau ließ sich mit einem lauten Stöhnen auf die Bank sinken. »Das kalte Wetter ist Gift für meine Hüfte! Wann kommt das Mädchen? Wann werden meine Leiden zu Ende gehen?«

Paula wollte ihre Mutter in die Schranken weisen, als sie ein bekanntes Gesicht erblickte. Tucker stand zehn oder zwölf Bankreihen entfernt, er rief einem Mann, der den Mittelgang entlangkam, etwas zu. Und dann sah Paula, wie sich ein mit Pelz bekleideter Arm zu Tuckers Ellenbogen schob, die Hand glitt aus dem Pelz, und es war ganz offensichtlich, daß Tucker veranlaßt werden sollte, sich endlich wieder hinzusetzen. Paula stand auf und stellte sich auf die Zehenspitzen. Ein eisiger Schimmer trat in ihre Augen, als sie die Frau im Pelzmantel erkannte. Mr. Fettwanst führte Mrs. Fettschlampe in die Messe. Die liebe, verwöhnte Marcia! Daß ihr ja nichts abging! Nun, heute abend würde Mrs. Fettschlampe eine ganz besondere Überraschung erleben. Sie würde endlich einmal erfahren, mit was für einem Schwein sie verheiratet war. Ein kleiner Streit zwischen Mätresse und Ehefrau konnte sehr befriedigend sein, er war für Paula zugleich eine Art Schmerzensgeld für die Würgemale, die Tucker ihr beigebracht hatte! Sie war nach der Auseinandersetzung im Wagen nicht mehr in den Supermarkt gegangen. Sie hatte Tucker nicht einmal eine Krankmeldung zukommen lassen – und ihr Boß war natürlich viel zu feige, um sie anzurufen und sich nach ihrem Wohlergehen zu erkundigen. Heute abend, in Gegenwart von Piggys häßlicher Schwester, würde sie ihm sagen, was sie von ihm hielt! Mal sehen, was er sich dazu einfallen ließ.

Paulas Mutter sagte etwas von der Feuchtigkeit, die aus dem Boden in ihre Stiefel kroch, der Mann neben ihr ließe ihr keinen Platz zum Atmen, und ob das da vorne nicht Mrs. Fenteman sei, die nie zur Kirche ging, außer Weihnachten und Ostern, und ob Paula schon wüßte, daß Mrs. Fenteman ein Verhältnis mit dem Besitzer des Eisenwarengeschäftes hatte.

Paula sah ihre Mutter nicht einmal an. »Halt den Mund«, sagte sie gleichmütig.

Tucker achtete nicht auf die Bitten seiner Frau, er drängte sich an den Menschen in seiner Bank vorbei und trat in den Mittelgang. »Was tun Sie denn hier, Fenn?«

»Meine Arbeit«, sagte Fenn.

»Wie ich höre, arbeiten Sie nicht mehr für die Kirche.«

»Nein, aber ich arbeite immer noch für den *Courier*.«

»Sind Sie sicher, daß Sie da noch lange bleiben werden?«

»Solange mir niemand sagt, daß ich gehen soll, ja.«

»Die Leute im Ort mögen die Lügen nicht, die Sie über uns verbreiten.«

»Ich weiß nicht, wovon Sie sprechen.«

»Das wissen Sie sehr gut. George Southworth hat mir alles erzählt.«

»Ich hoffe nur, Southworth und der Bischof haben sich herzlich amüsiert.«

»Wir haben uns alle herzlich amüsiert, Fenn. Ganz schön verrückt, finden Sie nicht? Hexen aus dem Mittelalter, Nonnen, die von den Toten auferstehen. Hatten Sie erwartet, daß Ihnen das jemand abnimmt?«

Fenn deutete auf den Altar. »Glauben Sie wirklich an das Spektakel, das hier abgspult wird, Tucker?«

»Was hier geschieht, hat wenigstens Hand und Fuß, im Unterschied zu den Hirngespinsten, die Sie verbreiten.«

»Hand und Fuß? Es bringt Geld, das meinen Sie wohl.«

»Es trifft zu, daß einige von uns einen hübschen Profit bei der

Sache einstreichen. Was hier geschieht, ist von Vorteil für das Dorf, es ist auch von Vorteil für die Kirche.«

»Aber besonders vorteilhaft ist es für Sie und Southworth.«

»Wir sind nicht die einzigen, die dabei Geld einstreichen.«

Häme und Spott trat in Tuckers Züge. »Sie haben ja auch ganz gut abgesahnt dabei, oder?«

Dem Reporter fiel keine passende Antwort auf den Vorwurf ein. Er ließ Tucker stehen und bemühte sich, das ironische Lachen zu überhören, das dieser ihm nachschickte.

Er ging auf den Altar zu. Vor der Plattform gab es einen weiten Bereich, der für die Kranken auf Tragen und für die Gelähmten in den Rollstühlen reserviert war. Es gab Helfer, die den Heilungssuchenden und ihren Angehörigen die Plätze anwiesen. Fenn blieb unter einem auf Stelzen montierten Turm stehen. Oben auf dem Turm war ein Kameramann des Fernsehens, der seine Kamera auf die Schwerkranken gerichtet hielt. Als Fenn von einem vorbeidrängenden Pilger einen Stoß erhielt, suchte er mit der rechten Hand an dem Metallgerät Halt. Er erlitt einen milden elektrischen Schlag und zog seine Hand zurück. Als ein Kranker im Rollstuhl vorbeigeschoben wurde, wagte er ein kleines Experiment. Er berührte den Metallbügel des Rollstuhls. Wieder erhielt er einen elektrischen Schlag. Er sah zum Himmel auf, wo sich düstere Regenwolken zusammenballten. Ein Gewitter lag in der Luft, die elektrische Spannung, die auf seine Fingerspitzen übergeflossen war, schien aus den Wolken zu kommen. Die Lautsprecher begannen zu quietschen. Die Menschen hielten sich die Ohren zu und lachten.

Fenn fand das alles gar nicht lustig. Er hatte Angst. Er betrachtete den Baum, dessen knorrige Zweige in gleißendes Licht getaucht waren. Wie lange war es her, daß er diesen Baum im Mondlicht betrachtet hatte? Einige Wochen erst. Die Zeitspanne kam Fenn so lang wie ein Menschenleben vor. Der Baum hatte in jener Nacht ausgesehen wie der Engel des Todes, und unter dem Baum hatte ein kleines Mädchen gekniet: Alice.

Er schob sich nach vorn, bis sich ihm ein Ordner mit Armbinde in den Weg stellte.

»Sie dürfen hier nicht weitergehen, Sir.«

»Für wen sind die Bänke dort?«

»Die Bänke sind reserviert. Würden Sie jetzt bitte zur Seite treten! Sie blockieren den Weg.«

Fenn hatte Sue erblickt, sie saß in einer der reservierten Bänke. Ben saß neben ihr. Fenn zog seinen Presseausweis hervor. »Ich muß jemandem dort etwas sagen, kann ich durchgehen?«

»Tut mir leid. Die Bänke für die Reporter sind weiter hinten.«

»Ich bleibe nur eine Minute.«

»Ich bekomme die größten Schwierigkeiten, wenn ich das zulasse.«

»Eine Minute, wirklich nicht länger, ich verspreche es Ihnen.«

»Also gut, aber machen Sie schnell. Ich passe auf, ob Sie Ihr Wort halten.«

Fenn schlüpfte durch die Lücke, ehe der Mann es sich anders überlegen konnte.

»Sue!«

Sie fuhr herum. Er sah, wie sich ihre Wangen röteten. »Wo hast du die ganze Zeit gesteckt, Gerry? Mein Gott, ich habe mir solche Sorgen um dich gemacht.«

Sie hob die Arme. Fenn trat zu ihr und küßte sie.

»Tag, Onkel Gerry«, sagte Benn fröhlich.

»Tag, mein Junge.« Er kniff den Jungen in die Nase. Er kniete sich zu Sue. Neben Sue hatten inzwischen Nonnen aus dem Kloster Platz genommen. Mißtrauische Blicke trafen den Reporter.

Fenn beugte sich vor. »Du mußt hier verschwinden, Sue«, flüsterte er. »Du mußt so schnell wie möglich verschwinden, du und der Junge.«

Sue sah ihn fassungslos an. »Aber warum denn, Gerry? Was hast du denn?«

»Ich kann es dir nicht erklären, Sue. Ich weiß nur, daß gleich etwas Schlimmes passieren wird. Etwas Furchtbares. Ich möchte, daß ihr beide das Feld verlassen habt, wenn es soweit ist.«

»Kannst du dich nicht ein bißchen näher erklären?«

Er hielt ihren Arm umklammert. »Der Satan steckt hinter den Wundern, Sue. Der Satan steckt hinter Pater Hagans Tod und hinter dem Brandunglück im Dorf. Alice ist nicht der Mensch, der sie zu sein scheint. Sie ist für den Tod des Monsignore verantwortlich.«

»Der Monsignore ist Opfer einer Explosion geworden.«

»Sie hat die Explosion verursacht.«

»Sie ist doch nur ein Kind. Sie kann unmöglich...«

»Alice ist kein Kind. Delgard wußte das, deshalb mußte er sterben.«

»Das ist unmöglich, Gerry.«

»Zum Teufel noch mal, alles was in den letzten Wochen geschah, ist unmöglich!«

Die Nonnen flüsterten. Eine war aufgestanden, um den Ordner zu rufen.

»Sue, du mußt mir glauben«, flüsterte Fenn.

»Warum bist du nicht früher gekommen, Gerry? Warum hast du mich nicht angerufen?«

Er schüttelte den Kopf. »Dazu hatte ich keine Zeit. Ich habe meine ganze Energie darauf verwandt, das Unglück zu verhindern.«

»Und ich habe Todesängste ausgestanden um dich . . .«

»Ich weiß, ich weiß.« Er streichelte ihr die Wange.

»Nancy hat mir erzählt, was in Barham passiert ist. Sie lügt doch, Gerry, oder? Sag', daß es nicht wahr ist.«

»Es ist wahr. Wir haben es beide gesehen. Die Erklärung für das Mysterium liegt in der Vergangenheit; was heute geschehen wird, hat vor Jahrhunderten begonnen.«

»Wie könnte ich dir glauben! Was du sagst, macht keinen Sinn. Du sprichst davon, daß der Satan die Hand im Spiel hat. Aber schau dich doch um, was hier geschieht, ist nicht böse, sondern gut. Siehst du nicht, daß es gute Menschen sind, die an Alice glauben? Hast du nicht selbst erlebt, wie sie die Menschen heilte?«

Er hielt ihre Hände umfangen. »Wir haben in der Kapelle auf Stapley Estate ein lateinisches Manuskript gefunden. Der Monsignore hat das Dokument ins Englische übersetzt, dabei ist er auf die Lösung des Rätsels gestoßen, und für diese Erkenntnis hat er mit dem Leben bezahlt, verstehst du?«

»Ich verstehe gar nichts. Nichts von dem, was du sagst, leuchtet mir ein.«

»Du mußt Vertrauen zu mir haben, Sue.«

Sie hob den Blick und sah ihm tief in die Augen. »Warum sollte ich dir trauen? Verdienst du das denn überhaupt?«

Er wußte, worauf sie anspielte. Nach einigen Sekunden des Schweigens sagte er: »Wenn du mich liebst, Sue, wenn du mich wirklich liebst, wirst du tun, was ich sage.«

Sie schüttelte wütend den Kopf. »Warum sagst du das alles erst jetzt? Warum im letzten Augenblick?«

»Die Frage habe ich dir schon beantwortet. Ich bin in den letzten Tagen herumgelaufen wie ein Geisteskranker und habe versucht, die heutige Veranstaltung zu torpedieren. Ich bin erst heute früh heimgekommen. Ich habe mich ins Bett gelegt und wollte nur noch eines: schlafen, schlafen, schlafen; Was ich in meinen Träumen sah, war eindeutig.«

»Von was für Träumen sprichst du?«

»Pater Hagan und Monsignore Delgard sind mir im Traum erschienen. Sie haben mich davor gewarnt, auf dieses Feld zu gehen.«

»Oh, Gerry, merkst du denn nicht selbst, daß du dir da etwas vormachst? Du bist so durchgedreht, daß du nicht mehr weißt, was du sagst.«

»Ich bin also verrückt. Und was sind Verrückte? Gefährlich. Man darf ihnen nicht widersprechen. Jetzt komm!«

»Ich kann hier nicht weggehen...«

»Tu, was ich dir sage, Sue, nur dieses eine Mal.«

Sie forschte in seinen Augen. Nach einer Zeit, die ihm wie eine Ewigkeit vorkam, ergriff sie die Hand ihres Sohnes. »Komm, Ben, wir gehen nach Hause.«

Ben sah seine Mutter überrascht an. Fenn küßte Sue die Hände. Als er den Kopf hob, sah sie die Tränen in seinen Augen.

Er war aufgestanden. Es war in diesem Augenblick, als sich Stille über die Menge senkte. Die Gespräche erstarben.

Plötzlich war Gesang zu hören. Die Klänge schwebten heran, als kämen sie aus einer anderen Zeit. Es waren Stimmen, die den Herrn und die Jungfrau Maria priesen. Die Spitze der Prozession kam in Sicht.

Fenn wandte sich um. Er richtete den Blick auf die Eiche. Dann schloß er die Augen. Seine Lippen bewegten sich im Gebet.

37

*Die Alte hatte sich nur so freundlich angestellt,
sie war aber eine böse Hexe.*
Aus den Märchen der Gebrüder Grimm: Hänsel und Gretel

»Kamera eins Nahaufnahme. Zoom auf Alice. Sehr schön. Langsam der Zoom. Gut so. Wir schalten gleich auf Kamera zwei um für die Totale. Sehr schön, Kamera zwei. Hast das Mädchen sehr schön drin... Was ist los, Kamera eins? Ich habe kein Bild mehr. Umschalten auf zwei. Na, das ist schon besser. Weiter so, Kamera zwei. Was ist los, Kamera eins? Was sind das für Interferenzen? Also gut, find' es raus. Kamera zwei auf Sendung. Ich laß jetzt Richard rein auf fünf. Kamera drei auf Richard. Langsam zurückfahren. Ich will eine Totale der Gemeinde, sobald Richard zu sprechen beginnt. Ich will den Altar und den verdammten Baum im Hintergrund. Alles klar, Richard? Vier, drei, zwei... Kamera drei.«

»Die Prozession ist nähergekommen, die Beleuchtung wird gedämpft. Die Prozession kommt auf die Wiese, die von vielen ›Das Feld der Jungfrau Maria‹ genannt wird. Nicht lange, und die Prozession wird Einzug halten in den Freilufttempel. Vorangehen wird Bischof Caines, gefolgt von Priestern, Nonnen und natürlich von der kleinen Alice Pagett. Tausende nehmen an dieser Prozession teil, viele Menschen aus Banfield, andere sind von weither gekommen. Einige von diesen Menschen waren der Kirche fern, bis sie die Wunder erlebten. Als ich heute morgen mit einigen Teilnehmern der Prozession sprach, sagte man mir, daß dieses kleine Dorf, daß Banfield jene in ihrem Glauben bestärkt hat, die...«

»Was ist da draußen los? John, ich kriege keinen Ton mehr. Richard ist weg. Sprich weiter, Richard, wir haben hier ein Problem, ja, wir sind noch auf Empfang.«

»Und so ist vielleicht die Zusammenkunft dieser Menschen ein Symbol für den wiedererstarkten Glauben an Gott, inmitten einer Welt, in der Krieg (Störungen) – (Störungen) und Chaos (Störungen) vorherrschen...«

»Verdammt, das Bild geht weg!«

»...im Angedenken (Störungen) an den Priester, der vergangenen Donnerstag einer (Störungen) Explosion zum Opfer fiel, für die religionsfeindliche Fanatiker (Störungen) als Urheber angenommen werden (Störungen) weiß, aber...«

»Herrgott noch mal! Jetzt ist alles weg, Bild und Ton und alles!«

Fenn wandte den Kopf, als die Prozession auf das Feld kam. Die Blitzlichter zuckten auf. Fenn erkannte Bischof Caines, der von Priestern im festlichen Ornat flankiert wurde. Dem Bischof voran gingen Meßdiener mit dicken, langen Wachsstäben, deren Flämmchen im Wind erzitterten. Der Gesang der Menschen, die in der Prozession gingen, wurde lauter, die Menschen auf dem Feld fielen in die Melodie ein. Der brach jäh ab, als Alice das Feld betrat. Die Menschen erhoben sich von ihren Bänken, um einen Blick auf das Mädchen zu erhaschen. Auch Fenn war aufgestanden. Er sah nur die Kerzen und die Banner, die in der Prozession getragen wurden. Sue stand an ihn gelehnt. Ben war auf die Bank gestiegen, um besser sehen zu können.

Die Gefühle der Menge schwollen an zu einem Meer der Hoffnung. Die Menschen in der Prozession gingen in Reihen zu viert, und Fenn sah, wie die Lichter in das Feld hineingetragen wurden. Er betrachtete die Gesichter der Menschen, die neben ihm saßen. Die Augen der Gläubigen leuchteten, die Lippen lächelten wie im Traum. Auch Sue hatte diesen Gesichtsausdruck. Er tastete nach ihrer Hand und zuckte zusammen, als ein Funke übersprang. Er starrte seine Fingerspitzen an und dachte: *Das verdammte Feld lebt.* Er berührte Sue an der Schulter.

»Wir müssen jetzt gehen«, sagte er ruhig. »Nachher ist es zu spät.«

Sie sah ihn aus großen Augen an. Sie wandte sich ab.

Ben hatte zu gähnen begonnen.

Wieder tippte Fenn ihr auf die Schulter.

Sie sprach, ohne ihn anzusehen. »Nein, Gerry, es ist so schön, daß ich jetzt nicht weggehe.«

Die Spitze der Prozession war vor dem Altar angekommen. Bischof Caines erklomm die Stufen. Er lächelte den Kranken und Krüppeln zu, die auf Decken niedergelegt worden waren. Als nächste ging Alice Pagett die Stufen hinauf, ihre Mutter folgte ihr mit gesenktem Kopf, die Hände zum Gebet gefaltet.

Gesang aus tausend Kehlen stieg in den Himmel, es war, als

wollten die Menschen die brütenden, schwarzen Wolken vertreiben. Fenn glaubte es donnern zu hören, aber er war nicht sicher. Bischof Caines nahm neben dem Altar Platz. Er bedeutete Alice und ihrer Mutter, sich neben ihn zu setzen. Erst als die drei saßen, betraten die Priester und die Meßdiener die Plattform. Die Würdenträger des Ortes kamen, für sie gab es eigens reservierte Bänke. Fenn sah, wie Southworth Platz nahm und seinen Blick über die Menschenmenge schweifen ließ. Es war nicht schwer zu erkennen, daß dieser Mann nicht religiöse Ekstase, sondern sinnliche Befriedigung empfand.

In Fenns Bank war Bewegung entstanden. Eine der Nonnen war ohnmächtig geworden. Sie sank zu Boden, ihre Schwestern hoben sie auf und betteten sie auf die Bank. Fenn spürte, wie Sue neben ihm zu schwanken begann. Er umfing sie in Liebe. Es waren nicht wenige auf dem Feld, die in diesem Augenblick einen Schwächeanfall erlitten, sie wurden von ihren Nachbarn zur Linken oder zur Rechten aufgefangen, so daß sie sich beim Fallen nicht verletzten.

Fenn sog die Luft durch die Nase ein. Der Bazillus der Hysterie grassierte auf diesem Feld, er sprang von Mensch zu Mensch.

Der Choral verklang in jubelndem Dur. Fenn überkam ein merkwürdiges Gefühl: Sein Kopf fühlte sich plötzlich sehr leicht an, sein Magen hatte zu zittern begonnen. Als sich das Feld um ihn zu drehen begann, tastete er nach Sues Hand. Sie wäre beinahe hingefallen. Nebeneinander sanken sie auf die Bank.

Ben kniete auf der Bank, er hatte seiner Mutter den Arm um den Hals gelegt. Mit einer Hand streichelte er Fenns Wange. Binnen weniger Atemzüge verschwand Fenns Schwindelgefühl, es war, als sei die Schwäche auf Ben übergeflossen. Und doch zeigte Ben keine Anzeichen von Müdigkeit.

Stille lag über dem Feld. Niemand hustete mehr. Niemand flüsterte mehr. Alle bewahrten andächtige Stille.

Der junge Priester, der die Messe zelebrieren würde, trat an die Mikrofone. Er hob die Arme und segnete die Menschen auf dem Feld. Er machte das Zeichen des Kreuzes.

»Friede sei mit euch«, sagte er, und die Menge antwortete ihm. Und dann sprach er von Pater Hagan und von Monsignore Delgard, zu deren Angedenken diese Messe abgehalten wurde, Hagan und Delgard seien zwei mustergültige Diener der heiligen katholischen Kirche gewesen. Der junge Pfarrer mußte ein paarmal aussetzen, weil die Mikrofone streikten. Er war erleichtert, als er seinen Sermon zu Ende gebracht hatte. Er gab dem Kirchenchor ein Zeichen. Der Chor stimmte ein neues Lied an.

Überall auf dem Feld wurden Kerzen angezündet, es entstand eine Milchstraße von Lichtern, die sich um den Altar, um die Sonne, zu drehen schien.

In Banfield, eine knappe Meile von der St. Joseph's Kirche entfernt, ging ein alter Mann den Bürgersteig entlang. Seit zwei oder drei Stunden war er unterwegs. Er war entschlossen, den Schrein zu erreichen, bevor die Messe zu Ende ging. Nicht, daß er keine Übung im Laufen hatte. Seit fünfzehn Jahren trampte er durch Südengland. Er hatte Blasen an den Füßen. Die Basis, zu der er immer wieder zurückkehrte, war Brighton, dort gab es genügend Kirchen und Wohlfahrtsorganisationen, die ihm Essen und Unterkunft in kalten Nächten boten. Sie gaben ihm nie sehr viel zu essen, und sie gaben ihm auch nie eine Unterkunft, die ihm gefallen hätte, aber sie verhinderten, daß er verhungerte und erfror. Es war nicht wichtig, was den Mann auf diese Ebene der Existenz hatte abgleiten lassen, ihm jedenfalls schien es nicht mehr wichtig. Er war, was er heute war. Erinnerungen an die Vergangenheit änderten nichts an der Gegenwart. Die Zukunft? Das war etwas anderes. Es lohnte sich, an die Zukunft zu denken.

Die Hoffnung, daß er nicht unrettbar verloren war, hatte sich während eines Trinkgelages mit Wermutbrüdern bei ihm festgesetzt, sie hatten allerdings keinen Wermut getrunken, sondern billigsten Wein, der aus Traubenrückständen gewonnen wurde, die Freunde hatten dem alten Mann von dem kleinen Mädchen erzählt, von dem Kind, das Wunder tun konnte, und zugleich hatte er von der Messe erfahren, die an jenem Abend unter freiem Himmel abgehalten werden würde. Tausende von Menschen, so hieß es, würden an diesem Gottesdienst teilnehmen. Zu großen Menschenansammlungen ging der alte Mann sonst nur, wenn er betteln wollte. Diesmal wollte er nicht betteln. Ihn interessierten die Wunder, die das Mädchen tun würde.

Er hatte einen Priester um Rat gefragt, der ihm oft seine Güte bewiesen hatte. Der Priester hatte ihm bestätigt, daß die Informationen seiner Freunde richtig waren, es gab in Banfield ein Mädchen, dessen Handlungen als Wunder bezeichnet werden konnten, und heute abend würde in Banfield eine Prozession stattfinden. Daraufhin hatte der alte Mann beschlossen, daß er nach Banfield gehen würde, er wollte das Mädchen mit eigenen Augen sehen. Er wußte wie jeder Todkranke, daß sein Ende nahe war. Er wollte keine Verlängerung des Lebens. Er sehnte sich nach Erlösung von dem Übel. Er sehnte sich nach einem Zeichen. Er wollte glauben, wenn ihm der Herr die Hand dazu reichte.

Wie tausend andere, die zum Schrein pilgerten, so hoffte auch er auf einen physischen Beweis für die Existenz des Heiligen Geistes.

Würde er rechtzeitig auf dem Feld eintreffen, um das Mädchen zu sehen?

Er lehnte sich an ein Schaufenster und verharrte. Die Hauptstraße des Dorfes war nur spärlich beleuchtet, aber dort, in der Ferne, erhob sich ein Lichtdom über dem Land. Der Mann wußte sofort, daß dieses Licht von dem Schrein ausging.

Während er blinzelnd und schnaufend an der kalten Schaufensterscheibe lehnte, floß etwas wie glühendes Eis durch seine Knochen. Er erschauderte und sank auf die Knie. Er spürte, wie das Eis seine Seele ausfüllte.

Sein Kopf lag jetzt auf dem Pflaster. Er weinte. Wenig später kroch er in einen dunklen Hauseingang und kuschelte sich wie ein Embryo zusammen. Er schloß die Augen. Er wartete.

Der großgewachsene, bärtige Barkeeper im White Hart Pub betrachtete seinen Gast aus den Augenwinkeln. Es war der einzige Gast. Der Barkeeper wußte, daß dieser Mann den ganzen Abend bei einem einzigen Glas dasitzen würde. Die beiden Serviererinnen standen am anderen Ende der Theke und unterhielten sich. Sie freuten sich, daß es an diesem Sonntagabend so ruhig war.

Und wenn schon, dachte der Barkeeper. Die Messe wird ja nicht die ganze Nacht dauern. Spätestens in einer Stunde würden die Menschen in drei oder vier Reihen vor der Theke stehen und einen Drink nach dem anderen hinunterkippen. Er konnte sich nicht beklagen, was das Geschäft anging. Der Umsatz hatte sich verdreifacht. Hätte er über größeren Räumlichkeiten verfügt, hätte er den Umsatz vervierfachen können! Erweiterung – in diese Richtung gingen seine Pläne. Die Brauerei würde ihm das Geld, das dafür nötig war, geradezu aufdrängen, so wie die Dinge jetzt lagen. Ein wundervolles Mädchen! Ein Prachtmädchen!

Er wischte die Theke zum elftenmal an diesem Abend mit einem feuchten Tuch ab, dann goß er sich einen Bitter Lemon ein. Er prostete den abwesenden Gästen zu. Cheers. Beeilt euch gefälligst etwas.

Er hob das Brett, ging zu den Tischen und holte zwei Gläser, die zwei Gäste eine oder zwei Stunden zuvor halbvoll zurückgelassen hatten.

»Judy«, sagte er zu einer der Serviererinnen. Er stellte die Gläser auf den Tresen. Soll das faule Luder doch etwas tun für ihr Geld, dachte er. Er wandte sich um, vergrub die Hände in die Taschen und ging zur Tür. Er stieß die Tür auf und sah in die Nacht hinaus. Die Hauptstraße des kleinen Ortes war menschenleer. Vor einer Stunde noch hatte man hier kaum ein Bein vor das andere setzen können, solch ein Gedränge hatte geherrscht, jetzt war keine Menschenseele mehr zu sehen. Banfield war wie eine Geisterstadt, fast alle Menschen, die hier wohnten, waren zum Schrein gegangen. Deshalb war das Dorf so leer. Der Barkeeper mußte schmunzeln, als er seine doppeltgenähte Logik überdachte.

Das Schmunzeln erstarb auf seinen Lippen, als er den kalten Hauch spürte. Wie Eis war es über ihn gekommen. Die Kälte bedeckte seinen ganzen Körper, bevor sie abgezogen wurde und ›Gott weiß wohin‹ verschwand. Während der Eiseshauch ihn umfangen hielt, hatten die Glühbirnen im Pub geflimmert, für eine oder zwei Sekunden war es dunkel geworden. Jetzt brannten die Birnen wieder mit normaler Stärke.

Der Barkeeper sah die Straße hinunter. Der Hauch, den er als Eis verspürt hatte, kroch als dunkler Schatten auf die Kirche und auf das Licht zu.

Ihn schauderte. Mit raschen Schritten kehrte er in das Pub zurück. Er widerstand dem Impuls, die Tür hinter sich zu verriegeln.

Eine Meile von der St. Joseph's Kirche entfernt stand ein Autofahrer vor seinem Austin Allegro und trat mit der Fußspitze gegen das platte Hinterrad. So was, dachte er. Ich war schon fast da, und dann passiert mir so was.

Die Frau, die auf dem Beifahrersitz saß, hatte das Fenster geöffnet. »Haben wir einen Platten?«

»Ganz recht, wir haben einen Platten. Von Manchester bis hier fährt die Karre, ohne zu mucken, und kurz vor dem Ziel kriegen wir einen Platten. Gott sei Dank ist es nicht mehr weit.«

»Dann beeil' dich und wechsle das Rad. Unsere Kleine ist schon eingeschlafen, so müde ist sie.«

»Ist doch gut, wenn sie schläft. War ja auch eine lange Reise. Ich hoffe nur, daß es sich lohnt.«

»John hatte Krebs und ist nach Lourdes gefahren.«

»Und da hat er erst mal gesehen, was für eine Scheiße das ist.«

»Was hast du gesagt, Larry?«

»Ich sagte, genützt hat's ihm ja wenig.«

»Darauf kommt es nicht an. Er hat's versucht.«

»Wenn er's nicht versucht hätte, hätte er ein paar Monate länger gelebt, dachte der Mann. »Gibst du mir bitte die Taschenlampe?«

Die Frau klappte das Handschuhfach auf und begann, in der dunklen Höhle herumzuwühlen. Sie fand die Taschenlampe und nahm sie heraus.

»Was ist, Mammi?« kam eine Stimme vom Rücksitz.

»Schlaf weiter, mein Kleines. Wir haben eine Reifenpanne, und dein Vater wechselt das Rad.«

»Ich will was trinken.«

»Ich weiß. Wir sind gleich da, keine Sorge.«

»Kriege ich Alice zu sehen?«

»Aber natürlich kriegst du Alice zu sehen. Sie wird dich ansehen, und sie wird dich wieder heilmachen.«

»Brauche ich dann keine Krücken mehr?«

»Dann brauchst du keine Krücken mehr. Dann kannst du herumlaufen wie die anderen Kinder.«

Das Mädchen lächelte und kuschelte sich in seine Decke. Sie zog ihre Puppe Tina Marie an sich und gab ihr einen Kuß auf die Plastikwange. Sie schloß die Augen. Das Lächeln blieb auf ihren Zügen.

Die Frau stieg aus dem Wagen. Sie hielt die Taschenlampe, als ihr Mann den Kofferraum öffnete und den Wagenheber herausnahm.

Der Mann hatte das Rad abgeschraubt, als der Lichtkegel der Taschenlampe verblaßte.

»Halt die verdammte Lampe richtig«, sagte er.

»Das liegt nicht an mir«, sagte sie gereizt. »Das liegt an den Batterien.«

»Ich hab' doch gestern erst frische reingetan.«

»Dann liegt's an der Birne.«

»Kann sein. Komm' etwas näher.«

Sie beugte sich über ihn und sah ihm zu, wie er in der Werkzeugtasche nach dem Schraubenschlüssel suchte.

Plötzlich ließ die Frau die Taschenlampe fallen.

»Was machst du denn da!« knurrte er.

Sie umkrallte seine Schulter. »Larry, hast du's auch gespürt? Larry? Larry!« Sie fühlte, wie er zitterte.

Es dauerte eine Weile, bis er ihr antwortete. »Ja, ich hab's auch gefühlt. Muß wohl der Wind gewesen sein.«

»Es war nicht der Wind, Larry. Es ist mir mitten durch die Knochen gefahren.«

Er zögerte. »Es ist fort«, sagte er schließlich. Er starrte auf den Lichtschein jenseits des Hügels.

»Was war das, Larry?«

»Ich weiß es nicht«, sagte er. »Ich hatte das Gefühl, als ob jemand über mein Grab geht.«

Ihre kleine Tochter im Wagen hatte zu wimmern begonnen.

Auf dem Hof des Bauern Riordon, der dem Feld benachbart lag, hatte der Hund zu jaulen begonnen. Riordon hatte den Hund in die Küche eingesperrt, wo er jetzt seine Runden drehte. Jedesmal, wenn Biddy, so hieß der Hund, an der Tür vorbeikam, warf er sich gegen die Füllung, um dann weiterzutrotten. Riordon hatte gefunden, es war besser, wenn der Hund im Haus blieb. »Seit es diesen heiligen Schrein gibt, laufen merkwürdige Leute in der Gegend herum, man muß sich vorsehen.«

Riordon und seine Frau würden an der Messe zum Andenken an die beiden Geistlichen teilnehmen, das war der Grund, warum Biddy allein im Haus war. Und jetzt spürte der Hund die Unruhe, die von den Kühen im Stall ausging. Die Kühe wollten aus ihren Boxen ausbrechen, sie muhten und muhten, und das war ein Geräusch, das den Hund an den Rand des Wahnsinns brachte.

Biddy begann den Lack der Tür zu zerkratzen. Wieder eine Runde, zurück zur Tür, Sprung, Kratzen, Bellen, Jaulen, und noch eine Runde, und noch eine Runde, und...

Das Muhen im Stall hatte aufgehört. Mit einem Schlag hatte das Muhen aufgehört.

Der Hund stand in der dunklen Küche, er hielt den Kopf auf die

Seite und lauschte. Kein Muhen mehr. Der Hund schnüffelte. Draußen waren keine Fremden.

Der Hund begann zu jaulen.

Etwas kam über den Hof, sanft und leise, etwas, das keinen Geruch ausschied, etwas, das keinen Laut von sich gab, etwas, das keine Umrisse hatte. Der Hund ließ den Schwanz hängen und machte einen Buckel. Der Hund schüttelte sich. Der Hund kroch unter den Küchentisch.

Der Hund starrte aus einem Auge auf die Küchentür. Er hatte Angst vor dem Etwas, das draußen über den Hof ging.

Es kroch durch die Nacht, von niemandem gesehen, ein Wesen ohne Substanz, ein Wesen, das nur aus Geist bestand. Es wurde angezogen von einer blutsverwandten Macht, es kroch durch die Düsternis wie ein gieriges Reptil, das ein Insekt fangen will, geleitet wurde das Wesen von einer Kraft, die das Diesseits überwunden hatte.

Es wurde in den Strudel hinabgezogen um aufgelöst und verdaut zu werden.

Böse ist nicht die Menschheit, böse ist der Mensch, und wie ein einziger Soldat eine ganze Kompanie aus dem Tritt bringen kann, so kann ein einziger Mensch den Sinn des Ganzen zunichte machen.

WILKES

> *»Ich war das«, sagte er nachdenklich. »Wenn mir Frauen im Traum erscheinen, tue ich immer ganz freundlich: »Schöne Mutter, schöne Mutter.« Wenn sie dann wirklich kommen, erschieße ich sie.«*
>
> J. M. Barrie: Peter Pan

Sie hatten den dritten Choral gesungen. Er schob sich die Hand zwischen die Schenkel. Die Menschen sollten nicht sehen, wie sehr er zitterte. Er hielt den Kopf gesenkt, das blonde Haar fiel ihm in die Stirn. Er starrte auf seinen Schoß. Seine Augen leuchtete, sie sahen in die Zukunft. Er sah Bilder seiner selbst: er sah seinen Namen, der in einer großen Schlagzeile verlief, er sah sich lächeln auf den Leinwänden in aller Welt, er wußte, daß wichtige Persönlichkeiten über sein Leben, seine Motive diskutieren würden. Wichtige Persönlichkeiten? Alle würden über ihn sprechen. *Alle!*

Er konnte das gleißende Hell nicht mehr ertragen, das gegen seine Brust pochte. Er war so geschwächt, daß er kaum noch atmen konnte.

Schon am Vorabend war er hergereist. Er hatte im Wartehäuschen einer Haltestelle übernachtet, ganz in der Nähe des Dorfes. Es war so kalt gewesen, daß er zu erfrieren fürchtete. Nur der Gedanke an die Zukunft, an seinen Plan, hatte ihm die Kraft verliehen, bis zum Morgen auszuharren. Er hatte in dieser Nacht kaum ein Auge zugetan. Wenn er träumte, dann waren es Alpträume gewesen.

Er war verunsichert, als er am Morgen darauf die Menge sah, die sich vor der St. Joseph's Kirche ansammelte. Sein Plan war gewesen, vor allen anderen auf das Feld zu gehen. Es war wichtig, daß er einen guten Platz fand. Aber die Ordner hatten diesen Plan zunichte gemacht. Niemand von den Pilgern, so erfuhr er, durfte sich so früh dem Schrein nähern; die Helfer waren noch dabei, Bänke aufzustellen und weitere Vorkehrungen zur Bewältigung des zu erwartenden Massenandrangs zu treffen, erst am späten Nachmittag würden die Eingänge zu dem Feld geöffnet werden. Er hatte sich die Zeit mit den anderen Pilgern vertrieben, hatte den netten, jungen Mann gemimt, hatte Interesse für die schalen Anekdoten, dieser Menschen geheuchelt, er hatte sich als gläubiger Katholik ausgegeben, wo er doch insgeheim nichts als Verachtung für diese frommen Narren empfand, für diese Blinden, die nicht ahnten, wer er eigentlich war.

Schließlich waren die Tore geöffnet worden. Er hatte Angst gehabt vor diesem Augenblick, Angst vor den Kontrollen, die an den Eingängen durchgeführt wurden. Aber die Ordner hatten nur die Taschen und Beutel der Pilger durchsucht, Leibesvisitationen waren keine durchgeführt worden; und so war der Gegenstand, den er sich an die Innenseite des Oberschenkels geklebt hatte, unbemerkt geblieben. Der Gegenstand war so schwer, daß er ihm bei jeder Berührung eine Erektion bescherte, und so wurde die Ausbuchtung in seiner Hose nicht allein von diesem Gegenstand verursacht. Aber wie er beim Passieren der Kontrolle feststellte, bestand keine Gefahr der Entdeckung, selbst wenn ihn die Ordner aufgefordert hätten, seinen alten grauen Mantel aufzuknöpfen. Das Hemd, das er über der Hose trug, hätte alle verräterischen Andeutungen vor den Blicken der Ordner verborgen.

Obwohl noch Stunden vergehen würden, bis die Bänke gefüllt waren und bis die Prozession begann, empfand er keine Langeweile; er hatte Visionen von bunten Bildern, die ihn voll in Anspruch nahmen.

Wie alle anderen auf dem Feld, so hatte auch er sich den Hals verrenkt, um das Mädchen zu sehen, das an der Spitze der Prozession auf das Feld kam. Da er seinen Platz ganz nahe am Altar hatte, ging Alice in wenigen Schritten Entfernung an ihm vorüber. Der Wunsch, es hier und jetzt zu tun – niemand hätte ihn daran hindern können –, war fast unwiderstehlich gewesen, aber er wußte, es war besser, wenn er es später tat. Es würde mehr Aufsehen erregen, wenn er es später tat. Alle auf dem Feld sollten Zeugen werden, und deshalb war es besser, wenn er es später tat.

Der dritte Choral ging zu Ende. Er hatte das Mädchen aufmerksam beobachtet und herausgefunden, daß er ihr nicht lange in das kleine, selig verzückte Gesicht sehen konnte; ihre Güte und ihre Göttlichkeit waren wie Strahlen, die seine Blicke ablenkten, er hatte Unlustgefühle, wenn er sie betrachtete. Die Gebete des Priesters, das Murmeln der Gemeinde, all das nahm er nur noch von ganz ferne wahr, zwar stand er auf, wenn die anderen aufstanden, er kniete nieder, wenn die anderen niederknieten, aber er tat es wie ein Roboter, der die Bewegungen seiner menschlichen Vorbilder nachahmte. Und die ganze Zeit hielt er den Kopf gesenkt.

Der Choral verebbte. Alice hatte sich von ihrem Platz neben dem Altar erhoben. Sie ging zur Mitte der Plattform.

Er sah auf. Er war etwas überrascht, daß die Menschen nicht mehr sangen. Sein Blick fiel auf das Mädchen. Sie hatte den Kopf gehoben und sah zum Himmel. Ihre Augen waren starr, sie sah etwas, das niemand sehen konnte. Sie stand vor dem Hintergrund des Altars und des festlich angestrahlten, grotesk verkrümmten Eichenbaumes.

Die Menschen waren still geworden, aller Augen waren auf die kleine, weißgekleidete Gestalt des Mädchens gerichtet, die Menschen hielten den Atem an. In die Erwartung mischte sich Angst, denn das Unbekannte – die Zukunft ist unbekannt – flößt uns Angst ein.

Alice senkte den Blick, sie sah die Menge an, betrachtete die Gesichter der Menschen, die sie verehrten und zugleich Angst vor ihr empfanden. Ein Lächeln spielte auf ihren Lippen, und die Mehrzahl der Pilger empfand dieses Lächeln als geheimnisvoll.

In der Ferne war das Rollen des Donners zu hören.

Das Mädchen hob die Arme. Ihre Füße lösten sich vom Boden. Sie begann zu schweben.

Er stand auf. Niemand sah, wie er seinen Mantel aufknöpfte. Niemand sah, wie er in seine Hose griff und den Gegenstand hervorholte. Die Menschen starrten wie gebannt auf das Mädchen in Weiß, das hoch über dem Altar schwebte.

Er ging auf die Plattform des Altars zu, er hielt eine deutsche Lugerpistole in der Hand, eine 38er, ein Relikt aus dem letzten Weltkrieg, der ein Fest der Mordlust, ein einziger Blutrausch gewesen war. Der Lauf der Pistole war auf den mit Schuhprofilen übersäten Lehm des Mittelganges gerichtet.

Er war vor der Plattform angekommen, er war jetzt nur noch drei oder vier Meter von dem weißgekleideten Mädchen entfernt, das Mädchen schwebte hoch in der Luft, es war deutlich zu erkennen, daß ihre Füße keine Berührung mehr mit der Plattform hatten. Wilkes hob die Waffe, zielte und schoß auf Alices jungen Körper.

Die Luger war mit acht Kugeln geladen. Wilkes schoß und schoß, bis die Waffe bei der fünften Kugel klemmte.

38

Und nicht lange, so öffnete es die Augen, hob den Deckel vom Sarg in die Höhe und richtete sich auf und war wieder lebendig.
Aus den Märchen der Gebrüder Grimm: Schneewittchen

Es war wie in einem Alptraum.

Fenn sah, ohne zu verstehen.

Alice war zur Tribüne vorgegangen. Der Gesang der Menge war zum Stocken gekommen, das Lied erstarb den Menschen auf den Lippen. Das Gesicht des Mädchens strahlte eine überirdische Glückseligkeit aus. Sie hatte zum Himmel aufgesehen, dann hatte sie ihren Blick auf die Menschen gerichtet. Sie hatte gelächelt, und

Fenn war es erschienen, als hätte sie ihm, nur ihm, zugelächelt. Ihre Lippen hatten sich zu einer spöttischen Grimasse verzerrt. Ein bösartiges, geiziges Lächeln war entstanden.

Und doch war es nur das süße, unschuldige Lächeln eines kleinen Mädchens.

Die Menge war wie hypnotisiert. Tausende von Kaninchen, die in die Augen einer mordlustigen Schlange starrten.

Schwäche überkam Fenn, ihm war, als würde alle Lebenskraft aus ihm abgesaugt, er spürte, wie die Energie zu dem bösartigen Wesen hinaufströmte, das inmitten einer blendendweißen Aura auf der Tribüne stand.

Aber sie war doch nur ein Kind, ein Mädchen, das allem Bösen abhold war.

Die Lichter begannen zu flimmern, es wurde dunkel, und dann begann Alice zu schweben, langsam und stetig stieg sie über die Tribüne empor, sie hielt die Arme zur Menge ausgestreckt, als wollte sie die Liebe der Menschen erflehen, ihre Liebe und ihren Glauben.

Stöhnen und Schreie wurden laut, die Laute kamen von den verschiedensten Stellen des Feldes. Schwindel überkam Fenn. Er bekam kaum noch Luft. Er hatte Schwierigkeiten, sich auf den Beinen zu halten.

Wie durch einen Schleier gewahrte er die Gestalt eines schmächtigen jungen Mannes, ein Junge noch, blond und schmalgesichtig, der Junge kam den Mittelgang entlang und ging auf den Altar zu, Fenn verstand nicht, warum die Gestalt den Arm hob und auf das Mädchen deutete, das über ihm schwebte.

Fenn hörte nicht die Schüsse, es waren vier, aber er sah das Blut aus den vier Einschußlöchern in Alices Brust sprudeln, das Blut verwandelte ihr weißes Kleid in ein Scharlachkleid, Purpurfarbe, die über ein verschneites Feld ausgegossen wurde.

Im Gesicht des Mädchens zeichnete sich der Schock ab, Unglauben, dann Schmerz, sie fiel auf die Tribüne hinab, wo sie zuckend liegenblieb, das Blut quoll über die Bretter, zwei kräftige Ströme flossen auf das Feld hinab.

Eisiges Schweigen lag über der Menge. Die Pilger, die Neugierigen, die Gläubigen, die Gottlosen, alle verharrten in Schweigen.

Bis der Donner über den Himmel rollte. Die Hölle brach los.

Fenn fing Sue auf, ehe sie zu Boden sinken konnte.

Das Getöse auf dem Feld war furchterregend, Schreie, wilde Schreie, die sich alsbald zu einem ohrenbetäubenden Klagegesang vereinigten. Der Zorn über das Geschehen äußerte sich bei den Menschen auf verschiedene Weise: Viele – Männer wie auch Frauen – brachen in hysterisches Schluchzen aus, andere weinten in innigem Schmerz; es gab jene, die wie betäubt dastanden, unfähig den Blick von der weißen Gestalt zu wenden, die dort oben auf der Tribüne lag; aber es gab auch Menschen, deren Trauer sich zur rasenden Wut steigerte, haßerfüllte Rufe gegen den Mörder wurden laut. Der Schrei nach Rache gellte über das Feld. Und dann gab es jene, die nichts von der furchtbaren Tat mitbekommen hatten, sie stießen ihre Nachbarn an und fragten, was eigentlich passiert sei.

Ben hatte Angst, er hielt seine Mutter umschlungen. Fenn legte ihm die Hand auf die Schulter.

Aus der Menge lösten sich Gestalten, die auf den blonden jungen Mann zuliefen, auf den Burschen, der Alice Pagett erschossen hatte, der blonde junge Mann hielt eine deutsche Pistole in der Hand. Er wurde zu Boden geworfen, die Fäuste kamen wie blutiger Hagel, der Junge wurde gestoßen und mit Füßen getreten, er begann zu schreien, als sie ihm das Gesicht zerkratzten, und dann spürte er, wie ihm ein Augenlid ausgerissen wurde, ein greller Schmerz, sein Nasenbein wurde zertrümmert, die Knochenfragmente vermischten sich mit seinem Blut. Man wand ihm die Waffe aus der Hand, jemand setzte sich auf seine Finger, bis die Knöchel brachen, das knackende Geräusch ging in den Schreien der Menge unter, der junge Mann registrierte nur den Schmerz.

Er schrie und schrie, als sie ihm die Glieder ausrissen, Tränen und Blut rannen ihm über die Wangen, und dann waren die Menschen über ihm, ein Gebirge von Leibern, sie zerdrückten seinen Brustkorb, der junge Mann spürte, wie seine Rippen splitterten, die Splitter drangen in seine Lungen und in sein Herz. Ihm dämmerte, daß er vielleicht einen Fehler gemacht hatte.

In der Nähe stand ein junges Mädchen, das zum Schrein gekommen war, um Alice ihren Dank für die Heilung abzustatten, das Mädchen war sehr ruhig, sehr gefaßt. Es starrte auf das blutige Häuflein Mensch auf dem Altar. Plötzlich begann das Gesicht des jungen Mädchens zu zucken, die Züge formten sich zur Grimasse eines Scheusals. Ein Augenlid begann zu flattern. Der Arm begann zu zucken, dann das Bein. Das Mädchen führte einen makabrren Reigen auf, bevor es schreiend und schluchzend zusammenbrach.

– So wie der Junge zusammenbrach, den Alice vor Wochen von seiner Lähmung geheilt hatte. Jetzt knickte das Bein ein, als sei der Knochen mit einem scharfen Beil durchtrennt worden, der Junge lag zwischen zwei Bänken und schrie, er war wieder zu einem Krüppel geworden.

– Es gab den Mann, dessen Augenlicht sich verdüsterte, der Mann sah eine Wolke niedergehen, und die Wolke wurde zu einem Vorhang aus schwarzer Nacht, der graue Star war wieder da, den Alice einst fortgenommen hatte. Der Mann schlug die Hände vors Gesicht und sank auf die Bank. Er begann zu weinen.

– An einer anderen Stelle des Feldes erlebte ein Mädchen, daß die Laute, die aus seiner Kehle kamen, sich nicht mehr zu Worten formten, die Mutter stand vor ihr und konnte nicht begreifen, was ihrem Kind widerfuhr, und als die Tochter sie fragte, was geschehen sei, kam ein unverständliches Röcheln über die zitternden Lippen.

– Und der Junge, dessen Hände sich mit riesigen Warzen bedeckten, schrie wie ein gepeinigtes Tier, er schlug mit den Fäusten auf die Bank ein.

– Auf die Bank, in der ein Mann saß, der von Alice geheilt worden war. Der Mann spürte, wie sein Gesicht aufbrach, die Eiterbeulen wuchsen und platzten, und der Mann stöhnte vor Schmerz, aber es war nicht nur Schmerz, es war auch das Wissen, daß er wieder das Ungeheuer sein würde, das er früher war, er würde mit einer Hundeschnauze voller schwärender Furunkel durch das Leben gehen.

Überall auf dem Feld waren die Schreie der Verzweiflung zu hören, Menschen fielen zu Boden, die Mißbildungen, die Behinderungen und Krankheiten hatten sich wieder eingestellt, die vor Tagen und Wochen wie durch ein Wunder von ihnen fortgenommen worden waren. Die Menschen hatten geglaubt und gehofft, sie hatten gebetet, sie hatten darauf vertraut, daß ihre Heilung von Dauer sein würde. Alice Pagett war ihre große, ihre einzige Hoffnung gewesen, das Lächeln Gottes für seine Geschöpfe. Jetzt fühlten sie sich verraten und verkauft.

Das Gefühl von Schwindel und Schwäche war von Fenn abgefallen. Er war wach und stark. Er zog Sue und ihren Sohn an sich, um sie vor dem Chaos zu schützen, das über das Feld brandete.

»Gerry?« fragte Sue. Sie war wie in einem Traum.

»Alles ist gut, Sue«, sagte er. Er spürte, wie sie sich an ihn schmiegte. »Ich bin bei dir. Ben ist bei dir.«

»Ist sie tot, Gerry?«

Er schloß die Augen. »Ich denke, ja. Sie muß tot sein.«

»Wie konnte das passieren, Gerry?« Sue hatte zu schluchzen begonnen. »Wie konnte jemand dieses Kind töten?«

Ben wollte seine Mutter trösten. Er verstand nicht, was geschehen war. »Laß uns heimgehen, Mammi. Hier gefällt's mir nicht mehr. Bitte, laß uns heimgehen.«

Fenn ließ seinen Blick über die wogende Menge zum Altar wandern. »Mein Gott«, stammelte er, »sie lassen das Mädchen verbluten, niemand geht zu ihr, die Menschen stehen alle noch unter einem Schock.« Aber er wußte, es war nicht der Schock, was die Menschen davon abhielt, zu Alice zu gehen, es war die Angst. Die Angst vor der Erkenntnis, daß Alice tot war.

»Ich muß zu ihr gehen«, sagte Fenn.

Sues Finger schlossen sich um seine Hand. »Nein, Gerry. Laß uns hier weggehen. Du kannst dem Mädchen nicht mehr helfen.«

Er sah ihr in die Augen. »Ich muß mich vergewissern, ob...« Er fuhr Sue mit der Hand über die Stirn. »Warte hier mit Ben, ich komme gleich zurück.«

»Es ist zu gefährlich, Gerry!«

Er drückte sie auf die Bank. »Warte hier!« Er packte Ben am Arm und nickte ihm aufmunternd zu. »Bleib' bei deiner Mutter, Ben. Paß gut auf sie auf. Halt sie fest, bis ich zurück bin. Versprich mir, daß du nicht fortläufst.« Er kniete sich vor die beiden, er achtete nicht auf das Chaos, das um sie war. »Bleibt beide hier sitzen, und wartet auf mich. Bewegt euch nicht von der Stelle.«

Sue wollte protestieren, aber er schloß ihre Lippen mit einem Kuß, und dann war er fort, er kletterte über die Bänke, drängte sich durch die Reihen der weinenden, schreienden Menschen.

Er überquerte die Freifläche vor der Tribüne, dieser Teil des Felds war mit liegenden und kriechenden Gestalten übersät, Krüppel und mißgestaltete Menschen lagen zuhauf, es sah aus wie auf einem Schlachtfeld. Zu seiner Rechten hatte sich der Mob zusammengerottet, Fenn erinnerte sich, dort hatte der blonde junge Mann gestanden, der auf Alice geschossen hatte, jetzt war dort ein Knäuel fanatisierter Menschen, die auf einer leblosen Gestalt herumstapften. Wenn die Menschen in der Vergangenheit von einem Attentat gehört hatten, waren sie hilflos gewesen, sie hatten ihre Wut herunterschlucken müssen; ihr Haß auf jene, die sich über die Grundregeln des Zusammenlebens hinwegsetzten, hatte sich nach innen gewandt. Jetzt war es anders, der Übeltäter war in Reichweite, war in ihrer Gewalt, war ihnen ausgeliefert. Der Abgesandte aus den Heerscharen des Satans lag zu ihren Füßen; die Menge konnte Rache nehmen.

Fenn umging den tobenden Mob, er strebte auf die Stufen zu, die zur Tribüne hinaufführten. Ein Ordner wankte ihm entgegen, der Reporter schob den Mann mit einer Armbewegung zur Seite. Fenn hatte die vorletzte Stufe erklommen, als er stehenblieb.

Die Meßdiener weinten; einige lagen auf den Knien und beteten, andere hielten die Hände vors Gesicht und schluchzten. Der Priester, der die Messe gelesen hatte, hielt Molly Pagett untergehakt, sein Gesicht war aschfahl, seine Lippen bewegten sich im Gebet; Alices Mutter stand unter dem Einfluß eines schweren seelischen Schocks, sie schien nicht wahrzunehmen, was um sie vorging. Ihr Mund stand offen, ihre Bewegungen waren die einer Marionette. Und auch Bischof Caines war nur noch eine mechanische Puppe, alle Farbe war aus seinem Antlitz gewichen.

Fenn ging der Tod des Mädchens ebenso nahe wie den Menschen auf der Tribüne. Inzwischen war er fast sicher, daß er Alice zu Unrecht verdächtigt hatte. Unvorstellbar, daß sich hinter dem engelsgleichen Antlitz das Böse verbarg. Was anderes hatte Alice getan als Glück und Segen unter die Menschen zu bringen?

Er erklomm die letzte Stufe. Er sah, wie die Kerzen erloschen.

Er fiel auf die Knie. Übelkeit überkam ihn. Wie durch eine Nebelwolke nahm er den Blitz wahr, der über dem Feld aufzuckte. Ein rollender Donner folgte.

Fenn hob den Blick. Bischof Caines und jene, die sich in seiner Umgebung befanden, waren auf die Knie gesunken. Molly Pagett stand da wie eine Statue, ihre Hand deutete auf die blutige Gestalt ihrer Tochter.

Und dann begann die Gestalt sich zu bewegen. Alice setzte sich auf. Das Mädchen, das von vier Kugeln durchbohrt worden war, kam wieder auf die Beine, in einer langsamen, tranceähnlichen Bewegung.

Das Gesicht war nicht mehr das Gesicht eines Menschenkindes.

Ein böses Lächeln spielte um ihre bleichen Lippen. Das Mädchen lachte in die Menge hinein.

39

> *Wir sagten uns manches liebe Wort,*
> *Als es dunkel wurde, wollte ich fort,*
> *Ihre Zunge, sie folgte mir, lang und rot,*
> *Ihre Zunge verschlang mich, jetzt bin ich tot.*
> Robert Graves: Die beiden Hexen

Fenn setzte sich auf die oberste Stufe, er stützte sich mit einer Hand auf den Bretterboden der Tribüne. Am liebsten wäre er Hals über Kopf davongestürzt. Aber seine Glieder waren so schwach, daß er sich nicht mehr auf den Beinen halten konnte.

Das Wesen, das in der Mitte der Tribüne stand, hatte sich ihm zugewandt, und Fenn spürte, wie ein Messer auf der Innenseite seiner Haut entlangschabte, das Messer lähmte seine Muskeln, dann drang die Spitze in seine Adern vor und ließ das Blut zu Eis gefrieren. Er schnappte nach Luft, aber seine Lungen versagten ihm den Dienst.

Ihre Blicke trafen sich. Wo die Augen des Mädchens gewesen waren, gähnten jetzt geschwärzte Höhlen. Das Fleisch war versengt, verkohlt, der Körper mißgestaltet. Das Wesen hatte den Kopf auf die Schulter gelegt, und dann sah Fenn, daß der Kopf nur noch durch einen kleinen Fleischlappen mit dem Rumpf verbunden war. Immer noch quoll das Blut aus den Einschußwunden, das Kleid war zu einem rotgetränkten Fetzen geworden. Rauch wallte auf, die Haut begann Blasen zu werfen. Das Fleisch begann zu schmoren, klaffte auf. Die Haut war pechschwarz geworden.

Dann war sie wieder Alice.

Ein unschuldiges, verlorenes Kind, das nicht verstehen konnte, warum es trotz seiner tödlichen Verletzungen weiterlebte.

»Alice! Alice!«

Das Mädchen drehte sich um die eigene Achse. Sie sah ihre Mutter an.

»Oh, mein Gott«, stöhnte Fenn, als er die Wandlung im Antlitz des Mädchens gewahrte.

Ihre Stimme wurde zu einem lockenden Gurren. »Rosemund!«

Molly Pagett hatte endlich die Kraft gefunden, auf ihre Tochter zuzugehen. Sie öffnete ihren Mund zu einem lautlosen Schrei. »Nein! Nein!« Sie stürzte zu Boden, ohne den Blick von Alice zu wenden. »Ich bin nicht Rosemund! Ich will nicht Rosemund sein!«

Fenn spürte, wie das Holztreppchen, auf dessen Stufen er kauerte, unter dem Donner erzitterte. Das Dröhnen hielt an und verstärkte sich.

Eine Explosion zu seiner Linken ließ ihn in Todesangst zusammenfahren. Die Funken sprühten und formten sich zum flammenden Atem eines Drachens. Eine der Lampen auf der Tribüne zersplitterte, dann eine zweite. Die Erde auf dem Feld begann zu beben. Schreie der Panik stiegen über der Menge in den düsteren Himmel. Eine Windböe strich über die Tribüne und brachte die Flammen zum Erlöschen. Es gab einen betäubenden Knall, als das Kruzifix zu Boden fiel.

Sue und ihr Sohn standen aneinandergeschmiegt, schreckerfüllt nahmen sie wahr, wie die Menge an ihnen vorbeihastete. Die Nonnen, die neben ihnen gesessen hatten, flüchteten auf das freie Feld, Sue sah die Gestalten hin und her schwanken, die Frauen hielten sich an den Händen wie eine Gruppe von Blinden, die sich selbst in Sicherheit führen wollten.

Die Bank hinter Sue wurde umgestoßen, die Erde erzitterte unter neuen Stößen, Sue riß ihren Jungen an sich, der Kleine hatte die Augen geschlossen, er versuchte die Schmerzensschreie zu überhören, die jetzt über das Feld gellten.

Die Fernsehleute und die Bildjournalisten klebten mit den Händen an ihren Geräten, der Strom floß durch ihre Körper in schmerzhaften Wellen, und jene, die weitergefilmt und weitergeknipst hatten, als sich auf dem Feld die Hölle auftat, mußten ihre Apparate fallen lassen, weil das schmelzende Metall ihre Finger versengte.

Die Gemeinde, die gekommen war, um zu beten und um Zeuge von Wundern zu werden, wandte sich in wilder Flucht, die Menschen flossen zu Massen zusammen, die einander blockierten. Viele wurden an den Gittern zerquetscht, die am Rande des Feldes errichtet worden waren, die Flüchtenden stürzten übereinander und trampelten sich zu Tode.

Es gab Polizisten, die dem Chaos zu wehren suchten, sie wurden von der Menge überrannt. Die Eltern hielten ihre Kinder über die Köpfe erhoben, aber die Gewalt der Flüchtenden war blind vor der Liebe. Viele, die sich eine Lücke im Strom erkämpft hatten, ertranken in den Wogen. Jene, die den angrenzenden Acker oder die Straße erreichten, rannten auf die Lichter des Dorfes zu, andere flohen in die Dunkelheit, schleiften ihre ohnmächtigen, verletzten oder toten Familienangehörigen hinter sich her. Wer sich retten konnte, dankte Gott, daß er dem Inferno entronnen war, er dankte Gott, daß die Erde zu beben aufgehört hatte.

Die Pforte, die nach dem Willen der Ordner der Presse zugeeignet war, wurde von zertrampelten, übel zugerichteten Leibern blockiert, der Menschenhaufen wuchs mit jeder Woge, die gegen das Hindernis anbrandete, obenauf wälzten sich die Lebenden.

Jene, die zu spät zum Feld gefunden hatten – Pilger, Neugierige, Polizisten – betrachteten die Szenerie mit sprachlosem Entsetzen. Sie hatten den Donner gehört, sie hatten die düsteren Wolken gesehen, die sich über dem Feld zusammenballten, sie hatten die Gefahr gespürt. Sie hatten sich das Vorgefühl nahenden Unheils nicht erklären können, ratlos und verlegen hatten sie einander gemustert; zwischen ihnen war eine unheimliche Kälte hochgestiegen, ihre Ratlosigkeit war zur Angst geworden. Die fliegenden Händler begannen ihre Stände abzubauen, sie rafften die Waren zusammen, plötzlich gab es keine gute Nachbarschaft mehr zwischen den Händlern. Die Menschen, die keinen Zutritt mehr zur Messe bekommen hatten, waren erleichtert, daß sie Pech gehabt hatten; sie eilten zu ihren Fahrzeugen zurück, sie wußten nicht, was sie von dem Ganzen zu halten hatten, sie wußten nur, daß sie fliehen mußten. Panik überkam sie, als sie merkten, daß die Zündung in ihren Autos nicht mehr funktionierte. Sie konnten ihre Fahrzeuge nicht anlassen, ihre Flucht war vereitelt. Die Panik griff auf die Polizisten über, es gab einen uniformierten Wachtmeister, der sich über Funk mit seinem Vorgesetzten in Verbindung setzen wollte, der Vorgesetzte befand sich auf dem Feld, der Polizist draußen, vor der Absperrung, aber die Bemühungen waren vergebens, im Lautsprecher des kleinen Geräts waren nur Störgeräusche zu hören.

Begonnen hatte es nach dem dritten Choral. Ein großes Schweigen war über die Menge gekommen. Vier Schüsse. Dann war die

Hölle losgebrochen. Jene, die vor den Toren standen, konnten das Ausmaß erst ermessen, als die Menschen durch die Tore getaumelt kamen, eine Walze aus Fleisch, die alles niederrollte, was sich ihr in den Weg stellte.

Nicht alle, die sich auf dem Feld befanden, hatten den Wunsch zu fliehen. Es gab Menschen, die ins Gebet versunken dastanden, andere hatten den Blick zum Himmel gerichtet. Gruppen bildeten sich, die Menschen begannen zu singen, sie hatten Angst, aber sie waren nicht verzweifelt; andere wieder kauerten im lehmigen Gras und warteten darauf, daß Gottes Hand sie vom Antlitz der Erde wegfegen würde. Und es gab jene, die nie mehr das Blau des Himmels schauen würden, weil sie von ihren Mitmenschen zu Tode gebracht worden waren.

Paula beugte sich zu ihrer angstschlotternden Mutter. Sie zog die Frau in ihre Arme. Sie warf einen Blick in die Runde. Hilfeschreie erhoben sich über das Chaos der Leiber, aber Paula vernahm auch den Lobgesang der Unentwegten. Sie spürte, wie klauengleiche Finger nach ihrem Hals tasteten. Sie befreite sich von der Klammer.

Alles war dunkel, nur der Altar leuchtete, in seinem Widerschein erstrahlte der Baum. Vor dem Hintergrund des Altars hasteten die Schausteller des Dramas vorüber. Paula verstand. Die Menschen flüchteten nicht vor dem Erdbeben, sie flüchteten vor dem furchtbaren Wesen, das vor dem Altar stand und den Gläubigen zulächelte, das Wesen konnte ins Herz der Menschen sehen, es sah die Sünden, die jeder begangen hatte, es sah die Sünden, die sie noch begehen wollten, es sah die lasterhafte Begierde in den Seelen der Frommen.

Paula hielt ihre Mutter umfaßt, sie führte sie zum Mittelgang, der zwischen den Bänken verlief. Die Erde hatte erneut zu beben begonnen, die beiden kamen ins Taumeln, Paula zog und zerrte an ihrer hilflosen Mutter, sie drängte sich an den Menschen vorbei, die gelähmt vor Entsetzen auf dem Feld verharrten, sie schlug auf jene ein, die ihr den Weg versperren wollten.

Sie floh weiter, kam zu Fall, als vor ihr ein Mann zusammenbrach, ihre Mutter fiel über sie, die beiden landeten auf der weichen, schlüpfrigen Erde. Paula kroch auf allen vieren weiter, inmitten eines wogenden, zuckenden Meers aus Leibern fand sie den Körper ihrer Mutter. Aber ihre Mutter bewegte sich nicht mehr. Paula tastete nach dem Mund, er war offen, sie tastete nach den Augen, sie waren geschlossen.

»Mutter!« schrie sie, und die Erde hörte zu beben auf. Die Schmerzensschreie auf dem Feld verstummten. Die Menschen, die nicht verletzt worden waren, standen da und sahen in die Runde. Das Wimmern der Sterbenden war zu hören, sehr leise, wie das Winseln von Tieren, die zu Tode geprügelt werden und vor dem Ende ihres Martyriums angelangt sind. Die Unentwegten hörten zu singen auf. Die Priester hörten zu beten auf.

Auf dem Altar hatte etwas zu brennen begonnen.

Paula wußte instinktiv, daß ihre Mutter tot war. Sie tastete nach dem Herzen der reglos daliegenden Frau. Sie verspürte Erleichterung, als sie kein Pochen mehr verspürte.

Dann sah sie Rodney Tucker. In ihr erwuchs der Haß.

Die Erde öffnete sich.

George Southworth war auf die Kirche zugelaufen. Es kam nicht mehr darauf an, die Würde zu bewahren. Er wollte überleben.

Alles hatte so gut ausgesehen. Er hatte sich bereits am Ziel seiner Träume gewähnt. Die Wallfahrtsstätte, das Heiligtum, der Schrein war ein Erfolg geworden, eine Sache, die Geld noch und noch einbrachte. Seine Anstrengungen sollten belohnt werden, ebenso wie die Bemühungen der anderen Geschäftsleute, die Geld in das Projekt investiert hatten. Banfield war kein sterbendes Dorf mehr; es wuchs und blühte, so wie Lourdes in Südfrankreich wuchs und blühte.

Aber sie, das grauenhafte, mißgestaltete Geschöpf, das von den Toten auferstanden war, hatte ihn angesehen, nur ihn hatte sie angesehen. Sie hatte erkannt, daß sein Wesen aus Raffgier bestand. Sie hatte ihm zugelacht. Raffgier, das war nach ihrem Geschmack, das war Bestandteil des Bösen, aus dem sie ihre Kraft zog.

Er begann zu rennen, noch ehe die Erde zu beben begann. Er wußte, das Wesen dort war die Inkarnation des Bösen, sie war die Zusammenballung der bösen Eigenschaften aller Menschen. So wurde bestätigt, was die Kirche den Menschen lehrte. Es gab Sünde, und es gab Schuld. Es würde immer Sünde und Schuld geben, in jedem Menschen. Sogar in jedem Kind. Sogar in einem Kind wie Alice.

Er hastete an Menschen vorbei, die wie gebannt auf den Altar starrten. Er wußte, daß eine Katastrophe bevorstand. Das obszöne Wunder des heutigen Tages würde von einem Unglück unvorstellbaren Ausmaßes gekrönt werden.

Er hörte, wie das Wesen ein Wort sagte. Vielleicht war es ein Name gewesen. Das Echo der Stimme ging in dem Donner unter, der über das Feld rollte, so laut, *so nahe*, daß es Southworth schier das Herz zerriß. Er zwang sich weiterzulaufen, er taumelte zwischen den Kranken und Krüppeln dahin, die sich am Boden wanden.

Schreiende Gestalten folgten ihm auf seiner Flucht. Southworth spürte, wie sich eine Hand um seinen Knöchel legte, die Hand gehörte einem lebenden Skelett, das in eine dicke rote Decke gewickelt war, das Skelett begann zu sprechen, es wollte von Southworth weggetragen werden. Er stieß die gelbliche Knochenhand zur Seite und taumelte vorwärts, unter ihm erzitterte das Feld, und der Donner schien nicht vom Himmel, sondern aus den Tiefen der Erde zu kommen.

Es dauerte eine Ewigkeit, bis er die Friedhofsmauer erreichte. Das Beben unter seinen Füßen war stärker geworden. Er war nicht der einzige, der diesen Fluchtweg wählte, die Menschen hatten verstanden, daß die Ausgänge blockiert sein würden, sie liefen auf die Umfriedungsmauer zu und sprangen in den Friedhof hinüber.

Southworth kam zu Fall, er lag da im scharfkantigen Gras und hielt die Finger in die Erde gekrallt. Die Menschenwoge donnerte über ihn hinweg. Es gelang ihm sich zur Seite zu wälzen. Er blieb im Schutz der niedrigen Mauer liegen, wie ein Jockey, der die Pferde der anderen über sich hinwegschweben sieht.

Er zuckte zusammen, als sich die Stilettoabsätze von Stiefeln in seine Schulter bohrten. Er erkannte die amerikanische Journalistin, die an der Messe teilgenommen hatte. Er rief um Hilfe, aber die Frau lief weiter, er sah, wie ihre Gestalt zwischen den Grabsteinen verschwand.

Er hatte kein Zeitgefühl mehr, wirklich wichtig war jetzt nur noch die Angst. Die Erde hatte zu beben aufgehört. Stille senkte sich über das Feld und den Friedhof. Er fuhr sich mit der Hand über die Augen, die Finger kamen tränenfeucht zurück.

Er stöhnte auf, als die Hölle von neuem losbrach. Die Bäume erbebten, der Grund, auf dem er lag, die Grabsteine. Er sah, wie die Erde von den Maulwurfhügeln abbröselte. Zwei oder drei Schritte von Southworth entfernt, neigte sich ein Grabstein. Eine Steinplatte wurde hochgeschleudert, sie zerbrach, als sie auf den Weg fiel, und so war aus dem Grab ein gähnendes Loch geworden.

Er mußte es bis zur Kirche schaffen! Dort war er in Sicherheit. Er versuchte aufzustehen, aber die Erde bebte jetzt so stark, daß er nicht auf die Beine kam. Er kroch auf die Kirche zu, wie ein Lurch, der im Matsch zu Hause ist.

Links und rechts von ihm flüchteten Menschen, sie stolperten über die aufklaffenden Gräber, wurden von den Erdstößen gegen die Grabsteine geschleudert, lehnten sich erschöpft an triefnasse Beinkammern.

Zwischen den Wolken war ein Glitzern des Mondes zu erkennen.

Vor Southworth wuchs ein Erdhügel, die Erde barst, und er sagte sich, daß es das Erdbeben war, was den Grund aufwühlte, aber es war etwas anderes, es war ein Wesen, das sich nach oben schaufelte, weil es wieder die Luft der Lebenden atmen wollte.

Eine Urne fiel von dem Stein, auf dem sie ruhte, und zerbrach. Unter den Scherben tat sich ein zweiter Erdspalt auf.

Er spürte, wie lockeres Erdreich auf seine Finger geworfen wurde. Er zog die Hand zurück und barg sie an seinem Herzen. Es war ein kleines Grab, auf dem er lag, das Grab eines Kindes oder eines Zwerges. Ein Kegel aus Erde wuchs hoch, und dann sah Southworth die winzigen weißen Wesen, die sich nach oben wühlten. Winzige weiße Wesen, die man vielleicht als Würmer hätte bezeichnen können. Es waren fünf. Ihnen folgten weitere fünf.

Southworth stieß einen Schreckensschrei aus. Es gelang ihm, auf die Beine zu kommen. In wilder Flucht stolperte er auf das Portal der St. Josephs Kirche zu.

Er fiel gegen das Holz und hieb mit beiden Fäusten auf die Tür ein. Er schürfte sich die Nägel blutig. Er fand den Eisenring, drehte ihn einmal, zweimal, dreimal, stieß die Tür auf und taumelte über die Schwelle. Er schlug die Tür hinter sich zu. Er stand im Dunkeln, den Rücken gegen das Holz gelehnt, und rang nach Luft.

Er erstarrte, als er das Kratzen an der Tür hörte.

Er hielt den Atem an.

Das Geräusch kam von der anderen Seite.

40

> *Wo sind die Toten?*
> *Wo leben sie jetzt?*
> *Nicht unter der Erde, sagt man.*
> *Wo dann?*
>
> Stevie Smith: Das Grab
> unter der Steineiche

Fenn hob den Kopf. Er spürte, wie sich seine Wange von dem Bretterboden löste. Er holte tief Luft und mußte alsbald würgen, weil ihm schlecht wurde, die Luft stank nach Aas und verbranntem Fleisch.

Nur im Unterbewußtsein nahm er das Chaos in den Bänken wahr, er sah nicht die in Panik geratenen Menschen, die zu den Ausgängen stürmten, und er achtete nicht auf die Erdstöße, die viele der Flüchtenden zu Fall brachten, so daß sie von den Nachfolgenden überrannt und zu Tode getrampelt wurden. Es war dunkel auf dem Feld; selbst wenn Fenn zu einer aufmerksamen Beobachtung des Geschehens fähig gewesen wäre, hätte er nur ein Gewirr aus Leibern zu sehen bekommen; es waren die Schmerzensschreie und das Wimmern der Sterbenden, die einem Beobachter – wenn es einen gegeben hätte – das ganze Ausmaß des Unglücks enthüllten.

Irgend etwas tief in seinem Inneren sagte Fenn, daß er fliehen mußte, aber er mußte auch Sue und Ben finden, um sie aus der Gefahr zu führen. Seine Kräfte waren erschöpft; obwohl seine Nerven bis zum äußersten gespannt waren, fühlten sich seine Muskeln wie zähe, dickflüssige Gelatine an. Wie gern hätte er den Blick von dem brennenden, blutüberströmten Geschöpf gewandt, das dort stand und ihm zulächelte, aber das konnte er nicht. Er konnte sich nicht rühren, seine Glieder und sein Körper waren wie mit dicken Ketten gefesselt.

Er hörte, wie das brennende, blutende Geschöpf zu ihm sprach, und er wußte, daß er nur weiterleben konnte, wenn er ihrer Kraft widerstand. Sie zog ihre Kraft aus ihm, sie zog ihre Kraft aus den Seelen der Menschen auf diesem Feld, sie verwandelte positive Energie in negative Energie. *Ich muß ihr widerstehen!* Die Stimmen in seinem Kopf wiederholten den Ausruf, es waren die Worte, die er sooft in seinen Träumen gehört hatte. Elnor wurde erschaffen aus der psychischen Energie der Lebenden. *Ich muß ihr widerstehen!* Sie hatte keine Macht über jene, die sich ihr widersetzten.

War es nur Täuschung, daß die Stimmen in seinem Kopf, die Stimmen, die im Traum zu ihm gesprochen hatten, den beiden toten Priestern gehörten?

Fenn versuchte, Elnor zu widerstehen, aber er war zu schwach. Er mußte sie ansehen. In der Kapelle in Barham war er seinen Alpträumen davongelaufen, und damit hatte er die Existenz der Schattengestalt verneint; jetzt aber blieb ihm kein Ausweg, nur die Konfrontation.

Die Menschen auf der Plattform, die Priester und Meßdiener, sie waren dem Zusammenbruch ebenso nahe wie Fenn. Da war Bischof Caines, der auf den Knien lag, er hatte eine Hand auf den Boden gestützt und versuchte mit der anderen Hand das Kreuzzeichen in die Luft zu malen. Fenn sah, wie sich die Lippen des Bischofs bewegten, Speichel rann dem Kirchenmann aus den Mundwinkeln und floß glitzernd an dem zitternden Kinn herab. Caines sprach so leise, daß es kaum zu verstehen war, aber Fenn erahnte die Worte:

»... *Heiliger Vater, Allmächtiger Gott, Vater unseres Herrn Jesus Christus, der für alle Zeiten den Engel des Bösen besiegte* ...«

Der junge Priester, der die Messe gelesen hatte, lag starr auf dem Boden, seine Arme waren ausgestreckt wie die Arme der Madonna in der Kirche, er bewegte sich nicht mehr, nur noch das Weiß seiner Augäpfel war zu sehen, der Mund stand offen, es war nicht zu erkennen, ob er noch atmete.

»... *der den Feind des Guten ins Flammenmeer der Hölle verbrannte.*

Du hast uns Deinen einzigen Sohn gesandt, Jesus Christus hat dem Lindwurm der Sünde den Kopf zertreten; so höre denn unser Schreien und komme uns zu Hilfe...«

Die Meßdiener knieten, sie hielten die Hände an die Ohren gepreßt, um sich vor dem Bösen zu schützen, das sich auf dem Altar manifestierte; es gab Priester, deren Oberkörper hin und her schwankten wie ein Rohr im Winde, sie hielten den Blick auf das unsaubere Wesen gerichtet.

»... *wir bitten Dich um deine Hilfe, errette uns von den Klauen des Satans, erlöse uns von dem Übel, hebe uns zu dir, die wir nach Deinem Bilde erschaffen wurden*...«

Molly Pagett war der einzige Mensch, der nicht kniete. Immer noch hielt sie den Arm zu ihrer Tochter ausgestreckt.

»Alice!« stöhnte sie. »Aliiiiiice!«

Ein haßerfülltes Zischen kam über die brennenden Lippen. »Deine Tochter ist tot, süße Rosemund, die Tochter des Satans schwebt zwischen Erde und Unterwelt, sie ist mir zu Diensten, nur mir. Niemand kann sie vor dem Tode erretten, und niemand kann dich vor dem Tode erretten.« Sie wandte das blutende Haupt und starrte in das Dunkel auf dem Feld. »Auch jene nicht, die mich erschlugen und mir das Recht auf die Sünde aberkennen wollten.«

»... *nach deinem Ebenbild.*

Vertreibe den Drachen, der sich in Deinem Weingarten wälzt, o Herr, unser Gott, erfülle sein Herz mit Furcht! Laß Deine himmlische Heerscharen...«

»Nein!« Molly Pagett stürzte auf die Gestalt zu, die ihre Tochter gewesen war. Sie versuchte das brennende Fleisch zu berühren.

Und das Geschöpf, das Alice und Elnor war, lachte, und Fenn sah mit Entsetzen, wie sie zu dem Baum schwebte, ihr Gewand verfing sich in einem der unteren Äste, sie brannte und drehte sich, der Hals brach, die Füße zuckten und färbten sich schwarz, aus den Eingeweiden tropfte eine glänzende Masse, die auf den Altar niederfloß, eine dampfende Schicht entstand, der Kopf des Geschöpfes brannte lichterloh, das Fleisch verglühte, und als das Wesen Fenn ansah, war es Alice.

»... *und treibe den Satan aus, er soll diesen Leib verlassen, er soll diese Seele freigeben, auf daß sie teilhaftig werde Deiner Gnade, o Herr...*«

Kreischend und schluchzend warf sich Molly Pagett nach vorn, sie umschlang den verkohlten, verfaulten Leichnam Elnors, sie zog ihre Finger zurück, als sie die Flammen sah, die aus ihren Knöcheln loderten, die Flammen krochen auf ihren Armen entlang, erreichten den Kopf und die Schultern und vereinigten sich über ihrem Scheitel zu einer wabernden Lohe.

Dann war alles still.

Bischof Caines hatte zu beten aufgehört.

Molly Pagett brannte. Sie rührte sich nicht mehr.

Fenn fühlte eine Ohnmacht nahen.

Und die Geistleiche der Nonne aus dem sechzehnten Jahrhundert lachte, als der Donner über das Feld niederging, sie lachte noch, als die schwarze Erde sich öffnete.

Paula gab den Leichnam ihrer Mutter frei.

Das Echo des Donners war über ihr, vor ihr hatte sich ein breiter Erdspalt aufgetan, die Sterbenden auf dem Feld ließen ihre Schreie in den Himmel steigen. Gebannt sah Paula, wie der Spalt sich ausweitete. Die Plattform des Altars barst, der Riß lief den Mittelgang entlang, eine gezackte Linie, und die Menschen, die sich auf dem Mittelgang befanden, taumelten in die Bankreihen zurück.

Immer breiter klafterte der Spalt, Paula sah in die Schwärze hinab, so tief, so unendlich tief war die Höhle, die sich vor ihr auftat, und so dunkel, daß sie einen Augenblick lang meinte, sie sei blind geworden, aber als der Mond durch die Wolken brach und sein bleiches Licht in den Spalt hinabschickte, erkannte Paula die weißen Fingerspitzen, sie erkannte die Hände, die sich aus dem brodelnden Erdreich schoben, Glieder kamen zum Vorschein, an denen der fette Lehm klebte. Aus der Tiefe erwuchsen Schattengestalten, Leiber, die sich im Totenreigen wanden, und dann sah Paula die furchtbaren Münder, hörte das Stöhnen der Schattenwesen, starrte auf die Augen, die sich zum Himmel hoben, und da wußte sie, es waren verdammte Seelen, die sich nach der Welt der Menschen zurücksehnten.

Paula schloß die Augen, sie sagte sich, daß sie Opfer einer Halluzination geworden war, was dort geschah, konnte und durfte nicht Wirklichkeit sein. Sie öffnete die Augen und sah, daß es Wirklichkeit war.

Es gab zwei Menschen, die an den gezackten Rändern des Erdspalts standen, die beiden schienen in einem Kampf begriffen, einer versuchte den anderen in die Tiefe hinabzustoßen. So erschrocken und verwirrt Paula auch war, sie wußte sofort, wer die beiden waren.

Tucker versuchte verzweifelt, sich aus dem Klammergriff seiner Frau zu befreien. Sie war mit einem Bein in den Mahlstrom der Erde versunken, und Paula sah, wie sich die glänzende Schwärze zu den Hüften der Frau vorschob. Die Frau hielt Tucker bei der Jacke gepackt, aber er schlug ihr die Hände fort, er wußte, daß er sie nicht retten konnte, er wußte, daß er sie nicht retten wollte, wenn er ihr zu helfen versuchte, würde sie ihn in den Höllenschlund hinabziehen. Sie schrie und schluchzte, sie flehte ihn an, sie aus dem schlammigen Grund herauszuziehen, und Tucker schrie zurück, sie sollte ihn loslassen, er schlug sie ins Gesicht und zerfleischte ihr die Finger. Dann gab die Erde unter dem Gewicht ihres Körpers nach. Die Jacke riß. Die Frau stieß einen markerschütternden Schrei aus und verschwand in der Tiefe.

Tucker taumelte zurück. Er richtete sich auf. Er stand da, die Hände auf die Schenkel gepreßt, und schnappte nach Luft.

Er hatte sich gerade umgedreht, als Paula aus dem Dunkel auf ihn zugerannt kam.

Der Haß trieb sie nach vorn, der Haß auf den fetten, schwabbeligen Kerl, der sie verraten und benutzt hatte. Er hatte ihren Körper mißbraucht, und er hatte sie belogen. *Lügner! Lügner! Lügner!* Es geschah ihm recht, wenn er zwischen den Würmern in den Tiefen der Erde verendete; jene Wesen, die als pralle, weißschimmernde Gebilde die Gräber der Toten durchpflügten, waren seinesgleichen.

Sie hieb mit beiden Fäusten auf ihn ein, und er packte ihre Handgelenke und zog sie an sich. Der Zusammenprall war so heftig geworden, daß Tucker das Gleichgewicht verlor. Er stürzte hintenüber in die Tiefe und nahm Paula mit sich.

Schreiend, in inniger Umarmung, fielen sie dem Mittelpunkt der Erde entgegen.

Southworth gab die Kirchentür frei und lief den Mittelgang entlang.

Im Vorbeilaufen tippte er mit der ausgebreiteten Hand auf die Bänke wie ein Kind, das an einem Zaun entlangläuft. Es war eine Geste, die keinerlei Logik hatte. Southworth war in Panik.

Er hatte den Altar erreicht. Seine Knie stießen gegen das Geländer. Er sank zu Boden. Sein Schluchzen erfüllte die verlassene Kirche. Southworth war allein. Und er hatte Angst. Angst vor den eiskalten Leichen, die Einlaß in das Gotteshaus begehrten.

Die Kirche begann zu beben. Die Statuen an den Wänden begannen zu tanzen. Das Geländer, das er umkrampft hielt, zitterte so sehr, daß er den Griff lockern mußte. Ein Knall, laut wie ein Kanonenschuß, hallte in dem Gewölbe wieder, als eine der alten Steinplatten zersprang. Wie gelähmt verfolgte Southworth die Spur des Risses, der im Gemäuer der Kirche aufklaffte. Ein paar Handbreit zur Linken tat sich ein zweiter Spalt auf, und dann ein dritter. Das gleiche vollzog sich auf der gegenüberliegenden Wand. Und dann barst das Dach.

Mauerstücke regneten auf den Steinboden. Das Gestein ging als weißer Staub auf die Kirchenbänke nieder. Die Lichter begannen zu flackern wie Kerzen, über die der Wind streicht. An, aus, an, aus. Dann pendelte sich der Strom auf einer niedrigeren Ebene ein.

Southworth hielt die Hände auf den Mund gepreßt, er erstickte die Schreie, die niemand hören würde. Hinter ihm rollten die Altarkerzen über den Boden; das Türchen des Tabernakels schwang auf und enthüllte weiße, seidengepolsterte Leere; das große, buntverglaste Fenster, das ein Edelmann im sechzehnten Jahrhundert für die St. Joseph's Kirche gestiftet hatte, zersprang, die Splitter flogen wie farbige Speere durch die Luft.

Er zuckte zusammen, als er den ersten Speer auf seiner Stirn empfing, er spürte, wie sich das Glas durch den Knochen bohrte. Weitere Geschosse folgten, sie fügten ihm Wunden und Schnitte zu, aus denen das Blut quoll. Er hatte Glück, daß es das Geländer gab, hinter das er sich ducken konnte.

Das Chaos im Kirchenschiff war ohrenbetäubend, neue Risse erschienen in den Wänden, die Steine strebten auseinander, und dann barst der Fußboden, der gezackte Riß verlief unter den Bänken und quer über den Mittelgang. Der Riß wuchs zu einem Spalt an, so schwarz, so schwarz, daß es Southworth an eine mit Tusche bemalte Fläche erinnerte, aber es war keine Fläche, es war ein Spalt. Die Bänke fielen übereinander, als die Öffnung sich zu einem Graben verbreitert hatte.

Er biß sich in die Knöchel, um nicht loszuschreien, die Knöchel begannen zu bluten; er sah, wie schleimbedeckte Finger sich über die Ränder des Grabens schoben.

Hände erschienen, dann Arme, alles war mit schlammiger Erde und Moder bedeckt. Kleine, schwarze Kreaturen kamen aus der Finsternis hervorgehuscht, sie verschwanden alsbald in den dunklen Ecken des Kirchenschiffs; etwas Langes, Glattes kroch über den Boden und schlang sich um eine der Heiligenfiguren. Immer mehr Finger schoben sich aus der aufgebrochenen Erde, immer mehr Arme hoben sich über die klaffenden Ränder. Gestalten mit nackten, verwesten Schultern entstiegen der Tiefe.

Die Tür am anderen Ende der Kirche zerbarst mit splitterndem

Krachen, der Rahmen des Portals hatte dem Gewicht der Steine nachgegeben. Die Tür sprang auf. Die toten Wesen traten ein.

Sue war von einer gespenstischen Ruhe beseelt.

»Was ist, Mammi? Warum schreien die Leute so?«

Sie hielt Ben an sich gedrückt. Er barg seinen Kopf an ihrem Busen.

»Das ist nichts«, tröstete sie ihn. Sie streichelte ihm über das Haar. »Du mußt keine Angst haben.«

Er hob den Kopf und warf einen Blick auf die Sterbenden. »Ich habe keine Angst«, sagte er ernst.

Jemand kam auf sie zugerannt. Er stolperte über ihre Leiber, rappelte sich wieder auf und lief weiter. Sue hatte nicht sehen können, ob es sich um einen Mann oder um eine Frau handelte, dazu war nicht genügend Licht.

Ben setzte sich auf. »Ich kann Onkel Gerry sehen«, sagte er und deutete auf den Altar.

Sue benutzte die umgefallene Bank, um sich aufzurichten. Immer noch bebte die Erde, aber die Stöße waren schwächer geworden. Das Donnern kam nicht mehr vom Himmel, es schien seinen Ursprung in den Eingeweiden der Erdkugel zu haben. Aus irgendeinem Grunde flohen die Menschen, die sich auf dem Mittelgang befanden, in die Bankreihen, Sue konnte sich nicht erklären, warum sie das taten. Sie folgte Bens Blick und erstarrte vor Schreck, als sie die Gestalten vor dem Altar erblickte.

Die Plattform war mit den Leibern der Meßdiener und Priester übersät. Sue erkannte Bischof Caines, sein graues Haar klebte an der verschwitzten Stirn; er ruderte hilflos mit den Armen in der Luft herum. Zwei Schritte entfernt von ihm war etwas, das brannte. Es war eine kniende Gestalt, die sich nicht bewegte. Nur der Kopf, die Arme und die Schultern brannten, das Wesen hielt die Arme nach einem Kind ausgestreckt. Das Kind stand wenige Schritte weiter, es war eine schwarze Silhouette, das Kind betrachtete das brennende Wesen. Über dem von Rauch umwallten Altar erhob sich die Eiche, sie überragte den Schrein, sie überragte alles, die knorrigen Äste waren ausgestreckt, als wollten sie die zu Fall gekommenen Gestalten auf der Plattform erheben.

Fenn kauerte auf den Stufen, die zur Plattform hinaufführten. Er sah hilflos und verängstigt aus.

Sue stand auf. Sie zog Ben hoch.

»Wo gehen wir hin?« fragte Ben.

»Wir gehen nach Hause«, gab sie zur Antwort. »Aber wir müssen Onkel Gerry mitnehmen.«

»Aber sicher«, sagte er.

Sie stiegen über umgestürzte Bankreihen hinweg. Sue zwang sich, die Schreie der Krüppel und der Kranken zu überhören, die hilflos inmitten geborstener Bretter lagen, sie wußte, daß sie diesen Menschen keinen Beistand leisten konnte, es waren zu viele, sie mußte zuerst Fenn erreichen, sie mußte sich zum Altar durchkämpfen, mit Fenns Hilfe konnte sie vielleicht einen oder zwei Kranke vom Feld schleppen. Sie hielt Bens Hand umklammert. Sue verstand nicht, warum aus seinen Fingern Kraft und Mut zu ihr überströmte, aber sie wußte, es war so.

Ihr Blick fiel auf die brennende Gestalt, und dann merkte sie, daß auch Ben das Wesen erblickt hatte. Sie legte ihm die Hand über die Augen, aber der Junge schob die Finger zur Seite, um die brennende Gestalt sehen zu können, so fasziniert war er von dem Anblick.

Dann waren sie vor den Stufen.

»Gerry?« Sie kniete sich neben ihn. Ihre Hand betastete seine Wangen. Er schlug die Augen auf. Er schien sie nicht zu erkennen.

»Sue«, sagte er dann. Er sprach sehr leise. Er schien erleichtert, daß sie gekommen war. Und dann erschrak er, als sei ihm etwas Wichtiges eingefallen. Er packte Sue am Arm. »Du mußt sofort hier weg, Sue! Wo ist der Junge?«

»Der Junge ist unverletzt geblieben. Er steht hinter mir. Komm jetzt. Machen wir, daß wir hier wegkommen.«

Er ließ den Kopf auf die Stufe sinken. »Ich kann nicht mitkommen. Ich bin zu schwach.«

Sue gab ihrem Sohn ein Zeichen. »Berühre ihn, Gerry«, sagte sie. »Ergreife Bens Hand.«

Fenn sah sie an, ohne zu begreifen. »Ihr müßt fliehen, Sue. Macht, daß ihr wegkommt!«

Sie legte ihm die Hand ihres Sohnes in die geöffneten Finger. Fenn spürte, wie seine Lebenskraft zurückkehrte.

Vom Altar her waren gellende Schreie zu hören. Die drei Menschen wandten den Blick.

Molly Pagett hatte sich erhoben, sie schlug mit ihren brennenden Händen nach den lodernden Haaren. Ihre Hilferufe waren wie eine Klinge aus Eis, die in die Herzen der Menschen schnitt.

»Oh, mein Gott, ich muß ihr helfen!« Fenn riß sich die Jacke vom Leibe. Er stolperte die Stufen hinauf und lief auf die brennende Frau zu. Er wollte ihr die Jacke über den Kopf werfen. Er wollte die Flammen ersticken.

Aber Molly Pagett konnte niemand mehr helfen.

Sie stieß einen langhallenden Todesschrei aus, der Fenn durch Mark und Bein ging. Sie taumelte auf das Kind zu, das sie aus ruhigen Augen beobachtete. Sie kam zu Fall, stürzte von der Plattform auf das Feld hinab, wand sich in Zuckungen, die Schreie wurden leiser und leiser und brachen jäh ab, als die Seele ihren Körper verließ.

Fenn sank zu Boden, er schloß die Augen, die Jacke lag auf seinen Knien.

Die kleine Gestalt trat in den Lichtkegel. Sie richtete den Blick auf den Altar, dann sah sie zu dem Baum hinauf. Schließlich wandte sie sich um und ging auf Fenn zu.

Ein Blitz zuckte durch die Nacht und ließ den Schrein, das Feld und die Kirche in eisig-silbrigen Konturen erstarren. Fenn war es, als schwebte der Altar, und dann war er hoch über dem Feld, er hatte mit dem, was auf der Erde geschah, nichts mehr zu tun. Unter ihm waren flüchtende Pilger, Kranke und Krüppel, die um Hilfe flehten, unter ihm war der aufklaffende Bauch der Erde, aus dem kleine schwarze Wesen krochen, dort unten war eine Kirche, deren Turm zu wanken begann, die wogenden Gräber, der Schrein, die Leiber der Meßdiener und Priester vor dem Altar, das Kruzifix auf dem Boden, der abstoßend häßliche Baum. Dort stand auch die Kreatur, die ihn anstarrte.

Der Blitz erlosch. Fenn hatte, als er den grellen Schein wahrnahm, die Augen aufgerissen, zwei Sekunden lang nahm er die Vision der Hölle in sich auf, ein Anblick, der unauslöschlich in seiner Seele haften bleiben würde.

Ein Donner hallte über das Feld, so laut, daß Fenn in einer instinktiven Reaktion seine Ohren mit den Händen bedeckte. Ben zupfte am Rock seiner Mutter. Er sagte: »Alices Kleider sind voller Blut, Mammi.«

Fenn sah in Elnors wissende Augen, er fühlte, wie er in den Mahlstrom ihres von Sünde durchdrungenen Ichs geriet, in einen süßen Strudel, in dessen Tiefe er in einer langen Sekunde der Erfüllung sein Leben aushauchen würde. So schön war dieses Mädchen, so weiß war ihre Haut, die Lippen waren frisch und voll, und während er ihr in die weitgeöffneten Augen starrte, wurde die lockende Sinnlichkeit ihres Körpers offenbar, er spürte die geschmeidige Kraft, die von ihr ausging, und er erahnte die Fülle ihrer festen, jungen Brüste, deren Formen von dem Novizinnengewand mehr enthüllt als verborgen wurden.

Elnor begann zu lächeln. Ihn schwindelte.

Ihre Worte waren schwer zu verstehen, weil sie mit einem merkwürdigen Akzent sprach. Ihre Stimme war tief und heiser.

»Sei du Zeuge meiner Rache«, sagte sie. »Sei zugleich Teil meiner Rache.«

Sie hatte jetzt keine sanften, braunen Augen mehr, an ihrer Stelle erschienen klaffende, dunkle Höhlen, deren Anblick Fenn faszinierte. Ihre Haut war nicht mehr weiß und weich, sie war verkohlt, geschwärzt, an vielen Stellen aufgesprungen, die verbrannten Lippen gaben schwärzliche Zahnstümpfe und verwestes Zahnfleisch frei. Ihr Körper war nicht länger straff und wohlgeformt. Die Gestalt vor Fenn wand sich in lasziven Bewegungen, bis Rumpf und Gliedmaßen die bizarre Form der Eiche angenommen hatten. Ein unbeschreiblicher Gestank wehte zu ihm herüber. Er hob die Hand und taumelte zurück.

Ihr Lachen war so böse wie das Züngeln einer Schlange.

»Was macht Alice da?« fragte Ben seine Mutter.

Das Lachen der Gestalt wurde lauter, es wurde so laut, daß Fenns Kopf davon überfloß. *Herr Jesus Christus, befreie mich von diesem Wesen! Herr Jesus Christus, hilf mir!*

Die Plattform hatte zu beben begonnen. Fenn war hintenüber gesunken. Wie in einem Alptraum sah er die Erde aufklaffen, der Riß war jetzt so breit wie ein Fluß, und der Fluß strömte auf den Altar zu, auf den Schrein.

Das Gewand der Nonne hatte zu qualmen begonnen, und als sie auf Fenn zuging, erschienen große, schwärende Blasen auf ihrer Haut. Und doch lachte sie, spottete seiner Angst mit ihrem lippenlosen Mund. Sie streckte ihre ausgeglühten Knochenfinger nach ihm aus, und dann zuckte ein Blitz über den Himmel.

Elnor war jetzt nur noch einen Schritt von ihm entfernt. Ihr Atem stank nach Aas, ihr Körper stank nach der Hölle.

Fenn stieß einen gellenden Schrei aus. Er war unfähig, sich zu rühren.

Und sie lächelte ihr Totenlächeln.

Sie blieb stehen. Sie sah zu dem Baum zurück. Wimmerte. Sie straffte ihre Gestalt und umfing ihre Brüste mit schwarzen Krallen. Stöhnte.

Fenn folgte ihrem Blick. Zuerst sah er nichts. Dann sah er einen Schimmer.

Ein Glanz, eine Glut.

Am Stamm des Baumes.

Seine Angst wuchs ins Unermeßliche. Es war eine andere Angst, als er sie vorher empfunden hatte, nicht nur größer, sondern anders. Die Glut am Fuße des Baumes war zu einer hellstrahlenden Sonne geworden, so stark war das Licht dieser Nova, daß Fenn die Hände vors Gesicht schlug. Die Sonne strahlte durch seine Hände hindurch. Im Zentrum der Sonne stand ein Wesen. Es war ...

Die beiden Priester in seinem Kopf hatten zu beten begonnen. Fenn schloß die Augen. Er wiederholte die Worte, die sie sagten.

Als ein Blitz das Feld erhellte, nahm er die Hände vom Gesicht.

Die bizarr verkrümmte Gestalt wich von ihm zurück. Mit erhobenen Augen wankte sie auf die gespaltene Eiche zu. Flüche quollen aus ihrem Mund.

Die Zweige des Baumes hatten zu brennen begonnen. Der Stamm war geborsten, kleine Kreaturen kamen aus dem Spalt hervorgekrochen, Würmer, Läuse und Blutegel. Der Baum war verfault, durch und durch tot, ein Nest für Parasiten, die sich von Totem ernährten.

Donner und Blitz im gleichen Augenblick. Der Blitz schlug in den Baum, blaue Flämmchen tanzten über die Äste und suchten sich den Weg zur Erde. Der ganze Baum ging in Flammen auf, ein reißendes, krachendes Geräusch hallte über das Feld. Der Baum neigte sich.

Jemand berührte Fenn an der Schulter. Es war die Hand einer Frau. Und dann berührte ihn der Junge, der neben der Frau stand.

Sue und Ben zerrten und zogen an ihm, bis er mit ihnen ging, im Laufschritt verließen sie die Plattform, ließen die schreiende Gestalt und den stürzenden Baum hinter sich. Hand in Hand liefen sie in die Nacht hinein.

Sie kamen zu Fall, die Erde war weich, Fenn wand sich auf dem Boden, er hatte sich den Knöchel verstaucht, er richtete sich auf, um einen letzten Blick auf das kleine Mädchen zu werfen, das unter dem stürzenden Baum stand, sie war schon tot, war erschossen worden von einem Verrückten, sie war Alice, sie hielt die Arme erhoben, als wollte sie der Göttin der Vergeltung Einhalt gebieten, und doch war das Geschöpf, das jetzt von den Flammen eingehüllt wurde, nicht mehr das Mädchen, das Fenn gekannt hatte, sie war zu einem schwarzen, mißgestalteten Wesen geworden, das jener überlegenen Macht nicht länger Widerstand leisten konnte. Fenn meinte einen furchtbaren Schrei zu hören, als der brennende Baum den verdorbenen Körper zermalmte und in Asche verwandelte.

Die Plattform brach zusammen, jene Menschen, die sich noch dort befanden, versanken in dem Flammenloch, das sich an der Stelle des Schreins auftat. Wenig später war das ganze Gerüst eine lodernde Fackel.

Nur noch das Prasseln der Flammen war zu hören und das Weinen der Menschen auf dem Feld. Die Erde bebte nicht mehr.

Fenn ergriff Sue und Ben bei den Händen. Sie badeten ihre Gesichter im warmen Schein des Feuers. Er zog die Frau und den Jungen an sich. Aneinandergeschmiegt blieben sie stehen. Sie gingen erst fort, als die Flammen zu nahe kamen.

Es begann zu regnen.

41

Das Karussell dreht sich,
Der Zauber erfüllt sich,
Der Knoten soll gelöst werden,
Das Kreuz soll wieder zu zwei Bäumen werden,
Was krumm ist, soll gerade werden,
Und der Fluch soll enden.
T. S. Eliot: Der Fluch soll enden

»Komm mit, Fenn.«

Fenn lächelte Sue zu. Sie stand vor dem Wagen, die Tür war geöffnet. Er schüttelte den Kopf. »Geht ihr beiden vor«, sagte er. »Ich komme später vorbei.«

Der Junge, der auf dem Rücksitz gesessen hatte, quetschte sich an dem zurückgeklappten Vordersitz vorbei und stieg aus. Sue kniete sich auf den Beifahrersitz. Sie neigte sich vor, bis ihre Lippen Fenns

Wange erreichten. Sie küßte ihn. Sie umarmte ihn. Dann war sie fort.

Er sah ihnen nach, wie sie auf die Kirche zugingen. Die Sonne spielte mit Sues Haaren. Die Frau hielt Ben an der Hand gepackt.

Es war Sonntag vormittag, ein heller, frischer Sonntagvormittag, und der Wind trug den Geruch des Meeres herüber. Die Kirche war in neuzeitlichem Stil errichtet. Sie sah nicht so feierlich, nicht so bedrückend aus wie einige andere Gotteshäuser, an die Fenn sich so erinnern konnte. An jenem Sonntagvormittag waren in dem kleinen Ort am Meer nur wenig Menschen auf den Straßen. Obwohl die Sonne schien, war die Kälte des Winters noch zu spüren. Immerhin, ein paar Menschen waren unterwegs, um ihren Hund auszuführen, und dann gab es auch jene Spaziergänger, die niemanden zu Hause hatten, so daß sie sich dort sehr einsam vorkamen, und schließlich gab es die Kirchgänger, die ihr warmes Heim verlassen hatten, um in einer der zahlreichen Kirchen von Brighton einem Gottesdienst beizuwohnen. Einer dieser Menschen, ein Mann, der einen Hund an der Leine hielt, kam auf dem gegenüberliegenden Bürgersteig entlang, er las in einer Zeitung.

Fenn konnte die Schlagzeile erspähen.

SCHREIN

Fenn wandte sich ab. Er war der Theorien müde, die von den Zeitungen verbreitet wurden. Die These, der die meisten Journalisten zuneigten, war die Theorie von einem elektromagnetischen Sturm, der sich das Feld ausgesucht hatte, um sich dort zu entladen, der Blitz hatte den Altar zerschmettert, und so war der Baum in Brand gesetzt worden, der elektromagnetische Sturm war dann von dem Baum in die Erde übergeflossen. Die Techniker von Film, Funk und Fernsehen, die bei dem abendlichen Gottesdienst auf dem Feld zugegen waren, hatten sich über die elektrischen Interferenzen beklagt, die ihre Aufnahmegeräte und die gesamte Ausrüstung lahmgelegt hatten. Sogar die Filme in den Kameras der Pressefotografen waren geschwärzt, obwohl sich niemand erklären konnte, wie ein elektromagnetischer Sturm das Zelluloid schwärzen konnte. Die Polizei, die von der Öffentlichkeit unter Beschuß genommen worden war, weil sie der Panik unter den Menschen nicht Herr geworden war, hatte in einer lahmen Verlautbarung darauf hingewiesen, daß ihre Funkgeräte durch den gleichen elektromagnetischen Sturm außer Funktion gesetzt worden waren. Die Schockwellen, die über das Feld liefen, hatten eine Massenhysterie ausgelöst. Die Menschen hatten Halluzinationen entwickelt, viele waren ohnmächtig geworden, und das ganze Durcheinander hatte sich zur Panik gesteigert. Wie gesagt, das war die Theorie Nummer eins. Es gab andere. Alice Pagett, so sagten jene, die über viel Fantasie verfügten, sei ein Mädchen gewesen, das sich auf geheimnisvolle Weise übernatürliche Kräfte angeeignet hatte, diese Kräfte seien außer Kontrolle geraten, und das hatte die Natur aus dem Gleichgewicht gebracht; eine unterirdische Explosion hatte das Feld erschüttert und die Menschen in Hysterie versetzt (unglücklicherweise wurde diese These nicht von den Aufzeichnungen der Seismografen bestätigt); eine andere Version war, daß antireligiöse Fanatiker eine Bombe im Schrein versteckt hatten (wahrscheinlich die gleiche Gruppe, die das Attentat auf den Monsignore verübt hatte). Es gab viele Thesen, es war alles sehr verwirrend.

An jenem schwarzen Sonntag war der Schrein von zwanzigtausend Menschen besucht worden, und wenn sich an dem Tag ein Wunder ereignet hatte dann dieses, von den zwanzigtausend waren bei der Massenpanik nur einhundertundachtundfünfzig umgekommen. Die meisten der Opfer waren zu Tode getrampelt worden; einige hatten einen Herzschlag erlitten; einige – jene, die sich auf der Plattform oder nahe dem Altar befunden hatten – hatten den Tod in den Flammen gefunden; und dann gab es noch die Menschen, die bei der Flucht einen tödlichen Unfall erlitten hatten. Es gab viele, viele Verletzte, und der Zustand der Kranken und Krüppel, die man zu dem abendlichen Gottesdienst auf das Feld getragen hatte, war alarmierend schlecht. Merkwürdigerweise hatten auch jene Personen, die Alice Pagett bei anderen Gottesdiensten geheilt hatte, einen Rückfall erlitten. Sie waren so krank wie zuvor. Es war, als ob der Tod des Mädchens die Heilung wieder aufgehoben hätte.

Einige Pilger, unter ihnen Geistliche und Nonnen, behaupteten steif und fest, die Erde hätte sich aufgetan, ein breiter Spalt sei zu sehen gewesen, der tief hinabreichte. Aber diese Menschen waren von den Ereignissen verwirrt, noch Wochen nach dem Schwarzen Sonntag war ihr geistiger Zustand so, daß er als ›labil‹ bezeichnet werden mußte. Tatsache war, daß Tausende von Menschen das Ganze aus ihrem Gedächtnis ausgelöscht hatten; sie konnten sich, wie sie sagten, nur noch daran erinnern, daß es ein Gewitter gegeben hatte und daß sie von dem Feld fortgelaufen waren.

Die Zeitungen waren voll von Spekulationen, es gab sensationell aufgemachte Berichte in den volkstümlichen Blättern, und es gab unterkühlte Analysen mit wissenschaftlich-psychologischem Tiefgang in den konservativeren Blättern. Fenn machte bei dem ganzen Zirkus nicht mehr mit. Er hatte beim *Courier* gekündigt und die Verträge, die ihm von den Verlegern der überregionalen Zeitungen unterbreitet wurden, ausgeschlagen. Er war nicht einmal zu überreden gewesen, einem anderen Reporter wegen der Ereignisse am schwarzen Sonntag ein Interview zu geben. Vielleicht würde er eines Tages, wenn er wieder einen klaren Kopf hatte, wenn er das Ganze innerlich verarbeitet hatte, ein Buch über den Schrein von Banfield schreiben. Das Buch würde er allerdings als Roman erscheinen lassen. Wer glaubte schon Tatsachen, die man in einem Sachbuch verpackte?

Er schmunzelte, als er an Nancys Anruf zurückdachte. Sie hatte ihn aus den Vereinigten Staaten angerufen, sie war sehr aufgeregt gewesen bei jenem Gespräch. Sie hatte ihm gesagt, ihre Chefs hielten eine Stellung bei der *Post* für ihn offen. Er brauchte nur noch zu sagen, wieviel er verdienen wollte. Allerdings mußte er als erstes die große, alles auslotende Story über den Schrein schreiben. Fenn hatte das Angebot abgelehnt, und Nancy war, als er ihr das sagte, fuchsteufelswild geworden auf der anderen Seite des Atlantiks. Nancy war am schwarzen Sonntag eine der ersten gewesen, die vom Feld flohen, sie hatte gespürt, daß Unheil im Anzug war, und wie so etwas aussah, hatte sie ja in der Kapelle, einige Tage zuvor, erlebt. Im Unterschied zu den anderen Menschen, die vom Feld flohen, war sie auf den Friedhof der St. Joseph's Kirche gelaufen, sie hatte sich an fünf Fingern ausrechnen können, daß die Ausgänge vom Feld blockiert sein würden. Sie war einem Mann nachgelaufen, den sie für Southworth hielt, aber sie hatte den Mann auf dem Friedhof aus den Augen verloren. Natürlich hatte sie, nachdem sie sich in Sicherheit gebracht hatte, das prächtige Finale verpaßt, deshalb ärgerte sie sich ja auch so. Sie freute sich, daß sie's überlebt hatte, aber sie ärgerte sich, daß sie im entscheidenden Moment nicht dabeigewesen war. Und so hatte sie Fenn bestürmt, er möge in die Staaten kommen, die Story schreiben und bei der *Post* arbeiten, sie hatte gebettelt, sie hatte ihm gedroht, und als sie einsehen mußte, daß er nicht umzustimmen war, hatte sie gesagt: »Ich liebe dich, du Halunke«, und dann hatte sie aufgelegt.

Fenn rieb sich die Schläfen. Er dachte an die Menschen, die auf dem Feld ums Leben gekommen waren. Tucker, den dicken Supermarkttypen, hatten sie im Schlamm gefunden, er war bei einem Herzanfall ums Leben gekommen. Seine beste Kraft, eine Frau, an deren Namen sich Fenn nicht mehr erinnern konnte, hatte auf ihm gelegen, als hätte sie ihren Chef davor schützen wollen, von den Flüchtenden niedergetrampelt zu werden. Die Frau lebte noch, aber sie hatte einen Schock erlitten. Ironie des Schicksals, daß die Mutter der Frau bei der Flucht umgekommen war, man fand sie unweit ihrer Tochter, sie hatten einen Herzinfarkt erlitten. Die Tochter hatte ihren Chef verloren, sie hatte ihre Mutter verloren, bei beiden war es das Herz gewesen. Schon merkwürdig. Kein Wunder, daß die Frau einen Schock davongetragen hatte, der bis heute andauerte. Tuckers Frau, die man ganz in der Nähe fand, konnte sich an nichts erinnern. Sie war auf der Flucht ohnmächtig geworden.

Bischof Caines und eine Reihe von Priestern waren in den Flammen umgekommen oder sie waren von dem stürzenden Baum erschlagen worden.

George Southworth hatte mehr Glück gehabt. Sie fanden ihn in der St. Joseph's Kirche, ein zitterndes, wimmerndes Bündel Mensch. Er hatte geschrien wie ein Wahnsinniger, als sie ihn aus der Kirche schleppten. Die Kirche selbst hatte bei dem Unwetter, das über das Feld niederging, kaum Schaden genommen. Ein buntverglastes Fenster war zersplittert, ebenso das Portal der Kirche. Blitzschlag, sagten die Experten. Southworth allerdings erzählte jedem, der es wissen wollte, daß die ganze Kirche zusammengefallen sei. Die Leute nickten, wenn er das sagte.

Eines der Opfer bei der Panik auf dem Feld war Molly Pagett gewesen.

Fenn fuhr sich über die Stirn. Die Vision der sterbenden Frau, die Vision ihres brennenden Körpers wollte nicht weichen. Die arme Molly Pagett! Wie sie gelitten hatte, als ihre Tochter von Mörderhand starb, von den Toten auferstanden, sich in ein obszönes Geistwesen verwandelte und dann endgültig das Zeitliche segnete!

Warum aber hatte Alice – nein, Elnor! – ihre Mutter ›Rosemund‹ gerufen? Eine der beiden jungen Klosterschwestern, die in der Chronik aus dem sechzehnten Jahrhundert erwähnt waren, hatte

Rosemund geheißen. Sie war von Elnor verführt und aus der Kirche ausgestoßen worden, in der Chronik hieß es weiter, daß sie in die Wälder um Banefeld geflohen war. War Molly Pagett eine Nachfahrin jenes Mädchens? Oder hatte Elnor, die wiederauferstandene Elnor, in ihrem grenzenlosen Haß einen verkehrten Namen gebraucht? Fenn ahnte, er würde es nie erfahren. Es gab keine Antwort auf diese Fragen.

Es gab nicht einmal eine logische Erklärung, warum der junge Mann Alice erschossen hatte. Man hatte die Leiche des jungen Mörders unter den Menschen gefunden, die bei der Panik zu Tode getrampelt worden waren. Nein, es gab niemanden, der auf den Gedanken gekommen wäre, daß der junge Mann von den erbosten Gläubigen gelyncht worden war. In seiner Nähe wurde eine deutsche Pistole gefunden. Der Abzug der Waffe klemmte. Der junge Mann hieß Wilkes. Er kam aus dem Mittelstand. Wenn es überhaupt etwas Bemerkenswertes an ihm gab dann dies, er sammelte Zeitungsausschnitte über den Mörder von John Lennon und über die Attentäter, die Papst Paul und Ronald Reagan hatten umbringen wollen. Wäre er ein bißchen älter gewesen, wären seine Vorbilder wahrscheinlich Oswald und Sirhan gewesen.

Was immer seine Motive für die Tat gewesen waren, Alice war tot. Vielleicht war es so, daß das Böse das Böse ausgelöscht hatte.

Elnor hatte Rache gesucht. Aber der Mörder des Mädchens war ihr zuvorgekommen. Und so war der Schrein in Flammen aufgegangen, von der Hand eines... Nein, diese These war unannehmbar für Fenn. Obwohl er gesehen hatte, daß... Es war alles noch so unklar.

Alices verkohlte Leiche war unter dem verbrannten Baum gefunden worden. Das Mädchen war mit ihrer Mutter auf dem Friedhof der St. Joseph's Kirche beigesetzt worden. Merkwürdigerweise waren bei den Ausgrabungsarbeiten an der Unglücksstätte, die ein paar Wochen später vorgenommen wurden, die Überreste eines anderen Menschen gefunden worden, und zwar unter den Wurzeln der verbrannten Eiche.

Aber das Skelett war ein paar hundert Jahre alt. Ein Mensch von kleiner Gestalt, dem vor seinem Tod die Knochen zertrümmert worden waren. An den Knochen waren Brandspuren. Der Mensch war den Flammentod gestorben.

Das Skelett war den Experten zur weiteren Untersuchung überlassen worden. Vielleicht würde es einmal als Ausstellungsstück im Britischen Museum in London landen. Dort würden es dann die Touristen bewundern und jene, die sich für die Evolution des Menschengeschlechtes interessieren und während des Lernerlebnisses gern einen grinsenden Totenschädel betrachteten.

Fenn hob den Blick. Er sah, daß Sue und Ben fast an der Kirchentür angekommen waren. Ben war hinter Sue zurückgeblieben, er stand vornübergebeugt, es sah aus, als betrachtete er ein Insekt. Sue sagte etwas zu ihm, wahrscheinlich sagte sie ihm, sie würden zu spät zur Messe kommen, wenn er sich nicht beeilte.

Was hatte es auf sich mit den Kräften, über die Ben verfügte? War es seine Unschuld, die ihn beschützte?

Wie Ben sagte, hatte er nichts von Alices besonderer Ausstrahlung wahrgenommen. Er hatte das Mädchen nicht im Zustand der Levitation beobachtet. *Und er hatte Elnor nicht gesehen!* Er hatte nicht mitbekommen, wie die Erde bebte, er hatte nicht gesehen, wie sich das Feld öffnete. Er war nicht das einzige Kind, das die Panik der Älteren mit einem verwunderten Kopfschütteln registriert hatte. Andererseits, es gab eine Reihe von Kindern, die all das gesehen hatte, was Ben unsichtbar geblieben war.

Fenn hatte gespürt, wie die Kraft in seinen Körper zurückkehrte, als er den Jungen berührte; Sue hatte die gleiche Erfahrung gemacht. War Unschuld die große Waffe gegen das Böse?

Es gab Menschen, die behaupteten, es käme im Leben nur darauf an, die richtigen Fragen zu stellen. Die Antworten seien dann nicht mehr so wichtig. Fenn fand, das war ein dummer Spruch. Fragen, auf die es keine Antwort gab, konnten einen zum Wahnsinn treiben.

Er zwang sich zur Ruhe. Der Himmel jenseits der Windschutzscheibe war blau wie in einem Film von Walt Disney. Die Sonne war bleich, mit sanft verschwimmenden Rändern. Sie hatte wenig Kraft, und doch tat es weh, die Sonne anzusehen. Fenn bedeckte seine Augen. Er mußte an den hellen Schein denken, der von dem Schrein ausgegangen war. Es war dieser Anblick, der ihn in seinen Träumen verfolgte, alles andere war vergleichsweise weniger beeindruckend gewesen. Allerdings waren es keine unangenehmen Träume. Die Sache gab ihm Mut. Mehr als das... Glauben.

Er fuhr sich mit der Hand über das Kinn. Er rutschte auf dem Sitz nach links. Warum dachte er so oft über das Glühen des Schreins nach? Warum hatte das Wesen, das sich Elnor nannte, mit Entsetzen reagiert, als es den hellen Schein sah?

Nein, das war nicht möglich! Er hatte an jenem Abend soviel erlebt, daß er sich nicht auf seine Urteilskraft verlassen konnte.

Allerdings, warum hatte Ben, der keine von den anderen Erscheinungen wahrgenommen hatte, ihn später gefragt, wer die schöne weiße Frau gewesen sei, die neben dem Baum stand?

Wer war sie?
Wer war sie?
Was war sie?

Fenn hatte die Augen geschlossen. Jetzt öffnete er sie und sah zur Kirche hinüber. Die Kirchentür stand offen. Sue führte Ben die Stufen hinauf.

Fenn machte eine Faust und fuhr sich mit den Knöcheln an den Schneidezähnen entlang. Er stieg aus dem Wagen aus und eilte zu dem Gittertor. Er zögerte.

Sue hatte sich umgewandt. Sie lächelte ihm zu.

Und er lief den Weg entlang, Sue und Ben warteten auf ihn. Zusammen betraten sie die Kirche ›Our Lady of the Assumption‹.

> *Liebe Alice, solange sie schlank ist,*
> *Sie liebkost dich, wenn du krank bist,*
> *Sie heilt Geschwüre, stillt den Schmerz,*
> *Sie lächelt und stößt dir den Dolch ins Herz.*
>
>   *Neues Wiegenlied*